Die Magd und die Königin

Tessa Korber

Die Magd und die Königin

Roman

Eichborn

1 2 3 4 08 07

Umschlaggestaltung: Christina Hucke
unter Verwendung von Gemälden von K. F. Lessing und Anselm Feuerbach
© picture alliance
Lektorat: Matthias Bischoff
Gesamtherstellung: Fuldaer Verlagsanstalt, Fulda

ISBN 978-3-8218-5786-2

Verlagsverzeichnis schickt gern:
Eichborn Verlag, Kaiserstraße 66, 60329 Frankfurt am Main
www.eichborn.de

Teil I

Tragt das Licht in den Osten

1.

»Rose? Rose, wo bist du? Rose?«

Für einen Moment waren die Geräusche und das Stimmengewirr auf dem Marktplatz der kleinen Stadt in Yorkshire verstummt, als hätten sie sich dazu verabredet, so dass der Ruf des jungen Mädchens klar und unangemessen laut in die fröstelige Luft stieg. Dann, als hielten sie es nicht länger aus, stoben ein paar Amseln aus einem kahlen Dornengebüsch und flatterten kreischend über die Tenne. Die Gespräche ringsum setzten wieder ein, die Händler priesen laut ihre Waren an, Hämmer klopften, dumpf und metallisch, die Kühe an ihren Stricken muhten, warmen Dampf aus ihren Mäulern entlassend. Das Leben, das einen erschreckten Herzschlag lang ausgesetzt zu haben schien, ging wieder weiter.

Rose wandte sich nach der Ruferin um, erblickte aber nur die schwarzen Zweige, die noch immer vom Gewicht der Vögel schwankten, und an denen ein paar letzte rote Beeren hingen wie Blutstropfen. Ein rascher Flügelschlag streifte ihr Herz, und für einen Moment hatte sie das Gefühl, dass ein Unglück geschehen würde.

Aber die Worte des Redners, der im selben Augenblick nach einer Kunstpause wieder einsetzte, fesselten sie bald erneut. Sie hatte sich mit anderen um einen Mann versammelt, der ein Fass als Podest nutzte, um zu der Menge zu sprechen. Von Sünde sprach er, und von der ewigen Verdammnis, die allen Menschenkindern drohte.

»Doch es gibt einen Weg«, seine Stimme erhob sich und durchdrang die graue Luft, schwanger vom Rauch der Holzfeuer aus den Hütten, schwang sich auf und dröhnte in einem Hall, in dem eine Ahnung mitschwang von Höhe und Ferne, von einem gleißenden Licht und Dingen, die angstvoll und glückverheißend zugleich die Seele berührten. »Es gibt einen Weg zu Gott und seiner Gnade. Es gibt einen Weg, in seinem Licht zu stehen und abzustreifen all die irdische Mühsal, um das Paradies zu gewinnen. Ihr könnt es in Euren Händen halten.«

Rose lauschte, konzentriert und bedächtig, wie es ihre Art war. Sie war eine Dienstmagd im schlichten Wollkleid, mit einem Schultertuch, das sie gegen die Kälte um sich zog, und hölzernen Pantinen über den viel zu dünnen Schuhen. Sie war nicht viel älter als vierzehn, aber ihr herzförmiges Gesicht blickte stets ernst drein, als wüsste sie, dass das Leben nicht leicht war. Das Grün ihrer Augen changierte ins Braune und ihr Haar, das rot war, flammte nicht, sondern blieb kraus und seltsam blass, fand Rose. Sie wusste nicht, dass sie schön war. Es hatte in ihrem Leben noch niemand gegeben, der ihr gesagt hätte, dass die Flecken in ihren Augen bernsteinfarben schimmerten und ihre wilden Locken glommen wie mildes Kupfer. Rose erwartete auch niemanden, der derartige Dinge dachte oder aussprach. Sie kannte nur das Johlen der Knechte, die mit zotigen Zurufen ihre Figur würdigten, die bereits die einer reifen Frau war, rund geformt und üppig, die Arme weich, und die Taille weitete sich in so femininem Schwung zum Becken, dass er manch einen auf Ideen brachte.

Rose pflegte sich nicht darum zu kümmern und ging kerzengerade an allen vorbei. Sie erwartete keine romantische Werbung. Weder hatte ihr Vater je so zu ihrer Mutter geredet, noch hatte eine der anderen Mägde, wenn sie sommers mit Strohhalmen im Haar und kichernd aus dem Stall kamen, wo sie sich mit den Burschen trafen, etwas Derartiges zu berichten gehabt. Rose stand am Morgen auf und tat ihre Arbeit, tat sie gut, wusste, dass die anderen es wussten und verlangte nicht mehr. Ein Paradies in ihren Händen, wie der Redner es versprach? Das lag jenseits ihrer Hoffnungen, ja, jenseits ihres Vorstellungsvermögens.

Das lag nicht daran, dass ihr Geist unbeweglich oder träge war, eher im Gegenteil. Aber sie hielt ihn an engen, strengen Zügeln und erlaubte ihm nicht, über die Begrenzungen von Sitte, Glaube, Stand und Herkommen hinauszustreben, überzeugt, dass es ihr nicht zum Guten ausschlagen würde. Und man mußte schon genau hinsehen, um in dem ängstlichen Eifer, mit dem Rose sich selbst beschränkte, ihre gut verborgenen Wünsche, und deren Macht zu erkennen. Aber kein Mensch schenkte je einer Dienstmagd so viel Aufmerksamkeit, nicht einmal sie selber.

Roses Herrin Elaine dachte anders über diese Dinge, sie hatte hochfliegende, romantische Vorstellungen von der Ehe. Und lange schon hegte sie eine heimliche, schwärmerische, ganz und gar unangemessene Beziehung zum Sohn des Kastellans, zu deren Mitwisserin sie Rose gemacht hatte. Schon wieder rief sie, und bestimmt, dachte Rose unbehaglich, ging es auch jetzt wieder um diese Sache.

»Rose? Rooose!«

Rose seufzte und wandte sich von den tröstlichen Worten des Redners ab, um nach der Ruferin zu sehen. Wohin sollte es führen, wenn man sich so gehen ließ? Dort drüben war sie und rief so laut, dass alle sich nach ihr umwandten. Widerstrebend hob den Arm, um Elaine zu signalisieren, dass sie sie gehört hatte und ging ihr entgegen.

Als sie nun die unangemessene Röte in Elaines Gesicht sah, den verschwörerischen Blick, die Hand auf ihrem Arm und das Pergament, das ihr verstohlen vor die Brust gedrückt wurde, da wusste sie sofort, was all dies zu bedeuten hatte, und dass es nicht Recht war. Wenn ihr Vater davon erführe, weiß Gott, was er mit ihnen täte.

2.

Elaine selbst dachte nicht an solche Rücksichtnahmen. Ihr schmales Gesicht unter dem Schleier war gerötet vor Aufregung und ihre Augen leuchteten, während sie mit beiden Händen den Saum ihres Mantels raffte, um schneller voranzukommen.

Es war noch kalt in diesem frühen Frühjahr, Schlamm und Unrat des Marktes waren hart gefroren und knirschten unter Elaines bestickten Stiefeln, ohne sie zu beschmutzen. Und ihr Atem setzte sich in feinen Kristallen auf dem Pelzkragen ab, der sich warm um ihren zarten, blassen Hals schmiegte, wo ihn die Hitze ihrer Haut rasch wieder schmolz.

Wie ein Lilienstengel, hatte ihr Vater jüngst gesagt und ihr einen langen Blick zugeworfen. Elaine war ihm ausgewichen, indem sie züchtig ihre langen Wimpern senkte und ihn glauben ließ, ihr Erröten entspringe der Verlegenheit, bemerkt worden zu sein.

Wilfried von Chaworth beachtete seine Tochter selten. Erst seit sie fünfzehn geworden und damit im heiratsfähigen Alter war, hatte er begonnen, sich Gedanken über sie zu machen. Und die kreisten sämtliche um die vorteilhafteste Partie. Er hatte Großes mit Elaine vor und fand es nur angemessen, dass sie sich danach gerichtet hatte und zu einer Schönheit herangewachsen war, schlank wie eine Blüte und mit großen schwarzen Augen in dem kleinen Gesicht, die einen seltsamen Kontrast zu ihrem hellen, fast weißblonden Haar boten. Hätte er genauer hingesehen, hätte er in diesen Augen etwas entdecken können, das ihre blasse Erscheinung Lügen strafte, eine Lebenslust und ein Feuer, die ihn vielleicht sogar beunruhigt hätten. Doch an diesen Dingen war der Herr von Chaworth ebenso wenig interessiert wie an der Frage, welche Gedanken wohl hinter der weißen Stirn schlummerten, und so bemerkte er sie auch nicht.

Elaine war so in Eile, dass sie in Hitze geriet und den Mantelkragen lockerte. Ihre schlanken Finger schlossen sich fest um das Stück Pergament, das sie aus einer Tasche ihres Kleides gezogen hatte. Es enthielt eine Botschaft und war mit Kerzenwachs gesiegelt, in das sie als Zeichen ihre Lippen gepresst hatte, gestern Nacht, als alle schon zu Bett waren und auch sie schlafend wähnten. Das Wachs war noch allzu warm gewesen, und es hatte weh getan, aber wie süß war ihr der Schmerz doch erschienen, und wie romantisch die Geste. Als sie Rose endlich entdeckt hatte, streckte sie ihr den Brief schon von weitem entgegen.

Die schaute sich nervös um. Dort hinten standen Elaines Eltern und bei ihnen Harold of Middleton. Er blickte in ihre Richtung und hob die Hand. Rose knickste nervös und sah, wie Elaine, die ihrerseits auf einen Gruß verzichtete, das Gesicht verzog. Die Bauern dort drüben, die waren gekommen, um Kühe zu betrachten, ihre Hufe und Muskeln zu untersuchen und ihnen ins Maul zu schauen. Harold dagegen war gekommen, um Elaine zu begutachten. Wiederholt schon hatte diese davon gesprochen, dass ihr Vater nichts anderes sei als ein Mann mit einer schönen Färse, die er zum Kauf anbot.

Rose hatte nicht gewusst, was sie dazu sagen sollte. So lagen die Dinge nun einmal. Und der Herr of Middleton war kein schlechter Käufer, das musste Elaine zugeben. Ihre Mutter hatte es nicht versäumt, beiläufig bei den Mahlzeiten vor dem gesamten Haushalt auf die weitläufigen Güter hinzuweisen, die er besaß, und auch auf die Verbindung zum Königshaus. Nach diesen lobenden Bemerkungen nun traf man einander ›zufällig‹ nach der Kirche. Und wäre der heutige Eindruck günstig, so würde der Herr die Einladung annehmen, Elaine beim anschließenden Gastmahl auf der Burg aus der Nähe zu betrachten.

Nach ihrem Eindruck, hatte Elaine am Morgen trotzig verkündet, als Rose ihr die hellen Haare bürstete, fragte ja niemand.

»Oh lieber Gott«, flüsterte Elaine jetzt, »mach, dass er sich in Luft auflöst.«

Rose schüttelte den Kopf über die Blasphemie; was gingen Gott ihre Sorgen an? »Fräulein«, tadelte sie sanft.

Aber Elaine betete im Geiste weiter, lieber Gott, betete sie, wenn du einen Moment Zeit hast, gütiger Gott: Er ist doch schon fünfzig, und er hat Haare in den Ohren, die borstig sind und grau! »Es ist der einzige Weg«, flüsterte sie dann, so hastig, dass ihre Stimme sich beinahe überschlug, während sie Rose den Brief vor die Brust drückte.

»Greift zu«, beschwor der Prediger im selbem Moment seine Gemeinde, »greift zu mit beiden Händen, ergreift das Glück, die Süße, das Heil. Heiligt euer Leben.«

Rose spürte, wie Elaine ihre widerspenstige Hand nahm und nachdrücklich um das Pergament schloss.

»Du läufst damit zur Burg, hörst du, und gibst ihn Edward. Pass auf, dass sein Vater nicht in der Nähe ist.« Beim Gedanken an den Geliebten wallte es offenbar in Elaine auf und sie ergriff Rose bei den Schultern und drückte sie an sich. »Ach Rose, er wird, er muss. Und wenn Vater mich diesem Harold verspricht, dann werden wir fliehen, Edward und ich, er wird mich entführen.« Sie schmiegte sich an die Magd und schloss verträumt die Augen.

»Aber Fräulein, was sind das für Geschichten«, murmelte Rose verwirrt und strich der anderen gedankenverloren ein paar der lichthellen Strähnen aus der erhitzten Stirn, die sich unter Haube und Schleier hervorgestohlen hatten. Da spürte sie das Knistern des Papiers zwischen ihnen.

»Ihr habt ihm davon doch nichts geschrieben, oder?«, fragte sie besorgt. Edward, dachte sie abfällig, der Sohn des Burgvogtes. Wie lange war es her, da hatte sie mit ihm und den anderen Dienstbotenkindern Verstecken gespielt bei den verfallenen Scheunen hinter der Mauer. Mit schmutzigen Knien und Rotznasen waren sie zwischen Mauerresten und Brennnesseln herumgekrochen, die er mit einem Holzstock niederzudreschen pflegte, verkündend, er wolle ein Ritter werden. Was hatten sie gelacht.

Edward sollte besser wissen, wohin er gehörte, dachte Rose,

und es würde ihm auch rasch wieder einfallen, wenn sein Vater erst hinter die Geschichte kam und ihm eine ordentliche Tracht Prügel verpasste. Dieser letzte Gedanke in seiner Vernünftigkeit tröstete Rose; sie machte sich von ihrer Herrin los.

»Nehmt das Kreuz, leistet den Eid, vertreibt die Ungläubigen von den Heiligen Stätten! Geht mit König Richard!« Die dürren Finger des Predigers griffen in den Himmel. »Geht nach Jerusalem und wahrlich, ich sage euch, ihr werdet dort das Himmelreich finden.«

Rose nickte. »Na gut, ich tue es.«

»Braves Mädchen.« Elaine klatschte vor Freude in die Hände. Zum ersten Mal seit der schlaflosen Nacht kehrte ein wenig Ruhe in ihre Seele ein. Auch sie bemerkte nun den Redner und seine Zuhörer, in deren groben Gesichtern sich Angst und eine große Hoffnung malte.

Ein Mann trat vor und kniete vor dem Priester nieder, der ihn segnete und ihm den Eid abnahm, der ihn band, »zu Erlösung oder Verdammnis«, wie der Prediger verkündete. Im Gesicht des frischgebackenen Kreuzfahrers mischten sich die verschiedensten Empfindungen. Es war ein schlichtes Gesicht, schmutzig und zerfurcht, geprägt vom täglichen Einerlei harter Pflichten, und nun stand Furcht darin, Furcht vor der Fremde, vor den unbekannten Heiden und dem Tod. Dazu die Sorge um Heim und Weib und Wirtschaft, noch konnte er, man sah es, das Rechnen nicht lassen und die kleinen Obliegenheiten, aus denen sein Leben bestand. Doch es war auch ein Leuchten dabei, das Leuchten des Ostens, dem er entgegenging, eine unsägliche Hoffnung auf etwas, das er nicht zu benennen gewusst hätte. Doch in den Worten des Priesters hatte es mitgeschwungen wie Glockenklang.

»Das ist doch der Gastwirt«, staunte Rose für einen Moment. Sie tat sich schwer damit, sich den Mann, der manchmal mit seinem Karren Fässer in die Burg brachte, nur schnaufend vom Bock herabkam und mit dem Vogt über die anstehende Ernte die immergleichen Worte wechselte, als Gotteskrieger im Land der Sarazenen vorzustellen.

Um sie herum erhob sich das Stimmengetuschel, zustimmend, verwundert, beratend. »Was der wohl angestellt hat, dass er so büßen will?«, mutmaßte eine schrille Weiberstimme hinter ihr. »Bestimmt hat er das Bier gepantscht.«

Jemand lachte, andere rieten ihr, sich nicht zu versündigen. Es wurden Namen genannt, die es viel eher nötig hätten, Absolution zu suchen, man wüsste da so einiges, man wolle ja nichts gesagt haben. Aber der und der, na, das wüsste das ganze Dorf. Und richtig, da trat er auch schon vor, der Missetäter, so war es recht. Applaus wurde laut und ermutigende Zurufe, die Wogen der Erregung schlugen höher. Begeisterung begann, die Menschen zu packen. Einige junge Burschen, hungrig nach Aufmerksamkeit, begannen, einander fragende Blicke zuzuwerfen. Sollten auch sie …? Wäre das endlich die Tat, die aus ihnen das Besondere machte, als das sie sich immer gefühlt hatten?

Dann wurde das Gemurmel dumpfer und ehrfürchtiger. Der Burgherr näherte sich. Was würde er tun?

»Euer Vater kommt«, flüsterte Rose, die wieder zu sich kam. Sie riss sich von der Szenerie los.

Elaine packt sie an den Schultern. »Lauf zur Burg, Rose, jetzt. Bitte. Für mich.«

Rose zögerte einen Moment, dann nickte sie, fasste ihr Wolltuch enger über der Brust und wandte sich ab. Es gelang ihr, sich davonzumachen, begleitet von Elaines anfeuerndem Lächeln und Gestikulieren. Doch obwohl sie sich eine Närrin schimpfte, stieg eine unerklärliche Angst in ihr auf und wuchs und wuchs mit jedem Schritt.

3.

Aus den Reihen der Dörfler trat der nächste Kandidat vor die Menge, um das Kreuz zu nehmen. Elaine tat, als interessiere nichts auf der Welt sie mehr.

»Will, der Bogenmacher«, sagte sie, als sie die Hand ihres Vaters auf ihrem Arm fühlte. Mit einem unschuldigen Augenaufschlag schaute sie zu ihm auf. »Weißt du, dass man sagt, er täte es, weil er die Tochter des Denglers geschwängert hat?«

Ihr Vater schüttelte den Kopf mit der nackenlangen grauen Mähne und packte sie fester. »Gib dich nicht mit dem Dorfklatsch ab«, verlangte er. Dann allerdings verharrte er selbst einen Moment und schaute der Zeremonie zu. Mit den anderen gemeinsam bekreuzigte er sich. Dennoch schüttelte er den Kopf. »Er wird bei der Jagd im Herbst fehlen«, murmelte er. »Schade drum, er war ein guter Schütze. Komm jetzt«, besann er sich dann, »Harold hat zugestimmt, bei uns zu speisen.«

Das Leuchten in Elaines Gesicht erlosch. Sie senkte den Kopf, damit er nicht sah, wie sie sich auf die Lippen biss, und ging an der Seite ihres Vaters zu den Gästen hinüber. Ihre Mutter empfing sie mit einer Umarmung und begann sofort, ihre Haarsträhnen wieder unter den Schleier zu stopfen und ordnend an ihrem Kragen zu zupfen, wobei sie entschuldigend und einladend zugleich zu Harold of Middleton hinüberlächelte. »Jugend«, flötete sie.

Elaine wehrte ihre geschäftigen Hände ab. Die Männer waren derweil zu anderen Themen übergegangen. »Ein Jammer, all die jungen Leute«, brummte ihr Vater gerade. »Aber von meinen wird er mir keinen mitnehmen. Nicht dieses Jahr, wo wir die neuen Speicher errichten wollen.«

Harold of Middleton nickte zu den Plänen, die der Burgherr für diese Unternehmung mit großen Gesten in die Luft skizzierte.

Elaine aber konnte nicht anders, als an Edward zu denken, ihren Edward. Welch ein Gedanke, er könnte in den Osten gehen und fern, so fern von ihr sein. Und doch erschauerte sie süß bei dem Gedanken und sah ihn in glänzender Rüstung auf den Wällen stehen, sein schönes braunes Haar fliegend im Wind, dem Wind, der über die Berge Jerusalems wehte wie eine Fahne Gottes. Was für ein Held er wäre. Es könnte ja gar nicht anders sein! Und auch sie würde er retten.

Hinter ihnen dröhnte noch immer des Predigers Stimme: »Besteigt die Schiffe! Hört ihr! Und Gottes Atem wird eure Segel blähen! In seinem Namen, mit seinem Wort, werdet ihr Fahrt machen gegen alle Unbill. Und euch das Heil erringen!« Auf unklare Weise getröstet von diesen Worten richtete Elaine sich straffer auf, während sie dahinschritt. Die Wolkendecke riss auf, und ein kleiner verspielter Wind, der den Wechsel der Jahreszeiten versprach, griff nach ihrem Schleier. Sie dachte an die süßen Worte, die Hoffnungen, die Rose vor ihr hertrug, dem sicheren Ziel entgegen, und fühlte sich wie ein Schiff, das kühn und frei seine Fahrt aufnahm, allen Wellen zum Trotz.

Rose, ihrem Auftrag gehorchend, schritt rasch aus. Der Weg zur Burg führte sie durch den Wald, wo heruntergebrochene Äste und gefrorener Schlamm den Weg mühsamer machten, und die Luft unter dem dunklen lastenden Grün wieder kälter wurde. Mehr als einmal verlor sie einen der hölzernen Pantoffel, die sie über ihre dicken Wollstrümpfe gezogen hatte und mußte fluchend durch die Reste des verharschten Schnees zurückstapfen, um wieder hineinzuschlüpfen. Der Schnee würde sich in die Wolle hängen und tauen, wenn sie wieder in der Burgküche wäre, so dass sie nasse Füße bekäme.

»Gibt Schlimmeres«, murmelte Rose und angelte mit den dick bestrumpften Zehen wieder einmal nach ihrer Pantine. Da sah sie den Mann.

Zunächst dachte sie sich nichts dabei. Der Weg zur Burg war häufig begangen, und es war nicht ungewöhnlich, dass ein anderer Mensch mit einem Auftrag des Weges kam. Dann erkannte sie die Gestalt, die breiten Schultern, die langen Arme und das kantige Gesicht unter der eng anliegenden Lederhaube, die wie seine Züge und das abstehende Blondhaar immer rußverschmiert war. Thomas, dachte sie, Thomas der Schmied. Von allen unangenehmen Kerlen ausgerechnet er.

Roses erster Impuls war, rascher zu gehen, dann schalt sie sich, dass das albern wäre, und sie ließ ihn herankommen. Bald konnte sie seine Schritte dicht hinter sich hören, dann seinen rauhen Atem in ihrem Nacken, ehe er zu ihr aufschloss.

»Gott zum Gruße, Schmied.« Sie nickte knapp und bemühte sich, gelassen zu klingen. Sie wollte diesem Menschen nicht die Genugtuung geben zu spüren, wie sehr sie ihn verabscheute. Und auch die unsinnige Furcht, die in ihr aufstieg, versuchte sie zu verbergen. Sie hielt sich aufrecht und tastete unwillkürlich nach dem Brief unter ihrem Brusttuch. Dabei spürte sie, wie sein Blick der Bewegung folgte. Dieser Blick! Keiner verstand es wie Thomas, einen mit seinen Augen zu belästigen, dass man sich ausgezogen vorkam und nackt. Er schaffte es, dass man sich all der Dinge bewusst wurde, die man unter der Kleidung trug und schamrot kaum wusste, wohin man sich wenden musste. Es war fast so, als hätte er einen berührt, wenn er einen bloß anschaute.

Steif hob Rose das Kinn und schloss das wollene Tuch noch ein wenig fester. Thomas ging neben ihr, die Hände unter dem Wams in wärmenden Taschen verborgen. Er pfiff, dieser Mensch, was hatte er zu pfeifen? Wütend wollte Rose es ihm verbitten, dann besann sie sich anders und ging lieber schneller. Wenn er sie nur nicht ansprach, der unverschämte Kerl.

»Bist ein hübsches Ding«, sagte er und zog eine Hand heraus, um eine Lockensträhne zu berühren, die im Nacken unter der Haube hervorquoll.

Hastig schlug Rose seine Finger beiseite. Ihr Lächeln war nervös.

Dies waren Scherze, wie sie üblich waren unter den jungen Leuten und zu erdulden. Ein Klaps und eine freche Bemerkung waren angebracht, ein kecker Blick wohl auch, wenn ihr danach wäre. Sie hatte schon Mädchen sagen hören, der Schmied mit seinen breiten Schultern und den blauen Kinderaugen könnte ihnen durchaus gefährlich werden. Aber Rose schaffte nicht mehr, als zu schlucken und den Kopf abzuwenden. Herrgott, was war der Mensch ihr zuwider. Wie er sie auffraß mit seinen Augen, diesen blauen Augen, von denen andere schwärmten. Es war etwas darin, dass ihr schon immer unheimlich gewesen war. Sie konnte nichts dafür. Angespannt versuchte sie, das Zittern ihrer Hände zu verbergen.

»Bin nicht hübsch, bin kein Ding«, murmelte sie schließlich, um etwas zu sagen. Irgendwo knackte ein Ast.

»Hättest Chancen bei mir«, fuhr er unbeirrt fort, »du.«

Rose lachte bitter. Sie sah seine Bewegung und fuhr mit der Hand hoch, um seine Finger erneut von ihrem Nacken abzuwehren. Na warte, dachte sie, diesmal fängst du dir eine ein. Doch plötzlich fühlte sie ihr Handgelenk festgehalten. Mit einem erstaunten Ächzen zerrte sie daran. Dann schaute sie ihm, zum ersten Mal, in die Augen.

»Aber du nicht bei mir«, sagte sie und hoffte, er würde nicht merken, wie ihre Stimme zitterte. Rose bemühte sich um ein Lächeln. Solange sie lächelte, hoffte sie, konnte nichts wirklich Ernstes geschehen. Verzweifelt grub sie in ihrer Erinnerung nach einem dieser Sätze, locker und scherzhaft hingeworfen, spitz, aber ohne zu sehr zu verletzen, die die Jungen dazu brachte, zu lachen, einem vielleicht noch einmal auf den Hintern zu klopfen, um zu zeigen, wer der Herr sei, um dann aber von einem abzulassen. Lachen entspannte alles. Rose lächelte. Doch ihr fiel nichts ein. Stattdessen ruckte sie heftig mit dem Arm, um sich aus seinem Griff zu winden, aber vergebens. Thomas hielt sie eisern fest. Und nun verzog sein Gesicht sich zu einem Grinsen.

Ehe sie wusste, was sie tat, hatte Rose ihm ins Gesicht gespuckt. Es war ein Akt reiner Panik gewesen und sie selber erschrocken über das, was sie getan hatte. Schon öffnete sie den Mund, um eine Entschuldigung zu stammeln. Da traf seine Faust bereits ihr Gesicht. Nun ließ er sie los und Rose, mit stakenden, stolpernden Schritten, taumelte rückwärts über den Weg und ging zu Boden.

Seltsam, vermochte sie noch zu denken. In ihr war nichts als ein großes Staunen, und dann der pochende Schmerz in ihrem Kopf, der wuchs und das Denken fraß. Das Dunkel der Stämme ringsum breitete sich aus in ihrem Bewusstsein und einen Moment lang glaubte sie, sie würde ohnmächtig. Dann ließ die Schwärze vor ihren Augen nach, und sie schaute auf.

Thomas stand über ihr und betrachtete sie mit schräg geneigtem Kopf. Er schien ihr nichts weiter tun zu wollen. Hastig angelte Rose nach ihren Pantoffeln. Wo waren sie nur, diese dummen Dinger, ihre Strümpfe würden voll Schnee werden und dann nass, nass wenn alles taute, wenn sie wieder daheim wäre, wenn … Ohne einen klaren Gedanken fassen zu können, kroch sie auf allen Vieren auf dem Boden herum, verfolgt vom Blick des Schmiedes. Schließlich richtete sie sich wieder auf. Das Wolltuch war ihr verrutscht, die Haube vom Kopf geglitten. Von den Bändern am Hals gehalten, hing sie ihr auf den Rücken. Rose nestelte daran. Langsam kehrte ihre Geistesgegenwart zurück, und auch die Wut. Ihr Jochbein brannte wie Feuer unter ihren tastenden Fingern und sie war sicher, es würde sichtbar anschwellen.

»Schau, was du gemacht hast«, beschwerte sie sich. »Du grober Klotz. Beinahe hättest du mir …« Weiter kam sie nicht.

Seine Hand kam wieder auf sie zu, groß, unwiderstehlich, schmutzig. Rose roch kalte Asche, als sie sich über ihr Gesicht legte. Ihr brutal den Mund zuhielt, die Nase, die Augen verschloss. Sie wollte nach Luft schnappen, doch es ging nicht. Da war nur dieser Geruch: Asche und Metall. Sie griff mit beiden Händen nach seinem Arm.

Plötzlich schubste er sie. Es war eine einzige, lässige, angeekelte Bewegung. Rose flog nach hinten, sie breitete die Arme aus, stolperte, krachte mit dem Rücken gegen einen Baum, dass es ihr die Luft aus den Lungen presste. Ihr Kopf schlug gegen das Holz und sie ging in die Knie.

»Du tust mir weh«, sagte sie, verwundert, mit geschlossenen Augen. Wenn sie sie öffnete, würde sie sich übergeben müssen.

Thomas der Schmied trat dicht an sie heran und lächelte.

4.

Johanna spürte auf ihren Schultern die Wärme der sizilianischen Sonne wie eine schwere Last. Sie stand mit dem Rücken zum Fenster und sah nichts von der Symphonie aus Blau und Grün, in der Meer, Himmel und die in zarten Dunst getauchte Kette der Peloritaner Berge ineinander verschwammen. Dabei hatte sie diese Insel, auf die sie ihrem Mann gefolgt war, immer geliebt, ihren Duft nach Zitronen und Rosmarin, ihre Wärme und das Gleißen des Lichts auf dem Wasser, die Schattenlosigkeit ihrer Plätze, die Mauern der Paläste, die von der Sonne gleichsam gebadet waren. Nur ganz selten hatte sie sich einmal nach Englands Wäldern zurückgesehnt, nach dem kräftigen Grün der Eichen und der feuchten Luft unter den Bäumen, die gesättigt war vom Regen und kräftig nach Pilzen duftete, feuchter Rinde und Gras. Aber sie würde nicht dahin zurückkehren, nicht einmal jetzt, da Wilhelm von Sizilien, ihr Gatte, tot war.

Durchs Fenster trug die Brise den Klang der Glocken. Erst heute morgen war sie wieder an seinem Grab gestanden in jener Kirche. Am Turm wurde gebaut und die Rufe der Handwerker hatten ihre Andacht gestört. Als sie hinaustrat, war über ihr das schmerzliche Stöhnen von Holz zu hören, ein Quietschen und Krachen. Entsetzt hatte sie gesehen, wie ein Gerüst nachgab. Ihre

Dienerinnen hatten sie geistesgegenwärtig fortgezogen, so dass sie unversehrt blieb, nur der feine Staub hatte sich auf ihre Kleider gelegt, der von der Unglücksstelle aufstieg. Während eifrige Hände ihn aus den kostbaren Stoffen klopften, hatte Johanna nicht anders gekonnt, als auf die Unfallstelle zurückzustarren. Wie knapp war sie selbst dem Verhängnis entronnen. Einer der Arbeiter allerdings hatte nicht so viel Glück. Dort lag er, zerschlagen, inmitten des Durcheinanders aus Brettern, Seilen, Steinen und Werkzeug. Johanna sah ihn, obwohl ihre Damen sich mühten, ihr die Augen zuzuhalten und ihren Kopf abzuwenden. Und sie konnte den Anblick nicht vergessen.

Die Schreie des Verunglückten klangen noch in Johannas Ohren und sie sah die blutigen Fetzen seiner Kleider vor sich, selbst hier im Palast, wo alles still war, schön und friedlich. Doch der Friede trog, sie wusste es und konnte nicht umhin, in dem Vorfall vom Morgen ein böses Omen zu sehen. Unwillkürlich bekreuzigte Johanna sich. Dann schaute sie auf

»Nun, werte Base.« Über das Gesicht Tankreds von Lecce ging ein breites Lächeln.

Johanna verzog das Gesicht. Tankred war illegitim, ein Bastardvetter, und seine Anspielung auf ihre Verwandtschaft höchst geschmacklos. So geschmacklos wie der Umstand, dass er sie in diesem Saal empfing, auf eben dem Thron sitzend, den ihr Gatte innegehabt hatte. Sie schwieg und grüßte nur mit einer leichten Neigung des Kopfes.

»Ihr wünschtet, mich zu sprechen«, fuhr Tankred fort und zog die dichten schwarzen Augenbrauen hoch, als habe dieser Wunsch seine tiefe Verwunderung erregt.

Johanna studierte einen Moment sein Gesicht. Er war nicht hässlich, dieser Mann, mit seinem braunen Gesicht und den beweglichen Augen. Seine Stirn war hoch, die Nase kühn. Sein messerscharfer Mund stets verzogen zu dem unverbindlichen Lächeln höfischer Etikette, wie die Illegitimen sie besser beherrschen als alle anderen. Beruhen ihre Ansprüche doch nur auf ihrer Gefälligkeit. Seine Miene aber blieb angespannt, lauernd, seine Hände mit den langen, knochigen Fingern ließen die Thronlehnen nicht eine Sekunde los. Er war auf der Hut, dieser Mann. Und sie durfte nicht den Fehler machen, ihn für dumm zu halten.

Johanna zupfte ein letztes Mal an den langen Ärmeln ihrer Cotte, die in gefälligen Falten um ihre Handgelenke lagen und deren Schmalheit betonten. Ihr ärmelloses blaugrünes Übergewand war schlicht, doch mit echten Goldborten versehen, und den kleinen Ausschnitt am Hals schloss eine Nadel, deren Smaragd das Sonnenlicht einfing. Die Schleppe betonte ihre schlanke Gestalt und gab ihr eine königliche Würde, derer sie dringend bedurfte. Johanna hatte lange erwogen, dazu den prächtigen Hut aus Pfauenfedern zu tragen, sich dann aber doch für die schlichtere Haube mit dem Kinnband und dem kleinen, azurenen Schleier entschieden, den ein goldener Reif hielt, der ihr die Krone ersetzen musste. Dazu trug sie den Ring mit dem Wappen ihrer Familie. Und ihre Brokatschuhe zierte, wie von ungefähr, ein Muster aus goldenen Löwen, die den Usurpator an ihren Bruder gemahnen sollten, Richard von England, Löwenherz genannt.

So stand sie vor Tankred, in die Farben Siziliens gekleidet und den Schmuck ihrer Herrscherwürde, bereit, ihn herauszufordern. »Ich hatte vielmehr erwartet, dass Ihr nach mir schicken würdet«, begann sie und fuhr, da er nichts entgegnete und sich damit begnügte, den Ausdruck des Erstaunens auf seinem Gesicht zu vertiefen, fort: »Um mir zu erklären, wie es kommt, dass Ihr hier seid.«

Tankred hob eine Hand und wies mit einer Geste um sich, als wollte er fragen: Hier? In diesem Zimmer? »Ich bin herbeigeeilt, wie alle, meine Liebe, als ich vom Tod Eures Gatten, meines lieben Verwandten hörte. Um ihm meine Ehre zu erweisen. Und um Euch beizustehen in dieser schweren Stunde.«

Johanna schnaubte empört. »Da Ihr da wart in seiner schweren Stunde«, sagte sie und ihre Stimme troff von Hohn, »wie all seine Barone, habt Ihr auch seinen letzten Willen vernommen.« Sie richtete sich ein wenig auf und wurde lauter. »Den er in seinem Testament niedergelegt hat und den all seine Barone beeidet haben.«

Tankred hob die Hand an den Mund und hüstelte gekünstelt.

»Ihr sitzt gegen seinen Willen auf diesem Thron und gegen jedes Recht, mein Herr, und Ihr wisst das wohl.« Sie wandte sich nach den Männern um, die ihrem Mann gedient und sie selbst als ihre Königin anerkannt hatten, all die Jahre. Mehr als einer war ihr persönlich verpflichtet, mehr als einer schuldete ihr Dank und alle ihr Gehorsam als der Erbin ihres Herren. »Ihr alle wisst das«, endete sie und hielt den Atem an, als sie in die wohlbekannten Gesichter blickte. Das Füßescharren und Räuspern setzte aus und für einen Moment herrschte im Thronsaal von Messinas Burg absolute Stille.

5.

Rose schlug noch ein wenig um sich, als er sie hochzerrte und hinter sich her zwischen die Bäume schleppte, doch es waren ziellose, schwache Bewegungen, die ihn nicht hinderten. Als er sich unbeobachtet fühlte, ließ er sie fallen. »Dummer Klotz«, murmelte er und wischte sich ihre Spucke aus dem Gesicht. Dann neigte er sich über sie und schlug ihre Röcke zurück, ungeduldig wühlte er, bis er ihre nackten Beine fand, und zog sie daran zu sich her. Jetzt schrie Rose, schrie aus Leibeskräften und trat, bis seine Faust sich in ihren Bauch senkte, der weich nachgab und sie umstandslos zusammenklappen ließ. Nur mehr ein Wimmern entrang sich ihrer Kehle. Herrgott, sie würde hier sterben, ja, das würde sie.

»Nein«, bat sie, »warte, nicht, es tut so weh. Ahh!« Sie hustete, meinte, Blut müsste kommen. »Ich will ja«, flehte sie, »hörst du?

Ich werde alles tun. Nur warte, warte einen Moment. Nur bis ich mich …« Sie versuchte, Zeit zu gewinnen, suchte auf die Knie zu kommen, die Hände bittend ausgestreckt. Ungerührt warf er sie auf den Rücken wie einen Käfer.

Rose gab auf, gelähmt von Angst, sich an die Hoffnung klammernd, dass sie es schon überstehen würde. Aber nichts, nichts hatte sie auf die brennende Woge der Scham vorbereitet, als er ihre Beine auseinanderriss. Und nichts auf den brutalen Schmerz, als er in sie eindrang. Sie presste die Faust vor den Mund und biss hinein. Herrgott im Himmel, versuchte sie zu beten, Herrgott im Himmel. Weitere Worte fielen ihr nicht ein.

Es dauerte lange, bis sie begriff, dass sie alleine war.

Wankend kam Rose auf die Knie. Nun gut, dachte sie. Nun gut. Die Wörter kreisten in ihrem Kopf. Und schon wieder waren ihre Pantoffeln fort, diese verflixten Pantoffeln. Sie kroch auf den Knien herum, bis sie sie gefunden hatte. War es also geschehen? Was sollte es? Sie würde es überstehen, das würde sie. Sie war nicht die erste, das war wahr. Sie würde nicht die Letzte sein. Wenn nur der Schuh sich endlich finden würde. »Verdammt«, schrie sie und brach in Tränen aus. Über ihr knackte das gefrorene Holz der Zweige, wenn der Wind es bewegte. Sonst herrschte Stille.

Nach einer Weile, als sie wieder zu sich kam und ihre Kleider gerichtet hatte, die Haube wieder auf ihrem Kopf saß und sie die Erde von ihren Händen gewischt hatte, richtete Rose sich auf. Nun würde sie nach Hause gehen, und alles wäre wie zuvor, beschloss sie. Es hatte keinen Zweck, über vergossene Milch zu weinen, jawohl. Nach wenigen, unsicheren Schritten spürte sie den heißen Schwall zwischen ihren Beinen, und sie musste sich übergeben.

Die Sonne senkte sich schon über den Horizont, als Rose endlich in der Burg ankam.

»Sei gegrüßt«, rief der Wächter ihr zu. »Wie geht es immer, Rose?« Und er trat aus seiner Kammer, um ein Gespräch mit ihr zu beginnen, wie er es gerne tat.

Sie murmelte etwas und stakte vorbei, ohne anzuhalten. Erstaunt schaute er ihr nach. Sein Kamerad trat zu ihm und blickte ihm über die Schulter. Mit dem Finger tippte er sich vielsagend an die Stirn. »Nach einer Weile«, meinte er, »drehen sie alle durch, wenn sie zu viel mit der Herrschaft verkehren.« Das Klacken von Roses Pantoffeln hallte unter dem Torbogen.

»Da bist du ja endlich«, kam der Verwalter auf sie zu. »Du kannst gleich Mabel in der Küche helfen, die Fasane müssen gerupft werden.« Atemlos schilderte er ihr die Pflichten, die mit dem angesetzten Bankett auf sie zugekommen waren. Dann hielt er inne. »Was ist mit dir?«, fragte er. Misstrauisch musterte er das Mädchen, das seinem Blick auswich. Sonst war sie so arbeitsam und willig, anstellig und wach, aber heute? Wie sie nur dastand, als wäre sie auf den Mund gefallen.

»Nichts«, erwiderte Rose bockig.

Er fasste sie unters Kinn. »Und was ist das?«, fragte er und wies auf die Schwellung unter ihrem Auge.

»Bin im Wald auf einer vereisten Wurzel ausgerutscht.« Sie machte sich rasch los. »Dann werd ich mal zu Mabel gehen.«

»Mach das«, rief er ihr nach. »Sie kann jede Hilfe brauchen.« Dann überlegte er. »Sag ihr, sie soll dir eins von ihren Kräuterpflastern drauflegen.«

Rose antwortete nicht mehr. So schnell sie konnte, flüchtete sie sich in die dunkle Küche, die nur vom Licht der Feuerstellen unruhig erhellt wurde und vor Geschäftigkeit brodelte. Hier, so hoffte sie, würde keiner über sie nachdenken.

Mabel, die Köchin, begrüßte sie auch ebenso hastig und geschäftig wie der Vogt. Auf ihren nackten Armen und der Stirn stand der Schweiß. »Rupft die Vögel«, verlangte sie, »schält die Rüben. Und dass mir einer nach der Suppe sieht. Nein, Finger weg«, schalt sie einen Pagen, der nach dem Holztablett mit einer Wurst griff. »Die ist für die Füllung, du Nichtsnutz.«

Rose setzte sich in eine Ecke und begann damit, die Rüben zu schälen. Es ging nicht gut voran, ihre Finger zitterten, und sie ließ die warzige Knolle dreimal in den Schmutz fallen, ehe sie das Messer richtig ansetzte. Wütend biss sie sich auf die Lippen. Vergossene Milch, dachte sie. Sie würde nicht mehr daran denken.

»Ah!« Ihr Schrei ließ die Köpfe der anderen Mägde hochfahren.

»Rose!«, rief eine, »um Himmels willen.« Sie kamen gelaufen, um die Wunde zu begutachten.

»Das sieht schlimm aus«, beschied eine.

»Komm«, meinte eine andere, »wir verbinden das.« Und sie zog ein schmutziges Stück Tuch heraus. Rose hielt ihnen die bebende Hand hin und starrte auf das hervorquellende Blut, das auf den Boden tropfte und sich mit dem Unrat vermischte. »Das ist nichts«, murmelte sie. »Gar nichts.«

»Ist schon gut.« Ihre Helferin nahm sie in den Arm und drückte sie kurz an sich. Als Rose die Wärme ihres Körpers spürte und die tröstende Geste, war ihr, als wäre mit einem Schlag alle Kraft aus ihrem Körper gewichen. Sie sank auf den Schemel und schluchzte. Erstaunt schauten die Mädchen einander an. Die Köchin drängte sich mit rudernden Armen zu ihnen durch. »Wehleidiges Ding«, schimpfte sie. »Da.« Damit drückte sie Rose die irdene Terrine auf den Schoß. »Bring das den Herrschaften. Und lass sie mir ja nicht fallen.«

Rose wischte sich übers Gesicht und richtete sich auf. Wie eine Blinde tastete sie nach dem Topf und stand auf. Die Mädchen hinter ihr tuschelten. »Sie ist so komisch.« »Sie wird alles hinfallen lassen.« »So was.«

»An die Arbeit, ihr faules Pack«, trieb die Köchin sie auseinander. »Wir haben noch viel zu tun.«

Doch eine neigte sich über die Rüben der anderen zu: »Hast du gesehen?«, flüsterte sie. »Sie trägt ihre Haube ja verkehrt herum!«

6.

Rose wusste nicht mehr, wie sie den Weg ins Herrenhaus fand und zum Bankettsaal. Sie ging hinein, spürte nur vage Helligkeit und Hitze der Kerzen und stellte ihre Last auf dem Tisch ab, wo der Page die weiteren Pflichten übernahm. Als sie wieder hinauswanken wollte, wurde sie an der Tür aufgehalten. Es dauerte eine Weile, bis sie begriff, daß die junge Frau da vor ihr ihre Herrin war, und es kostete sie Mühe zu begreifen, was sie von ihr wollte. Ein Brief, welcher Brief?, dachte Rose. In welcher anderen Welt war das gewesen? Was sollte ihr all die Aufregung und Wichtigkeit? Dann schüttelte sie den Bann ab und nickte, gab Antwort, versicherte, versprach, ganz, als wäre sie ein Mensch.

Als sie fort war, ging Elaine mit verlegenem Gesicht zur Tafel zurück. »Ich hatte sie gebeten, mir meinen Schal zu bringen«, erklärte sie entschuldigend. »Vor Stunden schon.« Und sie schaffte es, ein schmollendes Gesicht zu machen.

Harold von Middleton neigte sich ihr zu. »Wenn Ihr verärgert seid, Fräulein, seid Ihr noch schöner.«

Elaine rettete sich in ein huldvolles Kopfnicken. Komm nur öfter, dachte sie, und du wirst viel von diesem Ärger sehen. Dann, während er weitersprach, wanderten ihre Gedanken wieder fort, Rose hinterher und dem Empfänger des Briefes entgegen.

Rose fand ihn schließlich bei den Ställen. Als sie ihre Botschaft übergeben und sein dummes, glückseliges Lächeln ertragen hatte, war ihre Kraft zu Ende. Sie würde nach Hause gehen, ins Dorf, in die Hütte ihrer Eltern, würde schlafen, und morgen … Ihre Gedanken reichten nicht bis Morgen.

Wer sie bemerkte, sah eine Gestalt, die wankte, als wäre sie betrunken, mit liederlich verdrehter Haube, verrutschten, blutverschmierten Strümpfen und beständig ein Liedchen vor sich hinsummend. Sie selber hörte nicht, was sie da sang. Es waren immer wieder dieselben Worte, eine schlichte Litanei: vergossene Milch, vergossene Milch.

»Wo bist du gewesen?«, empfing ihre Mutter sie, kaum dass die Tür der einfachen Kate in ihren Weidenangeln quietschte.

»Auf der Burg gab es ein Fest, ich musste helfen.« Rose ging rasch zu der Ecke hinüber, in der die Bank stand, die ihr als Lager diente. Sie zog die Decken hervor und richtete sich ihr Bett. Im Kamin glomm nur noch wenig Glut, am Rande, in der warmen Asche, hatte sich bereits die Katze häuslich eingerichtet. Es war angenehm dunkel. Ihre Mutter allerdings ließ sich nicht abschütteln.

»Hast du etwas zu essen mitgebracht?«, fragte sie hoffnungsvoll. Selten kam Rose von Festlichkeiten bei der Herrschaft, ohne ein paar Bissen von den Tafelabfällen mitzubringen.

»Hab ich vergessen«, murmelte ihr Tochter. »Tut mir Leid.« Sie legte ihr Schultertuch ab und faltete es, damit es ihr als Kopfkissen diente. Dann schlüpfte sie aus den Wollstrümpfen.

»Wieso sind die so schmutzig?«, begehrte ihre Mutter zu wissen, verärgert über die entgangenen Genüsse. Mit anklagender Geste hielt sie einen der Strümpfe hoch. »Die sind ja voll Blut.«

»Die Fasane«, brachte Rose heraus. »Ich musste sie schlachten.« Etwas in ihrem Ton ließ ihre Mutter misstrauisch werden. Sie betrachtete die klägliche Wollschlange in ihrer Hand, dann ihre Tochter, die sich mit steifen Gliedern niederließ und nicht verhindern konnte, dass sich ihr Gesicht vor Schmerz verzog. Mit zwei raschen Schritten war sie bei ihr und schlug ihr die Röcke hoch.

Rose schrie auf.

»Da haben wir es. Du Schlampe!«, schrie ihre Mutter und hob die Hand.

Rose biss die Zähne zusammen, als sie ihr das Gesicht entgegenhob. Im letzten Schimmern der Glut wurden ihre Züge sichtbar, die Verwüstung darin, die schwärzliche Schwellung, die Panik in ihren Augen. Die Hand der Mutter fiel herab. Einen Moment standen sie so einander gegenüber. Dann wandte die Mutter sich ab und begann, die hölzernen Essschalen einzusammeln, die noch auf dem Tisch standen. Rose schaute ihr stumm bei den Verrichtungen zu. Die Mutter sagte noch immer kein Wort. Als sie schließlich doch sprach, wandte sie sich nicht um.

»Bist nicht die Erste«, murmelte sie.

»Ich weiß«, gab Rose dumpf zurück.

»Über vergossene Milch …«

Rose ersparte sich die Antwort. Ihre Mutter wischte die Brotkrümel vom Tisch. Das Huhn, das mit seinen Küken in einem Korb neben dem Feuer lebte, gluckste verschlafen, richtete sich dann noch einmal mit schabenden Federn auf und kam herbei, die Krumen aufzupicken. Eifrig dirigierte es seine Kleinen. Rose sah ihnen blicklos zu.

Sie bemerkte kaum, dass ihre Mutter an sie herangetreten war und ihr unbeholfen über den Kopf strich, regte sich auch nicht und sagte kein Wort. Ihre Mutter seufzte. Dann ging sie zu dem Strohsack, der ihr Lager war. Ächzend richtete sie sich darauf ein.

»Wenn es ein Kind gibt«, sagte sie überraschend noch in die wachsende Dunkelheit, »geben wir es weg.«

Von Rose kam kein Laut. Ein Kind, dachte sie, lieber Gott. Die Nacht überfiel sie mit Wirbeln von Schwärze und ihr war, als müsste sie darin ertrinken. Sie rang nach Luft, Dunkelheit drückte ihr die Brust ab, legte sich um sie, erdrückte sie. Die Angst riss sie wie ein kalter Strom mit sich fort.

7.

Johanna kämpfte gegen die Angst wie ein Schwimmer gegen die Strömung. Sie hielt sich sehr gerade und kontrollierte ihre Atmung, bis sie zu ersticken glaubte. Auffordernd schaute sie in die Runde. Aber keiner der Männer erwiderte ihren Blick; niemandes Stimme erhob sich. Mehr und mehr verächtlich ließ Johanna ihre Augen über die Reihe gleiten. Gab es denn nicht einen, der für sie war oder wenigstens, dachte sie bitter, einen, der es wagt, mir offen ins Gesicht zu sehen?

Tankred von Lecce hob die Schultern. »Was soll man machen«, fragte er spöttisch, »die Barone haben sich umentschieden. Und das«, fuhr er fort und ließ seine anfangs bewusst träge klingende Stimme, deren frivoler Ton Johanna das Blut in die Wangen trieb, mit einem Mal hart werden. »Und das mit gutem Grund.« Seine Hand wies zum Fenster, wo das friedliche Messina zu ihren Füßen lag. »Es rumort in den muselmanischen Vierteln«, erklärte er. »Die Araber proben den Aufstand. Und dem werden wir mit aller Härte begegnen müssen. Bald schon, wenn es nicht zu spät sein soll.« Seine Finger in dem roten Handschuh ballten sich zur Faust. Mit einem dumpfen Laut ging sie auf die geschnitzte Lehne nieder. Dann neigte er sich vor. »Oder wollt Ihr die Truppen anführen«, fragte er schmeichlerisch, »wenn sie hinausreiten, um die Aufständischen wegzufegen?

Johanna wandte den Kopf ab, um sein falsches Lächeln nicht zu sehen; es war mehr, als sie ertragen konnte. Mit seiner Brutalität hatte sie gerechnet, seinem Machtinstinkt, seinen Intrigen. Sein Hohn aber traf sie weit tiefer.

Da ließ Lecce sich wieder vernehmen. »Jetzt, wo Euer Bruder seinen Kreuzzug beginnt, möchtet Ihr vielleicht auch gegen die Ungläubigen ziehen?« Er lachte leise über seinen Witz. »Wo ist er übrigens, Euer Bruder?«

Johanna biss sich auf die Lippen. Sie hatte lange keine Nachricht mehr erhalten, das Letzte, was sie gehört hatte, war, dass die Truppen der englischen Kreuzfahrer noch immer in Vézélay lägen. Die Verhandlungen mit König Philipp von Frankreich über dieses, ihr gemeinsames Unternehmen hielten an. Die beiden Könige waren höchst unterschiedlichen Temperaments, und die politischen Konflikte zwischen ihren Ländern machten eine Annäherung ohnehin nicht leicht. Johanna musste es selbst zugeben, es grenzte an ein Wunder, dass sie sich zu diesem Vorhaben überhaupt verstanden hatten. Und es würde ein weiteres Wunder brauchen, damit sie sich zusammenrauften, aufbrachen und auf ihrem langen Weg über Land – denn Richard wurde leicht seekrank und scheute das Wasser – endlich, endlich in Sizilien ankämen, wo sie dringend ihrer bedurfte.

Tankred von Lecce lehnte sich zurück und betrachtete sie nicht ohne Mitgefühl, als könnte er ihre verzweifelten Gedanken lesen. Als er jedoch weitersprach, schonte er sie nicht. »Wahrscheinlich«, mutmaßte er und wandte sich den Baronen zu, »diskutieren sie immer noch über diese Schwester des guten Philipp, die irgendwo in den düsteren englischen Schlössern herumspukt.« Er lachte. »Armes Ding, da wird sie an den Hof geschickt, um einen der Söhne des Königs zu heiraten, und was passiert: der Vater macht sie zu seiner Geliebten. Ha!« Er lachte und schaute sich nach den Baronen um, von denen es aber keiner wagte, sich seiner Heiterkeit anzuschließen. Da neigte Tankred sich vor. »Richard will sie nicht, ich kann ihn verstehen.«

»Ihr lenkt vom Thema ab«, zischte Johanna, sprachlos vor Wut.

»Nein, wir sind ganz beim Thema«, gab Tankred von Lecce zurück, »heiraten und erben. Und verlieren. Es ist doch etwas Trauriges«, fügte er mit falschem Pathos hinzu, »um die einsamen Frauen an den Höfen fern der Heimat, denen der Beschützer fehlt.« Er nickte ihr vielsagend zu. »Ich kann verstehen, dass Ihr Euch vor einem Schicksal ähnlich dem der armen Alice fürchtet, hin- und hergeschoben werden zwischen den politischen Interessen ohne einen Beschützer …«

Johanna schnappte nach Luft. Diese Bemerkung war so ungeheuerlich in ihren Andeutungen, dass sie es nicht einmal schaffte, eine Erwiderung zu finden. Aber Tankred ließ ihr auch keine Zeit.

»Dabei habt Ihr Euch alles selbst zuzuschreiben«, fuhr er fort, »kinderlos wie Ihr seid. Hättet Ihr Eure Pflicht getan und dem Königreich einen Erben geschenkt, stünden wir alle nicht vor dieser Situation. So aber …«, er richtete sich auf, während Johanna sich unter dem Schlag dieses Vorwurfs beinahe krümmte. Als er ihre Kinderlosigkeit erwähnte, war ihr für einen Moment, als könnten diese Männer sie nackt sehen. Ihre Hand fuhr unwillkürlich zu der Smaragdnadel und hielt den kleinen Gewandschlitz zusammen.

Ihr Gegner lächelte maliziös. »Ihr müsst vergeben, Herrin, aber hier geht es um Politik, da sind Tatsachen gefragt und die lautere Wahrheit. Rücksicht auf weibliche Empfindlichkeiten kann, wo es um das Wohl von so vielen geht, nicht genommen werden.«

Johanna kniff die Lippen zusammen und suchte ihn mit Blicken zu ermorden. Tankred von Lecce schien nichts davon zu bemerken; er fuhr fort: »Ich habe getan, was nötig ist, um Sicherheit und Stabilität zu gewährleisten. Ich werde die Barone führen und die arabische Gefahr von den Mauern und Menschen dieses Reiches fernhalten. So haben die Barone und ich es beschlossen, und so ist es das beste.« Beifälliges Murmeln antwortete ihm auf diese Rede.

»Mein Bruder …«, schnappte Johanna.

Tankred aber winkte ab. »Euer Bruder, falls er jemals ein Ende findet in seinen Streitereien mit Frankreich, wird mir zustimmen, das sage ich Euch von König zu König.«

Johanna verzog angeekelt das Gesicht über diese Anmaßung. Sie wollte ihm widersprechen, doch er brachte sie mit einer knappen Geste zum Schweigen.

»Seht Euch doch dieses Testament an, auf das Ihr so pocht. Wen bestimmt es zum Erben? Seine Tante Konstanze? Und sie ist die Frau eines Staufers, nicht wahr, jenes Sohnes des großen Barbarossa.« Er lehnte sich genüsslich zurück. »Soviel wissen wir beide, dass Euer Bruder niemals zulassen wird, dass die Staufer dieses Königreich regieren.«

Johanna mußte ihm gegen ihren Willen Recht geben, sie wusste um Richards alten und heftigen Streit mit dem Staufischen Herrscherhaus. Ihre Position, sich an den Wortlaut des Testamentes zu halten, würde in der Tat in ihrem Bruder keinen Verteidiger finden. Er wäre der erste, Konstanze und damit den Staufern die Krone Siziliens zu verweigern. Aber noch gab sie nicht auf. Es gab noch andere Themen, die ihren Mut brauchten und einen Streit lohnten.

»Davon unberührt allerdings ist die Frage meines persönlichen Besitzes«, sagte sie und musste sich räuspern. Wie dünn klang ihre eigene Stimme in ihren Ohren, und sie schalt sich dafür. Klarer dann und mit aller ihr möglichen Majestät fuhr sie fort. »Ihr enthaltet mir mein Wittum vor, meinen Besitz und meine persönlichen Herrschertitel. Oder haben«, fragte sie sarkastisch und wandte sich an die schweigenden Männer in ihren Stühlen, die mit den Stiefeln unter ihren langen Gewändern scharrten, »die Herren Barone beschlossen, sich auch hier über beeidetes Recht hinwegzusetzen? Ich kann allen Anwesenden versichern, dass mein Bruder in diesem Punkt sicher ganz meiner Ansicht sein wird.«

»Aber meine Liebe.« Tankreds Stimme troff nun wieder von der höfischen Zuvorkommenheit, auf die er sich so gut verstand, wenn er wollte. »Ich könnte es mir nie verzeihen, wenn ich Eure Interessen vernachlässigte.«

Einen Moment fragte Johanna sich, ob sie aufatmen durfte, und der Ansatz eines Lächelns begann um ihre Lippen zu spielen.

»Euer Wohlergehen und Eure Sicherheit liegen mir mehr am Herzen, als Ihr glaubt«, fuhr er fort und legte sich die knochige

Hand aufs Gewand, wo das Herz war. »Deshalb kann ich es auch unmöglich verantworten, dass Ihr, während ein Krieg tobt, allein und ungeschützt auf Euren Gütern sitzt, jedem Gewaltakt ausgesetzt. Eine hilflose Frau …«

Das Lächeln auf Johannas Lippen erstarrte

»Ihr wollt mich nicht gehen lassen?« Es war nur ein Flüstern.

Tankred neigte leicht grüßend den Kopf. »Ich biete Euch meine Gastfreundschaft, bis der Boden unserer schönen Insel wieder sicher geworden ist.« Dann klatschte er in die Hände.

»Bringt die Dame in ihre Gemächer«, wies er die eintretenden Diener an. Mit einem Wink seiner Augen hieß er die Türwachen, dem kleinen Zug zu folgen.

Johanna blieb nichts, als sehr aufrecht hinauszumarschieren. Sie war eine Gefangene, sie wusste es. Für wie lange? Zu welchem Zweck? Das lag in Tankreds Hand. Sie wusste, ganz ohne Hochmut, sie war ein kostbares Pfand, nicht nur ihrer eigenen Familie gegenüber, falls ihr Bruder mit seinen hochfliegenden Kreuzzugsplänen je die Zeit finden würde, sich für ihr Schicksal zu interessieren. Auch den anderen Herrscherhäusern Europas gegenüber. Tankred hatte nun die Hand einer Plantagenet zu vergeben, das war keine geringe Sache. Sollte er es allerdings nicht für vorteilhaft halten, sie neu zu verheiraten, lag es auch in seiner Macht, sie bis ans Ende ihrer Tage lebendig zu begraben. Wieder hörte Johanna das einstürzende Gerüst, die Schreie, fühlte den Staub, der sich auf ihr Gesicht und ihre Haare legte. Und sie dachte, dass es vielleicht besser gewesen wäre, sie hätte diesen Schritt beiseite heute Morgen nicht mehr geschafft.

Tankred von Lecce schaute ihr nach. Sein Berater neigte sich zu ihm. »Ihr habt sie hart angefasst«, flüsterte er. »Möglich, dass das einigen der alten Getreuen Wilhelms nicht behagt.« Und sein Blick schweifte vielsagend zu den Baronen, die noch immer schweigsam, mit düsteren Gesichtern dahockten.

Das Gesicht seines Herrn verdüsterte sich. »Wenn du heute morgen bei der Kirche sorgfältiger gearbeitet hättest, hätten wir uns diesen Auftritt ersparen können«, zischte er verärgert zurück. Dass die Barone wankelmütig waren, wusste er selbst am besten, schließlich hatte er sie dazu gebracht, den Eid gegenüber ihrem Herren zu brechen, als dessen toter Leib noch warm war. Er zweifelte nicht, dass sie auch von ihm abfallen würden, sollten die Gelegenheit und der Anlass sich bieten. Allerdings würde dies kaum aus romantischen Gefühlen gegenüber einem Weiberrock geschehen, dachte er. Nicht einmal einem so hübschen gegenüber. Sie war ein verdammt schönes Weib, diese Johanna, das musste er ihr lassen.

»Verzeiht Herr.« Mit gekünstelter Demut neigte seine Kreatur den Kopf. »Soll ich …?«

Tankred hob die Hand und unterband damit jede weitere Rede. »Es ist gut so, denke ich.« Noch einmal schweifte sein Blick zu Johanna, deren blaues Kleid vor dem Ausblick auf das Meer in seinen Umrissen verschwamm und den Eindruck verlieh, als schwebte die Frau schwerelos durch die Landschaft davon. »Warten wir ab, wie die Dinge sich entwickeln.« Er hieb bestätigend mit der Faust auf die Lehne. »Warten wir es ab.«

8.

Als Rose wie jeden Morgen die Fenster aufstieß, erwachte Elaine in ihrem kastenförmigen Bett mit den gedrechselten Säulen. Nur wenig Licht drang durch die schweren Vorhänge herein, die es verhüllten und vor allem vor der beißenden Kälte schützten, die in dem steinernen Gemach herrschte. Elaine betrachtete den Lichtstrahl, der durch eine Vorhangritze hereindrang und über ihrem Kopf einen Schleier aus tanzendem Staub enthüllte. Außerdem fühlte sie den nadelfeinen Stich der kalten Zugluft und kuschelte sich noch tiefer in ihre Daunenkissen. Ah, hier war Wärme, hier waren, ein warmer Pfuhl, noch die köstlichen Überreste ihres Traumes zu finden.

»Habe ich gut geschlafen! Hast auch du so gut geschlafen Rose? Ich muß dir unbedingt meinen Traum erzählen!«

Rose war diesen Morgen erwacht wie jeden Morgen seit dem Tag, an dem es geschehen war: in Schweiß gebadet. Die ganze Nacht war sie gelaufen, davongelaufen vor jenem langen Schatten unnennbarer Angst, der sie wieder und wieder einzuholen drohte. Ihre Beine zuckten noch, wenn sie sich aufsetzte, ihr Gewand war feucht, ihr Herz klopfte wie wild und sie fühlte sich völlig zerschlagen. Manchmal schmerzte ihr Hals, als hätte sie laut geschrien, und auch die Zähne, die sie fest aufeinandergebissen hatte. Dann schaute sie misstrauisch zu ihrer Mutter hinüber und fragte sich, ob sie im Schlaf wohl verräterische Geräusche machte. Doch wenn ihre Mutter etwas gehört hatte, so sagte sie nichts. Sie sprach ohnehin wenig; und den Vorfall hatte sie seit jenem Abend nie wieder erwähnt.

Dennoch fühlte Rose sich beobachtet, von ihr und allen anderen. Jeder, schien es, musterte sie aus den Augenwinkeln und lauerte – worauf, das wusste sie selber nicht. In Wahrheit war es so, dass niemand etwas von ihr wollte. Keiner sprach sie an, fragte mehr nach der Wunde oder erwähnte irgendetwas Verdächtiges. Alle gingen sie ihrer alltäglichen Arbeit nach und beachteten Rose so wenig wie je. Es war nur ihr eigenes Gefühl der brennenden Scham, das sie glauben ließ, jeder müsste den Makel an ihr sofort entdecken. Und tief darunter verborgen war es der nicht minder brennende Wunsch, einer möge es entdecken, möge ihre Qual bemerken, sie in die Arme nehmen, trösten und von all dem erlösen. Aber nichts dergleichen geschah.

Rose verrichtete ihre Arbeiten wie eh und je. Nur dass sie jetzt gekennzeichnet war von einer Kette dummer Missgeschicke und Unfälle. Wenn einer stolperte, sich schnitt oder mit dem Kleid irgendwo hängenblieb, dass es böse ratschte: Es war Rose. Wenn einem die Hühnereier beim Einsammeln zerbrachen, das Feuer im Kamin einfach nicht angehen wollte, so dass der Herr schon schimpfte oder die Grütze am Morgen angebrannt auf die Holzteller der Knechte kam: Rose war diejenige, der er es passierte. Wenn es irgendwo in der Burg schepperte oder klirrte, war man soweit, ohne Aufzusehen zu seufzen: Oh, Rose.« Auch Elaine hielt sie die Cotte verkehrt herum hin, aber die war nicht in der Stimmung, es zu bemerken.

»Im Traum war mein Geliebter«, schwärmte sie, »in einem prächtigen, bunten Gewand, das Schwert an einem Gürtel mit Silberbuckeln. Sein Haar war lang, wie die Ritter es trugen, und es glänzte im Licht einer Sonne, wie England sie noch nie gesehen hatte. An einer Hand führte er sie, Elaine, deren Schleier im warmen Wind wehten. Mit der anderen wies er auf eine Stadt, die ganz und gar golden schimmerte, wie ein riesiges Reliquiar, köstlich in allen Einzelheiten; das war Jerusalem, der heiligste Ort der Welt. Hörst du mir zu, Rose?«

Die Magd murmelte etwas Unverständliches, während sie mechanisch begann, Elaine die Kleider zu reichen. Die zog sich an und plauderte unverwandt weiter.

»Er sagte: ›Für dich‹, zog sein Schwert und kniete sich nieder. Ein ehrfürchtiges Murmeln ging durch die Menge der Menschen, die unter Palmen weilend ihnen zusahen. Alle neigten das Haupt und lächelten und vergossen sogar eine Träne, als ich mich neigte, um ihm die Stirn zu küssen, die warm war und glatt, ach Rose, du kannst es dir nicht vorstellen. Und sie duftete nach Sonne und Weihrauch.« Ehrfürchtig hielt Elaine inne. »Ich glaube, die Männer sind schon etwas Wunderbares. Was meinst du, Rose?« Elaine drückte ihre Nase in die Kissen und atmete tief ein. Dann musste sie niesen. »Ach«, seufzte Elaine. Eine Weile lag sie noch auf dem Rücken. Eine Antwort erhielt sie nicht.

Rose wartete unverwandt mit der Haarbürste in der Hand und starrte auf den Betthimmel, wo sich die Wanzen mit den ersten Frühlingsahnungen zu regen begannen. Aber für sie wollten sich die Tiere einfach nicht in Saladins gepanzerte Reiterei verwandeln und die alten Spinnweben nicht in Palmwedel, obwohl sie solche kannte von den Wandgemälden in der Kirche, auf denen der Palmsonntag abgebildet war. Auch ein Jerusalem gab es dort, seltsam geschachtelt aus Vierecken und Zinnen, so klein, dass es kaum den Esel zu fassen schien, auf dem Jesus ihm entgegenritt. Und dennoch löste der Name in ihr etwas aus, ein Echo, einen Wiederhall, dessen Ursprung sie noch nicht zu fassen vermochte. Zu schwer lastete die Traurigkeit auf ihr und machte sie unbeweglich.

So blieb sie auch, als Elaine endlich aufsprang und mit einer raschen Bewegung die Füße aus dem Bett schwang, »brr, ist das kalt« rief und so schnell sie konnte in ihr Surcot schlüpfte. Sie protestierte auch nicht, als Elaine sie anstieß, während sie zum Fenster lief, um hinauszusehen. Der Schnee in den Mauerritzen, war verschwunden, statt dessen grünten dort bereits die ersten Kräuter. Elaine hob den Kopf und schnupperte. »Du hast mir gar nicht gesagt, dass es Frühling wird«, beschwerte sie sich. »Ich kann ihn riechen.«

»Ich muss es wohl übersehen haben«, murmelte Rose.

»Und schau, da ist Edward!« Es hätte nicht viel gefehlt, und Elaine hätte gerufen und ihm zugewunken. Gerade noch rechtzeitig wurde Rose wach und zog sie vom Fenster weg. »Ach er geht«, klagte Elaine, als sie sich ihren Platz zurückerkämpft hatte. »Zum Viehmarkt bestimmt. Da bleibt er gewiss bis zum Abend.«

Die junge Burgherrin hielt nicht inne mit ihrem Gejammer. Wie wenig sie doch von dem Geliebten hatte, während er ihr so nahe war. Welche Qualen das für ein fühlendes Herz bedeutete. Wie folternd die wenigen Augenblicke nur waren, die sie ihn sah, ihn, der so schön war, so geschmeidig, so hoch gewachsen edel.

Rose versuchte, all dem zu folgen, konnte aber nicht verhindern, dass ihre Gedanken abschweiften, mit dem Flug der Vögel draußen über dem Hof, mit dem Geläut der Glocken vom nahen

Kloster, mit den huschenden Schritten einer Maus, die aus ihrem Loch kam und mit raschen, suchenden Bewegungen ihres Köpfchens die Furchen zwischen den Steinplatten des Bodens entlanglief, die feinen Schnurrhaare zitternd vor Erregung.

»Du hast ihm doch den Brief sicher gegeben?«, erkundigte Elaine sich, zum wievielten Male nicht in den letzten Tagen. Und Rose bejahte es zerstreut.

»Dann verstehe ich das nicht«, jammerte Elaine. »Es müsste ihn doch mit aller Macht zu mir ziehen, nun, da er um die Gefahr weiß. Dabei wirkt es eher, als wiche er mir aus.« Sie seufzte und schlang die Arme um ihre Knie. »Vielleicht«, fiel es ihr dann ein, »schmiedet er schon die Pläne für unsere Flucht. Vielleicht bereitet er alles heimlich bereits vor. Und meidet mich, damit kein Verdacht auf uns fallen kann. Oh wie klug!« Sie klatschte erfreut in die Hände. Erschrocken fuhr Rose zusammen.

»Was meinst du?« Elaine ergriff ihre Hände und drückte sie in die ihren. »Soll ich ihm helfen und ebenfalls mit den Vorkehrungen beginnen?« Sie überlegte, während sie mit Roses Fingern spielte. »Ich könnte zum Beispiel meinen Schmuck zusammenpacken und verstecken, unter der Matratze, was meinst du?«

»Sicher«, sagte Rose und räusperte sich. Sie hatte Mühe, sich ins Gedächtnis zu rufen, was die Herrin gesagt hatte. Als es ihr aber einfiel, meinte sie, dass es niemand wehtun würde, wenn die Ringe und Ketten Elaines statt in der Truhe in dem Bett gleich daneben ruhten. »Sicher«, wiederholte sie daher mit festerer Stimme und versuchte ein Lächeln.

»Liebe Rose.« Elaine strahlte und küsste sie auf die Wange. »Aber dein Gesicht ist ja so kalt wie deine Finger«, lachte sie. Dann hob sie lauschend den Kopf.

Rose hob den Kopf. »Euer Vater kommt«, sagte sie tonlos.

Elaines Gesicht wurde schlagartig ernst. »Ach Rose, das Leben ist so furchtbar!«

Da ging die Tür auf und der Herr von Chaworth kam herein. Er breitete die Arme aus: »Wunderbare Neuigkeiten«, verkündete er aufgeräumt. »Middletons Antrag ist da. Du kannst dich auf die Hochzeit freuen.«

Rose fühlte, wie Elaines Finger nach den ihren fassten; sie waren so kalt wie der Schnee auf der Mauer.

9.

Rose verließ Elaine. Sie ertrug es nicht, deren verzweifelte Proteste zu hören und die scharfe Stimme ihres Vaters, der sie zurechtwies.

»Wie kannst du es wagen, mir gegenüber eine solche Sprache zu führen?«, hatte er gedonnert. »Du wirst ihn heiraten, sag ich, und alles, was du dazu zu sagen hast, ist ›ja‹, wenn du vor dem Altar stehst. Hast du mich verstanden?« Widerspruch hatte noch niemand Wilfried von Chaworth entgegengebracht, weder seine Frau noch seine Kinder. Allenfalls der Bischof erlaubte es sich, hie und da ihm Gespräch ihm gegenüber einen Vorschlag zu machen, vorsichtig und beiläufig, wie es seine Art war, so dass man guten Gewissens darauf eingehen konnte, ohne das Gefühl zu haben, zu etwas bestimmt worden zu sein. Aber ein klares »Nein« war er nicht gewohnt zu hören. Und es brachte ihn auf wie die Saufeder in der Flanke einen Eber. Sein Brustkorb hatte gebebt, da sein Atem rasch ging. Sein Gesicht, breit und fleischig, den genussvollen Esser und Trinker verratend, hatte sich zornrot verfärbt, seine Augen gefunkelt. Seine Untergebenen würden einen Widerspruch nicht wagen! Sie selbst würde es nicht wagen! Wie klein sie sich fühlte, so im Sturm seines Missfallens zu stehen, und sei es nur am Rande, es war kaum zu ertragen.

Das rote Gesicht des Burgherren stieß sie mehr ab denn je, und auch seine Hände mit den dicken, wurstigen Fingern, die er alle zehn energisch vor ihnen auf die Tischplatte gestützt hatte, so wie er es tat, wenn er die Geschäfte derer von Chaworth tätigte, seine Schuldner auszahlte, die Abgaben der Pächter zählte, Verträge unterschrieb, all das mit viel Strenge. Es waren die Hände eines Mannes, der nie in seinem Leben an sich gezweifelt hatte. An diesem Morgen sah Rose nur, dass sie hart waren wie die eines Schmiedes. Und sie war froh, draußen auf dem Hof die frische Morgenluft atmen zu dürfen.

Ein wenig bewunderte sie Elaine, die es wagte, all dem standzuhalten. Die es schaffte, ihren Mund aufzutun und ›nein‹ zu sagen, auch wenn es unvernünftig und nutzlos war. Sie selbst hatte sich bislang versagt, auch nur in Träumen vor ihrem Schicksal zu flüchten, geschweige denn sich dagegen aufzulehnen. Nicht einmal gegen Thomas hatte sie die Hand gehoben! Der Gedanke schmerzte so, dass sie die Augen schließen musste. Und als die Stimmen noch einmal lauter wurden, zögerte sie für einen kurzen Moment und wandte sich um.

Aber nein, es gab nichts, was sie tun konnte; Rose floh im Laufschritt. Und war Elaines Schicksal am Ende so schlimm? Sie würde Rang und Titel besitzen, die Achtung ihres Gatten und ihrer Untertanen. Niemand würde es wagen, sie zu schlagen und zu packen wie eine überzählige Katze, um sie gegen den nächsten Baum zu schlagen. Sie presste die Hand gegen den Mund und versuchte, die Erinnerung zu verdrängen.

Im Hof war ein kleiner Tumult, weil ein Fuhrwerk zu passieren suchte, das lange, frisch geschlagene Baumstämme transportierte. Sie schleiften hinter dem Gespann her und drohten sich beim Tor zu verkeilen. Die Knechte liefen zur Hilfe herbei und machten das Pferd eines Reiters scheu, der ungeduldig darauf wartete, die Toreinfahrt passieren zu können.

Vom Fenster des Palas, das zu Elaines Zimmer gehörte, hörte man das Klatschen einer heftigen Ohrfeige.

»Vergossene Milch«, murmelte Rose und wandte sich ab. Dabei stieß sie schmerzhaft gegen jemanden, den sie übersehen hatte. Unwillkürlich stemmte sie die Hände gegen die fremde Brust. Da roch sie es, noch ehe sie den Kopf heben konnte, um in das Gesicht zu sehen. Asche und Metall.

»He, Thomas«, rief einer der Knechte fröhlich. »Hier herüber. Flirte nicht herum und komm in den Stall.«

»Sofort.« Rose konnte die Vibration seiner kräftigen Stimme in seinem Brustkorb spüren. Sie ließ die Hände herabfallen.

Thomas der Schmied lachte. Geh weg, betete sie stumm und schloß die Augen. Dann, endlich, spürte sie seine Gestalt sich von ihr lösen. Sie hörte das Knirschen seiner Schuhe auf dem Stein des Hofes. Hörte die Scherze der Männer und Thomas' gut gelaunte Antwort: »Die? Wegen der würde doch keiner einen Gaul stehen lassen« und das folgende Gelächter. Ihre Beine zitterten so sehr, dass sie es noch immer nicht wagte, einen Schritt zu tun. Als sie die Augen schließlich öffnete, waren sie blind von Tränen. Aufschluchzend wischte sie sich das Gesicht mit der Schürze ab und erkannte, dass sie in dem kleinen, mauerumstandenen Garten der Burg stand. Elaines Mutter hatte einst versucht, hier Rosen zu züchten, es aber bald aufgegeben, und so diente er heute als Kräuterbeet. Nur ein paar Spaliere und eine Bank, die einsam inmitten der Beete stand und auf die Rose nun zutaumelte, zeugten von der einst höheren Bestimmung. Der Boden war schwarz und schwer, in den Mauerschatten noch von grauem Harsch bedeckt, und in manchen Furchen lag blasses, wie ertrunkenes Grün vom Vorjahr. Aber die Sonne schien bereits über die Krone und ließ ihr Licht über den kleinen, verwunschenen Sitzplatz gleiten, auf dem Rose sich nun einrollte wie eine Katze. Was sollte sie tun? Was sollte sie nur tun?

»Rose?«, hörte sie es da.

Kaum, dass sie es vermochte, die Augen zu öffnen.

Aber Elaine war schon neben sie geschlüpft und kuschelte sich an sie. »Er hat mich geschlagen«, flüsterte sie.

»Ich weiß.« Besser als du ahnst, dachte sie. Doch es klang müde.

»Aber ich will ihn trotzdem nicht heiraten. Er ist doch viel zu alt. Und er ist mir zuwider. Schon seine Hand auf meinem Arm, wenn er beim Essen eine Bemerkung macht ... » Rose spürte, wie das Mädchen neben ihr erschauderte.

»Nicht einen Wimpernschlag hat er gezögert. Ich hasse ihn.«

»Er ist Euer Vater«, murmelte Rose mechanisch.

Hasste sie selbst Thomas, fragte zugleich eine Stimme in ihrem Inneren. Rose war nicht sicher. Durfte sie ihn hassen? Ja, ja und tausendmal ja. Und warum tat sie es dann nicht. Weil du dich fürchtest, flüsterte die Stimme ihr zu. Und die Scham packte sie, dass es sie schüttelte.

»Ich habe ihm gesagt, dass ich einwillige, und jetzt ist er schon wieder glänzender Laune.« Elaines Stimme verriet nichts als Verachtung. Dann dachte sie nach. »Edward wird die Vorbereitungen für die Flucht beschleunigen müssen.« Der Gedanke verlieh ihr neue Energie, denn während Rose liegenblieb, richtete sie sich auf und begann bald lebhaft, ihre Pläne zu entwickeln. Es gäbe nun keine Wahl mehr; die Würfel wären gefallen: Sie und Edward würden gemeinsam von hier fortgehen, am liebsten heute noch; sie musste versuchen, ihn noch diesen Abend zu treffen. Da hinein mischte sich der Bericht über die Heiratspläne, das Lamento über ihren Vater und alles, was ihr sonst noch in den Kopf kam in diesem Moment, in dem es ihr schien, ihr ganzes Leben sei in Bewegung geraten, wie ein Pferd in wildem Galopp. Und sie saß auf seinem Rücken, der Wind pfiff ihr um die Nase und sie ahnte nur gerade erst, wohin die wirbelnde Reise ging. »Heute Nacht«, sagte sie und setzte sich heftig ausatmend endlich hin, »werde ich ihm erlauben, mich zu küssen. Nun kann ich es, nun bin ich sein. Werde es sein«, verbesserte sie sich dann, schwieg einen Moment in Ehrfurcht vor der Größe des Augenblicks und verfiel dann wieder in ihr nervöses Geplauder.

Rose bekam nicht allzu viel davon mit. Wie erstarrt lag sie da, die Arme um sich geschlungen und ihr schien, an ihren Händen, die sie unauffällig immer wieder am Stoff ihres Umschlagtuches abwischte, haftete noch immer dieser Geruch, den alles Waschen nicht von ihr abwusch: Asche und Metall. Diese verflixten Finger, wie kraftlos waren sie gewesen, sie, die früher doch so entschlossen zugepackt hatten. Sie hatte ihn nicht geschlagen, hatte ihn nicht getötet, ihn nicht einmal zurückgestoßen. Lächerlich hatte sie vor ihm gestanden, lächerlich war sie für alle, zerstreut, ungeschickt, als hätte Etwas ihr alle Lebenskraft ausgesaugt. So konnte es nicht weitergehen; sie war auf dem Weg, sich zu verlieren.

Elaines sonst so blasse Wangen glühten vor Eifer. »Was sagst du dazu, Rose, was?«

10.

»Ich möchte ihn anzeigen«, sagte Rose und hob den Kopf.

»Wahrhaftig!« Der Vorsteher der kleinen Gemeinde hielt sich ein Tuch an die Nase, als wäre ein übler Geruch zu ihm gedrungen. Hilfesuchend schaute er seine Ratskollegen an. Die vermieden es wie er, zu Rose hinüberzuschauen, die, ihr wollenes Umschlagtuch festhaltend, vor ihnen stand, bleich im Gesicht.

»Der Thomas ist jetzt viel in der Burgschmiede, seit der alte Burgschmied krank ist. Da müsste ich ja dem Herrn von Chaworth mit dieser, dieser Sache kommen.« Er schüttelte entschieden den Kopf. Nein, das erschien ihm ganz und gar unmöglich.

»Ist es denn nicht möglich«, fragte ein Alter mit reichlich gefälteltem, pelzverbrämten Rock, im zivilen Leben Färbermeister, »dass das Mädchen sich über den Hergang getäuscht hat?«

Rose gab einen empörten Laut von sich. »Wie sollte ich mich darüber täuschen?«, fragte sie. »Er hat mich zu Boden geschlagen und mir, mir … » Sie rang darum, das Wort noch einmal über ihre

Lippen zu bringen.

Der Färbermeister winkte ab. »Manchmal«, brummelte er, »trinkt man zu viel, und dann …«

»Man soll eine kleine Rangelei nicht überbewerten«, sprang der Gemeindevorstand ihm bei. Zustimmungsheischend blickte er Rose an, die verächtlich zurücksah.

»Es war keine Rangelei, es war Gewalt.«

»Der Thomas ist ein gottesfürchtiger Mann«, ließ sich da der Priester vernehmen, der bisher in seinem Sessel gehockt und nichts dazu gesagt hatte. »Er geht fleißig in die Kirche und tut seine Arbeit wie nur einer.« Er sagte das in abschließendem Ton.

Rose senkte erschrocken den Kopf vor der kirchlichen Autorität. Doch es kämpfte zu sehr in ihr, als dass sie hätte schweigen können. Sie war schon zu weit gegangen, wenn sie nun schwieg, würde man sie eine Lügnerin heißen.

»So ist es denn«, begann sie vorsichtig im fragenden Ton, »rechtens, dass einer, wenn er nur arbeitet und ein Kirchgänger ist, seinen Nächsten antun darf, was immer er will?«

Der Pfarrer erhob sich, sein Gewand raschelte. »Es ist so«, stellte er eisig fest, »dass einer, der seine Seele in die Obhut der Kirche gibt, gar nicht in der Lage ist, Unrechtes zu denken oder zu tun.«

Beifällig nickten die Männer einander zu.

»Er hat es aber getan.« Rose wusste selbst kaum, wie sie es fertiggebracht hatte, den Satz auszusprechen. Auch die Männer wollten es nicht glauben und schauten sie entsetzt und tadelnd an.

»Unglückliche«, donnerte der Priester.

Da hob der korpulente Gastwirt seine Hand. »Wenn es gestattet ist«, fiel er ein, »ich habe den Thomas zu der Sache im Vertrauen befragt.«

Rose riss die Augen auf. So war das also, in aller Mund war ihre Schande nun, sogar in der Wirtsstube wurde sie breit getreten. Die Scham quälte sie so, dass sie aufstöhnte.

»Wer nichts getan hat, muss nichts fürchten«, fuhr der Vorsteher sie an, der ihren Laut aus Äußerung des Erschreckens auslegte. Eifrig nickte der Priester.

Der Wirt fuhr fort. »Er leugnete gar nicht, dem Mädchen begegnet zu sein, meinte auch, sie habe ihn angesprochen, er sei das gewohnt von den Weibern« – an dieser Stelle grinste er verständnisheischend in die Runde – »er sei aber mit zwei Freunden gewesen und habe ihre Avancen daher abgelehnt. Er meinte noch, vielleicht stamme daher der Groll des armen Kindes hier.«

Rose schrie auf. »Nein, er lügt!«

Der Vorsteher erkundigte sich nach diesen Gefährten und erfuhr, es seien die Müllersknechte gewesen. Rose kannte sie, es waren Thomas engste Kumpane, auch den anderen war das bekannt.

»Sie lügen alle«, rief Rose aufgebracht. »Man muss hingehen und den Müller fragen. An dem Tag wurde doch gemahlen in der Mühle, der Burgherr hatte einen Wagen geschickt, von wegen seinen Gästen, das weiß ich. Bestimmt kann der Müller bestätigen, dass sie gearbeitet haben.«

Die Herren tauschten tadelnde und beunruhigte Blicke. »So lügen also alle, alle, nur du nicht«, versuchte es der Priester und trat vor, die Hand erhoben, als wollte er Gott zum Zeugen von Roses Untaten anrufen. Die blickte zu Boden, aber sie blieb fest. »Ich weiß, ich lüge nicht«, sagte sie leise.

»Was der Müller wohl sagt, wenn wir ihn fragen?«, überlegte der Färbermeister.

»Ihr müsst ihn fragen«, drängte Rose. »Vor dem Herrn von Chaworth wird er bestimmt nicht …«

»Eine unverschämte Magd hat mir nicht zu sagen, wie ich eine Untersuchung zu führen habe«, blaffte der Vorsteher sie an. »So langsam habe ich genug von deinen Zudringlichkeiten. Ruhe jetzt!«

Hilfesuchend schaute er den Priester an. Der meinte: »Ich bin sicher, wenn man ihm die Bedeutung seiner Aussage für den Frieden der Gemeinde vor Augen hält«, überlegte der.

»Gewiss.« Der Vorsteher lächelte erleichtert. Er tupfte sich mit dem Tuch den Schweiß von der Stirn. »So wird es sein.«

»Aber …«, begann Rose.

»Ruhe«, donnerte der Pfarrer. Dann trat er näher an sie heran. »Die Müllersknechte haben noch mehr gesagt, stimmt's, Herr Wirt?« Er suchte mit einem schnellen Blick dessen Zustimmung. »Sie meinten nämlich, der Schmied sei nicht der einzige, dem du schöne Augen machtest, und nicht jeder wäre so standhaft gewesen vor deinen Nachstellungen wie der Thomas an jenem Tag.«

»Das ist doch …« In Rose arbeitete es, ihr ganzer Körper war in Aufruhr, in ihren Ohren sauste es und ihr Kopf schmerzte zum Zerspringen. Tränen drängten zu ihren Augen, dass sie beinahe nichts mehr sah als die feisten Umrisse jener Männer, die sie als dunkle Schatten bedrängten, sie verhöhnten und ihre Ehre in den Schmutz zogen.

»Die beiden müssen gerade reden, die sind doch …«, setzte sie an.

»Schluss! Schluss, sage ich! Willst du jetzt jeden ehrlichen Mann in dieser Gemeinde mit deinem Dreck bewerfen? Schluss!«

Nun konnte Rose die Tränen nicht mehr zurückhalten. Aufschluchzend hob sie die Hände vor das Gesicht.

Der Vorsteher seufzte. »Ich glaube, wir sehen alle, wohin das führt.« Seine Ratsgenossen nickten. »Es ist wohl besser, wenn wir den Herren damit nicht belästigen«, fuhr er fort, »darin sind wir uns wohl einig. Martha«, rief er nach seiner Frau. Und als sie erschien befahl er ihr, das weinende Mädchen hinauszuführen.

Rose stolperte am Arm der Frau durch den dunklen Flur, blind für ihre Umgebung und am Ende ihrer Kraft. Unsanft fühlte sie sich gepackt und nach draußen gestoßen. Des Vorstehers Gattin verharrte noch einen Moment in der Tür. Sie war ein hageres Weib mit einer knochigen Nase, die aus dem haubenumschlossenen Gesicht herausstach. Mit verschränkten Armen stand sie da und starrte Rose an.

»Du solltest dich schämen«, zischte sie, »dir auf so infame Weise einen Ehemann zu beschaffen, pfui!«

Rose riss die Augen auf. Offensichtlich hatte das Weib gelauscht, und es war klar, ihre böse Zunge würde die Geschichte allen im Dorf erzählen, die bis jetzt noch nichts davon wussten. Aber noch schlimmer war, wie sie ihre Absichten missdeutete. Rose bezichtigte Thomas doch nicht, damit er sie zur Frau nahm. Sicher, das geschah manches mal, ein Junge vergriff sich, und die Familien regelten die Sache einvernehmlich, zum Wohle aller, wie es hieß, vor allem, wenn ein Balg unterwegs war. Aber sie tat dies nicht. Sie wollte nicht, dass Thomas seine Tat vor dem Traualter sühnte. Sie hätte lieber den Teufel genommen als ihn. Bestraft werden sollte er, sonst verlangte sie nichts. Rose öffnete den Mund, um all dies loszuwerden. Da warf die Vorstehersgattin die Tür ins Schloss.

Anderen gegenüber war sie nicht so verschlossen, das bemerkte Rose in den nächsten Tagen. Jeder Gang ins Dorf wurde zu einem wahren Spießrutenlaufen. Waren die Blicke der Männer früher von freundlich-träger Zudringlichkeit, so glomm in ihnen nun eine neue, neugierige Frechheit, eine Lust, die Rose Angst zu machen begann. Mehr als einmal wurden ihr Dinge zugeflüstert, die sie schamrot werden ließen und ihre Füße zum Stolpern brachten, was diejenigen, die es bemerkten, zu lautem und höhnischem Gelächter veranlassten.

Auch die Frauen sparten nicht mit Gezischel. »Schamlos«, hörte Rose es, »Dirne« oder »Was glaubt sie, wer sie ist?«.

Am Brunnen nahm Heather mit den ungezähmten braunen Haaren ihr den Vortritt und schubste sie derb beiseite. Als Rose angemessen protestierte, richtete sie sich auf und stemmte die Hände in die Hüften. »Du glaubst wohl«, begann sie loszukeifen, »du kannst dir alles erlauben. Die Leute mit Dreck bewerfen. Aber glaub nicht, dass es dir zum Vorteil ausschlägt.« So schimpfte sie fort.

Rose war sprachlos. Eine andere Magd aus der Burg trat neben sie und flüsterte. »Das weiß doch jeder, dass ihr Kleines vom Thomas ist. Und sie hofft noch immer, er nimmt sie, das arme Luder.« Sie schaute Rose von der Seite an. »Denkst du wirklich, er wird jetzt dich heiraten?«

Energisch hievte Rose den Eimer auf den Brunnenrand und knallte ihn auf den Stein. Das Wasser schwappte über und nässte ihr den Rock, was einige kichern ließ. »Damit ihr es alle wisst«, rief sie laut. »Der Thomas ist ein Schuft und ihn zu heiraten ist das letzte, was ich will.«

»Na, dafür machst du aber ein ganz schönes Aufhebens um ihn«, erklang es hinter ihrem Rücken. Das folgende Gelächter trieb Rose den Weg hinunter. Sie rannte beinahe, rannte und rannte, bis sie zu Hause ankam. Dort saß ihre Mutter wie immer in der Nähe des Herdes und stickte. Ohne ein Wort des Willkommens setzte Rose das Wasser ab und begann, mit energischen Bewegungen den Tisch zu schrubben.

Schließlich sagte ihre Mutter: »Es wird nicht funktionieren, weißt du.«

Rose hob den Kopf. »Wenn dein Vater mit ihm geredet hätte, in aller Stille …«, fuhr ihre Mutter fort und zog den Faden durch den groben Stoff, der schon viele Male geflickt worden war.

Rose knallte den Lappen auf den Tisch und wandte sich um. »Warum glauben alle, ich will diesen Kerl heiraten?«, fragte sie so laut, dass die Hühner aufgescheucht umeinander rannten. Sie trat nach der Henne, dann war ihre Energie verraucht und sie sank auf die Bank. »Wie könnte irgendeine Frau das tun«, flüsterte sie und starrte auf die Wand, als sähe sie ihre ganze Folter dort noch einmal.

Ihre Mutter zuckte mit den Schultern und nähte weiter. Etwas an ihrer Art ließ Rose aufblicken. »Mutter?« Sie sprang auf und kniete sich an die Seite der Frau, die wie eine Greisin aussah und doch, musste Rose sich ins Gedächtnis rufen, nur sechzehn Jahre älter war als sie selbst. Das Leben hatte in dieser Zeit alle Säfte aus ihr gesaugt. Sie umfasste die rissigen, von Arbeit gezeichneten Hände ihrer Mutter.

»Ich konnte«, sagte die nach einer Weile. »Au, pass doch auf mit der Nadel, Kind.« Missmutig machte sie sich los und setzte ihre Arbeit fort. »Es war während der Ernte, alle hatten sie getrunken. So etwas passiert jedes Jahr, weißt du?« Sie stach ein und zog den Faden durch, ohne zu zittern. »Meine Eltern haben die Sache geregelt, und ich nahm ihn. Er war nicht besser und nicht schlechter als die anderen. So ist das Leben.«

Entsetzt starrte Rose sie an.

»Mach den Mund zu«, sagte ihre Mutter ruhig. »Auch der Schmied wäre keine schlechte Partie gewesen. Du hättest froh sein können.«

Rose sprang auf. »Ein gottverfluchtes Untier ist er.«

Da schaute ihre Mutter hoch. Sie versetzte ihr eine schallende Ohrfeige. »Ich dulde keine Gotteslästerung in meinem Hause!«, rief sie, mit einem Male energisch. »Verdammt, jetzt habe ich mich doch gestochen.« Anklagend wies sie auf die roten Flecken, die sich auf dem Stoff breit machten.

Rose sah das Blut und begann zu würgen. Sie lief hinter das Haus und übergab sich. Als der Speisebrei dampfend auf dem gefrorenen Boden lag, überwältigte ihr Elend sie so sehr, dass sie in die Knie ging. Lange verharrte sie so. Hässlich war ihr Leben geworden, ekelerregend und eine Qual. Schön war es nie gewesen, aber dies nun war mehr, als Rose ertrug.

Vage hörte sie Schritte, dann Stimmen, schließlich einen dumpfen Schlag, wie wenn etwas gegen die Wand krachte. Die Tür ihrer Hütte öffnete sich und ihre Mutter kam heraus, schimpfend und drohend. Rose hörte Gelächter. Jetzt bewerfen sie uns schon mit Unrat, dachte sie, jeder Dahergelaufene. Und es wird so schnell nicht enden.

Da begannen die Kirchenglocken zu läuten. Wie bleierne Ringe stiegen die Töne in den Himmel, die sich weiteten und weiteten, sich überkreuzten und ineinander verschlangen, bis sie alles umarmten, Himmel, Dorf und Felder. Auch Rose konnte sich dem Klang nicht entziehen und hob den Kopf. Aber sie hörte heute etwas anderes darin, mehr als den üblichen Ruf zur Pause, der die Menschen auf den Feldern veranlasste, die Hacken wegzulegen, der die Mönche in die Kapelle rief und die auf der Burg zu Tisch, wo sie sich bekreuzigten, ehe sie die Löffel hoben. Sie hörte zum ersten Mal ein Versprechen darin: Du kannst dein Leben heiligen, erklang es in ihren Ohren, mit der Stimme des Predigers, wie er zu ihnen geredet hatte an jenem Tag, als alles noch gut war, alles noch heil, und sie ihr Leben noch besaß. Du kannst das Paradies auf sicherem Weg gewinnen. Im Osten! Im Osten, dort wartete das Heil.

Du kannst auf direktem Weg von hier verschwinden, dachte Rose. Kannst gehen und hast ein Ziel. Kein Gericht erreicht dich, kein Fluch trifft dich, wenn du das Gelübde abgelegt hast. Alles Irdische gewinnt einen Aufschub. Rose begann ruhiger zu atmen. Der ganze Schmutz der letzten Wochen, er fiele von ihr ab, es wäre wie eine Wiedergeburt, ein neuer Anfang.

Es wäre eine weite Reise, meldete sich eine andere Stimme in ihrem Kopf, lang, gefährlich und teuer. Und du hast nichts, um sie anzutreten, als ein paar dünne Schuhe und deine Verzweiflung. Sie spürte mit einem Mal den kalten Boden unter ihren Röcken und stand fröstelnd auf. Zweifel kamen in ihr hoch. Die Glocken verstummten mit einem letzten, unsicher bimmelnden Nachklang. Rose seufzte schwer. Ach, es war doch alles nur ein schöner Gedanke, die Wirklichkeit sah anders aus. Vielleicht wäre es das beste, sie zöge einfach den Kopf ein und ertrüge, was auf sie zukäme, irgendwie. Es konnte ja wohl nicht schlimmer kommen, sagte Rose sich mit einem bitteren Lächeln. Und irgendwann würden die Dorfbewohner sie vergessen haben.

»Verleumderin«, kreischte da eine Stimme hinter dem geflochtenen Weidenzaun, der ihre Hütte umgab. Rose, unsanft aus ihren Gedanken gerissen, schaute sich erschrocken um und sah Heather, die sich über das Geflecht neigte und weit mit dem Arm ausholte. Ehe Rose etwas begriff, klatschte das Geschoss gegen ihre Schulter. Beißender Gestank stieg ihr in die Nase. Es war Hundekot.

11.

Ungeduldig spielten Johannas Finger mit der goldenen Troddel des Kissens, auf dem sie ruhte. Die sanften Klänge der Laute drangen ebenso wenig in ihr Bewusstsein, wie die Stimme des Sängers. Allenfalls störten sie die Bewegungen ihrer Gedanken von Ferne und nährten die innere Unruhe, die sie umtrieb als ein weiteres überflüssiges Etwas, das keinen Rat und keine Hilfe bot. Und wenn sie sie wahrnahm, so quälten sie ihre Ohren.

Plötzlich sprang die verwitwete Königin auf und klatschte laut in die Hände. Ihre Damen und der Künstler hoben verdutzt den Kopf. Johanna winkte ab, griff sich an die Stirn, setzte dann das Klatschen leiser fort in der Hoffnung, man möge es mit Applaus verwechseln und ließ sich dann wieder auf ihren Sitz sinken, um erneut ihren Überlegungen anheim zu fallen. Sie fühlte sich müde. Gerade, dass sie es noch schaffte, dem verwirrten Sänger mit einem Kopfnicken für seine Darbietung zu danken, ehe eine der Hofdamen ihn mit leise raschelnden Gewändern zur Tür geleitete. Mochten sie miteinander flüstern.

Johanna ertrug es einfach nicht mehr, diese aneinandergereihten Tage, quälend wie die Dornen an der Peitsche eines Geißlers waren sie!, eine dumpfe, zukunftslose Verdammnis. Verbittert betrachtete sie den Luxus, der sie umgab: die Flut von Kissen, im orientalischen Stil auf einer Sitzbank ausgebreitet, das geschnitzte Tischchen aus duftendem Holz mit dem silbernen Weinpokal darauf, die farbenfrohen Wandteppiche und das feine Maßwerk, das ihren immergleichen Blick auf die Bucht von Messina rahmte. Auch der schwere, fleischige Kelch der Blüte, die sich zu ihrem Fenster emporgewunden hatte und sich nun mit fast betäubendem Duft in ihr Gemach öffnete, konnte Johanna nicht mit den Umständen versöhnen. Nicht einmal ihre Beichtväter verschafften ihr Frieden, die sie ermahnten, dass Ungeduld eine Sünde sei und sie mit zahllosen Vaterunsern und Ave-Marias abzulenken suchten, die Johanna, auf den Knien vor dem Altar in der Schlosskapelle liegend, in weihrauchumwölktem Halbdunkel vor sich hinmurmelte. Nein, nichts davon beruhigte sie. Noch in der Stille dieses heiligen Ortes brauste es in ihren Ohren, und sie verwechselte die bekannten Worte der Gebete. Sie musste sogar zugeben, dass sie in all den Gesichtern der Heiligen, die aus dem Schatten auf sie herabsahen, den jungen und alten, glatten und bärtigen, bekümmerten und seligen Zügen, immer nur das eine ihres Bruders wiederzuerkennen meinte. Oh, warum kam er nicht endlich!

Die letzten Nachrichten, die Johanna erhalten hatte, waren sehr beunruhigend gewesen. Es hieß, als die vereinigten Heere der Engländer und Franzosen in Lyon einmarschierten, sei eine Rhonebrücke unter den Tritten der englischen Soldaten zusammengebrochen und habe viele von ihnen in einen nassen, sinnlosen Tod gerissen, noch ehe sie auch nur einen Fuß auf den fernen Kontinent hatten setzen können, dem sie zustrebten. Johanna wusste nicht, ob Richard unter den Toten war, doch sie hielt es für möglich, da er sich gerne unter seinen Soldaten aufhielt. Ihre derbe Gesellschaft entsprach seinem rauhen, aufbrausenden Temperament, und oft war er an der Spitze seiner Truppen oder im dicksten Getümmel zu finden. Sicher hatte er nicht von einer Sänfte aus zugesehen, wie die anderen marschierten. In zahllosen Träumen sah Johanna ihn untergehen, von seiner silbernen Rüstung in das grüne Dämmer des Flussgrundes gezogen, wo Fische und mythische Wesen sein Antlitz mit den weit aufgerissenen Augen umstrichen, die keine Farbe mehr besaßen, und Algen sich in seine bleichen Haare flochten. Schreiend und nach Luft schnappend wachte sie dann auf.

Die böse Kunde wollte sich nicht bestätigen, doch es gab auch keinen, der sie widerrief. Ihre Damen sprachen nur vom Sticken und die Priester nur von Gott. Andere Nachrichten, Johanna argwöhnte es voller Groll, hielt Tankred wohlweislich von ihr fern. Sie wünschte ihm die Pest auf den Hals. Und die Tatsache, dass die Barone binnen weniger Monate von ihm abgefallen waren, gehörte zu ihren wenigen, bitteren Befriedigungen, wenn sie an den Türen vorüberschritt, die in die Welt führten und ihr, wie sie wusste, durch seinen Befehl verschlossen waren.

Johanna ging ans Fenster und atmete tief ein. Die Blume, die sich an der Mauer zu ihr hinaufwand, duftete betäubend, und Johanna neigte sich vor, um ihr Aroma einzuatmen. Dabei fiel ihr Blick auf die Straßen Messinas. Sie rief eine ihrer Hofdamen und deutete hinaus. »Was geht da vor?«, begehrte sie zu wissen.

Die andere rümpfte ihr feines Näschen. »Die Menschen sind unruhig«, meinte sie im Tone von jemandem, der es für jenseits seiner Würde hält, das Treiben der Leute auf den Gassen zu beobachten oder gar seine Beweggründe ausfindig machen zu wollen.

»Das sehe ich selber«, blaffte Johanna verärgert und winkte, als sie die erschrocken aufgerissenen Augen des Mädchens sah, ungeduldig mit der Hand. »Hol mir Pater Matthias«, befahl sie. Schnell«, setzte sie hinzu, als sie sah, wie die andere zögerte zu gehorchen. Nicht zum ersten Mal fragte sie sich, wie viele der Kreaturen um sie herum von Tankred bezahlt sein mochten und hinter ihrer Unterwürfigkeit verborgen jede ihrer Regungen daraufhin abwogen, was der neue Herr von Sizilien wohl dazu sagen und ob er sie gutheißen würde. »Beeil dich, du dummes Ding«, konnte sie sich nicht enthalten hinzuzufügen und sah mit grimmiger Befriedigung, wie die huschenden Schritte sich beschleunigten. Sie war noch nicht an der Tür, als diese sich öffnete und der Pater eintrat, nach dem sie hatte schicken wollen. Johanna sah die Blicke, die er und das Mädchen sich einander zuwarfen.

»Du kannst gehen, Mathilda«, befahl sie und schritt rasch auf ihren Beichtvater zu, um die beiden davon abzuhalten, sich weiter zu verständigen. »Und Ihr Vater, willkommen.« Sie streckte ihm beide Hände entgegen wie einem Freund und nötigte ihn so, zu ihr ans Fenster zu treten. »Aber Ihr seid so erhitzt.« Nachdenklich betrachtete sie die Schweißtropfen, die auf seiner Stirn und der frisch rasierten Tonsur glänzten, dicht an dicht wie Tau lagerten sie da.

»Oh, das ist nichts.« Der Pater zog ein großes Taschentuch heraus und verbarg für einen Moment darin sein Gesicht. »Unangemessene weltliche Hast«, meinte er dann mit einem Schmunzeln und hob den Finger. »Ich weiß doch, dass auch Ihr von diesem Übel angekränkelt seid, meine Liebe. Habt Ihr die Bußübungen absolviert, die ich Euch heute morgen aufgab?«

Johanna ging nicht auf seine Frage ein. »Ganz Messina scheint dem Laster verfallen«, sagte sie statt dessen und wies auf die Menschen, die sich in den Straßen drängten, die Fäuste reckten und laute Rufe ausstießen. »Was schreien sie da? Sind sie etwas mit der Regentschaft Tankreds nicht zufrieden?«

»Das kann ich mir kaum vorstellen«, stotterte der Mönch, »ich meine ...« Erneut wischte er sich den Schweiß ab. »Wollt Ihr nicht dem Sänger eine zweite Chance geben, den Ihr vorhin so schnöde hinausgeschickt habt?«, fragte er dann. »Ich sah ihn auf dem Korridor in kläglicher Verfassung. Schon der heilige Benedikt sagte, dass die beruhigende Wirkung der Musik ...«

»Sagt ihm, er soll hinausgehen und auf den Mauern spielen«, meinte Johanna, »ich habe keine Verwendung für ihn.« Sie neigte sich so weit hinaus, dass der Pater angstvoll ihren Arm packte. »Wenn doch nur zu verstehen wäre, was sie sagen.«

»Gewäsch der Masse«, schimpfte der Priester. Energisch zog er sie wieder herein. »Herrin, was ist mit Euch, dass jede Kleinigkeit Euch so aus dem Gleichgewicht bringt?« Er musterte streng ihr gerötetes Gesicht. »Ich mache mir ernsthaft Sorgen um Eure Gesundheit.«

In diesem Moment drang ein Ruf herein, der Johanna traf wie ein heftiger Schlag. »Mein Bruder«, rief sie, sie haben den Namen meines Bruders genannt.« Und sie machte sich los, um sich erneut hinauszulehnen.

»Herrin«, rief der Pater, und hielt sie am Arm fest. »Um Gottes Willen, was soll denn das?« Und obwohl Johanna sich wehrte, vermochte sie nichts gegen seinen überraschend harten Griff.

12.

Der Gang fiel Rose schwer; die ganze Zeit über murmelte sie Gebete und bat Gott um Vergebung für die Sünde, die sie zu begehen im Begriff war. Eine andere Stimme allerdings redete ihr gut zu, dass sie ja niemandem ein Übel täte. Dem Fräulein fehlte es an nichts, bald würde es überdies heiraten, und der Gatte war danach, sie mit Schmuck zu überhäufen, wenn sie dies wünschte. Was hatte sie dagegen, Rose?

Der nasse Stoff an ihrer Schulter legte sich eisig über ihre Haut, so dass sie fröstelte. Rose war, als könnte sie noch immer den Gestank darin riechen, obwohl sie das Hemd wieder und wieder gewaschen hatte. Auch an ihren Fingern schien er zu haften, so als wollte er sie niemals wieder verlassen.

Mit raschen Schritten passierte Rose das Tor, auch wenn niemand etwas an ihrem Hiersein finden würde. Ihr schlechtes Gewissen trieb sie an. Beinahe empfand sie es als ein Glück, dass der Wächter keinen Wert mehr darauf legte, sie zu grüßen. Seine Verachtung tat ihr kaum noch weh. Bald, dachte sie, werde ich sie auch verdient haben. Ich werde eine Diebin sein. Aber ich brauche das Geld, sonst kann ich die Reise nicht tun.

»He Mädchen!«

Rose zuckte zusammen. Sie hatte die Köchin nicht bemerkt, die aus der Tür der Vorratskammer getreten war. »Die Herrin schickt nach jemandem, die Tischtücher zu plätten.«

Die Magd zog den Kopf ein und murmelte etwas, das besagen sollte, sie sei schon unterwegs.

Kopfschüttelnd schaute die Köchin ihr nach. Wahrlich, diese Rose wurde immer seltsamer. Vielleicht hatten die anderen ja Recht mit dem, was sie über sie redeten.

Rose beschleunigte ihre Schritte. Als sie an der Schmiede vorbeikam, aus der Feuerschein und metallisches Hämmern drang, da rannte sie beinahe. Ach, betete sie inbrünstig, dass doch ein Flammenmeer aufbrausen und alles in sich zusammenstürzen möge. Dann wieder bat sie um Vergebung für den bösen Gedanken. Endlich hatte sie die Tür des Palas erreicht. Elaines Zimmer lag im zweiten Stock, sie kannte den Weg gut, heute Abend aber war ihr, als ginge sie ihn zum ersten Mal. Zum letzten Mal, sagte sie sich. Alles in diesem Hause tue ich zum allerletzten Mal; bald bin ich fort. Und ich verspreche dir Herr, es wird auch das letzte Mal sein, dass ich Hand an fremden Besitz lege. Sie schauderte bei dem Gedanken. Andererseits, hatte der Priester, der ihr das Gelübde abgenommen hatte, nicht versprochen, mit der Kreuzfahrt wären all ihre Sünden für zwei Jahre getilgt? So mochte er auch diese auf die Rechnung setzen!

Zu ihrer Erleichterung fand sie Elaines Schlafzimmer leer. Sie zündete die kleine Öllampe an und ging zielstrebig zu der Truhe, in der die junge Burgherrin ihre Besitztümer aufbewahrte: Stoffe, Kleider und jenes kleine Kästchen aus Horn, auf das Rose aus war. In den letzten Wochen war viel Aussteuerwäsche dazugekommen; sie selbst hatte häufig damit zu schaffen gehabt. Normalerweise war die Truhe verschlossen; der Schlüssel dazu hing an Elaines Gürtel, zusammen mit dem Almosentäschchen und ihrem Messer. Aber oftmals … Rose hob das Licht und seufzte erleichtert: Da lag es ja, das lederne Band, zusammen mit allen Anhängseln. Seit Elaine die golddurchwirkte Seidenkordel geschenkt bekommen hatte, die ein Verwandter aus dem Orient mitbrachte, trug sie lieber die um ihre schlanke Taille und belastete sie ungern mit irgendwelchen Anhängseln.

Mit zitternden Fingern nestelte Rose den Schlüssel ab und steckte ihn ins Schloss. Er drehte sich mit leisem Haken, quietschend ging der Truhendeckel auf. Sie tauchte ihre Finger tief, tief zwischen die kühlen Schichten aus Wollstoff und Leinen, bis hinab auf den Grund. Aber so vorsichtig sie auch tastete, sie stieß auf nichts anderes als Holz. Nichts, dort unten war kein Kästchen. Ungläubig hob Rose ganze Packen Wäsche heraus, wühlte rücksichtsloser, mit wachsender Nervosität verlor sie ihre Hemmungen und rührte den Inhalt der Truhe um und um. Aber alles half nichts vor der Erkenntnis: Was sie suchte, war nicht da.

Herrgott im Himmel! Einen Moment lang sprang die Idee in ihr auf, das wäre die Strafe für ihr Vergehen. Dann mahnte sie sich zur Ruhe. Was konnte hier geschehen sein? Auf einmal hörte sie in ihrem Kopf, als eine vage Erinnerung, Elaines Stimme, wie sie schwärmte und klagte in ihrer typischen Art und ihr den Plan skizzierte, Vorbereitungen für die baldige Flucht mit ihrem Geliebten zu treffen. Wann war das gewesen, damals im Garten? Egal, ermahnte Rose sich. Aber hatte sie nicht davon gesprochen, ihren Schmuck für diesen Zweck zu verstecken? Und hatte nicht sie, Rose, ihr damals darin sogar zugestimmt? Also!

Mit neuer Energie hob Rose die Lampe und ließ das Licht über die Einrichtung des Zimmers gleiten. »Wo«, murmelte sie, »könnte so ein Fräulein etwas verstecken wollen?« Das Bett!, war ihr erster Gedanke. Er war es auch damals gewesen, als Elaine ihr von ihrem Vorhaben berichtet hatte. Mit schnellen Schritten ging sie hinüber und schlug die schweren Vorhänge zurück. Sie unterdrückte ein Husten, als der Staub herausquoll und machte sich daran, das Bettzeug zu untersuchen. Schließlich zog sie die Laken ab und stemmte ächzend die strohgefüllte Matratze hoch, aber vergebens. Dann darunter, beschloss sie. Es war ihr eingefallen, dass der Bettkasten herausziehbar war und Platz für einen weiteren Schläfer bot, ein ideales Versteck!

Der Kasten, wenig bewegt in den letzten Jahren, gab ihrem Zerren nur widerwillig nach, und Rose geriet in Schweiß. Ihre Haube verrutschte bei der Schwerarbeit und gab einige ihrer Locken frei, die bald an der Stirn klebten. Gereizt wischte sie sie mit dem Ärmel weg. Wollte das verdammte Ding sich denn gar nicht bewegen? Das konnte doch nicht sein, dass all ihre Pläne an diesem Stück Holz scheiterten. Einer ihrer Fingernägel brach und riss tief ein; Elaine saugte das Blut und wollte verzweifeln. Aber es gab keinen anderen Weg. Mit schmerzendem Rücken und rotgeschundenen Händen zog sie ein letztes Mal. Das Jaulen, mit dem das Holz nachgab und über den Steinboden schrammte, ließ sie erstarren.

Mit rasenden Pulsen kauerte sie da, doch kein Schritt wurde auf den Fluren hörbar; der Palas blieb stumm. In Rose kam wieder Leben. Schnell war das zweite Bett durchsucht; das Ergebnis war dasselbe. Nichts fand sich, als ein wenig altes Stroh und das lange verlassene Nest eines Siebenschläfers. Vor Ärger traten Rose die Tränen in die Augen.

»Bleib ruhig«, redete sie sich zu, »denk nach. Der Herrgott hat dir deinen Kopf zum Denken gegeben.« Aber was ihr auch einfiel, es fruchtete nichts. Die Schublade des kleinen Tisches war leer bis auf ein paar Kämme und ein verschämtes Tiegelchen mit Wangenrot. Der Hocker barg kein Geheimnis, ebenso wenig die Fensterläden. Rose ging sogar soweit, die Fensterflügel aus geharztem Leinen aufzustoßen, um auf dem Sims nachzusehen. Dass sie anschließend die mit Blumen bemalten Wandbehänge hochhob, war nur noch ein Akt der schieren Verzweiflung.

Ratlos ließ sie sich auf das verwüstete Bett fallen. Was blieb ihr jetzt noch zu tun? Sie hatte keine Zeit, die Antwort darauf zu finden, da nun Schritte auf der Treppe hörbar wurden, die rasch näher kamen. Rose schaffte es gerade noch, die Lampe auszublasen und sich in die dunkle Zimmerecke zu drücken. Da sprang die Türe auf.

»Dieser Mistkerl. Schuft. Schwein!« schrie Elaine, rauschte herein und warf sich aufs Bett. Rose, die bebend in ihrer Ecke stand, wartet auf weitere Schritte, doch sie blieben aus; der Geschmähte erschien nicht. Elaine war allein. Offenbar benutzte sie die Gelegenheit, Erleichterung für ihre Wut zu finden. Aber was für einen Anlass hatte sie für ihren Kummer? Ob sie erneut mit ihrem Vater gestritten hatte? Was immer es war, Rose betete, dass sie fortlaufen oder über ihrem Schluchzen einschlafen möge. Würde Elaine Licht machen, wäre sie in ihrer Ecke völlig ungeschützt. Und je länger sie wartete, desto schwieriger wäre es, ihr Hiersein zu erklären. Ob sie vortreten und eine Ausrede versuchen sollte? Nein, entschied Rose. Besser wäre es, sich hinauszuschleichen, solange Elaine den Kopf in den Kissen vergraben hielt. Vorsichtig begann sie, einen Fuß vor den anderen zu setzen.

Da aber richtete ihre Herrin sich auf und schleuderte ein Kissen in ihre Richtung, das sie nur knapp verfehlte. »Edward, du Dreckskerl!«, heulte sie dabei. »Du verdammter Versager, Feigling, ah!« Wieder warf sie sich herum.

Rose war auf der Stelle in ihr Eck zurückgehuscht. Sie begriff, dass Elaine vom ersehnten Rendezvous mit ihrem Geliebten kommen musste. Von der Idee einer gemeinsamen Flucht aber war er offenbar wenig angetan gewesen. Kluger Junge, dachte Rose. Klüger als ich selbst. Was tue ich nun?

Elaine hatte sich inzwischen wieder ein wenig beruhigt. Rose hörte sie vor sich hin murmeln: »Dabei hat es mich solche Mühe gekostet, Mutter abzuschütteln. Und wie kalt es war, auf den Brennnesseln lag dicker Reif. Um so besser wahrscheinlich, sonst hätte ich mir sonst was verbrannt.« Rose hörte sie herumkruschen, und der Schweiß brach ihr aus. Sie wusste, Elaine suchte nach dem Funkenschläger, und wenn sie ihn fand …

»Aber küssen wolltest du, was? Ein paar Schmusereien mit der Schlossherrin, um später im Wirtshaus damit anzugeben. Und das war auch alles. Verflucht!«

Ein Funke flammte auf, dann Licht, in dessen Schein Elaine die verbrannten Finger schüttelte. Mit leidendem Blick hob sie den Kopf – und entdeckte die Verwüstung. Offenen Mundes starrte sie auf das zerwühlte Bett, die offene Truhe, um die herum Stapel umgestürzter Wäsche lagen, Stoffbahnen, am Boden zertreten, die Lade herausgezerrt, das ausgefahrene Bett. Und erst jetzt kam ihr die kalte Nachtluft zu Bewusstsein, die durch das offene Fenster eindrang. Wie im Traum stand Elaine auf, um die Läden zu schließen. Da fiel der Schein ihrer Laterne in die Zimmerecke, und sie erblickte Rose, die bleich zurückstarrte.

Unwillkürlich öffnete Elaine den Mund und schrie.

13.

Dann klappte sie den Mund zu und starrte ihre Dienerin an. In ihrem Kopf arbeitete es. Sie beleuchtete noch einmal die Unordnung im Zimmer, die verrutschten Wandbehänge, das herumliegende Bettzeug, dann musterte sie Roses vor Schreck erstarrtes Gesicht. »Mutter hat so etwas gesagt«, murmelte sie.

Rose schloss die Augen. »Glaubt es nicht.« Es war nur ein Flüstern. »Glaubt nicht, was sie alle über mich reden. Sie wollen mich töten.« Sie hob die Lider wieder. »Deshalb muss ich auch hier fort, bitte Herrin, bitte!«

Verwundert sah Elaine sie an. So hatte sie die ruhige, vernünftige Rose noch niemals sprechen hören.

»Lasst mich gehen«, beschwor Rose sie hastig, »Ich habe das Kreuz genommen. Ich reise in den Osten. Gott weiß, ob ich es überleben werden. Niemand hier wird je wieder von mir hören. Bitte.« Sie unterbrach sich angstvoll und lauschte auf das, was sie beide hörten: die Schritte, die sich vor der Tür näherten.

»Bitte macht das Maß meiner Schande nicht voll!«

»Elaine.« Das war die Stimme ihrer Mutter. »Elaine, Kind, was machst du für einen Lärm?«

Elaine warf einen letzten Blick auf Rose, dann ging sie zur Tür. Im Vorbeigehen schloss sie die Bettvorhänge und schob die Tischlade zu. Einen Stoffballen kickte sie unter den Hocker. Vorsichtig öffnete sie die Tür einen Spalt. Ihre Mutter steckte den Kopf herein. Elaine senkte ihre Laterne. »Nur eine Maus«, erklärte sie. »Ich habe mich erschrocken, als sie aus dem Bettvorhang sprang. Aber Rose hat sie schon erjagt. Nicht wahr, Rose?«, fragte sie mit erhobener Stimme.

Mit unsicherem Schritt trat die Magd vor. Sie war sich ihres unordentlichen Aufzugs wohl bewusst. Rasch glättete sie ihre Röcke, zog die Haube zurecht und stopfte die Locken darunter. Ihr

Lächeln geriet in der Eile künstlich, doch die Herrin von Chaworth schien es nicht zu bemerken. »So«, sagte sie.

»Ja«, beeilte Rose sich zu erwidern. »Ich habe sie unter dem Bettkasten erwischt und sie aus dem Fenster geworfen.« Sie hob die Hand, um es anzudeuten. Dabei bemerkte sie die Blutspuren und zog sie hastig unter ihre Schürze.

»So«, wiederholte die Herrin nur.

»Hat sie dich gebissen?«, heuchelte Elaine geistesgegenwärtig Besorgnis.

»Das ist nichts. Ich werde lieber erst mal wieder Ordnung schaffen«, wehrte Rose ab und wandte sich dem Bettkasten zu, froh, ihrer Herrin nicht mehr ins Gesicht sehen zu müssen.

»Tu das«, sagte diese ungnädig. »Und dann lass dir von Mabel die Plätteisen geben. Ich habe schon vor Stunden verlangt, dass jemand sich um die Tischtücher kümmert.«

Rose knickste, Elaine lächelte, und ihre Mutter zog sich schließlich nach einem letzten misstrauischen Blick zurück. Die beiden jungen Frauen atmeten auf, als die Tür sich schloss.

»Danke«, sagte Rose.

Elaine aber antwortete nicht. Statt dessen tat sie etwas Merkwürdiges. Sie ging zum Tisch, schob ihn an das Bett, stellte den Hocker darauf, erkletterte die wackelige Konstruktion und erreichte so den Betthimmel, nach dem sie tastend ihre Arme ausstreckte. Nach einer kleinen Weile gab sie einen zufriedenen Laut von sich. »Das hättest du mir nicht zugetraut, was?«, fragte sie triumphierend die Magd, die herbeigeeilt war, den Hocker zu halten, damit er unter dem herabkletternden Mädchen nicht wegglitt. Sie standen nun nahe beieinander und zwischen ihnen, in Elaines Händen, schimmerte das Kästchen.

Elaine öffnete es. »Geld«, entfuhr es Rose.

Die junge Frau lächelte. »Ich war beim Juden«, erklärte sie, »und bat ihn, alles zu kaufen. Ich dachte mir, Münzen könnten auf einer Reise nützlicher sein. Auf unserer Reise.«

»Er hat Euch betrogen«, hauchte Rose, die fassungslos das

kleine Häufchen sah. Konnte das wirklich alles sein, was man für so viel Geschmeide bekam?

»Niemand betrügt eine Chaworth«, stellte Elaine kategorisch fest.

»Nun, er wird davon ausgegangen sein, dass Eure Familie hiervon kaum etwas erfahren dürfte«, begann Rose. Dann hielt sie inne. »Was meint Ihr mit ›unsere‹ Reise?«

Elaine betrachtete sie einen Moment und seufzte innerlich. Edward hatte wahrhaftig mehr hergemacht als dieses Mädchen mit den ungewissen Augen und den krausen Haaren, dachte sie. Aber er war nun mal ein feiger Schuft, der nicht im Traum daran dachte, die Flucht mit ihr anzutreten, wenn er auch nichts dagegen gehabt hätte, ihr in ihrem Kummer beizustehen, indem er ihr die Hand unter die Röcke schob. Und sie konnte sich nicht von ihm abhängig machen. Hierzubleiben hieß, die verhasste Hochzeit auf sich zu nehmen, und dazu war sie nicht bereit, das spürte sie mit jeder Faser ihres Körpers. Lieber wollte sie sich an der Seite von Rose ins Ungewisse stürzen. Sie hätte es auch alleine getan, aber in Gesellschaft war es angenehmer, und mit einem Ziel vor Augen fiel alles leichter.

»Aber, aber«, stotterte Rose, die sich die Erklärung hierzu anhörte und wandte schließlich lahm ein. »Ich gehe, weil ich das Gelübde abgelegt habe.«

Elaine winkte ungeduldig. »Dann wollen wir annehmen, dass ich das ebenfalls habe. Ich kann es ja unterwegs noch nachholen. Wo ist der Mantelsack?«

Automatisch reichte Rose ihr das Gewünschte. Dann aber entzog sie es ihr heftig wieder.

»Das ist doch alles Unfug«, brach es aus ihr heraus. »Ihr habt hier ein Zuhause und eine Zukunft. Ihr, Ihr habt ja keine Ahnung von der Welt außerhalb dieser Mauern. Ihr wisst nicht, was Ihr tut!«

»Aber du weißt das, ja?«, fauchte Elaine beleidigt. »Wann wärst du denn je aus Chaworth herausgekommen, hm?«

Rose ging nicht darauf ein. »Das sind doch alles nur romantische Spielereien«, rief sie, »all die Vorstellungen von Edward und Entführungen und Liebe …« Ihr fehlten die Worte und sie schüttelte den Kopf.

»In Edward habe ich mich getäuscht, zugegeben.« Das Geständnis kam Elaine hart an, und sie biss sich auf die Lippen. Dann fiel ihr etwas ein. »Aber vielleicht haben wir uns ja auch alle in dir getäuscht, Rose, brave Rose, immer still und fleißig. Dabei bist du nichts als eine gemeine Diebin.« Und sie hob die Laterne, um den Zustand des Zimmers zu beleuchten.

Rose wurde rot. »Ihr habt versprochen, es niemandem zu sagen«, stammelte sie.

»Ich habe gar nichts versprochen«, stellte Elaine klar. »Ja, ich frage mich gerade, ob ich es mit meinem Gewissen vereinbaren kann, ein so schändliches Verbrechen zu decken.« Und sie tat, als holte sie Luft für einen neuen Schrei.

Rose sank auf den Stuhl. Nun gut, so mußte es wohl sein. Aber alles in ihr widerstrebte dieser Entscheidung. Elaine in ihrer Naivität wäre eine Belastung für sie, keine Hilfe. Im Gegenteil, nach ihr würde sicher gesucht werden, während sich um Roses Verschwinden allein sicher keine lebende Seele geschert hätte, was alles nur noch schwerer machen würde. Rose begriff es nicht. Was zog das Mädchen so hartnäckig von ihrem guten Leben fort? Grillen, dachte sie. Dass alles nur eine Riesendummheit war, warf zudem ein klägliches Licht auf die Illusionen, die sie selbst mit ihrem Aufbruch verband. »Ich habe keine andere Wahl«, flüsterte sie, »aber Ihr …«

»Ich auch nicht.« Elaine sagte es mit Emphase und ergriff Roses Hände. »Ich kann diesen Mann nicht heiraten, sage ich dir, ich kann nicht. Seine Augen allein, wenn er mich ansieht.« Sie schüttelte sich. »Schon das bereitet mir eine Gänsehaut. Und der Gedanke, er könnte mich berühren …« Sie riss die Augen auf und schaute Rose verständnisheischend an. »Ich kann ihn nicht heiraten«, wiederholte sie.

»Ihr wärt nicht die Erste«, murmelte Rose mechanisch. Da überlief es sie heiß. Sie blickte Elaine mit neuer Aufmerksamkeit an.

»Du verstehst mich, nicht wahr?«, fragte die. »Mama hat erzählt …«, sie suchte nach Worten und gab es auf. »Ich denke, du verstehst mich.« Heftig drückte sie Roses Hände. »Es wäre dasselbe«, sagte sie.

»Wäre es nicht«, widersprach Rose erstaunt. Wie konnte es dasselbe sein: die herrliche Hochzeit, die geschmückte Kirche, die reichen Kleider und das Fest. Der Bischof wäre da, um das Paar zu segnen. Und sie, geschlagen und hingeworfen in den Schmutz im Wald. Sie wollte schon den Kopf schütteln, da hielt sie inne. Unter all den Kleidern und dem Zeremoniell, dachte sie, blieb am Ende der Mann. »Seine Augen«, sagte sie.

Elaine nickte versonnen. »Zum Fürchten, nicht wahr? Wie Schnecken. Es ekelt mich, wenn er mich nur ansieht.« Einen Moment waren sie still. Jede dachte an einen anderen Mann, aber sie wussten, sie verstanden einander.

»Aber so viel aufgeben?«, fragte Rose unsicher.

Elaine stand heftig auf. »Würdest du es für Geld tun?«, fragte sie.

Rose wurde über und über rot. Dann biss sie die Zähne zusammen. »Nicht einmal fürs Überleben«, sagte sie mit so viel Überzeugung, dass Elaine eine Gänsehaut überlief, als sie es hörte.

Triumphierend nahm sie den ledernen Sack zur Hand. »Also«, sagte sie.

Sie stritten noch eine Weile darüber, was in den Sack Eingang finden sollte, und was nicht. Elaine kämpfte wie eine Löwin für ihren Seidengürtel und bestand auch auf den Brotkatärmeln für ihre Cotte. »Man muß seinen Stand wahren, sagt mein Vater immer«, erklärte sie. »Es mag uns noch einmal nützlich sein, wenn ich geziemend auftrete.«

Rose dagegen war besorgt, dass sie den Kapuzenmantel mitnahm, der wärmer war als der Tasselmantel mit seinen hübschen

Schnallen. Ihr eigenes Gepäck, dachte sie, war rascher beieinander gewesen. Mehr als das, was sie auf dem Leib trug und das, was sie Elaine hatte entwenden wollen, besaß sie nicht.

Am Ende zog Elaine einen Mantel über den anderen an. Dafür gab sie Rose ein paar Halbstiefel ab, die diese statt ihrer dünnen Schuhe sofort anzog, um dann die hölzernen Überschuhe daran zu schnallen, die sie von Matsch und Schnee fernhalten sollten.

Rose gestattete das Rouge, weil es nichts wog, verbat sich aber die Bibel, allen geistlichen Erwägungen zum Trotz. Lieber wollten sie einen Schinken einpacken, den Rose aus der Küche mitzunehmen versprach. Dann rollten sie Elaines Bettdecke ein und verschnürten sie. Sie versprachen, sich beim Stall zu treffen, da Elaine darauf bestand, ihr Pferd zu holen.

»Ich weiß nicht, wie Ihr das schaffen wollt«, wandte Rose ein. »Man wird es bemerken.« Doch Elaine gebot ihr, das ihre Sorge sein zu lassen, und so schlich Rose, in den alten Gehorsam zurückfallend, in Mabels Küche und Kammern, um dort, wie versprochen, Vorräte zu stehlen. Es gelang ohne Mühe, da die Köchin inzwischen offenbar selber mit dem Plätteisen in den Palas gegangen war. Unbemerkt nahm Rose sich, was sie tragen konnte, stopfte Schinken, Brot und einen Käseleib in einen Sack und hatte nun selbst ein ansehnliches Gepäck, wo sie vor wenigen Stunden noch gedacht hatte, mit nichts aufzubrechen als ihrem Schultertuch. Als sie aus den Räumen heraustrat, wurde sie von Aufregung und Geschrei empfangen.

Im ersten Moment glaubte Rose sich entdeckt, und Furcht griff nach ihren Eingeweiden. Entsetzt hob sie die Hände, um die Menschen abzuwehren, die indes gar nicht auf sie zustürmten, sondern auf ›Paladin‹, den schwarzen Hengst des Schlossherren, der sich losgerissen zu haben schien und nun wie ein Wilder durch den Schlosshof tobte. Rose sah Thomas aus der Schmiede treten und kopflos mit seinem rotglühenden Eisen vor dem Pferd herumfuchtelnd, was das aufgebrachte Tier noch wilder machte. Es wieherte laut und stieg, Holz krachte.

»Mögest du erschlagen werden«, murmelte Rose und tauchte in den Mauerschatten ab. Sie sah die Torwachen herbeilaufen, um zu helfen. Niemand hörte das Klirren, mit dem die Laterne im Torbogen zersplitterte, und niemand sah im Dunkeln die dick vermummte Gestalt, die zwei Pferde, Schatten gleich, hinaus führte in die Nacht jenseits der Mauern. Rose rannte hinüber.

»Steig auf, schnell«, zischte Elaine ihr zu, die sich ihrerseits von einem Mauervorsprung in den Sattel schwang. Rose legte dem Pferd den Sack über die Kruppe und zog sich dann hoch, so gut sie konnte. Das Tier spürte ihre Unsicherheit und tänzelte. Rose biss die Zähne zusammen. Schließlich saß sie im Sattel und nahm die Zügel, wie sie es bei Elaine gesehen hatte. Das Tier war höher als die zottigen Pferde, die sie gewöhnlich vor dem Pflug führte und manchmal, auf ihrem nackten Rücken hockend, zur Tränke dirigierte, aber es würde schon gehen.

»Und jetzt«, verkündete Elaine schwungvoll und wendete ihr Pferd. Dann hielt sie inne. Vor ihr lag, wie eine Wand, die undurchdringliche Schwärze der Nacht. Kein Weg, kein Steg war erkennbar. Allenfalls war der Umriss des Waldes, noch schwärzer als der Rest, undeutlich zu ahnen. »Aber das ist ja stockfinster!«, rief sie erschrocken.

Rose dagegen hob den Kopf. Über ihr flimmerte der Horizont, als hätte jemand eine Hand Goldstaub ausgeschüttet, der nun stumm auf sie hinabrieselte. Der Anblick berührte sie und erfüllte sie zugleich mit einer unsinnigen Zuversicht, kaum zu fassen, woher die kam. Und doch schlug ihr Herz mit einem Mal kräftig und schnell. »Wir haben die Sterne«, rief sie. »Keine Finsternis ohne Stern.«

14.

Wütend hieb Johanna gegen die Tür. Seit der Pater sie vom Fenster weggezerrt, mit aufgeregten Rufen die Menschen unten verscheucht und mit den Wachen draußen verhandelt hatte, war sie nicht wieder geöffnet worden. Das war unglaublich, ein Skandal. Und sie war nicht bereit, eine solche Behandlung hinzunehmen. So lief sie abwechselnd zum Fenster, unter dem sich tatsächlich kein Mensch mehr zeigte und zu den abweisenden Türflügeln, hinter denen keiner auf ihre Rufe antwortete. Ja, wollten sie sie denn verhungern lassen?

Der Abend senkte sich und ihr Magen, sie musste es gestehen, knurrte vernehmlich. Endlich vernahm sie das Geräusch von Schritten. Schon sprang sie auf und warf sich in Positur, als sie begriff, dass es vom Hof hereinklang. Eilig hastete sie zum Fenster und steckte den Kopf hinaus.

»He!«, rief sie, als sie eine Gruppe Bediensteter entdeckte, die im Schein ihrer Fackeln den Hof überquerte, in ein so eifrig schnatterndes Gespräch vertieft, dass Johanna dreimal rufen mußte, ehe sie gehört wurde. Johanna winkte, als man zu ihr hinaufsah. Ihr schien, die Gesichter wirkten schuldbewusst. Also gab es wahrhaftig ein Verbot, ihr unter die Augen zu kommen; Johanna verfluchte Lecce und seine Kreatur Matthias ausgiebig. Dann aber ergriff sie die Panik. Am Ende flohen die paar Gestalten dort drunten in ihrer Angst noch vor ihr; sie mußte jetzt handeln, nicht nur im Fenster hängen wie eine geschwätzige Hausfrau. Daher griff sie rasch nach ihrer Almosentasche und holte eine Hand voll Münzen heraus, die sie ohne Zögern und ohne Rücksicht auf die Schicklichkeit auf die Steine hinab warf. Drunten machte man sich kreischend daran, die davonrollenden Geldstücke einzusammeln.

Johanna rief eine Frage hinunter und erhielt eine lange, aufgeregte Antwort, von der sie nur die Hälfte verstand. Schließlich kam sie, hochrot im Gesicht und keuchend wieder hoch. Aber ihre Augen leuchteten.

»Mein Bruder«, sagte sie leise zu sich selbst. Dann besann sie sich, ging zum Tisch hinüber und leerte den Pokal in einem Zug. »Auf dich, Bruderherz«, flüsterte sie in die Dunkelheit und tat ihm Bescheid. »Oh, du liegst nicht in einem nassen Grab«, jubilierte sie, »ich habe es immer gewusst. Ich habe es gewusst.« Und sie tanzte durch das Zimmer, bis sie schwindelig auf das Bett fiel.

Nach einer Weile richtete sie sich auf. Er war in Kalabrien, die ganze Stadt war deshalb in Aufruhr. Es hieß – sie musste ein Lachen unterdrücken, er habe dort einem Fürsten einen Falken gestohlen. Johanna warf sich in die Kissen. Ein Königreich verschenken, aber einen Falken stehlen, das sah ihm ähnlich, ihrem leidenschaftlichen, spontanen, unberechenbaren, absolut verrückten Bruder. Wenn etwas sie davon überzeugte, dass sie nicht nur irgendeinem haltlosen Gerücht aufsaß, dann diese Geschichte. Ja, das war genau, was Richard tun würde. Wenn er etwas wollte, dann musste er es besitzen, ohne Rücksicht auf Ratgeber, Recht, verärgerte Ehemänner, Falkenbesitzer oder, sie kicherte in sich hinein, seine königliche Würde. Wie hatte sie ihn oft dafür getadelt, manchmal sogar verabscheut. Heute liebte sie ihn dafür. Heftig umarmte sie ihr Kissen und presste ihr heißes Gesicht hinein.

»Richard«, murmelte sie, »Richard, Richard. Richard.« Endlich war er gekommen! Wieder lachte sie ausgelassen. Sagten sie nicht sogar, er hätte schon Bagnara besetzt?

In diesem Moment öffnete sich die Tür, und Lecce trat ein, begleitet von Dienern mit Lampen. Er bedauerte, sie so lange ohne Licht gelassen zu haben, während er sich setzte und sie nachdenklich betrachtete. Johanna tat ihm nicht den Gefallen, sich über die Behandlung zu beklagen, die er ihr hatte zuteil werden lassen, oder über das Verhalten des Paters. Sie steuerte direkt auf ihr Ziel zu. »Mein Bruder ist da«, sagte sie.

»Unfug«, schnaubte Tankred von Lecce. »Ein dummes Gerücht. Neue Boten haben es bereits widerrufen.«

Einen Moment studierte Johanna verunsichert sein Gesicht. Dann trat ein überlegenes Lächeln auf ihre Züge. Sie hatte die Angst in seinen Augen gesehen. »Ihr schwitzt«, gab sie ungerührt zurück und richtete sich auf, um ihm ein Tuch zu reichen, das er verwirrt entgegennahm. »Seltsam«, fuhr sie fort, während sie im Raum auf und ab schritt, dass das feine Leinen ihres Surcots sich bauschte. »Man könnte meinen, Ihr teilt die allgemeine Aufregung. Der arme Pöbel.« Sie seufzte geziert. »Er hat Angst, dass mein unbeherrschter Bruder, der vor fremdem Besitz nicht Halt macht, die Stadt plündern könnte, wenn er kommt.« Sie fixierte ihn. »Aber Ihr glaubt das nicht, nicht wahr?«

Tankred von Lecce stand sprachlos da, das Tuch in seiner Hand zerknüllend. »Ihr denkt – falls er denn lebt – nicht einmal die Tatsache, dass seine Schwester hier wie eine Gefangene gehalten wird, ihres Besitzes beraubt und von allen Nachrichten abgeschnitten, könnte ihn zu so einer Barbarei bewegen, nicht wahr?« Teilnehmend neigte sie den Kopf, so dass der Saum des bestickten Schleiers, der von den zierlichen Hörnern ihrer Kopfbedeckung hing, ihre Schulter streifte.

Statt einer Antwort verengte der Usurpator nur misstrauisch die Augen.

»Oder Ihr hofft, dass er zumindest vor einem Mitkönig Respekt zeigen wird«, meinte Johanna nachdenklich und legte einen Finger an das Kinn. »Wenn sein Titel auch noch so angemaßt ist.«

Da gab Lecce die Verstellung auf. »Pah«, schnaubte er. »Nicht einmal vor der heiligen Mutter Kirche zeigt er Respekt. Er hat die Mönche des Inselklosters vertrieben, um seine Soldaten einzuquartieren.«

Johanna konnte ihre aufwallende Freude kaum unterdrücken. Die Klosterinsel lag dicht vor Messina; an klaren Tagen stiegen sogar ihre Umrisse aus dem Meer. Nun endlich war es soweit. Er war da, zum Greifen nahe, er war wirklich da!

Sie schaute ihrem Widersacher direkt in die Augen. »Und?«, fragte sie, »was gedenkt Ihr zu tun?« Tankred von Lecce kämpfte eine Weile mit sich, dann stand er so plötzlich auf, dass der Sessel, in dem er gesessen hatte, umkippte und zu Boden krachte. Dann stapfte er ohne Antwort hinaus.

Johanna, die bei dem Geräusch zusammengezuckt war, fing sich rasch wieder und rief ihm spöttisch nach: »Findet Trost in Gott, mein Freund.« Sie lachte, selbst als mit trostlosem Geräusch die Tür wieder ins Schloss fiel. Dann sank sie zurück auf ihr Lager und betrachtete ihre gefalteten Hände. »Auch mir hat er sehr geholfen.«

15.

Die Reise von Elaine und Rose verlief äußerst wechselhaft. Von Anfang an hatten sie es schwer, ihre unterschiedlichen Charaktere aufeinander einzustellen. Roses misstrauische, pflichtversessene Art und Elaines naiver, fröhlich-neugieriger Geist waren keine guten Reisegefährten. Und doch profitierten sie voneinander. Anfangs war es Roses Sturheit und Umsicht, die sie rettete. Elaine, die sich des Reisens gewohnt glaubte, wollte es handhaben wie stets, wenn sie mit ihrer Familie unterwegs war, um beispielsweise ihre Tante zu besuchen, die Äbtissin in einem Kloster war. Kaum dass es Mittag war und die nächste kleine Stadt sich näherte, gehorchte sie ihren Gewohnheiten und ihrem knurrenden Magen und steuerte das Tor an, um sich zum Gasthaus zu begeben, das sie kannte. Der Wirt, versicherte sie, sei ihr vertraut und werde sie gut versorgen, seine Gaststube sei sauber, die Laken fast frei von Ungeziefer und seine Suppe beinahe empfehlenswert, was selten sei unter den Häusern dieser Art.

Es kam beinahe zum Streit, doch Rose setzte sich durch und erreichte, dass sie die Gemeinde in großem Bogen umritten, indem sie Elaine vor Augen stellte, was geschehen würde, wenn dieser Wirt sie ohne ihre Familie auf Reisen sah. Wenn er nicht einen Boten zurück zur Burg sandte, noch während sie ihre Mahlzeiten einnahmen oder die Qualität jener gepriesenen Laken prüften, so würde er doch zumindest jedem ihrer Verfolger genauestens Auskunft über sie geben können. Und Verfolger gäbe es gewiss, wenn sie nicht sogar jetzt schon auf den Straßen wären, um nach Elaine Ausschau zu halten. Denn so leicht ließ sich der Herr von Chaworth sein Eigentum nicht entreißen, weder den Schmuck seiner Tochter, noch die Tochter selbst. Warum wohl sonst würden sie sich wie die Rehe im Wald verstecken?

»Und Ihr würdet ihm am Ende noch über der Suppe plaudernd anvertrauen, wohin unsere Reise geht«, schloss Rose nicht ohne Sarkasmus ihre Predigt.

»Wie sollte ich das, wo ich es ja selbst nicht weiß«, maulte Elaine. Aber sie gab nach. Als jedoch die Dunkelheit herannahte, und kein Gebäude in Sicht war, sie aufzunehmen, begann ihr Vertrauen in Rose zu schwinden. Dass diese sich tatsächlich anschickte, die Nacht im Freien zu verbringen, war etwas, das Elaine einfach nicht glauben konnnte: »Auf der nackten Erde?«

Rose seufzte. »Hättet Ihr an Heu für die Pferde gedacht, könnten wir uns darauf legen. So haben wir immerhin unsere Mäntel.«

»Die Knechte haben sich immer um das Heu gekümmert«, verteidigte Elaine sich und war nicht bereit zuzugeben, dass das Lager das Rose aus trockenen Zweigen, Moos und ihrer Decke schuf, am Ende gar nicht so ungemütlich aussah. Sie erwachten steif gefroren, und Elaine ihrerseits war starr vor Entsetzen. Diese Nacht, erklärte sie Rose, die sich bemühte, ihre Glieder warm zu reiben, war das Schlimmste, was ihr in ihrem Leben zugestoßen war. Nicht einmal die beiden Mäntel übereinander hätten die Kälte davon abhalten können, in ihre Knochen zu kriechen. Besorgt fuhr sie sich über das Gesicht, voller Angst, ihre neue Lebensweise könne ihren Teint und ihre Schönheit ruinieren.

Rose ignorierte das Treiben und mühte sich stumm und verbissen, Scheiben von dem Leib Brot abzuschneiden, den sie dabei hatten. Aber ihre Finger waren taub und fühllos, es ging nicht. Im Gegensatz zu ihrer Herrin hatte sie nur ein Schultertuch gehabt und eine Handvoll altes Laub, unter das sie hatte kriechen können. Von den beiden war sie zweifellos diejenige, die wahrhaftig gefroren hatte. Nach einer Weile verstummte Elaine, nahm ihr das Messer ab und schnitt die Stücke.

»Nicht so dick«, mahnte Rose. »Es muss noch eine Weile reichen.« Elaine packte das Grauen. Sie hatte sich noch nie Gedanken über die Dicke ihres Brotes gemacht. Nun fühlte sie den Leib mit jedem Schnitt kleiner werden.

Wenig später stellten sie fest, dass die dichte Tanne, unter der sie gelagert hatten, ihnen zumindest Schutz geboten hatte vor dem Regen, der sie nun den lieben langen Tag bis auf die Haut durchnässte, während ihre Pferde mit hängenden Köpfen und tropfenden Mähnen vor sich hin trotteten.

»So nahe noch bei Beverley, der Heimat Eures Verlobten, es wäre Wahnsinn«, bemerkte Rose noch, als das nächste Städtchen in Sicht kam. Aber Elaine war entschlossen. Sie würde sich nicht weiter im Wald verkriechen und hungern, während sie Geld besaß. So ritten sie durch das Tor, gefolgt von den gelangweilten Blicken der Wachen, und hielten auf das nächste Gasthaus zu.

Hier konnte Rose verfolgen, was Elaine den Effekt ihrer Brokatärmel nannte, die sie sich in einem Winkel des Stalls von ihrer Magd hatte anlegen lassen, um ihr durchnässtes Äußeres zu heben. Hocherhobenen Hauptes trat Elaine ein, strich mit dem Finger kritisch über die gescheuerte Holzplatte des Tisches, rief nach dem Wirt, woraufhin eine fette Frau mit schmieriger Schürze herbeiwieselte und fragte mit befehlsgewohnter Stimme nach dem »Menü«. Wenig später saßen sie nahe eines prasselnden Feuers am Ende eines langen Holztisches und warteten darauf, dass ihnen ein Teil des saftigen Spanferkels vorgelegt würde, das sich in diesem Augenblick noch über der Glut drehte und sein

Fett vertropfte. Die Wirtin wuselte um sie herum und bot ihnen Linsensuppe in Holzschalen an. Elaine bemängelte mit lauter Stimme, dass die aufgedeckten Hornlöffel mit der Öffnung nach oben auf dem Tisch lagen, was dem Teufel erlauben würde, sich hineinzuhocken. Ein reisender Mönch, der am anderen Ende des Tisches zusammen mit einigen Kaufleuten hockte, nickte beifällig zu diesem vorgebrachten Aberglauben, was die Wirtin veranlasste, zu Elaines tiefer Befriedigung eilig sämtliche Löffel auf der kargen Tafel herumzudrehen. Rose konnte ein Lächeln nicht unterdrücken. Noch immer vorsichtig, aber mit wachsender Zufriedenheit dehnte sie sich dem Feuer entgegen.

»Mein Fräulein von Chaworth«, erklang da eine sonore Stimme hinter ihnen.

Erschrocken blinzelten die beiden jungen Frauen in Richtung der Tür, wo im Gegenlicht die verrauchte Kneipenluft wie Nebel aufleuchtete und es unmöglich machte, den Neuankömmling zu erkennen. Erst als sie Tür geschlossen und Licht und frische Regenluft ausgesperrt waren, gewahrten sie, wer da zu ihnen ans Feuer trat.

»Onkel«, begrüßte Elaine ihn verwirrt, obwohl der Mönch, der Anstalten machte, sich neben ihnen auf der Bank niederzulassen, nur ein entfernter Verwandter ihrer Mutter war und nur als ihr Beichtiger in der Zeit ihrer Schwangerschaft und Niederkunft eine engere Beziehung zu ihr und ihrem Kind behaupten durfte. Er hieß Wilfried und war seit einigen Jahren Abt des Zisterzienserklosters bei Kingston upon Hull, einer aufstrebenden kleinen Gemeinde am Zusammenfluss von Hull und Humber, nahe der Küste. Elaine hatte ihn seit Jahren nicht gesehen und verfluchte ihr Pech, ausgerechnet hier auf ihn zu stoßen.

Auch er drückte umgehend seine Verwunderung aus, sie an diesem Ort zu treffen.

Als Rose sie unter dem Tisch mit dem Fuß anstieß, improvisierte sie, so rasch sie konnte. »Oh«, log sie, »ich bin mit meinem Vater unterwegs. »Die alte Mutter meines Verlobten – Ihr habt von der Verlobung gehört?«, fragte sie und war erleichtert, als der Abt nickte. »Nun, sie, sie hat verlangt, mich zu sehen.«

»Auch Euer Herr Vater, welch glückliches Treffen hat Gott da gefügt. Wo ist er?«, fragte der Geistliche mit seiner sonoren, alles übertönenden Stimme.

Die Wirtin schlich herbei. »Ein gnädiger Herr?«, erkundigte sie sich. »Soll ich auch für ihn ein Zimmer reservieren?«

»Natürlich«, zischte Elaine zurück und hoffte, die Alte würde ihren Mund halten. »Das habe ich doch schon gesagt. Rose.« Sie winkte ihrer Magd.

Ehe die Inhaberin des Lokals weitere verräterische Äußerungen tun konnte, wurde sie von Rose beiseitegedrängt, die rasch die Lüge weiterspann, um sich dann in die Ställe zu begeben und dafür zu sorgen, dass ihre Pferde wieder bereit gemacht würden. Sie hörte noch, wie ihre Herrin mit glockenheller Stimme verkündete, ihre Sänfte wäre gebrochen, »bei dem leidigen Wetter, Ihr könnt Euch vorstellen«, was sie zu der Rast hier gezwungen und ihren Vater dazu gebracht hätte, nach Handwerkern auszusehen, die den Schaden beheben würden, während er sie in der Obhut »jener guten Frau« ließ, deren schlechten Atem Rose eben mit Mühe neben sich ertrug. »Ich müsste ihm bald begegnen«, hörte sie Elaine flöten, dann fiel die Tür hinter ihr zu, sie lief im Laufschritt in den Stall und bestach den Burschen mit einer der raren Münzen in ihrem Beutel, dass er ihnen die Pferde schneller sattelte. Die ganze Zeit stand sie neben ihm und tappte mit dem Fuße. Als er endlich hinausging, griff sie noch ein paar Handvoll Heu, um sie unter ihr Gepäck zu stopfen. Dann wartete sie, von einem Fuß auf den anderen tretend, nichts vor Augen als die grauen Bindfäden des Regens und das Spiel der Tropfen in den Pfützen auf dem Hof, die sich gelb gefärbt hatten vom Schlamm und Pferdemist und langsam aufeinander zuwuchsen.

Wo Elaine nur blieb? Dort drüben war das Tor, es zog sie wie magisch an. Wenige Schritte nur, und sie wäre draußen, in Sicherheit, mit zwei Pferden und einem kleinen Vermögen. Und was verlöre Elaine schon, die nur das Lager im Wald gegen ein Ehebett eintauschte, das sie nun gewiss viel höher schätzte? Es war nur ein Schritt, dachte Rose, ein so winziger Schritt.

16.

Vor Qual schloss Rose die Augen. Ein kleiner Schritt, wiederholte sie sich, von der Verzweiflung zur Schurkerei.

Als sie die Augen wieder öffnete, stand Elaine vor ihr. Rose packte die Gefährtin am Arm, wie ein Ertrinkender nach einem Tau griff und zog sie heftig mit sich. Sie führten ihre Tiere so schnell sie konnten durchs Tor des Wirtshofes, schonten ihre Kleidersäume nicht und saßen noch in der engen Gasse auf. Ihr scharfer Trab ließ viele Köpfe sich nach ihnen umwenden, und Protestgeschrei folgte ihnen, doch sie achteten nicht darauf.

»Das war wirklich Pech«, rief Elaine fröhlich, die der Erfolg ihrer Lügen beflügelt hatte. Wie trunken trieb sie ihr Pferd an. »Aber es war auch Glück.«

»Glück?« Aus Rose brach die aufgestaute Erregung hervor, der Schrecken, die Ungeduld und die Scham. Und sie tat, was sie noch nie getan hatte: Sie brüllte ihre Herrin an, dass ihr der Atem weiß vor dem Mund stand. »Beinahe wären wir ertappt und zurückgebracht worden. Was soll daran Glück sein? Ich weiß ja, auf Euch wartet nur das Ehebett. Aber für mich wird es der Kerker sein!« Erschrocken hielt sie inne. Elaine saß wie vom Donner gerührt. Die Pferde spürten, dass sie von ihren Reitern nicht länger beachtet wurden, senkten die Köpfe und begannen zu grasen.

»Verzeihung«, murmelte Rose schließlich. Ihre Hände zitterten, als sie die Zügel wieder fester packte, um ihr Reittier anzutreiben.

»Glück ist«, antwortete Elaine nach einer ganzen Weile spröde, »dass ich mit meinem Oheim ins Plaudern kam.« Sie dachte an die Erzählung des Abtes, der am Feuer in mitteilsame Stimmung geraten war, und ihre gute Laune kehrte mit jedem Wort zurück, an das sie sich erinnerte.

»Normalerweise«, hatte er berichtet, »wird in unserem bescheidenen Hafen nur Wolle verschifft. Nichts als meckernde, bähende Schafe und Ballen mit dem durchdringenden Geruch, den ihr kennt. Aber seit einiger Zeit dienen die Kais auch einem höheren, wenn Ihr so wollt geistigen Zweck, der alles verwandelt.« Er hatte das Kreuz, das an einer dicken Kette um seinen faltigen Hals hing hochgehoben und geküsst. »Pilger nach dem Heiligen Land versammeln sich dort, um sich einzuschiffen für ihre Reise. Sie wollen nach Marseille, wo, wie es heißt, Balduin von Canterbury mit der Flotte des Königs wartet, um direkt nach Palästina zu segeln.« Er lächelte glückselig bei dem Gedanken. »Aus vielen Häfen strömen sie ihm zu. Dass auch der unsere dabei ist, ist ein von Gott gewährtes Glück, sage ich. Ach, Ihr solltet nur ihre Stimmen hören, wie sie fromme Lieder singen, während sie auf ihre Abfahrtsstunde warten.«

Dieser Bericht hatte Elaine sofort elektrisiert, und als sie sie nun an Rose weitergab, setzte sie hinzu: »Endlich wissen wir, wohin wir wollen. Und es ist nicht einmal weit.« Mit einem Mal schien ihre Reise und das ferne Ziel, das sie ihr gesetzt hatten, in einem neuen, realistischen Licht. Es war tatsächlich möglich, ja, zum Greifen nah für sie, nach Palästina zu gelangen.

»Den ganzen Weg per Schiff?«, hatte Rose zweifelnd gefragt, deren Erfahrungen mit Bootsplanken sich auf ein Fährschiff beschränkte, das am Seil über den knapp vier Mannslängen breiten, stillen Strom gezogen wurde. Das Meer hatte sie in ihrem Leben nicht gesehen.

»Du wirst sehen, es ist einfach, schnell und bequem«, beharrte Elaine. Sie verhielt ihr Pferd. »Und der Weg nach Hull biegt hier ab.«

Für einen Moment betrachteten sie die unscheinbare Weggabelung mit dem einsamen alten Walnussbaum, der den Pfad mit seinen schwarz verwitterten Blättern des Vorjahres bedeckt hatte. Man sah ihr nicht an, in welche glorreichen Fernen sie führte. Und doch war Elaine, als hörte sie nicht nur das Mähen der Schafe und das Singen der Pilger, sondern auch schon das Angriffsgeschrei der Kreuzritter, fremdartige orientalische Klänge und den Chor der Mönche in der Grabkapelle Christi. »Also, was ist?«, fragte sie, eifrig und mit leuchtenden Augen. Keiner von beiden fiel auf, dass hier die Herrin die Dienerin um Rat fragte.

Als Rose »Reiten wir nach Hull« sagte, kam es ihr eher wie eine Kapitulation vor. Immerhin, dachte sie, haben wir bis dorthin noch die Pferde.

Sie kamen zu Fuß in Hull an.

Im nächsten Gasthaus legte Elaine wiederum ihre Brokatärmel an, und sie schienen auch diesmal ihre Wirkung zu tun. Ehrerbietig wurden ihnen die Pferde abgenommen, mit der Versicherung, sie bestens zu versorgen. Die Wirtsstube allerdings war düster, und die Gestalten, die sie in der spärlichen Beleuchtung fern des Feuers ausmachen konnten, gefielen weder Elaine noch Rose. Sie aßen rasch und verlangten, zu ihrem Zimmer geführt zu werden. Während Elaine es misstrauisch im Schein der kleinen Öllampe inspizierte und mit spitzen Fingern die muffigen Wolldecken hochhob, fiel Rose auf, dass der Raum keinen Schlüssel besaß. Sie wollte dem Wirt hinterherrufen, einem kleinen Mann mit raschen Bewegungen, an denen ihn auch sein stark verkürztes linkes Bein nicht hinderte. Sie glaubte, seinen unregelmäßigen Schritt noch auf der Treppe zu hören. Aber die Zimmertür ließ sich nicht öffnen. Zuerst war Rose nur irritiert, dann verblüfft, dann, langsam, begann ihr die Bedeutung des Umstandes aufzugehen, und heiße Angst überfiel sie. Sie begann, mit beiden Fäusten gegen die Tür zu schlagen und zu rufen. Von draußen kam kein Laut mehr.

»Wir werden besser unsere eigenen Decken benutzen«, bemerkte Elaine, dann wandte sie sich um. »Was machst du für einen Lärm?«

»Die Tür ist verschlossen.« Rose brachte die Worte kaum heraus. In ihrem Kopf spielten sich bereits unsägliche, gewalttätige Szenen ab.

»Ja, und?«, fragte Elaine ahnungslos. »Um so besser, oder?«

»Von außen.« Rose schluckte und starrte Elaine an, deren Gesichtszüge sich in langsamem Begreifen wandelten. Sie konnte nur noch flüstern. »Und ich frage mich, was geschieht, wenn sie wieder aufgeht.«

Eine Weile war es still im Zimmer der Mädchen. Danach versuchten sie es noch einmal mit Rufen, dann gaben sie auf. »Er wird es nicht wagen«, spekulierte Elaine, »mein Vater …«

»… weiß nichts hiervon und wird es nie erfahren, wenn erst unsere Kehlen durchgeschnitten sind«, fiel Rose ihr ins Wort.

Sie war es auch, die das Schweigen erneut durchbrach. »Wenn Ihr nur nicht so mit unserem Geld geprotzt hättet.«

Elaine war zu eingeschüchtert und beleidigt um zu antworten. Sie ging im Zimmer auf und ab, auf der Suche nach einer Waffe. Schließlich gab sie dem einzigen Möbel neben dem Bett, einem Hocker, einen heftigen Tritt, so dass er zerbrach und hob eines der Beine auf. Prüfend wog sie es in der Hand. Rose dagegen gab sich keinen Illusionen hin. Sie würden es mit mehr als einem Gegner zu tun haben, mit Männern ohne Skrupel. Und selbst wenn sie keine Waffen hätten – sie erinnerte sich nur zu gut daran, wie es war, von schlicht überlegener Körperkraft überwältigt zu werden. Dennoch nahm auch sie einen Knüppel.

Elaine war zum Fenster gegangen und hatte den quietschenden Laden geöffnet. Es gab keine Scheibe, weder aus getränktem Leinen, noch aus Horn. Unter ihnen lag der schlammige Hof mit der Pferdetränke. »Und wenn wir ihnen das Geld hinauswerfen? Ob sie uns dann gehen lassen?«, überlegte sie.

Rose drängte sie beiseite. Sie schaute nach unten. Das war zu weit zum Springen. Dann lehnte sie sich weiter hinaus und blickte nach oben. Regen prasselte auf ihr Gesicht, so schwarz wie der Nachthimmel; unwillkürlich öffnete sie den Mund. Das Wasser schlug kalt auf ihre Zähne, ihre Zunge. Sie musste blinzeln, in solchen Massen kam es herunter.

»Was ist, Rose?«, fragte Elaine ängstlich und zog an den Kleidern ihrer Magd.

Die zog den Kopf wieder herein. »Wenn wir auf den Flügel des Fensterladens klettern«, erklärte sie nach Luft schnappend; sie war so nass als wäre sie geschwommen, »dann kommen wir von da auf das Dach.«

»Und dann?«, fragte Elaine verdattert.

»Dann sind wir nicht mehr hier drin.« Ohne eine Antwort abzuwarten, hielt Rose ihr die Hände zur Räuberleiter hin. Elaine stieg hinein. Ihr weiter Rock verhakte sich, und der Laden, der nicht besonders gut in der Wand verankert war, ächzte unter ihrem Gewicht, dennoch schaffte sie es, hinaufzugelangen. Im heftigen Regen stehend, der sofort ihre Kleider tränkte und schwer werden ließ, balancierte sie auf dem schmalen Holz, das sich trotz Roses Bemühungen, es zu fixieren, sacht hin und her bewegte. In Todesangst klammerte Elaine sich an den Rand des Daches.

»Ihr müsst hinaufklettern.«

»Es geht nicht«, klagte Elaine. »Es ist zu rutschig.« Sie raffte dennoch mit einer Hand ihre Röcke, um einen Versuch zu wagen. »Meine Kleider sind zu schwer«, klagte sie. Ihre Stimme klang weinerlich.

Rose redete auf sie ein wie auf einen störrischen Esel. »Ich höre Schritte«, log sie schließlich. Da endlich überwand Elaine sich und kroch und robbte auf die Dachfläche hinauf. Rose atmete auf. Einen Moment hielt sie inne. Sie betrachtete ihrer beider Gepäck und überschlug, was darin war. Nichts, für das es sich lohnte, das Leben zu riskieren, beschloss sie. Das Geld tat sie in ihre Börse. Dann machte auch sie sich an den Aufstieg. Elaine im Stillen verfluchend, weil sie den Hocker zerstört hatte, der ihr eine Hilfe hätte sein können, mühte sie sich damit ab, den Fensterladen zu erklimmen, der wild hin und her schlug. Sie rief nach Elaine, dass sie ihn von oben festhielt, aber vergebens. Als endlich auch sie dem Zimmer entronnen war und sich rücklings aufs Dach fallen ließ, sah sie, dass das Mädchen völlig erstarrt dahockte.

»Nicht hinuntersehen«, mahnte sie und nahm die Hand ihrer Herrin. Der Weg über das abschüssige Dach war nicht leicht, das Moos, das darauf wuchs, war glitschig, und sie konnten kaum die Hand vor Augen sehen. Meist krochen sie auf allen Vieren oder robbten auf dem Bauch voran, immer bemüht, so viel Haftung mit dem moosigen, rutschigen Grund zu haben wie möglich. An das Wirtshaus schloss sich die Scheune an, deren Dach tiefer lag. Sie sprangen und warfen sich flach auf die Holzschindeln. Dennoch rutschten sie bis dicht an die Traufe. Rose dankte dem Rauschen des Regens, das ihren Schrei verschluckte.

Als sie an der Dachseite standen, die die Hofmauer überragte, blickten sie in ein schwarzes Nichts. »Ich kann nichts sehen«, klagte Elaine.

Rose fand es unnötig, das Offensichtliche zu kommentieren; springen mussten sie dennoch. Wenn sie zum Hof hin abstiegen, wären sie Gefangene wie zuvor. Sie glaubte sich zu erinnern, dass Haselnussgestrüpp und Holunder längs der Mauer wuchsen, und dass diese nicht viel mehr als mannshoch gewesen war. Sie standen hier nur knapp oberhalb der bröckelnden Krone. Ein Sprung sollte keine Gefahr darstellen. So jedenfalls versicherte sie es Elaine. Als die trotzig empfahl, dass Rose es doch vormachen solle, stand sie dennoch lange an der Kante. Es war eine Sache, sich Vernunftgründe auszudenken, eine andere, in einen scheinbar bodenlosen Abgrund zu springen ohne zu wissen, was einen erwartet. Da rief sie sich Thomas' Gesicht ins Gedächtnis.

Ohne Vorwarnung packte sie Elaines Hand, zog sie mit sich und sprang. Mit einem Schrei verschwanden sie in der Nacht.

17.

Roses und Elaines Kleider waren so nass, dass sie sich nicht einmal aufblähten, als sie durch die Luft segelten. Wie zwei Säcke fielen sie und klatschten zu Boden. Der erdige Grund war matschig und weich, das war ihr Glück. Dennoch raubte der unerwartete Aufschlag ihnen den Atem. Eine Weile lagen sie nur still da im Rauschen des Regens, der ihnen den Schlamm von den Gesichtern wusch.

»Alles in Ordnung?«, schaffte es Rose schließlich zu fragen.

»Ich glaube, ich habe mir die Knie aufgeschlagen«, antwortete diese wie ein Kind. Als sie schließlich wieder einigermaßen auf den Beinen standen, fragte sie: »Wo ist mein Mantelsack?«

»Im Zimmer«, erwiderter Rose knapp. »Ihr habt Euer Geld doch bei Euch?« Und als Elaine nichts sagte, fügte sie hinzu: »Ich hätte unmöglich mit dem Gewicht aufs Dach kommen können, das müsst Ihr doch einsehen.« Sie sprach wie mit einem trotzigen Kind. »Nun macht kein Theater wegen der paar Kleider.«

»Kleider, Kleider«, platzte Elaine heraus und schlug ihre Hände fort. »Und was ist mit dem Schmuck?«

Einen Moment war Rose verdattert. »Aber ich dachte, Ihr habt all Euren Schmuck zu Geld gemacht?«

»Doch nicht meinen, Mamas«, gab Elaine trotzig zurück. »Oder hast du wirklich geglaubt, ich gehe mit den paar Münzen auf Reisen?«

Rose brauchte eine Weile, bis sie begriff. »Ihr habt den Schmuck Eurer Mutter gestohlen?«

»Du brauchst gar nicht so empört zu tun!«, war die gefauchte Antwort. »Du wolltest dich schließlich an meinem vergreifen.«

Rose war dankbar für die Dunkelheit, die ihre Röte verbarg. »Und warum habt Ihr mir nichts davon gesagt?«, fragte sie schließlich nach einer Weile.

»Na hör mal.« Elaine klang erstaunt. »Schließlich habe ich dich mit den Fingern in meiner Truhe ertappt. Das war nun wirklich keine Empfehlung. Und außerdem…«

Außerdem, vollendete Rose in Gedanken den Satz, wer war sie denn schließlich, nichts als eine Magd. Sie knüllte das Taschentuch, mit dem sie Elaine die Knie betupft hatte zusammen und drückte es ihr barsch in die Hand.

»Ich verstehe«, sagte sie. Nach einer Weile fügte sie hinzu. »Wir sollten machen, dass wir hier wegkommen.« Für einen Moment öffneten sich die Regenwolken und ließen einen fahlgelben Schein hindurchdringen, den Hof eines bleichen Mondes, der im Untergehen begriffen war. »Dort entlang«, kommandierte Rose.

»Woher willst du das wissen?«, verlangte Elaine widerspenstig zu wissen.

»Das verrate ich nicht jedem«, blaffte Rose zurück. »Meine Sache.« Der Rest war Schweigen. Nur wenn eine stolperte oder in ein unerwartetes Loch trat, unterbrach ein Seufzer den einsamen Monolog des Regens.

Der Anblick, den sie boten, als sie am anderen Morgen in Hull eintrafen, war jämmerlich. Aber die Kapitäne der Pilgerschiffe waren vieles gewohnt, und da sie zahlen konnten, erhielten sie ihren Platz an Bord, wo sie wie Vieh zusammengepfercht waren. Als die Nachricht kam, ihr Teil der kleinen Flotte führe nicht nach Marseille sondern direkt nach Messina, um dort mit König Richard zusammenzutreffen, nahmen sie das als gutes Omen und jubelten mit den anderen, jede getrennt für sich. Die Aufregung aber, als sie ablegten wich der Erkenntnis, dass der größte Nachteil an einem Schiff der war, dass es sich auf dem Wasser befand und dieses Element einfach nicht still hielt. Das Wogen und Rollen quälte ihre Mägen, dazu kam der Dunst der zahllosen Menschen, die schwitzten, fäkalierten oder sich ihrer Übelkeit ergaben. Rose hielt ein paar Stunden länger durch als Elaine, aber irgendwann überließ auch sie sich dem Delirium ihres Elends.

Bleich lagen sie auf ihren Strohschütten, sich selber fremd. Als sie wieder zu sich kamen, war ihre Börse verschwunden.

»Es muss einer von der Mannschaft gewesen sein«, meinte Elaine fassungslos. »Ein Pilger würde so etwas doch niemals tun, oder?«

Rose antwortete ihr nicht. Nach einer Weile aber streckte sie den Arm aus, und Elaine kam und schmiegte sich an sie. Einsam hockten sie inmitten der Masse von Männern und Frauen aller Schichten und fragten sich, was aus ihnen werden sollte.

18.

Lange hielt Johannas Hochstimmung nicht an, im Gegenteil. Nach der Auseinandersetzung mit Lecce flossen ihre Tage eintöniger und öder denn je. Nur eine einzige Hofdame wurde zu ihr vorgelassen, Mathilde. Sonst durfte sie keinen Besuch empfangen. Und dass Mathilde jede ihrer Regungen, ja was sie im Schlafe sprach, an Tankred von Lecce weitermelden würde, dessen war Johanna sich gewiss. So blieb ihr Gespräch einsilbig, und alles, was sie bewegte, mußte sie in sich verschließen, auch wenn ihr manchmal war, als ob sie platzen wollte.

Was immer draußen geschehen mochte, nichts davon drang mehr zu ihr. Sie hatte Zeit genug, ihr Verhalten zu überdenken und verfluchte sich im Stillen, den neuen König so viel von ihrer Geisteshaltung sehen gelassen zu haben. Sein Ärger konnte ihr noch immer gefährlich werden, ja sogar gefährlicher denn je. Wer wusste schon, wozu die Furcht vor Richards Nähe ihn hinreißen würde? Falls er beschloss, sie als Geißel zu behalten, dachte Johanna, während sie vor dem Spiegel saß und ihr Haar kämmte, das weich und lichtbraun war und noch immer so glänzend wie damals. Sie hielt in ihrer Beschäftigung inne und prüfte kritisch ihr Gesicht: die großen, veilchenblauen Augen, die reine Stirn und ihre schmale Nase. Noch war nichts davon von Falten entstellt, ihre Schönheit war so mild und makellos wie je. Noch glich sie ganz dem jungen Mädchen, als das Richard sie gekannt hatte und besaß vielleicht eine Chance, nostalgische Gefühle in ihm zu wecken. Aber ob er sich ihrer noch erinnerte, mit Wärme und Anteilnahme dazu? Und wie viel wäre sie ihm wohl wert, im Vergleich zu seinen sonstigen Ambitionen? Und wenn das alles, Haar, Auge und ihr Leben dazu, an Lecce fiele? Erschreckt schaute sie sich an: die Mätresse eines Usurpators, erniedrigt, benutzt, bald verbraucht. War es das, was ihr entgegenblickte? Schmückte sie sich dafür?

Sie versuchte, ihre aufgewühlten Gedanken zu beruhigen. Mit zitternden Händen nahm sie die energischen Bürstenstriche wieder auf und mit ihnen den Gang ihrer Überlegungen. Wenn also Lecce sie als Geißel benutzte, und davon wollte, mußte sie ausgehen, alles andere führte in den Wahnsinn: Wie viele Zugeständnisse genau wäre Richard bereit, für sie zu machen? Wie viele Mauern würde er für sie erstürmen?

Wenn sie an den wüsten Knaben zurückdachte, der er war: so aufbrausend, spontan und egoistisch, aber auch so rückhaltlos großzügig in anderen Momenten. Und so mutig konnte er sein, ihr Bruder. Es war schwer, vorherzusagen, wie er sich verhalten würde. Am besten, dachte Johanna, ich mache es ihm nicht zu schwer, sich zu entscheiden. Sie legte die Bürste weg. Noch einmal blickte sie sich fest in die Augen. Ich tue es, dachte sie. Ich werde zu ihm gehen.

Der Entschluss war so wahnwitzig, so undurchführbar und kühn, dass sie in ein nervöses Kichern ausbrach, das Mathilde, ihre Hofdame, die bislang gelangweilt in ihrem Sessel gedöst hatte, erstaunt den Kopf heben ließ. Rasch fuhr Johanna mit ihrer Abendtoilette fort.

»Lies mir vor, Mathilde«, verlangte sie, nachdem sie zu ihrem Bett hinübergegangen war, und als sie es sich demonstrativ in den

Kissen gemütlich gemacht hatte, holte sie ein Buch hervor. Es war nicht der dicke Foliant mit den Ritterepen, auf den Mathilde, ihrem enttäuschten Gesicht nach zu schließen, zweifellos gehofft hatte, dessen prächtig kolorierte Bilder am Anfang eines jeden neuen Abenteuers den Augen Abwechslung boten und den Betrachter verzauberten, sondern ein schlichter Band mit Gebeten in der Handschrift eines demütigen Mönches. Und sein Inhalt war so reizvoll wie eine Predigt des guten Paters, dachte Johanna mit grimmiger Freude, während sie sich in Positur legte. Dennoch war es der rechte Text zur rechten Zeit.

Denn ihnen beiden fielen über der Lektüre beinahe die Augen zu, und so war es Mathilde ganz recht, als sie nach einer Weile aufgefordert wurde, die Kerze zu löschen und ihre Herrin trotz der frühen Stunde alleine zu lassen. Erleichtert und ohne Misstrauen huschte sie nach draußen. Mit klopfendem Herzen lag Johanna in der Dunkelheit. Sie lauschte auf jedes Geräusch: die Schritte der Wache vor der Tür, die sich in regelmäßigen Abständen entfernten, um dann unweigerlich wiederzukehren, die abgerissenen Klänge von Flöten und Trommeln, die der Wind aus der noch immer unruhigen Stadt herauftrug, den Ruf einer der Eulen, die über ihr in den Türmen nisteten und nun bald die Flügel spreizen würden, um auf die nächtliche Jagd zu gehen.

Johanna ermahnte sich, so lautlos und entschlossen zu sein wie sie, und ebenso sicher in ihren Bewegungen. Sie raffte den weiten Stoff ihres Nachthemdes, damit es nicht raschelte, als sie zum Fenster huschte, um sich mit einem Blick hinab zu versichern, dass der Hof menschenleer war um diese Zeit. Erleichtert stellte sie bald fest, dass ihre Erwartung sie nicht getrogen hatte. Kein Schritt hallte unten auf dem Pflaster, keine Silhouette zeigte sich im Widerschein der fernen Torfackeln. Niemand würde sie bemerken.

Nun kam der leichtere Teil, wie sie dachte. Ohne die Hilfe einer Lampe, aber beleuchtet vom Licht zahlreicher Sterne und dem hellen Horizont über der lebendigen Stadt, schlüpfte Johanna in ihre Kleider. Sie hatte ein Cotte aus leichtem Leinen mit fest angenähten, bestickten Ärmeln gewählt, die ein wenig weiter waren, als die Mode es derzeit forderte, von der sie aber annahm, dass sie ihr genug Bewegungsfreiheit für ihr Vorhaben lassen würden. Was sie nicht bedacht hatte, war die Schnürung im Rücken, die das Kleidungsstück auf Figur brachte. Weder bei diesem Untergewand, noch beim Surcot aus schwerem violetten Brokat schaffte Johanna es, alleine und ohne die Hilfe einer Zofe, auf die sie üblicherweise zurückgriff, die Schnüre auch nur annähernd straff zu ziehen, so dass die Kleider an ihr herunterhingen wie Säcke anstatt, wie es vorgesehen war, ihre Figur aus einem sorgsam geplanten Meer von Falten deutlich herauszuheben und zu meißeln. Schließlich hatte sie, bei allem Sinn für das Praktische, vor ihrem Bruder weder wie eine Bittstellerin noch wie eine Bettlerin erscheinen wollen, sondern wie eine Frau, der man die Wünsche von den Augen ablas. Nun, die zumindest einen Rest von Würde besaß, wenn sie auch ein Flüchtling war. So aber kam sie sich halb bekleidet, hässlich und grotesk vor.

Die nächste Hürde stellte das Seil dar, das sie sich zu knüpfen gedachte. Die Bettvorhänge, die Johanna dafür ausersehen hatte, wollten auch nach wiederholtem Ziehen nicht nachgeben, und sie geriet in Schweiß bei dem Versuch, sie vom Gestell des Betthimmels abzuziehen. Unerwartet gaben sie ihrem Zerren endlich nach und bedeckten im Herabsinken die rückwärts stolpernde Königin mit beißendem Staub, der sie nur mühsam ein Husten unterdrücken ließ.

Als Johanna sich daran machte, sie mit ihrer Nähschere in schmale Bahnen zu trennen, tat sich ein weiteres Hindernis auf, da der Stoff steif und widerständig, die Klinge, die ihr zur Verfügung stand, aber nur klein war und sich als ungeeignet erwies. Schließlich verlor sie die Geduld und riss an dem Einschnitt, der einfach nicht größer werden wollte. Es gab einen bösen, unerwartet lauten Klang, wie das Zischen einer wütenden Schlange. Erschrocken hielt Johanna inne.

Zu ihrem Glück aber erklangen die Schritte der Wache gerade am fernen Ende des Korridors. Sie fuhr fort mit ihrer Arbeit, immer auf die Trittgeräusche vor der Türe achtend und innehaltend, wenn diese sich zu sehr näherten. Endlich, nach Stunden, wie ihr schien, war es geschafft und sie hielt eine Reihe von fransigen Streifen in der Hand, die sie sich zu verknüpfen anschickte. Ihre Finger wurden steif dabei; die Knoten aus dem steifen Stoff schließlich fest zu schürzen, ging beinahe über ihre Kraft. Am Ende aber hatte sie es geschafft und stand schwer atmend am Fenster, im Arm ihren gebündelten Umhang, den sie ans Ende der Schnur geknotet hatte. Das andere war um eine Strebe des Maßwerks geschlungen. Mit einem dumpfen Laut entrollte sich die Stoffschlange in die Tiefe. Johanna schaute ihr nach. Neben ihr sandte die Blüte, selbst halb geschlossen, noch immer ihren betäubenden Duft in die laue Nachtluft. Die Königin beschloss, dies als ein gutes Omen zu nehmen und schwang sich in die Fensteröffnung.

Tief lag der Hof unter ihr, bestimmt die Höhe von fünf Männern.

Einen Moment zögerte sie, während sie das Seil schon ergriffen hatte. Ihr war, als zöge etwas sie mit aller Macht in dieses Zimmer zurück, aus dem sie sich die letzten Monate doch nur fortgesehnt hatte, als hätte sie etwas Dringendes, ja Lebenswichtiges dort drinnen vergessen, das sie auf keinen Fall zurücklassen durfte. Es ist ein Fehler, schrie etwas in ihr, ein furchtbarer Fehler, unumkehrbar. Tu es nicht!

Ach was, sagte Johanna sich und rutschte mit dem Gesäß vom Stein herab. Dann hing sie mit ihrem ganzen Gewicht an den Armen. Und sofort wusste sie, worin der Fehler bestand: Sie hatte sich überschätzt Sie besaß gar nicht die Kraft, sich hier zu halten. Sie würde hier eine kurze, verzweifelt kurze Weile hängen, um dann abzustürzen und zu zerschellen. Ihre Füße in den zierlichen Stoffschuhen schabten hektisch über den Stein, traten Unkraut aus den Ritzen und brachten Steinchen zum Bröckeln. Aber Halt fanden sie nicht. Ihre Hände brannten, ihre Schultern fühlten sich an, als würden sie aus den Gelenken gerissen. Unwillkürlich stieß Johanna einen Jammerlaut aus.

Sie schaute nach unten: ein schwarzer, saugender Abgrund war da, den sie hinabfahren würde, um mit grotesk verrenkten Gliedern und blutig zerschmettertem Schädel auf dem Pflaster zu liegen. Wie der Arbeiter an der Kirche, fiel es ihr da ein, und noch einmal war ihr, als flöge der weiße Staub von damals umher, bedecke ihre Haut, ihre Wimpern und Haare, dränge in ihre Kleider und ihren Mund und ließe sie husten. Schreien, dachte Johanna. Ich brauche nur zu schreien, vielleicht schaffe ich es, mich lange genug zu halten, bis jemand mich findet und wieder hinaufzieht. Aber nicht einmal mehr dafür reichte ihre Kraft.

19.

Johanna in luftiger Höhe biss die Zähne zusammen. Sie dachte an den Tod.

»Hosenschisser«, hörte sie da eine fröhliche Stimme. Sie klang von weit her zu ihr herüber, aus der Ferne ihrer Kindheit, die ihr mit einem Mal vor Augen stand, realer als jedes Bild. Johanna sah im Geiste Richard als Jungen, der wie ein Mehlsack an einem Seil hing, das vom Vorsprung einer Felswand herabhing. Ihre beiden älteren Brüder, beide waren heute lange tot, standen schon oben und taten großspurig. Mit verschränkten Armen gaben sie ihre Kommentare ab. Sie selbst hockte am Fuß des Felsens, wie alt war sie gewesen, sechs, sieben? Sie hatte den Kopf ganz in den Nacken geworfen, so dass es beinahe weh tat zu sprechen. Dennoch drängte es sie, ihrem geliebten Bruder Richard zu helfen. »Du musst es machen wie sie«, hatte sie ihm zugerufen und an dem

Seil gezogen wie am Band einer Glocke, um ihn auf sich aufmerksam zu machen. »Du musst die Beine gegen den Felsen stemmen, hörst du?« Von oben erklang höhnisches Gelächter.

»Die Beine einstemmen«, murmelte Johanna. Ihre Kehle kratzte wie damals. Mit letzter Kraft, wie ihr schien, zog sie die Beine an, setzte die Füße gegen die Mauer und streckte ihre Extremitäten wieder. Der unerträgliche Zug an ihren Schultern ließ nach. Johanna befand sich, wie sie bemerkte, gar nicht unwohl in dieser Haltung, die fast, wenn auch ein wenig schräg geneigtes, ein Stehen an der Mauer war. Ihre Füße trugen nun einen Teil ihres Gewichtes, gaben ihr Halt und Sicherheit; sie baumelte nicht mehr umher. Umsichtig, sich an die Klettertouren ihrer Brüder erinnernd, setzte sie die Beine so breit, wie ihre Röcke es ihr erlaubten, und ließ sich langsam, Handbreit für Handbreit hinunter. Griff um Griff kam sie am Seil herab. Ihre Hände schmerzten noch immer, und sie war sicher, die roten Striemen an ihren weißen Fingern würden für Wochen zu sehen sein. Dennoch erfüllte sie grimmiger Triumph, als sie bemerkte, wie sie dem sicheren Boden näher kam. Noch eine Mannslänge, noch eine. Johannas Arme zitterten heftig, sie fühlte nachgerade keine Kraft mehr darin und konnte nicht begreifen, warum ihr Griff sich nicht einfach löste und sie dem Fall übergab. Aber er tat es nicht.

Als sie auf festem Grund stand, waren ihre Finger zu steif und zitterten zu sehr, um den Knoten zu lösen, mit dem sie ihren Mantel ans Seil gebunden hatte. Die Arme gehorchten ihr nicht mehr, auch ihre Beine bebten, und so setzte sie sich für einen Moment in den Mauerschatten, um auszuruhen.

Und jetzt?, dachte sie. Mit taubem Arm tastete sie nach dem Schlüssel in ihrer Gürteltasche. Er passte zu einer kleinen Pforte in der äußeren Mauer, die nur wenige kannten. Ich bin hier die Königin, dachte sie nicht ohne Triumph, das ist noch immer meine Burg, mit all ihren Winkeln und Gängen. Tankred mochte mit seiner geborgten Macht den Thronsaal anfüllen. Aber ihre wahren Geheimnisse kannte er nicht. Sie stand unter Mühen auf und schüttelte ihr linkes Bein, das prickelte, als wäre es eingeschlafen. Aber sie musste lächeln bei dem Gedanken an sein Gesicht, wenn er morgen ihr leeres Gemach fände und sie wie vom Erdboden verschwunden wäre. Wie lange er wohl rätseln würde, was aus ihr geworden war?

Da sah sie über sich ein Licht aufglühen. Ihr Fenster erstrahlte in warmem Gelb, und schon bald neigte sich die Silhouette eines Kopfes heraus. »Nicht lange genug«, murmelte Johanna.

Während über ihr laute Rufe ertönten, hinkte Johanna über die Seite des Hofes, die, wie sie annahm, für den Betrachter von oben im Schatten lag. Sie würde den Weg über die Vorratskeller nehmen, durch das Fass hindurch, das keines war, durch den engen Erdgang, den die Spinnweben verhängten, bis hin zu dem kleinen Tor, von dem sie inbrünstig hoffte, dass es sich nach all der Zeit noch öffnen ließe.

»Wachen!« Diese Stimme kannte sie. Unwillkürlich beschleunigte Johanna ihren Schritt. Sie würde sich von Tankred nicht auf ihrem eigenen Grund wie ein flüchtiges Wild, wie eine Verbrecherin stellen lassen. So schnell sie konnte bog sie um eine Ecke und prallte gegen warmes Fleisch. Johanna hob die Hände und wurde von einem Schlag an der Schulter getroffen, der sie beinahe zu Boden gehen ließ. Sie torkelte gegen die Mauer und wartete, doch es folgte kein weiterer Anschlag. Langsam tauchte der Umriß ihres Angreifers vor ihr auf. Vor dem Hintergrund einer pfauenbrustfarbenen Nacht hob er sich ab, an deren Firmament die Sterne bereits langsam verblassten. Es war der mächtige, noch immer leise pendelnde Kadaver eines Schweines, aufgehängt, um ausgeblutet und abgesengt zu werden. Im spärlichen Licht konnte Johanna nun das wächserne Weiß seiner gewaschenen Haut erkennen und die scharlachfarbene Wunde erahnen, wo der Leib aufgebrochen war. Nun roch sie auch den Dunst von Blut und heißem Wasser, den schalen Geruch des noch lebensfrischen Fleisches, und es würgte sie.

Heftig riss sie sich von der Mauer los, um ihren Weg fortzusetzen. Sie hatte nicht vor, auf die Rückkehr der Schlachter zu warten. Die warme, klebrige Flüssigkeit, die sie auf dem Stoff an ihrer Schulter fühlte und sie mit ihrem Gestank verfolgte, trieb Johanna an. Ehe das Trappeln von Wächterschritten die Höfe erreichte, war sie durch die Tür geschlüpft, die sie in die Unterwelt des Schlosses entführte, und lange, nachdem die fragenden Rufe und Flüche hinter ihr verklungen waren und nur noch das Echo ihrer eigenen Schritte hörbar war, skandiert vom Fallen kalter Tropfen auf Stein, fand sie die Pforte.

Der Schlüssel passte, der Schlüssel, einen herzklopfenden Moment lang befürchtete sie das Gegenteil, drehte sich im Schloss. Die Pforte ließ sich quietschend weit genug aufschieben, um Johannas schlanken Leib hindurchzuquetschen. Sie stand auf den Gassen von Messina.

»He, Achtung!«

In ihrer Verblüffung reagierte die Königin nicht, stand aber zum Glück nahe genug an der Mauer, so dass der kräftige Schwall aus dem Nachttopf haarscharf an ihr vorbeiflog und zu ihren Füßen auf dem Pflaster aufschlug, wo er sogleich sein beißendes Aroma verbreitete, ohne sie zu beschmutzen. Der Inhalt einer Waschschüssel kam hinterher und spülte alles mehr schlecht als recht in die Schmutzrinne, die sich in der Mitte der Gasse hinzog. Um ihre Stoffschuhe fürchtend, überquerte Johanna sie mit einem zaghaften Schritt und floh den Ort. Über ihr drängten sich die auskragenden ersten Stockwerke der Häuser so dicht zusammen, dass sie kaum den Himmel sehen konnte, der durchsichtiger und durchsichtiger wurde und bald das unschuldige, fahle Grau des ersten Morgens annahm, wenn noch kein Strahl der Sonne ihn berührt hatte.

Überall begann die Stadt zu schläfrigem Leben zu erwachen. Fensterläden klappten auf, erste einsame Schritte hallten über die Gassen, die dunklen Lumpenpacken der Bettler am Fuß der Mauern begannen sich murrend zu regen und zu räkeln, Bäckerkarren rumpelten über die Plätze und zogen eine Spur verheißungsvollen Duftes durch die Schlafmiasmen Messinas. Johanna hielt sich mit nichts davon auf. Sie hastete durch die Straßen auf dem Weg zum Hafen, wo sie ein Schiff zu finden hoffte, das sie auf die Klosterinsel übersetzen würde.

Die ersten Strahlen der Sonne entzündeten eben das goldene Kreuz auf dem Turm der Kirche, als sie an der Mole stand und den salzigen, algenmuffigen Geruch des Hafenwassers einatmete. Rosig stand der Dunst über dem Wasserhorizont, der sein Nachtgrau zu beleben begann mit Streifen von Silber, Blaugrün und Aprikot, ein zart in zart verschwommenes Gemälde, duftig wie ein Nebel. Johanna taumelte bis an den Rand des Wassers und starrte hinaus auf das Meer, bis die Männer hinter ihr sich schon gegenseitig mit den Ellenbogen zu stoßen begannen, um einander auf die seltsame Frau aufmerksam zu machen. Doch so sehr sie auch starrte, der Horizont blieb leer.

Schon wollte sie sich abwenden, da hörte sie überraschte Rufe und blickte noch einmal zurück. Was sich zuerst nur als graue, vage umrissene Silhouetten abzuzeichnen begonnen hatte, großen Seevögeln gleich, erwies sich nun immer deutlicher als Rümpfe, Masten, Segel.

Johanna stand bei den ersten Menschen, die es bemerkten, heimkehrenden Fischern, die ihre Netze auf dem Pflaster ausgebreitet liegen ließen, um das Schauspiel zu betrachten.

Als die Sonne majestätisch aufging, gewann das Schauspiel an Form und Farbe. Aus den schwarzen Vögeln wurden hölzerne Leiber, deren Segel sich prächtig blähten und bunte Wimpel flattern ließen in dem alles überströmenden, überflutenden, überwältigenden Licht, einer triumphierenden Fanfare gleich. Johanna erkannte das Wappen.

»Der Engländer!« Auch die Fischer hatten die Farben gesehen. »Er kommt, er kommt, er fällt über uns her!« Mit diesem Aufschrei rannten sie in die Stadt.

Eine ganze Weile stand Johanna wie gebannt am Kai und

schaute der heranfahrenden Flotte entgegen, sah, wie die Bordwände aufwuchsen, die Gischt hoch aufspritzte bis zu den waghalsigen Flugbahnen der Möwen, bemerkte bald Einzelheiten wie die Lichtreflexe auf den Helmen der Krieger, die sich an der Reling drängten und die Farben ihrer wehenden Helmbüsche. Der Wind trieb englische Stimmen zu ihr herüber und das Klirren von Metall auf Metall. Schon konnte sie beinahe die Züge der Gesichter unterscheiden, und sie sah die aufgerissenen Münder der Männer, die brüllten, trunken vor Lebensfreude und Angriffslust. Bald würden sie von den Schiffen quellen, sich über die Kais ergießen und durch die Straßen Messinas rasen.

Da begann Johanna, rückwärts zu gehen, langsam erst, einen Schritt vor den anderen. Ihr Fuß verhedderte sich in einem der Netze. Sie stolperte, musste sich bücken, um sich loszumachen und hörte im selben Moment das hohle, schabende Geräusch, mit dem Holz auf Stein trifft. Triumphgeschrei antwortete ihm. Ohne sich noch einmal umzuwenden, rannte Johanna den Weg zurück, den sie gekommen war. Sie lief vorbei an geschlossenen Türen, rasch vernagelten Fenstern. Noch hallten um sie her die Hammerschläge, mit denen verzweifelte Handwerker und Familienväter ihr Gut und die Ihren zu schützen suchten. Sie sah schreckverzerrte Gesichter und Menschen, die zu den Kirchen hasteten, Frauen mit schreienden Kindern auf den Armen, Karren, die geschoben wurden, um Gassen zu versperren.

Auch ihr Weg war mehr als einmal verbarrikadiert. Der Sog eines Flüchtlingsstroms, der einem Kloster zustrebte, riss Johanna für einen Moment mit sich. Verzweifelt suchte sie sich zwischen den Leibern freizukämpfen. Da setzte das alarmierende Läuten der ersten Glocken ein. Sturm, Sturm, Sturm! Angst dröhnte über der Stadt und durchtränkte alles mit ihren Schwingungen. Für einen Moment wünschte Johanna verzweifelt, sie hätte die schützenden Mauern des Schlosses niemals verlassen.

Sie war mehr als einmal an der Seite ihres Mannes durch eine besiegte Stadt geritten und wusste, was eine entfesselte Soldateska einer Gemeinde antun konnte. Sie wollte es nie wieder sehen, wollte nie wieder den beißenden Geruch von Rauch und Blut einatmen, die hohen, entmenschten Schreie der Frauen hören. Um sie herum begann es zu kreischen.

Unter Aufbietung aller Kräfte schob und drängte Johanna sich durch das Gewühl. Auf einmal gab der Wirbel sie frei. Sie taumelte zur Seite, tastete sich an einer Mauer entlang und fand, endlich, freien Raum. Schwer atmend stand Johanna und brauchte einen Moment, bis sie begriff, dass sie sich auf einem Friedhof befand. Vor ihr lag ein schützend von Mauern umgebenes, stilles Quadrat. Eine Taube gurrte und wanderte mit kratzenden Füßen über einen Grabstein. Frühwind zerrte leise an den Blättern eines frischen Gebindes, Eidechsen raschelten durch trockene Rosmarinstauden.

Für wenige Augenblicke konnte man glauben, nichts wäre geschehen oder alles. Und der große Friede am Ende der Dinge hätte eingesetzt. Dann hörte Johanna den ersten Schrei, hoch und schrill schraubte er sich in Regionen eines nie gekannten Entsetzens. Sie hielt sich die Ohren zu.

Ohne nachzudenken taumelte sie, gejagt von einem näher kommenden Verhängnis, zwischen den Grabplatten und Grüften herum. Bis hinter dem knarzenden Türflügel einer Familiengruft hervor zwei Arme nach ihr langten und sie in die Dunkelheit rissen.

20.

»Wer seid Ihr?«, keuchte Johanna und drückte sich an die Wand, so weit wie möglich weg von den Wesen der Finsternis, die sich ihrer bemächtigt hatten, und von denen im Dämmer der

Gruft nicht viel mehr zu sehen war als ihre Lumpen und das schimmernde Weiß in ihren Augen. Im selben Moment wurde draußen das Trampeln von Füßen laut und jemand rief Kommandos. Gemeinsam hielten sie für einen Moment den Atem an.

»Wir sind Pilger«, sagte die eine der Gestalten schließlich. Johanna war überrascht, die Stimme einer Frau zu vernehmen, die ein reines Englisch sprach.

»Pilger?«, wiederholte sie erstaunt. Dann aber dachte sie, wie konnte irgend etwas die Tatsache, dass sie selbst, eine Königin, hier stand, verstaubt und voller Spinnweben, in einem Grab versteckt mit zwei abgerissenen Wesen, noch seltsamer werden durch den Umstand, dass diese Individuen Pilger waren?

»Ja«, erwiderte die andere zu Johannas wachsender Verwunderung in einem sehr kultivierten Ton. »Durch traurige Umstände verloren wir unsere Habe, so dass wir statt der Passage nach Palästina nun hier gelandet sind, bei den Truppen unseres Königs, der, wie man hört, hier rasten will, ehe er zu seinem Kreuzzug aufbricht. Wir sind keine Wegelagerer. Mein Name ist Elaine«, fügte sie hinzu und trat in den schmalen Lichtstreifen, der durch den Türspalt fiel.

Obwohl sie sich auf der Reise verändert hatte und ihre Kleider abgerissen waren, sah sie noch immer wie ein Edelfräulein aus, schlank und gerade wie eine Kerze, mit offenem Blick und stolzer Haltung, dachte Rose, bitter, aber nicht ohne Bewunderung für das Auftreten ihrer Gefährtin und deren Redegewandtheit. Wie sicher sie etwa behauptete, kein Wegelagerer zu sein. Waren sie genau dazu doch beinahe geworden. Denn was sich hinter den ›traurigen Umständen‹ verbarg, war das ganze Elend ihrer Reise. Mittellos, ohne eine Münze für die nächste Mahlzeit, waren sie in Messina gelandet, die Prostitution als letzten Ausweg vor Augen und schnell auf der Flucht vor den Soldaten, die aus den anderen Schiffen quollen und ohne Ansehen der Person auf alles einzuschlagen begannen, was nicht Richards Farben trug. Schließlich waren sie in diesem Grabmal gelandet, sicher, dass es das ihre werden würde.

Johanna fragte nicht nach den traurigen Umständen. Ihr Bruder war hier, das war die Botschaft, das einzige, was sie vernahm. Sie atmete schneller, als sie diese Nachricht hörte. So war er tatsächlich ihretwegen gekommen.

»Ihr seht, Ihr müsst keine Angst vor uns haben«, fiel die andere der Gesprächigen ins Wort, die durchaus geneigt schien, ausführlicher über ihr Schicksal zu plaudern. »Als wir Euch sahen, dachten wir, es wäre besser, die Soldaten fänden Euch nicht und …

Johanna winkte ihr, zu schweigen. Der Geruch von Rauch drang herein, und Stimmen kamen näher, so dass sie sich alle drei für einen Moment schweigend an die Wand pressten.

»Ihr habt Recht«, sagte sie schließlich, als sie sich wieder alleine glaubten. »Es ist besser, in dieser Zeit als Frau nicht dort draußen zu sein. Ich danke euch beiden, und ich habe keine Angst.«

Alle drei wussten sie nicht, wie lange sie in der dunklen Kammer ausharrten. Die Sonne stand schon hoch am Himmel, der von zahllosen kleinen Rauchwolken verhängt war, als sie sich herauswagten. Die Kirche, an der ihr Weg sie vorbeiführte, war leer. Das Schreien hatte aufgehört, ebenso das Läuten der Glocken. Die Gassen, die von dem Platz davor fortführten, waren menschenleer. Hier und da sah man den Inhalt eines Ladens, auf die Straße geworfen: Regale, Körbe, Säcke. Obst lag zertrampelt umher, Markisenfetzen hingen herab. Die eine oder andere Pfütze war von verdächtiger Farbe, und Fliegen umsurrten das klebrige Rot. Aber die Einwohner Messinas hatten ihre Toten geborgen. Hinter ihren Fensterflügeln verschanzt warteten sie, was Richard von England noch für sei bereithielt. Es war so still, dass sie zusammenschreckten, als mit klatschenden Flügeln eine Taube aufflog.

Johanna war froh, nicht alleine in diesen Straßen zu stehen. »Begleitet mich«, sagte sie. »Bringt mich heil ins Lager Richards, und ich will euch reich belohnen.«

»Sehr gerne«, beeilte Elaine sich zu sagen. Sie warf Rose, die zögerte, einen raschen Blick zu. »Ihr seid doch gewiss in der Lage, uns zu helfen, Mylady?«

Johanna warf den Kopf in den Nacken, als sie den leisen Zweifel in der Stimme des jungen Mädchens hörte. Strafend blickte sie sie von oben herab an. Ein blutjunges Ding, nicht ohne Erziehung, wie ihr schien. Und ihre Kleider hatten einmal bessere Tage gesehen. Die andere war ohne Zweifel eine Magd. Johanna ignorierte sie. »Ich«, verkündete sie hoheitsvoll, und strich rasch ein paar Spinnweben aus ihrem ungewohnt bloßen Haar, ehe sie ihre Hand mit dem Siegelring vorstreckte, »bin Johanna von Sizilien, die Schwester von Richard Löwenherz.«

Elaine versank umgehend in einem tiefen Knicks. »Mylady«, hauchte sie. »Aber, aber…«

»Was gibt es zu stottern, Mädchen, glaubst du mir nicht?«

»Mylady sind es ohne Zweifel«, beeilte Elaine sich zu erwidern. Dann wagte sie den Kopf zu heben. »Wir haben schon so viel von Euch gehört auf den Schiffen«, platzte sie heraus. »Aber keiner hat gesagt, dass Ihr so schön seid.«

Johanna wurde tatsächlich rot vor Freude, als sie es hörte. Sie machte eine huldvolle Handbewegung und schenkte Elaine ein mattes Lächeln. »Ich bin nur eine Witwe«, sagte sie, ein wenig theatralisch.

»Eben«, plauderte Elaine und erhob sich, »ich hatte eine Matrone erwartet, jemanden wie meine Mutter, wisst Ihr.«

Rose hustete erschrocken. Auch Johanna musste sich räuspern. »Nun«, meinte sie, doch es fiel ihr keine Entgegnung ein. »Wer ist deine Mutter, mein Kind?«, fragte sie schließlich gemessen.

»Perdita of Chaworth«, gab Elaine brav zurück und versank in einem neuen Knicks.

»Chaworth, Chaworth.« Johanna lauschte dem Namen nach, der ihr bekannt vorkam. »Sitzt die Familie nicht in der Nähe von Beverley? Wir waren dort einmal zur Jagd geladen, Gott, wie lange ist das schon her?« Für einen Moment schwelgte sie in Erinnerungen. »Ein charmanter Mann, der alte Herr von Beverley, trotz seiner Jahre. Kennt Ihr ihn?«

Nun war es an Elaine zu Erröten. »Ich habe das Vergnügen,

mit seinem Sohn verlobt zu sein«, sagte sie verlegen und sah zu Boden.

Johanna grub in ihrem Gedächtnis. »Harold?«, fragte sie dann. »Er war damals schon ein gesetzter Mann.« Sie musterte Elaine erstaunt. »Wie kann er es zulassen, dass Ihr Euch in diesem Zustand in der Weltgeschichte herumtreibt?«

»Ich treibe mich nicht herum«, begehrte Elaine auf, ehe sie sich besann und rasch erneut knickste. »In der Tat bin ich hier, um mich der Heirat zu entziehen.« Sie sagte es so leise, dass es kaum zu verstehen war.

Johanna schnalzte missbilligend mit der Zunge. »Töricht, höchst töricht«, verkündete sie. »Eine vornehme Familie und eine recht schmeichelhafte Partie, will ich meinen. Wir Frauen sind nun einmal …« Ehe sie ihre Predigt fortsetzen konnte, wurde sie vom Trappeln vieler Füße unterbrochen.

»Soldaten«, wagte Rose einzuwerfen. Johanna ignorierte sie, ihre Aufmerksamkeit aber war erneut gespannt. Wie kam sie dazu, hier zu stehen und zu plaudern? Sie musste zu ihrem Bruder, und das so schnell wie möglich, ehe Tankreds Patrouillen sie fanden oder ein soldatischer Mob auf sie stieß.

»Leiht mir Euren Umhang, Kind«, verlangte sie in der Hoffnung, sich darunter verbergen zu können. Wenn Elaine in ihr auf einen Blick die Königin erkannt hatte, konnten andere das erst recht. Sie bereute ihren Wunsch, sobald der Stoff ihre Schultern berührte und sie seinen Geruch wahrnahm. Das Mädchen musste wahrhaftig unter Umständen gehaust haben, die einer Lady keinesfalls würdig waren. Doch so oder so, der Umhang und die beiden Frauen würden ihr gute Dienste leisten. Sie hüllte sich fest in den Stoff ein »Begleitet mich zu Richards Schiff.«

Johanna eilte ihnen so rasch voran, dass sie kaum zu folgen vermochten. Elaines Umhang flog nur so voraus. Roses Holzpantoffeln klapperten in fragendem Rhythmus hinterher. Am Hafen angekommen, brauchten sie nicht lange nach dem König zu suchen. Richard hatte soeben sizilianischen Boden betreten. Eine kleine Gruppe Offiziere umgab ihn, und an seiner Seite stand ein Mann, dessen Kleidung in ihm niemand anderen erkennen ließ, als den König von Frankreich. Es sah aus, als stritten sie miteinander, oder vielmehr redete der Franzose auf Richard ein, der bockig von ihm fort sah und so tat, als mustere er die Häuserreihen.

»Das war höchst unklug«, insistierte Philipp von Frankreich soeben und schüttelte den Kopf mit den dünnen braunen Locken. Er hatte ein kluges, schmales Gesicht und sah eher wie ein Gelehrter als wie ein Feldherr aus, auch wenn ihn ein kriegerischer Brustpanzer schmückte. Seine Schlankheit ließ ihn jünger wirken, als er war, und seine ruhige, besonnene Art machte ihn sympathisch, bis man einen Zug müden Missmuts darin bemerkte und hie und da ein seltsames Aufleuchten seiner braunen Augen, das verriet, dass dieser Mann nicht ohne quälende Temperamente war, die er aber selten an die Oberfläche dringen ließ. Richard war sein ganzes Gegenteil: kraftvoll, fleischig, mit breitem Hals und kräftigen Armen stand ihm die Rüstung, als wäre er dafür geboren worden. Seine rotblonde Mähne rechtfertigte allein schon seinen Beinamen, und seine Ausstrahlung war offen, vital und gewinnend. Obwohl er die Statur eines Mannes hatte, war etwas Jungenhaftes in seinen Zügen, eine Naivität, Wildheit und auch eine Neigung zum Trotz, die ihm aber seltsamerweise die Zuneigung der Menschen eher noch gewann. Er würde immer Menschen finden, die ihm seine Schwächen nachsahen, dachte Johanna, als sie ihn betrachtete. Ach, noch nie war sie so froh gewesen, ihren Bruder zu sehen. »Richard!«, rief sie, doch er hörte sie nicht.

Nun schnaubte er zu den Vorhaltungen des Franzosen, die er nicht hören wollte. »Ach was, es ist ja gar nichts weiter passiert«, meinte er abwehrend und wandte den Blick nicht von den qualmenden Dächern.

»Tankred war ohnehin schon nicht zu Verhandlungen geneigt«, gab Philipp zu bedenken.

»Dann wird er es sich jetzt vielleicht überlegen«, schnauzte Richard übelgelaunt.

»Nachdem Ihr die Gespräche abgebrochen habt und er sicher in seiner Festung hockt?« Philipp hob die Brauen.

Er hob die Hände. »Himmelherrgott, dann hätte er die Schandmäuler seiner Untertanen im Zaum halten sollen. Ich lasse mich nicht auf den Straßen beschimpfen.«

Philipp von Frankreich schwieg und überlegte, ob es tatsächlich sein konnte, dass jene pöbelnden Stimmen irgendwelcher gleichgültiger Menschen, die am gestrigen Morgen durchs Fenster zu ihnen gedrungen waren, dazu geführt hatten, dass aus einem überlegten diplomatischen Gespräch von Herrschern ein improvisiertes Massaker wurde. Ihm fiel nichts ein, was er dazu sagen könnte.

»Richard!« Diesmal wurde er auf die Stimme aufmerksam. Im Laufen noch warf Johanna den Umhang ab, der ihre Kleider und Gestalt verborgen hatte. Sie wurde langsamer; die letzten Schritte ging sie gemessen. Als sie vor ihrem Bruder stand, rang sie einen Augenblick um Würde – weder ihre Freude noch ihre Erleichterung sollte er sehen, das stiege ihm nur zu Kopfe – und versank schließlich in einem zeremoniösen Knicks. »Mein König und Bruder.« Hingerissen von der Szene drückte Elaine Roses Hand.

Zu ihrer totalen Überraschung brach Richard in begeistertes Gelächter aus. »Johanna«, rief er, packte sie, hob sie hoch und wirbelte sie herum. »Du spazierst mir einfach in die Arme.« Dann legte er den Kopf in den Nacken und stieß ein Triumphgeheul aus. Er lachte Philipp von Frankreich an, der die Szene mit höchstem Erstaunen betrachtete. »Jetzt soll Tankred mir kommen mit seinen Forderungen. Ich werde auf ihn pfeifen. Schwesterherz.«

Er drückte die verwirrte Johanna noch einmal, ehe er sie auf die Füße setzte. Sie ordnete ihr Haar und grüßte den Mann, den sie für Frankreichs König halten musste, mit einem verlegenen Nicken. Sein mildes Lächeln ließ sie einen Moment innehalten. Und auch seine braunen Augen ruhten auf ihr.

Richard, der die Pause bemerkte, zog sie beiseite. Aber wenn er verstimmt war, verfolg das so schnell wieder, wie es gekommen war, ein Wolkenschatten auf fröhlichen Wellen. »Jetzt«, verkündete er, werde ich hier die Forderungen stellen. Ha!«

»In der Tat«, bestätigte Philipp höflich und reichte Johanna, die mit hängenden Armen dastand, seinen Mantel. Sie nahm ihn mit einem Erröten.

Richard stemmte die Hände in die Hüften und schaute zum Schloss. »Wahrhaftig«, murmelte er, »ich bin so gut wie saniert.« Er wirbelte zu Johanna herum. »Schwester, ich bin entzückt, dich wiederzusehen.«

»Wie ich, Bruder«, erwiderte sie höflich und befürchtete das Schlimmste.

Teil 2

Teilt die Wogen des Schicksals

1.

Rose wickelte in aller Ruhe die Garne auf und sortierte Farbe um Farbe. Die Cotte, die sie trug, stand ihr gut; die schon ein wenig in die Jahre gekommenen Brokatärmel, deren einst prächtige Farben zu einem vagen Türkis ausgebleicht waren, harmonierten mit ihrem roten Haar, das nun wieder ordentlich gewaschen und geflochten unter einer frischen weißen Leinenhaube hervorsah. Nur die Schnürung der Gewänder bereitete ihr Sorgen. Obwohl sie die Bänder komplett locker ließ, und zudem eine weite Schürze hoch unter ihren Brüsten gebunden trug, war der geschwollene Zustand ihres Leibes bald nicht mehr zu verbergen.

Rose erwartete ein Kind, sie trug es wie jede Bürde, stumm und verbissen, verdrängte die Erinnerung an die Vergangenheit, der es entsprungen war und verschob die Angst vor der Zukunft auf den nächsten Tag. Sicher, Johanna war mehr als gnädig gewesen und hatte die beiden verirrten Gefährtinnen aufgenommen. Vor allem Elaine mit ihrem ungebrochen munteren Wesen stand hoch in ihrer Gunst und diente ihr sogar als Kammerfrau. Rose aber war nur eine Dienstbotin unter vielen, wenn sie auch an Elaines Seite, da diese darauf bestand und sich kindisch anhänglich zeigte, viele Stunden in den Räumen der Herrschaft verbrachte. Rose wusste, was sie war: verzichtbar und darauf angewiesen, sich ihr Brot durch Wohlverhalten zu verdienen.

Das Getuschel in den Küchen und Kammern versuchte sie zu ignorieren. Ohnehin waren fast alle anderen Bedienstete Einheimische, deren rasches Gerede sie nicht verstand und deren Blicke und Gesten sie nur vage deuten konnte. Und sie beschloss, dass es sie somit auch nicht berühren könne. Ihre größere Sorge war, was

Johanna dazu sagen würde, wenn sie es erführe. Würde sie eine Magd mit einem unehelichen Kind davonjagen? Und Elaine, würde sie die Gelegenheit nutzen, sie in Messina zurückzulassen? Denn sie hing zwar an ihr, aber, dachte Rose, das war nur die Anhänglichkeit an das letzte Stückchen Heimat, die Erinnerung an ein Zuhause, das sie in der prächtigen neuen Umgebung schon bald vergessen haben würde. Eine echte Freundschaft Elaines konnte sie sich noch immer nicht vorstellen. Sich ihr zu offenbaren schien geradezu undenkbar.

Ob es ihr gelänge, isoliert wie sie war, ganz ohne Freunde und Familie, die Geburt zu verheimlichen? Kaum, beschied sich Rose und strähnte ein prachtvoll purpurnes Garn. Und sie wüsste auch gar nicht, wohin mit dem Kind, das sie in ihren Gedanken nur »es« nannte. »Es« bei sich behalten, den Sproß von Thomas, war undenkbar, schon, dass sie es in ihrem Leib trug war beinahe mehr, als sie ertrug. Manchmal spürte Rose, wie »es« sich bewegte. Anfangs hatte ihr das nur Ekel bereitet. Inzwischen schlich sich manchmal ein weicheres Empfinden ein und ein Mitgefühl für ein Menschenwesen, für das schon vor seiner Geburt kein Platz in dieser Welt war. »Es« war ein Unglück; und je weniger sie darüber nachdachte, um so besser. Nur manchmal nachts auf ihrem Strohlager unter dem Küchentisch, wenn sie das fremde, unverständliche Plaudern der anderen hörte, das Kichern und Kosen und die Vertrautheit, die aus ihren Sätzen und Seufzern klang, dann zerriss der Kummer darüber, mit niemandem sprechen zu können ihr beinahe das Herz. Aber Rose weinte stumm.

Hie und da erinnerte sie sich an einen Moment in Elaines Schlafzimmer, als diese ihr die Abneigung gegen ihren Verlobten gestanden und an ihr Verständnis als Frau appelliert hatte, die wusste, was männliche Gewalt bedeutete. Für diesen einen Moment war so etwas wie Nähe zwischen ihnen gewesen, beinahe ein Einverständnis. Und Rose fragte sich dann, ob sie es nicht doch wagen könnte, Elaine einzuweihen, um etwas Trost zu erlangen und Hilfe. Dann wieder sagte sie sich, dass das Unsinn war.

Solche Intimitäten waren nicht denkbar zwischen Herrin und Dienerin, niemals.

Trotzdem lag eine Frage in dem Blick, mit dem sie die neben sich sitzende Elaine betrachtete, beinahe ein Flehen, das diese aber nicht bemerkte. Elaines weiße Hände ruhten auf der Stickarbeit, die einfach nicht vorankommen wollte. Viel zu beschäftigt war sie damit, den streitenden Stimmen hinter der Tür zu lauschen, durch die hie und da beunruhigende Wortfetzen drangen.

»Wie kannst du es wagen?«, erklang soeben wieder Johannas aufgebrachte Stimme. Ihre Schritte schienen sich der Tür zu nähern. Hastig nahm Elaine die Nadel und tat einen Stich, stach sich aber in den Finger. Rose reichte ihr ein Taschentuch, damit sie mit dem Blut die Näharbeit nicht verdarb. Johannas heftige Schritte entfernten sich wieder.

»Was meinst du, was sie haben?«, flüsterte Elaine.

Rose zuckte mit den Schultern. Pfiffen das nicht die Spatzen von den Dächern? Richard hatte von Tankred, der nun über keine Geißel mehr verfügte, das Wittum seiner Schwester verlangt, auszubezahlen in Gold. Sie hatten sich auch tatsächlich auf eine Summe geeinigt, die Richard nach einigem Drohen dann tatsächlich übergeben worden war. Nur weitergereicht hatte er sie nicht. Sie machte eine vage Geste und reichte Elaine einen Strang gelben Garns. »Er ist eben pleite«, meinte sie.

Elaine schüttelte den Kopf und schnalzte mit der Zunge. »Was du immer sagst«, verwunderte sie sich, »ein König kann doch nicht bankrott sein.«

Wetten er kann, dachte Rose. Wie er alleine hier Hof hielt. Ihr schwindelte, wenn sie daran dachte, mit welcher Geschwindigkeit er das hölzerne Kastell neben der Stadtmauer hatte hochziehen lassen. Zudem jagte eine Festlichkeit die andere, Bankette und Turniere lösten einander ab, ohne dass ein Ende abzusehen wäre. Dazu kam noch der Unterhalt der Truppen und der Flotte. Was das alles kosten musste! Seine Fahrt nach dem Osten war gewiss weit teurer als ihre eigene. Und wenn es ihnen beiden so wiederfahren war, trotz Elaines Schmuck und dem Geld, warum sollte es ihm nicht ebenso gehen?

»Unmöglich«, beharrte Elaine, als sie eine entsprechende Andeutung machte. »Das lässt sich doch nicht vergleichen!«

»Nun, er ist sicher nicht von Herbergsvätern betrogen worden und barfuß durch die Nacht gejagt, wenn Ihr das meint«, gab Rose zu und verschwieg, dass er zumindest von einem aufgebrachten Grafen verfolgt worden war, der seinen Falken zurückwollte. Wie man hörte, hatte Richard, um des politischen Friedens willen, ihn inzwischen in Gold aufwiegen lassen.

»Von solchen Dingen verstehst du nichts«, beschied Elaine sie und Rose schwieg. Drinnen schlugen die Wogen der Debatte wieder höher.

»Niemals«, schrie Johanna gerade, »hörst du: niemals!«

Richard lehnte sich in seinem Stuhl zurück und hob die Füße auf den Tisch, um sie genussvoll zu kreuzen. »Was muss ich da hören?«, seufzte er und grinste. »Der ganze Adel Englands hat für mein heiliges Unternehmen tief in die Tasche gegriffen. So mancher brave Lord hat sich dafür beinahe ruiniert, der Papst gab seinen Segen dazu. Und du alleine, meine leibliche Schwester, willst dich weigern, die Sache der Christenheit zu unterstützen?«

Johanna schob seine Füße vom Tisch und stemmte sich auf ihre geballten Fäuste, als sie sich zu ihm vorneigte. »Komm mir nicht so, Bruderherz.«

»Tststs, es steht dir nicht, wenn du ordinär wirst«, stellte er fest und tätschelte ihre Wange. »Nun sei schon ein guter Verlierer. Es wird wirklich niemand Verständnis dafür haben, wenn du dich sperrst, Johanna. Und außerdem«, in seinen Augen loderte eine kleine blaue Flamme auf, »wirst du sehen, was ich Großartiges damit erreichen werde. Wenn ich erst der Herr von Jerusalem bin, der Schutzherr der Christenheit und ein Reich errichte, wie es der Orient noch nicht gesehen hat, dann zahle ich es dir mit Zins und Zinseszins zurück.«

»Sicher«, murmelte Johanna bitter und biss sich auf die Lippen.

Richard ließ sich von ihrer schlechten Laune nicht beeinflussen. Er stand auf und kniff sie in die Wange. »Und einen hübschen Bräutigam suche ich dir auch.«

Argwöhnisch fuhr sie zurück. »Hast du schon jemanden im Auge?«, fragte sie. Für einen Moment keimte eine verschämte Hoffnung in ihr auf, die sie sich sofort wieder verbot.

Richard winkte ab. »Du kannst unmöglich verlangen, dass ich mich jetzt darum kümmere«, sagte er und fuhr mit großartiger Geste fort. »Mein Blick ist auf das große Werk der Kreuzzüge gerichtet. Und dann sind da noch ein paar andere Unannehmlichkeiten«, fügte er ein wenig leiser hinzu.«

Johanna konnte sich ein Lächeln nicht verkneifen. Sie wusste, wie sehr der ewige Streit mit Frankreich an ihm fraß. Die Männer waren einfach zu verschieden, um miteinander auszukommen, selbst wenn sie nicht in verschiedenen politischen Lagern gestanden hätten.

Er bemerkte ihren Gesichtsausdruck, und sofort verfinsterte sich seine Miene. »Ja«, brummte er, »du magst das auf die leichte Schulter nehmen. Ich habe ja gesehen«, fügte er ein wenig gehässig hinzu, »wie leichtfertig du herumflirtest.«

Johanna schnappte nach Luft. »Ich flirte nicht«, rief sie und besann sich dann. »Ich flirte nicht herum«, fügte sie leiser hinzu. Stolz richtete sie sich auf. »Ich habe ihm lediglich seinen Mantel zurückgesandt und ihm dafür gedankt.«

Richard öffnete seine Schublade und zog einen Brief heraus. »Das nennst du einen Dank, ja?«, fragte er und warf ihn auf den Tisch, so dass Johanna ihre eigene Handschrift erkennen konnte. Sie wurde blass.

»Woher hat du das?«, stammelte sie.

Elaine fädelte einen blauen Faden ein. »Er ist tatsächlich ein hübscher Mann, dieser Philipp«, meinte sie, »nicht wahr Rose?«

Die antwortete nicht. Zu Männern bildete sie sich keine Meinung mehr, das war vorbei. »Ein König kann auf mein Lob gut verzichten«, erwiderte sie nur.

Elaine lachte. »Man darf doch träumen«, meinte sie. »Wenn ich auch finde, dass Richard weit besser aussieht. Er ist zwar älter, aber er hat doch mehr von einem Mann.« Elaines Urteilsvermögen in diesen Dingen war während ihrer Reise kräftig gewachsen. Sie verstand selbst nicht mehr, wie sie einmal für Edward, den Vogtsohn hatte schwärmen können. Sie dämpfte ihre Stimme und neigte sich zu ihrer Magd. »Hast du gehört, dass man sagt, er könne nur noch auf einem Auge sehen?«

»Richard?«, fragte Rose erstaunt und rief sich seinen brennenden blauen Blick ins Gedächtnis.

»Philipp natürlich«, erwiderte Elaine und fügte altklug hinzu: »Aber er hat dafür so was Vornehm-Sanftes, das für Johanna genau das Richtige ist, glaub mir.«

Richard drinnen ignorierte die Frage seiner Schwester, woher er den Brief hätte. »Vergiss ihn«, verlangte er.

Johanna hob den Kopf und schob das Kinn vor. »Du missdeutest meine Absichten«, sagte sie steif. »Würdest du mich direkt fragen, statt deine, deine ...« Sie wedelte vage nach dem gestohlenen Brief, »Kreaturen auf mich zu hetzen, dann wüsstest du, dass ich nicht im Traum daran denke ...«

Ihr Bruder unterbrach sie. »Kein Mitglied meiner Familie wird je Frankreich die Hand reichen«, erklärte er kategorisch.

»Ich wollte nicht ...«, setzte Johanna erneut an.

»Niemals«, fügte er hinzu und hieb mit der Faust auf den Tisch, dass Elaine und Rose draußen unwillkürlich zusammenzuckten.

»Immerhin ist er kein Staufer«, konnte Johanna sich nicht verkneifen zu sagen.

Richards Gesicht wurde noch düsterer. Die Staufische Frage, das war noch so ein Problem. Es würde mehr als einen geben, der versuchen würde, Johanna durch eine Heirat in den Staufischen Macht- und Bündniskomplex miteinzubeziehen. Er war von Gegnern umgeben, von allen Seiten würden sie seine ledige Schwester umschwärmen. Und sollte sie die falsche Entscheidung treffen, ob mit Absicht oder aus einer Laune heraus, konnte sie ihm unter Umständen empfindlich schaden. Misstrauisch schaute er Johanna an. Hatte sie ihm da eben etwa auf ihre feine, elegante Weise drohen wollen? Er grübelte vergebens darüber nach und beglückwünschte sich einmal mehr zu dem Plan, den er in den letzten Tagen gefasst hatte. Schließlich räusperte er sich. »Um die europäischen Fragen werde ich mich bei meiner Rückkehr kümmern, bis dahin ...« Er wandte sich ihr voll zu und lächelte.

Johanna studierte argwöhnisch sein Gesicht; sie hielt den Atem an, als er sprach.

»Es ist so still«, konstatierte Elaine, die ihre Stickarbeit wieder aufgenommen hatte. »Bestimmt haben sie sich geeinigt.«

Johanna hörte die Worte ihres Bruders und glaubte sie doch nicht. Noch während er redete, sank sie in einen Sessel. »Nein«, flüsterte sie. Zu mehr fehlte ihr die Kraft.

2.

»Schau«, sagte Richard eifrig und mit einem Hauch von schlechtem Gewissen, als er ihre Blässe sah. Dies hier war keine Schauspielerei von ihrer Seite mehr, keine Erpressung. Er kniete sich sogar vor ihr nieder, um ihre Hände in die seinen zu nehmen. »Ich habe mir das alles gut überlegt. Mutter kommt bald und bringt mir meine Braut, Berenguela. Sie wird mich in den Osten begleiten, und das kann sie doch unmöglich ohne weibliche Stütze. Sie ist noch so jung, und dann auf einem Feldzug.«

»Mutter hat das sehr gut gekonnt«, warf Johanna schwach ein.

»Aber nicht jede Frau ist wie unsere Mutter«, erwiderte Richard mit leuchtenden Augen, »eigentlich keine, die ich kenne.«

Johanna konnte dem nicht widersprechen. Die Konstitution und Willensstärke ihrer Mutter Eleonore waren zweifellos einzigartig. Nicht jede Frau verließ einen König, um einen anderen zu heiraten, weil der erste ihr nicht Manns genug war, lenkte ihn ihr Leben lang und nahm an seinen Kriegsunternehmungen teil. Sie selbst konnte es nicht, das wusste sie. Sie gehörte zu denen, die verheiratet wurden. Und allein der Gedanke, noch einmal in einem Feldlager zu leben, erfüllte sie mit Grauen. Die Stunden in der Sänfte, die Unbequemlichkeiten des Zeltlebens waren nicht das Schlimmste. Aber das raue Leben der Soldaten, von dem sie so eng umgeben wäre, die Sitten, der Lärm, der Gestank. Oft genug fehlte es am Nötigsten, selbst an sauberem Wasser. Manchmal suchten Seuchen die Lager heim, bestimmt dachte sie, wird das so sein in dem grässlich heißen Klima dort. Die Fliegenschwärme von den Schlachtfeldern ließen nicht von einem und brachten mit sich den klebrigen Dunst von verwesenden Leichen. Manchmal flogen feindliche Pfeile wie Insekten herum und beendeten rings um einen jäh Leben. Und man musste sich bemühen, nicht daran zu denken, dass es das eigene hätte sein können. Der Mann, zu dem man sich vor diesen Greueln flüchten wollte, kam mit Blut an seinem Schwert zu einem und dem Geruch nach Tod. Den Puls einer Eleonore mochte das höher schlagen lassen. Ihr eigenes jedoch versagte bei dem Gedanken. Sie spürte Kälte in ihren Gliedmaßen aufsteigen.

»Nein«, sagte sie mehrfach vor sich hin. »Nein, nein, nein, Richard. Mit Tränen in den Augen schaute sie zu ihm auf. »Tu mir das nicht an.«

»Im Grunde«, philosophierte Elaine und vollendete die Umrisse eines Pfauenschwanzes auf einer Leinenserviette, »sind sie einander herzlich zugetan.«

Richard drückte zerstreut die Hände seiner Schwester, die verzweifelt auf ihre gefangenen Finger starrte. »Ich brauche dich«, beharrte er, »Berenguela wird dich brauchen.« Er schwieg und wartete auf ihre Antwort, die ausblieb. Schließlich sprang er auf.

»Dann ist das also ausgemacht. Ach, Mutter wird begeistert sein von dem Arrangement.«

Johanna verkniff sich einen Kommentar. Sie hatte ihre Mutter noch nie von etwas begeistert gesehen. Immer wusste sie, wie es besser zu machen gewesen wäre.

»Da wird sie Tankred von Lecce ja dankbar sein für sein Angebot, mich in Geld auszuzahlen«, erwiderte sie nur sarkastisch. »Und meinem Mann dafür, dass ihn so pünktlich und günstig das Zeitliche gesegnet hat.« Sie erhob sich.

»Johanna«, sagte Richard tadelnd. »Sarkasmus steht dir nicht. Auch macht er Falten, hm?« Er tätschelte ihre Wange mit dem makellosen weißen Teint. »Sei ein gutes Mädchen und sag ja.«

Sie war schon auf dem Weg zur Tür. »Was bleibt mir übrig«, sagte sie.

»Braves Kind«, stellte Richard befriedigt fest und warf ihr eine Kusshand hinterher. Er sah so ungemein fröhlich, kraftvoll und zufrieden aus.

»Oh, ich hasse dich«, rief Johanna und riss die Tür auf, dass Elaine vor Schreck beinahe aus ihrem Sessel gefallen wäre.

»Elaine«, verlangte Johanna knapp und rauschte vorbei. Gehorsam erhob sich die junge Adlige, legte ihr Stickzeug zusammen und stand auf, um ihr zu folgen. Den fragenden Blick, den sie Rose zuwarf, beantwortete diese mit Gleichmut und einem tieferen Neigen des Kopfes über ihre Arbeit.

»Elaine«, wiederholte Johanna und klatschte ungeduldig in die Hände. Sie hob auffordernd die Brauen, um das säumige Mädchen zu mahnen. Rose ignorierte sie, als gutes Beispiel dafür, wie man mit Dienstboten umging. Die Kleine hatte noch viel zu lernen.

»Ja, Mylady«, erwiderte sie endlich gehorsam, knickste und trippelte mit gerafften Röcken hinter ihr hinaus.

Johanna zog sie mit sich in ihre Gemächer und verriegelte die Tür. Dann ging sie zum Fenster und schaute hinaus. Misstrauisch musterte sie danach die Wände. Eine von ihnen musste Ohren haben. Anders war es nicht zu erklären, dass ihr Bruder von ihrem Brief an Philipp Wind bekommen hatte. Sie brachte ein paar Behänge in Unordnung, strich ziellos um die Möbel, wusste nicht, was sie eigentlich suchte und blieb dann vor Elaine stehen. War es möglich?, fragte sie sich einen Moment lang und musterte das makellose Alabastergesicht mit den überraschenden Augen. Konnte sich hinter dieser mädchenhaft-unschuldigen Fassade Verrat verbergen? Nein, entschied sie nach einer Weile und wandte sich ab. Zu naiv, zu ahnungslos noch war dieses junge Ding. Und noch nicht lange genug bei ihr, um ihre Geheimnisse auch nur zu ahnen.

Johanna ging zum Tisch, wo eine Karaffe mit gewürztem Wein stand, goss ein wenig davon in einen Pokal und bedeckte ihn mit einem der Tücher, die Elaine in den letzten Tagen bestickt hatte. Wieder und wieder fuhr sie mit den Händen glättend über den Stoff, während sie in aller Eile nachdachte. Sollte sie einen Brief schreiben? Sie verwarf den Gedanken sofort wieder. Nicht noch einen Beweis, den ihr Bruder abfangen konnte. So harmlos sie ihn auch fassen würde, er würde doch mit jedem Wort gegen sie zeugen. Nein, sie musste es anders machen, aber wie? Schließlich zog sie ihren Ring ab. Philipp kannte ihn, davon war sie überzeugt. Und dass er die Geste verstehen würde, das hoffte sie mit Inbrunst. Sie dachte an das schmale, von den braunen Locken umspielte Gesicht des französischen Königs. Er war ein verlässlicher Mann, ruhig, überlegt, ein Charakter, wie er ihr gefiel und sie ihn sich wünschte. An seiner Seite könnte sie sich geborgen fühlen.

Ich bin verrückt, dachte Johanna, auch nur daran zu denken. Welche Chance hat all das schon gegen Richards Willen. Aber ihr Bruder war so rasch in seinen Neigungen und Urteilen. Was er heute verabscheute, konnte er morgen schon lieben, wenn man es ihm im rechten Licht darstellte. Vielleicht würde die beständigere Art Philipps ihn irgendwann überzeugen. Vielleicht ergab sich auf dem Feldzug eine Situation, in der ihm plötzlich passend erschiene, was er vorläufig ablehnte. In dieser Hinsicht segnete Johanna seinen Entschluss, sie mit in den Osten zu nehmen. Sie wäre vor Ort, sie könnte jederzeit die Dinge verfolgen und Einfluss auf das Verhältnis der Männer nehmen. Vor allem würde sie ihn, Philipp weiterhin sehen.

Mit klopfendem Herzen ließ sie den Ring in den Wein fallen, rückte die Serviette zurecht, holte tief Atem und wandte sich dann um, um alles Elaine zu reichen. Auf ihrem stillen Gesicht spiegelte sich nichts von ihren Überlegungen und Hoffnungen. »Bring das dem französischen König«, befahl sie. »Er liegt noch immer krank, und ich möchte, dass er den Trank mit seinen Gewürzen genießt. Er wird ihm sicher gut tun und ihm Erleichterung bringen. Und sag ihm«, sie zögerte kurz. »Sag ihm, ich vertraue ihm ganz.«

Elaines Gesicht rötete sich ein wenig, als sie die Hände ausstreckte. Sie zögerte ein wenig.

»Ist etwas?«, fragte Johanna barsch, die wünschte, sie möge unverzüglich und ohne peinliche Fragen zu stellen aufbrechen.

»Krank?«, fragte Elaine vorsichtig.

Johanna zog die feinen Brauen hoch. In ihren veilchenblauen, sonst so friedlichen Augen glomm es.

Elaine senkte das Gesicht. Sie schämte sich, konnte aber nicht umhin, noch einmal zu fragen: »Richtig krank?«

»Zweifelst du an meinem Wort?« Das kam im Ton bösen Erstaunens.

Elaine beeilte sich, den Kopf zu schütteln. »Nein, es ist nur, weil, ich meine… Ich fürchte mich ein wenig vor den Kranken«, brachte sie schließlich hervor. »Das hat zu Hause immer Mutter übernommen.« Mit Schaudern dachte sie an die Krankenstube, in der ihr Vater vor Jahren nach einem Jagdunfall gelegen hatte. An die Schreie, das Stöhnen, die schmutzigen Verbände und den Gestank, lieber Gott!« Als die Mutter sie einmal hereinbat, damit sie ihr helfe und ihr befahl, den Vater auf die Stirn zu küssen, wie hatte sie sich da vor dem Schweiß auf seiner Haut geekelt und dem faulen Geruch, den die Wunde verströmt hatte. Nein, Kranke waren etwas überaus Unangenehmes. »Er, also«, stotterte sie erneut. »Man sieht doch nichts?«, brach es dann aus ihr heraus.

Johannas Mund wurde schmal, verächtlich betrachtete sie das Mädchen. »Geh jetzt«, herrschte sie sie an. Aber als Elaine mit unglücklichem Gesicht aufgebrochen war, schlug sie hinter deren Rücken rasch und erleichtert das Kreuzzeichen. Gott sei dank, die dumme Gans hatte nichts bemerkt!

3.

Elaine wurde der Weg hinüber in den Trakt lang, in dem der Franzose untergebracht war. Sie sagte sich vor, dass es eine Ehre sei, diesen Auftrag erhalten zu haben, aber froh darüber wurde sie nicht. Als sie endlich im Innenhof stand, der die Flügel trennte, blieb sie stehen und beschäftigte sich ausgiebig mit einem Weinfleck, der sich auf der Serviette zu zeigen begann und der Überlegung, ob es nicht besser wäre, noch einmal umzukehren, um ein frisches, makelloses Tuch zu holen. Da bemerkte sie zu ihrer Erleichterung Rose. Eifrig winkte sie die Magd heran.

Erschrocken wehrte Rose das Ansinnen ab. »Ich kann einem Herren den Wein vielleicht kredenzen«, erklärte sie, »aber ich kann ihm nicht die Worte einer Königin übermitteln. Aus meinem Munde schickt sich das nicht.«

Elaine konnte sich dieser Einsicht nicht verschließen, die ihr nichtsdestotrotz nicht behagte. Schließlich verfiel sie darauf, dass Rose zunächst nur den Wein bringen solle um zu sehen, in welcher Verfassung der König wäre. Sie, Elaine, würde in der Nähe warten. Und wäre Roses Bericht günstig, würde sie ihn aufsuchen und auch die Worte Johannas übermitteln, die aber im Grunde wohl gar nicht so wichtig wären, sagte sie sich und wiederholte diese Einsicht zur Sicherheit laut. Was war es denn schon anderes, als eine höfliche Floskel? Und verstand sich das Vertrauen zwischen solchen Menschen nicht von selbst?

Rose wollte die Geschichte nicht behagen. Gegen ihren Willen sah sie sich aber vorangeschoben, und wenig später stand sie vor den Wachen zu Philipps Gemächern. Furchterregend sahen sie aus, diese Franzosen, ließen sie aber, auf die gestammelte Aussage hin, sie käme von Johanna von Sizilien, zu ihrem großen Erstaunen mit einem stummen Gruß ohne Weiteres passieren. Der erste Raum war leer, auch der zweite. Aus dem dritten hörte sie leise Geräusche wie das Rücken eines Stuhles und das Rascheln von Decken, woraus sie schloss, dass hier der Kranke ruhen müsse. Rose räusperte sich diskret, um auf ihr Kommen aufmerksam zu machen und ging dann auf die Tür zu. Zum Eintreten jedoch kam sie nicht mehr. Rasche, energische Schritte holten sie ein, ein Stoß traf sie an der Schulter und ließ sie gegen ein Tischchen stolpern, ehe sie auch nur Zeit fand zu protestieren oder zu schauen, wer da so rüde an ihr vorbeigestürmt war. Die Tür vor ihr wurde zugeknallt und sprang vom eigenen Schwung wieder auf.

Rose fing sich, konnte es aber nicht verhindern, dass der Wein überschwappte. Während sie noch dastand und überlegte, hörte sie schon die Stimmen aus dem Nebenzimmer. Laut und böse stritten dort zwei Männer, der eine musste Philipp sein, der andere war der ruppige Besucher, und Rose kannte seine Stimme nur zu gut. Oft war Richard Löwenherz bei seiner Schwester zu Besuch gewesen und hatte laut seine Scherze zum besten gegeben. Auch heute dämpfte er seine Stimme nicht. Und Rose, als sie sich von ihrem Schreck erholt hatte, verstand jedes Wort.

»Ihr unterstellt mir Dinge, die nur in Eurer eigenen schmutzigen Phantasie existieren«, hörte sie jemanden sagen. Das war Philipp. Seine sonst so sanfte, kultivierte Stimme klang angeekelt. »Ich würde niemals Eure Schwester zum Objekt irgendeiner Rache machen. Und ihre Ehre ist mir heilig, sie…«

Richard ließ ihn nicht ausreden. »Ich kenne Euch besser als Ihr Euch selbst«, polterte er los. »Schöne Worte, bah.« Dann wurde etwas auf Holz geknallt. Rose hörte Papier rascheln.

»Woher …«, begann Philipp. Unwillkürlich näherte sie sich der offenen Tür und spähte durch den Spalt. Philipp saß an einem Tisch, die Beine in Decken gehüllt. Er sah blass und angestrengt aus. Richard vor ihm hatte die Fäuste auf die Tischplatte gestemmt. »Versucht nicht, gegen mich zu intrigieren«, fauchte er.

Philipp hob das Kinn. »Ihr vergesst Euch.«

Richard wedelte das weg und antwortete mit einem so derben, ordinären Fluch, dass Rose vor Schreck gegen den Türflügel stieß. Knarzend ging er ein wenig weiter auf, und sie trat erschrocken zurück. Schritt für Schritt retirierte sie, bis sie in einer Ecke zwischen der Wand und einem mächtigen Eichenschrank zu stehen kam, dessen geschnitzte Dämonenfratzen auf sie herabgrinsten, die sich mit aller Macht anderswohin wünschte. Der Streit im Nebenzimmer wurde so heftig und bösartig, dass Rose sich bekreuzigte. Nie hätte sie geglaubt, dass Könige so sprechen könnten.

»Merkt Euch«, brüllte Richard gerade, und sie war sicher, dass sein Gesicht unter der rotblonden Mähne leuchtete wie eine Himbeere, »ich werde meine Schwester niemals in die Familie der Hure meines Vaters einheiraten lassen.«

Philipps Antwort war nicht zu verstehen

»Ehrlich, ehrlich«, höhnte Richard. »Wer bin ich, so ein Luder ehrlich zu machen. Da könnt ich das ja mit jeder von der Straße tun.«

Drüben schepperte Geschirr. Rose drückte sich gegen die Wand. Schon rauschte Löwenherz mit wehendem Mantel an ihr vorbei, auch diesmal, ohne sie zur Kenntnis zu nehmen. Er nahm sich nicht die Zeit, die Türen hinter sich zu schließen. Es war, als wehe ein Wind hinter ihm her. Rose starrte ihm mit offenem Mund nach.

Philipp hatte sich hochgezogen und war ihm mit schleppendem Schritt nachgekommen. Seine Hände, mit denen er sich an der Türfassung festkrallte, seine momentane Schwäche verfluchend, waren weiß vor Anstrengung. Er hieb auf das Holz, wurde von einem Hustenanfall geschüttelt und entdeckte dann: Rose.

Ihre Augen weiteten sich, als sein Blick sie traf. »Du«, keuchte er und starrte sie an, »hast das alles gehört?«

Unwillkürlich schüttelte sie den Kopf, einen Ton brachte sie nicht hervor. Das Mitleid, das sie unwillkürlich für ihn empfunden hatte, und das er fatalerweise noch in ihrem Gesicht gelesen haben mochte in jenem ersten Moment, wich einer lähmenden Furcht, die ihren Geist leer wischte, während er Schritt für Schritt mühsam auf sie zukam. »Du hast alles mit angehört.«

Jetzt war sein Gesicht ganz dicht vor dem ihren. Sie roch seinen muffigen Krankengeruch, sah die Schweißtropfen auf seiner Stirn, die violette Ader, die an seiner Schläfe nervös und angestrengt zuckte, und seine Augen, in denen die ganze Qual seiner Demütigung lag. Welches von ihnen wohl das Blinde war? Rose vermochte es nicht zu sagen. Sie beide, deren Braun sonst so sanft war, brannten mit einem Mal in einem unruhigen Feuer, dass Rose dem Fieber zugeschrieben haben würde, hätte sie es nicht besser gewusst. Der leicht angestrengte Zug um seinen Mund hatte sich verstärkt und sein Gesicht verzerrt zu einer Grimasse der Wut, wie man sie bei diesem stillen Mann nie für möglich gehalten hätte.

»Du!« Seine Hände legten sich um ihren Hals. »Du hast mich also belauscht.«

Rose schluckte schwer; sie spürte den Druck seiner Finger, die heiß waren, aber erstaunlich kräftig. Für einen Moment schloss sie die Augen. Dann öffnete sie sie wieder.

»Gewiss, Sir«, brachte sie mühsam heraus, »gibt es wenig Gründe, warum ein Mensch wie ich an seinem Leben hängen sollte.«

In Philipps Gesicht zuckte es.

Johanna ging in ihrem Zimmer auf und ab, bis sie es nicht mehr aushielt. Wo blieb Elaine nur, was trieb dieses dumme Ding, dass es gar nicht wiederkommen wollte? War es denn wirklich möglich, dass all dies sich so hinzog? Wieder und wieder zählte sie sich mögliche Erklärungen dafür auf. Schließlich gab sie auf, rückte den schmalen Goldreif um ihre Stirn zurecht, warf einen Schleier darüber und machte sich auf, selbst nach dem Rechten zu sehen.

Schon vom Umgang ihres Stockwerkes aus konnte sie Elaine erspähen, die drunten im Hof stand und an den Nägeln kaute. Am liebsten hätte Johanna sich vorgebeugt und sie angeschrieen, aber sie beherrschte sich, raffte ihre weiten Röcke und rannte so schnell sie konnte die Treppen hinunter.

»Was hat er gesagt?«, fuhr sie ihre Hofdame an, die erschrocken herumfuhr. Außer Atem hielt Johanna inne. »Was hat er gesagt?«

»Oh«, entfuhr es Elaine, und sie versank in einem tiefen Knicks. Es dauerte eine Weile, bis die Königin die Wahrheit aus ihr herausgeholt hatte. Sobald sie alles begriffen hatte, lief sie weiter.

»Ich wollte gerade nachsehen gehen, wirklich«, rief Elaine hinter ihr her. Aber Johanna konnte sie schon nicht mehr hören. In leisem Ton, nur zu sich selbst, fuhr sie fort: »Aber dann kam Euer Bruder vorbeigestürmt, und …« Noch einmal schaute sie sich hilflos um, ehe sie sich ein Herz fasste und ihrer Herrin hinterhereilte.

Die hielt sich nicht mit den Wachen auf; umstandslos schob sie die Piken der verwirrten Männer beiseite. Johanna durchquerte das erste Zimmer ohne innezuhalten. Auch im zweiten bremste sie nicht ab. Da erspähte sie erst ihren Pokal auf dem Tisch, danach die beiden Gestalten, die für den Eintretenden im Schatten des Schrankes verborgen standen. Als sie Philipps von Frankreich gewahr wurde, stieß sie einen erschreckten Schrei aus und blieb stehen.

Der König schüttelte den Kopf, als bemühte er sich, aus einem bösen Traum aufzuwachen; er stöhnte. Endlich nahm er die Hände von Roses Hals, die sofort von ihm abrückte und begann zu husten und die roten Male zu reiben, die seine Finger hinterlassen hatten. Müde bedeckte Philipp seine Augen. Plötzlich aber, ohne Übergang, holte er aus und hieb er seine Faust gegen den Schrank, dass das Holz brach und ihm blutende Schrammen beibrachte.

»Verzeiht«, stieß er hervor, dann, mit einem letzten wilden Blick auf Johanna, verschwand er in seinem Gemach. Die Tür fiel ins Schloss.

Johanna starrte erst die Tür an, dann Rose, die noch immer an der Wand lehnte und sie mit leerem Blick betrachtete. Auf einmal erklang ein Wimmern aus Roses gemarterter Kehle.

»Alles in Ordnung?« Das war Elaines frische Stimme. Endlich hatte sie es gewagt, den beiden nachzugehen, und nun stand sie atemlos da und betrachtete die stille Gruppe. Als sie mit der Hand verlegen am Tisch Halt suchte, bemerkte sie den Pokal.

»Oh, Rose, du hast ja den ganzen Wein verschüttet!«

»Ich ...« Rose krümmte sich, ein weiteres Röcheln entrang sich ihrer Brust und hinderte sie am Sprechen. Da brach ein Schwall Flüßigkeit zwischen ihren Beinen hervor, tränkte ihr Kleid und rann auf den Boden. Dabei färbte sie, was immer sie berührte, mit wässrigem Rot.

4.

Entsetzt hob Elaine den Zipfel ihres Schleiers vor den Mund. Johanna packte sie, als sie sich abwenden wollte, am Arm. Angespannt sagte sie: »Geh zu den Wachen. Sie sollen einen Türflügel als Bahre nehmen und sie hinübertragen in die Unterkünfte. Schnell doch.« Damit stieß sie Elaine in Richtung der Tür. Diese gehorchte ohne ein weiteres Wort.

Noch einmal wandte Johanna sich um und betrachtete Rose, die noch immer dort stand, eingesponnen nun in den Kokon ihres Schmerzes, der ihr Bewusstsein ganz erfüllte. Widersprüchliche Gefühle erfüllten die Königin. Oberflächlich war sie voll Abscheu und Ärger, dass sie in so etwas hineingezogen wurde. Was gingen sie die Geburten ihrer Dienstboten an! Brennend gerne allerdings hätte sie gewusst, was dieses Mädchen gehört, was es erlebt hatte in den letzten Minuten, alleine mit dem französischen König. Vor allem aber spürte sie hinter der leisen Verzweiflung, die in ihr aufgestiegen war, als Philipp die Tür geschlossen hatte, eines: Wut. Eine Wut, die sie um so leichter auf Rose übertrug, da es ihr Hals gewesen war, um die sich Philipps Finger würgend gekrampft hatten, einen Anblick, den sie, sie wusste es, niemals vergessen würde und der es ihr unmöglich machte, in dem Mann je wieder das zu sehen, was sie in ihm zu sehen geglaubt hatte. Rose und ihr Missgeschick hatten sie ihre Liebe beraubt, so schrie es in Johanna. Sie hatten ihr die einzige Aussicht genommen, die sie in ihrer Lage noch besaß. Nun hatte das Elend keinen Horizont mehr. War das gerecht, begehrte sie auf, stand ihr das zu?

Soll sie leiden, dachte Johanna bitter, soll sie die Schmerzen auskosten und die Schande der unehrlichen Geburt. Am besten, sie stirbt dabei. Glühend vor Scham über ihre unedlen Gedanken wandte sie sich ab und rannte hinaus.

Hinter ihr rutschte Rose langsam an der Wand entlang zu Boden.

Als sie wieder zu sich kam, sah Rose über sich die Decken der Räume dahinziehen. Sie spürte nichts von dem harten Holz unter ihrem Rücken, fühlte nicht den unsteten Schritt der Träger und hörte nicht die Flüche, mit der sie ihre anstrengende Arbeit bedachte. Sie spürte nur den Schmerz, der sie gepackt hatte und in seiner Faust schüttelte wie eine willenlose Puppe, wie einen schlaffen Lumpen. In Wellen kam er und riss sie mit sich fort, doch auch wenn er ein wenig nachließ, tauchte sie nie weit genug auf, um zu sich zu kommen. Nie reichte es für eine Atempause; stets trieb sie auf dem Grund dieses schalroten Wogens, nicht Herrin ihrer selbst, unfähig, sich zu rühren. Nur ihr Leib zog sich in heftigen Kontraktionen zusammen, die die Falten ihres verrutschten Gewandes erzittern ließ.

Man brachte sie in die Küche und ließ sie von dem Holzbrett auf ihren Strohsack rutschen, um den sich bald die anderen Mägde versammelten und debattierten. Rose sah die Gesichter und die Münder, die sich öffneten und schlossen. Hier also, einsam unter diesen Fremden würde sie sterben. Ein Grinsen verzog ihr Gesicht. Jemand schrie wie irre. Als die Ohrfeige ihr Gesicht traf, und sie erschreckt Luft holte, begriff sie, dass es ihr eigener Schrei gewesen war. Doch die nächste Wehe kam und spülte die kurze Erkenntnis wieder mit sich fort.

»Sie braucht eine Hebamme«, verkündete eine energische ältere Frau. »Und macht einmal Platz.« Sie schob die jüngeren Frauen weg und unterband auch deren Getuschel.

»Na und«, verkündete sie mit lebhaften Gesten, »was wissen wir? Vielleicht hat sie einen Mann, wo sie herkommt?« Als ungläubiges Gelächter ihr antwortete, winkte sie gutmütig ab. »Und außerdem, was nützt das jetzt? Eine Hebamme braucht sie, mit einem Beichtiger kann sie später reden. Allora!«

Ihre energische Art machte auf die anderen Eindruck. Also ließen sie Rose in Ruhe, die auf ihrem Lager lag und stöhnte wie ein Tier. Die Ältere nahm ihr Kopftuch über die Haube und schickte sich an, die Kräuterfrau zu holen, die sie kannte und die den Frauen auch bei den Geburten beistand.

In der Tür traf sie auf Elaine, die den Hals reckte. »Kann ich nicht etwas tun?«, fragte das Mädchen. »Ich möchte so gerne etwas tun, wirklich! Bitte!«

Kopfschüttelnd zog die Frau sie aus der Küche. »Das Fräulein ist zu gütig, aber das gehört sich wirklich nicht«, erklärte sie, ließ noch einen Schwall Erklärungen folgen und schnalzte mit der Zunge.

Elaine verstand nicht eines davon. »Was hat sie?«, fragte sie immer wieder, »was fehlt ihr?« Als die Magd schließlich begriff und die Geste des Wiegens machte und mit einem imaginären Kind in ihrem Arm schäkerte, wurden Elaines schwarze Augen groß.

»Ein Kind«, stammelte sie. Aber das war doch, das konnte doch nicht…? Hätte ihr das nicht auffallen müssen? Unwillkürlich überdachte sie die Etappen ihrer Reise und suchte nach Anzeichen, nach Hinweisen, die sie hätte bemerken können, bemerken müssen. Kein einziger fiel ihr ein, und sie begriff im selben Moment, wie sie die ganze Zeit, obwohl sie so nahe beieinander gelebt hatten, doch ebenso klar voneinander geschieden gewesen waren. Und obwohl ihr das hätte natürlich erscheinen müssen, angesichts ihrer Stellungen in der Gesellschaft, tat es ihr doch weh.

Noch einmal ging sie die vielen Augenblicke durch, gerade die, in denen sie vermeintlich vertraut miteinander gewesen waren. Aber sie sah nur immer wieder Rose auf dem Dach des Gasthauses, im schwarzen Regen liegend, den Mund geöffnet vor Anstrengung, wie sie ihre, Elaines Hand mit all ihrer Kraft festhielt.

Von dem Lager in der Küche stieg ein Schrei auf, der Elaine zusammenzucken ließ. Die anderen gingen ihrer Arbeit nach, ohne sich umzusehen.

Elaine fühlte sich am Ärmel gezogen. »Der Anblick ist nichts für ein Fräulein«, murmelte ihre Begleiterin. Dann machte sie eine neue Geste. Elaine blinzelte, ehe sie begriff

»Geld, ah, natürlich.« Es würde ein Arzt vonnöten sein, eine Hebamme, vielleicht, sie schauderte bei dem Gedanken, ein Priester. »Natürlich«, wiederholte sie eilfertig und nahm aus ihrer Börse alles, was darin war, um es der älteren Magd in die Hand zu drücken. Rose schrie erneut und Elaines Finger zitterten, als sie gab, mehr als genug, mehr, als nötig gewesen wäre. Nur zögernd ließ sie sich davon überzeugen, in ihr Gemach zurückzukehren. Als sie dort saß, die Stickarbeit müßig im Schoß und auf die schöne Einrichtung starrte, das saubere Linnen, den Krug mit den duftenden Blumen auf dem Tisch, da bemerkte sie, dass sie mit ihren Gedanken nicht davon loskam Sie war froh, als Johanna sie rufen ließ und ihr befahl, ihr ein wenig vorzulesen. Ihre Worte formten gehorsam den Text, ihre Gedanken allerdings weilten dabei ganz woanders.

Rose hörte Gesang; schwellend und süß brach er sich in den hohen Gewölben einer Kirche. Wie Weihrauch trieb ihr Geist darin umher. Und da war das Licht von dem Fenster, eine Rosette war es, groß und schön, zum Weinen schön. Rose unterschied blau darin und rot, leuchtendes Rot und Muster, die ihr vor den Augen flirrten, so verwirrend und vielfältig waren sie auf dem Glas. Es kam näher, dieses Fenster, wuchs und wuchs an. Und mit einem Schlag zerbarst es in tausend blutende Scherben.

Roses Schrei war so hoch, dass die Frauen am Herd sich die Ohren zuhielten. Dann fiel sie in die Kissen zurück. Danach war es still.

»È morto.« Sie hörte das Geflüster und verstand es, ohne zu überlegen. Natürlich, dachte sie in die Stille hinein, es kann nicht anders sein, es ist tot. Ohne Liebe gezeugt, ohne Liebe getragen und geboren in eine Welt, die es nicht erwartete, wie hätte es auch leben sollen? So war es in der Ordnung.

Erleichterung überkam Rose für einen Moment und verließ sie dann, wie das Blut, das aus ihrem Unterleib in den Strohsack sickerte. Dann rollte sie sich zusammen und begann mit einem Mal zu weinen, alle Ordnungen verfluchend. Die alte Magd strich ihr das Haar aus der verschwitzten Stirn und nickte der Hebamme zu, die ein Bündel in ihren Korb legte, rundum in alte Decken gehüllt, und es ihrer Helferin übergab, damit sie es hinaustrug. Jeder, an dem sie vorbeikam, bekreuzigte sich rasch.

»Es war ein Junge«, singsangte sie dann für Rose, deren Augenlider zu flattern begannen vor Erschöpfung und Müdigkeit, »ein schöner Junge, bello bambino. Aber es war zu früh für ihn, nicht die Zeit, nicht die Zeit.«

Rose nickte, sie verstand kein Wort, aber sie spürte die Absicht, und es tat ihr wohl. Langsam, ganz langsam, glitt sie hinüber in den Schlaf.

Die Hebamme schaute besorgt drein. »Sanguine. Viel Blut«, flüsterte sie düster, als sie sah, wie das Stroh sich rot färbte. Die Magd setzte ihr Streicheln fort. Rose bemerkte beides nicht mehr.

»Lieber Bischof.« Johannas Stimme klang freundlich, aber auch bestimmt. Ihre Erfahrungen mit Geistlichen hatten sie von der Demut abgebracht. »Hat nicht er selber gesagt: Lasset die Kindlein zu mir kommen und wehret ihnen nicht? Und gilt das nicht auch für dieses Kind, das zweifellos zu ihm strebte wie alle anderen?«

Sie ignorierte sein zweifelndes Wiegen des Kopfes. »Wir wollen doch gnädig sein«, beschloss sie ihre Überlegungen in einem Ton, der keinen Zweifel ließ, dass das Gespräch damit beendet war.

Der Bischof seufzte. Was für ein zwiespältiges Ding es doch war, mit den hohen Herrschaften über das Wort Gottes zu diskutieren. Zwar war man der Vertreter seines Willens auf Erden und der Künder seines Geistes. Und doch, wer war man, wenn man einen erzürnten Fürsten und sein Schwert betrachtete? Der Pater verneigte sich und seufzte. So würde er der Laune dieser Frau denn folgen und das tot geborene Kind taufen, das noch dazu unehrlich war und keinen Vater besaß. Wer wusste, wozu es gut war und was er ihr dafür in einer anderen Stunde abringen könnte?

»So sei es«, verkündete er gemessen und richtete sich wieder auf. Er verschränkte die Arme und ließ die Hände in den Ärmeln seines Gewandes verschwinden. »Wie wollen wir ihn taufen? Ich meine«, fuhr er fort, als er Johannas gerunzelte Stirn sah, »welchen Namen soll das Kind erhalten?«

Einen Moment war Johanna verblüfft. Daran hatte sie nicht gedacht.

»Edward«, sagte Elaine da, die dem Gespräch schweigend gelauscht hatte. Sie wurde rot, als sie Johannas Blick bemerkte und hoffte, diese würde nicht fragen, welche verlorene Illusion sie mit diesem Namen begrub. »Wenn ich den Vorschlag machen darf«, fügte sie leise hinzu. Der Name war ihr eingefallen, weil er Rose und sie in gewisser Weise verband, weil er ein Teil ihrer beider Kindheit war und weil diese Kindheit nun unabwendbar zu Ende war, so wie das Leben jenes Wesens.

Johanna nickte und winkte den Bischof hinaus. »Ihr habt es gehört. Und nun«, erklärte sie, nachdem er gegangen war und sie tief durchgeatmet hatte, »wollen wir von all dem nicht mehr sprechen.«

Ihre Hofdame nickte, hob aber noch einmal den Kopf. »Ist Rose …?«, konnte sie sich dennoch nicht beherrschen zu fragen.

Johanna schüttelte den Kopf. »Noch nicht«, erwiderte sie knapp. Sorgsam suchte sie einen blauen Garnfaden aus und betrachtete ihn im Licht. »Scht!«, machte sie, als sie merkte, dass Elaine noch etwas fragen wollte. »Eine Dame von Geblüt hängt sich nicht in so unschicklicher Weise an eine Magd«, glaubte sie dann noch hinzufügen zu müssen. Eine Weile schwiegen sie beide. Draußen sang ein Vogel.

»Ich denke, es ist noch nicht ihre Zeit.« Johanna hatte so unvermittelt angefangen zu sprechen, dass Elaine eine Weile brauchte, bis sie begriff, worum es ging.

»Für alles im Leben nämlich, Mädchen«, fuhr die Königin belehrend fort, »gibt es die rechte Zeit, die Gott dafür bestimmt hat.« Für mich und Philipp, dachte sie bitter, liegt diese Zeit im niemals. Nie. Sie hätte es schreien mögen. Doch sie wusste nun, dass niemand die Schuld daran trug, als er und sie allein. »In Ewigkeit«, murmelte sie leise.

Elaine antwortete mechanisch: »Gelobt sei Gott.«

5.

Der Herold verkündete die Namen der tjostenden Ritter; deren Pferde mit den bodenlangen Decken schnaubten und scheuten und wühlten mit ihren Hufen den losen Grund auf, dass Staubwolken aufquollen und für einen Moment das Schauspiel aus gleißenden Rüstungen und leuchtenden Stoffen verdeckten, aber nie für lange. Das Volk auf den hölzernen Tribünen brüllte vor Begeisterung. Die Lose wurden gezogen und die Paarungen bekannt gegeben, woraufhin die Kämpfer sich zu ihren Zelten zurückzogen, neben denen ihre Schilde und Waffen aufgebaut waren, und wo ihre Knappen bereits auf sie zu liefen, um letzte Anweisungen entgegenzunehmen und noch einmal die Ausrüstung zu überprüfen. Wie Ameisen wuselten sie um ihre Herren herum, die prachtvoll wie mythische Helden auf den Rücken ihrer Tiere thronten.

Das erste Paar stellte sich in die Kampfbahn, begleitet von ohrenbetäubendem Jubel. Mit nickenden Köpfen trabten ihre Tiere an den Rängen vorbei, umweht von ihren Behängen, Fabeltieren gleich. Ihre Reiter hatten die Visiere geöffnet und zeigten der Welt ihr grimmiges oder heiteres, siegesgewisses oder erwartungsfrohes junges Gesicht. Einer lächelte Elaine zu, und als sie freudig errötete, verhielt er sein Pferd, um seine Lanzenspitze vor ihr zu senken. Mit bebenden Fingern zog sie ein Tuch aus ihrem Ärmel und knotete es um die wippende Stange. Beifall erscholl ringsum und Elaines Brust hob sich in dem Gefühl, für einen Moment im Mittelpunkt der Aufmerksamkeit zu stehen.

Als der junge Ritter weiter geritten war, neigte Rose, die hinter ihr saß, sich leicht über ihre Schulter. »Ihr kennt ihn doch gar nicht«, sagte sie tadelnd.

Auf Elaine machte das keinerlei Eindruck. Mit leuchtenden Augen verfolgte sie, wie die Kontrahenten ihre Stellungen bezogen. »Hast du nicht sein Gesicht gesehen?«, fragte sie atemlos. »Und wie herrlich sein gelbes Wappen leuchtet, und wie gut dem Rappen das Tuch zu seinem Fell steht, und ach, er muss einfach gewinnen. Er ist schlichtweg vollkommen.«

»Sein einziger Vorzug ist, Euch bemerkt zu haben«, war Roses trockener Kommentar.

Elaine winkte nur ab, denn in diesem Moment ritten sie an. Die schweren Tiere nahmen rasch Geschwindigkeit auf, ihre Hufe trommelten auf dem Boden, mit der ganzen Wucht ihrer Masse schickten sie ihre Herren in dieses Treffen. Die Lanzen fanden einander und splitterten, dass das Holz nur so umher flog. Elaine duckte sich ein wenig, um einem Splitter auszuweichen. Der gelbe Jüngling lag im Staub auf dem Rücken, seine Knappen rannten herzu, um ihm dem Helm abzunehmen und ihm wieder auf die Beine zu helfen. Elaines Blick schweifte bereits in andere Gefilde.

»Was soll's«, meinte sie, »Tücher habe ich noch mehr.« In der Tat, war ihr aufgefallen, gab es so viele interessante und bemerkenswerte Männer in der Welt. So unendlich vielfältig und verschieden war, was alles auf einen zukam. Aber gerade deshalb nahm Elaine es leicht; sie fühlte sich nicht von der Minne gefährdet. Man konnte sich unmöglich in all diese Edelknaben und Ritter ernsthaft verlieben. Kaum dass man es schaffte, sich mit allen zum Tanzen zu verabreden! Je mehr Elaine erlebte und sah, desto unwahrscheinlicher erschien es ihr sogar, dass sie sich als Frau überhaupt je würde entschließen können, sich an einen Mann zu binden, der doch nur einer von so vielen war.

Sicher, die Ehe war das Ziel einer Frau, daneben gab es nichts als das Kloster. Aber diese Überlegungen blieben blass und theoretisch. Elaine war verliebt in die Welt, sie wollte sie sehen, erleben, über sie hinwegtanzen und konnte sich noch nicht vorstellen, wie das beschaffen sein sollte, dass es wieder vermochte, sie in Fesseln zu legen.

Seit Johanna sich mit ihrer Rolle als künftige Gesellschafterin ihrer Schwägerin abgefunden hatte, hatte sie Elaine und Rose stärker an sich gezogen. Ihr Entschluss stand fest, die beiden mit sich nach Palästina zu nehmen. Elaines beweglicher Geist und Roses Tüchtigkeit würden ihr dort gleichermaßen eine Hilfe sein, so dachte die Königin.

Die beiden jungen Frauen waren von der Aussicht begeistert. Vor allem Elaine genoss es, sich im Dunstkreis der Krone zu bewegen und von deren geborgtem Glanz zu zehren. Nie hätte sie davon zu träumen gewagt, wie sie Rose oft genug vorschwärmte, nie hätte sie geglaubt, dass ihr gemeinsames Abenteuer ihnen so zum Vorteil ausschlagen und sie in Kreise katapultieren würde, die ihnen sonst auf immer verschlossen geblieben wären. Begierig saugte sie alles auf, die neuen Bücher, die neuen Lieder, die Konversation zwischen Johanna und ihren Damen, den Schnitt ihrer Kleider, die Art, wie sie den Kopf hielten. Alles war groß, stilvoll, bezaubernd, jedes Ding eine Offenbarung. Oh ja, Elaine fand, es hatte sich gelohnt, die kleine Burg der Chaworths hinter sich zu lassen. Und nicht ein Anflug von Heimweh quälte sie.

Rose, die von der Welt Geschlagene, sagte nichts dazu.

Fast erschöpft saß sie da und verfolgte das Geschehen, beinahe benommen von dem Rausch an Farben und Bildern, wie sie ihn in ihrem ganzen Leben noch nicht gesehen hatte. Da waren Mäntel von einem rot, das jede Mohnblume blass aussehen ließ, Cotten in Grüntönen, die Heide und See beschämte, irisierende Schattierungen, wie kein Abendhimmel sie hervorzubringen verstand, Federbüsche von einer Pracht, vor der die armen braunen Vögel der englischen Wälder sich nur verstecken konnten. Es war eine künstliche, sagenhafte Welt, wie sie allenfalls die Nadel einer Stickkünstlerin hervorbringen konnte. Wäre ein Einhorn auf die Kampfbahn getreten oder ein schillernder Drache, Rose hätte sich nicht mehr verblüfft gezeigt.

Erkannte sie sich doch selbst kaum wieder. Die unglücklich verlaufene, viel zu frühe Geburt und die lange Zeit der Rekonvaleszenz, hatte jedes überschüssige Gramm Fett von ihrem Körper geschmolzen. Noch immer von schönem Schwung der Formen, war sie doch schlanker geworden und hatte eine neue Anmut bekommen, die ihr gut zu Gesicht stand. Ihre Katzenaugen wurden von den nun stärker herausmodellierten Wangenknochen vorteilhaft betont. Dass ein trauriger Blick sie verhängte, ließ Rose nur interessanter aussehen, auch wenn sie davon nichts ahnte. Und die südliche Sonne zauberte ganz unerwartete Reflexe in ihr Haar.

Elaine hatte darauf bestanden, dass sie es um den Kopf nur lose zusammenfasste, so dass die krausen Locken sie wie eine Aureole umgaben. Erst im Nacken wurde daraus ein fester, faustdicker Zopf, der, mit einem goldenen Band umwunden, bis auf ihre Hüften fiel. Das Band war ein Geschenk von Elaine, die es wiederum von Johanna erhalten hatte.

Rose war melancholisch, obwohl sie zugeben musste, dass es auch ihr gut ging wie nie zuvor. Cotten, wie sie sie jetzt trug, hatte noch kein Dorfmädchen aus Chaworth besessen. Ihre ehemaligen Freundinnen würden sie gewiss nicht wiedererkannt haben, wenn sie sie so hätten sehen können. Und nie wieder wurde sie in die Küche abkommandiert, um Hühner zu rupfen oder Kohlen zu schleppen. Meist saß sie bei leichter Arbeit, stickte, spann oder webte oder wartete gar nur, die gefalteten Hände im Schoß, bis jemand sie rief und um einen Dienst bat. Sie hatte viel Zeit und Muße, beinahe wie ein Fräulein, um über ihr Leben nachzudenken.

Über die Art etwa, mit der Johanna sie noch immer überging und auch Elaine zum selben Verhalten anhielt, obwohl sie doch auf ihre Anwesenheit sichtlich Wert legte. Rose wusste, dass es die Königin persönlich gewesen war, die dafür gesorgt hatte, dass ihr zu früh geborenes Kind getauft und in der Folge auf dem Friedhof in Messina beigesetzt wurde. Es war derselbe Gottesacker, auf dem sie einander damals begegnet waren. Das kleine Grab mit dem bescheidenen Stein lag gar nicht weit der Gruft, in der sie sich vor Richards plündernden Truppen verborgen gehalten hatten, am Fuß einer Mauer, von der Efeu herabhing, um es zu beschatten.

Es hatte bis lange nach Weihnachten gedauert, ehe Rose die Kraft fand, es aufzusuchen. Das Aufstehen war ihr schon länger wieder möglich gewesen und sie galt als gesund, obwohl sie sich nicht danach fühlte. Eher wie eine Schiffbrüchige an einem Strand, die gerade den Kopf hebt und den Sand auf ihren Lippen spürt. Das Essen schmeckte ihr nicht, die Arbeit tat sie wie eine Schlafwandlerin. Die Bankette in Mategriffon, dem hölzernen Kastell, an denen sie mit anderen Zofen zusammen am entferntesten Ende der Tafel teilnahm, der in Strömen fließende Wein und die laute Fröhlichkeit ringsum waren nur wie durch einen Schleier zu ihr gedrungen. Wie ein fernes Bild hatten Philipp, Richard und Johanna – und auch Elaine – ihr vor Augen gestanden, die gemeinsam am Scheitel der Tafel präsidierten und einer fremden Welt anzugehören schienen, die sie nur für einen Moment und von ferne gestreift hatte, um dann in ihrem Elend zu versinken. Eine Weile wusste sich nicht, ob sie nicht lieber hätte sterben mögen. Aber ihr Körper entschied anders, erstarkte und gedieh.

Und irgendwann dann, fast ohne dass sie es merkte, hatten ihre Schritte sie zu diesem stillen Ort geführt. Lange hatte sie dort gestanden und stumme Zwiesprache gehalten, mit ihrem Kind, mit ihren Hoffnungen, mit ihrer eigenen Vergangenheit. Danach ging es ihr besser. Einmal war sie mit einer der Nonnen ins Gespräch gekommen, die von Zeit zu Zeit aus dem benachbarten Kloster herüberkamen, um das Grab einer ihrer Oberinnen zu pflegen. Die hatte sie zu einem weiteren Stein geführt. Richard, hatte darauf gestanden, und darunter ruhte der erstgeborene Sohn Johannas, weit vor der Zeit gekommen auch er, und wie ihr eigenes Kind an dieser Welt vorbeigesegelt, in die er stumm einging, um sie ohne einen Schrei auch wieder zu verlassen. Die Königin, wisperte die Nonne, sei früher oft hier gewesen, in den letzten Jahren nicht mehr. Und sie habe kein weiteres Kind mehr empfangen. Da ging Rose auf, dass es etwas gab, was über hoch und niedrig, Stand und Sitte hinausging, etwas, was menschlich war. Seither betrachtete Rose Johanna manchmal nachdenklich, wenn diese nicht hinsah. Und bis zu einem gewissen Grad verzieh sie ihr ihre Kälte und die Art, mit der sie ihr dieses Geschenk gemacht hatte: die einer Herrin, die ihre Gnade an jemanden verschenkt, der ihrer nicht Wert ist, und sich seines Unwertes dadurch Tag für Tag erinnern soll.

Rose fühlte sich weder getroffen noch verletzt. Sie betrachtete Johanna und ihr Tun mit einer gelassenen Neugier und einer Unverletzbarkeit, die neu an ihr war, ihr selbst noch gar nicht in letzter Konsequenz bewusst. Sie ahnte nur von dieser neuen Stärke, die über ihre frühere resignative Tüchtigkeit hinausging. Falls Johanna sie ahnte, so bemühte sie sich, darüber hinwegzusehen.

»Ah, schau, der Rote, prächtig!« Begeistert klatschte Elaine in die Hände.

Rose lächelte milde. »Passt auf, dass Euch die Tücher nicht ausgehen!«

»Ach was, einer wird schon gewinnen, und er wird mich beim Bankett sehen, und dann wird er mit mir tanzen, ach Rose, tanzen!« Sie breitete für einen Moment die Arme aus, als schwebe sie zu einer unhörbaren Melodie. Die Fanfaren setzten mit einer derartigen Lautstärke ein, dass sie sich die Ohren zuhalten mussten. Elaine lachte und rückte den Kranz aus Blumen zurecht, den sie statt eines Stirnreifes trug. Sie deutete hinaus: »Sieh nur, der Provenzale. Mit welcher Eleganz er Philipp grüßt. Am Ende sind auch die französischen Ritter nicht zu verachten.«

Sie beugte sich zurück, um Roses Ohr näher zu sein. »Hast du gemerkt, wie aufmerksam die Herrin ihn beobachtet? König Philipp, meine ich«, fügte sie hinzu und stieß Rose mit dem Ellenbogen, als sie keine Reaktion zeigte. Sie wies auf Johanna, die nur zwei Sessel von ihnen entfernt in der ersten Reihe saß, und sehr aufrecht, aber ungerührter Miene das Schauspiel verfolgte. »Es ist doch schade, dass die beiden kein Wort mehr miteinander reden, findest du nicht?«, schob sie im Flüsterton die nächste Frage nach. »Dabei war ich sicher, dass er ihr gefällt.«

Rose zuckte mit den Schultern. »Ist mir nicht aufgefallen.«

Elaine knabberte nachdenklich an ihrer Unterlippe. »Sie spricht nicht darüber, aber ich habe es im Gefühl. Ah!«, rief sie dann, da im selben Moment wieder zwei Gegner aufeinander trafen. Der Treffer der Lanze auf dem Brustharnisch des einen erzeugte ein hohles Geräusch. Dennoch hielt der Träger sich im Sattel.

»Wenn sie dazu schweigt, sollten wir ihrem Beispiel folgen«, schlug Rose vor und setzte hinzu. »Sie ist eine Königin.«

»Ja, wahrhaftig«, seufzte Elaine begeistert und winkte dem Sieger dieser Runde zu. »Das ist sie. Keine weiß wie sie einen Faltenwurf zu tragen.« Dann hielt sie inne, während ihre Blicke den Männern bis zu ihren Zelten folgten. Als sie dort verschwanden, wandte sie sich Rose zu. »Wie hübsch du bist«, stellte sie mit einem derart aufrichtigen Erstaunen fest, dass es hätte verletzend sein können. »Aber was ich eigentlich sagen wollte: Königin hin oder her, sie ist doch auch eine Frau, und eine Frau …«

»Auch eine Frau ist nicht verpflichtet, ihre Gefühle zu offenbaren«, fuhr Rose ihr ins Wort und fügte, als sie Elaines verdutztes Gesicht sah, mit einem unwillkürlichen Lächeln hinzu: »Nicht einmal anderen Frauen gegenüber.« Sie hatte die letzten Worte nicht mehr geflüstert. Vielleicht war es Zufall, dass Johanna sich im selben Moment umdrehte, als sie sprach. Aber Rose und Elaine, die eben verkünden wollte, dass sie jedermann erzähle, wie es ihr ums Herz sei, erröteten umgehend und senkten synchron die Köpfe. »Glaubst du«, wisperte Elaine hoffnungsvoll, »sie hat das mit dem Faltenwurf gehört?«

»Rose?« Es war das erste Mal, dass Johanna sie direkt ansprach.

»Ja, Herrin?«

»Hol mir bitte meinen Seidenschal, es ist kühl.«

»Wie schade«, bedauerte Elaine, als ihre Gefährtin aufstand, »dabei kommen doch jetzt die Schwertkämpfe. Ich werde dir erzählen, wie …«

Wieder unterbrach sie die Fanfare. Und diesmal wollte der Lärm gar nicht enden. Ein Herold neigte sich zu Richard. Und als er aufstand, verstummten die Instrumente und die Massen. Er hob die Hände, und richtete seine Worte an die Gäste.

»Was hat das zu bedeuten?«, flüsterte Elaine erschrocken, um, nachdem sie einen Moment gelauscht hatte, entzückt aufzuschreien. »Sie ist da, sie ist da, oh mein Gott.« Aufgeregt packte sie Roses Hände. »Sie ist wirklich da. Beeil dich, schnell, sonst verpasst du das beste.« Sie ließ Rose los und wedelte sie mit den Händen von sich. »Lauf, lauf! Oh, wir werden sie sehen!«

Dann gab es kein Halten mehr. Sie stand auf wie die anderen und drängte sich vor zur Balustrade, wo sie sich so weit hinausneigte, wie es ging, um über Schultern und Köpfe hinweg einen Blick auf die Ankommenden zu erhaschen.

6.

Eleonore, sagenumworben zu Lebzeiten wegen ihrer Schönheit so sehr wie wegen ihrer Eigenwilligkeit, und als Frau, die einen König für einen anderen verließ ein Mythos, hatte sich allen Plänen ihres Sohnes widersetzt, in einer Unterkunft außerhalb Messinas zu warten, bis ihre Ankunft und die Übergabe der Braut, die sie Richard zuführte, würdig inszeniert werden könnten. Einen Baum wollte Richard vergolden lassen, der die Wappen der anwesenden Herrscher tragen würde. Ein neuer Festsaal für das Schloss war geplant, aus den Brunnen auf allen Plätzen der Stadt sollte Bier und Wein sprudeln für die Bevölkerung, und in einer vergoldeten Sänfte sollten sie einziehen, wie Götterbilder in einer Prozession.

»Papperlappapp«, hatte Eleonore verkündet, als ein reitender Bote ihr von den Vorhaben berichtete, und sie hatte zu diesem Zweck die Sänfte nicht einmal anhalten lassen. Der Herold musste sich vom Pferd herab zu ihr neigen und im Schritttempo alles aufnehmen, was sie zu sagen hatte. Es war nicht viel. Sie befand sich in Eile. Je eher sie ihr Amt als Kindermädchen bei diesem unreifen Ding – das natürlich eine wunderbare Braut werden würde, nur vertrug sie das Reisen so schlecht – aufgeben könnte, desto besser. Schlimm genug, dass sie Berenguelas wegen in einer Sänfte hockte, statt auf dem Rücken eines Pferdes zu reiten. Sie denke nicht daran, Zeit für derlei Firlefanz zu vergeuden, der außerdem die Staatskasse nur unnötig belasten würde, verbündete sie. Richard solle lieber für seinen Feldzug sorgen. Heiraten könne er Berenguela ohnehin erst nach Ablauf der Fastenzeit, zuvor sei ein Fest unangebracht. Und nun möge er reiten, er halte sie auf.

Der Bote überbrachte es Wort für Wort. Richard runzelte erst die Stirn, dann lachte er laut. Schließlich fügte er sich. Auf seine Turniere allerdings wollte er nicht verzichten, und vor dem Tor des Schlosses wurde ein hölzerner Brunnen errichtet in Gestalt eines Löwen, der seine Pranke auf ein Fass gelegt hielt. Daraus sprudelte zu allen Tageszeiten roter Wein. Da er vorhatte, seine Mutter in Kastell Mategriffon unterzubringen, hoffte er, dass sie ihn nicht zu Gesicht bekommen werde.

Und nun war sie da. Für das letzte Stück Weg hatte sie sich entschlossen, doch auf ihren geliebten Schimmel zu steigen, dessen Decke und Zaumzeug mit himmelblauem Stoff besetzt waren. Berenguela von Navarra, die für Richard erwählte Gemahlin, saß auf einer braunen Stute mit rotem Behang. Ihr Gesicht verriet äußerste Konzentration und auch, dass sie nicht zu den jungen Frauen gehörte, die begeistert bei den Jagden mitritten. Eleonore hatte während der Reise nicht mit Erinnerungen daran gespart, dass, als sie noch jung war, keine Hecke ihr zu hoch gewesen war und jeder Wassergraben eine Herausforderung. »Ja, Mutter«, hatte Berenguela dann gesagt.

Sie war schön, diese unbekannte Braut, wunderschön sogar. Ihr klarer Teint war hell für eine Südländerin, ihre großen, dramatischen Augen feurig, die schwarzen Brauen kühn geschwungen, die Stirn hoch, und alle Züge von klassischem, fast schmerzlich vollendetem Ebenmaß. Aber nichts davon bestand gegen Eleonore. Die Königinmutter trabte mit flatternden Schleiern einher wie ein einreitender Triumphator. Ihre Haltung war groß und gelassen zugleich, ihre Augen, denen das Alter nichts von ihrer Klarheit genommen hatte, leuchteten blau und scharf aus dem Gesicht unter der silbernen Haarkrone, das weniger schön war als von einer ungeheuren Persönlichkeit zeugte, gegen die Berenguelas vollkommenes Antlitz nicht viel mehr wirkte als langweilig. Unabhängig, entschlossen, vollkommen in sich ruhend und kein anderes Maß anerkennend bis hin zur Unduldsamkeit, das war Eleonore. Kaum hielt sie ihr Pferd an, rief sie befehlend nach ihrem Sohn. Richard beeilte sich, zur Stelle zu sein.

Sie erlaubte ihm, sie auf die Stirn zu küssen, danach wies sie mit der Reitpeitsche auf Berenguela. Richard nahm das Gesicht seiner Mutter in die Hände und küsste sie noch einmal, um seine Zufriedenheit über das, was sie ihm brachte zu bekunden. Eleonore gab ihm einen gezierten Klaps auf die Finger und schob ihn seiner künftigen Gattin zu. Die hob den Kopf und bot ihm scheu den vollen roten Mund.

»Meine Güte«, sagte Elaine zu Rose, die sich mit dem Schal wieder zu ihr durchdrängte. »Das will eine Königin sein? Sie zieht ein Gesicht, als hätte sie einen wunden Hintern vom Reiten.«

Rose vermutete, dass dem genau so war. Laut aber sagte sie: »Sie zeigt das Gesicht einer Frau, die gerade den Mann sieht, der alle Gewalt über sie hat.«

Elaine, die die Anspielung wohl begriff, zögerte dennoch nur einen Moment. »Aber Richard ist kein Bräutigam wie mein von Beverley, ich meine, schau ihn dir an, er ist weder alt noch hässlich. Und er ist ein König, oder?«

Gemeinsam beobachteten sie, wie Berenguela mit Richards Hilfe abstieg und sich umschaute, unter dem Jubel der Menge. Er hob ihre Hand in der seinen und drehte sie einmal um sich selbst, damit alle sie sähen. Berenguela von Navarra blickte starr geradeaus, auch, als sie den Anwesenden vorgestellt wurde, änderte sich ihre Miene kaum.

»Nein«, beharrte Elaine, »das ist keine Königin.« Unmittelbar darauf versank sie in einen tiefen Knicks, da Johanna mit der Hand auf sie wies.

Berenguela fixierte angelegentlich einen Punkt oberhalb ihres gesenkten Kopfes und ging dann demonstrativ weiter.

»Aber sie gibt sich alle Mühe«, meinte Rose, die ihr interessiert nachsah. »Mein Gott, sie ist ja ganz erstarrt vor Angst.«

»Angst?«, stichelte die zutiefst gekränkte Elaine, als sie ihre Sprache wiedergefunden hatte. »Eine ganz Eingebildete ist das. Sie sollte sich ein Beispiel an der Herrin nehmen. Und was für ein unmögliches Kleid! Hast du diese Tütenärmel gesehen? So was war doch vor zehn Jahren zuletzt modern.« Kopfschüttelnd schloss sie sich dem Zug hinter dem künftigen Herrscherpaar an.

»Berenguela wird bei uns wohnen«, erklärte Johanna, als sie in ihren Gemächern angekommen waren, »meine Mutter logiert in den ehemaligen Räumen Philipps.«

»Er reist ab?«, platzte Elaine heraus.

Johanna wandte sich ihr zu. »Er legt keinen Wert darauf, der Frau zu begegnen, die England vor Frankreich den Vorzug gegeben hat«, meinte sie sarkastisch. »Das ist doch wohl verständlich.« Dann wandte sie sich an die Dienerinnen. »Sie kann das Ostzimmer haben mit dem blauen Baldachin.« Rose machte sich auf, das Einrichten zu überwachen.

Da trat Berenguela durch die Tür. Sie sah blass und müde aus, aber auch auf das äußerste angespannt. Argwöhnisch verfolgte sie die Aktivitäten, die sich um ihr Gepäck entfalteten. »Ich dachte mir«, wiederholte Johanna ihre Ausführungen und führte sie herum, »Ihr könnt das blaue Zimmer nehmen. Es hat sehr schönes Frühlicht und …«

Berenguela ging mit raschem Schritt durch die Fluchten, prüfte und verglich. Dann blieb sie in Johannas Gemach stehen.

»Ich will das hier«, erklärte sie, mit einer Stimme, die einen Tick zu laut war, »es ist das Größte.«

Rose sandte Elaine einen vielsagenden Blick. Angespannt verfolgten sie, wie es weiterging.

»Groß ist es, sicher. Aber es ist an der Nordseite gelegen, mein Kind«, meinte Johanna, »und morgens stört manchmal der Lärm, den die Wachen beim Dienstwechsel erzeugen.«

Berenguela stampfte mit dem Fuß auf. »Euch hat es auch nicht gestört. Ich will dieses hier, ich habe ein Anrecht darauf. Denn ich bin die Frau eines Königs.«

»Ach«, sagte Johanna.

Elaine und Rose hielten den Atem an. Elaine neigte ihren Kopf der Gefährtin zu. »Sie hassen sich«, wisperte sie mit erregtem Entzücken.

»Ja«, erwiderte Rose, die an den Hass in den Augen einer anderen Frau dachte; und eine heftige Beklemmung überfiel sie. Was mochte nicht alles daraus entstehen.

7.

Eine Weile maßen die Kontrahentinnen einander mit Blicken. Genau genommen war Berenguela nur die Braut eines Königs, Johanna dagegen die Witwe eines solchen und dazu Richards Schwester. Was wog mehr? Wer würde sich behaupten? Undenkbar, dass eine von ihnen nachgäbe.

Aber Johanna überraschte sie alle, indem sie nach einer kurzen Pause zu lächeln begann und ausrief. »Aber natürlich. Und außerdem seid ihr das Mädchen, von dem Richard mir verriet, dass er schon jetzt ganz vernarrt ist in ihre schmalen Handgelenke.«

Erschrocken schaute Berenguela auf ihre Hände hinunter und

zog sie unwillkürlich in die weiten Ärmel ihres Gewandes zurück. Sie wollte etwas sagen, wusste aber nicht, was sie an den Worten ihrer Schwägerin hätte aussetzen sollen. Also schwieg sie mit zusammengepressten Lippen.

Johanna indes tat, als hätte sie von ihrer Beklommenheit nichts bemerkt und führte sie in das Schlafzimmer, das sie sich ausgesucht hatte. »Ich lasse Euch jetzt allein«, verkündete sie, »Ihr müsst müde sein von der Reise. Die Diener können meine Sachen nachher entfernen.«

»Was für eine Haltung«, wisperte Elaine Rose zu, »so klug und freundlich. Das ist eine wahre Königin.«

Rose schüttelte milde den Kopf und ging, um für Johanna einige Decken zu holen. Klug, oh ja, überlegte sie. Aber freundlich? Sie hatte dafür gesorgt, dass Berenguela sich mit einem Schlag nackt vorkam und es geschafft, an das Thema zu rühren, dass derzeit wohl ihre größte Sorge war. Oh ja, klug war sie wirklich.

Als sie an der geschlossenen Tür von Berenguelas frisch erobertem Domizil vorbeikam, konnte sie die künftige Königin dort drinnen schluchzen hören.

Zum Abendessen erschien Berenguela in brennendem Rot. Sie wusste, was ihr stand. Es bot einen herrlichen Kontrast zu ihren glänzenden schwarzen Haaren und den nachtdunklen Augen mit den langen Wimpern. Ihre feinen, rußschwarzen Brauen ließen ihren Teint wie Elfenbein wirken. Sie war schön wie ein Bild, und ebenso stumm. Das konnte selbst Rose bemerken, die am untersten Ende der Tafel saß, dort, wo es keine Teller für die Gäste gab, nur Holzbretter, auf die man sich dicke Brotscheiben zur Unterlage legte, damit sie die Saucen aufsaugten, die einem aufgeschöpft wurden und in dem das Fleisch in dicken, fettreichen Brocken schwamm. Eines der Stücke zu ergattern, war den meisten hier wichtiger, als die Königinnen zu betrachten. Nur Roses Aufmerksamkeit galt dem fernen Kopf der Tafel.

Eleonore überschwemmte ihre Tischnachbarn mit der Flut ihrer Konversation, die im wesentlichen aus einer Fülle entschiedener Urteile bestand, die sie über alles und jeden mit großer Bestimmtheit fällte. Sie lobte Kleider, tadelte Haltungen, alles gleichermaßen schnell und entschieden. Wer etwas gefragt wurde, hatte kaum die Zeit, eine Antwort zu geben, ehe die Replik ihn zu erneutem Schweigen verdammte. Nur Richard, der gelassen dahockte, die Ellenbogen auf dem Tisch und einen Schlegel in den Händen, von dem er genussvoll das Fleisch zog, ragte aus dem Windschatten ihrer Präsenz.

Berenguela von Navarra aß schweigend und sehr korrekt, wobei sie Johanna die Haltung abschaute, mit der sie von Zeit zu Zeit das Serviettentuch in Gebrauch nahm. Wenn Eleonores Bericht von ihrer gemeinsamen Reise wieder einmal einen Seitenhieb auf ihre mangelnden Reitkünste, ihre schwache Konstitution oder einen anderen Makel enthielt, zuckte sie kaum merklich zusammen, hob den Kopf aber nicht vom Teller.

Elaine folgte allem mit funkelnden Augen, bis Eleonores Blick auf sie fiel und sie einen knappen Kommentar zu hören bekam über ihre Flucht. »Höchst töricht. Ich sollte Euch mit mir nehmen und diesem armen Beverley, vor dem ihr floh, zu seiner Genugtuung überreichen.«

Elaine erschrak und schaute zu Johanna hinüber, die kaum merklich den Kopf schüttelte und unter der Serviette, die sie zur Tarnung ans Gesicht hob, den Finger auf den Mund legte. Also senkte Elaine den Kopf und verkniff sich die naheliegende Replik, dass Eleonore selbst ihrem Mann sogar nach der Hochzeit noch davongelaufen war.

Berenguela, die diese Zeichen von stillem Einverständnis zwischen den anderen Frauen nervös verfolgt hatte, löffelte beleidigt ihre Suppe und sagte: »Eure Mutter ist eine Frau von unbestechlichem Urteil.«

Johanna schaute sie mitleidig an. »Meine Mutter ist ein ausgesuchtes Biest«, sagte sie gelassen. »Sie wird Euch in den letzten

Wochen ausgiebig gequält haben. Merkt Euch, es bringt nichts, sich über andere etwas vorzumachen.«

Berenguelas Wangen flammten beinahe so rot wie ihr Schleier.

»Wie schön, dass Ihr bei uns seid, Mutter«, bemerkte Richard gerade. »Ich habe eine Jagd angesetzt für den April, und bald soll es einen Tanz geben. Auch Schauspieler sind eingeladen und …«

»Papperlapapp«, verkündete seine Mutter und tätschelte ihm die Wange. »Ich bin morgen wieder weg. Es gibt viel zu tun. Und auch du solltest dich langsam aufmachen nach Palästina. Vergiss nicht, mein Junge, du bist auf einer Mission. Kampf und Ruhm warten dort unten auf dich. Du willst doch nicht alles dem Franzosen überlassen.«

Mit leuchtenden Augen sah Richard sie an, ehe sie seine Hand küsste. »Du hast Recht, wie immer«, sagte er und hob seinen Pokal. »Auf Jerusalem«, rief er und nahm einen tiefen Schluck, während die Gäste und die vier Frauen den Toast aufnahmen. »Auf Jerusalem«, erklang es in vielerlei Tonlagen. Und jeder hing dabei seinen Gedanken nach. Vier Wochen später gingen sie an Bord.

8.

Rose erwachte davon, dass irgendetwas anders war als sonst. Noch halb vom Schlaf umspült, spürte sie es, ohne es benennen zu können. War es das ewige Schaukeln des Schiffes, das Ächzen des Holzes, wenn der Rumpf sich mühsam auf den Wellen hin- und herwarf? Wie eine alte, ewig mäkelnde Dienerin kam ihr dieser schwere hölzerne Rumpf manchmal vor, aber sie hatte sich an ihr Stöhnen und die bockige Trägheit ihrer Bewegungen gewöhnt.

War das Berenguela, die nach ihr rief? Richards Braut hatte es sich angewöhnt, von allen Mägden ausgerechnet sie zu erwählen, um ihre Dienste in Anspruch zu nehmen, und das Tag und Nacht. Die ersten Wochen hatte Berenguela nur in ihrer Kabine gelegen und über die Übelkeit geklagt. Fast jede Stunde hatte Rose eine Tonschüssel mit Auswurf auf Deck getragen und dabei den gutmütigen Spott der Matrosen über sich ergehen lassen. Sie hatte die junge Frau gewaschen und mit warmen Tüchern abgerieben wie ein krankes Kind. Nichts war von ihrem Hochmut übrig geblieben. Sie hatte sich nur wimmernd zusammengerollt und Roses Hand umklammert gehalten, damit sie ihr die Stirn kühlte.

Rose hatte monoton auf sie eingeredet, wie sie es mit Kranken gewohnt war: Ist ja gut, es wird ja alles wieder gut.

Aber Berenguela war schwer zu beruhigen gewesen. »Wenn wir nur da wären«, hatte sie immer wieder gemurmelt, um irgendwann die Augen aufzureißen: »Aber wenn wir dann da sind …«

Rose erinnerte sich noch gut an die Szene. Sie hatte ihr die verschwitzten Strähnen von den Schläfen gestreift. »Was soll dann schon sein?«, fragte sie. Und als Berenguela schwieg, fuhr sie unbeholfen fort. »Ihr werdet eine Königin sein und Hof halten in einer berühmten Stadt, wo sich Menschen vieler Nationen vor Euch verneigen. Und die Sonne wird scheinen,« setzte sie unbeholfen hinzu. Jedenfalls hoffte sie das, denn der Wind auf See ließ sie frösteln, wann immer sie sich an Deck wagte, um der Krankenstubenluft unten zu entgehen.

Berenguela schaute sie an, ihre schwarzen Pupillen waren groß und glänzten. »Es tut weh, ein Kind zu bekommen, nicht wahr?«, fragte sie unvermittelt und hielt Roses Hand fester.

Die wandte sich betroffen ab. So hatte der Klatsch also die Runde gemacht und die Vergangenheit ruhte nicht, dachte sie. Aber mit welcher Absicht sprach die Herrin sie darauf an? Rose begriff nicht, wo dieses Gespräch hinführen sollte. Verstohlen betrachtete sie Berenguelas Gesicht, das bleich aufleuchtete, wann immer die an einer Kette aufgehängte Laterne darüber hin schwang, die die Schatten von einer Ecke in die andere jagte, immer hin und her. Sie wollte sich erheben, um frisches Wasser zu holen und der Peinlichkeit der Situation zu entgehen. Aber Berenguela ließ ihre Finger nicht los. Sie biss sich auf die Lippen, sichtlich quälte sie etwas. Endlich brachte sie, leise, die Worte heraus. »Tut es auch weh, welche zu empfangen?«, fragte sie.

Wie vor den Kopf geschlagen hatte Rose dagesessen, unfähig zu antworten. »Ich weiß nicht«, stieß sie schließlich nach einer Weile hervor. »Ich, ich bin vielleicht nicht die Richtige, das zu erklären, ich …« Sie hatte kein weiteres Wort herausgebracht.

Da war von der Tür her eine trockene Stimme erklungen. »Die Männer nehmen wenig Rücksicht.« Johanna war hereingetreten, um die beiden auf dem Bett zu betrachten. Rose war erleichtert aufgestanden und zur Seite getreten. Aber Johanna hatte sie nicht beachtet, sich einen Stuhl herangezogen und Platz genommen. »Deshalb solltest du einige wichtige Grundregeln beachten«, hatte sie gewichtig erklärt. »Die erste und fundamentale lautet: Geh ihnen aus dem Weg, wenn sie betrunken sind. Erlaube es deinem Mann niemals, deine Gemächer zu betreten, wenn er nicht nüchtern ist« – sie hob für jeden Punkt ihrer Aufzählung einen Finger – »nicht sauber gewaschen oder angemessen gekleidet. Wenn er nicht beherrscht und ehrerbietig vor der Tür steht. Wenn ein Feier- oder Fasttag ist.« Mit schräg geneigtem Kopf hatte sie Berenguela ohne jedes Mitleid betrachtet. »Suche alleine zu bleiben nach den großen Banketten, den Festen und nach den Siegen, nicht zu vergessen.«

Berenguela hatte ein derart ängstliches Gesicht gezogen, dass Rose nicht umhin konnte, sich vorwurfsvoll zu räuspern.

»Aber, Mylady, Euer Bruder«, hatte die Navarresin mit Mühe hervorstoßen können.

Johannas Lachen war bitter gewesen. »Mein Bruder ist kein Muster an Feingefühl.« In ruhigerem Ton hatte sie dann hinzugefügt: »Aber er ist auch nicht bösartig von Natur, nein, das nicht. Er braucht eine starke Hand, so wie unsere Mutter sie besaß, dann bin ich sicher, kann er zu einem passablen Ehemann erzogen werden.«

Berenguela hatte recht zweifelnd geseufzt, als sie es hörte. Sich mit Eleonore zu messen, daran durfte sie wohl nicht einmal im Traum denken.

Johanna hatte weiterhin versöhnlich geklungen. »Mein Bruder hat gewiss eine sinnliche Natur, der du dich nicht völlig verweigern darfst, wenn du irgendeinen Einfluss auf ihn ausüben willst. Also lächle und sei schön, mein Kind, aber lass dich nie überwältigen.« Sie schickte sich zum Gehen an.

Berenguela hatte sich auf den Ellenbogen aufgerichtet, um ihr nachzurufen: »Wie kann man Dinge von einem Mann einfordern?«

Johannas Lachen erklang von draußen. »Am besten hinter einer gut verschlossenen Eichentür.«

Fassungslos hatte Berenguela ihr nachgestarrt und sich nach einer Weile wieder in die Kissen sinken lassen. »Es klang so anders in den Liedern.« Sie hatte ausgesehen, als erwartete sie irgendeine Hilfe von Rose.

Die aber hatte nur den Kopf geschüttelt und »Ich kenne die Lieder nicht« geantwortet und ihrerseits Miene gemacht zu gehen.

»Elaine«, hatte Berenguela da gerufen wie eine Schiffbrüchige, die Land erblickt, als das Fräulein an der offenen Tür vorbeiging.

»Mylady.« Elaine hatte reserviert mit einem Knicks gegrüßt und war im Raum stehengebliebe, bis Berenguela sie auf den Sessel nötigte, den Johanna eben verlassen hatte.

»Elaine, glaubt auch Ihr, dass die Männer alle wilde Tiere sind?«

»Wieso?«, hatte Elaine gefragt und Rose einen erstaunten Blick zugeworfen. »Hat sie Euch etwa erzählt, wie ...« Ihre Worte gingen in dem Scheppern unter, mit dem der Krug aus Roses Händen zu Boden fiel.

»Es tut mir Leid.« Rose hatte die Scherben hochgehalten. »Ich werde ...« Ohne ihren Satz zu vollenden, lief sie hinaus.

Berenguela, ohne Roses Abgang zu bemerken, hatte sich vertraulich vorgeneigt. »Die Königin war so freundlich, mir einige

Lehren für die Ehe zu geben. Sie waren gewiss sehr klug. Aber ich weiß nicht …« Begierig hatte sie Elaine angesehen. »Seid Ihr schon einmal einem Mann – begegnet?«

Über Elaines Gesicht war ein verschämtes Lächeln gezogen, das bald in ein erwartungsvolles Strahlen überging. Sie hatte die Hand vor den Mund gehoben, um ihr Lächeln zu verbergen, aber ihre leuchtenden Augen verrieten sie. Hoffnungsvoll hatte Berenguela all dies in sich aufgenommen. »Nicht wahr?«, hatte sie geflüstert, »man muss sich nicht fürchten?«

Elaine hatte sich vorgeneigt. »Ihr dürft es keinem verraten.« Ihr Tuscheln war mädchenhaft. »Aber einmal, da habe ich ihn richtig geküsst.«

Bei Roses Rückkehr war Geplauder und Lachen aus der Kabine gedrungen, da war sie einen Moment vor der Tür stehengeblieben, den frischen Krug in der Hand, bis sie zu dem Schluss kam, dass weder er noch sie hier mehr gebraucht würden.

An Deck hatte sie Johanna getroffen, die an der Reling stand und die anderen Schiffe der Flotte betrachtete, wie sie mit geblähten Segeln an ihrer Seite fuhren. So weit das Auge reichte, schien das Meer mit Kielen bedeckt zu sein. Es war ein imposanter Anblick gewesen. Doch die Königin schien er nicht froh zu machen. Sie stand oft so, und ihr Blick schien viel mehr von der dunklen Tiefe unter ihr angezogen zu werden, als von der duftigen blauen Ferne mit den bunten Flaggen. Rose hatte lange gezögert, ehe sie sich der stummen Gestalt zu nähern wagte, deren Schleier flatterte wie eine Fahne.

»Ist es nicht seltsam«, hatte Johanna unvermittelt das Gespräch begonnen, nachdem sie Roses Gegenwart zur Kenntnis genommen hatte, »da hat man vor sich die ganze, unendliche Weite des Horizontes, und doch ist man auf den wenigen Quadratmetern einer Holzschale gefangen.« Ihre Finger auf der Reling verkrampften sich. »Immer, immerzu ist man eine Gefangene.«

Rose hatte nichts dazu gesagt, sie wusste, dieses Bekenntnis galt nicht ihr; Johanna sprach über das, was ihre Seele empfand mit demselben Mangel an Scheu, mit der sie ihren Körper vor den Mägden entblößte, die ihn waschen und kleiden sollten. So als wäre sie tatsächlich allein, weil niemand da war, vor dem man sich zu schämen brauchte. Niemand, der zählte. Sie hatte abgewartet, ob die Königin noch etwas zu sagen wünschte, und sich dann geräuspert.

»Herrin.« Schüchtern hatte sie ihr ein Stück Pergament gereicht, das sie aus ihrer Börse gezogen hatte und nun umständlich im Wind entfaltete. »Herrin, ich kann nicht lesen. Und ich wollte es keinem zeigen, der nicht dabei war, damit … . Darum wage ich es, ich dachte …«

»Mägde sollen nicht denken«, war Johanna ihr über den Mund gefahren. »Gib her.« Sie hatte das Siegel Frankreichs auf dem Papier sofort erkannt. »Wie kommst du dazu?« Noch während sie so barsch fragte, waren ihre Augen gierig über die Zeilen geflogen.

»Er hat es mir geschickt«, hatte Rose geantwortet. Sie beide hatten gewusst, wer ›er‹ war. »Wenige Tage später, zusammen mit einigen Goldmünzen, die ich in meine Kleider eingenäht habe. Er hat sicher nicht bedacht, dass ich es nicht würde …«

»Hier steht«, hatte Johanna sie unterbrochen und das Blatt ungeduldig hochgehalten: »›Es gibt einen guten Grund, für jedermann. Vergebt mir.‹ Was soll das heißen?«

Rose hatte mit gesenktem Kopf geknickst. »Er meint: Gründe, um weiterzuleben. Es ist, weil ich seinerzeit …, als er mir …« Unwillkürlich war ihre Hand an die Stelle gefahren, wo Philipps Klinge ihren Hals bedroht hatte.

Johanna hatte das Gesicht verzogen und abgewunken. »Weiter!«

Rose hatte tief Luft geholt. »Ich sagte danach, sicher gäbe es dazu keinen besonderen Grund, für jemandem wie mich, am Leben zu hängen.«

Nun war es an Johanna gewesen, Atem zu holen. «Und er geruhte, es anders zu sehen. Ich verstehe«, hatte sie gemurmelt und noch einmal die wenigen Worte überflogen.

»Ich denke ...«

»Ich sagte doch, du sollst nicht denken.«

»Verzeiht, Herrin«, Roses Knicks war hastig erfolgt. »Ich habe erst vor kurzem damit begonnen.«

Zum ersten Mal hatte Johanna ihr da ins Gesicht gesehen. Es war, als suchte sie etwas, um dann, mit einem Mal laut herauszulachen. »Sie hat erst vor kurzem damit begonnen. Ha, eine verstörende Erfahrung, nicht wahr, mein Kind?«

Die Königin hatte bitter geklungen, wie oft, und in ihrer Stimme beißend ironisch.

Aber Rose hatte instinktiv gepürt, dass beides nicht ihr galt. »Es ist so seltsam«, hatte sie begonnen, von Johannas Reaktion ermutigt, »aber es ist so: Gerade als ich alles verloren hatte, meine Heimat, meine Familie, mein Kind und«, sie hatte Mühe, es über die Lippen zu bringen, »meine Ehre«, hatte sie schließlich geflüstert und dabei angekämpft gegen den überwältigenden Eindruck, die frische Brise brächte den Geruch von Hundekot mit sich.

»Als ich also gerade keinen Grund mehr hätte haben sollen, und ich habe den Herren beinahe verstanden, damals. Lange habe ich selbst nicht gewusst ...«

Johanna hatte eine Geste, die ›weiter‹ hieß.

Rose hatte sich ein wenig aufgerichtet. »Da wurde mir klar, dass ich tatsächlich weiterleben wollte.« Sie verschwieg, dass es am Grab ihres Kindes war, da ihr dies zustieß. »Dass ich etwas vom Leben wollte.«

Johannas Lächeln hatte ein wenig spöttisch ihre Frage begleitet: »Und was sollte das sein?«

»Einen Ort« war Rose herausgeplatzt ohne zu überlegen, sogleich innerlich fluchend, dass sie nicht so geschickt mit den Worten war wie Elaine. Wie sollte sie sich einer Königin verständlich machen? »Einen Platz auf der Welt, wo ich hingehöre. Wo ich mit offenen Armen und Wärme aufgenommen werde. Wo ich respektiert werde.«

»Ha!« Johanna hatte mit der flachen Hand auf die Reling geschlagen. »Die Dienstmagd wünscht sich Respekt!« Aber sie hatte ausgesehen, als dächte sie darüber nach und nach einer Pause leise hinzugefügt. »Einen guten Grund zum Leben für jedermann.«

»Ich denke …«

»Du sollst doch nicht denken.« Beinahe zärtlich hatte der erneute Tadel geklungen. Aber das Lächeln auf Königin Johannas Gesicht war Rose traurig vorgekommen. »Was sollten denn all die Könige tun, wenn sie befürchten müssten, ihre Untertanen machen sich Gedanken über sie?«

»Ich würde mich nie erdreisten«, hatte Rose erschrocken gemurmelt und sich bekreuzigt.

Johanna hatte sie lange gemustert. »Du hast mir das also nicht etwa gezeigt, um mir durch die Blume zu verstehen zu geben, dass Philipp doch kein so schlechter Mensch ist?«

Rose war so über und über rot geworden wie die Blume, nach der sie benannt war. »Ich wusste doch nicht, was dort stand. Ich hoffte nur, ich dachte …«

Johanna hatte den Kopf geschüttelt und den Finger an die Lippen gelegt. Für ein paar Augenblicke waren sie so nebeneinander gestanden, den Blick auf den Horizont gerichtet, der sie darüber hinwegtäuschte, dass sie Gefangene waren.

Dann hatte Johanna sich geräuspert. »Vermutlich gab es keinen Grund, das arme Ding dort unten mit meinen pessimistischen Ansichten zu verschrecken.« Tief durchatmend hatte sie sich von der Reling gelöst. »Ich werde gehen, und sie ein wenig aufheitern.« Als sie vorbeiging, hatte ihre Hand kurz auf Roses Schulter verharrt, so flüchtig, dass es kaum zu spüren gewesen war. Und doch war dem Mädchen, als fühlte es die zarte Berührung noch jetzt, das es zwischen Schlaf und Wachen schwebte.

»Herrin?«, murmelte sie, während sie die Augen aufschlug und ins Dunkel des Schiffsbauches starrte.

»Rose!« Es war tatsächlich Johannas Stimme. Und die Furcht, die darin mitschwamm, bestätigte Rose in ihrer Ahnung, dass in der Tat nichts war, wie es sein sollte.

9.

Es war finster in der kleinen Kammer, die sie im Bauch des Schiffes bewohnte. Die erloschene Laterne schwang im Dunkeln über ihrem Kopf hin und her und quietschte gequält an ihrer Eisenkette. War es das, was Rose geweckt hatte? Stammte von daher das Gefühl für eine lauernde Gefahr?

Rose schwang die Füße aus der Hängematte, in der sie geruht hatte, und fand keinen Boden. Nur abschüssige Planken ertastete sie, auf denen sie ausrutschte und quer durch das Zimmerchen schlidderte, um schmerzhaft gegen die Wand zu knallen, wie man zu Boden stürzt. Erschreckt tastete Rose umher. Schemel, Geschirr, Tisch, alles lag übereinander getürmt in diesem Winkel beisammen. Ein neuer Ruck – die Laterne über ihr schlug gegen die Wand; im Finsteren regnete es Scherben. Rose rutschte gegen den Möbelberg, verlor die Orientierung, sie wusste kaum noch, wo oben war und wo unten. Stand sie überhaupt aufrecht? Umhertastend schnitt sie sich und steckte den blutenden Finger in den Mund. Metall und Salz mischten sich auf ihrer Zunge. Doch es half nichts, wollte sie im Finsteren vorwärtskommen, musste sie die Hände vor sich strecken. Ein neuer Stoß holte sie von den Beinen.

Auf allen Vieren kroch sie schließlich aufwärts, dabei stets mit den Armen um sich tastend, bis sie den Ausgang fand. »Guter Gott, steh uns bei«, murmelte sie, als sie sich an der Türfassung hochzog und begriff: Das Schiff lag schwer auf der Seite. Der vertraute Grund unter ihren Füßen war geneigt wie ein steiler Hang, die Wand lud ein, sich gegen sie zu lehnen, fast, dass man darauf liegen konnte. Und dahinter, wurde ihr klar, warteten die Wassermassen darauf, sie ganz und gar zu umschließen.

»Rose!« Da war erneut Johannas Stimme, diesmal nicht aus ihren Träumen. Nun konnnte Rose sie auch erkennen. Die Königin stand, eine schwach glimmende Lampe erhoben, am Fuße der

Stiege, die auf das Deck hinauf führte. Berenguela und Elaine, in Decken und Bettzeug gewickelt, drängten sich hinter ihr. Johanna hob das Licht höher. Seine unruhige Flamme spiegelte sich zu ihrer aller Entsetzen in dem dunklen Wasser, das von allen Seiten zusammenlief und um ihre Füße zu schwappen begann.

»Jemand muss nachsehen, was dort oben los ist«, verlangte die Königin.

Rose nickte. »Ich werde gehen.«

Kaum dass sie es schaffte, die Treppen hinaufzukommen, mal warf das Schwanken des Schiffs sie wie mit wütender Faust, drei, vier, fünf Stufen auf einmal nach oben, dann drückte mit der Gegenbewegung eine schier unüberwindliche Kraft sie gegen den Boden, so dass sie keinen Fuß vor den anderen bekam und sich mit der ganzen Kraft ihrer Arme nicht eine Stufe hätte hinaufziehen können. Eine plötzliche Bewegung des Rumpfes kam ihr schließlich zu Hilfe. Ein kurzes Nachlassen des Sturmes, ein Aufrichten des Schiffes, und Rose wurde wie von einem Katapult nach vorne geschleudert, brach durch die Tür und landete, ehe sie sich versah, an Deck, wo sie gegen einen Matrosen fiel, der sie auffing und kurz erstaunt ansah.

Wasser troff aus seinen Haaren und Kleidern. Er machte sich kaum die Mühe, sie wieder auf die Beine zu stellen, hastete nur weiter. Schon neigte das Deck sich erneut und Rose, die ihre Füße abgleiten spürte, sah sich verzweifelt nach einem Halt um. Eine Welle spülte herüber und riss sie von den Füßen. Rose zappelte und griff schließlich in ein hölzernes Gitter. Dort drunten, erkannte sie, als das Wasser sich zurückzog, waren ebenfalls Menschen. Gelegentliche Blitze erhellten ihre Gesichter, nass von Salzwasser und bleich vor Angst, blickten sie herauf. Das mussten die Wäscherinnen und Mägde sein, die beim Heerestross dienten. Sie waren zahlreich, einfache Weiber, die den Soldaten oft auch noch auf andere Weise zu diensten waren. Zusammengepfercht hausten sie auf einem der untersten Decks, eingepfercht zwischen den Vorräten. Schreie stiegen herauf. »Lasst uns raus.«

Oh Gott, dachte Rose. Man hatte sie eingesperrt, damit sie in ihrer Panik nicht das Deck stürmten. Und für einen Moment schienen ihr der Sturm und die Gischt hier oben weniger furchtbar zu sein als diese Gefangenschaft. Alles, nur nicht drunten krepieren. Wie Katzen, die man in einem Sack ertränkte.

Sie duckte den Kopf unter der nächsten Woge, die sie überspülte und schwer an ihren Kleidern sog. Der Kapitän über ihr brüllte Befehle. Rose, mit beiden Händen festgeklammert, drehte sich so, dass sie die Brücke im Blick hatte und verfolgen konnte, was dort geschah. Augenscheinlich hatte der Kapitän befohlen, die Segel zu reffen, ehe der Sturm das ohnehin schon schwer geneigte Schiff vollends zur Seite drückte und es kenterte. Mit zusammengekniffenen Augen, in denen das Salzwasser brannte, verfolgte sie die hinter den Regenschleiern nur schemenhaft auszumachenden Gestalten der Matrosen, die sich auf seinen Befehl hin in die Wanten wagten. Rose sah, wie der Wind ihre Kleider flattern ließ und die Böen von Wasser, die auf sie niederprasselten, wann immer ein neuer Blitz sie grell beleuchtete. Sie bemerkte auch, wie sie sich an die Masten klammerten und vergebens an dem nassen Tuch zerrten, sah, wie einer die Arme nach beiden Seiten streckte, als wollte er in die Luft greifen, und wie er quer durch den Himmel trudelte, jeder Schwerkraft spottend, von einem Windstoß beiseite gefegt, angesaugt von der schwarzen Nacht, die sich mit den Wogen vereinte. Eben war er noch da, dann nicht mehr zu sehen, vom tobenden Nichts verschluckt, das mit seinem Tosen auch seinen Schrei übertönte.

Rose blinzelte, Wasser lief ihr in die Augen; ihr war, als sei das Alles nicht wirklich geschehen. Die anderen kletterten unverrichteter Dinge zurück. Der Kapitän brüllte einen neuen Befehl, Männer mit Äxten rannten zum Mast. Den Klang ihrer Schläge schluckte das Brüllen des Sturms. Ein Tau kam schwer herunter und schlug neben Rose auf; sie rollte herum, Holz krachte herab; etwas pfiff scharf über ihren Kopf hinweg.

Jemand packte sie an der Schulter und riss sie hoch.

»Weg da«, brüllte der Mann. Rose sah die Zähne in seinem aufgerissenen Mund.

Sie schüttelte den Kopf, dass die klatschnassen Strähnen flogen. »Ich will nicht dort unten sterben«, schrie sie mit aller Kraft. Doch er hatte sie schon weitergeschoben, auf den Abgang unter der Brücke zu. Als Takelage vor ihre Füße krachte, rettete sie sich in den Gang und stürzte drinnen Stufe für Stufe hinunter.

Eine Tür wurde aufgerissen, kurz flackerte der Lichtschein auf, ehe eine Woge hinter Rose herstürzte, den Abgang überschwemmte und die helle Flamme löschte. Nur für einen Moment hatte Rose Johanna erkannt, die weichen Haare zu einem Zopf geflochten, der im Lampenschein glänzte. Und wieder war alles schwarz und nass. Dann gab es einen fürchterlichen Laut, ein Krachen und Knallen, als berste das Schiff auseinander, danach ein Schrei wie von einem sterbenden Riesen. Es war das Holz des Schiffes, das gequält aufkreischte.

Rose wurde gegen Johanna geworfen, gemeinsam kugelten sie gegen die Wand wie Kegel, verloren jede Orientierung und blieben einen Moment wie betäubt liegen. Rose war die erste, die wieder zu sich kam. Sie spürte festen Boden unter ihren Füßen. Da war das Geländer, nicht mehr zur Seite geneigt, dort die Stufen, wieder begehbar, hier die Wand und über ihr ein Stück Himmel, in dem die Wolken aufrissen, um einen wilden Mond zu zeigen, der auf ein Deck voller Verwüstungen schien. Das Schiff hatte sich wieder aufgerichtet.

»Was ist geschehen?«, fragte Johanna, noch immer atemlos.

Rose streckte im Dunkeln die Hand nach ihr aus. »Der Mast ist gebrochen«, flüsterte sie.

»Oh mein Gott!« Es war Elaine, die da schrie. »Ich will nicht sterben, ich will nicht sterben.« Ihr Schreien ging in ein Wimmern über. Noch einmal bäumte sie sich auf. »Ich will doch weiterleben. Ich will!«

Rose nahm sie in den Arm. Ihr Blick fand den Johannas. Beide wussten sie in diesem Moment, was die andere dachte.

»Mein Herrgott und Gebieter«, flüsterte Berenguela. Ihre Stimme mit dem südlichen Akzent war unverkennbar. »Darf das denn sein?« Sie klang wie ein kleines Kind. »Ein solcher Tod für eine Königin?«

»Nun, noch sind wir nicht gestorben.« Johanna bemühte sich, die Panik aus ihrer Stimme zu verbannen. Laut und sicher gab sie ihre Befehle, verlangte, dass zunächst Licht gemacht würde. Noch ehe sie zu Ende gesprochen hatte, hatte Rose, die bereits auf der Suche nach einer Öllampe und einem Anzünder gewesen war, es geschafft, einen trockenen Docht zu finden und ein kleines Licht erzeugt. Johanna erklärte den bleichen Leidensgefährtinnen, dass dies nicht ihr erster Schiffbruch war, und dass sie bereits einen überlebt hätte; es gab also keinen Grund zur Verzweiflung. Sie wies alle an, so viel wie möglich von ihren Kleidern auszuziehen, da sie vielleicht ins Wasser gehen müssten. Vor allem die Wollstoffe saugten sich voll und würden schwer. Eine Weile herrschte Schweigen, während alle sich aus ihren Gewändern schälten. Rose half den anderen und hatte dann ihre liebe Mühe, selber aus den nassen Schichten zu kommen, die ihren Körper eisig umschlossen.

»Und jetzt, wickelt euch in Decken«, kommandierte Johanna, die darauf bestand, dass sie sich so warm wie möglich hielten, bis es soweit wäre. Nur Rose wurde ausgeschickt, nach Gegenständen Ausschau zu halten, an denen man sich festhalten könnte, um besser zu schwimmen. Sie brachte Bretter, ein kleines leeres Fass und einige Meter Seil bei, ehe sie sich zu den anderen unter den Deckenberg kuschelte. Wie sie da so hockten, unterschieden sie sich in nichts mehr voneinander, vier verängstigte junge Frauen mit wirren Haaren, angstvoll auf jedes Geräusch lauschten, das zu ihnen drang.

»Was nun?«, fragte Rose flüsternd in Johannas Richtung.

»Nun beten wir«, verkündete die Königin. »Und dann, wenn es nötig ist«, sie nickte ihren Leidensgenossinnen entschlossen zu, »werden wir schwimmen.«

Wenig später drang aus dem Aufgang der schwache Klang eines Kirchenliedes herauf, getragen von vier hohen, schwebenden Stimmen. Und auch wenn der Atem des Sturms es mit einem Fauchen hinwegriss und verschluckte, verstummte es doch nie ganz.

10.

Der nächste Morgen blickte von einem wolkenlosen Himmel herab auf die stille See, deren Oberfläche so glatt wie Seide war. Das Schiff, das darin trieb, sah arg mitgenommen aus, der Mast wenige Meter über dem Deck gesplittert, die Takelage, soweit nicht einfach über Bord gegangen und verschwunden, bildete ein Trümmerfeld, in dem blinzelnde Menschen standen.

Der Kapitän, um die übernächtigte, verfrorene Mannschaft aufzumuntern und zum Arbeiten zu bringen, ließ einen Sackpfeifer spielen, bei dessen Melodien die Lebensgeister langsam erwachten und die Aufräumarbeiten in Fahrt kamen.

Er selbst beobachtete mit zusammengekniffenen Augen die Küstenlinie, die ihnen im Norden entgegenwuchs. Manövrierunfähig, Wind und Strömung ausgeliefert, trieben sie auf das graugrüne Band zu. »Zypern, möchte ich wetten«, brummte er, um sich gleich darauf zu räuspern und Johanna, die neben ihm stand, ordentlich Auskunft zu geben.

»Zypern mit großer Wahrscheinlichkeit. Wir sind ein gutes Stück abgetrieben worden.«

»Wie viele Schiffe waren bei uns?«, erkundigte Johanna sich.

»Drei«, sagte der Kapitän. »Aber …« Er brauchte nicht weiterzusprechen. Es war allzu offensichtlich, dass sie sich allein in weitem Umkreis befanden. Ihre Begleiter mussten gescheitert sein.

»Meines Bruders Schiff«, begann Johanna beherrscht, wurde aber sofort versichert, dass das Flaggschiff des Königs nicht unter den abgetriebenen gewesen war.

»Aber er wird doch kommen, um uns zu holen?«, erkundigte Berenguela sich angstvoll.

»Dazu muss er uns erst einmal finden«, gab Johanna knapp zurück, ehe der Kapitän sich beeilte zu versichern, dass dem ganz gewiss so sein würde.

In diesem Moment meldete der provisorische Ausguck Schiffe. Im Gefolge des Kapitäns eilten sie alle zum Bug, um sich davon zu überzeugen, dass der Matrose keiner Täuschung erlegen war. Doch er hatte sich nicht geirrt, hinter einer Landzunge hervor kamen drei Schiffe zum Vorschein.

»Sind es die Vermissten?«, fragte Johanna mit klopfendem Herzen.

»Aber es sind doch drei«, konnte Rose sich nicht verkneifen zu bemerken. Elaine fasste ihre Hand und drückte sie. »Es ist der König, bestimmt«, flüsterte sie.

Lange standen alle beieinander und starrten auf die kleinen Umrisse, die so quälend langsam nur deutlich werden wollten. Unendlich lange, bis die Banner der Neuankömmlinge erkennbar waren.

»Zyprioten«, entfuhr es dem Kapitän. »Und wir können nicht einmal manövrieren.

Johanna und Berenguela waren bereits wieder auf dem Weg unter Deck.

»Was tun sie da?«, fragte Rose, die die Augen nicht von den Schiffen wenden konnte, so groß und schwer zu begreifen war der Unterschied zwischen dem friedlichen, ja schönen Anblick der geblähten Segel unter dem frisch gewaschenen Himmel und dem, was sie für sie alle an Bord hier bedeuteten: den Tod. »Es hat doch keinen Zweck, sich zu verstecken.«

»Sie verstecken sich nicht«, gab Elaine zurück. »Sie tun, was ich damals in den Herbergen getan habe, sie legen ihre Brokatärmel an.«

In der Kabine entwickelte sich bald darauf hektische Aktivität. Es galt, in repräsentative Gewänder zu schlüpfen, deren Aussehen, Qualität und Wert nicht am Stand der Trägerinnen zweifeln ließen. Rose und Johanna hatten alle Hände voll zu tun. Truhen wurden geöffnet, Untergewänder hervorgezerrt, Hauben, Schmuck und Schleier in der kargen Umgebung verteilt. Der Stoff der Cotten war feucht nach dem Unwetter und widerstrebte ihren Bemühungen, ihn überzuziehen.

»Schnell, schnell, schnell«, ermahnte Johanna Rose, die mit zitternden Fingern versuchte, die Schließe einer Kette zuzubekommen, die das Wappen ihrer Familie in Gold auf ihrem Dekolleté prangen ließ. Elaine half Berenguela mit einer widerspenstigen Haube, von der sich die Perlenumwicklung zu lösen drohte. Hastig wurden die Schnürungen an den Surcots geschlossen, Gewandnadeln befestigt, Ärmel angesteckt. Alle vier gerieten darüber in Schweiß. Als sie das Knirschen von Holz auf Holz hörten und der Stoß gegen die Schiffswand sie beinahe von den Füßen riss, hoben sie die Köpfe.

»Hinauf, schnell«, kommandierte Johanna und raffte die weiten Falten ihres Kleides. Berenguela drängte sich dicht hinter sie. Elaine und Rose blieb nur noch übrig, sich einen Mantel zu greifen und ihren Herrinnen zu folgen. Für die eigene Toilette hatten sie keine Zeit gehabt. Rose war so beschäftigt, ihr widerspenstiges, vom Schweiß gekräuseltes Haar unter die Haube zu stopfen, dass sie den Kopf erst hob, als sie die Treppe passiert hatten und auf Deck kamen.

Die Zyprioten waren an Bord und das Handgemenge befand sich in vollem Gange. Zahlreich wie die Ameisen schienen sie über die englischen Mannschaften hergefallen zu sein, die sich verteidigten, so gut sie es vermochten. Aber ihre Gegner waren in der Überzahl und zudem gut ausgerüstete Soldaten. Ihre Uniformen leuchteten in der Sonne, und ihre Klingen klirrten. Ein Pfeil schlug neben ihnen ein und nagelte einen Zipfel von Berenguelas Schleier gegen das Holz.

Die kreischte auf. Elaine trat dicht an sie heran, um sie zu beruhigen und ihr zu helfen, den Stoff freizubekommen. »Rose«, rief sie ihre Dienerin zu Hilfe, als es nicht gelingen wollte. Die ließ die Hände von der eigenen Haube und trat vor. Im selben Moment fiel der Leib eines Matrosen schwer vor ihre Füße. Er wand sich zuckend, mit gebleckten Zähnen, die Hände um eine abgebrochene Schwertklinge gekrampft, die in seinem Bauch steckte. Mit einem neuen Schrei riss Berenguela sich los; Roses Hilfe war nicht mehr erforderlich.

»Schnell«, kommandierte Johanna und stieg als erste die Stufen zur Brücke hinauf, wo der Kapitän und einige Wachen ihr bereits die Hände entgegen reckten. Die Sonne fiel nun voll auf ihr Gewand und ließ die Goldfäden darin aufschimmern, so dass ihre ganze Gestalt ein Strahlen umgab wie das Bild einer Heiligen. Berenguelas brandrote Schleier gleich dahinter entfalteten sich im Wind wie die Segel eines Schiffes und boten einen flammend bewegten Hintergrund für die Pracht ihrer Erscheinung. Gold, Perlen und Edelsteine schmückten die beiden wie Bilder, die in einer Prozession mitgeführt wurden und signalisierten jedem im weiten Umkreis ihren Rang.

So rasch sie konnten stolperten Elaine und Rose hinter den beiden her und stellten sich in den kleinen Kreis, den die Wachen um sie schlossen. Das ohrenbetäubende Geschrei der Kämpfenden wogte zu ihnen herauf, und sie schlossen die Augen vor den Szenen, die sich dort unten abspielten. Bisweilen drängte ein siegestrunkener Soldat die Treppe hinauf und es kam Bewegung in sie, während die Wachen ihn abwehrten, die Frauen, die leise Schreie ausstießen, dabei hierhin und dorthin drängend.

Rose bekam einen Schlag auf die Schulter, der ihr die Haube vom Kopf riss. »Dein Haar«, zischte Johanna durch die Zähne, die sich bemühte, auf den Beinen zu bleiben und keine Miene zu verziehen. Hastig suchte Rose es im Wind zu erhaschen und das verräterische Rot unter den Stoff zurückzudrängen. Da drang das schrille Kreischen der Waschweiber zu ihnen.

»Sie sind unter Deck gelangt«, murmelte Johanna. Ihr Gesicht wurde noch eine Nuance blasser, und auf ihre Stirn traten Schweißtropfen. Keine der vier verlor ein Wort darüber, als es kurz darauf einer der unglücklichen Wäscherinnen gelang, das Deck zu erklettern, wo sie von der Soldateska umhergehetzt wurde wie ein Wild, um schließlich von einem zu Boden gerissen zu werden und in einem zappelnden Bündel aus Röcken und Beinen unter dem schweren Leib ihres Vergewaltigers zu verschwinden. Aber jede meinte, gerade ihre Stimme aus dem allgemeinen Geschrei heraushören zu können.

»Aber«, rief Elaine, als sie es nicht mehr aushielt und trat einen Schritt vor, die Hände auf das Geländer gestützt. Etwas traf sie vor die Brust, heftig wie ein Stoß, so dass sie zurücktaumelte. Entgeistert starrte sie auf den Streifen aus Blutstropfen, der gegen ihren grünen Tasselmantel geprasselt war, dann auf den Mann drunten, der es verspritzt hatte, als er starb. Sie öffnete den Mund, um zu schreien. Eine Ohrfeige Johannas ließ sie wieder verstummen. Ab da stand das Grüppchen stumm inmitten des Grauens, aber in ihrem Inneren nagte die Angst, so dass sie sich hohl fühlten und dumpf, mit zitternden Knien, die den Leib kaum noch zu tragen vermochten. Unter ihren schönen Kleidern lief ihnen der Schweiß in Strömen herunter.

Als es drunten ruhiger wurde und der Kampf entschieden war, trat der Kapitän vor. Er verkündete die Übergabe des Schiffes und die Namen seiner teuren Passagiere. Es wurde still auf dem Deck, während der Kapitän ermahnte, die Gegenwart der hohen Damen zu respektieren und ihren Wert als Geißeln nicht zu schmälern.

Johanna formte mit den Lippen die Worte mit, die sie ihm vorgesagt hatte, und die er nun brav wiedergab. Schon wollte Hoffnung in ihr aufsteigen, da verstummte der alte Seemann mit einem Schlag.

Erstaunen malte sich auf seinem Gesicht. Er wankte, er öffnete den Mund, um nach Luft zu schnappen, seine erhobene Hand griff in die Luft, dann taumelte er einmal, zweimal, und stürzte über das Geländer auf Deck. Mit offenen Augen blieb er dort liegen, aber den Pfeil in seiner Brust erblickte er nicht mehr. Johanna zögerte nur kurz. Dann, nachdem sie sich rasch und unauffällig bekreuzigt hatte, trat sie einen Schritt vor und nahm seinen Platz ein.

»Für heute seid ihr die Sieger«, rief sie mit lauter Stimme in den Wind und betete, dass man kein Beben darin hörte. »Aber der König von England und seine Flotte, die mächtig ist und zahlreich, ankert nicht weit von hier. Also bedenkt, dass ihr bald dem Löwenherz gegenübertretet und sucht ihn nicht zu erzürnen. Denn er wird nicht zögern, seiner Schwester und seiner Braut zu Hilfe zu eilen und nicht ruhen, bis sie sicher wieder in seine Obhut gelangt sind.« Sie machte eine Pause. »Das bedenkt«, wiederholte sie dann noch einmal.

Ihre Gefährtinnen suchten gerade zu stehen und das Kinn stolz zu recken, während sie insgeheim Stoßgebete entsandten, dass Richard und seine Streitkräfte nicht zu weit entfernt sein mochten. Sie fröstelten in der Brise, die ihnen bewusst machte, dass zwischen ihnen und der nackten Gewalt dort unten sich nichts befand als die dünne Schicht ihrer Gewänder, welch großen symbolischen Wert diese auch immer besitzen mochten.

Roses Finger wanderten ziellos über den Stoff. Sie wünschte sich, eine Waffe zu besitzen, und wäre es nur ein Knüttel, um ihm dem ersten über den Kopf zu ziehen, der sich ihr näherte. Sie war entschlossen, dieses Mal nicht mehr zu betteln; sie würde sich wehren, dessen war sie sich gewiss. Sogar töten würde sie; aber ihre Hände waren leer. Sie mussten sich auf feine Schleier und gleißenden Tand zu ihrer Verteidigung verlassen. Von irgendwo hörte man eine Frauenstimme weinen.

Inzwischen war drunten ein Hauptmann hervorgetreten. Er nahm seinen Helm ab und grüßte sie mit einer Ehrerbietung, in der ein Hauch Spott lag. Dennoch näherte er sich ihnen nicht. »Myladies, in der Tat.« Genüsslich ließ er seinen Blick über die Gruppe wandern. »Meinem Herrn«, verkündete er dann, »König

Isaak Dukas Komnenos, wird es eine Freude und eine Ehre sein, so hohen Besuch zu empfangen.«

Elaine neigte sich Rose zu hinüber. »Was für Augen«, meinte sie schauernd. »Man sieht förmlich, wie er sich das Lösegeld für uns ausrechnet. Als wären wir Schlachtvieh.«

»Lasst ihn rechnen«, gab Rose leise zurück. »Je länger er rechnet, desto besser.« Ihr Blick suchte den Johannas. Aber die war ganz auf ihren Widersacher konzentriert, der sie gerade mit einer erneuten Verneigung aufforderte, sich von ihm zu seinem König geleiten zu lassen, was sie ihrerseits verweigerte mit dem Hinweis darauf, dass es nicht schicklich sei, solches von ihnen zu verlangen als zwei alleinstehenden Damen. Sie betonte, auf ihren Bruder an Bord warten zu wollen.

Eine Weile ging das Gespräch hin und her, dann, vor die Wahl gestellt, zwei Königinnen mit Gewalt zu verschleppen und damit möglicherweise mehr als einen König zu verärgern, gab der Hauptmann nach. Er hatte sich wohl überlegt, dass es besser wäre, erst seinen Herrn zu fragen, wie er mit der unerwarteten Angelegenheit verfahren wolle, anstatt selbst die Verantwortung zu übernehmen. Außerdem schien er wenig dabei zu verlieren. Das Schiff der Engländer war manövrierunfähig, es konnte ihnen nicht entkommen, lag zudem dicht vor dem Hafen von Limassol und war von ihren eigenen Streitkräften umgeben. Die beiden künftigen Geißeln, schien es ihm, befanden sich hier so sicher, als wären sie bereits in einer von Komnenos Burgen.

»Aber die hier«, rief er plötzlich und schnappte nach dem Rock von Rose, die damit beschäftigt gewesen war, Berenguelas kalte, zitternde Hand zu reiben, »ist nicht von königlichem Geblüt, nicht wahr?«

11.

Mit einem kräftigen Ruck hatte er das überraschte Mädchen zum Taumeln gebracht. Ihre Finger wurden aus denen der Navarresin gerissen, ehe sie wusste, wie ihr geschah und sie stolperte die Treppe hinunter, direkt in die Arme des lachenden Mannes.

Sie schrie auf und schlug um sich, was er mit einem weiteren Lachen quittierte, unterstützt von den Pfiffen und Zurufen seiner Männer. Er hatte sich gerade lustvoll darangemacht, das zappelnde Bündel auf die Arme zu nehmen, als er sie plötzlich wieder freigab. Heftig stieß er sie von sich und schug sich die Hände vor das Gesicht. Einen Moment herrschte Schweigen, dann stieß er ein mörderisches Wutgebrüll aus. Zwischen seinen Fingern konnte man nun Blut hervorquellen sehen.

»Du Biest«, schrie er und versuchte, mit den rotverschmierten Fingern Rose erneut zu fassen zu bekommen, die sich rückwärts von ihm entfernte. »Du gottverfluchtes Miststück.« Alle konnten nun sehen, dass seine linke Gesichtshälfte von Blut überströmt war. In seinem linken Auge stak eine lange bronzene Gewandnadel. Er jaulte wie ein Wolf. »Ich werde dich töten! Euch alle!«

Aber niemand rührte sich. Wieder machte er Anstalten, auf seine Angreiferin zuzugehen, taumelte aber nur weit vorgeneigt ein paar Schritte und griff ins Leere.

Rose, sich das Kleid mit der Hand vor der Brust schließend, wich langsam vor ihm zurück. Rückwärts tastete sie sich die Treppen hoch und wurden von helfenden Armen hinaufgezogen und hinter Johannas Rücken geschoben. Diese holte noch einmal Luft.

»Unsere Bedienerinnen genießen unseren königlichen Schutz. Was Ihr tatet, war höchst ungehörig. Geht nun zu Eurem Herrn und sagt ihm, er möge sein künftiges Verhalten gegen uns überdenken, wie Ihr das Eure hättet überdenken sollen, wenn er mit heiler Haut aus dieser Geschichte herauskommen will.«

Die folgenden Minuten schienen sich endlos zu ziehen. Keiner sagte mehr ein Wort. Und erst, als nach einer schieren Ewigkeit das Deck leer war und die Segel der Zyprioten Kurs auf die nahe Küste nahmen, kam wieder Leben in die Gruppe der Frauen.

Berenguela sank auf die Knie und betete. Elaine weinte. Johanna schaute Rose an, öffnete den Mund und schloss ihn wieder, ohne etwas gesagt zu haben.

»Es tut mir Leid«, stammelte Rose. Immer wieder wiederholte sie den Satz, unfähig, damit aufzuhören.

Johanna schüttelte den Kopf und trat an ihr vorbei an die Treppe. »Wer weiß, wozu es gut war«, murmelte sie mehr zu sich selbst und fügte dann laut hinzu: »Kapitän?« Im selben Moment fiel ihr ein, dass er tot war, und ihre Gesichtszüge wurden für einen Moment schlaff. Sie fing sich aber sofort wieder, als der Steuermann vor sie hin trat und salutierte. Johanna nickte ihm zu. »Für wie viele Tage haben wir Vorräte?« erkundigte sie sich.

Der Mann rechnete. »Proviant für zehn Tage, denke ich, und Wasser …« Sein Blick wanderte hinüber zu dem Fass, das am Fuß des Mastes angebunden war. »Dieses hat den Sturm überlebt«, begann er und verstummte als er sah, was alle in diesem Moment bemerkten: In der Wand des Fasses steckte die Klinge einer Streitaxt, so tief in das Holz getrieben, dass es ringsum gesplittert war und sich nun dunkel färbte von dem Nass, das austrat und die Wand des Fasses glänzen ließ. Ein langes Rinnsal hatte sich auf dem Deck gebildet, eine feine Schlange, die sich hierhin und dorthin wand und bereits an der Blutpfütze leckte, in der der tote Kapitän lag.

Der Steuermann brüllte einen Befehl, und sofort sprangen drei Mann herbei, um zu retten, was zu retten war. Sie wussten alle, dass es viel nicht mehr sein konnte.

»Beerdigt die Toten.« In Johannas Stimme war kaum noch ein Klang, als sie den Seemann entließ. Berenguela trat hinter sie.

»Richard wird bald kommen, bestimmt«, sagte sie. »Ihr habt das doch selbst gesagt: Er ist ein Mann von ungezügeltem Temperament und wird sich das nicht bieten lassen, nicht wahr?« Hoffnung und Angst mischten sich in jedem ihrer Sätze.

Johanna wandte sich ab. »Er ist auch ein Mann, der heftig unter Seekrankheit leidet«, meinte sie trocken. Es war nur zu wahr. Nicht umsonst hatte Richard den bisherigen Teil des Feldzuges zu Lande zurückgelegt, anstatt sich in Marseille einzuschiffen. Und nicht umsonst hatte er so lange gezögert, das schöne Messina für die Aussicht auf eine Seereise aufzugeben. So wie sie ihn kannte, hatte er nach diesem Sturm vermutlich irgendwo geankert, um sich auszukurieren und wieder zu sich zu kommen. Sie konnten nur beten, dass ihr Fortbleiben schnell bemerkt und rasch eine Suchmannschaft ausgeschickt würde. Und dass die schlechte Nachricht Richards Lebensgeister schneller als gewöhnlich weckte. Großer Gott, wie weit mochten sie in dieser Nacht nur abgetrieben worden sein?

Johanna hing ihren Gedanken nach, während Berenguela spröde meinte. »Das kann ich mir nicht vorstellen. Ein König wird nicht von solch niederen Hemmnissen gequält!«

»Gewiss nicht«, bestätigte Elaine, die näher trat, um sie zu trösten und auch sich selbst. Auch sie wollte sich das Bild des strahlenden Helden Richards nicht verdunkeln lassen. Strotzte er nicht förmlich vor Gesundheit, Entschlossenheit und einer ungemein männlichen Präsenz? Ihn sich im Dunkeln einer Kammer vorstellen, bleich und mit einer Schüssel Auswurf im Arm, das wollte sie nicht. »Er kommt bestimmt schon morgen«, sagte sie warm und streckte die Arme aus, um Berenguela zu umschließen.

Die gab der Bewegung schon nach, da entdeckte sie das Blut auf Elaines Mantel und würgte. Stolpernd schaffte sie es bis zur Reling. Ihr Schmuck klirrte, als sie sich nach vorne neigte, um dem Meergott zu opfern.

12.

»Gefangen, gefangen, gefangen«, grollte Johanna, die in der Kabine auf und ab ging. Von der frischen Brise und der Kühle nach dem Sturm war nichts mehr zu spüren, im Gegenteil. Die Sonne hatte von Tag zu Tag an Kraft gewonnen und brannte nun schon an den Vormittagen so unbarmherzig auf das Deck, dass sie sich lieber drunten aufhielten. Mit einer unwirschen Geste wies sie den Becher ab, den Elaine ihr anbot. Auch das Essen verschmähte sie. Es war wenig schmackhaft, versprach keinen Genuss und machte mit seinen schweren Soßen nur eines:

»Durst«, jammerte Berenguela, »ich habe Durst.«

Mitleidig strich Elaine ihr über den Arm. »Das ist nur das Wissen, dass es so wenig gibt«, meinte sie und schaute entschuldigend in die Runde. »Auch ich meine seit das Fass beschädigt ist in jedem Augenblick, ich müsse trinken. Aber das geht vorbei.«

Johanna war weniger gnädig. »Dann hättest du deine Ration nicht dazu verwenden sollen, dich zu waschen«, gab sie zurück.

»Aber ich musste mich waschen.« Berenguela schmollte. »Ich war ganz verschwitzt. Und ich konnte den Blutgeruch nicht länger ertragen.« Damit warf sie Elaine einen gar nicht dankbaren Blick zu. Die senkte betreten den Kopf.

»Es ist alles wieder gut«, murmelte Rose in ihrer Ecke. Ihr oblag es, die Gewänder im Meerwasser zu reinigen, so gut sie es vermochte und obwohl zu befürchten stand, dass das Salz die Stoffe ruinieren würde. Einen ganzen Vormittag hatte sie an Deck auf ihren Knien gelegen und geschrubbt, bis der metallische Geruch des Todes endlich dem unschuldigen Aroma von Algen und nassem Holz gewichen war. Nur ein brauner Schatten auf Elaines Mantel war zurückgeblieben.

»Ich rieche es sogar jetzt noch«, klagte Berenguela, die nicht auf sie hörte, hob ihre weißen Hände und roch daran. »Ich glaube sogar, ich werde mir noch ein wenig Wasser heiß machen. Elaine, gibst du mir …?«

»Untersteh dich«, fauchte Johanna.

Beleidigt richtete Berenguela sich auf. »Ich verstehe nicht, was die ganze Hysterie soll. Richard wird jeden Moment hier sein. Und dann werde ich ihm erzählen, wie man mit mir umgesprungen ist.« Anklagend schaute sie von einer zur anderen. »Überhaupt finde ich es eine Zumutung, dass die Mitglieder der königlichen Familie sich der Rationierung unterwerfen müssen wie jeder gemeine Soldat.«

Johanna verschränkte die Arme. »Wenn du vernünftiger wärst, wäre das auch nicht nötig«, blaffte sie. »Aber du denkst ja immer noch, von königlichem Geblüt zu sein heißt vor allem, immer die größte Portion zu bekommen.«

»Ja und?« gab Berenguela schnippisch zurück. »Steht sie mir nicht zu?«

Johanna neigte sich über sie. »Es ist nicht dein knurrender Bauch und die fordernde Kehle, die dich von denen dort droben unterscheidet und dich ihnen überlegen macht. Denk einmal darüber nach.«

Berenguela versuchte, ein überlegenes Gesicht zu ziehen, doch man sah, dass sie irritiert war. Mit gerunzelter Stirn schien sie über das Gesagte nachzugrübeln, ohne sich einen Reim darauf machen zu können.

»Was macht denn den Unterschied?« Es war Rose, die so fragte. Sie hatte all ihren Mut zusammengenommen.

»Unser Blut natürlich«, zischte Berenguela prompt und funkelte sie an. »Wie kannst du es wagen!« Alle Intimität der Krankenkammer war vergessen, aller Trost, den Rose ihr gespendet hatte, die Vertrautheit ihrer Fragen und Antworten.

Johanna schüttelte den Kopf. »Es ist das, wozu unser Blut uns befähigt«, sagte sie ruhig und zählte auf: »Weitsicht, Klugheit, Vornehmheit, Besonnenheit, Mut, Stärke an Körper und Geist und die Fähigkeit zu lenken und die Verantwortung zu tragen vor Gott für die Geschicke eines Reiches.«

Elaine staunte. »Ich dachte, Anmut, Schönheit und Geschmack sind das Teil edler Frauen«, meinte sie, und fügte errötend hinzu. »Und dass sie die Minne großer Männer auf sich ziehen.«

Johanna lächelte. »Was gäbe es da wohl zu lieben, wenn da nur das Kleid wäre?«, fragte sie nachsichtig. »Wenn die äußere Schönheit nicht die Form wäre, in die hohe Gesinnung gegossen ist. Nun, Rose«, wandte sie sich an die Dienerin, die in ihrer Ecke ein Geräusch gemacht hatte. Du bist nicht einverstanden? Was zeichnet in deinen Augen die Königinnen aus?«

Berenguela wollte protestieren, aber Johanna brachte sie mit einer Handbewegung zu schweigen. Es interessierte sie, was diese seltsame junge Frau, die so viel erlebt zu haben schien und sich dem seltenen Luxus des Denkens hingab, von dieser Frage dachte.

»Stolz.« Es kam so leise von Roses Lippen, dass die anderen es beinahe nicht gehört hätten.

Berenguela schnaubte, aber Johanna lachte leise. »Stolz ist kein Fehler, Rose«, sagte sie, an die Magd gewandt, als wären nur sie beide anwesend. »Im Gegenteil. Manchmal muß man sich auf das besinnen, was man hat und ist. Denk einmal drüber nach. Eine andere Sache«, sie sprach nun wieder lauter, »ist es, worauf ich denn so stolz bin, denn der Herr sagt, man soll nicht hoffärtig sein.« Sie schenkte Berenguela einen vielsagenden Blick. »Ich zum Beispiel bin nicht stolz darauf, dass wir Durst leiden müssen. Aber es erfüllt mich mit Genugtuung, dass ich ihn besiegen kann.«

Berenguela zog eine Schnute. Mechanisch griff sie zu ihrem Becher, um ihr Gesicht dahinter zu verbergen, stutzte dann und setzte ihn mit einer harschen Bewegung wieder ab. Niemand sprach, deshalb waren die Schritte auf der Treppe besonders laut zu hören, und das Pochen an der Tür explodierte in die Stille.

Ein Schiff hatte angelegt, erfuhren sie, von Limmasol kommend. König Isaak Dukas Komnenos lud Johanna ein, mit ihm in Verhandlungen zu treten.

Ihre Damen standen auf und drängten sich um sie um sie zu bereden, das Angebot abzulehnen. »Er ist ein Usurpator«, gab Berenguela zu bedenken, »seine Königswürde ist nur angemaßt.«

»Aber seine Macht ist echt.« Johanna dachte an Tankred, dem sie gegenübergestanden hatte, als er auf dem Thron ihres Mannes saß. »Und er ist ein hervorragender Rechner. Heute Abend werden wir keinen Tropfen Wasser mehr haben.« Sie wandte sich an den Offizier, der die Botschaft überbracht hatte. »Sind Segel am Horizont zu sehen?«, fragte sie.

Der schüttelte den Kopf. »Keine Segel, Mylady.«

13.

In dem schwankenden Boot sitzend, das sie zum Hafen von Limassol bringen sollte, hatte Johanna Zeit zu rekapitulieren, was sie über die Insel wusste und den Mann, dem sie gleich gegenübertreten würde. Zypern war gesegnet, so wurde es seit alters her berichtet. Die Insel, die nach den Überlieferungen der Antike der Geburtsort der Göttin Aphrodite gewesen sein soll, war fruchtbar und reich. Gold, Kupfer, Smaragde, Diamanten, Erz und Alaun konnte man dort schürfen, sie hatte es in Berichten ihres Mannes, König Roger, gelesen, der sich zeitweise für Zypern interessiert hatte. Dass es zudem auf der Route der Kreuzritter lag, hätte ihm eine Blüte bescheren müssen, dachte Johanna. Doch dem war nicht so.

In den letzten Jahrzehnten hatte die Pest auf Zypern gehaust, es war durch mehrere Erdbeben schwer verwüstet und die Aktivitäten der Piraten zeitweise sogar ganz vom Mutterland Byzanz abgeschnitten worden. Man hatte danach nicht mehr viel gehört von Zypern, das als rückständig und provinziell galt, vor allem, seit ein Sproß der kaiserlichen byzantinischen Familie die Macht auf der Insel an sich gerissen und ein eigenes Königreich errichtet hatte.

Johanna überlegte, was dies über Isaak Komnenos aussagte. Offenbar zog er es vor, Herr in der eigenen Hütte zu sein. War das nur Eitelkeit, oder hatte er erkannt, dass die Kleinen in diesen Zeiten besser eigene Wege gingen, als die Anhängsel großer Reiche zu sein und im Kielwasser von deren Interessen unterzugehen? Man sagte, dass die byzantinischen Steuereintreiber einst schlimmer gehaust hätten als später die Pest. War hier also kluge Selbstbescheidung am Werk – oder alles andere als Bescheidenheit? Johanna wog alles ab, doch es wollte ihr nicht gelingen, ein Bild des Mannes zu zeichnen, von dem ihr Schicksal in den nächsten Tagen abhängen würde.

Die letzten Strahlen der Abendsonne fielen über die Bucht und ließen die Mauern am Hafen rosig aufleuchten. Johanna erkannte die maurisch angehauchten Spitzbögen einiger Arsenale und erinnerte sich, dass Venedig hier einen Stützpunkt besaß. Nun, das war beruhigend, überlegte sie mit einem Blick auf die schönen, reichen Gebäude. Dann wanderte ihr Blick weiter und entdeckte rissige, halb eingestürzte Fassaden. Eine Mauer ragte abgebrochen in den sich rötenden Himmel, ihre Steine in einer erstarrten Flut ins Meer ergießend. Auf ihrem Kamm wehte Gras im Abendwind. Konnten das noch immer Folgen des letzten Erdbebens sein? Johanna rechnete nach, wie lange war das jetzt her, zehn Jahre? Und noch immer war nichts geschehen, die Schäden zu beseitigen? Das war kein gutes Zeichen, befand sie, ganz gleich, ob nun Armut oder Nachlässigkeit die Ursache dafür waren.

In der Gegend der Kais, die sie ansteuerten, wurde dagegen rege gebaut. Die Schläge der Zimmerleute waren das erste, was Johanna vom Land her vernahm. Im schwindenden Licht erkannte sie eine dunkel aufragende Masse, die sich beim Anlegen als Teil einer im Bau befindlichen hölzernen Festung erwies. Und dies nun war gar kein gutes Zeichen und verstärkte das dumpfe

Unbehagen, das sie schon die ganze Fahrt über gequält hatte um ein Vielfaches. Offenbar hatte der König vor, sich ihrem Bruder zu widersetzen. Das zeugte nicht von kluger Bescheidung, befand Johanna. Vor allem machte es ihre eigene Lage um einiges prekärer. Aber noch war sie nicht bereit zu verzweifeln. Mit einem routinierten Lächeln nahm sie die Huldigung ihrer Begrüßungseskorte entgegen, an deren Rüstung ein gewisses Übermaß an Gold prangte, das in auffallendem Gegensatz zu dem ärmlichen Hafen stand, der sie empfing

Johanna bestieg die Sänfte und hoffte, dass Isaak Komnenos der Typ des kühlen Taktierers wäre, der die Regeln des Spieles kannte, das sie alle zuweilen spielten. Sie nannte sie bei sich die Schachspieler. Tankred, bei aller Abneigung, die sie gegen ihn empfand, war einer gewesen; König Philipp war sicher ein Meister darin. Ihr eigener Bruder hatte in dem Metier Anfälle von Genialität, aber genauso oft handelte er spontan und mit impulsiver Heftigkeit. Er hatte etwas vom Gegentypus, dem des Berserkers, und das machte ihn unberechenbar. Johanna war es bis heute nicht gelungen herauszufinden, ob er diese Unberechenbarkeit kalkuliert einsetzte, oder ob er einfach war, wie er war. Und Isaak Komnenos: Schachspieler oder Berserker? Sie würde es bald genug erfahren.

In dem kleinen Palast wurde sie von Höflingen empfangen, die ebenso eifrig wie besorgt ankündigten, sie in den Thronsaal geleiten zu wollen. Als Johanna Anstalten machte, ihnen einfach zu folgen, löste sie große Aufregung aus.

»Nicht hier entlang!« Aufgeregt fuchtelte der Beamte herum. »Vorsicht, Vorsicht.«

Johanna wurde ein wenig ungehalten, ihre Nerven waren ohnehin zum Zerreißen gespannt. Hatte er ihr nicht gerade diesen Weg gewiesen?

Da hob er die goldverzierte Lampe und ließ ihren Schein auf den Boden fallen. Und Johanna begriff. Isaak Komnenos war wahrhaftig ein Spross des byzantinischen Königshauses und hatte sich von dort die Liebe zum Zeremoniell erhalten. In die Marmormosaike waren Platten aus einem roten, seltsam blutfarbenen Stein eingelassen, dem Porphyr, der seit alters her als heilig galt. Einzig dem Kaiser, oder hier, dem König von Zypern war es erlaubt, diese Steine zu betreten.

Johanna lächelte angestrengt, während sie wohl oder übel den Bedienten folgend dicht an der Mauer durch die Gänge schreiten musste. Mehr als einmal blieb sie mit ihrem Umhang an einem Möbelstück hängen, schäbige Möbel im übrigen, soweit sie das im Halbdunkel beurteilen konnte. Auch die Bedienten, die hier und da aus einer Tür oder einem der Gänge lugten, machten einen abgerissenen, schmutzigen Eindruck.

Der Anblick des verhängten Thrones im Empfangssaal dann verwunderte Johanna nicht mehr. Die byzantinischen Kaiser pflegten sich vor den Augen ihrer Untergebenen hinter einem Vorhang zu verbergen, der nur an bestimmten Stellen des Zeremoniells von Musik untermalt zurückgezogen wurde, auf dass der Herrscher sich seinen Untertanen zeige und seinen Willen verkünde.

Unter vorsichtiger Vermeidung der Porphyrplatten trat Johanna näher, musste aber feststellen, dass sich eine ganze Schar großer Hunde wenig um die Heiligkeit der Steine kümmerte, vielmehr hechelnd darauf herumlümmelte und sich unbesorgt und vernehmlich kratzte. Ihr beizender Gestank erfüllte den ganzen Raum. Besorgt zog Johanna ihre Röcke an sich.

Da ertönten aus dem Nichts die Fanfaren, so laut, dass Johanna unwillkürlich zusammenzuckte. Ruckend gab der Vorhang, der reich mit goldenen Sternen bestickt, aber mehrfach geflickt war, sein Geheimnis preis. Dort saß Isaak Dukas Komnenos.

Eine große Kupferscheibe hinter seinem Kopf verlieh ihm so etwas wie die Aura eines Heiligenscheines. Seine Krone war mächtig, für einen Mann mit einer weniger niedrigen Stirn gefertigt, der im Besitz eines Halses wäre, um sie zu balancieren. Perlenschnüre hingen in unregelmäßigen Abständen davon herab auf die runden, hochgezogen wirkenden Schultern, die von einem Mantel aus grobem Pelz umhüllt waren.

Johanna ertappte sich dabei, dass sie dachte: wie ein Affe, während sie auf das hochzufrieden dahockende Männlein blickte. Im selben Moment aber fielen alle um sie herum erst auf die Knie und streckten sich dann, das Gesicht nach unten, lang auf dem Boden aus, dumpfe Heilsbekundungen murmelnd. Sie vollzogen die Proskynese; sie war auch in England Teil des Krönungsrituals in der Kathedrale. Dort nur, und nur dieses eine Mal auf solche Weise, huldigten die Untertanen ihrem künftigen, von Gott erwählten König.

Fröstelnd stand Johanna als einzige aufrecht in dem düsteren Raum. In Isaak Komnenos Gesicht erstand ein Grinsen, das seine schadhaften Zähne zeigte. Johanna starrte in seine dick mit einer schwarzen Schminke umrahmten Augen und wusste, sie hatte es weder mit einem Schachspieler noch mit einem Berserker zu tun. Vor ihr saß ein Wahnsinniger.

»Wann sie wohl wiederkommt?« Elaine stellte die Frage nicht zum ersten Mal im Kreis ihrer im Lampenlicht dasitzenden Gefährtinnen. Rose war damit beschäftigt, schadhafte Kleider auszubessern, Elaine säumte ein Taschentuch und Berenguela ließ wieder und wieder einige elfenbeinerne Würfel klackern, ohne damit ein erkennbares Spiel zu spielen. Das Geräusch zerrte an jedermanns Nerven.

»Ich glaube nicht«, versuchte Rose es in möglichst ruhigem Ton, »dass sie in der Nacht die Fahrt zurück wagen wird. Bestimmt kann die Königin ihr eine angemessene Unterkunft anbieten.«

»Die Königin Zyperns ist in Limmasol?«, fragte Elaine, deren Neugier von Königinnen aller Art geweckt zu werden vermochte. Von den Frauen einer Insel, die der Liebesgöttin geweiht war, die sie aus manchen galanten Liedern kannte, erwartete sie sich zudem einiges.

Berenguela wischte die Würfel in ihre Hand und warf sie neu.

»Alles andere wäre höchst ungehörig«, verkündete sie und fügte dann missmutig hinzu. »Wenn doch wenigstens ein Sänger da wäre, einem die Zeit zu vertreiben.«

»Ich kann den Kapitän bitten, den Sackpfeifenspieler herunterzubitten«, bot Elaine an. Aber Berenguela winkte ab. »Ich werde mich schlafen legen. Und darauf hoffen«, fügte sie hinzu, »dass dieser König Johanna morgen früh eine gehörige Menge frisches Wasser mitgibt. Ich sehne mich nach einem Bad. Eigentlich hätte es ihm gut angestanden, es schon heute Abend zu senden, als Zeichen seines guten Willens.«

Bei der Erwähnung von Wasser schluckten sie alle unwillkürlich mit trockenen Hälsen. Keine von ihnen, noch nicht einmal Rose, die Entbehrungen kannte, war es gewohnt, Durst zu erleiden. Das brennende Sehnen in ihren Kehlen, ihren ganzen Körpern erschreckte sie und machte sie still. Droben hörten sie hier und da Schritte, manchmal ganz plötzlich lallenden Gesang, der rasch von Befehlen überlagert und erstickt wurde. Der Kapitän hatte ihnen berichten müssen, dass einige der Männer Reste in einem Weinfass gefunden und sich vom Durst getrieben restlos betrunken hatten. Noch hatte er sie im Griff, aber auch die, deren Becher leer geblieben waren, und in deren Hirnen nun das Fieber sich zu entzünden begann, gedämpft noch von der Milde der Nacht, wurden mehr und mehr unzufrieden. Es war ungewiss, was geschehen würde, wenn die Sonne erst auf sie niederbrannte und sie ihren Durst hinausschrieen.

»Vielleicht ist er nicht guten Willens«, wagte Rose einzuwerfen. Elaine erschreckte der Gedanke so sehr, dass sie sich in den Finger stach.

Berenguela starrte sie an. »Er wird es nicht wagen, sich Johanna zu widersetzen«, sagte sie. »Sie ist die Schwester Richards von England.«

»Warum hat er uns dann überhaupt dürsten lassen?«, insistierte Rose weiter. »Ich frage mich, was er von uns will und was Johanna dort drüben …«

»Kein Wort weiter.« Berenguela hob beide Hände und schnitt ihr das Wort ab. Für einen kurzen Moment war in ihrer Miene ein Funke der Angst zu erkennen, die Elaine bereits sichtbar beherrschte, auch wenn sie wieder dazu übergegangen war, mit zitternden Fingern die Fäden in dem feinen Gewebe zu zählen. Zwei nach unten, zwei nach links, und nicht darüber nachdenken, was gerade an Land geschah.

Berenguela richtete sich auf. »Der Glanz Richards schützt uns alle, dessen bin ich mir gewiss.« Ihre Stimme klang spröde.

Elaine sprang auf, als sie zur Tür ging. »Ich helfe Euch«, erbot sie sich und folgte der jungen Navarresin. Sie blieb lange fort.

Als sie wiederkam, machte sie sich selbst für die Nacht bereit. In einer schlichten Cotte aus feinem weißen Leinen saß sie da, die Haare gebürstet und geflochten, fast wie ein Kind. Nachdenklich betrachtete sie die Gegenstände auf dem kleinen Schminktisch, den sie sich eingerichtet hatte, Geschenke von Johanna und Berenguela allesamt. Ein wenig Khol zur Umrandung der Augen hatte sie auf Rhodos erstanden, wo die Flotte kurz vor Anker gelegen hatte, dazu ein Tiegelchen Rouge, einen Kamm mit poliertem Horn im Griff, ein paar kleine Ringe und eine lange bronzene Gewandnadel. Elaine schob alles hin und her, als suche sie die rechte Anordnung dafür, dann nahm sie die Nadel und betrachtete lange die fein ziselierte Arbeit. Schließlich legte sie ihre Linke auf die Tischplatte, mit gespreizten Fingern, suchte mit der Nadelspitze eine Stelle, wo keine Knochen unter der weißen Haut saßen und setzte sie an. Sie verharrte so lange in dieser Position, dass Rose, die noch immer am Arbeiten war, auf sie aufmerksam wurde.

»Was macht Ihr da?«, fragte sie gerade, als Leben in Elaine kam. Mit einem Ruck stieß sie sich die Nadel in die Hand.

14.

Elaine schrie auf, ein feiner Blutfaden quoll hervor. Sie nahm die Hand in den Mund und saugte daran, während ihr Blick Rose suchte. Feine Schweißperlen erschienen auf ihrer bleichen Stirn.

»Fräulein, was um Himmels willen denkt Ihr Euch dabei?«, rief Rose betroffen, stand auf und griff nach der verwundeten Hand, um sie zu begutachten. »Da, ein richtiges Loch.« Sie schüttelte ungläubig den Kopf und suchte zwischen ihrer Nähwäsche nach etwas, womit sie die Wunde verbinden könnte. Elaine überließ ihr die Hand mit geschlossenen Augen. Die Finger der Rechten umkrampften noch immer die Nadel.

»So eine Dummheit«, schimpfte Rose, um den eigenen Schreck zu bekämpfen und fragte im selben Moment mitfühlend: »Tut es weh?«

»Ich wollte wissen, ob ich es kann.« Elaines Stimme klang dumpf und farblos.

»Wie?«, fragte Rose überrascht.

»Ob ich es kann.« Nun öffnete Elaine die Augen. In ihre Wangen kam wieder Röte, und auch ihr Tonfall belebte sich. »Ob ich es fertig bringe, die Waffe durch die Haut eines Menschen und in das Fleisch zu drücken. Und ich kann es.« Ihre Augen begannen zu leuchten, während sie stolz ihre verletzte Hand betrachtete. Dann hob sie den Kopf.

»Ich war so beeindruckt von dem, was du vor einigen Tagen getan hast, Rose«, bekannte sie. »Als du diesen Mann …« Statt zu sprechen vollführte sie die Geste des Zustechens. »Ich hatte ja gesehen, was, was …« Sie suchte nach Worten für das Grauen, das in ihr aufgestiegen war, als sie das Schicksal der Wäscherinnen erlebt hatte. »… was geschehen war«, fuhr sie fort. »Und es war so furchtbar, Rose.« Zum ersten Mal seit jenem Tag kamen die Tränen in ihr hoch, die sie bis dahin unterdrückt hatte. Johannas

Stolz und Berenguelas trotziger Wille, nichts zur Kenntnis zu nehmen, was ihr nicht behagte, hatten sie bislang gezwungen, ihre Haltung zu bewahren. Doch nun brach alles aus ihr heraus. Schluchzend warf sie sich in Roses Arme.

Ich hatte keinen, dachte die flüchtig, bei dem ich mich hätte ausweinen können, damals. Aber sie unterdrückte die Bitterkeit so rasch, wie sie gekommen war. War es denn nun einmal ihr Teil, Trost zu geben und nicht zu nehmen. Leise murmelnd nahm sie Elaine in die Arme und wiegte sie eine Weile. Elaine beruhigte sich wieder und richtete sich auf. Mit heißen Augen starrte sie in den kleinen Spiegel, der sie beide reflektierte, zwei einsame Gesichter vor der Dunkelheit der Kammer, nicht mehr.

»Aber dann habe ich dich gesehen und gedacht: Ja, das will ich auch, ich würde es jederzeit ebenso machen. Ich, ich könnte sogar töten, Rose, glaube ich.« Mit erschrockenen Augen schaute sie ihre Dienerin an. »Ist das eine Sünde?«

Rose schüttelte den Kopf. »Ich weiß es nicht«, sagte sie hilflos.

Elaine betrachtete erneut die Nadel. »Jedenfalls werde ich mich nicht mehr von ihr trennen«, verkündete sie. »Was auch immer geschieht.« Sie schloss fest die Faust um ihre Waffe, ihre Hoffnung. »Ach Rose«, brach es dann aus ihr hervor. »Was geschieht mit uns?«

Die zuckte nur hilflos mit den Schultern.

Johanna kam mit der Morgendämmerung.

Die Küste lag noch im Schatten der Nacht, das Meer war eine dunkle, wogende Masse, einzig auf den Flügeln der Möwen, die über ihren Köpfen kreisten, trug auf seiner Oberfläche schon einen Schimmer des kommenden Tages.

Der Kapitän holte sie an Bord und bemerkte mit Dankbarkeit die beiden Fässer, die sich in ihrer Obhut befanden. Johanna sagte nichts, wie eine Schlafwandlerin suchte sie ihre Kabine auf, übersah Elaine, ignorierte Berenguelas Klagen und ließ sich schwer auf einem Sessel nieder, wo sie lange Zeit verharrte.

Sie protestierte jedoch nicht, als Rose nach einer Weile in das

Zimmer schlüpfte. Verlegen um Worte, begann die Magd vorsichtig, Johanna die Haube abzunehmen und ihr das Haar zu lösen. Mit einer Handbewegung schleuderte die das Ding in eine Ecke, dass die Edelsteine darauf sich lösten und klackernd und kullernd in die Ecken rollten. Sie packte den Ausschnitt ihres Kleides und zerrte es mit einem Ruck über ihre Schultern herunter, nicht auf den bösen Ton achtend, mit dem der Stoff einriss. Sprachlos schaute Rose zu.

»Wirf alles weg«, befahl Johanna, als sie aus dem Stoffberg trat, der sich um ihre Füße gehäuft hatte. Mit einem Tritt fegte sie ihn beiseite. Dann nahm sie wieder Platz, äußerlich so ruhig wie zuvor.

»Es stinkt nach den Hunden des Königs, diesen verlausten, mit Aussatz behafteten Viechern.«

»Ich könnte …« Rose wollte vorschlagen, sie zu waschen, aber davon mochte Johanna nichts hören.

»Der Geruch wird bleiben; ich kann ihn immer noch riechen.«

»Wie Ihr wünscht.« Rose raffte die kostbaren Geweben zusammen. »Auch die Schleier?«

»Auch die«, bestätigte Johanna, die sich mit energischen Bewegungen zu bürsten begann. Rose stand noch immer da und sah ihr zu. Johanna hielt inne. »Nun?«, fragte sie barsch. Noch immer rührte Rose sich nicht von der Stelle. Sichtlich suchte sie nach den Worten für ihren nächsten Satz.

Johanna versuchte es mit einem aufmunternden Lächeln, das ihr nicht ganz gelang. Sie drohte der Magd mit dem Finger. »Ich sehe doch, dass du schon wieder denken willst. Du weißt, was ich davon halte.«

Rose sah, dass der Finger zitterte.

»Dass es eine bestürzende Erfahrung ist«, zitierte sie die Worte der Königin aus ihrem früheren Gespräch.

Johanna presste die Lippen aufeinander. »Kein Grund zum Erschrecken«, erklärte sie knapp und fuhr in ihrer Toilette fort, als gäbe es nichts Wichtigeres.

Rose schluckte, es war nicht der Durst, der ihr die Kehle zuschnürte. »Darf ich …«, begann sie.

»Nein.« Johannas Antwort kam wie ein Peitschenknall. Und dabei blieb es. Sie verlor nie ein weiteres Wort über ihren Besuch in Zypern.

Am nächsten Tag kamen Richards Schiffe in Sicht.

15.

»Dieser verdammte Mistkerl«, ereiferte sich König Richard und hieb mit der Faust auf den Kartentisch. Seine Ritter standen mit unbewegten Mienen im Zelt. Nur Johanna, die auf einem Sessel an seiner Seite saß, betrachtete angelegentlich ihre Fingernägel. Ihr Bruder ließ sich davon nicht beirren. »Erst lädt er mich höflich ein, verspricht mir Geißeln, Geld, sogar Truppen. Und dann?« Ein erneuter Fausthieb. »Kaum sind die Verhandlungen zu Ende und wir haben den Fuß aus seinem Palast gesetzt, da überlegt er es sich anders und verschwindet mit seinen Truppen ins Inland. Geißeln? Geld? Fehlanzeige, meine Liebe.« Mit einer ironischen Verneigung nahm er seine neben ihm sitzende Schwester zur Kenntnis.

Die zuckte mit den Schultern. »Er kann gut zählen«, meinte sie ruhig. Dann wies sie durch den Eingang des Zeltes auf den Hafen. »Er hat deine Schiffe gezählt und befunden, dass die Zahl nicht groß genug ist, um seinen Thron zu gefährden. Er hat deine Truppen gezählt und gemerkt, dass sie nicht ausreichen, um ihn auszuheben, wenn er sich ins Gebirge zurückzieht. Und er hat sich an seinen Fingern abgezählt, dass du in Palästina erwartet wirst und nicht die Zeit hast, um einen langwierigen Landkrieg mit ihm zu führen.« Sie zuckte mit den Schultern. »Ich kann dir nur raten, ihn zu lassen wo er ist, und weiterzusegeln.«

»Und diese Schmach auf mir sitzen zu lassen? Niemals!«, trompetete Richard.

»Und wenn er sich nach Nicosia zurückzieht?«, fragte Johanna und deutete auf die Karte. »Mitten im Inland? Im Norden hat er darüber hinaus vier Festungen: Kantra, Buffavent, St. Hilarion und Kyrenia.« Sie las die Namen mit geneigtem Kopf von der Karte ab. »Willst du jede einzelne belagern, Bruder?«

»Wenn es sein muss«, verkündete Richard unbeeindruckt.

Johanna schloss die Augen. »Du hast Wichtigeres vor, Bruder«, sagte sie, um Ruhe bemüht. »Und ich selber würde wirklich gerne hier weg.« Sie hatte die letzten Worte abgehackt ausgestoßen, jedes einzelne betonend.

In dem Moment erklang das Signal von der Hafenbefestigung, die Richard übernommen hatte und weiterbauen ließ. Sie traten hinaus auf den Kai, um zu sehen, was ihnen da angekündigt wurde.

»Mein Gott«, entfuhr es Johanna. Unwillkürlich ging sie weiter, bis sie am Rand des Wassers stand. Ihre Gefährtinnen, die züchtig draußen auf das Ende der Beratungen gewartet hatten, traten zu ihr.

»Was ist das?«, fragte Elaine.

Die Bucht, die sich vor ihnen auftat, war wie von Zauberhand übersät von Segeln. Wo eben noch der leere Horziont sich ausgedehnt hatte, war nun Schiff um Schiff zu sehen, dicht wie ein Teppich, schön wie ein Bild mit den bunten Segeln, und schöner noch im Glanz der Namen, die ihre Flaggen verkündeten.

»Es sind Schiffe aus Palästina«, konstatierte Johanna. »Ich erkenne ihre Farben.« Sie erklärte sie den Freundinnen. »Dies dort ist das Wappen Bohemunds, des Fürsten von Antiochias.«

»Antiochia«, flüsterte Berenguela andächtig. Es war ein Name, den man aus der Bibel kannte, Weihrauch umgab ihn und der Schimmer von Kirchengold. Das Rauschen von Palmen ertönte, wenn man ihn aussprach und ganz von ferne die Klänge exotischer Musik. Er schien nicht von dieser Welt zu sein und der Fürst, der ihn trug, ein Mann wie aus einem Märchen.

»Das dort ist Raimund, sein Sohn.«

»Und die weißen Fahnen mit den roten Kreuzen?«, fragte Rose andächtig.

»Das sind die Tempelritter. Ihr Großmeister wird aufgebrochen sein, Richard zu begrüßen.«

»Die Tempelritter!« Diesmal war das Raunen allgemein. Dieser Mythos war neu, doch sein Name löste bereits Schauer der Erregung aus, wo immer er genannt wurde. Die Templer waren die Blüte der Ritterschaft, ihr Ruf untadelig, ihre Mission heilig, ihre Macht wuchs ständig an und fügte zum Bild von Blut und Opfer noch das des Geheimnisses und des Reichtums hinzu. Elaine fühlte sich, als diese Ritter landeten und mit ihren wehenden Mänteln die Hafenkais füllten, als wären ihr die Ritter der Tafelrunde gegenübergetreten. Nun, so dachte sie, konnte ihnen nichts mehr geschehen.

»Ich sehe das Wappen des Erzbischofs von Canterbury.«

Auf Rose und Elaine, die seinem Namen bereits nach Hull gefolgt waren, machte dies einen Eindruck von Heimatlichkeit und gab ihnen das Gefühl, dass ihr Schicksal sich rundete. Hatten sie nicht von Anfang an mit dem Erzbischof segeln wollen? Mehr und mehr stieg Jubel in den Frauen auf.

»Und das dort? Und dieses?« Sie überboten sich mit Fragen.

»Das ist das Flaggschiff Guidos von Lusignans«, erklärte Johanna.

»Des Königs von Jerusalem?«, fragte Berenguela beeindruckt und reckte den Hals, um einen Blick auf die Fahne des Mannes zu erhaschen, der die heiligste Stätte der Christenheit regierte, dessen Füße ihren Boden berührt und dessen Lippen das wahre Kreuz geküsst hatten.

Johanna wandte sich zu ihr um. »Saladin ist der neue Herr Jerusalems«, sagte sie, »deshalb sind wir hier.« Sie drehte sich wieder um und beobachtete das Schauspiel der näherkommenden Schiffe. Guidos Schiff drehte bei und machte sich bald daran, anzulegen. »Guido ist der Mann«, fuhr sie in ihren Erläuterungen fort, »der Jerusalem an die Heiden verloren hat. Er hat die katastrophale Schlacht von Hattin geschlagen, in der die Christen so bitter unterlagen und des Wahren Kreuzes verlustig gingen. Die es überlebt haben, geben ihm allein die Schuld dafür.«

Die Mädchen hingen an ihren Lippen. Im Geiste versuchten sie, sich den Kampf vorzustellen, der zu solch schauerlicher Berühmtheit gelangt war und Europa erschüttert hatte.

»Bis vor kurzem war er noch ein Gefangener Saladins. Jetzt ist er wieder da und stellt seinen Anspruch. Aber es gibt viele, die nicht mehr gewillt sind, ihm zu folgen, leider«, stellte Johanna fest. »Mein Mann hatte ihm eine Flotte gesandt, seht ihr sie? Ah, das sind unsere normannischen Schiffe. Wie Wölfe werden sie an den Küsten der Araber entlang schleichen.« Stolz und Kampfgeist waren mit einem Mal in Johannas Stimme. Sie seufzte, als sie die Segel betrachtete, die für sie ein Stück Heimat verkörperten. Warum nur waren sie vor einer Woche nicht hier gewesen?

»Nun, wir werden sehen«, fuhr sie in Gedanken fort. »Unglücklicherweise gründet Guidos Anspruch auf den Thron auf seine Frau Sibylle. Sie war die Tochter des vorigen Königs, sie krönte ihren Mann eigenhändig zum Nachfolger, und nun ist sie verstorben, so lauteten die letzten Nachrichten, die mein Mann und ich empfingen.«

»Schließt ihn das vom Thron aus?«, fragte Berenguela.

»Es lebt noch eine Schwester Sibylles«, erklärte Johanna, »Isabella von Jerusalem. Sie ist jetzt in der Tat die offizielle Erbin. Und dieser Schuft, Konrad, macht sich das natürlich zunutze und versucht, eine Ehe mit ihr einzugehen.«

»Konrad?«, fragte Rose verwirrt.

»Konrad von Montferrat«, erklärte Johanna unwirsch. »Ein italienischer Abenteurer, der sich Tyros unter den Nagel gerissen hat. Ein großer Kämpfer gewiss, ich muss es wohl zugeben. Aber ich mag die Männer nicht, die nur auf dem Schlachtfeld groß sind. Zu einem König gehört mehr, selbst in Zeiten wie diesen. Aber das sehen in Palästina nicht alle so.«

»Und«, wollte Berenguela wissen, die sich für dynastische Fragen interessierte, »wird er die Heirat erreichen?«

Johanna rümpfte die Nase. »Ich hoffe es nicht. Isabella ist bereits seit Jahren verheiratet, die Arme, mit Humfried von Toron. Und Montferrat steht jetzt schon in dem Ruch, ein Bigamist zu sein. Ich nehme also an, der Versuch wird ihm schwer fallen.«

»Mitnichten, liebe Schwester.« Richard hatte sich zu ihnen gesandt und betrachtete mit nicht geringer Befriedigung die erlesene Armada derer, die gekommen waren, ihn zu begrüßen. »Ich habe auf Rhodos Nachrichten erhalten, dass die Heirat im letzten November erfolgte. Montferrat ist damit ein legitimer Anwärter auf den Thron von Jerusalem.«

»Unmöglich«, schnappte Johanna. »Wie wollten sie den die Auflösung der Ehe begründen?«

»Mit der Minderjährigkeit der Braut natürlich«, meinte Richard gelassen. »Sie war doch seinerzeit erst elf.«

Johanna knirschte mit den Zähnen. »Das wussten damals doch schon alle, vom Patriarchen, der sie traute bis hin zu den Fürsten, die dem denkwürdigen Ereignis beiwohnten.«

Richard zuckte mit den Schultern. Dann grinste er. »Außerdem hat man bedauerlicherweise feststellen müssen, dass der gute Humfried eine fatale Neigung zum eigenen Geschlecht hat.« Er warf den Frauen einen Blick aus den Augenwinkeln zu und besaß den Anstand, ein wenig zu erröten.

Johanna beruhigte das nicht. »Aber das wusste damals doch ebenfalls jeder!«

»Sicher« gab Richard zu. »Ich kann mich gut erinnern, dass sogar damit argumentiert wurde, angesichts ihres Alters wäre es doch ein Vorteil, wenn ihr die ehelichen Pflichten weitgehend erspart blieben.«

»Die Hochzeitsnacht hat es ihr jedenfalls nicht erspart.« Johanna klang bitter.

Richard ließ sich nicht aus der Ruhe bringen. »Was willst du?

Der Thron schreit nach einem echten Herrscher.« Er zuckte mit den Schultern. »Die Erfordernisse sind nun einmal so.«

»Arme Isabella«, entfuhr es Elaine, die Mitleid mit der ihr völlig unbekannten Geschlechtsgenossin empfand, die ihr in einem ungemein romantischen Licht erschien.

»Oh ja«, erwiderte Johanna voller Sarkasmus. »Es gibt nichts Bedauernswerteres als eine Frau mit einer Königstreue.« Erschrocken fasste Berenguela Elaines Hand fester. Diese Diskussion verunsicherte sie zutiefst.

»Und Montferrats Gattinnen?«, fragte Johanna. »Darf man nach ihnen fragen?«

Ihr Bruder lächelte. »Ich weiß offiziell nur von einer. Und die ist Geschichte. Was soll's«, fasste er seine Haltung zusammen und umfasste die Ankommenden mit einer Handbewegung. »Er ist nun jedenfalls ein Thronanwärter.«

»Aber er ist nicht hier«; gab Johanna zu bedenken.

»Nein«, bestätigte Richard, »hier ist nur die Partei Lusignans. Konrad von Montferrat dagegen wird von Frankreich unterstützt. Er sitzt in Tyros und lässt keinen hinein, Lusignan nicht, und, wie ich höre, will er auch mich abweisen, sollte ich mich dorthin verirren.« Er zog grimmig die Stirn in Falten. »Dazu hat dein Philipp ihn aufgehetzt. Zeit genug hatte er ja dafür.«

»Er ist nicht mein …«, setzte Johanna an. Dann verbesserte sie sich. »Das würde er nie tun. Es ist Euer gemeinsamer Feldzug. Warum sollte er gegen dich arbeiten?«

Richard schwieg eine Weile. Dann fragte er, abgewandt, in denkbar beiläufigem Ton: »Hast du gewusst, dass er in Messina plante, mich ermorden zu lassen?«

»Richard!« Johanna schrie es fast. »Das ist doch Unfug.« Alles in ihr begehrte gegen diesen Gedanken auf. »So einer ist er nicht. Und warum sollte er …?« Sie fing Roses Blick auf und verstummte verzagt. »Nein«, sagte sie dann in die anhaltende Stille. Nein, echote es in ihrem Kopf, nicht dieser König, dazu war er nicht fähig. Geplanter Königsmord, das war etwas anderes als der unselige Gefühlsausbruch, dessen Zeugin sie gewesen war, so unangenehm auch der sie schon berührt hatte. Nein, hier handelte es sich sicher nur wieder um eine von Richards hypochondrischen Einbildungen, so erklärte sie es sich hastig selbst, eine Grille, entsprungen aus kindlicher, trotziger Abneigung. Wie konnte er nur so dumm sein! Und nun, da er es glaubte und danach handelte, er, der König, würde es eine unselige Gewissheit werden und sie alle in dieses wahnsinnige Gespinst einweben und darin gefangen halten.

Oder, überlegte sie dann, war es doch mehr als das? Hatte Richard Kenntnisse, die sie nicht besaß? Sie dachte an ihren Brief, den er abgefangen hatte. Gab es noch andere Schreiben, die in seinen Besitz gelangt waren? Hatten seine Spione etwas entdeckt? Oh Gott, konnte sie es denn wirklich so völlig von der Hand weisen? Johanna versuchte, ihre Gefühle zu erforschen, rief ihre Menschenkenntnis zu Hilfe, ihren Instinkt, die einzige Richtschnur, die sie besaß. Hatte sie sich von ihren Sympathien für Philipp etwa täuschen lassen, war sie – Herr im Himmel, war es das, was ihr Bruder ihr andeuten wollte, – war sie vielleicht gar vorsätzlich manipuliert und missbraucht worden? Die Lächerlichkeit ihrer Figur, in diesem Lichte betrachtet, erschreckte sie zutiefst. Was sollte sie denken?

Mit den Augen suchte sie Rose, aber die hielt den Blick gesenkt.

Richard wandte sich seiner Schwester zu. »Natürlich sagst du nein«, meinte er beinahe zärtlich. »Das zeigt deine edle Gesinnung. Und ich bin fest davon überzeugt, dass du nichts davon gewusst hast.« Er streckte die Hand nach ihr aus.

Johanna erschrak einen Moment, als sie an das dachte, was in seinem Kopf vorgegangen sein mochte, an den bösen Verdacht, den er vielleicht gegen sie gehegt hatte und die Zweifel, ohne dass sie etwas davon ahnte. An die Gefahr, in der sie möglicherweise geschwebt hatte. Oder war das alles nur eine geschickte Lüge? Wollte er sie nur einschüchtern, sie auf die Probe stellen? Sie zu einer Gefangenen ihrer eigenen Ängste machen?

Für einen Moment verlor Johanna den Boden unter den Füßen. Dann ergriff sie heftig Richards dargebotene Hand wie einen rettenden Anker. »Niemals«, murmelte sie, und er verstand, während ihre Finger sich fest ineinander verschränkten.

Richard, zufrieden, wandte sich wieder dem Meer zu. »Dein Gatte hat Guido von Lusignan unterstützt«, meinte er schließlich, scheinbar das Thema wechselnd.

Johanna nickte. »Und auch wir werden es tun«, bestätigte sie und sprach das ›wir‹ mit voller Überzeugung. Sie war eine Plantagenet. Das jedenfalls war gewiss, war das einzige, wovon sie nicht die Kluft eines unauslotbaren Zweifels trennte.

Bald darauf schob sich das erste Schiff an den Kai. »Da kommen sie«, stellte Richard fest und rieb sich den Bart. »Als ob sie wüssten, dass ich sie gebrauchen kann.«

»Richard.« Johannas Stimme war noch dünn von dem überstandenen Schrecken. »Sie kommen um dich zu mahnen, dass du dich beeilst.«

»Ach was.« Er machte eine wegwerfende Geste, dann stützte er die Hände in die Hüften. »Da, schau dir das an. Was wird dein Rechenkünstler wohl jetzt denken.« Er wölbte die Brust. »Ich werde ihn jagen, zu Wasser und zu Land, seine ganze Insel werde ich mir erobern.«

Johanna seufzte. »Was werden die Herren dazu sagen?«, wandte sie ein.

Richard lachte. »Sie werden einsehen, dass Zypern, so günstig auf dem Weg ins Heilige Land gelegen, eine wichtige Beute ist. Es wird unsere Nachschubwege sichern. Hier können unsere Schiffe anlegen und sich verproviantieren. Byzanz bleibt außen vor, und das ist gut so. Die Seeräuber finden keinen Unterschlupf mehr. Oh ja, sie werden begreifen, wie günstig es ist. Sie werden mir aus der Hand fressen.« Er schickte sich an, den Erzbischof von Evreux zu begrüßen, der als erster sein Schiff verließ. Ein letztes Mal blinzelte er Johanna zu, gut gelaunt und selbstgewiss.

»Ich werde ihn verdammt noch mal jagen, bis ich ihn habe. Aber vorher werde ich heiraten.«

In diesem Moment sank Berenguela bewusstlos zu Boden.

16.

Anderntags, in der St.Georgs-Kapelle von Limmasol, stand sie vollkommen aufrecht am Altar, an der Seite eines Mannes, der ihr so männlich erschien wie nur einer, um ihm angetraut und zugleich zur Königin von England gekrönt zu werden.

Es war nicht die Kathedrale, von der Berenguela ursprünglich geträumt hatte. Der Altar, gekrönt von einer Steinfigur des Drachentöters, glänzte nicht von Gold, der gute Georg schaute eher tumb drein als heldenhaft und auch der Drache schien von einem Künstler geschaffen worden zu sein, dessen wildestes Vorbild in der Natur wohl eine unwillige Ziege gewesen war. Die Pfeiler des Kirchenschiffs mühten sich nicht erst, ins Unendliche zu streben und die Farbenpracht der Fenster war eher bescheiden. Die Bewohner der Stadt, die Richard mit Jubel begrüßt hatten, hatten das auszugleichen versucht, indem sie Kirche und Altar mit einem Meer von Blüten schmückten. Die zarten Frühlingsboten umkränzten die Säulen und Altäre und liebkosten den Hals aller gramgebeugten Heiligen. Auch unter St. Georgs Nase wippten einige blasse Glockenblumen, Margeriten kitzelten den Drachen und mit ihrem herben Duft die Nasen aller Besucher. Bienen waren mit hereingeflogen und umsummten das Brautpaar inmitten der ländlichen Pracht.

Im Geheimen hatte Berenguela manchmal davon geträumt, in Jerusalem zu heiraten, in einer Stadt, die einem Märchen gleichkam, überkrustet von Edelsteinen wie eine Reliquie, überwölbt von goldenen Kuppeln, eingehüllt in die Schleier des Weihrauchs wie eine orientalische Tänzerin und umgeben von Bergen so zarten, fernen Blaus, dass man sich beinahe jenseits der Wolken wähnte, unsicher, ob man das irdische oder das himmlische Jerusalem bewohnte. Und als Hochzeitsgeschenk fantasierte sie sich das Wahre Kreuz, auf das sie und Richard demütig ihre Lippen pressten. Doch es sollte wohl nicht sein.

Die Schuhe voller Perlen, die sie für diese Gelegenheit mitgebracht hatte, waren mit den beiden Schiffen im Sturm untergegangen, ihr seidenes Kleid mit den Goldfäden noch feucht vom Seewasser und der dazugehörige Schleier roch nach Holz. Die Schmuckstücke, die Richard aus dem Palast Komnenos' hatte holen lassen, um sie ihr zu verehren, waren von fremdartiger, brutaler Schönheit. Die goldene Kette vor allem mit ihrer breiten ziselierten Platte lag wie ein Panzer auf ihrer Brust. Die Smaragde darauf waren grob gefasst und wirkten nur durch ihre Größe, nicht durch kunstvolle Einbettung. Aber groß waren sie wahrhaftig. Richard hatte sie ihr als erstes Geschenk überreicht. Zypern, so hatte er erklärt, werde folgen. Und Jerusalem ebenfalls, dessen war sie sich gewiss, und sie glaubte ihm.

Aber vor allem: Die Krone, die Richard ihr durch den Erzbischof von Evreux auf das Haupt setzen ließ, war ganz und gar echt und nach allen Maßstäben außerordentlich. Als sie ihren Scheitel berührte, war Berenguela ein neuer Mensch, mehr als ein Mensch: Sie war Königin von England. Gottes Licht fiel auf ihr Haupt und verklärte alles rings herum. Selbst ihre Ängste waren für den Augenblick vergessen. Richard hätte nicht zufriedener mit seiner Braut sein können: ihrem stolzen Gang, als sie das Mittelschiff durchschritt, vorbei an den großen Namen der Könige, Bischöfe und Kreuzritter, mit dem hoch erhobenen Haupt Berenguelas, der sachten Röte auf ihren Wangen und dem hingebungsvollen Blick in ihren Augen.

Beim anschließenden Festmahl allerdings konnte Richard nicht umhin zu bemerken, dass ihr Blick mit einer gewissen Anspannung auf ihm ruhte. Sorgenvoll folgte sie dem Weg des Kelches in seiner Hand zu seinem Mund, und über den Rand hinweg, während er trank, glaubte er zu bemerken, wie ihre Lippen lautlos Worte formten.

In der Tat, Berenguela zählte, der Worte Johannas eingedenk, und fragte sich ratlos, was schlimmer wäre: die Ermahnung einer erfahrenen Frau verwerfen oder sich dem Gatten in der Hochzeitsnacht verweigern. Von beidem fühlte sie sich überfordert und so klammerte sie sich an die Anzahl der Pokale, die Richard trank, in der Hoffnung, die Zahl wäre noch unbedeutend und möge ihr keine Entscheidung auferlegen.

Als hätte Richard erfasst, was in ihr vorging, hielt er mitten im Schluck inne. Lange schaute er sie an, dann lächelte er und hielt ihr den Becher hin, wobei er ihn so drehte, dass sie genau an derselben Stelle trinken mußte, an der seine eigenen Lippen den Rand berührt hatten. Die ganze Hochzeitsgesellschaft hielt den Atem an ob dieser Geste, ein Knistern ging durch die Reihen, wie ein Blitz, der von Vorsprung zu Vorsprung sprang. In alle Augen trat ein plötzlicher Glanz.

Berenguela wusste kaum noch, wie sie atmen sollte. Sie ergriff den Silberkelch mit beiden Händen, spürte die Kühle des Metalls an ihren Lippen, dann den bitteren Wein. Da schloss sie die Augen und trank. Sie leerte alles bis auf den letzten Tropfen. Richard hatte alles mit geneigtem Kopf beobachtet. Nun streckte er beide Hände nach ihr aus, die sie mit derselben abrupten Entschlossenheit ergriff, zog sie, während er aufstand mit sich hoch und nahm sie schließlich mit einer unerwarteten, aber sofort bejubelten Geste auf die Arme, um beinahe im Laufschritt mit seiner Beute den Bankettsaal zu verlassen.

Johanna verzog das Gesicht. »Das ist das Normannenblut in uns«, bemerkte sie abfällig. »Dicht unter der Kruste des Zeremoniells lauert noch immer der Seeräuber.«

Elaines Augen aber strahlten. Ihr fehlten die Worte, um auszudrücken, was sie bei der Szene empfunden hatte. Aber ihr Brustkorb hob und senkte sich rasch, ihre Wangen glühten, und der junge Ritter, der neben ihr saß, erschien ihrem strahlenden Blick mit einem Mal so überirdisch schön, dass es all ihre Pulse beschleunigte.

»Elaine«, befahl Johanna, die es sehr wohl bemerkte. »Auch ich möchte aufbrechen. Begleite mich.«

»Aber ich …«

»Ich werde Hilfe bei der Toilette benötigen.« Johannas Stimme klang spröde und unnachgiebig. Enttäuscht stand Elaine auf, um ihr zu folgen. Man muss ihr vergeben, sagte sie sich dann, sie ist schon so alt, beinahe dreißig sicherlich, und versteht nichts mehr von der Liebe.

17.

Am anderen Morgen war Richard nach Famagusta aufgebrochen, um sein Versprechen wahr zu machen und Zypern seiner Braut und der Sache der Kreuzfahrer zu erobern. Johanna sah ihn mit Ungeduld fahren. Wie lange mochte es dauern, bis er zurückkehrte? Sie hatte sich am Abend zuvor mit Raimund unterhalten, dem Sohn des Fürsten von Antiochia, und dabei erfahren, dass nicht allein die Freude und Ergebenheit sie alle hierher geführt hatte, um Richard zu begrüßen.

Es stand nicht zum besten vor Akkon; seit Monaten schon wogte dort der Kampf zwischen den Kreuzrittern und der Besatzung der Stadt hin und her, ohne dass es zu einer Entscheidung gekommen wäre. Zwar hatte die Ankunft Philipp von Frankreichs einiges bewirkt. Der König hatte sofort befohlen, große Belagerungsmaschinen zu bauen, hunderte von Sturmböcken und zahlreiche Belagerungstürme waren entstanden, aber der Erfolg war bislang ausgeblieben. Zwar wirkte die Seeblockade, die Kreuzfahrer hielten den Hafen, und der Belagerungsring war so dicht, dass Saladin nur durch Brieftauben noch mit der seit Jahren eingesperrten Stadt verhandeln konnte. Aber die letzte Durchschlagskraft fehlte.

»Außerdem«, so hatte Raimund von Antiochia ihr erklärt, »ist die Lage vertrackt. »Zu unserer Erleichterung haben sich die Truppen Saladins in die Berge von Charubbah zurückgezogen, seit die tausende von Toten die Ebene vor der Stadt mit Seuchen tränkten, aber dennoch ist er uns gegenüber im Vorteil. Denn er ist beweglich und seltener Angriffen ausgesetzt. Den letzten unternahm Friedrich, der Herzog von Schwaben.«

Er hatte Johanna angeschaut, diese genickt. Sie kannte den deutschen Kaisersohn.

»Er und tausend Mann, das war alles, was uns erreichte von dem Zug Barbarossas, nachdem der auf seinem Weg ins Heilige Land in Armenien ertrunken war.« Raimunds Stimme hatte bitter geklungen. »Und doch, Ihr hättet ihn sehen sollen, Herrin: kaum dreiundzwanzig und hochgemut, das Bild eines Ritters. Kaum angekommen, gab er uns allen schon Hoffnung ein. Sein erster Plan war, Saladins Lager zu berennen. Er misslang.« Aus seinen Augen war das Leuchten und aus seiner Stimme die Begeisterung verschwunden, die kurz darin aufgelodert hatte. »Er starb vor wenigen Wochen im Zelthospital des Deutschen Ordens am Fieber.«

Johanna hatte ihr Bedauern bekundet und überlegt, ob sie es wagen sollte, nach Philipp zu fragen, und ob seine Ankunft eine ähnliche Euphorie ausgelöst hätte. Aber Raimund fuhr in seiner Erzählung fort.

»Unser Lager hingegen, dicht vor der Stadt, ist mittlerweile fast besser befestigt als diese selbst. Und glaubt mir, inzwischen sind wir eine Stadt, mit Handwerksbetrieben und Schänken und Bädern und oh, allem.« So erschrocken hatte er sich geräuspert, daß Johanna nicht hatte umhinkönnen zu verstehen, dass er die

Bordelle meinte. Sehr jung hatte er ausgesehen in diesem Moment, mit seinen flachsblonden Haaren und dem Milch-und-Blut-Gesicht eines englischen Landjungen. In beidem war er das Ebenbild seines Vaters, des Fürsten von Antiochia, nur dass bei Bohemund das Gesicht breit geworden war und schlaff die Wangen, die jetzt nicht mehr die Jugend, sondern die Liebe zum Wein färbte. Aber beide hatten sie wache blaue Augen, und es eignete ihnen das selbe gutmütige, lebenslustige Lachen. Auch wenn Raimund im Moment eher erschrocken dreinschaute.

Lächelnd hatte Johanna genickt und ihm mit einer Geste zu verstehen gegeben, er könne fortfahren.

»Ähm. Aber wir sitzen dort eingeschlossen. Mal ziehen Pestseuchen über uns hin, mal die Muselmanen, wir halten alles aus, müssen es aushalten.« Er hatte in seinen Becher gestarrt. »Wenn wir einen Angriff auf die Wälle unternehmen, gleicht es einem Ausfall. Wir reiten hinaus, bringen unsere Türme in Stellung, und verdammt noch eins – verzeih mir, oh Herr –«, hatte er rasch eingeworfen und sich bekreuzigt – »wir haben auch Erfolg. Wie auch anders, die Stadt ist am Ende nach all den Jahren, nichts kann sie mehr retten, und doch: Sobald wir den Sieg vor Augen haben, sobald ein Mauerwall zusammensinkt und der Staub aufsteigt, hinter dem wir die Bresche erahnen, sobald wir die Wälle erklimmen ...« – er hatte die Faust geballt und auf den Tisch gedonnert – »... kommen auch schon die Truppen Saladins von ihren Hügeln herunter, fallen uns in den Rücken oder berennen unser eigenes Lager und zwingen uns so hinter unsere eigenen Mauern zurück. Es ist immer das gleiche Spiel, bis in alle Ewigkeit könnte es so gehen. Keiner kann es gewinnen; es müsste schon ein Wunder geschehen.«

»Und Philipp?«, hatte Johanna sich nicht beherrschen können zu fragen. »Ich meine, haben seine Truppen keine frische Kraft gebracht?«

Raimund hatte sie offen angesehen. Er besaß ein ehrliches Gesicht, in dem die hellblauen Augen, die seltsam von seiner stark gebräunten Haut abwichen. Er war jung, doch die Sonne hatte Falten um seine Augen gelegt. Seine Locken waren so gebleicht vom Licht der Levantine, dass sie wie weiße Seide wirkten, glatt, weich und auch ein wenig müde. »Er hat viel getan, versteht auf manches von Taktik, aber«, – es war nur ein kurzes Zögern – »er ist nicht der Mann für ein Wunder, Mylady. Und nun sind wir hier bei Euch.«

Johanna hatte sich zurückgelehnt und über das Gehörte nachgedacht: die Ebene voller Leichengestank, das bedrängte Lager, über das hinweg die Brieftauben Saladins in eine Stadt flogen, die schon jenseits der Hoffnung lebte, die Menschen, betäubt von der jahrelangen Routine des Blutvergießens, die auf etwas warteten, das ihnen neues Leben gab. War ihr Bruder der Mann für ein Wunder?

Nein, musste Johanna sich gestehen, nein, ein Liebling Gottes war Richard sicher nicht, egal, was er auf sich genommen hatte, um diesen Kreuzzug auf die Beine zu stellen, egal, wie vielen Schuften er Privilegien verkauft und wie viele Juden er verbrannt hatte, um das Geld zusammenzukratzen, nein. Einer, dem Gott Wunder schenkte, war er nicht. Aber der Mann, sich eines zu ertrotzen, der Mann, sich vor eine Truppe müder Kämpfer zu stellen und sie dazu zu bringen, über sich hinauszuwachsen, der war er wohl. Und wenn irgendwo der Hauch eines Erfolges in Sicht wäre, wäre er derjenige, sich hinzustellen und so laut zu verkünden, hier wäre eine Wunder, von ihm persönlich vollbracht, dass schließlich alle es glaubten. Johanna hatte es mehr als einmal gesehen.

»Und es ist gut, dass Ihr gekommen seid«, hatte sie daher gesagt, bemüht, so viel Überzeugung und Herzlichkeit wie möglich in diese Worte zu legen.

Raimund hatte genickt. »Wir hoffen es, hoffen es alle.« Ein Schluck von seinem Wein und er war lebhafter geworden. »Die Pisaner und die Flandrer konnten sich nicht entschließen. Sie sagten, Philipp hätte zwar kein Geld, aber sie wüssten nicht sicher, ob Richard welches hätte.«

»Oh«, hatte Johanna gemacht und an ihren eigenen Besitz gedacht, der in Richards Kriegskasse übergegangen war. Ihre Antwort war ein wenig spitz ausgefallen. »An Geld mangelt es nicht, das kann ich Euch versichern.«

»Gut«, hatte Raimund befriedigt festgestellt und herzhaft gerülpst. »Denn ehe er sich Saladin entgegenstellen kann, wird er den Konflikt zwischen den Parteien Guido von Lusignans und Konrad von Montferrats entscheiden müssen. Und dabei hilft ihm nur Geld.«

Ja, mein Geld, hatte Johanna gedacht und eine Hand auf seinen Arm gelegt. »Glaubt mir, der Konflikt ist so gut wie gelöst.«

Sie erinnerte sich mit einem bitteren Lächeln an sein erwartungsfrohes Gesicht.

18.

»Rose«, rief sie dann nach der Magd und wandte sich vom Fenster ab, wo auf dem Meer die letzten Schiffe hinter der Landenge verschwanden. »Wo ist Berenguela? Wie geht es ihr?«

»Sie liegt noch immer zu Bett, Herrin«, lautete die Antwort.

»Armes Ding.« Johanna biss sich auf die Lippen. Sie war wahrhaftig keine Freundin der Navarresin, die ihr hochmütig und unreif erschien. Aber sie konnte sich lebhaft vorstellen, wie ihr nun zumute war. Nur zu gut erinnerte sie sich ihrer eigenen Brautnacht, und die Kleine tat ihr wider Erwarten Leid.

»Ich denke nicht …«, begann Rose. Aber Johanna war nicht aufzuhalten.

»Ich werde ihr ein wenig Rosmarinessenz bringen. Und Rosenwasser. Das belebt und tröstet den Geist. Du findest es in meinem Zimmer. In der Truhe mit den Silbernägeln.« Damit eilte sie davon.

Ohne weitere Proteste ging Rose beides holen. Sie beeilte sich nicht, damit zu Berenguelas Schlafzimmer zu kommen, wo, wie sie wusste, bereits Elaine zu Gast war. Als sie schließlich doch ankam, verlangsamte sie ihren Schritt. Johanna stand im Gang und hatte sich offenbar noch nicht bemerkbar gemacht, als Rose zu ihr trat. Durch einen Spalt beobachtete sie die beiden Mädchen drinnen.

Berenguela selbst lag zudeckt im Bett, tief in die frischen Laken gewühlt, die Rose aufgezogen hatte, und das Kopfkissen in beiden Armen, das sie mit aller Kraft an sich drückte. Das Gespräch zwischen den beiden wurde im Flüsterton geführt, war deswegen aber nicht weniger lebhaft und wurde häufig unterbrochen von lautem Gekicher.

»… und dann seine Männlichkeit. Hast du schon einmal …?«

»Oh Gott, nein!« Elaine quiekte und hielt sich die Hand vor den Mund. Mit aufgerissenen Augen und heißen Wangen saugte sie jedes von Berenguelas Worten auf.

»Ich meine … so groß … gute Güte … ich dachte, niemals … aber er …«

»Nein«, hauchte Elaine.

»Doch«, bestätigte Berenguela fröhlich, um sofort ihre Stimme wieder zu dämpfen. »Und dann hat er durch den Stoff meine Brust berührt. Hier …« Andächtig ahmte sie die Geste nach. »Und dann noch … .« Sie verfiel in ein Flüstern.

Kichern drang Elaine in sie, aber Berenguela schüttelte den Kopf. »Nein, nein, das kann ich nicht zeigen, bei allen Heiligen, ich erröte, wenn ich nur daran denke.« In der Tat glühte ihr Gesicht. Und ihre Augen sprühten die Funken äußerster Angeregtheit. »So habe ich mich noch niemals gefühlt, in meinem ganzen Leben, so …« Sie suchte nach Worten und fand sie nicht. Heftig warf sie sich zurück auf die Matratze und drückte ihre Wange an das Kissen. »Ach, ich wünschte, er wäre schon wieder hier. Ich wünschte, ich wäre Zypern und er würde mich erobern.« Andächtig lauschte sie ihrem eigenen poetischen Aufschwung nach. »Ich würde mich ihm unterwerfen, vollkommen, ohne jeden Rückhalt, jeden Tag. Ach, seine Sklavin wollte ich sein, ich …«

»Ich wollte es schon vorhin sagen«, begann Rose flüsternd. Aber die Königin schien ihr gar nicht zuzuhören.

»Guten Morgen.« Ohne Vorankündigung trat Johanna ein. Das Lächeln in ihrem Gesicht erreichte ihre großen, veilchenblauen Augen nicht. Mit steifer Würde nahm sie in dem Sessel Platz, den Elaine ihr sofort überließ. »Ich sehe, es geht dir gut?« Mit einer Handbewegung wies sie Rose an, die mitgebrachten Tiegel auf dem Tisch abzustellen, ohne das geplante Geschenk weiter zu kommentieren.

Berenguela setzte sich auf und strich ihr Nachtgewand glatt, eine Wolke von gefälteltem weißen Leinen, über das ihr schwarzes Haar ungebändigt fiel. »Danke«, sagte sie geziert. »Es geht mir großartig.« Nach einer kleinen Pause konnte sie es sich nicht verkneifen hinzuzufügen. »Eure Ratschläge haben sich zum Glück als überflüssig erwiesen.« Ihr Blick suchte den Johannas voller Triumph.

Die neigte den Kopf. »Ich kann nur wiederholen, was ich sagte. Es ist niemals gut für eine Frau, sich zu sehr an einen Mann zu verlieren.«

Berenguela warf den Kopf zurück. »Ach, und warum nicht, wenn ich fragen darf?« Mit einem Seitenblick holte sie sich Bestätigung von Elaine. »Zufällig habe ich einen Mann, der es wert ist.«

Mitleidig schaute Johanna sie an. »Wollt Ihr nicht warten, bis Ihr ihn ein wenig besser kennt als nur …« Sie vollendete den Satz mit einer Handbewegung.

Errötend brauste Berenguela auf: »Richard ist der beste Mann der Welt. Und er liebt mich.«

»Richard hat schon als Kind jedes Spielzeug kaputt gemacht, das er besaß«, entgegnete Johanna scharf, um dann ein wenig milder fortzufahren: »Ich will Euch doch nur warnen, dass es gefährlich sein kann, sich selbst so ganz aufzugeben, auf jede Meinung, jeden Willen zu verzichten für das Vergnügen einer Nacht. Für jede Frau, und für eine Königin zumal. Das Leben hält noch andere Herausforderungen bereit.«

»Das mag Eure Erfahrung sein«, schnappte Berenguela.

»Was wollt Ihr damit sagen?«, fragte Johanna, die um eine Nuance blasser geworden war.

Berenguela lächelte mit dem untrüglichen Instinkt derjenigen, die die schwache Stelle ihres Gegners gefunden hat. »Nun, ohne Euch zu nahe treten zu wollen, werte Johanna.« Sie wartete ein wenig und strich wohlgefällig das Gewand über ihrem prächtigen Leib glatt. »Aber womöglich wisst Ihr gar nicht, worüber wir hier sprechen. Und so Leid mir das für Euch auch tut ...« Nun war es an ihr, ihre Aussage mit einer nonchalanten Geste zu beenden.

»Das ist doch ...«, flüsterte Johanna.

Berenguela blinzelte Elaine zu, die erschrocken den Kopf senkte, ihr Lächeln aber nicht verbergen konnte. »So kann ich doch nicht umhin zu vermuten, dass aus Euch ein wenig die Eifersucht spricht, habe ich nicht Recht?«

Johanna war kreidebleich geworden. In ihren Augen flackerte es, als sie aufstand .«Ich wollte nur Euer Bestes«, murmelte sie.

Berenguela nickte huldvoll.

Da richtete Johanna sich auf. »Nun, ich brauche mich nicht zu erklären. Die Schlachtfelder von Akkon werden Euch alles lehren, was Ihr mir nicht glauben wollt.« Mit diesen Worten ging sie hinaus.

»Es ist niemals gut für eine Frau sich an einen Mann zu verlieren«, äffte Berenguela Johanna nach. Und ihre schwarzen Augen blitzten. »Das wagt sie, mir ins Gesicht zu sagen. Diese vertrocknete alte Jungfer«, zischte sie. »Eines Tages, das schwöre ich, werde ich es ihr heimzahlen.«

19.

Rose folgte eilig Johannas hektischen Schritten, die in dem hohen Gang verhallten. Sie wollte ihr gerne etwas Freundliches sagen, bekennen, dass sie ihr Recht gab und sie, falls das nicht vermessen war, verstand. Aber ihr auch ihre Sorgen mitteilen. Johanna jedoch ließ sich nicht einholen.

Es war sicher gut, Berenguela vor zu viel Enthusiasmus zu warnen, das glaubte Rose aufrichtig. Sie hatte an dem Morgen gesehen, wie Richard aufgestanden war und gegangen, wie – sie suchte für sich nach Worten – wie nach einem guten Frühstück. Kaum auf dem Flur, war seine ganze Körperhaltung eine andere gewesen und sie hätte gewettet, dass er seine Frau vergessen hatte, noch ehe er das Schlosstor passierte. Ganz so, wie Thomas sicher sie vergessen hatte, noch ehe er den Saum des Waldes passierte, in dem er über sie hergefallen war.

Nichts davon wagte sie tatsächlich zu sagen. Statt dessen berührte sie Johanna sacht am Ärmel, als diese endlich an einem der Fenster stehenblieb, die aufs Meer hinausschauten.

Johanna schüttelte ihre Hand unwillig ab.

»Schon gut«, murmelte sie. »Sie sind jung und voller Illusionen. Und ich«, sie seufzte. »Ich darf die Augen nicht davor verschließen, dass ein Körnchen Wahrheit in dem steckt, was sie sagt.« Sie hielt inne und lächelte bitter, als sie Roses erschrockenes Gesicht sah. »Man kommt nicht dadurch weiter, dass man sich etwas vormacht. Nicht über andere, noch über sich selbst. Das habe ich ihr bei anderer Gelegenheit selber gesagt.«

»Wir können nichts für unsere Erfahrungen«, wagte Rose einzuwerfen, »und die Lehren, die wir notgedrungen daraus ziehen.«

Johanna nickte. »Wir alle tragen, was Gott uns gesandt hat.« Aber sie klang nicht glücklich dabei. Noch einmal seufzte sie.

»Und gewiss erwirbt man dadurch nicht das Recht, diejenigen zu beneiden, die es besser trafen.«

Rose schüttelte den Kopf. Es drängte sie, Johanna zu trösten. »Ihr habt es gut gemeint, da bin ich sicher. Ich habe lange darüber nachgedacht, wisst Ihr?« Sie errötete, als sie das Lächeln sah, dass auf Johannas Zügen erblühte und musste selbst lachen, erleichtert, dass das zwischen ihnen wieder möglich war. »Und ich meine, dass Ihr völlig Recht habt. Es bringt nichts, einen anderen Menschen zu sehr zu vergöttern. Oder zu verteufeln«, fügte sie im Hinblick auf ihre eigenen Erfahrungen hinzu. »Man muss das aus seinem Kopf bekommen. Es kommt auf das an, was man von sich selbst erwartet, nicht wahr?«

Johanna strich ihr über die Wange. »Du bist erstaunlich, Rose. So jung, und schon so weise.«

Die errötete. »Ihr macht Euch über mich lustig, Herrin. Und Ihr habt es doch selbst gesagt. Es ist doch auch so, oder?« Erwartungsvoll hob sie den Blick.

Aber der Johannas war schon wieder in die Ferne gerichtet. »Wenn du in die Zukunft siehst, Rose, was erblickst du dann?«

Berenguela erwartete purpurne Wolken, dachte sie, Elaine einen Ritter in silberner Wehr. Und sie selbst?

»Siehst du immer noch den Ort, an dem du respektiert wirst?«

Rose zuckte mit den Schultern. »Man kann es nicht wissen, Herrin«, sagte sie. »Aber wenn ich es versuche, sehe ich …«

»… die Pflicht«, fiel Johanna ihr bitter ins Wort.

Rose schüttelte den Kopf. »Mich selbst«, sagte sie. Dann erschrak sie, denn Johanna brach in Tränen aus. Hilflos hob sie die Hände. »Verzeiht, Herrin. Ist es so dumm, was ich gesagt habe?«

20.

Die fünfundzwanzig Galeeren Richards machten gute Fahrt. An Bord des Schiffes Guido von Lusignans befand sich Isaak Komnenos samt seiner Familie, in silbernen Ketten, was die Stimmung noch hob. Und falls Konrad von Montferrats Weigerung, sie in Tyros einzulassen, das sie als erste Stadt an der Küste ansteuerten, das Hochgefühl dämpfte, so schärfte es doch Richards Kampfeswillen. Der Anblick des sarazenischen Schiffes gar, das von seinen Begleitern angegriffen und versenkt wurde, ließ seine Vorfreude auf den Kampf ins Unermessliche wachsen.

Trümmer umspülten ihre Kiele, Planken, Segelfetzen, Fässer, Tierkäfige, die Kadaver ertrunkener Ziegen und Hühner. Raimund von Antiochia spuckte ins Wasser, als er die Ladung sah, die zweifellos für die darbenden Einwohner von Akkon bestimmt gewesen war. »Wenn das Schiff zur Stadt durchgekommen wäre, hätten die Belagerten neue Hoffnung geschöpft. Sollen sie stattdessen uns sehen und verzweifeln.«

»Recht so«, verkündete Berenguela, die sich zugleich ihren Schleier vors Gesicht zog, um den unerfreulichen Anblick drunten nicht sehen zu müssen. Dann wies sie auf den Horizont, wo sich an der Küstenlinie, hinter der in zartem Blau die Berge Galiläas schwebten, eine graue Silhouette abzeichnete, die rasch größer wurde.

»Ja, das ist es.« Raimund von Antiochia nickte. »Einst der reichste Hafen an der ganzen Küste, der belebteste von allen. Hunderte von Schiffen haben hier ihre Waren gelöscht, die Karawanen brachten ihre Last aus dem Inland. Die Händler drängten sich nur so in den Straßen; Ihr hättet es sehen sollen. Jetzt hungern sie dort drinnen.« Zum Erstaunen der Frauen lag so etwas wie Heimweh in seiner Stimme, und ihnen wurde schlagartig klar, dass Raimund nicht mit ihnen aus Europa gekommen war. Er stammte von hier, hier lag sein Herrschaftsgebiet und, so seltsam es für sie klang, da alles hier doch so fremdartig wirkte auf jeden Christen, seine Heimat.

Raimund räusperte sich, und er fuhr fort, ihnen die Befestigungen zu beschreiben, die nun langsam vor ihren Augen emporwuchsen. »Der Turm dort, der so exponiert ist und die Einfahrt beherrscht, seht Ihr? Wir nennen ihn den Fliegenturm. Jetzt blockieren die Venezianer und Pisaner mit ihren Schiffen den Hafen so vollkommen, dass keine Maus mehr durchkommt. Aber letztes Jahr war das anders, Saladin gelang mit einem voll beladenen Schiff der Durchbruch, und wir versuchten daraufhin, den Turm zu erobern, um die Blockade zu sichern. Wir haben ein Floß gebaut mit einem Belagerungsturm darauf, vier Stockwerke hoch.«

»Nein«, staunte Elaine, und sie alle gruselten sich bei der Beschreibung des Monstrums, das da aus der See gewachsen sein musste, zwanzig Meter in die Höhe, über die Krone des Turmes hinaus. Das oberste Stockwerk besaß Brücken, die niedergeklappt werden konnten auf die feindliche Mauerkrone. Bogenschützen und Schleuderer, an die vierhundert insgesamt, warteten darauf, von dort aus den Fliegenturm zu entern, an ihrer Spitze der Herzog Leopold von Österreich.

»Wir hatten eine Galeere angezündet und auf die sarazenischen Schiffe zutreiben lassen«, berichtete Raimund, während vor ihren Augen Leben kam in die nun stillen grauen Mauern und die ruhige See, die sich in ihrer Phantasie mit Männern und Schiffen, Rauch und Getöse füllte.

»Aber der Wind drehte«, fuhr Raimund sachlich fort und trieb unseren Brander auf den Turm, der sofort in Flammen aufging.«

»Was wurde aus den Männern?«, fragte Rose.

Raimund zuckte mit den Achseln. »Der tapfere Herzog konnte sich retten, obwohl er verwundet war vom ersten Angriff. Sonst kaum einer.«

Johanna kniff die Augen zusammen und betrachtete die Reihe der pisanischen Schiffe, die dort in einer Kette vor Anker lagen.

»Was ist das dort«, fragte sie, »was da von dem Mast baumelt?« Sie zeigte darauf, und ihn dem Augenblick hob sich ein Möwenschwarm von dem Gegenstand und stieg kreischend auf.

Raimund kniff die Augen zusammen gegen die gnadenlose Sonne, die sich auf der stillen Wasseroberfläche und den hellen Mauern brach. »Ach das«, meinte er. »Das sind Gerippe.« Als die Damen einhellig aufstöhnten, erklärte er: »Von Zeit zu Zeit schickt Saladin Taucher, die unter den Kielen unserer Schiffe hindurchtauchen, um Nachrichten in die Stadt zu bringen. Wenn wir einen davon herausfischen, hängen wir ihn dort auf. Damit die Sarazenen sehen, dass ihnen keine Hilfe kommt. Ist lange her«, meinte er, »dass der letzte es versucht hat. An dem dort ist schon kein Stück Fleisch mehr.«

Der Rest der Fahrt verlief schweigend. Erst, als sie die Stadt umrundet hatten, und sich dem Strand und dem Kreuzfahrerlager näherten, wurde es mit einem Schlag laut. Fanfarenstöße begrüßten sie, während sie ausschifften, Menschenmassen drängten sich am Ufer, wälzten sich ihnen entgegen, wollten ihre Kleider anfassen, ihre Hände berühren, als wären sie Heilige. Die Heilrufe für den englischen König überboten einander. Männer sprangen wie Buben umher und lachten, hoben die Arme, schrieen sich um ihren Verstand. Das Wasser spritzte unter ihren Füßen, als sie den Booten der Ankommenden ins Meer hinein entgegenliefen. Unter Musik zogen sie in das Lager ein.

»In der Tat«, murmelte Johanna, als sie die Anlagen passierten, »es ist befestigt wie eine Stadt.«

»Und beinahe so groß«, jubelte Elaine, »seht doch nur!«

Endlose Zeltgassen taten sich vor ihnen auf, rechts und links der Hauptstraße, auf der vier Pferde bequem nebeneinander gehen konnten, fächerten sie sich auf wie ein Spielzeugpanorama. Da war die Gasse der Schmiede und Schwertfeger, die Gasse der Zimmerer, die der Spengler und die der Wäscherinnen, die Gasse der Schuster und Schneider, die der Wirte und der kleine Markt. Die Kämpfer hatten sich um ihre Anführer gruppiert, um deren bunte, prunkendere Zelte, über denen die jeweiligen Banner im sachten Wind schwebten.

»Oh, ich wünschte, er wehte stärker«, seufzte Berenguela und fächelte sich Luft zu. »Es ist fast unerträglich heiß hier.«

»Nun, es ist Juni«, gab Johanna begütigend zurück, musste sich aber selber den Schweiß von der Stirn tupfen. »Sommer. Sicher ist es ein besonders warmer Tag.« Raimund, der sie hörte, lachte. Er neigte sich hinein in die Sänfte, in der die drei adligen Damen Platz genommen hatten. »Myladies, glaubt mir, heute ist es angenehm frisch. Wenn die wahre Hitze kommt, dann können die Männer ihre Harnische nicht mehr berühren, ohne sich die Finger zu verbrennen, und wer in den Verschanzungen liegt, der hat das Gefühl, dass unter dem Helm sein Hirn langsam zerkocht.

»Warum nimmt er ihn dann nicht ab?«, fragte Elaine erstaunt. Raimund sah sie an, lachte dann lauthals und ging weiter, den Text eines der Lieder aufnehmend, das die Menge um sie herum sang.

Berenguela wedelte verärgert die Fliegen vor ihrem Gesicht fort. »Und der Geruch«, nörgelte sie.

In der Tat waren die Lagergassen voller Unrat. Und kein Regen in Sicht, der sie fortgeschwemmt hätte. Die Abfälle, Schlachtreste und Fäkalien fraßen sich in den Staub und gärten in der Sonne. Dennoch konnte Johanna nicht umhin, an den Bericht Raimunds von der Ebene zu denken, auf der die Ausdünstungen der Tausenden von Toten für seuchenerregenden Gestank gesorgt hatten; und sie glaubte, einen Hauch davon zu riechen. Energisch zog sie die Vorhänge zu.

Rose zog mit dem Fußvolk ein, über Sand und Unrat hinweg. Der Staub, den die vielen marschierenden Füße aufwirbelten, kratzte in ihrer Kehle. Doch sie spürte ihren Durst kaum. Dort tat sich eine Schmiede auf, an deren Wand sie kurz Bündel von Waffen erahnte, dort lag eine Schenke, aus der heraus das Volk sie begaffte. Auch Frauen waren dabei, die Hände in die Hüften gestemmt und manche von ihnen, begriff sie schockartig, mit schwarzem Haar und brauner Haut, waren Araberinnen, Sarazeninnen! Rose hatte zum ersten Mal den Feind erblickt! Er ging barfuß, war in seltsam formlose, weite Tuniken gehüllt, die vor Dreck standen und winkte ihnen begeistert zu. Erschrocken taumelte Rose aus ihrer Reihe.

»Hoppla!« Sie war dankbar, als sie in ein freundliches Gesicht blickte. Der Mann, der sie aufgefangen hatte, trug ein leichtes Kettenhemd und einen Helm, unter dem hervor ein paar ernste braune Augen blickten.

»Die Hitze«, murmelte Rose zu ihrer Entschuldigung. Dazu machte sie eine vage Handbewegung. »Und es gibt so viel zu sehen.« Den Anblick der Frauen mied sie angelegentlich.

Ihr Helfer nickte. »John«, stellte er sie vor. »Einst kam ich aus Wales hierher. Ich war einer der ersten, der aufbrach, nachdem der ehrenwerte Erzbischof von Canterbury im Jahr achtundachtzig dort selbst gepredigt hatte.« Er lachte, als wäre das ein guter Witz.

Rose bemühte sich um ein Lächeln. »Es ist tatsächlich sehr anders hier.«

»Habt Ihr das gesehen?«, fragte ihr neuer Bekannter, ohne auf ihren Ton einzugehen. Er wies auf eine hölzerne Konstruktion, die Rose riesig erschien. »Das ist eine Steinschleuder. Der Franzose hat sie bauen lassen, gleich nachdem er kam. Wir nennen sie ›Der böse Nachbar‹. Und glaubt mir, das ist sie.« Verwundert betrachtete Rose das Ding.

»Und dort hinten, vor den Mauern, seht Ihr das?« Rose verdrehte sich fast den Hals, um zu den Türmen Akkons hinübersehen zu können.

»Steigt auf diese Kiste«, erbot ihr selbsternannter Begleiter. Mit einem Fußtritt schob er sie ihr hin.

Rose gehorchte und hatte nun einen Blick auf die Stelle, an der die landwärts gelegene Mauer Akkons einen scharfen Knick machte. »Wir nennen ihn den verfluchten Turm«, hörte sie es unter sich. »Bemerkt Ihr die Leiter, die davor aufgerichtet ist und darauf wartet, mit ihren Greifern zupacken zu dürfen? Das ist ›Die Katze‹. Und dort in Stellung ist unsere größte Schleuder, ›Gottes höchsteigene Schlinge‹« In seiner Stimme klang Stolz mit, als er auf das Ding wies, das Rose wie ein grotesk großer, fahrbarer Galgen erschien. »Ich war dabei, als sie die Bresche dort in die Mauern schlug.«

Rose beschattete ihre Augen und erblickte tatsächlich die Wunde in der Befestigung. Die Krone war um fast Mannslänge eingebrochen, eine Flut von Geröll hatte sich nach unten ergossen, mühsam genagelte Holzblenden sollten das Loch schützen, das dort oben entstanden war.

»Und dennoch ist es nicht gelungen?«, murmelte sie, mehr zu sich selbst. In diesem Moment bemerkte sie, dass John ihre Hüften umarmt hielt, um sie auf ihrem Ausguck zu stützten. Sie wurde unruhig und verlangte hinab. Er half ihr fürsorglich. »Ich, ich muss zu meiner Herrschaft«, stammelte Rose und beschattete die Augen, um in dem turbulenten Zug die Sänfte wiederzufinden. Fanfaren setzten erneut ein, ein weiteres Lied stieg in den Himmel, so laut, dass sie fast ihr eigenes Wort nicht verstehen konnte. Neben ihr, als wäre es nicht schon heiß genug, schichteten Männer einen Stapel Brennholz auf und machten Miene, ihn zu entzünden, um mit einem Freudenfeuer ihre Begeisterung zu bekunden. Auch draußen in der Ebene gab es schon solche Scheiterhaufen und züngelten mit blasser Flamme in die Luft, die sie zum Flimmern brachten, als würde die Atmosphäre dort geschmolzen. Rose konnte den Rauch nun riechen, der sich wohltuend über die übrigen Gerüche legte.

»Ich muss ...«. Sie schrie es fast.

John nickte, nahm sie bei der Hand und drängte sich mit ihr durch die feiernden Massen, bis sie den Anschluss an Johannas kleine Schar gefunden hatten. »Sag deinem Herren, wir sind bereit.« John musste husten von der Anstrengung, sich in dem Lärm verständlich zu machen. Aber seine milden Augen leuchteten mit einem Mal, und sein Gesicht glühte vor Begeisterung.

»Sag, dass wir bereit sind, wir alle hier. Mit Richards Hilfe und Gottes Führung werden wir es schaffen.«

»Amen«, gab Rose verwirrt zurück. Dann wurde sie von seiner Seite gerissen. Offene Münder, Hände, die sich nach ihr reckten, Sonnenreflexe auf Metall, Fahnen, Tierdärme, die unter ihren Tritten platzten – Rose war wie betäubt von dem, was auf sie einstürmte. Sie stolperte hinter der Sänfte her wie im Schlaf und war dankbar, als die Vorhänge eines Zeltes sich hinter ihr schlossen. Wenigstens das schier unerträgliche Sonnenlicht und der Staub blieben nun draußen. Der Lärm jedoch schallte weiter; die Kreuzfahrer vor Akkon feierten eine Fest.

»Ein Zelt«, hörte Rose Berenguelas pikierte Stimme sagen.

»Für die nächsten Monate: ja«, antwortete Johanna kalt. »Stell dich drauf ein. Und wenn wir diese verdammte Stadt nicht bald erobern, dann für Jahre.«

Jahre, dachte Rose und taumelte zu einem Kupferbecken mit lauem Wasser, das ihr ein Spiegelbild ihres Gesichts zurückwarf, so zittrig und unruhig und unscharf wie ihr auch die ganze Welt dort draußen erschienen war. Sie holte tief Luft und tauchte erlösungsuchend ihren Kopf hinein. Jetzt bemerkte sie, dass sie durstig war. Sie betrachtete das nun beschmutzte Wasser, in dem Staub und Haare trieben und zögerte nur kurz, ehe sie es gierig schlürfte. Sie hätte Jahre trinken können.

21.

Kaum im Lager angekommen, machte Richard sich fertig für einen Ausritt, um die Verschanzungen zu besichtigen und sich einen Überblick über das Geschehen geben zu lassen. Die Herren seiner Partei begleiteten ihn. Zufrieden nahm er zur Kenntnis, dass der Kommandant der pisanischen Flotte es für richtig hielt, ihn jetzt schon wissen zu lassen, dass er für ihn votieren würde.

»Wie viel Sold bietet Philipp von Frankreich denen, die seinem Banner folgen?«, erkundigte Richard sich, während er zugleich mit kundiger Miene die Türme inspizierte und die Sehnen der Schleudermaschinen betastete. Als er erfuhr, dass es drei Goldbesams wären, befahl er einem Herold, im Lager zu verkünden, er würde vier bezahlen. »Wollen doch mal Schwung in die Sache bringen«, knurrte er und stieß mit dem Fuß probeweise gegen eines der niedrigen Räder, auf denen die Belagerungstürme liefen. »Das sieht doch gar nicht so übel aus.«

»Philipp hat viele Maschinen bauen lassen«, bestätigte der Erzbischof von Jerusalem, der an seiner Seite ritt, das Kreuz um den Hals, in Helm und Harnisch. »Sturmböcke und Schättschildkröten, an die Hunderte. Aber Herr, er ist nicht der Mann, die Mauer im Sturm zu nehmen. Er ist zu vorsichtig und scheut das Wagnis.«

»Er hat kein Glück«, murrte Philipp von Flandern, der sich Richards Zug ebenfalls angeschlossen hatte. »Das ist es.« Als er merkte, dass Richard ihm interessiert zuhörte, führte er seine Geschichte aus. »Kaum angekommen, ließ er einen seiner Falken steigen, ein sehr edles Tier, fürwahr, groß und weiß, von dem ich mich auch ungern getrennt hätte.« Er hustete rasselnd, und für einen Moment gewahrte man, dass sein Gesicht unter dem Helm grau war und von Fieber gezeichnet. »Es stieg und flog und landete dort oben auf der Mauer.« Er wies auf eine Stelle neben dem Verfluchten Turm, demgegenüber Philipp von Frankreich seinen Befehlsstand hatte. »Wir haben es zu Pferde verfolgt, und als wir es sahen, ließen wir Boten in die Stadt schicken. Er hat viel Gold geboten, der Franzose, aber seinen Falken bekam er nicht wieder.« Er nickte, als sei damit alles gesagt, und viele um ihn herum wiegten ebenfalls die Köpfe, um zu bekunden, dass auch sie dies für ein schlechtes Omen hielten, auch wenn der Bischof ihnen Aberglauben vorwarf. Bekreuzigte er sich doch selbst.

Da platzte die gefällige Stimme Guidos von Lusignans heraus: »Bestimmt haben sie ihn inzwischen gefressen.« Er grinste über das ganze Gesicht, das schmal unter üppigen braunen Locken hervorsah, mit scharf vorspringender Nase und einem knochigen Kinn, das die Damen als männlich empfinden mochten. Er war keine Schönheit, aber seine lebensvollen braunen Augen, die ihn fast wie ein Kind dieses Landes erscheinen ließen, machten dies wett und ließen selbst die Narbe an seiner Wange vergessen, die er, wie man munkelte, in der unheilvollen Schlacht von Hattin erhalten hatte. Auf sein Wesen schien sie keinen Schatten geworfen zu haben.

Richard warf den Kopf mit den langen, rotblonden Haaren zurück und lachte aus voller Kehle. Bald lachten die anderen mit ihm, in der genussvollen Gewissheit, dass sie nun einen Mann bei sich hatten, dem niemand etwas verweigern würde. Und wenn, würde er es sich holen, mit Zähnen und Klauen.

Es begann zu dämmern, und nun sah man das ganze Ausmaß der Aktivität, die allein Richards Ankunft bewirkt hatte. Das Lager war erleuchtet wie für ein Bankett, bis in die letzte Gasse brannten die Fackeln, kein Zelt, das sich ausgeschlossen hätte. Auch draußen in der Ebene loderten die Freudenfeuer weithin.

»Ha«, stellte Guido befriedigt fest. »Die Muselmanen werden glauben, die Erde brennt.«

»Wenn sie nicht bald aufgeben, wird sie das auch«, erwiderte Richard und wandte sich an einen der Ritter in seiner Begleitung, um ihm ein Schreiben zu überreichen, das er schon auf dem Schiff aufgesetzt hatte. Ich werde Bewegung in die Sache bringen, dachte er, so oder so. Er winkte einer Gestalt, die von den anderen schon misstrauisch beäugt worden war, einem Marokkaner im langen Gewand seiner Heimat, das krause Haar von einem Fez bedeckt. »Mein Dolmetscher«, erklärte er. »Er besitzt mein volles Vertrauen.« Der Mann verneigte sich wortlos, gemeinsam mit dem Gesandten. Die Gruppe um Richard schaute ihnen nach, wie sie in der Dämmerung zwischen den Feuern davongaloppierten.

»Ihr bietet ihm Verhandlungen an?«, fragte Raimund, halb neugierig, halb betroffen.

Richard wandte sich zu ihm um.

»Verzeiht meinem Sohn«, warf sein Vater Bohemund rasch ein und warf seinem Kind einen mahnenden Blick zu.

Aber Richard winkte begütigend ab. »Vor allem will ich ihn sehen«, erklärte er. »Wenn du gegen einen Gegner antrittst, ist es immer gut, ihn zu kennen, zu wissen wie er denkt, was er in einer Situation tun würde, und was nicht.« Wohlwollend klopfte er Raimund auf die Schulter und erklärte in die Runde. »Ich habe ihm nichts angeboten, als ein Treffen. Außerdem bin ich neugierig. Er soll, habe ich gehört, ein ganz außerordentlicher Mann sein.«

So kehrten sie zum Lager zurück, in die Erörterung der Tugenden Saladins vertieft. Ein Sänger, der bei ihnen war, intonierte zu ihrem Vergnügen die ersten Strophen eines fränkischen Lobliedes auf den Sultan.

»Schade«, konstatierte Richard, »dass ich nicht wie einige von Euch Gelegenheit haben werde, seinen Rittern in den Kampfpausen bei einem Turnier zu begegnen.« In der Tat hatte es im vergangenen Jahr zahlreiche solcher Gelegenheiten gegeben, bei der die Gegner, erschöpft vom Kampf und der Konfrontation überdrüssig, ihre Kräfte in höfischen Spielen miteinander gemessen hatten. Man hatte sich schätzen gelernt bei diesen Gelegenheiten, und entsprechend milde war man mit den Gefangenen verfahren, die man danach bei den unausweichlichen Gefechten gemacht hatte. Auch Saladin verhielt sich ritterlich und schonte viele. Man erbot sich, Richard mit einigen von ihnen bekannt zu machen, damit sie ihre Geschichte erzählten. Richard verschob dies auf die Zukunft. »Vielleicht am Abend meiner Siegesfeier«, erklärte er mit lauter Stimme. »Denn wie gesagt, Kampfpausen wird es ab jetzt keine mehr geben.« Die Männer jubelten, als sie in das Lager einritten.

»Bruder!«, rief Richard, als am anderen Morgen Philipp ihm mit seinem Hofstaat seine Aufwartung machte.

»Endlich!«, antwortete der Franzose, ebenfalls mit viel Emphase und breitete die Arme aus.

Unter vielerlei Freundschaftsbekundungen erklärten sie vor aller Augen ihre Bereitschaft, gemeinsam nun in diesen Kampf zu gehen, zum Ruhme Gottes und der Christenheit. Dabei überlegte Richard, ob sich die Folgen seines Soldangebotes schon bemerkbar gemacht hatten, und wie viele der Männer Philipps wohl zu ihm überlaufen würden.

»Wie froh bin ich, einen so würdigen Mann an meiner Seite zu finden«, verkündete er den Anwesenden.

Philipp lächelte verbindlich. »Schätze ich Euch doch, wie Ihr mich«, erwiderte er.

»Äh, so, ja.« Richard hüstelte. Doch sein zufriedenes Grinsen wollte nicht verschwinden. Philipp legte ihm die Hand auf den Arm. »Habt Ihr es schon gehört? Der arme Flandern ist diese Nacht verschieden. Das Fieber ...«

Richard drückte sein Bedauern aus und ging im Geiste die verwandtschaftlichen Verbindungen des Hauses Flandern durch. Er kam zu dem Schluss, dass der Mann ohne verbindliche Erben gestorben war. Welch erfreuliche Möglichkeiten taten sich da auf.

»Aber das ist kein Problem«, fuhr Philipp fort, als hätte er seine Gedanken gelesen. »Meine Familie kann mit einigem Recht Anspruch auf das Erbe erheben. Ich werde Euch die Papiere gerne zeigen, wenn Ihr darauf besteht. Also werde ich seine Truppen einfach den meinen eingliedern.«

Richard schob den Unterkiefer vor.

»Darf ich Euch bei der Gelegenheit daran erinnern, dass wir ein Abkommen geschlossen haben, was die Beute bei diesem Feldzug anbetrifft?« Philipp ließ ihm keine Zeit zum Verschnaufen. »Jedem die Hälfte, so war es ausgemacht.«

Richard runzelte statt einer Antwort die Stirn.

»Zypern«, half Philipp ihm auf die Sprünge. »Ich darf Euch im übrigen gratulieren zu dem klugen Schachzug, uns diese Station unserer Nachschubroute gesichert zu haben. Wenn wir Euch natürlich hier vor Akkon vermisst haben deswegen. Geht es Eurer Gattin gut?«

Richard schnaubte. »Ihr wollt doch nicht etwa sagen …«

»… die Hälfte von Zypern würde mir zustehen?« Nun war es an Philipp zu lächeln. »So ist es, mein Bester.«

»Nur über meine Leiche«, knurrte Richard. Er fühlte, wie die alt bekannte Wut ihn überkam. Was wollte dieser unscheinbare Bursche mit seinen wirren Drahthaaren von ihm? »Dann verlange ich die Hälfte von Flandern«, blaffte er ohne Nachzudenken.

»Flandern ist nicht Teil irgendeiner Beute«, stellte Philipp mit neutraler Stimme klar.

»Mir doch egal.« Richard war nicht in der Stimmung, sich mit juristischen Feinheiten aufzuhalten. »Ich verlange es, und dann werden wir schon sehen.«

Philipp seufzte, wie man es einem unbotmäßigen Kind gegenüber getan hätte. »Und dann wäre da noch etwas«, begann er schließlich. »Euer Schreiben an den Sultan Saladin.«

Richard hob die dichten Brauen. »Wie habt Ihr davon erfahren?«

»Bitte, unterschätzt mich nicht«, gab Philipp zurück. »Die Männer mögen Euren Kapriolen applaudieren. Aber das heißt nicht, dass sie ihnen auch vertrauen.« Er lächelte maliziös, dann mit einem Schlag wurde sein Gesicht ernst. »Was stand darin?«

»Fragt Eure Ohrenbläser«, entgegnete Richard mürrisch.

Philipp trat einen Schritt näher an ihn heran. Er war ein wenig kleiner als Richard, aber seine braunen Augen funkelten. »Ich lasse mich nicht verkaufen«, zischte er.

»Und ich bin kein Händler«, fauchte Richard.

»Ach nein? Dabei rufen Eure Agenten von jedem Fass im Lager herunter Eure Preise aus.« Nun bebte Philipp förmlich vor Wut.

Richard bleckte die Zähne. »Haltet mit, wenn Ihr könnt.«

Johanna öffnete den Vorhang des Zeltgemachs, in das die beiden sich zurückgezogen hatten. »Das Bankett ist bereitet«, sagte sie sanft. »Man wartet auf Euch.« Dabei vermied sie es, Philipp von Frankreich anzusehen.

Die beiden Männer strafften sich. Seite an Seite, die verschränkten Finger für alle gut sichtbar erhoben, schritten sie hinaus in das Festzelt und ließen den Jubel über sich hinbranden.

22.

Nicht das Knirschen des anrollenden Belagerungsgeräts und nicht das Geschrei der Reisigen hallte am nächsten Tag von Akkons Mauern wider. Es blieb still in den Schanzen. Dafür war in den Zelten des Lagers das Stöhnen der Kranken zu hören.

Johanna hatte ihren Bruder gefunden, nachdem seine Gefolgsleute Stunden vergebens vor seinem Zelt gewartet hatten. Als sie die besorgte Versammlung bemerkte, hatte sie sich über sein Gebot hinweggesetzt, und sein Lager aufgesucht. Sie fand ihn in einem schrecklichen Zustand vor, fiebernd, schwitzend, im eigenen Erbrochenen liegend, das Gesicht von Krämpfen verzerrt. Sie war noch damit beschäftigt, Anweisungen zu geben, ihn zu waschen und zu betten, als ein Bote aus Philipps Zelten die Kunde brachte: Auch der französische König lag siech darnieder.

Johanna nickte, sagte aber nichts dazu; die Nachricht, fand sie, war nicht dazu angetan, sie zu beruhigen. »Sind noch andere Fälle bekannt?«

»Eine Seuche?«, fragte Rose leise, die ihr zur Hand ging. Aber der Bote hatte nichts zu berichten.

Richard bekam von all dem nichts mit. Er wälzte sich unruhig hin und her, wehrte die Hände ab, die ihn reinigen und ihm helfen wollten und murmelte unverständliche Worte vor sich hin. Schließlich packte er Johannas Arm. »Der Brief … Sultan«, artikulierte er mühsam.

Johanna nahm einen Becher und nötigte ihn zu trinken. Mit

Sorge sah sie die roten Adern, die sich im Weiß seiner Augen abzeichneten und das Blau der Iris um so leuchtender aussehen ließen. Angstvoll aufgerissen starrten diese Augen sie nun an.

»Es ist noch keine Antwort da«, sagte sie beruhigend. »Aber ich werde mich darum kümmern. Ich verspreche es.«

Richard aber war noch nicht zufrieden. »Die Anwerbungen …«, krächzte er.

»Ich werde sie fortsetzen.« Johanna sprach mit fester Stimme.

»Vier Goldbesams.« Richard versuchte ein Grinsen, das sich zu einer Fratze verzerrte. »Er soll sich schwarz ärgern, er …« Ein Hustenanfall unterbrach ihn.

»Die Pisaner …«

Diesmal sah Johanna hilfesuchend auf. Der Erzbischof von Canterbury, der mit einigen Männern von Richards Gefolge im Hintergrund stand, neigte sich zu ihr. »Sie haben zugesagt, uns zu unterstützen«, flüsterte er.

Johanna nickte. »Ich werde dafür sorgen, dass der Vertrag aufgesetzt wird«, bestätigte sie. Dann dachte sie nach. »Das wird Venedig in Frankreichs Lager treiben. Aber vielleicht können wir das hinauszögern.« Sie wandte sich an Richards Schreiber. »Setzt einen Brief auf und bittet den Kommandanten der venezianischen Flotte zu mir; schreibt, ich möchte mit ihm über ein Bündnis verhandeln.« Lächelnd tupfte sie Richard, der jedem ihrer Worte aufmerksam folgte, die schweißnasse Stirn. »Das wird uns zumindest Zeit schenken.«

»Gutes Mädchen«, murmelte Richard, fing ihre Finger ein und presste sie in seiner heißen Hand. »Gutes Mädchen. Auf dich kann man sich verlassen … schon immer.« Unbeholfen drückte er einen Kuss auf ihren Handrücken.

Da erklang Berenguelas Stimme hinter den Zeltbahnen. »Wo ist mein Mann, lasst mich sofort zu ihm. Ich bin seine Königin. Ich …«

Richard zuckte zusammen. »Lass sie nicht herein«, flüsterte er scharf.

Johanna nickte und richtete sich auf. Sie gab den Wachen am Eingang ein Zeichen, die einander ratlos anschauten. Doch es erwies sich nicht als nötig, Berenguela zurückzuhalten. Kaum war sie eingetreten und der säuerliche Gestank der Krankenstube stach ihr in die Nase, da blieb sie auch schon stehen.

»Richard«, begann sie. Da erblickte sie ihren Mann, sein gelbes Gesicht, das schweißdunkle Haar, die verschwitzten Laken. Johanna strich ihm gerade ein wenig zerstreut über die Stirn, um ihn zu beruhigen. Ein dickes Büschel seines sonst so schönen Haars blieb zwischen ihren Fingern hängen.

Berenguela sah es, schrie auf und rannte davon.

Richard entspannte sich und ließ sich in die Kissen sinken. »Sie soll mich nicht so sehen«, murmelte er.

»Keine Angst.« Johanna starrte immer noch wie hypnotisiert auf das Haarbüschel, bis sie zu sich kam und es mit einer raschen, angeekelten Bewegung von sich schüttelte, wie etwas Glitschiges, das man aus dem Meer gezogen hat. Als sie das beunruhigte Gemurmel von Richards Gefolge hörte, kam sie endgültig zu sich. Sie stand auf. »Ich werde bis auf Weiteres die Geschäfte meines Bruders führen«, verkündete sie.

Es regte sich kein Widerstand. Man hatte die Worte des Königs gehört.

»Meine Herren.« Mit einer Neigung des Kopfes entließ Johanna die Männer, die sich nur stumm verneigten. Aber in ihren Mienen konnte Johanna all die unausgesprochene Sorge und die Zweifel ablesen.

»Rose«, wandte sie sich an die Magd. »Wir werden einen Arzt brauchen. Irgendeinen. Rasch.«

Wortlos stand Rose auf.

»Ich könnte doch gehen.« Leidenschaftlich trat Elaine zwischen die beiden. »Ich möchte mich gerne nützlich machen, und ich könnte doch …«

Johanna ignorierte sie. «Rose.« Es war keine Frage. Als die Dienstmagd fort war, wandte sie sich an Elaine. »Du kannst gehen und Berenguela trösten.« Sie ließ den leichten Unmut und die Enttäuschung, die sich in Elaines Gesicht malte, unkommentiert, wenn sie es auch nicht ungern sah. »Ich weiß doch, wie abgeneigt du dem Krankendienst bist.«

Elaine wurde rot und versank in einem hastigen Knicks. Sie erinnerte sich ihres Ungehorsams in Messina nur zu gut. »Aber ich ...«, begann sie.

Johanna winkte sie hinaus.

Die heiße Sonne vor dem Zelt traf Rose wie ein Schlag. Einen Moment lang blieb sie stehen und blinzelte in die staubige Helle. Einen Arzt, wo um Himmels willen sollte sie einen Arzt auftreiben? Vom Markt gellte das Geschrei der Händler herüber, die ihre spärlichen Waren feilboten. Aus den Schmieden dröhnte das Schlagen der Hämmer. In welche der vielen Gassen sollte sie sich nur wenden?

Rose tat einige zögernde Schritte, wurde von ein paar Männern angerempelt, die, ihre Armbrüste geschultert, breitbeinig vorübermarschierten und hielt erneut inne. Da glaubte sie, einen Bekannten zu entdecken. Sie raffte ihr Surcot und drängte sich durch die Menge. »John«, rief sie dabei und winkte aufgeregt. »John.«

Der Angesprochene wandte sich um. Hinter ihm standen eine Reihe Armbrustschützen, die eben seine Befehle entgegengenommen hatten.

»Die englische Rose«, meinte er und lächelte. Seine Stimme aber klang ernst und sanft dabei.

Rose achtete nicht auf die Männer, die zu flüstern und zu grinsen begannen, als sie auf ihn zusteuerte und sich auf seinen Arm lehnte. »John«, wiederholte sie atemlos. »Ich brauche einen Arzt. Ich, der König ... es ist dringend.«, schloss sie schließlich, als ihr einfiel, dass es nicht ihre Aufgabe war, über den Markt zu posaunen, dass Richard auf dem Krankenlager lag.

John betrachtete sie einen Moment, dann entließ er seine Männer. »Kommt mit«, sagte er nur. Erleichtert schloss Rose sich ihm an. Seine breite Gestalt wurde gesehen und respektiert in diesem Gewimmel; in seinem Kielwasser kam sie gut voran.

»Ich bringe Euch zu den Deutschen Ordensbrüdern«, sagte er.

Rose, die kein Wort verstand, nickte nur. Eine Weile gingen sie schweigend, ganz auf ihren Weg konzentriert. Schließlich begann er: »Ich hätte nicht gedacht, dass wir uns so schnell wiedersehen würden.« Als sie nur mit einem unverbindlichen Laut antwortete, fuhr er fort. »Ich hatte schon befürchtet, Euch zu sehr verschreckt zu haben, das letzte Mal.«

Rose lachte auf. »Alles hier ist erschreckend«, meinte sie und holte tief Luft. »Oh Gott«, platzte es aus ihr heraus. »Ich habe noch keinen Ort wie diesen gesehen, der so anders ist als Yorkshire.«

Nun war es an John, zu lachen. Sie legte ihm die Hand auf den Arm. »Nein«, beruhigte sie ihn. »Ihr hattet mich nicht erschreckt. Eure Erklärungen haben es im Gegenteil einfacher gemacht, und ich danke Euch.«

Er warf ihr einen Seitenblick zu. »Es ist nämlich nicht meine Art, so auf die Frauen zuzustürzen und sie zu bestürmen, wisst Ihr?« Er kratzte sich am Kinn.

Rose mußte lächeln. »Ich bin sicher, die Begeisterung über die Ankunft König Richards hat Euch mitgerissen. Und das ist ja sehr ehrenhaft.«

»Gewiss«, brummelte er, um nach einer Weile hinzuzufügen: »Es gibt im Lager Frauen wisst Ihr, aber keine, keine …« Er suchte nach Worten für den delikaten Umstand, und versuchte es dann anders. »Aber als ich dann Euer frisches, ehrliches, mutiges englisches Gesicht sah …«

Rose beeilte sich, ihn mit einem Lachen zu unterbrechen, das nicht mehr ganz so gelassen klang. Das Gespräch nahm eine Wendung, die sie zutiefst verunsicherte. Also spottete sie: »Das alles wollt Ihr in dem kurzen Moment an meinem Gesicht abgelesen haben?«

Johns Augen leuchteten auf. »Im ersten Augenblick.« Dann

wagte er ein Grinsen. »Bemerkt habe ich Euch natürlich, weil Ihr so wunderhübsch seit.«

Rose schnappte nach Luft und blieb so abrupt stehen, dass die Nachfolgenden gegen sie rempelten und sie mit Flüchen überschütteten. Herumgestoßen flüchtete sie in den Eingang des Zelts eines Seilers. Abwartend blieb John vor ihr Stehen, bis sie wieder bei Atem war. Rose musterte sein Gesicht zum ersten Mal genauer. Heute trug er keinen Helm, und sie hatte Gelegenheit, sein struppiges, dichtes kornährenblondes Haar zu betrachten, das lange keinen Kamm mehr gesehen haben mochte. Wie gut es aussah zu seinen braunen Augen. Sein Gesicht war breitflächig, mit kräftigen Wangenknochen und einem starken Kinn. Es sprach von Gutmütigkeit und ruhiger Stärke. Und er schien ihr alles andere als dumm zu sein. Aber was redete er da nur?

»Hat Euch das noch keiner gesagt?«, fragte er nun.

Keiner, dachte Rose, der nicht blind oder blöde oder ein jämmerlicher Heuchler war. Beinahe hätte sie es herausgebrüllt. Und konnte doch nicht verhindern, dass ihr Herz bis zum Hals schlug. Sie schaffte es nur, den Kopf zu schütteln, so heftig, dass ihre Haube verrutschte. Mit zitternden Fingern stopfte sie ihre widerspenstigen Locken zurück. Seine Hand, die sich unwillkürlich gehoben hatte, ihr zu helfen, schlug sie fort.

Schuldbewusst verzog er das Gesicht. »Das habe ich verdient, schätze ich. Was müsst Ihr von mir denken, Fräulein.«

»Ich bin kein Fräulein«, rief Rose mit zittriger Stimme. »Ich bin eine Dienstmagd in einem vornehmen Kleid.«

»Tja.« Er griente. »Und ich bin ein Ritter, der sich nur mehr die Lumpen leisten kann, die er auf dem Leibe trägt.«

Rose stand da, wie vom Donner gerührt. Ein Ritter, natürlich, wie hatte sie es übersehen können? Allerdings hatte er Recht. Sein Waffenrock war ein Fetzen und das Wappen darauf so ausgebleicht von der Sonne Palästinas, dass sie selbst jetzt, wo sie es bemerkte, nicht hätte sagen können, was es darstellte. Sein Kettenhemd wies Löcher auf, seine Schwertscheide Scharten, und er trug das einfache, mit Flachs wattierte Leinenwams eines Knappen. Dennoch konnte sie keinen Moment an seinen Worten zweifeln. Seine ganze Haltung, seine Sprache, die feine Ironie des Lächelns, mit dem er sie betrachtete. Rose schalt sich eine Närrin. Bist wohl so lange mit feinen Herrschaften umgegangen, schimpfte sie mit sich, dass es dir selbstverständlich vorkommt, wenn dir solch ein Mann begegnet. »Das, das, das …« stotterte sie.

Er neigte den Kopf schräg. »Das heißt, schätze ich, dass wir beide keinen Grund haben, hochmütig zu sein.« Er streckte ihr die Hand entgegen.

Rose betrachtete sie einen Moment lang. Sie war schlank, langfingrig und sonnengebräunt bis auf den schmalen weißen Streifen um seinen Siegelring. Dann schlug sie ein. »Ich denke, für den Moment mag das stimmen.« Dann musste sie lachen. Als sie sein erstauntes Gesicht sah, erklärte sie: »Meine Herrin, die Königin Johanna, sagt immer, ich solle nicht so viel denken. Sie meint, das sei eine verstörende Erfahrung, wenn man einmal damit begonnen hat.«

»Sie hat Recht«, bestätigte John mit ernster Miene. Dann lachte auch er. »Erzähl mir, was du alles verbotenerweise denkst.«

23.

So gingen sie plaudernd weiter, bis sie vor einem großen Zelt ankamen, das schon von weitem zu sehen gewesen war.

»Das ist das Hospiz der Deutschen Ordensbrüder«, sagte John, mit Ehrfurcht in der Stimme und bekreuzigte sich. »Sie haben die Segel des Schiffes zerschnitten, das sie nach Palästina brachte, und daraus dieses Zelt errichtet. Dieses Frühjahr hat der Papst bestimmt, dass es das Deutsche Hospital von St. Marien heißen soll und darf. Du wirst sehen, die Mönche verstehen sich auf ihr Handwerk. Allerdings sprechen sie nicht gerne mit Frauen.«

Rose nickte, obwohl sie keine Mönche entdecken konnte. Wie alle Männer, trugen die Ordensbrüder, die ihr entgegenkamen, Kettenhemd, Harnisch und Waffen. Noch immer befremdete und erregte es Rose, heilige Männer in Waffen zu sehen. Der Anblick dieser Krieger, die so vollkommen dem Leben ab- und dem Tode zugewandt waren, erschien ihr grausig schön und traurig zugleich. Es schien ihr passend, dass das Kreuz, das sie wie die Templer auf ihren weißen Mänteln trugen, bei ihnen schwarz war.

John geleitete sie ins Innere des riesigen Zeltes, dass das Sonnenlicht zu gedämpftem Weiß filterte, ohne jedoch die Hitze abhalten zu können. Auf zahllosen Feldbetten lagen dort, in ordentlichen Reihen, verwundete Ordensbrüder, aber auch andere Kranke. Rose sah im Vorbeigehen schauerliche Bilder, Männer ohne Hände, grausam zerschnittene Gesichter, zerschmetterte Gliedmaßen und Verbrennungen, herrührend von der Abwehr der Belagerten, die heißes Wasser und Pech auf die Anstürmenden herabschütteten. Alles kündete von den grausamen Gemetzeln, die vor den Mauern stattgefunden haben mussten, die heute nur von den reglosen Maschinen bewacht wurden. Dennoch war es merkwürdig still und friedlich in dem hohen Raum.

John fand einen alten Mönch in Kutte, dessen weißer Bart ihm schütter bis auf den Gürtel hing. Er hörte sich an, was Rose John zu sagen auftrug und packte dann wortlos einige Gerätschaften in einen Lederbeutel.

Rose dankte ihm, der schweigend neben ihr ausschritt, so wortreich, dass sie ganz außer Atem war, als sie endlich wieder bei den Zelten Richards ankamen. Sie vergaß sogar, sich von John zu verabschieden.

Johanna persönlich begrüßte den Alten und führte ihn hinein.

Der König war nun ruhiger als noch am Morgen, aber sein Körper glühte und man sah, dass der Schmerz ihn fest im Griff hatte.

Der Mönch ließ sich an der Bettkante nieder und begann seine Untersuchungen, betastete die Haut, roch an Richards Atem, fühlte die Temperatur und den Schweiß, zog die Lider hoch, um das Augenweiß zu studieren, drückte hier und da auf seinen Leib und lauschte dem Puls, der unruhig ratterte.

Johanna berichtete ihm mit leiser Stimme von den Krämpfen, der Übelkeit des Königs und den Haaren, die ihm ausgegangen war. Der Mönch zog zur Überprüfung an Richards Locken und behielt eine fast vollständig in der Hand; wieder war es ein Schock für alle, die zusahen. Dann hob er Richards Linke hoch und untersuchte die Finger.

»Ihh«, konnte Johanna sich nicht enthalten aufzuschreien. »Was ist das?«

Der Mönch hielt es hoch. »Sein Fingernagel. Er löst sich ganz leicht, seht Ihr?« Johanna wandte den Kopf ab; Rose tat es ihr gleich. Der Anblick der nackten, wie verstümmelten Fingerspitzen war zuviel für sie.

Mit einem abschließenden Räuspern erhob sich der Alte. »Es ist das Arnaldia-Fieber«, sagte er so gemessen, als verkünde er eine Glaubensbotschaft. Sein Blick dabei glitt über die Frauen hinweg. »Sie tritt oft auf hier in der Ebene, und wir glauben, dass die Schlachtfelder es ausbrüten. Andererseits, was wissen wir schwachen Menschen.« Er rollte die Augen nach oben.

»Arnaldia-Fieber«, buchstabierte Johanna. »Und ist es«, sie zögerte, das Wort auszusprechen.

»Nicht unbedingt tödlich, nein«, half der Mönch ihr. »Die Haare und Nägel fallen aus. Aber sie wachsen wieder nach.« Er winkte ab und hob dann die Handflächen nach oben. »Gemahnt der Herr im Himmel uns nicht solcherart, uns nicht mit Äußerlichkeiten aufzuhalten? Es kommt darauf an, ihn über die Krisis zu bringen«, fuhr er geschäftsmäßiger fort, »und wenn die Temperatur ansteigt, zu verhindern, dass die Krämpfe ihm den Atem rauben. Wenn das gelingt, ist alles offen. Aber auch wenn er genest, wird er lange schwach sein.«

Von Richard kam ein protestierender Laut.

Johanna lächelte angespannt. »Mein Bruder meint, Ihr kennt seine Konstitution nicht.«

Der Mönch verzog nicht die geringste Miene. »Ich lasse Euch ein Kräuterpulver da, das ihr ihm mit Wasser eingebt. Nicht mit Wein«, sagte er mahnend zum König hin. »Und wickelt ihn in kalte Tücher, um das Fieber zu bekämpfen. Ich komme morgen wieder vorbei. Damit schlug er das Kreuzzeichen über Richard und murmelte ein Gebet.« Mit gefalteten Händen und gesenkten Köpfen stimmten alle Anwesenden in das »Amen« ein.

Als er ging, hinterließ er Stille im Zelt, die nur von Richards angestrengten Atemzügen unterbrochen wurde.

»Sollten wir nicht einen Priester rufen?«, fragte jemand.

Da schlug Richard die Augen auf. »Keinen Priester«, befahl er röchelnd und brach in ein endloses Husten aus, das Johanna die Augen schließen ließ. »Keinen Priester«, wiederholte er ruhiger, als er wieder Luft bekam. »Die können mich salben, wenn ich kalt bin.«

»Bruder«, rief Johanna erschrocken und schlug das Kreuzzeichen, »versündige dich nicht. Keiner von uns ist ohne Sünden, die zu beichten ihm anstünden.«

Richard öffnete die aufgesprungenen Lippen. »Wenn ich gegen Gott gefehlt habe, so will ich mich im Büßergewand hinwerfen, mit dem Gesicht auf den Boden«, sagte er emphatisch. »Ich habe es schon einmal getan, Gott weiß, ich tue es wieder.«

Johanna ergriff seine verunstalteten Hände, die suchend in die Luft fuhren und hielt sie fest. »Aber die Geistlichen«, verkündete Richard und lachte böse.

Johanna nahm einen Becher und flößte ihm etwas Wasser ein. Wenn er sich doch nur beruhigen wollte. Sein aufgeregtes, sprunghaftes Wesen passte gar nicht zu einem Kranken und stand seiner Genesung im Weg, so stark er auch war.

Richards Gedanken waren inzwischen weitergewandert. »Habe ich dir von Vézélay erzählt?«, fragte er. »Als ich den Pilgerstab empfing für meine Reise von der hohen Geistlichkeit?« Er kicherte, verschluckte sich und sprach weiter. »Da dachten sie auch, es wäre die rechte Gelegenheit, mir meine Sünden vorzuhalten, ha!«

»Ist ja gut, Richard, ist ja alles gut.« Vergebens mühte Johanna sich, ihn davon abzuhalten, sich aufzurichten.

»Aber denen habe ich es gegeben.« Seine Augen funkelten bei der Erinnerung daran. »Ich habe mich hingestellt und gesagt: Na gut, habe ich gesagt. Dann trete ich also meinen Hochmut den Templern ab, meinen Geiz den Mönchen und meine Sittenlosigkeit den Prälaten. Hähähä.« Die Erinnerung erfreute ihn noch immer. »Da hättest du das Gesicht sehen sollen von diesem Abt, diesem Fulco von Neuilly oder wie er hieß.«

Mit entschuldigendem Lächeln wandte Johanna sich dem Erzbischof von Canterbury zu, der pikiert dreinsah, dann aber eine segnende Geste machte und murmelte: »Das Fieber spricht aus ihm.«

»Vielleicht ist es besser, wir gönnen ihm Ruhe«, bestätigte Johanna und entließ die Herren, die von der Ankunft des Mönches angezogen worden waren.

Richard zog seine Schwester am Ärmel. »Und weißt du noch, was ich diesem weissagenden Abt in Messina erzählt habe, der mir die Apokalypse erläutern wollte?«

Johanna machte sich daran, unter seinen erwartungsvoll leuchtenden Augen das Pulver des Mönchs in Wasser zu lösen. Sie konnte sich ein Lächeln nicht verkneifen, bemühte sich aber, streng zu klingen. »Du hast ihm gesagt, nach seiner Auslegung wäre der derzeitige Papst der Antichrist.«

»Das hat ihm nicht geschmeckt«, triumphierte Richard. Gleichzeitig wandte er den Kopf wie ein trotziges Kind, um seine Medizin nicht schlucken zu müssen.

»Sei ein braver Junge«, murmelte Johanna und drängte ihm den Becher auf.

»Clemens III., ich kann ihn nicht leiden«, bemerkte Richard.

»Lenk nicht ab«, ermahnte seine Schwester.

Richard verzog das Gesicht. »Das ist doch nur Scharlatanerie. Oder schlimmer, Gift. Es ist Gift.« Er riss seine blauen Augen auf, so weit er konnte. »Bestimmt hat der Franzose wieder versucht, mich zu vergiften.«

Ungeduldig schüttelte Johanna den Kopf. »Er hat dich nicht vergiftet, Richard. Er ist selber krank. Trink jetzt.«

Widerwillig gehorchte der König. »Von dir nehme ich es, Johanna. Johanna«, wiederholte er ihren Namen weicher, auf einmal sentimental. »Du warst mir immer von allen die Liebste, weißt du?«

»Ja«, bestätigte sie, »ich weiß. Noch einen Schluck.«

»Johanna, liebst du mich auch?«

Sie seufzte. Dann strich sie ihm vorsichtig über die Stirn. Rose hielt den Atem an während der kleinen Pause, die entstanden war.

Da lächelte Johanna traurig. »Wir können doch alle nicht anders«, sagte sie, so leise, dass es kaum zu hören war. Aber Richard schien zufrieden. Er schimpfte noch eine Weile auf diesen und jenen, bestand auf seinem Verdacht der Giftmischerei, und schlief schließlich ein.

Johanna dachte nach. »Rose«, meinte sie dann. »Vielleicht wäre es nicht schlecht, wenn jemand zu Philipp ginge.« Sie nahm ein wenig von dem Medikament und schüttete es in eine Dose um, die auf dem Tisch herumstand. »Und sag auch dem Deutschen Mönch, er soll nach ihm sehen.«

Erschrocken schüttelte Rose den Kopf. Der Gedanke, Philipp noch einmal gegenüberzutreten, war zu viel für sie.

Energisch tippte Johanna mit den Fingern auf den Tisch. »Ich kann nicht selber gehen, Richard würde nur unsinnig misstrauisch werden. Und von den dummen Gänsen aus meinem Gefolge will ich keine bitten, Rose, sei nicht albern.«

Da erhob sich das Fräulein von Chaworth »Ich werde gehen!«

»Elaine?« erklang es müde und ungläubig aus Johannas Mund.

»Ja, ich weiß, ich eignete mich in der Vergangenheit nicht zur

Krankenpflege.« Tapfer hielt Elaine Johannas Blicken stand. »Aber darf man nicht auch dazulernen?« Flehentlich schaute sie von Rose zu Johanna. »Es ist zu viel für sie«, argumentierte sie, »das ist es bestimmt. Und ich werde meine Sache gut machen, diesmal. Mylady, bitte.«

Schließlich stimmte Johanna zu, entschloss sich aber, das Pulver zu behalten. Zu leicht konnte es jemandes Misstrauen erregen. Sie befahl Elaine, sich nur nach Philipps Befinden zu erkundigen, den Namen Arnaldia-Fieber ins Spiel zu bringen und auf den Deutschen Orden zu verweisen, der in solchen Fällen Hilfe zu bringen vermochte.

Elaine nickte zu allem, dann zog sie ihren blauen Schleier fest um sich und marschierte los.

»Warum setzt Ihr Euch so für den König ein, Herrin?«, fragte Rose, als Elaine gegangen war.

Johanna schaute streng drein. »Du brauchst nicht so gefühlvoll dreinzusehen«, sagte sie. »Bist du blind? Hast du nicht den Abgrund bemerkt, der uns vom französischen Lager trennt? So töricht bin ich nicht, mich darüber hinweg zu lehnen. Aber ein toter Philipp nützt uns nichts.« Sie biss sich auf die Lippen und dachte nach .«Wenn seine Männer den Feldzug abbrechen, können wir nicht allein erfolgreich sein. Und das müssen wir. Wenn er also auch, ich meine, wenn sie, wenn er …« Sie hielt inne und flüsterte: »Was wird dann aus uns?«

24.

Der ›Böse Nachbar‹ tat seine Arbeit. Ein Stein von der Größe eines Esels krachte gegen die bedrängten Mauern Akkons. Es regnete Splitter auf die Franzosen an ihrem Fuß. Quälend langsam begann eine Leiter sich aufzurichten. Durch Wolken von Pfeilen, die sich sirrend in der Luft kreuzten, stieg sie höher und höher, erst mühsam und schwer, dann, nachdem die Senkrechte überwunden war, mit zauberischer Leichtigkeit. Männer griffen nach ihr und begannen, wie Ameisen daran emporzuklettern. Geschosse umschwirrten sie wie Mücken, dann kam das Pech. Heiß und stinkend troff es auf sie hinab; der Gestank verbrannten Fleisches stieg auf; das entsetzte Johlen der Getroffenen stieg schrill über das Kriegsgeschrei der Übrigen empor; sie fielen. Andere ergriffen an ihrer Stelle die Sprossen und das Schauspiel begann erneut. Der nächste Stein donnerte dicht an ihnen vorbei und schlug Wolken weißen Staubes aus der Barriere, ehe er hinabfiel und Freund und Feind zerquetschte.

Saladin hatte Richards Brief höflich beantwortet, eine Einladung aber abgelehnt. Dafür schickte er einige Kelche voll Schnee für die Genesung Philipps und wartete. Richard hatte getobt, noch auf dem Krankenbett. »Ah, ich erkenne ihn«, hatte er gezetert, »ein Chevalier will er sein, der Ungläubige, noch ritterlicher als ein Ritter. Aber ich kenne die Musterschüler, sie haben ihre Schwächen, ich werde ihn besiegen.« Dann wieder hatte er geargwöhnt, Philipp wäre mit diesem Schnee gekauft worden, um wenig später zu verlangen, ihm selber solle Saladin gefälligst Hühner schicken für eine Brühe, da er schließlich kränker als der Franzose sei.

Johanna hatte alles hingenommen, hatte Hühner aufgetrieben, Briefe geschrieben, Löhne gezahlt und seine sonstigen Geschäfte geführt bis zu dem Tag, an dem ihr Bruder wieder auf den Beinen stand. Zu schwach, um zu kämpfen und zu verärgert über den anhaltenden Streit um Zypern und vor allem die Frage, wer nun König von Jerusalem werden solle, Guido oder Konrad, verweigerte Richard die Mithilfe seiner Truppen. Also machte Philipp sich alleine bereit. Am nächsten Tag wurde Akkon gestürmt. Rauch stieg auf und der Geruch nach brennenden Menschen drang bis in die letzte Ritze.

»Elaine? Elaine, was ist mit dir?« Erstaunt stellte Rose den Korb mit Obst ab, den sie auf dem Markt erworben hatte, und ging zu der Freundin hinüber, die in einer Ecke des Zeltes auf einem Diwan kauerte. Im Vorbeigehen nahm sie von einem zierlichen Ebenholztisch einen Krug und schenkte sich einen Schluck Wasser ein. Als sie Elaines verweintes Gesicht sah, tunkte sie den Zipfel ihres Schleiers hinein und wusch es ihr damit ab.

Elaine schaute sie an. »Du riechst nach Staub und Sonne«, stellte sie fest.

»Verzeiht«, wollte Rose beginnen, aber Elaine winkte ab. »Hier herinnen stinkt es nur nach Krankenstube, nach Parfum und nach Langeweile. Ach Rose«, brach es da erneut aus ihr heraus, »ich bin so dumm gewesen.«

Ach, dachte Rose, kam nun also endlich der Katzenjammer, das große Heimweh und die Reue darüber, die elterliche Burg so leichtsinnig verlassen zu haben? Lange genug hatte es gedauert, und eigentlich, dachte Rose, musste man das Elaine zu Gute halten. Ihr Enthusiasmus war lange Zeit ungebrochen gewesen und hatte sie weit geführt, an den Hof einer Königin und ins Heilige Land.

Nun allerdings war ein Punkt erreicht, von dem aus sie nicht mehr zurück konnten, da half kein Katzenjammer. Niemand würde sie beide von hier fort nach Hause schaffen, so sehr sie es sich auch wünschen mochten. Was sollte sie Elaine sagen? »Ist ja alles gut«, begann sie unbeholfen. »Ich weiß ja …«

»Nein, das weißt du nicht«, fiel Elaine ihr anklagend ins Wort. »Denn du kommst hier raus, die gehst auf die Gassen, du siehst das Leben, wie es wirklich ist. Du, verdammt noch mal, Rose, du lebst, das ist es.«

Erstaunt schaute die Magd Elaine an. Diesen Ton hatte sie nun nicht erwartet.

Die junge Lady Chaworth wischte sich mit beiden Händen die Tränen aus dem Gesicht und richtete sich auf. »Wir hier drinnen dagegen.« Wieder fluchte sie so herzhaft, dass Rose sich hastig bekreuzigte. »Berenguela hat mir erzählt, es gäbe hier Turniere zwischen den Kämpfen. Turniere! Ha!« Elaine warf den Kopf zurück, dass ihre Haare flogen und ließ Roses zaghaften Einspruch, dass solche Ritterspiele in der Tat in der Vergangenheit stattgefunden hätten, gar nicht erst gelten.

»Ich habe ernsthaft geglaubt, ich würde hier tanzen, Rose, kannst du dir das vorstellen!« Elaines Stimme war voll Verachtung für sich selbst. »Und vermutlich dachte ich, die lästigen Kampfhandlungen, die zwischendurch stattfänden, sähen so ähnlich aus wie die Gruppenkämpfe zwischen den Tjosts, und wir würden dabei auf einer Tribüne sitzen und unsere Schleier für den Sieger wehen lassen, während die Verlierer sich den Staub aus den Kleidern klopfen. Aber so ist es nicht, nicht wahr?«

Rose senkte den Blick. Nein, so war es in der Tat nicht.

Grimmig nickte Elaine vor sich hin. »Berenguela will das nicht wahrhaben, deshalb vergräbt sie sich zwischen ihren Kissen, hält ihre Nase über ein Fläschchen Rosenessenz und lässt sich Musik vorspielen. Und ich?« Sie hob die Hände. »Ich drücke mich in den Zelten Philipps herum, spioniere seinen Domestiken nach, damit mir kein Löffelchen Schnee entgeht, das sie vielleicht vor mir verbergen, und höre mir Gejammer über Hühnersuppe an.«

Rose lächelte. »Es ist immerhin das Gejammer eines Königs. Und eines fast idealen Mannes, wenn ich dich erinnern darf.«

Elaine zog die Nase kraus. Ihre Wertschätzung Richards hatte seit den glorreichen Tagen von Zypern gewaltig gelitten. »Ich sitze hier herum.« Sie ergriff Roses Hände. »Dabei sollte ich etwas tun. So wie du, Rose. Du wirkst so zufrieden, du arbeitest. Zeig mir, was ich beitragen kann.«

Nachdenklich wendete Rose Elaines zarte Hände in ihren, die von der Sonne gebräunt waren. »Und ich dachte«, sagte sie mit leisem Erstaunen, »Ihr wolltet zurück nach Hause.«

»Ich will kein Idiot sein«, sagte Elaine beschwörend. »Ich weiß, du hältst mich für ein naives, lästiges Ding, nein, widersprich mir nicht, das wusste ich immer. Aber das will ich nicht mehr sein, Rose.«

Erschrocken schaute die Magd ihre Herrin an. Sie öffnete den Mund, um zu widersprechen, schloss ihn aber wieder, es wäre eine zu offensichtliche Lüge gewesen. Einen Moment lang war sie sprachlos. Dann sagte sie leise. »Wenn ich ehrlich bin, war immer ein wenig Neid in mir, wenn ich sah, mit welcher Kraft und Beharrlichkeit Ihr es schafftet ›ich will‹ zu sagen.«

Elaines schwarze Augen wurden groß. Warm drückte sie Roses Finger.

»Elaine?«, kam es da klagend aus Berenguelas Räumen.

Elaine packte Roses Hände fester. »Nimm mich mit«, flüsterte sie.

Nickend gab Rose ihr Einverständnis zu erkennen, dann schlüpften sie beide hinaus.

Rose zeigte Elaine das Lager, all die Gassen, die fern der königlichen Zelte lagen. Sie erklärte ihr, welche Gegenden man meiden musste, weil sich dort Gesindel herumtrieb, wie man auf dem spärlichen Markt an Leckerbissen gelangte, und wo man Kräuter für die Verwundeten auftrieb. »Die Patres des Deutschen Ordens sprechen nicht mit Frauen«, sagte sie, als sie an dem imposanten Zelt des Hospitals vorbeikamen. »Aber lass dich dadurch nicht abhalten; sie hören zu, und helfen, wann immer sie können, wenn du einen Verwundeten bringst.«

»Verwundete? Hast du mit Vielen zu tun gehabt?«, fragte Elaine.

Rose schüttelte den Kopf. »Ab und an erwischt es einen auf den Wällen, wenn der Tag besonders heiß ist.«

»Du warst auf den Wällen?«

Rose überhörte die ehrfürchtige Frage. »Sie müssen dort die ganze Zeit Wache halten.«

Elaines Blick wanderte über den gnadenlosen Himmel, der blau und hart schimmerte wie Erz. Ihr war schon nach wenigen Schritten auf den unüberdachten Wegen so heiß, dass der Schleier ihr auf der Stirn klebte. »Wie halten sie das dort oben nur aus?«, wunderte sie sich.

»Wir bringen ihnen Wasser«, erklärte Rose. »Wann immer es ruhig ist. »Wenn die Situation es erlaubt, tragen wir es auch hinaus zu den Kämpfenden.«

Erschrocken und fasziniert zugleich schaute Elaine sie an. »Wer ist wir?«, fragte sie.

Am Brunnen stand dieselbe Reihe von Gestalten wie immer. Rose grüßte sie mit einem Nicken. Da standen Knappen, die auf einen Schluck für ihre Herren warteten, Alte und leicht Verwundete, die sich nützlich machen wollten, und Frauen, Frauen aller Stände. Elaine erkannte kleine Grüppchen der Wäscherinnen, die die Fahrt hierher mit ihnen gemacht hatten, sie sah die Gattinen und Töchter der Händler und Handwerker, die ihren Familien das Wasser in die Betriebe brachten, viele von ihnen Araberinnen, Christinnen, wie Rose ihr zuflüsterte, als sie ihren erstaunten Blick bemerkte. Sie sah Frauen höchst zweifelhafter Herkunft und biedere, stämmige Europäerinnen, manche davon Pilger, wie sie hörte, die es vorgezogen hatten, sich in den Schutz der Könige zu begeben, in der Hoffnung, an ihrer Seite einmal Jerusalem zu erreichen. Sie hatten Verwandte und Kinder dabei und mühten sich, ihren Hausstand in der fremden Umgebung beisammen zu halten. Andere wieder waren sichtlich Frauen von Stand, die Ehegattinnen von Rittern, die es nicht anders wünschten und gewohnt waren, als auf einem Feldzug an der Seite ihres Mannes zu bleiben.

»So viele Frauen«, murmelte Elaine erstaunt. Voller Aufmerksamkeit schaute sie zu, wie vor ihnen eine Edeldame mit feinem, müdem Gesicht einen Krug entgegennahm und ihren schon ein wenig ausgebleichten Brokatrock anhob, als sie damit an ihnen vorbeischritt. Sie grüßte Rose und Elaine mit einem leichten Neigen des Kopfes.

»Das ist Hersentis«, flüsterte Rose ihrer Gefährtin zu. »Ihr Mann Reginald führte eine Einheit der Reiterei. Sie sind aus Gloucestershire. Momentan liegt er auf den Wällen, da er verwundet wurde und nicht in den Sattel kann. Sie bringt ihm dreimal am Tag frisches Wasser hinauf.« Damit trat sie vor und ließ sich selber einen Krug reichen. Hastig tat Elaine es ihr nach.

»Und wem bringst du das Wasser?«, fragte sie. Abgelenkt schaute sie sich um, denn hinter ihnen, flankiert von zwei Frauen mit nachtschwarzen Zöpfen und zigeunerhaft bunten Röcken, ließ eine Nonne sich den nächsten Wasserkrug reichen.

»Oh«, sagte Rose, dankbar für die Ablenkung. »Ich helfe, wem ich begegne.« Über Leitern erreichten sie die Plattformen hinter den Palisaden, aufgeschüttet aus inzwischen glatt und fest getrampelter Erde. Hier oben wehte ein leichter Wind, der den Gestank des Lagers vertrieb und das Atmen ein wenig erträglicher machte. Wenn er nicht von Akkon heranwehte. Dann schmeckte er nach Staub und Asche.

»Sieh nicht hin«, mahnte Rose, als Elaine wie angewurzelt stehenblieb und auf das mörderische Treiben vor den fernen Mauern blickte. Es war nicht groß und deutlich genug, um einzelne Menschen auszumachen; wie ein Höllensturz schien es, ein erbittertes Wogen, ein gemaltes Gewimmel an der Decke einer hohen Kirche, das vor den Augen verschwamm und das Herz hinabriss in die Furcht.

»Dort sind sie«, murmelte Elaine.

»Vorsicht!« Mit einem Schritt war Rose heran und riss sie zur Seite. »Du musst aufpassen«, ermahnte sie sie dann, ein wenig außer Atem. »Bleib immer im Sichtschutz der Zinnen.« Sie wies auf die hölzerne Befestigung. »Sonst kann es sein, dass ein verirrter Pfeil dich trifft.«

»Schießen die etwa auf uns?«, platzte Elaine heraus. »Wer?«

Nur mit Mühe konnte Rose sie davon abhalten, an die Brüstung zu treten und sich umzusehen. »Es sind immer Späher da«, erklärte sie. »Wir sind nie unbeobachtet, niemals sicher. Achtung!«

Wieder hob sie die Hand, weil Elaine, ins Zuhören versunken, nicht beachtet hatte, wohin sie ging. Jetzt wachte sie auf, riss sich zusammen und duckte sich, bis sie den nächsten sicheren Punkt erreicht hatten. Der Mann, der hier Wache hielt, drehte sich erfreut nach ihnen um. »Rose!«, rief er freudig.

Mit geneigtem Kopf beobachtete Elaine, wie Rose ihm einen Trunk einschenkte und ein paar Worte mit ihm wechselte. Ihr entging auch nicht, wie ihre Hände einander berührten. Schmunzelnd trat sie neben Rose, als die zum nächsten Kandidaten weiterging.

»Das also treibt dich auf die Wälle«, stellte sie neckisch fest. »So sieht das Geheimnis deiner Zufriedenheit aus.« Ohne eine Antwort der errötenden Freundin abzuwarten, neigte sie sich und gab einem Soldaten, der darum bat, von ihrem Wasser ab. Sie bemerkte seine gesprungenen Lippen, das sonnenverbrannte Gesicht, von dem sich die Haut schälte, tunkte ihren Schleier in den Krug, wie Rose es vorhin bei ihr getan hatte, und reichte ihm den kühlen feuchten Stoff. Erstaunt riss er die Augen auf und murmelte: »Danke, Herrin.« Elaine lächelte ihm huldvoll zu. Ihr ging es bereits bedeutend besser. Sie eilte Rose hinterher. »Und ich dachte, du handelst aus reiner Nächstenliebe.«

»Ach«, wehrte Rose verlegen ab und wandte sich einer Gruppe Armbrustschützen zu, die sie wie eine alte Bekannte begrüßten, »das ist nur John.«

»Nur John«, ahmte Elaine sie nach und nahm mit einem anmutigen Kopfnicken die Segenswünsche der Männer entgegen. »Nur John. Für ein ›nur‹ hat er erfreulich breite Schultern, findest du nicht? Er ist groß und ansehnlich, seine Stimme überaus angenehm, Und mir schien, das war ein Wappen auf seinem Wams, oder?«

»Ja«, bestätigte Rose düster. Im Schatten weiter vorne kniete Dame Hersentis und wechselte ihrem Ritter Reginald die Verbände. Elaine bemerkte die Fliegen, die um die gelb verfärbten Fetzen sirrten und wandte sich ab. Erstaunt bemerkte sie Roses Gesichtsausdruck. Da begriff sie.

»Rose«, sagte sie und suchte die Hände ihrer Freundin zu fassen. »Dass er von Stand ist, muss doch kein Hinderungsgrund sein. Wir, wir …« Sie überlegte kurz. »Wir bitten einfach Johanna, dass sie etwas für dich tut. Ein kleines Gut, ein kleiner Titel, Rose! Hör mir zu: Sie könnte dich zu einer Gräfin machen, wenn sie wollte. Und verdient hättest du es tausendmal. Ganz bestimmt.«

Rose schüttelte den Kopf und wollte Elaine ihre Hände entziehen. Da sauste etwas Schwarzes an ihnen vorbei wie eine große Libelle. Mit einem unschuldigen »Tock« schlug es dicht neben Elaines Kopf ein. Die beiden starrten einander an und wurden blass.

»Runter«, rief jemand. Man brauchte es ihnen nicht zweimal zu sagen. Von anderen Stellen des Walls erklangen Schreie. Tock. Tock. Tock.

»Rose?«, fragte Elaine besorgt und kroch tiefer in den Schatten.

Die schüttelte zweifelnd den Kopf. Doch jemand anderes antwortete für sie.

»Sie kommen! Sie kommen! Alarm!« Laut gellte es durch das Lager der Christen. Alle Männer, die eine Waffe besaßen, rannten zu den Wällen.

Der Mann neben Elaine reichte ihr den Krug zurück. »Es ist besser, wenn Ihr jetzt geht, Mylady«, sagte er in seiner unbeholfenen Art und versuchte ein Lächeln. Doch seine Zähne waren zusammengebissen und seine Augen wanderten bereits unruhig hinaus auf die Ebene. Die Nonne, die sie am Brunnen gesehen hatten, huschte an ihnen vorbei und segnete die Zurückbleibenden. Lady Hersentis schloss sich ihnen an. Ihr Gesicht war blass vor Sorge, dennoch versuchte sie, tapfer und gefasst zu klingen.

»Wir müssen es als ein gutes Zeichen nehmen«, sagte sie, während sie wie die anderen geduckt zu den Leitern lief und darauf wartete, dass der Strom heraufkletternder Männer lang genug abriss, dass sie hinabkonnten. »Sie greifen das Lager immer nur dann an, wenn unserer Kräfte vor der Stadt erfolgreich sind.«

Elaine, in einem toten Winkel kauernd, suchte einen Blick auf Akkon zu erhaschen. Erklang da Siegesgeschrei? Wehte etwa schon ein fränkisches Banner von den Wällen? Oh, sie hoffte es inbrünstig! Von hier war nur wenig zu erkennen. Aber Saladin in seinem Lager auf dem Hügel musste etwas gesehen haben, oder seine Brieftauben hatten ihm eine Botschaft gebracht, eine, die ihn so beunruhigte, dass er Befehl gegeben hatte, die Angreifer durch einen Gegenangriff auf ihr Lager abzulenken und von den gefährdeten Mauern abzuziehen. »Gebe Gott, dass es ihm nicht gelingt.«

»Amen«, flüsterten mehrere Frauen, darunter Rose.

»Himmel«, rief eine andere, »da kommt die Reiterei!« Das Getrappel der Hufe ließ die Erde dröhnen; sie glaubten, es in den eigenen Knochen zu spüren. Ohne einen Blick für die prächtigen Seidenbanner, die sich vor dem Wind blähten, die ungewöhnlichen, spitzen Helme, die fremdartig bunten Mäntel und das Blitzen der Edelsteine an den Zaumzeugen, duckten die Frauen sich tiefer und beteten mit geschlossenen Augen. Die erste Wolke Pfeile, hartleibig wie Insekten, ging über ihre Köpfe hinweg. Sie verdrängten den Gedanken daran, in wie viele Leiber sie wohl einschlugen. Für diesmal waren es nicht die ihren gewesen.

Rose glaubte, eine Gelegenheit zum Abstieg erspäht zu haben und zog Elaine am Ärmel. Diese allerdings war für den Moment abgelenkt. Beschäftigt damit, etwas anzustarren, rührte sie sich nicht, und die Chance ging vorüber.

»Elaine, was ist?«, flüsterte Rose eindringlich, »wir müssen hier weg.«

Wie aus einem Traum erwachend, starrte Elaine sie an. »Ich habe etwas gesehen«, flüsterte sie.

»Was, was hast du gesehen?«, fragte Rose unwirsch. Was konnte die Freundin in einem solchen Moment nur derart ablenken?

»Ich bin mir nicht sicher, aber«, Elaine kniff die Augen zusammen. Es konnte nicht sein, oder? Und doch, ja, sie erkannte ihn, ohne jeden Zweifel. »Da ist Thomas«, sagte sie langsam, »der Schmied aus unserer Burg.«

Sie griff nach Roses Ärmel, war aber nicht schnell genug. Die Magd fuhr herum, als hätten die Worte ihr einen Stoß versetzt. Sie richtete sich auf und starrte unverwandt in die Richtung, in die Elaine geblickt hatte. Ihr Herz klopfte hastig, in ihren Ohren sirrte es. Ja, dort war er, wie Elaine gemeint hatte, diese Gestalt, breitschultrig und mit langen Armen. Er hob den Arm, wischte sich mit dem Ellenbogen über das Gesicht, dabei verrutschte seine Helmhaube und zeigte unter dem Kettengeflecht das struppige blonde Haar. Jetzt wandte er sich um, oh Gott, sein Gesicht, verschmiert von Schweiß und Staub, sah aus, als käme er just aus seiner rußigen Schmiedestube! Rose schwindelte es. Sie hörte ihren Namen rufen. Und das Girren in ihren Ohren wurde lauter.

Teil III

Seht das Land in der Sonne

1.

»Rose!«

Sie hörte ihren Namen rufen wie aus großer Ferne. Für einen Moment war es ihr, als stünde sie wieder auf dem Marktplatz ihres Heimatdorfes, alle Laute waren für einen Moment verstummt und ein Vogel flog auf. Sie hörte den harten Schlag seiner Schwungfedern und sah jede einzelne Bewegung der Flügel, die langsam, kraftvoll und mit äußerster Anstrengung schlugen. Im Hintergrund öffnete und schloss der Prediger seinen Mund, erst ohne Ton, dann kam ein anschwellendes Getöse aus diesem Maul, das sich mit einem Mal obszön weitete und ein Chaos ausspuckte aus Tönen und Farben und Formen. Menschen, Mauern, Kriegesgeräte, Schreie, alles strömte daraus hervor wie eine Flut und drohte Rose zu überschwemmen. Sie wollte darüber zusammenbrechen, in die Knie gehen. Doch sie konnte nicht. Der Pfeil hatte ihre Schulter durchschlagen und sie an die Holzwand neben der Leiter genagelt. In diesem Moment drang der rote Schmerz zu ihr durch, wie eine Erleuchtung. Im Schnabel des Vogels blitzte eine rote Beere. Er entkam damit in den weiten Himmel.

Rose! Oh Gott, Rose!« In Panik ruckte Elaine an dem Pfeil, während Dutzende von Händen an ihren Röcken zogen, um sie in die sichere Deckung zurückzuziehen. Rechts und links von den Frauen schlugen die Geschosse ein. Elaine schloss die Augen.

»Nicht herausziehen«, sagte da eine ruhige Stimme. »Sie haben Widerhaken.«

»Ihr seid John.« Erleichtert schaute Elaine zu ihm auf.

Er nickte. »Haltet das.« Elaine nahm den Schild und ging in die Knie. Mit zitternden Armen schaffte sie es, sie alle drei damit so gut es ging abzuschirmen, während John seinen Dolch zog und sich daran machte, den Schaft des Pfeiles zu kappen. Rose, die bisher mit abwesendem, erstauntem Gesicht dagestanden hatte wie eine Träumerin, schloss die Augen und stöhnte, als das Holz in ihrem Fleisch unter seinen Bemühungen erbebte.

John sah es und biss die Zähne zusammen, arbeitete aber konzentriert weiter. Elaine, keuchend vor Anstrengung, lugte kurz um den Schild herum, hinter dem das Gebrüll der Schlacht aufwogte, und sah dann zu, wie er Roses Kleider aufriss, um das aus ihrem Fleisch ragende Holz dicht über der Haut absägte.

Elaine krümmte sich vor Übelkeit.

»Hochhalten«, ermahnte John sie und schenkte ihr einen streng besorgten Blick.

Elaine beeilte sich zu nicken, damit er sah, dass sie es schaffte, dass sie der Aufgabe gewachsen war.

»Braves Mädchen.« Er lächelte. Dann wurde sein Blick wieder ernst. Vorsichtig nahm er Rose um die Schultern und zog sie an sich. Für einen Moment hielt er sie so. Dann riss er sie mit einer Bewegung nach vorne in seine Arme. Sie sackte ohne einen Laut zusammen. Hinter ihr, im Holz der Befestigung, steckte der blutverschmierte Pfeilschaft.

»Und jetzt runter.« Er nahm Elaine, die am Ende ihrer Kräfte war, den Schild ab und hielt ihn über sie, während sie sich mit Armen an den Abstieg machte, so kraftlos, dass sie die Holme der Leiter in ihren Händen gar nicht mehr spürte. Bebend vor Erschöpfung kam sie auf der letzten Sprosse an und trat auf etwas Weiches.

»Nicht hinsehen«, kommandierte John, der dicht hinter ihr kam, die ohnmächtige Rose auf der Schulter. Mit einem Fußtritt schob er die Leiche beiseite und trat auf festen Grund. »Wohin jetzt?« Elaine schaute sie um. Ein paar Schritte von ihnen brannte ein Zelt, etwas weiter, wo eben noch eines gestanden hatte, verschwand mit einem Mal alles in einer krachenden Staubwolke. Ein Mann mit blutüberströmtem Gesicht stieß sie zur Seite, ein anderer rannte, brüllte, seine Hand hochhaltend oder besser, den schwärzliche Stumpf, der von ihr übrig war. Verständnislos starrte sie ihm nach, während die Pfeile rechts und links von ihnen einschlugen und vibrierend im Boden stecken blieben. Sie hatte Mühe zu begreifen, was all das mit ihr zu tun hatte.

»Wohin?«, wiederholte John.

Da erwachte Elaine. »Ins Krankenhaus des Deutschen Ordens«, kommandierte sie. »Die Brüder dort kennen Rose.«

John nickte. »Sie ist ein erstaunliches Mädchen.« Dabei drückte er sie eng an seine Brust, während er rannte.

Ein dienender Bruder nahm Rose in Empfang und wies John, der sich mit einem Mal nur schwer trennen konnte, mit einer Kopfbewegung aus dem Zelt. Vor dem Eingang kniete er einen Moment nieder und betete dann, auf den Knauf seines Schwertes gestützt.

Elaine, die langsam wieder zu Atem kam, hatte Muße, ihn eine Weile zu beobachten. Sie war zufrieden mit dem, was sie sah. »Elaine von Chaworth«, stellte sie sich vor, als er wieder aufschaute.

Er verneigte sich leicht. »John of Cornhill. Und Ihr kennt Rose? Ist sie eine …«

»… eine Freundin von mir«, ergänzte Elaine rasch.

Er lächelte. »Gut zu wissen, dass sie solche Freundinnen hat. Aber Ihr müsst mich entschuldigen, Mylady.«

»Oh, sie hat Königinnen zu Freunden«, wollte Elaine fortfahren, hielt aber irritiert inne, als sie sah, dass er aufbrach. »Wo wollt Ihr hin?«, fragte sie erstaunt und setzte hinzu, als sie es begriff: »Doch nicht wieder nach dort?« Sie wagte kaum zu den Wällen zu sehen, wo ein rhythmisches Wummern verriet, dass die Rammböcke gegen die Tore in Stellung gebracht worden waren. Er lachte so laut, dass es ihr noch in den Ohren klang, als sie wieder in Johannas Zelt stand.

Hier klang der Schlachtlärm dumpfer. Und es roch nach Rosenwasser. Sie wollte sich schon auf einen Diwan sinken lassen, als zeternde Stimmen sie wieder auftrieben.

»Philipp hat eine Bresche in Akkons Mauern geschlagen, Mylord.« Das war die Stimme des Erzbischofs von Canterbury.

»Eine Bresche, eine Bresche«, schimpfte Richard, »das merken wir gerade, allerdings. Was nützt sie uns, diese verdammte Bresche, wenn sie nicht weiterkommen.«

»Zumindest«, ließ sich Johannas kühlere Stimme vernehmen, »bringt es dich nicht um deinen Anteil an der Beute, da du dich nicht am Sturm auf die Stadt beteiligen wolltest.«

»Mylady!« Das war der Erzbischof, peinlich berührt.

»Ich nehme diese Stadt ein, wann es mir passt«, brüllte Richard. »Ich ganz allein und dieser Habenichts Philipp wird noch um seinen Anteil betteln.« Er schnaubte. »Und jetzt werde ich diesen verdammten Sarazenen zeigen, was es heißt, mein Lager anzugreifen.« Man hörte das Klirren von Metall, als die Knappen ihm auf seinen Befehl die Rüstung anzulegen begannen.

In dem Moment kam einer seiner Vasallen staubbedeckt hereingestürmt. Mit gesenkten Kopf stürzte er auf seine Knie nieder. »Zwei der Tore sind gebrochen, mein König. Sie drohen durchzustoßen.« Für einen Moment war alles still.

Dann donnerte Richard los. Flüche und Befehle lösten einander in schneller Reihenfolge ab. Es kam Leben in die Ritter, die ihn umgaben und, seltsamerweise, eine Art fiebrige Zuversicht, die sogar Elaine hinter ihren Portieren spüren konnte. Die Luft knisterte förmlich. Richard, der König, war in Bewegung geraten und damit eine Gewalt, sie fühlten es alle, mit der gerechnet werden musste. Etwas Großes bereitete sich vor.

»Die neue Schleuder der Flandern«, rief Richard. »Ist sie fertig? Kann man sie einsetzen? Bringt sie ans Nordtor!« Antworten wartete er gar nicht erst ab. Der Protest der Vasallen, die es für unmöglich hielten, das schwere Ungetüm so einfach in eine neue Position zu hieven, verhallte ungehört. Ein Blick brachte sie zum Schweigen, mehr noch, er ließ in ihnen die Entschlossenheit wachsen, das Ding zu bewegen, und sollten sie es mit ihren bloßen Händen tun müssen.

Elaine hörte energische Schritte, dann stand Richard vor ihr, in der Pracht seiner Rüstung. Seine Augen leuchteten vor Kampflust, seine Männer umgaben ihn wie nervöse Jagdhunde. Mit offenem Mund starrte das Mädchen ihm nach. Da trat Johanna an ihre Seite. Auch ihr Gesicht war gerötet vor Aufregung. »Jetzt ist er in seinem Element«, stellte sie fest, als die Männer fort waren. Dann bemerkte sie, wie mitgenommen Elaine aussah und legte den Arm um ihre schlanke Taille. »Keine Angst«, meinte sie, »er ist ein mitreißender Feldherr, mein Bruder. Er wird es schaffen.«

»Er muss«, murmelte Elaine, die an die Wälle dachte, die Hölle dort draußen voller Blut und Schreie. Ein Echo davon drang bis zu ihnen herein, sacht untermalt von leisen Flötenklängen, die aus dem für Berenguela abgeteilten Gemach herübertönten und ihr die Tränen der Verzweiflung in die Augen trieben. »Er muss.«

»In der Tat«, murmelte Johanna und bekreuzigte sich. Dann wischte sie sich über die Stirn. »Auch ich muss weitermachen.« Sie rief nach dem Vasall, dem das Schicksal der Schleuder anvertraut worden war. Nun, da Richards elektrisierende Gegenwart fehlte, sah er wieder ein wenig verzagter drein.

Johanna legte ihm die Hand auf die Schulter. »Holt die Handwerker und Schankwirte zusammen«, befahl sie, »schnappt Euch jeden Tagedieb, der herumläuft. Ach, und gestern ist doch dieser Haufen Strauchdiebe angekommen, die sich Kreuzfahrer nennen unter ihrem Führer, diesem Johann …«

»… Ohnewas«, bestätigte der Mann. »Ja, ich werde sie rannehmen.« Grimmig schlug er sich mit der Faust in die offene Hand. »Dann werden wir zur Abwechslung mal aus einer Festung herausschießen statt hinein. Das wird Saladin lehren, seine Reiter vor unsere Mauern zu stellen.«

Johanna stimmte zu. »Holt sie aus den Lazaretten, wenn es sein muss, aus den Betten. Jeden, der laufen kann. Wir müssen diese Schleuder wenden und in Stellung bringen.«

»Ich komme mit ihm«, rief Elaine

Johanna selbst trat an eine Truhe heran und öffnete sie. Darin lag, in Tüchern wohl verwahrt, ihr Jagdbogen und der Köcher. Sie hob ihn hoch und spannte ihn. Er war für sie gefertigt, auf die geringere Kraft einer Frau berechnet. Seine Durchschlagskraft war nicht mit der einer Armbrust zu vergleichen. Aber sie hatte schon mehr als einen Hirsch damit gefällt. Und wenn ich sorgfältig ziele, dachte sie und visierte eine Stelle auf der Zeltwand an.

Da erschien Berenguelas bleiches Gesicht in ihrem Blickfeld. »Was tust du da?«, fragte sie angespannt. »Du willst doch nicht etwa kämpfen gehen?«

»Nein«, antwortete Johanna. »Ich gehe überleben.«

2.

Die Nacht fand das Lager der Kreuzfahrer brennend, die Zeltgassen völlig verwüstet. Leichen und Trümmer sah man überall im unruhigen Flackern der Feuer, die das Chaos beleuchteten. Was nicht niet- und nagelfest gewesen war, hatte man auf die Wälle geschleppt, um es dem Feind entgegenzuschleudern; an manchen Stellen war selbst der Boden zerwühlt auf der Suche nach Steinen, um die Schleuder damit zu füttern, die tatsächlich ihre Arbeit aufgenommen hatte und Schuss um Schuss dem Feind entgegen spuckte, seit Stunden nun.

Mit Dutzenden von anderen hatte Elaine sich gegen das hölzerne Gerüst gestemmt und es geschafft, es in ächzende, ruckelnde Bewegung zu versetzen. Sie hatte die Augen geschlossen, als die Schreie des Mannes ertönten, der in dem vom Blut der Verwundeten rutschig gewordenen Staub ausglitt und unter das Gebälk geriet. Sie hatten es über seine zerquetschten Reste hinweggeschoben. Irgendwer hatte irgendwann, als ihnen die Geschosse ausgingen, seinen entstellten Leichnam auf die Schleuder gelegt und ihn zusammen mit seinen Verwünschungen den Feinden entgegen geschossen.

Aber das Lager hielt stand; kein Sarazene setzte seinen Fuß hinein. Irgendwann in der Nacht trat Ruhe ein und sie konnten die Breschen notdürftig flicken und die Tore öffnen, um Philipps Truppen einströmen zu lassen, die den Sarazenen draußen in offener Feldschlacht entgegengetreten und siegreich geblieben waren. Müde Männer taumelten herein und fielen auf ihre Lager. Sie hatten eine Bresche geschlagen, sie hatten überlebt, das zu feiern aber reichte ihre Kraft nicht mehr.

Auch Elaine humpelte, verschmutzt und erschöpft, eine Elendsgestalt unter vielen, in ihr Quartier zurück. Sie war dankbar für das Halbdunkel, das dort jenseits des schwachen Lampenscheins herrschte. Das letzte, was sie wollte, war, sich jetzt im Spiegel zu begegnen. Schlafen, dachte sie, nur schlafen. Waschen kann ich mich morgen. Da ließ ein heller Lichtschein sie blinzeln. »Oh, Berenguela, Herrin«, murmelte sie, als sie die Gestalt hinter der erhobenen Lampe erkannt hatte. Müde brachte sie so etwas wie einen Knicks zustande.

»Wie du aussiehst«, stellte die Königin fest. Sie musterte Elaine mit wachsendem Abscheu. »Deine Kleider sind ein einziger Fetzen, deine Haare voller Staub, und was ist das da für ein Dreck, die dunklen Flecken auf dem Stoff, der Rock hat sich ja bis zum Knie vollgesogen?«

»Keine Sorge«, suchte Elaine sie zu beruhigen, »es ist nicht mein Blut.«

Berenguela stieß einen gellenden Schrei aus. »Sprich nicht so!« Sie zitterte am ganzen Leibe. »Ich will nicht, dass du so sprichst!«

»Es ist gut, verzeiht«, murmelte Elaine. Sie schlief beinahe im Stehen ein.

»Was hast du nur getan?« Berenguelas Stimme war jetzt leiser.

Elaine schüttelte den Kopf. «Ich habe ein Belagerungsgerät geschoben«, sagte sie, beinahe lallend, aber nicht ohne Stolz und hob die Arme, um es zu demonstrieren. »So.«

»Mein Gott, deine Hände.«

Elaine schaute sie an, wie etwas nicht zu ihr Gehöriges. »Das wird bestimmt wieder«, murmelte sie zerstreut, während sie verzweifelt versuchte, das Gefühl zu vergessen, wie es war, Armbrustgeschosse aus Leichen zu ziehen, um sie den Schützen zurückzubringen. Sie hatte ganze Arme davon eingesammelt. Anfangs hatte sie sich nur von möglichst weit weg nach den Schäften gestreckt und ein »Vater vergib«, gemurmelt, wenn der Tote sich bewegte. Später hatte sie nur noch die Augen abgewandt und den Fuß auf den Körper gestellt, ehe sie anzog, weil es so einfacher ging. Sie bewegte die Finger mit den gesplitterten Nägeln. »Vielleicht, wenn ich sie in Milch bade.« Dann fiel ihr etwas ein. »Wo ist Johanna?«, fragte sie.

Berenguela verzog den Mund. »Schläft. Der Fürst von Antiochia hat sie unter Bedeckung zurückgebracht von ihrem, ihrem Ausflug. Man sagt, sie hat Menschen getötet.«

Elaine nickte. »Das ist gut.« Zu mehr war sie nicht mehr in der Lage.

Eine Weile stand Berenguela da und starrte sie an. »Oh, Ihr!«, platzte sie dann heraus, wirbelte herum und verschwand. Wieder in weiches Dunkel gehüllt, sank Elaine auf ihre Liege und schlief ein.

Rose erwachte von einem unruhigen, für die würdevolle Stille des Ordenshospizes ganz untypischen Wortwechsel. Es brauchte nur einen Moment, bis sie begriff, wo sie war. Mehr Zeit kostete es sie, zu rekonstruieren, wie sie hierher gelangt sein musste. Sie erinnerte sich an Johns Gesicht, so nah, und doch ganz fern, das ihr eine merkwürdige Ruhe eingeflößt und den Schmerz beinahe zu einer warmen Decke gemacht hatte, die sie einhüllte, ganz und gar, und in der sie fortgetragen worden war. Fort vom Wall, fort von den Kämpfen, fort von … »Thomas«, murmelte sie und setzte sich mit einem Ruck auf.

Der Mann auf der Trage neben ihr wandte den Kopf. »Sie streiten«, flüsterte er mit großen Augen.

»Was?«, fragte Rose benommen, bemüht sich aus dem Netz qualvoller Empfindungen zu befreien, in das sie sich zu verstricken drohte. Es fiel ihr schwer, einen klaren Gedanken zu fassen. Thomas war da und mit ihm ihr altes, gejagtes Ich, das allein beherrschte ihr Bewusstsein. Und sie musste sich beherrschen, um nicht einfach aufzuspringen und fortzurennen, um sich in einer Ecke zu verstecken.

Ihr Nachbar schien davon nichts zu bemerken. Er wies mit dem Kinn zu einer Gruppe von Ordensbrüdern hinüber. »Sie erregen sich, weil ein Schiff angekommen ist mit Huren, wie man sagt.« Unwillkürlich trat ein freudiger Schimmer auf sein Gesicht. »Dreihundert sollen es sein, nach allem, was man hört, eine ganze Schiffsladung voll.«

Rose wollte nichts davon hören. Aber unbeirrt fuhr der Kranke neben ihr fort. »Jetzt schimpfen sie, dass wir sündhaft seien.« Er seufzte. »Aber es kann nicht jeder ein Templer sein, nicht wahr, und keusch leben und die Frauen nicht einmal betrachten oder ansprechen.« Er wälzte sich auf den Rücken und kratzte sich an der Brust. »Wir sind nun einmal nur arme Sterbliche. Die Brüder wissen nicht, wie tröstlich es sein kann, nachdem man dem Tod ins Auge gesehen hat, in ein paar weiche Arme zu versinken und sich trösten zu lassen. Trösten, ah.« Er schaute sie an. »Wie es eben keine Beichtiger schafft. So ist das nun einmal. Nichts geht über die Umarmung einer Frau, wenn man des Zuspruchs bedarf.«

Noch immer ruhten seine Augen auf ihr, mit einer aufdringlichen, tränenfeuchten Innigkeit, die Rose von Sekunde zu Sekunde ekelhafter wurde. Nein, dachte sie in Panik. Nein, nein, nein, nein, nein! Sie streifte die leichte Decke ab und richtete sich auf. Ihr Gewand war an der Schulter zerschnitten. die Fetzen steif von Blut. So gut sie konnte, klappte sie den Stoff über die Verbände und den Streifen nackter Haut und hielt alles mit einer

Hand fest. So würde es gehen. Es erleichterte sie, zu sehen, dass man bei den Brüdern ihren Aufbruch nicht bemerkte. Rose wollte fort, ohne lange Erklärungen. Dieses Zelt, Seite an Seite mit all den Männern, schien ihr nicht mehr ausreichend Schutz zu bieten, nun, da sie wusste, dass *er* anwesend war.

Während sie durch das Lager lief, überlegte sie fieberhaft, wie das hatte geschehen können. Sicher, es kamen immer wieder Trüppchen von Männern aus dem Westen an, kleine Weggemeinschaften, die sich irgendwann, irgendwo auf die Reise begeben hatten und sich nun der großen Gemeinschaft der königlichen Heere anschlossen. Manche waren Gesindel, manche aufrechte Kämpfer, manche kamen allein, manche dienten ihrem Herren. Aber warum, warum nur, haderte Rose mit dem Schicksal, musste ausgerechnet Thomas unter ihnen sein? Sie hatte ihm Chaworth, hatte ihm England gelassen. War das nicht groß genug für ihn gewesen?

Das Lager kam ihr fremd vor, nicht nur wegen der Verwüstungen, an deren Beseitigung sich bereits ein Ameisenheer von Menschen machte. Alles hatte sich verändert, weil jetzt die Gefahr bestand, ihm zu begegnen.

»Rose?«, erklang es da hinter ihr.

Sie fuhr so erschrocken herum, dass John ganz verwundert stehen blieb. »Rose, dass du schon auf bist? Ich wollte eben nach dir sehen und fand dein Lager leer.« Er bemerkte ihre Schulter und nahm seinen Mantel ab, um ihn ihr umzulegen. Dankbar schmiegte Rose sich hinein und lehnte sich für einen Moment an diesen Mann, den sie noch kaum kannte und der ihr doch schon mehr bedeutete, als jeder in diesem Lager. Niemandes Trost war ihr in diesem Moment willkommener. Da hörte sie die Stimmen.

Nicht weit von ihnen stritten einige Männer, umgeben von einer großen Zuhörerschar.

»Ich sage Euch, die Priester haben Recht. Der Erzbischof hat es selbst gesagt: Die Huren sind unser Unglück.«

»Nein, nein. Es ist unsere eigene Unreinheit. Wir können die

Stadt nicht nehmen, weil wir sündig sind, das haben die Herren gemeint.«

Zustimmendes Gemurmel antwortete diesem Sprecher. »Sündig sind wir gewiss.«

»Und wie wäre es sonst zu erklären, dass wir die Bresche nicht genommen haben, breit wie sie war? Das ist doch mit dem Teufel zugegangen.«

Erschrockenes Gezischel brachte den Mann zum Schweigen, der es gewagt hatte, den Namen des Antichristen zu nennen.

»Weg mit den Weibern, das ist meine Rede. Wenn keine Versuchung mehr da ist, werden wir uns schon halten. Und Gott gibt uns wieder seinen Segen.«

»Gott gibt uns Akkon«, bestätigte ein anderer.

»Aber gleich alle Weiber?«, gab ein Zaudernder zu bedenken und musste sich eine Menge Spott deswegen anhören.

»Doch nicht die Nonnen, du Narr. Und nicht die Pilgerinnen Und nicht die Ehefrauen«.

»Nicht die Hofdamen«, fiel es einem ein.

»Ach, was ich sag's euch, die Hofdamen haben es faustdick hinter den Ohren.«

Rose erkannte die Stimme und schloss die Augen. Als sie sie wieder öffnete, bemühte sie sich um ein Lächeln. Es gelang ihr nicht. »Sie sind alle sehr aufgebracht, nicht wahr?«, fragte sie im Plauderton.

John ließ keinen Blick von ihr. »Sie reden von nichts anderem«, bestätigte er. »Vor allem einer führt das große Wort.«

Rose nickte. Es konnte wohl nicht anders sein. »Lass uns gehen«, bat sie. Kaum, dass ihre Füße ihr noch gehorchten.

Aus der Gruppe Männer hinter John erhoben sich jetzt lautere Stimmen. »Weil du eine Ahnung von Hofdamen hast, du Hungerleider.«

»Ha«, konterte Thomas, und Rose wusste, dass er nur für ihre Ohren so laut sprach; sie konnte seinen Blick in ihrem Rücken spüren bei jedem Schritt. »Komm, John«, murmelte sie.

»Ich habe sogar mal eine gefickt, die jetzt im Gefolge einer Königin ist.«

»Nie und nimmer«, protestierte sein Gesprächspartner und schlug sich auf die Schenkel. »Was du vors Rohr gekriegt hast, mein Freund, das ist hernach höchstens Königin der Schenken geworden.« Er gröhlte vor Lachen. »Und zwar der Allerübelsten.«

Thomas aber blieb hartnäckig. »Wenn ich's euch doch sage. Das war vielleicht eine. Immer den Kopf oben und eine scharfe Zunge, ihr kennt den Typ. Aber einen Hüftschwung«, er malte ihn mit einer Handbewegung, »Na, da war einem alles klar, was das für eine war. Kein Bursche, mit dem sie es nicht getrieben hat im Geheimen. Ich hab sie auch gehabt, und ich kann euch sagen.« Er zog ein genussvolles Gesicht und ließ sich von seinen Zuhörern in die Seite knuffen. »Die wollte ordentlich rangenommen sein, das könnt ihr glauben.« Er lachte. »Aber wenn du ihr dann mal auf der Gasse auf den Hintern geklopft hast, hui, da hat sie krakeelt und beleidigt getan. Sogar verklagt hat sie mich.« Er wandte sich um und rief lauter: »Stimmt es nicht Rose?«

3.

Sie blieb stehen. Es war wie ein Schlag. Der Boden unter ihren Füßen wankte, Angst wallte in ihr auf und nahm ihr jedes Gefühl. Ihre Finger waren kalt und taub, als sie unwillkürlich versuchte, die Lumpen an ihrer Schulter enger zusammenzuraffen. Dass Johns Mantel sie bedeckte, spürte sie nicht mehr; sie fühlte nur die in ihrer Nacktheit brennende Haut. Und sie roch einen unerträglichen Gestank, der davon ausging. Unwillkürlich tat sie noch einen Schritt von ihm fort. Dann hielt sie inne. Weglaufen durfte sie nicht, das war damals schon vergebens gewesen. Bis hierher war sie gerannt, und es war umsonst, wie sie sah, nein, sie würde nicht mehr flüchten. Und sie würde nicht mehr betteln. Mit einer heftigen Bewegung wandte sie sich zu ihm um.

»Ja«, sagte sie, »ich habe dich verklagt.« Sie sah aus den Augenwinkeln, wie ein ungläubiges Staunen in Johns Gesicht erschien. Seine Stirn runzelte sich. »Und ich hatte Grund dazu.«

»Grund, Grund«, rief Thomas lachend. »Wir alle kennen den Grund.« Er machte unter allgemeinem Gelächter eine obszöne Geste. Mit gemütlichem Schritt kam er auf sie zu. »Die ehrbaren Burschen im Dorf haben ausgesagt, dass du wie eine läufige Hündin warst, willst du das leugnen?«

Rose räusperte sich. »Behauptet haben sie es, weil sie deine Freunde waren. Und sie haben gelogen wie du.«

Thomas wandte sich zu seinem Publikum um. »Sogar mit Hundedreck beworfen haben sie sie am Ende.« Er erntete einen Chor von Lachern.

»Woher weißt du …?« Rose stutzte. »Du hast sie dazu angestiftet«, rief sie dann. »Du gemeiner …« Sie ballte die Fäuste.

»War gar nicht nötig, mein Schatz. Sie waren von alleine wütend genug, dass eine wie du rumläuft und sich nicht beherrschen kann, sich den Männern anderer Frauen an den Hals zu werfen.«

»Du Mistkerl!«, schrie Rose auf und wollte sich auf ihn stürzen. John trat dazwischen und hielt sie fest.

Thomas schob sein Gesicht ganz dicht an ihres heran. »Willst du leugnen«, fragte er und grinste dabei, »dass du mich darum angebettelt hast?«

Rose schoss die Röte ins Gesicht. Er erinnerte sie an den Moment ihrer tiefsten Demütigung, als sie kapituliert hatte und schon mit allem einverstanden war, wenn er nur aufhörte, ihr weh zu tun. Angeboten hatte sie sich ihm, sie konnte es vor sich selbst nicht leugnen. Sie hätte lieber sterben sollen. Rote Wut wallte in ihr auf. Sie trat nach ihm und traf sein Schienbein. Er verzog das Gesicht, was seine Kameraden dazu brachte, ihm lachend auf die Schulter zu schlagen. Die Clique entfernte sich.

Zitternd stand Rose da, unfähig, sich weiter zu rühren.

»Ist es die Wunde?«, fragte John in neutralem Ton.

Sie schüttelte den Kopf. »Nein, nein, es geht schon.« Mühsam rang sie um Beherrschung und brachte nach einer Weile ein Lächeln zustande. »Begleitest du mich noch bis zum Zelt?«

»Ich weiß nicht, Rose.« Es dauerte eine Weile, bis sie begriff. John war einen Schritt von ihr fortgetreten. In seinem Gesicht zuckte es; er kämpfte sichtlich mit sich.

Rose begann, zu nicken, ganz mechanisch.

Er sah es und hob die Hand. »Du hast ihm nicht geantwortet«, sagte er.

Sie biss sich auf die Lippen und holte Luft. Dann atmete sie wieder aus. Nein, niemals wieder, weder in Gedanken noch in Worten wollte sie wiederholen, was in diesen Momenten im Wald geschehen war. Sie hatte es vergessen wollen; sie würde es vergessen. Sie sagte nichts. Nach einer Weile drehte sie sich um und begann, davonzugehen. Da fiel ihr ein, dass sie noch seinen Umhang trug. Sie blieb stehen, zog ihn herab, faltete ihn und blickte sich um. John stand immer noch da. Sie hielt ihm das Bündel hin.

»Du kannst ihn behalten«, sagte er, über die Entfernung hinweg. Rose nickte wieder. Nicht einmal mehr, was sie berührt hatte, wollte er noch haben. Da wandte sie sich endgültig ab und ging fort.

Auf ihrem Weg durch das Lager bemerkte sie, selbst durch den Schleier ihrer Tränen hindurch, dass die Unruhe wuchs. Hier und da sah sie Grüppchen von Frauen, die von Soldaten zusammengetrieben wurden. Sie hörte ihr Schimpfen, sah die zurückgeworfenen Köpfe und die in die Hände gestemmten Hüften. Einige suchten ihren Bewachern zu schmeicheln, andere rangelten mit ihnen um die Speere, die sie bedrängten. Manche hielten einander nur an den Händen und versuchten, einander nicht zu verlieren, während man sie fortführte. Rose sah Frauen, die an den Haaren aus den Schenkenzelten gezogen wurden. Sie sah welche, die hoch erhobenen Hauptes dahinschritten und Spottlieder auf die Männer sangen, die ihnen begehrlich nachschauten. Sie hörte Kinder schreien: »Nicht, das ist meine Mutter.«

Rose spürte, wie auch zu ihr immer wieder die Blicke wanderten; sie ging schneller. Sie wollte schon aufatmen, als sie Johannas Zelt erreichte und hineinschlüpfte. Aber Elaine kam ihr mit besorgtem Gesicht entgegen. »Die Königin ist drüben bei ihrem Bruder«, sagte sie; ihre Stimme klang angespannt.

»Ja, und?«, fragte Rose, die nicht mehr die Kraft in sich spürte, die Schilderung eines weiteren Zwists unter den Plantagenets zu lauschen, mochte er sich um den König von Jerusalem drehen oder um Hühnerbrühe. Sie wollte nur noch zu ihrem Lager, daraufsinken und im Schlaf alles, alles vergessen, jeden Schmerz.

»Die Erzbischöfe sind alle da.«

»Und warum flüsterst du deshalb, Elaine?«, fragte Rose müde.

»Aber Rose. Sie reden über dich!«

Im ersten Moment wollte Rose auf einen Sessel; sie wankte bereits. Dann sammelte sie ihre Kraft und stand aufrecht. »So wollen wir also hinübergehen.«

Eifrig trippelte Elaine hinter ihr her. Sie fanden die gesamte illustre Gesellschaft auf dem Vorplatz vor Richards Zelt, wo sich auch eine große Menge Schaulustiger drängten. Im Hintergrund war unter strenger Bewachung eine große Gruppe Frauen angesammelt, in deren Kreis, umringt von Söldnern, immer wieder neue gestoßen wurden.

Rose trat zu Johanna, die zart und verletzlich inmitten der Männer stand, aber mit hoch erhobenem Haupt. Ihr meergrüner Schleier ließ sie blasser aussehen als die Perlen auf ihrer Haube. Aber ihre veilchenblauen Augen funkelten.

»Ah, da ist sie ja«, rief der Erzbischof von Canterbury. Er hob seine befehlsgewohnte Hand mit dem Ring und zeigte auf sie. »Die Frevlerin in unserer Mitte« Er winkte seinen Männern, musste aber erstaunt feststellen, dass Johanna ihnen allen zuvorkam, nach Roses Arm griff und sie hinter sich zog.

»Mylady?«, erkundigte er sich in tadelndem, doch respektvollem Ton.

Johanna schüttelte den Kopf. »Ich sehe nicht, wer hier den ersten Stein werfen wollte«, sagte sie, in Anspielung auf das Bibelzitat.

Der Erzbischof schnappte nach Luft. »Bei allem Respekt Hoheit. Hier sind genug Männer von Sitte und Ehre versammelt, würdige Templer und Ritter, um eine Pyramide über dem Haupt dieser Ehrlosen zu errichten. Wärt nicht gerade Ihr selbst, das Vorbild Eures Geschlechts, berufen, sie mit dem letzten Stein zu krönen?«, fügte er schmeichlerisch hinzu.

Johanna dankte ihm mit einer Neigung des Kopfes. »Und doch sehe ich die Sünde nicht«, versuchte sie es andersherum. »Sagt, was werft Ihr dieser Frau vor?«

Sie spürte, wie Roses Finger sich in ihren Ärmel krampften, ließ sich davon aber nicht abhalten.

Der Erzbischof runzelte erstaunt die Stirn. »Wollt Ihr leugnen«, begann er, »dass dieses Weib einen unsittlichen Lebenswandel führt?«

Johanna neigte den Kopf schräg. »Und wenn ich es wollte?«, fragte sie liebenswürdig.

Der Erzbischof schüttelte sein graues Löwenhaupt. »Dabei ist sie überführt«, donnerte er. »Denn sie gebar ein uneheliches Kind. Und das«, er stieß seinen Bischofsstab auf den Boden, »könnt Ihr nicht leugnen, Majestät.«

Elaine zuckte ebenso wie Rose zusammen. Nur Johanna blieb ruhig. »Dummes Geschwätz müßiger Hofdamen«, sagte sie in denkbar gelassenem Ton. »Es wundert mich, dass Ihr darauf etwas gebt.«

»Ich bin keineswegs auf Weibergeschwätz angewiesen, Mylady, bei aller Ehrfurcht. Unterschätzt mich nicht.« Der Erzbischof schaute sie an. Seine Augen waren so eisengrau wie sein Haar, und von seiner kleinen, gekrümmten Nase zogen sich zwei scharfe Falten der Verachtung tief eingegraben zu seinen Mundwinkeln.

»Euer eigener Beichtvater war es, der mir diese Auskunft gab, nach bestem Wissen und Gewissen und wie es seine heilige Pflicht war. Selbstverständlich ohne seine Gelübde zu verletzen.«

»Selbstverständlich«, bestätigte Johanna liebenswürdig. Der Blick allerdings, den sie dem Geistlichen zuwarf, war alles andere als das. Ihr Beichtvater wusste sich nicht anders zu helfen, als die Hände in die Ärmel zu schieben und selbstgerecht die Nase in den Himmel zu recken. Johanna wandte sich wieder von ihm ab. »Der ehrwürdige Pater hat Euch zweifellos berichtet, dass das unglückliche Mädchen einen Sohn gebar, der tot zur Welt kam, und hat damit seiner Pflicht und seinem Gewissen bestens gehorcht.« Sie gestand es ihm mit einem kleinen Kopfnicken zu. »Was er damals, und was ich selbst nicht wusste, da ich mit ihr zu dem Zeitpunkt so wenig bekannt war und sie selbst zu krank war, um zu sprechen, ist, ist …

»Ja, Mylady?« Ironisch neigte der Erzbischof sein Haupt auf die Seite.

Johanna hob das ihre: »Folgendes: Sie war zwar ohne Mann, aber ledig war sie nicht.«

Gemurmel erhob sich ringsum. Der Erzbischof runzelte die Stirn. »Meine Königin. Wollen wir uns hier mit Rätseln die Zeit vertreiben?«

»Aber es ist doch kein Rätsel.« Beschwichtigend hob Johanna die Hände. In ihrem Kopf arbeitete es. Eine Geschichte, betete sie, eine gute Geschichte, die uns alle rettet. Der Erzbischof fixierte sie mit seinem Eisenblick.

Rose versuchte, sich von Elaine loszureißen, um vorzutreten und dem allem ein Ende zu machen; es war unerträglich. Elaines Finger aber gruben sich in ihr Fleisch.

4.

Da zog ein Lächeln über Johannas Gesicht. Sie blinzelte nicht einmal mehr, als sie mit gewinnender Miene fortfuhr: »Sie war Witwe. Ihr Mann starb kurz zuvor, beim Sturm der Truppen meines Bruders auf Messina.«

»Unmöglich.« Der Erzbischof schnaubte. »Man sagte mir, sie sei ledig aus ihrer Heimatgemeinde entlaufen.«

»Sie traf ihn unterwegs«, improvisierte Johanna. »In …«

Rose öffnete den Mund, war aber unfähig zu sprechen.

Da erklang es laut und klar neben ihr: »In Hull. Verzeiht.« Elaine versank in einen tiefen Knicks nach diesen Worten, dann richtete sie sich wieder auf, hielt aber den Blick gesenkt und bot dem Erzbischof nur ihren glatten blonden Scheitel über der reinen Stirn. »Wir haben ihn in Hull kennen gelernt und sind nach der Hochzeit gemeinsam übergefahren. Er hieß Edward.« Sie ließ einen kurzen Blick zu dem Beichtiger hinüberflitzen, ehe sie brav die Hände faltete. »Wir haben das Kind nach ihm benannt.«

Der Erzbischof betrachtete sie mit einem Blick, der Steine hätte schmelzen können. »Ihr wisst, was eine Lüge ist, mein Kind«, sagte er drohend. Die Frauen schwiegen erschreckt. Nur aus der Gruppe der Gefangenen, die nun langsam begriff, was auf sie zukam, stieg Gejammer auf.

Johanna allein blieb gelassen. Sie betrachtete die Aufmachung ihres Gegenübers, das Kettenhemd, die rasselnde Helmhaube und das mächtige Schwertgehenk mit den Edelsteinen darauf, die in der Sonne glühten. »Sie ist so scharf wie ein Schwert«, bekannte sie, »aber ich denke, sie wiegt nicht so viel.«

Der Erzbischof blieb starr. Dann donnerte er los. »Vor Gott«, stieß er hervor und seine mit Adern durchzogene Hand wies gen Himmel. »Vor Gott wiegt sie schwer, das glaubt mir.«

Johannas Antwort war ein unverbindlicher Knicks.

Eine Weile blieben alle Parteien still. Dann schnaubte der Erzbischof und fuhr herum. »Treibt sie zusammen«, brüllte er seine Männer an. »Bringt sie zum Strand und züchtigt sie. Mit großen Schritten ging er davon, dass sein purpurner Mantel wehte.

Erleichtert blieb Johannas Hofstaat zurück. Auf dem Weg ins Zelt mussten sie Rose beinahe tragen, deren Beine versagten. Elaine bettete sie mitleidig auf eine Liege, wo sie sich auf einmal zusammenrollte, als wollte sie sich übergeben. Aus Roses Kehle kam aber nur ein gurgelnder, gequälter Schrei, der die anderen betreten beiseite sehen ließ. Keine von ihnen fühlte sich wohl nach dieser Konfrontation.

Elaine, die durch den Eingang einen Blick hinter den Abmarschierenden herwarf, trat an Johannas Seite und fragte leise: »Was wird aus ihnen?«

Die Königin griff nach einem Becher Wein und nahm einen ungewohnt großen Schluck, der ihre Wangen umgehend rötete. Sie stellte ihn so heftig zurück, das das kleine dreibeinige Ebenholztischchen schwankte. »Wen die Sarazenen nicht einfangen, der wird in ein paar Tagen wieder hier sein, und alles geht seinen alten Gang. So ist es immer.« Sie lehnte sich zurück und seufzte. »Ah, was für ein Tag.«

»Das habe ich nicht verdient.« Es war Rose, die diese Worte ausstieß, nachdem sie sich ein wenig beruhigt hatte und ihre Schreie in ein stetiges Weinen übergegangen waren. Erstaunt öffnete Johanna wieder die Augen und neigte sich vor. Doch es war Berenguela, die ihr zuvorkam.

Richards junge Frau hatte wieder zu ihrer Näharbeit gegriffen, einem Wams für ihren Mann, ein Geschenk Saladins aus lapislazulifarbener Seide, auf der mit üppiger Stickerei ein goldener Löwe angebracht worden war. Beides leuchtete um die Wette und würde seinem Träger mit den roten Haaren zweifellos wunderbar stehen. Es musste nur ein wenig passend gemacht werden an den Ärmeln. »Allerdings«, bestätigte sie, während sie energisch drauflos stichelte. »Da stellt eine Königin sich hin und lügt für eine Dienstmagd, einer Frau mit einem Lebenslauf …« Sie schnalzte nur tadelnd mit der Zunge. »Das war weiß Gott mehr, als du verdienst.« Zustimmungsheischend hob sie den Kopf, wurde aber unsicher, als sie die Gesichter Johannas und Elaines sah. »Ihr habt doch gelogen?«, beharrte sie, schon ein wenig unsicherer.

Johannas Stimme war gefährlich liebenswürdig. »Wenn du es nicht weißt, Berenguela, warum redest du dann davon?«

Rose schüttelte noch immer ihren Kopf und ließ sich auch von Elaines Umarmung nicht beruhigen. »Nicht verdient«, stammelte sie weiter. »Nicht diesen Blick in Johns Augen. Alle Augen, nicht, so dazustehen. Und den Hundekot …« Ihre Sprache wurde unverständlich. Selbst in ihrem eigenen Kopf begannen sich die Bilder von damals und heute zu vermischen, die ängstlichen, vorwurfsvollen und geilen Mienen des Dorfrates sich über die der Soldaten des Erzbischofs zu legen.

Elaine, die sie wiegte, spürte etwas Feuchtes an ihren Fingern, hob sie hoch und betrachtete erstaunt die rote Farbe.

»Sie blutet wieder, bring sie auf ihr Lager.« Johanna stand auf. »Und ruf einen Ordensbruder. Ich muss hinaus.« Zu sich selbst fügte sie hinzu. »Ich brauche frische Luft.«

5.

Was sie draußen sah, war allerdings nicht geneigt, ihr die Seelenruhe wiederzugeben. Richard, umgeben von seinen Vasallen, erschien in voller Rüstung und sichtlich bereit zum Kampf. Er machte Anstalten, sich mit einiger Rührung von ihr zu verabschieden, in seinen Augen leuchtete jedoch bereits die Lust zum Angriff.

»Aber«, brachte die völlig überrumpelte Johanna hervor. »Es sind so viele Leute am Strand. Und Philipp ist nicht bereit, du weißt doch. Er hat heute ein Bankett für seine Männer ausgerichtet.«

»Die Meinen sind um mich«, beharrte Richard mit selbstgefälligem Pathos und zog seinen metallenen Handschuh über. »Auf die Franzosen kann ich gut verzichten. Er hat eine Bresche geschlagen, sagt er, nun gut, wir werden sie uns ansehen, diese Bresche. Schlagen kann er sie vielleicht, aber nehmen werden *wir* sie, wenn es irgendjemand tut.«

»Richard!« In der Stimme seiner Schwester klang Verzweiflung. »Wann werdet Ihr endlich einsehen, dass Ihr nur etwas erreicht, wenn Ihr Euch zusammentut?«

Da brauste der König auf. »Ich bin auf diesen Einäugigen nicht angewiesen, sage ich dir.« Dann senkte er die Stimme. »Und ich werde den Teufel tun, die Beute mit ihm zu teilen. Er wird von Zypern nichts sehen, und auch von Akkon kein Fitzelchen, das schwöre ich dir.« Er hatte seine gute Laune wiedergewonnen. Lachend zog er sein Pferd am Zügel.

»Richard.« Johanna brachte nur mehr ein Seufzen zustande

»Richard«, erklang es auch vom Zelt her. Berenguela kam herausgelaufen, das Wams vor der Brust . »Ich habe das hier für dich gemacht. Du hast doch versprochen, es zu tragen.« Sie hielt ihm das prächtige Gewand hin.

Richard lachte lauter, zog sie mit seinem gepanzerten Arm an sich und gab ihr statt einer Antwort einen herzhaften Kuss, ehe er seinem Knappen winkte, dass er ihm aufsitzen half. Mit roten Wangen, ganz atemlos vor Glück taumelte Berenguela zurück an Johannas Seite und knüllte zärtlich das Kleidungsstück, während sie ihm nachsah. Ihre Augen hingen an seiner Gestalt, bis sie nicht mehr zu sehen war. »Ist er nicht unglaublich?«, flüsterte sie.

»Unglaublich«, bestätigte Johanna, »in der Tat«. Heftig wandte sie sich ab.

»Meine Königin.« Vor ihr stand Antiochias Fürst, den Kopf verbunden und auf einen schweren Eichenstock gestützt. Seine Verwundung hinderte ihn, an Richards Sturm heute teilzunehmen. Die beiden unterhielten sich eine Weile, schließlich bot er Johanna an, ihn und seine Männer in die Nähe des Hafens zu geleiten, wo nahe der Blockadeschiffe einige venezianische Segler angelegt haben sollten. Johanna nahm die Einladung gerne an; das Bedürfnis in ihr, diesem Lager zu entfliehen, war nach den letzten Begegnungen beinahe übermächtig geworden. Und Bohemund, dessen schlichte, gemütvolle Art sie schätzen gelernt hatte, war nicht der übelste Begleiter für einen Ausflug.

»Herzlich gerne, mein Fürst.« Sie ging sich umkleiden, wählte für den Weg in der Sonne eine luftige Leinencotte, die sich lose um den Körper kräuselte und ein graublaues, ärmelloses Surcot mit offenen Schnürungen, die den Wind hindurchließen, und hieß die Dienerschaft, ihr Pferd zu satteln. Auf dem cremefarbenen Zelter sah sie wie ein Mädchen aus. Der Fürst, selbst eher füllig von Gestalt und nur noch mit Spuren der schneidigen Männlichkeit, die seinen Sohn auszeichnete, machte ihr ein entsprechendes Kompliment, und sie lächelte, zum ersten Mal an diesem Tag. Angeregt plaudernd trabten sie ihrem Ziele zu.

»Die Venezianer bringen frische Männer, hoffe ich«, bemerkte der Fürst. »Und Handelsware.«

»Handelsware?«, wunderte Johanna sich.

Bohemund warf den mächtigen Kopf zurück und lachte. »Sie sind nun einmal Händler«, meinte er, »und darin unverbesserlich. Ihr hättet Akkon vor dem Krieg sehen sollen.« Seine Geste umfasste den Horizont über der Stadt. »Es war das Tor zur Levante. Alle kamen hierher, um zu kaufen und zu verkaufen. Die Venezianer und die Pisaner besaßen ganze Viertel in der Stadt, ja, ja doch«, rief er, als er ihr ungläubiges Gesicht sah, »glaubt es mir nur: Straßen um Straßen, in denen italienisch geplaudert wurde unter den Palmen und Markisen und italienische Musik aus den Innenhöfen erklang. Es hätte Euch gefallen, denke ich.« Wort-

und gestenreich malte er ihr das Bild der kleinen maurischen Paläste, mit den grünen Dachgärten, in deren Laub die Orangen glühten. Die abendlichen Serenaden in den Höfen zum Plätschern der Springbrunnen und die lebhaften Märkte voller Gewürzduft, auf denen aller Luxus des Orients und des Okzidents zu haben war.

»Die Kontore«, meinte er und zeichnete es mit der Hand in die Luft, »hatten reich ornamentierte Arkaden, zierliche Säulen, wie Zuckerbäckerwerk; man konnte meinen, in der Lagunenstadt selbst zu stehen.«

Johanna lächelte liebenswürdig. »Ich sehe schon, Ihr seht die Sizilianerin in mir. Und es stimmt, ich liebe den Anblick der Zitrushaine und das Rauschen der Palmen auf meiner Insel. Und der schwere Duft von Rosmarin und Lavendel an den Abenden gibt mir Frieden. Aber noch habe ich die frischen grünen Wälder meines Englands nicht vergessen. Ich weiß noch, wie feuchtes Moos und Pilze riechen, wenn man zu Pferd hinter einem Hirsch herprescht, ich erinnere mich, wie die letzten roten Beeren im Gesträuch leuchten können, wenn alles schneebedeckt ist und die kahlen Zweige schwarze Striche sind. Ich weiß noch«, und sie lachte, »was man im Herbst für Bauchschmerzen bekommt, wenn man als Kind nicht an sich halten kann und die prallen Holunderbeeren roh in den Mund stopft, statt zu warten, bis die Köchin ihren herrlichen Saft daraus gebraut hat.«

Bohemund stimmte höflich in ihr Gelächter ein. »Ihr vermisst Europa nicht?«, fragte Johanna interessiert.

Er schüttelte den Kopf und verzog ein wenig das Gesicht, als er sich daraufhin an seine Verbände fassen musste. »Mein Ahnvater, Bohemund von Tarent, hat vor bald hundert Jahren unser Fürstentum begründet, das ist eine lange Zeit, Mylady. Nein, ich bin mit seinem Boden verwachsen und betrachte es als meine wahre Heimat, auch wenn Saladin seine Grenzen beständig verkürzt, Byzanz mir einen orthodoxen Patriarchen aufzwingt und ich meine Grenzburgen an die Ordensritter verkaufen muss, damit sie nicht zerfallen, weil ich mir ihren Unterhalt nicht leisten kann.« Er griente ein wenig. »Aber es ist dennoch ein guter Ort zum Leben. Ihr werdet es merken, Mylady, wenn Ihr länger hier bleibt.«

Er richtete sich im Sattel auf und atmete die reine Luft ein. »Die Bevölkerung ist ruhig und fleißig, sie macht unseren Steuereintreibern keine Mühe. Sogar die Assassinen, die östlich von uns im Gebirge leben, erweisen sich als angenehme Nachbarn. Ich habe gelegentlich mit ihrem Scheich geplaudert. Die Häuser sind komfortabler als in Europa, das Klima wärmer, die leiblichen Genüsse raffinierter. Gebt zu«, forderte er und wies auf sein Wams, das lang und von orientalischem Zuschnitt war, »unsere Kleider sind prächtiger, das Essen verfeinerter, und was eine Frau hier vorfindet, um sich schön zu machen«, er blinzelte ihr väterlich zu, »das soll meine Gemahlin Euch einmal zeigen, wenn wir erst in Jaffa sind und in Ruhe. Und manche der Sarazenen zeichnet ein überaus angenehmes Wesen aus und eine beeindruckende Gelehrsamkeit. Ihr werdet es bemerken, falls Ihr Saladin gegenübertretet.«

Johanna mochte seinem Lob nicht zustimmen, obwohl sie interessiert allem lauschte, was er zu sagen hatte. »Saladin«, meinte sie mit vorsichtiger Zurückhaltung, »werde ich gerne begegnen, wenn wir Jerusalem erobert haben. Und dort mag Eure Gattin mich auch in die Geheimnisse östlicher Toilette einweihen.«

»Jerusalem«, meinte Bohemund nachdenklich, »das ist so eine Sache. Tatsächlich wird Euer Bruder hier weniger Anhänger für eine Rückeroberung Jerusalems finden, als er vielleicht hofft. Und ich wäre Euch dankbar, wenn Ihr bei Gelegenheit mit ihm darüber … Aber wir sind fast da«, unterbrach er sich. »Seht Ihr?« Er streckte den Arm mit dem Stock aus.

Johanna zog an den Zügeln und kam inmitten ihrer Eskorte zum Stehen. Sie legte die Hand über die Augen und schaute gegen die sich schon dem Horizont zuneigende Sonne auf das Wasser hinaus. »Sind das die Kauffahrer?«, fragte sie.

Bohemund nickte. »Ich bin froh, dass sie da sind«, erklärte er. »Das zeigt, dass sie Morgenluft wittern, und unsere Händlerfreunde haben einen untrüglichen Instinkt.« Er räkelte sich ein wenig im Sattel und ließ seine Knochen knacken. »Zwei Jahre berennen wir Akkon jetzt schon, einmal muss es ja zu Ende sein.«

Seine Zuversicht nahm auch einiges von dem Groll, der Johanna belastet hatte. Mit offener Neugierde schaute sie zu, wie die Schiffe sich, eskortiert von der Blockadeflotte, dem Strand näherten. »Warum sind sie so langsam?«, wunderte sie sich nach einer Weile. »Und warum geben die anderen ihnen den Weg nicht frei?«

»Oh, das tun sie schon, nach einer Weile«, erklärte ihr der Fürst. »Aber wir sind vorsichtig geworden. Das letzte Schiff, das die Blockade durchbrochen und Akkon erreicht hat, war eines unserer eigenen.« Er lachte, als er ihren erstaunten Blick sah und erläuterte. »Sie hatten es gekapert, die Flagge aufgezogen gelassen, ihre Seeleute rasiert und in lateinische Kleider gesteckt. Sie lächelten alle und winkten brav zu uns herüber. Am Bug standen sogar welche, die uns eine Begrüßung in unserer Sprache zuriefen. Alle jubelten ihnen zu und eskortierten sie, so schoben sie sich unauffällig in die Nähe der Hafeneinfahrt, und als sie nahe genug dran waren, ruderten sie einfach wie die Teufel drauf los und waren durchgestoßen und im Hafen, ehe wir es uns versahen. Das wird uns nicht noch einmal passieren.« Auch er hob die Hand vor die Augen. Dann winkte er. »Aber diese Flagge, wahrhaftig, die kenne ich.«

»Was ist jetzt los?«, fragte Johanna, die eine Unruhe an Bord des Neuankömmlings bemerkte. »Warum laufen sie auf einmal alle an die Reling? Und was wollen sie mit den Stangen?«

Angestrengt verfolgten sie beide das Geschehen an Bord und lauschten auf die aufgeregten Rufe, die von Schiff zu Schiff flogen. Schließlich sahen sie, wie einige Männer ins Wasser sprangen. Endlich kam ein Bote zu Bohemund. »Sie haben einen Taucher entdeckt«, erklärte er Johanna, nachdem er den Mann angehört hatte. »Er hat versucht, unter den Kielen unserer Schiffe durchzukommen.«

Johanna dachte an die Skelette, die sie von den Masten der Blockadeschiffe hatte baumeln sehen und schauderte. Aber in ihr regte sich etwas. »Wollte er in die Stadt hinein oder hinaus?«, fragte sie.

Im Blick, mit dem Bohemund sie musterte, lag Anerkennung. Sie hatte die richtige Frage gestellt. Er wandte sich dem Mann zu, der die Botschaft überbracht hatte und unterzog ihn einem Verhör. Johanna ließ ihn nicht zu Ende kommen. Sie legte ihm die Hand auf den Arm und forderte: »Lasst ihn herbringen.«

»Wie Ihr wünscht, Mylady.«

Wenig später stand vor ihnen ein tropfnasser Mann, dessen Brust pumpte wie ein Blasebalg. Aus seinen schwarzen, wie eingeölt glänzenden Locken tropfte das Meerwasser. Er war nicht groß, schlank und eher sehnig als athletisch, mehr ein Läufer als ein Kämpfer. Die Püffe der Soldaten, die ihn hergeschleppt hatten, hatten ihm denn auch sichtlich nicht gut getan. Zwei Mann mussten ihm unter die Arme greifen, damit er sich auf den Beinen hielt. Sie renkten ihm beinahe die Schultern dabei aus. Johanna sah es und befahl, ihn sanfter anzufassen. Da hob der Gefangene zum ersten Mal kurz den Blick. Seine Augen waren braun, mit einer seltsam schillernden Schicht darüber, die die Iris wie geschmolzen aussehen ließ. Johanna schauderte. Dann senkte sie den Blick auf das lederne Päckchen, das man ihr vor die Nase hielt. »Das hatte er bei sich.«

Sie nahm es; das Material war ungewöhnlich glatt, wie mit etwas versiegelt, und starke Siegel verschlossen alle Nähte.

»So kann kein Wasser eindringen«, erläuterte Bohemund, der es ihr aus der Hand nahm und, nachdem er mit einem Blick ihr Einverständnis eingeholt hatte, die Siegel erbrach. Er entfaltete das Pergament darin.

Wenig später schauten sie einander an. »Er kommt aus Akkon. Da ist kein Zweifel möglich. Der Adressat dieses Schreibens ist Saladin persönlich.«

Johanna nickte. Ihr Herz schlug bis zum Hals, und ihr Blick wanderte zurück zu den Mauern der Stadt, wo Richard sich womöglich noch immer schlug. Die Sonne berührte in diesem Moment das Wasser und ergoss eine Flut von Rot über den Horizont, die ihre Gesichter seltsam rosig färbte. Johannas Herz klopfte vor Aufregung. Und mit einem Mal stieg eine Angst in ihr auf und das Gefühl, dass etwas geschehen und es bereits zu spät sein könnte. »Richard«, murmelte sie.

»Ihr habt Recht«, bestätigte Bohemund, dessen Miene sich anspannte, während er las. »Er muss dies sofort sehen.«

»Richard«, wiederholte Johanna leise. Über Akkon erhob sich eine schwarze Wolke von Qualm und mischte sich mit dem Abendrot.

6.

Scharen von Kämpfern kamen ihnen entgegen, von denen sie zu erfahren suchten, was vor Akkon geschehen war. Man rief ihnen zu, die Bresche wäre erweitert, aber die Stadt selber nicht gestürmt worden. So dicht davor hätten sie gestanden, so unglaublich dicht. Eine Gruppe, ganz bedeckt mit Staub und Ruß, dass sie wie Unterweltbewohner aussahen und das Weiße in ihren Augen leuchtete, wenn sie sprachen, pries die Tapferkeit von Richard Löwenherz in den höchsten Tönen.

»Einen Tunnel haben wir gegraben, unter die Mauer, und dann das Balkenwerk angezündet, dass alles einstürzt. Der König selbst hat die Fackel daran gehalten, er war der letzte, der aus dem Tunnel rannte, ehe alles über unseren Köpfen zusammenbrach, der allerletzte. Der Mann hat wahrhaftigen Mut.«

»Löwenherz!« erschollen zustimmende Rufe.

Johanna versuchte in dem allgemeinen Durcheinander zu erfahren, ob einer gesehen hätte, mit eigenen Augen gesehen, dass Richard auch wirklich aus der Gefahr entronnen war. Sie rief Richards Namen, hielt Männer an den Schultern, fragte jeden, den sie aufhalten konnte. »Bei deinem Seelenheil, Mann«, beschwor sie jeden. Aber niemand wusste Gewisses zu berichten.

Richard war, wenn man den Berichten glaubte, überall der erste gewesen, der Kühnste, der Wagemutigste, der, der in vorderster Front stand. Einer wollte gesehen haben, wie er sich an eine Leiter binden und mit ihr in die Höhe ziehen ließ, um als erster auf den feindlichen Mauern zu stehen. »Wie ein Engel des Herrn ist er durch die Luft geflogen«, rief der Berichterstatter ergriffen. »Sein blaues Wams hat in der Sonne geleuchtet.« Die anderen Zuhörer bekreuzigten sich.

Johanna erleichterte dies ein wenig, wusste sie doch, dass er dieses Wams heute nicht getragen hatte. Dennoch wich die Sorge nicht von ihr, denn sie wusste, dass der Wahnsinn der Schlacht Richard oft zu Taten hinriss, die mehr als mutig waren. Das war es, wofür seine Männer ihn liebten, was seinen Namen schillern ließ und was sie selbst so sehr fürchtete. »So ist er geflogen, zwischen den Strömen von Feuer, das durch Wasser nicht gelöscht werden kann«, fuhr der Soldat fort, den sie befragt hatte.

»Ach, halt den Mund«, schnappte Johanna, verärgert über die Flunkerei und nervös vor Ungewissheit. »Feuer, das im Wasser nicht erlischt, das gibt es nicht.«

»Oh, doch, Mylady«, mischte Bohemund von Antiochia sich ein. »Das griechische Feuer. Es stammt aus Byzanz und die Heiden kennen sein Geheimnis.«

»Das hat ihnen der Teufel verraten!«, riefen einige Stimmen aus dem Chor der abgekämpften Männer. Manch einer zeigte seine Brandwunden vor, der Glück gehabt hatte und nur ein wenig getroffen worden war.

»Wir haben uns angewöhnt, sie rasch im Sand einzuschaufeln oder es mit Mänteln zu ersticken«, fuhr Bohemund fort. »Aber wer voll davon erwischt wird, der brennt wie eine Fackel, unaufhaltsam.« Er dämpfte seine Stimme. »Die Soldaten nennen sie ›ewige Lichter‹. Es ist ihr Humor, Mylady.«

Johanna wurde so blass, dass er seine Worte umgehend bedauerte. Aber sie wehrte seine Hand ab, die ihr Pferd am Zügel nehmen wollte. »Richard!«, schrie sie und trabte quer durch die zurückströmenden Männer. »Richard!« Ihr Bruder war nirgends zu sehen.

Sie atmete erst auf, als ein Bote ihr berichten konnte, er sei im Lager. Johanna spornte ihr Pferd zum Trab. Nie hätte sie gedacht, dass sie mit solchem Eifer in ihr Gefängnis zurückkehren würde. Richard, dachte sie mit klopfendem Herzen und bat ihm im Geiste alles Böse ab, was sie über ihn gedacht hatte. Er war ein Junge, ein großer Junge, ihr Bruder, und manchmal konnte er charmant und strahlend und mutig sein und, bitte Gott, murmelte sie, während sie atemlos dahinritt, nicht jetzt.

Sie erkannte die Gestalt ihres Bruders schon von Weitem. Er stand vor den Zelten und stritt mit Philipp von Frankreich, der ihm offenbar zur Begrüßung entgegengetreten war.

»… greife an, wann ich es für richtig halte«, hörte Johanna ihn eben poltern.

Philipp hielt in ruhigem, aber scharfem Ton dagegen. Doch nichts von dem, was er sagte, wollte Richard gelten lassen. »Lusignan hat keine Protektion nötig«, erklärte er scharf. »Er ist der gekrönte König von Jerusalem. Daran ändert ein italienischer Abenteurer nichts, da kann er heiraten, wen er will. Und ich werde ihm Akkon gewiss nicht in den Rachen werfen.«

Philipp schnappte nach Luft: »In den Rachen werfen nennt Ihr das, wenn Ihr Euch die Früchte unserer gemeinsamen Anstrengungen in so einem geheimen Handstreich aneignen wollt?«

Richard grinste. »Ich teile Akkon gerne so mit Euch, wie Ihr Flandern mit mir teilt. Dem Tüchtigen gehört nun einmal das Glück.«

»Tüchtig?«, höhnte Philipp. »Wo sind sie denn, die Früchte Eurer Tüchtigkeit?« Er ließ einen abfälligen Blick über Richards staubbedeckte Erscheinung gleiten und wies dann auf das unbesiegte Akkon. »Ich denke, der heutige Tag hat Euch gelehrt, dass ein großes Maul nicht genügt, eine Stadtmauer zum Einsturz zu bringen. Eine gemeinsame Taktik dagegen …«

»Gemeinsame Taktik, pah!« Richard spuckte es förmlich aus. »Das könnte Euch so passen, Euch Kampfruhm zu erschleichen im Windschatten von Größeren. Soll ich Euch also meinen Arm leihen, damit Ihr einmal wie ein Feldherr dastehen könnt, ja?«

»Ich habe es nicht nötig …«, begann Philipp und trat Richard einen Schritt näher. Er war kleiner als der Engländer. Richard sah es wohl und plusterte sich wohlgefällig auf.

Johannas Ängste waren mit einem Schlag vergessen. Sie wurde so wütend, dass sie sich im Steigbügel verhedderte und beinahe vom Pferd gestürzt wäre, als sie sich bemühte, diesem Auftritt so rasch wie möglich ein Ende zu bereiten. Ohne ein Wort der Erklärung riss sie Bohemund das Schreiben aus der Hand und trat an die Könige heran, die sich inzwischen Aug in Auge maßen und keinen Blick mehr für ihre Umgebung hatten.

»Wenn Ihr Eure Streitigkeiten nur mal für einen Augenblick vergessen könntet«, rief sie, sah sich aber ignoriert. Johanna platzte beinahe vor Wut. Sie schaute sich um, fand nichts, was ihr geholfen hätte und stampfte mit dem Fuß auf. Schließlich trat sie ihrem Bruder vor das Schienbein.

Erstaunt wandte er sich endlich um. Auch Philipp starrte sie an, als hätte er sie eben erst bemerkt.

»Wenn Ihr nur mal lange genug aufhören könntet mit der Pöbelei«, wiederholte Johanna und schlug ihrem Bruder das Schreiben vor die Brust, »um zur Kenntnis zu nehmen, dass Akkon kapituliert hat? Danke.«

Sie wartete die Reaktion auf ihre Worte nicht ab, raffte ihre Röcke und stürmte davon. Hinter ihr war es einige bemerkenswerte Augenblicke still.

Dann begann der Streit von neuem: »Ich werde in den Palast einziehen«, erklärte Richard. »Mein Angriff hat den Ausschlag gegeben.«

»Meine Bresche dagegen …«, hörte sie Philipp erwidern. Angewidert schüttelte sie den Kopf, um nichts mehr davon mitzubekommen. Bohemund, der mit dem Dolmetscher dazutrat, um den Königen Aufklärung zu geben, hielt sie für einen Moment am Arm zurück. Johanna vergaß sich soweit zu murmeln: »Oh ich wünschte manchmal, er machte Gebrauch von seinem Verstand.«

Der Fürst von Antiochia lächelte. »Heißt es nicht, der Mensch denkt, und Gott lenkt? Möglicherweise stehen deshalb die Herrschenden in höherem Ansehen als die Denker.« Er schüttelte begütigend den Kopf. »Unterschätzt seine Tugenden nicht«, meinte er. Aber Johanna hatte dafür im Moment keinen Sinn. Sie riss sich los und überließ es anderen, ihrem Bruder zu erklären, dass und wie Akkon sich für besiegt erklärt hatte. Sie boten in dem geheimen Schreiben, so gestanden sie Saladin, in dessen Hand die Ausführung einiger der Bestimmungen lagen, die Übergabe mit allen Schiffen und militärischen Vorratslagern, dazu zweihundert Goldstücke, fünfzehnhundert christliche Gefangene, von denen hundert der Bedeutenderen mit Namen genannt waren sowie die Rückgabe des Wahren Kreuzes. Dafür sollte das Leben der Verteidiger und ihrer Familien geschont werden, die nur mitnehmen wollten, was sie am Leibe trugen.

Die beiden fränkischen Könige konnten sich schließlich darauf einigen, dem zuzustimmen. Anderntags zogen sie mit ihren Bannern in die Stadt.

Richard bezog in der Tat den Herrscherpalast, Philipp den der Templer samt allen Nebengebäuden, so dass alle zufrieden waren, mit Ausnahme des Herzogs von Österreich, der als Befehlshaber der deutschen Kontingente ebenfalls sein Banner für den Einzug aufgezogen hatte, um sich beim Einmarsch sein Quartier und seinen Anteil zu sichern. Richard ließ das Banner von seinen Leuten in den Schmutz treten; Johanna an seiner Seite ermahnte ihn, der

Zorn des Herzogs könnte noch Folgen haben, aber ihr Bruder, im Vollgefühl seines Sieges, war nicht gewillt, mit kleinen Bittstellern, wie er es nannte, zu teilen.

Sein Siegesrausch hielt in der Folge an. Er konnte Philipp abtrotzen, Guido als König anzuerkennen. Erst nach dessen Ableben sollte ihm Konrad von Montferrat auf dem Thron folgen, was, wie Johanna gegenüber Berenguela spitzzüngig kommentierte, entweder ein Wechsel auf die Zukunft ohne Wert war, oder die Besiegelung von Guidos baldigem Ableben.

Philipp ging sogar noch weiter, was seine eigene Person betraf: Er räumte das Feld. Richard sah es mit gemischten Gefühlen. Einerseits hatte er den Vorschlag gemacht, sie sollten sich beide mit einem Eid dazu verpflichten, weitere drei Jahre im Osten zu kämpfen, da Akkon erst der Anfang einer Rückeroberung war und Saladin alles andere als geschlagen. Dass Frankreich den Kreuzzug für sich als beendet erklärte, schwächte die Kräfte der Franken und ihr Ansehen beim Feind. Andererseits war seine Aversion gegen den Franzosen groß und er hatte nichts dagegen, die Zügel in der Zukunft alleine in der Hand zu halten. Er hielt seine eigenen Truppen für stark genug, und für sein Ansehen bei Saladin wollte er in der Zukunft schon sorgen.

»Wie willst du das tun?«, gab Johanna zu bedenken, die die Liste der Gefangenen durchging, die Saladin freizugeben versprochen hatte. »Es fehlen noch immer viele, und die erste Frist ist verstrichen.«

Ihr Bruder presste den Mund zusammen. »Es stimmt, er fordert mich heraus.«

»Aber das Wahre Kreuz«, warf Berenguela ein, »ich habe gehört, es ist im Lager der Ungläubigen gesehen worden. Und es soll einen Strahlenkranz um sich geworfen haben.«

Johanna, die Feder in der Hand und in die Namensreihen vertieft, winkte ab. »Das Gerücht läuft schon seit Tagen durch die Straßen. Bis jetzt ist nichts geschehen.«

Richard schaute aus dem Fenster auf den gepflegten Innenhof

mit dem Rosengarten, wo Elaine mit einigen anderen Damen des Gefolges Ball spielte. Ihr Lachen mischte sich mit dem Plätschern der Springbrunnen. »Ich werde ihm zeigen, dass ich nicht schwach geworden bin«, erklärte er. »Morgen wird er wissen, dass man einem fränkischen König gegenüber sein Wort so gut halten muss, wie gegenüber zweien.«

»Was willst du tun?«, wiederholte Johanna und schaute von ihrer Lektüre auf.

Berenguela aber trat strahlend neben ihren Mann. »Er wird sicher lernen, welch wahrhaftem König er gegenübersteht«, erklärte sie mit Nachdruck.

Richard nahm ihre Hand und küsste ihr das Gelenk. »Darf ich dabei sein?«, fragte Berenguela. Großzügig lud Richard sie ein.

»Aber was …?«, wollte Johanna fragen, doch Richard kam ihr zuvor.

»Ihr könnt Euch alle überzeugen, wenn Ihr wollt«, erklärte Richard. »Eine kleine Operation nur, und Saladin wird nie wieder eine Frist mir gegenüber versäumen. Ihr werdet sehen.«

7.

Was sie anderntags sahen, war der Zug der Garnison von Akkon, die am Tag der Übergabe die Stadt verlassen hatte und in die Gefangenschaft gegangen war, knapp dreitausend Mann, samt ihren Frauen und Kindern. Die Übergabevereinbarung hatte ihnen die Freiheit gesichert, doch für die Dauer der Verhandlungen zwischen Saladin und Richard waren sie Geiseln gewesen. Nun ließ der englische König sie zusammenholen und von seinen Truppen die Straße entlang in Richtung auf Saladins Lager treiben. Auf der Ebene vor dem Tell Kaysan hielten sie inne.

»Nah genug?«, fragte Richard den Großmeister der Templer, der neben ihm ritt. Der nickte grimmig. »Seine Vorhut lagert hinter diesem Hügel dort.«

Auch der Erzbischof von Canterbury war zufrieden. »Gut, so können sie ihrem Herren alles berichten, was sie sehen werden.«

Richard hob die Hand. »Fangt an.«

Die Damen hatten seitab auf einem Hügel unter einem Olivenbaum Stellung genommen, der ihnen ein wenig Schatten spendete in der Hitze, die momentan ihre größte Sorge war. Eben neigte Elaine sich Rose zu, die neben ihr zu Pferde saß. »Einige sind doch sehr beeindruckend, findest du nicht?«, fragte sie mit Blick auf die sarazenischen Krieger, die an ihr vorbeigeführt wurden. Einer war ihr schon aufgefallen an dem Tag, als sie alle in würdevollem Zug Akkon verlassen hatten, um ihre Stadt zu übergeben. Er war größer als die meisten seiner Gefährten, das lange Haar sprang im Nacken zu Locken auf, und über der kühn vorspringenden Nase in dem schmalen Gesicht saßen ein paar überaus glutvolle, lebendige Augen, von denen Elaine sich einbildete, dass sie eine Weile nur auf ihr geruht hatten. Ein halb gruseliger, halb süßer Schauder war ihr dabei über die Haut gelaufen. »So gelassen und edel«, wisperte sie, als ebendieser Krieger nun erneut an ihr vorbeizog, heute allerdings mit auf den Rücken gefesselten Armen. Elaine bemerkte es gar nicht, so versunken war sie in den Anblick seines Profils.

»Mag sein, aber ihre abergläubischen Sitten und ihr elender Götzenkult verderben ihre edlen Kräfte.« Erstaunt blickten alle drei Frauen auf. Es war Berenguela, die den letzten Satz gesprochen hatte.

»Oh, sicher«, erwiderte Johanna. »Hat nicht Pater Reginald gestern an der Festtafel darüber geredet?«

»Und er als Geistlicher hat gewisslich Recht«, setzte Berenguela nach.

»Gewiss, gewiss«, gab Johanna freundlich zu. »Es fiel mir überhaupt nur auf, weil er es ganz wörtlich so formuliert hatte wie eben du.« Sie ignorierte Berenguelas giftigen Seitenblick, trieb ihre braune Stute ein paar Schritte vor und richtete sich im Sattel auf. »Was geschieht jetzt?«, fragte sie träge und fächelte sich Luft zu.

In diesem Moment reagierten die von Richard für diesen Tag ausgewählten Ritter auf sein Zeichen und stürmten vor. Unter großem Geschrei zogen sie ihre Waffen, stürzten sich auf die Masse der Gefangenen, die völlig verblüfft waren, und hieben und stachen wahllos auf die Gefesselten ein. Die Wehrlosen gingen blutend in die Knie. Es dauerte nicht lange, dann wateten die Angreifer im Blut und mussten über Leichen klettern, um an die noch Überlebenden zu gelangen, die sich kreischend zusammendrängten.

Johanna sah einen Mann, der mit seinen gefesselten Händen versuchte, seine Frau zu umarmen, die einen Säugling auf den Armen trug. Eine Lanze war so gnädig, sie alle drei aufzuspießen. Ein anderer senkte den Kopf und rannte brüllend wie ein Stier seinen Angreifern entgegen. Er lief noch, als sein Schädel schon über den Boden rollte und im Schoß eines Mädchens zu liegen kam, deren Leib von der Schulter bis zur Brust gespalten war.

Johanna schloss die Augen. Elaine begriff noch immer nicht. Sie starrte und starrte, um ›ihren‹ Sarazenen zu entdecken und verfolgte sein Schicksal, ohne ein einziges Mal zu blinzeln. Rose hatte den Blick auf die Steigbügel ihres Pferdes gesenkt.

»Aber«, stammelte Berenguela, »aber ich …« Weiter kam sie nicht. Ihr fehlte jedes Wort für das, was sie sah. »Johanna?«, murmelte sie unsicher. Sie klang wie ein kleines Mädchen, das sich im Dunkeln verlaufen hat. Vor ihnen wüteten die christlichen Ritter noch immer brüllend in einem Chaos aus gefällten Körpern. Einem der Sarazenen gelang es, seinen Peinigern zu entkommen, stolpernd, mit auf den Rücken gebundenen Händen und halb blind von dem Blut, das aus einer Stirnwunde in seine Augen lief, kam er auf die Gruppe der Frauen zu. Von der Pracht ihrer Kleider in die Irre geführt glaubte er wohl, den König und sein Gefolge vor sich zu haben und rief sie in ihrer Sprache an: »Ihr habt uns das Leben versprochen.« Mit diesem Satz auf den Lippen ging er in die Knie, einen federnden Speer im Rücken.

»Johanna?«, bat Berenguela erneut, als er mit dem Gesicht dicht vor ihrem Pferd in den Staub fiel.

Die spornte ihr Pferd an und ritt, zwischen rennenden, brüllenden, vor Blutdurst außer sich geratenden Männern hindurch, auf die Reihe der Anführer zu, die ihren Bruder flankierten. Die Wachen jedoch drängten sie ab.

»Richard«, rief Johanna über ihre Schultern hinweg. Ihr Bruder hörte sie nicht. Einzig der Erzbischof von Canterbury wandte sich nach ihr um. Johanna sah die Verachtung in seinem Blick. Neben ihm der Templer starrte mit ungerührter Miene auf das Treiben.

»Das ist die Rache für Hattin«, hörte Johanna neben sich eine Stimme sagen. Sie blickte in das vor Erregung und aufrechter Empörung gerötete Gesicht eines jungen Ritters. »Die Rache für Hattin«, murmelte er erneut, verlegen nur, weil er ihren Blick bemerkte.

Wie alt warst du damals, dachte Johanna mitleidig, ein Kind von zehn Jahren? Er schien ihre Gedanken gelesen zu haben, denn er rief aus. »Mein Vater starb dort, geköpft vor Saladins Angesicht. Oh, ich hoffe, er schaut heute zu.«

»Rache für Hattin.« Der Ruf machte die Runde.

»Sie hatten sich ergeben.« Johannas Stimme war tonlos. »Sie hatten unser Wort.«

Niemand schien es gehört zu haben.

Richard wandte sich zufrieden an den Großmeister. »Zwei Fliegen mit einer Klappe«, meinte er. »Saladin dürfte unser Standpunkt nun klar sein. Und wir sind den Ballast los. Jetzt können wir endlich aufbrechen nach Süden.«

Von den Hügeln im Osten kamen die ersten sarazenischen Krieger herabgeritten. In hilfloser Wut hielten sie ein Stück vor den christlichen Reihen, ritten auf und ab und schüttelten in Verzweiflung ihre Schwerter. Langsam aber wurden es mehr, ganze Reiterverbände tauchten auf, die ersten Pfeile schwirrten.

»Es hat sich herumgesprochen, Mylady.« Bohemunds Sohn Raimund ritt an ihre Seite. »Es ist besser, ich bringe Euch und Eure Gefährtinnen zurück zur Stadt.«

Johanna nickte wie betäubt. »Meine Damen …«, begann sie, dann bemerkte sie, dass der Platz ihres Gefolges unter dem Olivenbaum leer war. »Gut«, unterbrach sie sich selbst. »Bringt mich zurück. Der Tag war wahrhaft angefüllt genug.«

Zurück im Palast hörte sie Berenguela schon von weitem. »Mich dort hinauszuschleppen, in die Hitze und den Staub und dann, dann … das!«, tobte sie gerade, als Johanna in das Gemach trat. »Wie konnte er mir das antun?«

»Dir?«, fragte Johanna nur scharf. »Dir?«

Berenguela, die wie ein gefangenes Raubtier auf und ab gelaufen war, blieb stehen und starrte sie mit großen Augen an. In ihrem Gesicht arbeitete es und sie biss sich so heftig auf die Lippen, dass alles Blut daraus schwand. Ihre Hände fuhren ein paar Mal ziellos durch die Luft, schließlich ergriff sie eine Karaffe mit gemischtem Wein, die auf einem Tisch stand, und schmetterte sie zu Boden. Der Anblick der Flüssigkeit, die über das rotweiße Marmormosaik des Bodens lief, schien sie selber am meisten zu erschrecken, denn sie wurde blass. Eine Weile standen sie alle sprachlos da. Dann hob Berenguela den Kopf. In ihren Augen standen Tränen. »Falls Richard nach mir fragt, sagt ihm, ich bin krank. Ja«, wiederholte sie in trotzigem Triumph, »ich bin krank.« Noch einmal stampfte sie mit dem Fuß auf, dann lief sie hinaus.

Johanna wandte sich an die anderen beiden. »Ich denke, nach diesem Ereignis wollen wir alle allein sein.« Sie wartete eine Antwort nicht ab und trat an das Fenster. Sie hörte Schritte. Rose war gehorsam aufgestanden und hinausgegangen. Tief atmete Johanna die Luft des Gartens ein. Aus dem Innenhof stieg süßer Duft von Rosen und Jasmin, der sie sonst tröstlich sentimental stimmte, ihr heute aber nur schwül und faulig vorkam. Als sie hinter sich ein Scharren hörte, wandte sie sich um. Elaine, die sich nicht hatte entschließen können, zu gehen, nutzte den Moment, um rasch auf sie zuzugehen und ihre Hand zu ergreifen. »Meine Königin«, sagte sie, mit hastiger, unterdrückter Stimme, und in ihren Augen standen Tränen. »Ich weiß ja, es sind Ungläubige, und sie kämpfen gegen uns und haben die Geburtsstätte des Herren besudelt und der Bischof sagt es auch, aber …« Sie brach in Tränen aus und konnte eine Weile nicht sprechen.

Johanna zog sie an sich und ließ sie gewähren. Für eine Weile standen die beiden so aneinandergelehnt. »Mylady«, fuhr das junge Mädchen schließlich fort. Ihre Stimme war nur ein Flüstern. »Wenn sie mir trotzdem Leid tun, bin ich dann eine schlimme Sünderin?«

8.

Rose verließ die Räume der Königinnen gemessenen Schrittes. Kaum auf dem Flur angelangt allerdings, rannte sie, so schnell, dass ihre kupfernen Flechten flogen. Mit aufgelösten Haaren trat sie auf die Straße, schwer atmend, das Gesicht gerötet. Ja, sie hatte das Gemetzel gesehen, aber auch die Wut, die es ausgelöst hatte und die mit aller Wucht über die Kämpfer Richards hereingebrochen war. Anders als die anderen hatte sie sich umgeblickt auf dem Rückweg zur Stadt und die Anfänge der sich entwickelnden Schlacht gewahrt. Sie wusste, darin würde es keine Gnade gegeben haben. Und sie konnte nur an das eine denken: John. Er war mit den anderen dort draußen gewesen.

Es war, wie sie vermutet hatte, als sie den ersten Lärm hörte: Die Soldaten strömten zurück in die Stadt. Es waren schreckliche

Gestalten dabei, abgerissen, verwundet. Einige Wämse waren blutgetränkt, einige Mäntel bis über die Knie hinauf steif von dem roten Saft, so als wären sie eingetaucht worden, und manche Männer trugen abgeschnittene Köpfe an ihren Gürteln, die sie vor dem Quartier ihrer Einheit oder auf den Mauern der Stadt aufspießen wollten.

Rose zögerte nur einen Moment, ehe sie sich in das Gewühl stürzte. Sie sah aufgerissene Münder voller schwarzer Zahnstümpfe, zerschrammte Gesichter, vor Begeisterung verzerrt. Lieder wurden in ihr Ohr gegröhlt, Hände wollten sich um ihre Taille schlingen. Sie stieß Arme zurück, wich aus, teilte Stöße aus an Zudringliche oder solche, die vom Siegestaumel zu trunken waren, um ihr aus dem Weg zu gehen. Einer hob ein Bündel hoch und ließ es ihr vor dem Gesicht baumeln. Rose erkannte, ehe sie die Augen schloss, die blutleeren Züge und den offenen Mund eines Frauenkopfes. Es würgte sie, als sie spürte, wie das Haar der Toten über ihr Gesicht strich.

»John!«, rief sie erleichtert, als sie ihn endlich, ein Wunder, wie es ihr schien, nahe dem Tor schon, erblickte, und sie kämpfte sich zu ihm durch.

Er blickte kaum auf. Müde rettete er sich aus dem Strom an die Mauer und lehnte sich dort auf sein Schwert, die Stirn auf den Knauf gesenkt und nach Atem ringend. Rose konnte nicht anders, als es aus den Augenwinkeln zu betrachten, ob Blut daran klebte. Sie biss sich auf die Lippen, als er den Kopf hob.

Aber er hatte ihre Gedanken gelesen. Wütend hob er sein Schwert, wie ein Priester das Kreuz bei einer Prozession und schüttelte es. »Ich schwöre«, rief er, und seine Stimme versagte, »ich schwöre, an jener armen Menschen Blut bin ich nicht Schuld.« Er hustete und fügte leiser hinzu: »Ich habe sie nicht angerührt.«

Er gehörte nicht zu den Schlächtern! Erleichtert sank Rose um seinen Hals. Hier verweilen, dachte sie sehnsüchtig schluchzend ihn umarmen, ihn trösten und getröstet werden, mehr will ich nicht. Sie streichelte seine von der Sonne verbrannten, trockenen Wangen, sein staubiges Haar, das unter der Helmhaube hervorquoll, berührte seine aufgesprungenen Lippen.

»Ich wusste es«, flüsterte sie dabei, immer wieder, »ich wusste, du würdest es nicht tun. Ich habe nicht gezweifelt. Ach John, mein lieber, guter. Dass du noch am Leben bist.« Wieder fiel sie ihm um den Hals. Da bemerkte sie seine steife Haltung. Beklommen ließ sie ihn los und stammelte: »Was ist?«

»Ich weiß nicht«, murmelte er und wich ihrem Blick aus.

In Rose stieg ein seltsames Gefühl hoch, halb Furcht, halb Wut. »Was weißt du nicht?«, fragte sie argwöhnisch und fügte in schrillem Ton hinzu. »Das hast du schon einmal gesagt. Was weißt du nicht?«

Er machte eine vage Handbewegung, schwieg aber peinlich berührt. »Du hast ihm nicht widersprochen«, meinte er dann. »Damals.«

Rose wurde blass. »Ihm hatte ich nichts zu sagen«, stieß sie hervor. »Und du hast nicht gefragt.«

John wand sich, ihm war das Gespräch und das ganze Thema sichtlich zuwider. Schließlich brachte er heraus: »Stimmt es, dass du mit ihm …« Er konnte sich nicht überwinden den Satz zu vollenden.

Rose schnappte nach Luft. »Ja«, sagte sie und spürte, wie er zusammenzuckte. »Aber es geschah nicht mit meinem Willen. Er …«

Ehe sie weitersprechen konnte, winkte John ab. Er steckte sein Schwert wieder in die Scheide und richtete sich auf. »Weißt du«, sagte er müde. »Ich kann mir nicht vorstellen, wie das gehen soll. ›Ohne meinen Willen‹. Ich …«

In Rose kochte etwas hoch, gallebitter und so schwarz, dass es für einen Moment das Tageslicht verdunkelte. »So, das kannst du dir nicht vorstellen«, schrie sie. Sie hörte, wie schrill und böse ihre Stimme klang, aber sie konnte es nicht ändern, es drängte aus ihr heraus. »Dann will ich deine heilige Phantasie nicht weiter belasten. Ich weiß, was geschah, und ich weiß, dass ich es ebenso wenig wollte, wie ich später freiwillig das empfangene Kind verlor und beinahe dabei draufging, ebenso wenig, wie ich ihm jemals wieder gegenübertreten wollte, um mich von ihm oder irgendeinem« – sie ignorierte, dass er zusammenzuckte – »deswegen beleidigen zu lassen.« Rose stand da, die Hände in den Hüften. Sie atmete schwer. »Ebenso wenig«, fuhr sie dann fort und konnte gar nicht sagen, woher ihr der Gedanke kam, »wie jene heute sterben wollten. Und sie mussten es trotzdem.« Aufsteigende Tränen hinderten sie daran, weiterzusprechen. Ach, was wollte sie noch hier.

Rose wirbelte herum und schickte sich an, fortzulaufen. Sie hörte ihren Namen, schüttelte aber nur den Kopf. Was hatte sie hier noch zu suchen. Weder wollte sie das kalte Misstrauen in seinen Augen noch einmal sehen, noch das aufsteigende Begreifen, egal, ob Mitleid es begleiteten, oder, sie schluckte, etwa Ekel. Und was konnte es anderes sein. Es ekelte sie ja selbst jedes Mal, wenn sie daran zurückdachte.

Sie war so blind vor Kummer, dass sie den Soldaten vor sich nicht bemerkte, bis sie gegen ihn prallte.

»Hoh, heh, Rose, stürmisch wie immer!«

»Thomas!« Wie eine Furie richtete sie sich auf. Ehe er wusste, wie ihm geschah, hatte sie ihn von sich gestoßen. Er fuhr sich durchs Haar und grinste, hielt hoch, was er an Trophäen in die Stadt geschleppt hatte und ließ es vor ihrem Gesicht baumeln. Rose würdigte das Bündel keines Blickes.

»Ich wusste, dass du einer von denen sein würdest«, sagte sie nur mit Fassung.

Sein Lächeln wurde ein wenig unsicher. Dann hatte er die nächste Idee. »Na, willst du dem Heimkehrenden nicht einen Kuss geben?«, fragte er und umschlang ihre Taille, um sie an sich zu ziehen. »Ein Kuss«, sagte er und hauchte ihr seinen üblen Atem ins Gesicht, während sie sich sträubte, »fehlt noch auf unserer Liste, oder?« Er griff nach ihrem Kinn. »Au!«

Er fuhr zurück und starrte ungläubig auf seine Pranke hinunter, in der Roses Gewandnadel zitterte. Sie hatte ihm die Hand komplett durchstochen. Ein dünnes Rinnsal Blut sickerte von der Wunde herab. Ehe er reagieren und die gesunde Hand heben konnte, um sie zu schlagen, war sie in der Menge untergetaucht.

Thomas schloss die Faust um das Stück Metall, das in seinem Fleisch stak. Na warte, dachte er, Biest. Unsere Zeit kommt.

9.

»Berenguela, verdammt, nun hör schon auf, den Kopf in den Sand zu stecken!« Johanna streckte die Hand aus der Sänfte, die sie sich mit Elaine und Rose teilte, um nach den Vorhängen von Berenuguelas Gefährt zu greifen, erreichte sie jedoch nicht.

Richards junge Frau hatte die ganze Zeit, die nötig gewesen war, Heer und Tross der englischen Kreuzfahrer für den Abmarsch nach Jaffa fertig zu machen, an ihrem Vorsatz festgehalten, sich krank zu geben. Aus demselben Grund hatte sie auch auf einer Sänfte für sich allein bestanden, um sich nach dem Hafen tragen zu lassen, wo die Frauen und ihr Gefolge an Bord der Flotte gehen würden, um den sicheren Weg nach Jaffa anzutreten.

Ihre Schwägerin gab sich alle Mühe, ihr derweil ins Gewissen zu reden, wurde dabei aber keines anderen Ansprechpartners gewürdigt, als der geschlossenen roten Vorhängen.

Richard selbst hatte sich dafür entschieden, mit dem Heer auf der alten Römerstraße längs der Küste nach Jaffa zu ziehen, wo das Meer die rechte Flanke seiner Männer decken würde und sie sich zur Not auf der langsam mitziehenden Flotte würden einschiffen können. Die Linke allerdings boten sie notgedrungen den Sarazenen dar. Das Fußvolk marschierte dort, um die Reiterei zu schützen, da zwar die Ritter gut gepanzert, ihre Pferde aber anfällig waren für die Pfeile der Sarazenen. Und wären die erst einmal gefällt, waren ihre Reiter in den schweren Rüstungen so gut wie verloren. Hattin hatte die Kreuzfahrer dies gelehrt.

»Sie werden ohne Gnade sein.« Richard, ihr Bruder hatte diesen Satz gesagt, als er den Zug plante, ganz ohne Emotion, es war nur eine sachliche Feststellung. Hier am belebten Ufer der Stadt inmitten der Gärten besaß die Vorstellung wenig Realität. Aber Johanna wusste, die gnadenlose Hitze, die die Luft über den staubigen Wegen zittern ließ, würde ihm bald seine ganz eigene Bedeutung verleihen.

Ihre Gedanken wanderten zu den Männern, die sich nun auf diesen gefährlichen Treck machten. Dann erinnerte sie sich wieder ihrer Mission und klopfte an das Holz von Berenguelas Sänfte.

»Ich habe es dir ja gesagt, aber du hast nicht auf mich hören wollen«, dozierte sie. »Jetzt hast du es mit eigenen Augen gesehen. Es genügt nicht, als Königin einfach seinen Mann anzuhimmeln. Oder ihn zu verdammen«, fügte sie mit einem Blick auf Richards Standarte hinzu, die in der Ferne verschwand. »Sonst wird man wie ein Fähnchen umhergeweht. Man muss sich ein eigenes Urteil bilden, das Leben studieren, selbst jemand sein wollen. Verstehst du das?« Sie hatte mit einem Mal das Gefühl, dass niemand ihr zuhörte.

Elaine fächelte sich Luft zu und seufzte leise, den Blick auf die Küstenlinie geheftet, wo der Zug der Ritter gerade hinter einem vorspringenden Hügel verschwand und das Versprechen des blinkenden Meeres auf ein wenig Kühle aufgeben musste. Sie war schweigsam geworden in den letzten Tage, genau wie Rose. Johanna nahm es ihnen nicht übel. Aber von Berenguela erwartete sie eine Antwort. Sie hatten viele lange, öde Tage an Bord eines Schiffes vor sich, und sie war nicht gewillt, die ganze Zeit über ihr Schmollen hinzunehmen. »Hörst du mir überhaupt zu?«, fragte sie ein wenig verärgert. Endlich bekam sie den Vorhang zu fassen und zog ihn beiseite.

Die Sänfte ihrer Schwägerin war leer.

»Sie werden von den Hügeln kommen.« Es war die knarrende Stimme des Erzbischofs, die da sprach. »Dort, wo die Wälder dicht an die Straße reichen.« Es war dieselbe Voraussage, die er schon seit Tagen traf. Dennoch waren sie unbehelligt um die Flanke des Berges Karmel herumgekommen, hatten Haifa passiert, das geschleift worden war, und näherten sich bereits Arsuf, ohne dass der Feind sie ernsthaft angegriffen hätte. Kleine Überfälle, hie und da, die sie zwangen, wachsam zu bleiben und niemanden zurückfallen zu lassen, mehr war nicht geschehen. Wer immer zurück blieb allerdings, von der Hitze und seiner Erschöpfung besiegt, der war verloren.

Guido von Lusignan räusperte sich. »Die Nachhut meldet Geplänkel. Aber sie hält sich.« Seine schwarzen Augen blickten ernst, und er war bleich vor Konzentration, dass die Narbe auf seiner Wange, die von der Kettenhaube nicht verdeckt wurde, ungewöhnlich kräftig leuchtete.

»Tapfere Hospitaliter«, murmelte der Herzog von Burgund.

Guido fügte noch hinzu: »Sie sagen, sie schneiden jedem die Kehle durch, der wankt und zurückbleibt.«

Richard nickte nur.

»Wir haben ihnen allen Grund dazu gegeben.« Das war der Fürst von Antiochia, mächtig in seinem breiten Brustpanzer, rotgesichtig wie immer, doch wie die anderen heute still und düster.

Richard sagte auch dazu nichts. Er richtete sich im Sattel auf und schaute mit gegen die Sonne zusammengekniffenen Augen zu den Hügeln hinüber, die schon dem Erzbischof verdächtig gewesen waren.

»Ich sehe schon die Gärten von Arsuf«, rief eine hoffnungsvolle Stimme. »Für heute, glaube ich …« Der Sprecher kam nicht zum Ende, ein Pfeil ließ sein Pferd zusammenbrechen.

Berenguela wischte sich den Schweiß von der Stirn mit einer Geste, die ihr vor einigen Tagen noch undenkbar erschienen wäre. Vor Tagen? Es schien ihr Jahre her zu sein, dass sie in einem Palast lebte und graziös von einem Raum zum nächsten glitt. Sie hätte beim besten Willen nicht sagen können, wie lange sie schon auf diesem Gaul hockte, gekleidet in der Ausrüstung eines bestochenen jungen Ritters, wundgescheuert, schmutzig, zu keinem klaren Gedanken fähig und nicht einmal mehr wach genug, um ihren Entschluss zu bereuen. Wie hatte sie die Predigten ihrer Schwägerin doch über gehabt! In ihr Bettzeug vergraben, eingewickelt in duftende Laken, hatte sie sich die Ohren zugehalten, um die Stimme auszusperren, die ihr immer wieder vorwarf, was für ein unselbstständiges, feiges, meinungsloses Ding sie doch sei. Aber sie hatte auch viel Zeit gehabt, so alleine in ihrem Gemach, dem Schmollwinkel, in dem sie sich selbst eingesperrt hatte.

Berenguela seufzte. Irgendwann dann war der Entschluss in ihr gereift, es allen zu zeigen, besonders aber Johanna. Mit eigenen Augen sollten sie sehen, wozu sie fähig wäre. Alles danach war es ein großer Spaß gewesen, die heimlichen Verabredungen, die kleinen Bestechungen und Intrigen, das Versteckspiel. Endlich hatte sie etwas zu tun gehabt und sich mit fieberhafter Aufregung in die Vorbereitungen gestürzt. Dann war es soweit gewesen: Aus der Königin Berenguela war ein junger Recke geworden, der gespannt vor Erwartung mit den anderen seinem Schicksal entgegenritt.

Ja, dachte Berenguela. Und aus dem jungen Recken wurde dies hier: eine sonnenverbrannte, ewig durstige, von Rückenschmerzen gequälte, verdreckte, flohzerstochene Gestalt. Da, schon wieder! Berenguela gab es auf, sich unter der verdammten Rüstung kratzen zu wollen, aber sie verfluchte den Knecht, der ihr diese Pferdedecken aufgelegt hatte, in denen mehr Leben zu stecken schien als in dem Gaul, der mit hängendem Kopf müde vor sich hintrottete.

Ich kann es ihm nicht verübeln, dachte Berenguela, ich habe ja selber kaum noch Kraft. Mit den Fingern fuhr sie unter den Rand des Helms, um sich ein wenig Erleichterung zu verschaffen, wenn auch mit wenig Erfolg. Die langen Flechten ihres Haares, die sie unter der Filzhaube versteckt hatte, drückten unter dem Gewicht des Metalls und bescherten ihr dröhnende Kopfschmerzen, die nur noch überboten wurden vom Brennen des offenen Fleisches an ihren Schenkeln, wo der Sattel sie unter dem ungewohnt rauen Stoff wundgerieben hatte.

Der Heereszug war eine Qual, die Hitze fast unerträglich. Das Schlimmste aber war die Spannung, die in der Luft lag, die Angst vor dem großen Angriff, von dem jeder ahnte, er würde mörderisch sein. Selbst der unerfahrenen Berenguela teilte diese Furcht sich mit, sie war allgegenwärtig wie der Schweiß auf den Körpern der Männer. Noch war nichts geschehen; das tägliche Einerlei des Ritts hüllte sie ein wie der allgegenwärtige Staub, den die Hufe ihrer Pferde aufwirbelten. Ein träges Trappeln und Murmeln, Scheppern und Knarzen umgab sie mit dem gewohnten Lärm der großen Menschenmenge, die ihnen allen einen Rest von Sicherheit verlieh.

Hier und da ertönten manchmal alarmierte Rufe, hörte man plötzlich das helle Klirren von Waffen, das plötzliche Angaloppieren von Pferden inmitten des allgemeinen gleichmütigen Schlurfens und Murmelns und Wieherns ihrer Karawane. Und alle hoben die Köpfe, zogen die Waffen und blinzelten in den Staub, der nichts von ihrem Schicksal preisgeben wollte. Ein Scharmützel, hieß es dann, irgendwo, nichts Ernstes. Aber sie alle hatten Mühe, die Erregung, die in sie geschossen war, wieder zu bezähmen.

Berenguela hatte sich anfangs instinktiv in der Nähe ihres Mannes und seiner Gefolgsleute gehalten. Aber sie ritt langsamer und langsamer und war im Lauf der Tage schließlich zurückgefallen bis zur Nachhut. Eben sah sie mit trägem Blick einen der Vorratswagen an sich vorbeiziehen. Das Schaukeln der kupfernen Pfannen, die von einer der Verstrebungen des Karrens herabbaumelten, fesselte sinnlos ihren Blick. Da gab es einen Schlag. Der Mann vor ihr war, ohne einen Laut von sich zu geben, aus dem Sattel gerutscht und schwer auf dem kargen Boden aufgeschlagen.

Berenguela zog an ihren Zügeln. Aber der nach ihr Reitende gab ihr einen Klaps auf die Schulter. »Wir müssen uns ranhalten«, sagte er mit rauer Stimme, die verriet, dass auch ihn der Durst quälte. »Wir dürfen den Anschluss nicht verlieren.«

»Was ist mit ihm?« Berenguela musste mühsam allen Speichel sammeln, ehe sie es schaffte, einen hörbaren Laut zu formulieren.

Ihr Gesprächspartner bekreuzigte sich. »Er ruht in Gottes Hand.«

Berenguela wandte im Weiterreiten den Kopf. Sie sah, wie der Gestürzte sich aufrappelte, sah sein benommenes, verbranntes Gesicht und die Hand, die hochfuhr, um die herabhängenden Zügel seines Pferdes zu erhaschen, zu langsam, zu ungezielt, während seine Gefährten rechts und links an ihm vorbeiritten. Er ist tot, dachte sie, und versuchte, die Erinnerung an seine Züge zu verdrängen, wir sind alle tot. Was für eine Dummheit. Aber sie hatte nicht mehr die Kraft, sich darüber aufzuregen.

Einer der Ritter vor ihr hob die Hand. »Reiter!« Seine Stimme klang wie geborsten, dennoch brüllte er, als er seine Botschaft wiederholte. »Reiter! Sarazenen!«

»Verdammt, sie versuchen, uns von der Hauptstreitmacht abzuschneiden.«

»Wie weit sind die anderen weg?«

»Nicht auszumachen, bei dem Staub.«

»Es sind so viele!«

Auf einmal erklangen die Stimmen all dieser seit Tagen verstummten Männer laut durcheinander. In die trottenden Grüppchen kam Leben.

»Reitet!« Kaum bezähmte Panik lag in diesem Ruf. »Reitet was Ihr könnt.«

Unwillkürlich gab Berenguela ihrem Pferd die Sporen. Der Wagen kam wieder näher, obwohl auch dem Fahrer sich die allgemeine Aufregung mitgeteilt hatte. Auf dem Bock stehend schwang er die Peitsche; die Pfannen schaukelten heftiger denn je. Es gab ein lautes »Plong«, als der erste Pfeil von einer von ihnen abprallte. Der zweite traf den Kutscher, der mit einem gurgelnden Schrei zusammensank. Schrill aufwiehernd gingen die Pferde durch, mit ihren letzten Kräften, nach wenigen Metern fuhr der Wagen in eine Sandwehe und kippte um. Berenguela wich ihm aus und drosch in Panik auf ihr Tier ein.

»Hospitaliter!« Die Stimme des Großmeisters donnerte. Mit wenigen Rufen brachte er wieder Ordnung in die Reihen seiner Reiter. »In Formation«, befahl er, »haltet Stand. Wir werden nicht laufen wie die Hasen.«

»In die Reihe, Mann!«, ertönte es neben Berenguela. Fast blind vor Angst schaute sie auf. »Deine Lanze!« Der Ritter, der sie angeschnauzt hatte, drückte ihr ihre Waffe in die Hand, nickte ihr noch einmal mit festem Blick zu und ritt dann weiter.

Berenguela umklammerte den hölzernen Schaft der Lanze. Was im Himmel sollte sie damit tun? Aber sie fügte sich in die Reihe ein. Ein fester Block, so blickten die Hospitaliter den anstürmenden Feinden entgegen; und Berenguela war ein Teil davon.

Sie sah die heranreitende Woge, spürte das Donnern ihrer Hufe als Beben im eigenen Körper. Sie glaubte, ihre Glieder gehorchten ihr nicht mehr, so als gehörte ihr Körper nicht ihr selbst, dieses Ding, das zitterte und schlotterte. All ihre Kraft wurde zu Wasser. Berenguela spürte, wie ihr Schließmuskel versagte. Es war nicht mehr wichtig. Sie ritt. Zum ersten Mal in ihrem Leben begriff sie, was Furcht war.

»Die Hospitaliter sollen sich bereithalten für den Hauptangriff.« Richard brüllte an gegen den Sturm, der über sie hereingebrochen war. »Sag ihnen, sie sollen warten bis zum letzten Moment.«

»Ich fürchte ...« Mehr war von der Antwort des Boten nicht zu verstehen. Richard galoppierte ihm entgegen und drängte die Männer, die ihn angriffen mit mächtigen Hieben zurück. »... schon in Gefecht verwickelt«, war, was er verstand, und er fluchte, als er sein Pferd herumwarf.

»Lusignan!«, brüllte er über die Köpfe der Kämpfenden, dorthin, wo das Banner des Königs von Jerusalem wehte. Seine Armbewegung machte klar: Rückzug, Sammlung. Wer immer sich aus dem Kampf lösen konnte, folgte ihm. Mit donnernden Hufen raste die fränkische Ritterschaft auf Arsuf zu. Unter den Palmen der ersten Gärten kamen sie zum Stehen. »Sammeln! Sammeln!« Ruhelos ritt Richard die Reihen ab und rief seinen Willen hinaus, so laut und regelmäßig, wie einen Trompetenton. Sein Pferd zerstampfte grüne Beete unter seinen Hufen; er achtete nicht darauf.

Endlich kam auch der Erzbischof. »Die Plänkler sind beinahe aufgerieben«, keuchte er, noch ehe sein Pferd stand. »Die Bogenschützen«, er atmete tief, schüttelte dann den Kopf. »Es leben noch genug, aber unmöglich, dort vorne Ordnung herzustellen.« Noch immer sammelten sich Ritter unter dem königlichen Banner, das über den Schilfzäunen wehte. Mit grimmigem Gesicht blickte Richard zurück auf die Ebene, wo ein Schleier von Staub die Details des großen Sterbens verbarg.

»Wir werden sie wegfegen.« Er knurrte es.

»Aber die Hospitaliter«, warf der Herzog von Burgund ein.

Richard schüttelte den Kopf. »Wir warten auf niemanden.« Er hob den Arm. »Angriff!« Nur wenige Augenblicke später war es, als rollte ein Gewitter über die Ebene. Das Donnern der Hufe schwoll an und übertönte das Geschrei der Kämpfenden und Sterbenden; der Boden bebte, als drohe ein Erdbeben. Wer den Kopf wandte, konnte sie erkennen, die riesige Woge aus Pferdemuskeln und Metall, die auf das Schlachtfeld zutoste. Die Sonne blitzte auf den Rüstungen, die Wimpel knatterten. Dann waren sie da, um alles, was sich ihnen in den Weg stellte, zu zerbrechen.

Thomas der Schmied spürte das Beben, noch ehe er sie heranreiten sah. Blitzschnell stieß er den Sarazenen, der ihn angesprungen hatte, zurück und hieb ihm die Axt in die Brust. Mit dem Fuß gegen die Rippen gestemmt zog er dann in Eile die Klinge wieder heraus und rannte, was er konnte. Die Ritter waren schon dicht hinter ihm, als er ein gefallenes Pferd erreichte, hinter dessen mächtigen Leib er sich mit einem Hechtsprung rettete. Er zog den Kopf ein. Über ihn hinweg donnerte der Angriff der Ritterschaft. Als der letzte ihn passiert hatte, sprang Thomas auf. »Ja!«, schrie er, brüllte er und schüttelte ihnen seine Faust hinterher. »Zeigt es den Bastarden. Jaaaaa!« Da fällte ihn der Pfeil.

»Aas«, keuchte Thomas und zog an dem Schaft, der in seinem Oberschenkel steckte. »Himmelherrgottverflucht noch mal.« Liegend schaffte er es mit Hilfe des heilen Beines, sich zu dem toten Gaul zurückzustemmen, dessen Flanke noch warm war und überwältigend nach Stall stank. Thomas fluchte weiter, bis es ihm endlich gelang, den Pfeil aus seinem Fleisch zu ziehen. Blut sprudelte heraus und er drückte beide Hände auf die Wunde. »Sie kommen! Zurück!«, hörte er rings um sich Rufe und sah Männer, die aus Mulden und hinter Kadavern hervor aus ihren Deckungen sprangen. Auch er versuchte, sich aufzurichten, fiel aber mit einem dumpfen Schmerzlaut gegen den Pferdeleib zurück. Fliegen surrten auf. Da fiel ein Schatten auf ihn.

»Du«, keuchte er und schloss die Augen. Nun also würde er sterben.

Sie konnte nichts dafür. Berenguela sagte es sich wieder und wieder, während ihr Pferd, das ihre Panik spürte, ziellos nach rechts und links auszuweichen suchte und mit jedem Tritt die Lanze hinter sich herschleifte, an deren Ende die Leiche eines sarazenischen Reiters hing. Sie hatte nichts dazu getan. Es war die Geschwindigkeit gewesen, das Pferd, die Wucht des Aufpralls, als ihre Reihe auf die der anderen gestoßen war. Sie hatte nur den Schlag gespürt und gedacht, sie würde aus dem Sattel gehoben. Dann, als sie wieder zu sich kam, saß sie Auge in Auge mit diesem anderen Reiter, der sie anstarrte und plötzlich griente in einem letzten, verzweifelten Lächeln des Todes. Mit einem Schreckensschrei hatte sie von ihm wegzukommen gesucht, hatte die Zügel herumgerissen und ihr Tier fortgelenkt. Da hatte er sich ihr langsam zugeneigt, näher und näher, bis er vornüber aus dem Sattel gekippt war. Erst jetzt hatte sie bemerkt, dass ihre Lanze ihm durch und durch gegangen war. Und nun hing er dort fest und sie bekam die Waffe nicht von ihm los. Ihr armes Pferd war fast irre von dem Geruch frischen Blutes an seinen Hufen und drohte zu steigen, als sie endlich daran dachte, den Schaft fahren zu lassen, den ihre Hände noch immer umklammert hielten. Der Tote sank hin, und sie war frei.

Wiehernd drehte ihr Pferd sich im Kreis. Mit einem Sprung trug es sie dichter in den umgebenden Tumult. Berenguela schrie auf, als sie das erhobene Krummschwert sah. Es zielte auf sie, auf ihren Kopf, unfehlbar würde es sie zerteilen, ihren Schädel spalten, ihr Leben beenden. Sie konnte nichts tun, als es anzustarren. Da stieg ihr Gaul und sie fiel zur Seite, genug, um dem Schlag auszuweichen, der ihren Sattelknauf abhieb und das schweißglänzende schwarze Fell ihres Tieres aufplatzen ließ. Eine scharlachrote Wunde zeigte sich, Blut rann die Flanke hinab. Berenguela langte nach unten und spürte den Griff des Schwertes, das an ihrem Sattel hing. Es kostete sie Mühe es zu ziehen und alle Kraft es zu heben. Dann sah sie die Angst im Gesicht ihres Gegenübers und schrie.

»Du musst hier weg.« John war in die Knie gegangen und untersuchte Thomas' Wunde. Der bleckte die Zähne.

»Bemüh dich nicht.«

Der andere hörte nicht auf ihn. Er nahm ihm Helm und ledernen Brustpanzer ab und machte sich daran, ihn hochzuziehen, um ihn sich über die Schulter zu werfen.

Thomas verbiss sich den Schmerz. »Was versprichst du dir davon?«, keuchte er, »He? Denkst du, ich würde dasselbe für dich tun? Fällt mir nicht ein.«

»Halt still«, gab John nur zurück. Thomas biss sich auf die Lippen. Er schaute zurück auf die angreifenden Reihen der Sarazenen, die rasch näher kamen.

»Was soll das hier werden?«, fing er dann wieder an. »Die Heldennummer? Willst du dir beweisen, dass du sie eher verdient hast als ich?« Er lachte laut, als er spürte, wie Thomas zusammenzuckte. Um sie herum rannten die Menschen. »He!« rief er, als John abrupt stehenblieb. Die Frage, die ihm auf den Lippen lag, ging in einen Schmerzensschrei über, als der andere ihn in den Sand warf. Thomas schaute unsicher zu ihm auf. »Also gut, ich gebe es zu, du bist der würdigere, ja, du hast sie verdient, voll und ganz, und jetzt komm.« Mit Panik in der Miene schielte er auf die Angreifer.

John verlor nicht die Ruhe. Er hatte in der Nähe ein Pferd bemerkt, das reiterlos mit gesenktem Kopf an ein paar Halmen nagte, und ging langsam und vorsichtig darauf zu.

»Mach den Gaul nicht scheu«, rief Thomas hinter ihm her.

Das Tier hob den Kopf und scheute prompt. Mit ein paar eleganten Bewegungen entzog es sich John.

»Ha«, rief der Schmied. »Ein störrisches Luder. Mit so was weißt du nicht umzugehen, oder?« Er lachte. »Da heißt es zupacken, mein Junge. Frauen und Pferde reitet man nur mit Entschlossenheit. Ah!« John war bei seiner Hatz nach dem Pferd über ihn gestolpert, und der Schmerz verschloss Thomas für einen Moment den Mund. »Pass doch auf, du«, knurrte er dann.

Endlich hatte John das Tier am Zügel. Er zog es zu Thomas, der mit gestreckten Beinen am Boden saß und zu ihm hinaufblinzelte. Für einen Moment schien er zu zögern. Seine Hände wanderten zu seinem Schwert. »Bei deiner unsterblichen Seele …«, begann er gequält.

Thomas hob die Hände. »Was willst du?«, haspelte er, mit einem Seitenblick auf die näherrückenden Kämpfer. »Die Wahrheit im Angesicht des Todes? Willst du mir drohen?« Er spuckte aus. »Du Idiot«, rief er voller Verachtung. »Ich hab sie gehabt, und sie hat es genossen, sag ich dir und ich werde es immer behaupten. Gar nicht genug kriegen konnte sie davon. Und das«, er nestelte mit zitternden Fingern in seinen Lumpen und zog die Gewandnadel heraus, mit der Rose ihn in Akkon angegriffen hatte, »das hat sie mir erst neulich geschenkt, nur damit ich ihr's noch mal mache. Sie ist unersättlich, sag ich dir, nimm dich in Acht.« Mit bösem Gelächter quittierte er Johns Aufmerksamkeit, doch in seiner Miene wechselte die Freude an der Qual seines Gegners mit Furcht.

Der Ritter nahm das Schmuckstück aus Thomas Hand und betrachtete es lange. Im Gegensatz zu dem Schmied, der kaum noch still sitzen konnte, waren seine Finger dabei ganz ruhig und zitterten nicht.

Thomas zischte. »Und jetzt bring es hinter dich. Oder lass mich mein Glück mit denen versuchen.« Und er schloss die Augen. Nach endlos erscheinenden Sekunden spürte er, wie er hochgerissen und auf den Rücken eines Pferdes gelegt wurde. Thomas schluckte die Tränen der Erleichterung hinunter und räusperte sich, damit keine Spur davon in seiner Stimme zurückblieb. »Das wirst du bereuen«, stellte er befriedigt fest.

»Die Hospitaliter!« Als ein Freudenruf stieg die Botschaft über den Reitern auf. Sie zügelten ihre Pferde. Zwischen ihnen und der schon fast verloren geglaubten Nachhut war keine Gruppe feindlicher Krieger mehr, die standgehalten hätte. Ihr Angriff hatte alles zermalmt, beiseite geworfen und in die Flucht geschlagen. Sie waren die Herren des Schlachtfeldes. Die wiedervereinigten Heeresteile begrüßten einander, die Kämpfer ritten aufeinander zu, schlugen sich auf die Schultern und beglückwünschten sich.

»Richard!« Wie eine helle Fanfare stieg die Stimme über dem allgemeinen Rufen auf. Dennoch dauerte es eine Weile, bis der englische König darauf aufmerksam wurde. Berenguela zerrte an ihrem Helmriemen, löste ihn und warf Helm und Haube ab. Mit wehendem schwarzem Haar, ihrem Banner, ritt sie auf ihn zu, der ihr sprachlos entgegenblinzelte.

10.

»Falls du ihn beeindrucken wolltest bis ans Ende seiner Tage, hast du das geschafft«, stellte Johanna nicht ohne Neid fest, als sie einander in Jaffa wiedertrafen. Sie verdrehte die Augen zur Decke. »Wie ein Engel, eine Erscheinung, meine tapfere Berenguela«, ahmte sie ihren Bruder nach.

Berenguela blickte geschmeichelt drein. Lässig räkelte sie sich auf einem Berg Kissen. Endlich war sie wieder gebadet und gesalbt, gekämmt und geschminkt, in weichen, luftigen Kleidern, und duftend lag sie da, umgeben vom Prunk eines Palastes, der den von Akkon noch um ein Vielfaches übertraf. Ihre stinkenden, besudelten Kleider waren verbrannt, ihre Schrammen verheilt und ihr Haar wieder geschmeidig. Am längsten hielten sich die Flohstiche. Die meiste Zeit kam ihr Erlebnis in der Schlacht ihr so unwirklich vor wie ein Traum, manchmal allerdings, in Momenten der Stille, wenn sie aufwachte oder den Schlaf erwartete, hätte sie nicht zu sagen vermocht, ob nicht ihr jetziges Leben und alles, was sie umgab der Traum war und die Erinnerung an jene wilden Momente, die in ihren Traumbildern und müßigen Gedanken so eindrücklich wiederauflebten, die eigentliche Realität wären, zu der sie bald endgültig erwachen würde. Es fiel Berenguela schwer zu glauben, dasss beides neben- und miteinander existierte. Aber es gab ihr Zuversicht zu wissen, dass sie in beiden Welten bestanden hatte.

Johanna allerdings machte ihr Vorhaltungen. »Du hast doch gesagt«, wehrte Berenguela sich dann, »dass ich mir selber ein Urteil bilden, mich von meiner eigenen Kraft abhängig machen und das Leben selber ansehen soll. An allem bist nur du schuld.« Sie verstummte.

»Und?«, fragte Johanna mit echter Neugier. Da war etwas in Berenguelas Stimme, ein neuer Ton, der sie gespannt machte auf das, was das Mädchen zu sagen hatte.

Ihre Schwägerin schaute sie an, die schwarzen Augen so ernst wie noch nie. »Es war verwirrend«, bekannte sie, »und sehr erschreckend. Ich suche immer noch nach einer Erklärung. Und Gott möge mir vergeben«, begann sie, »aber ich fürchte, für das wirkliche Leben gibt es in meinen Augen keine Entschuldigung.«

Anders als Akkon war Jaffa keine zerstörte, ermüdete Stadt. Zwar hatte sie in den Auseinandersetzungen der letzten Jahre ihre Befestigung eingebüßt und war geschleift worden, ein Umstand, der Richard veranlasste, sofort an die Planung und Aufrichtung neuer Mauern und Wälle zu gehen, dennoch war Jaffa voller Leben und Elan. Die ermüdeten Kämpfer, die staubbedeckt durch die Gärten einritten, ruhten ihre Augen gern aus auf den Palästen und Höfen, auf den überdachten Straßen und Märkten, den Dachgärten und weiß gekalkten Fassaden, die in der Sonne leuchteten und ein geheimnisvolles Versprechen bargen auf den Prunk und Luxus, der sich in ihren Mauern verbarg. Hinter geschnitzten Sandelholzläden, deren Muster so vielfältig waren wie die Formen der Natur, hinter Mosaiken aus buntem Glas, die das Licht in bunten Tupfen und Rosetten einließen, hinter vielfältigen Vorhängen und Portieren, die sich leise in der warmen Luft blähten, warteten weite Hallen mit kostbaren Fließen, warteten edles Mobiliar und weiche Diwane, belegt mit Teppichen aus Wolle und Seide, in die ganze Paradiesgärten eingewebt waren. Deren lebendiges Gegenbild in den Höfen quoll über von Jasmin und Rosen, die sich in stillen Teichen spiegelten, deren Becken wiederum mit Mosaiken eingefasst waren, deren Ornamente denen der Teppiche glichen.

Die Damen gingen gern dort spazieren, ließen sich von orientalischen Dienerinnen aus Silberkannen Mandelmilch einschenken oder Tee in hohem Bogen, der in vergoldeten Gläsern gereicht wurde, angefüllt mit frischer Minze, die überall ihren feinen Duft verbreitete, der nur vom goldenen Aroma des Honigs gezähmt wurde. Es gab wenig zu tun an den langen Tagen und noch längeren Abenden, an denen bis in die späte Nacht Musik erklang. Die Kämpfer erholten sich nur zu gerne von den Strapazen und genossen das irdische Paradies, das sich ihnen darbot als Vorgeschmack auf das himmlische, das sie gewinnen würden, wenn sie bald unter Einsatz ihres Lebens Jerusalem befreiten. Manche genossen es auch einfach nur so.

Selbst Berenguela gelang in dieser Umgebung, ihre Erlebnisse zu vergessen. Sie liebte es, über die Märkte zu spazieren und mit Dutzenden von Flakons zurückzukehren, die die erstaunlichsten Essenzen freisetzten, mit Pudern, die die Haut weich und glatt erscheinen ließen oder die Augenlider färbten, und mit Seide, immer wieder mit Seidenstoffen, die so fein waren, dass sich damit Faltenwürfe erzielen ließen, die sich viel perfekter der Figur anschmiegten, als jedes noch so feine Linnen oder gar ein Wollstoff es vermochte. Und wie sie dabei schillerten.

Elaine teilte ihre Begeisterung und streifte mit ihr durch die Ladengassen, um nur ja nichts von dem zu versäumen, was sich ihren Augen und Sinnen in Jaffa darbot. Johanna tadelte diesen Überschwang manchmal, aber Berenguela und ihre Gefährtin ließen sich die gute Laune nicht nehmen. Wohlgefällig drehte und wendete die junge Königin sich vor dem Spiegel, mit beiden Händen die Fülle einer Stoffbahn bändigend, die sie sich über die Schulter geworfen hatte, um die Wirkung der Farbe auf ihren Teint zu prüfen. Es war ein glänzendes Türkis, das je nach Lichteinfall am Grunde der Falten violette oder grüne Schatten warf und das regenbogenfarbene Irisieren von Perlmutt nachahmte.

»Aber ich bitte dich«, entgegnete sie gut gelaunt, »ich muss doch gut aussehen, wenn ich heute Abend dem Bruder des Sultans entgegentrete. Oder soll er glauben, wir abendländischen Damen stünden an Reichtum und Schönheit hinter den hiesigen zurück?« Sie raffte den Stoff und hielt ihn anders, die Wirkung mit geneigtem Kopf prüfend. »Ich denke, wir sind es uns schuldig, ihn gehörig zu verblüffen.«

»Ach«, entfuhr es Johanna, und sie gebot Elaine, die müßig mit den Fingern über die Saite einer prächtig mit Elfenbein eingelegten Leier fuhr, mit einer Geste, still zu sein. »Das Treffen mit el-Adil findet also endlich statt? Er hat mir gar nichts davon gesagt.«

Berenguela schob den Stoff beiseite und griff zu einer Reihe bestickter Pantoffeln. Ihre Wahl fiel auf ein pfauenfarbenes Paar mit Edelsteinstickerei. »Habe ich das nicht erwähnt?«, fragte sie. Ihre Beiläufigkeit hatte etwas Beleidigendes. »Richard will mich an seiner Seite haben. Er nimmt mich neuerdings überall hin mit.« Sie lächelte verträumt, dann wandte sie sich zu Johanna um. »Ich gebe zu, das verdanke ich deinem Rat.«

Ihre Schwägerin verkniff sich einen Kommentar, zu besorgt war sie über das, was sie hörte. »Aber warum hat er es nicht mit mir besprochen?«, fragte sie drängend.

»Er hat doch jetzt mich«, meinte Berenguela schulterzuckend. »Und, ach ja, er meinte sogar, ich sollte dir gegenüber gar nichts davon erwähnen.« Sie griff nach einer Perlenschnur und legte sie probeweise um ihre Stirn, den Effekt mit einem kritischen Runzeln begutachtend. »Keine Ahnung, warum. Du wirst es ja sowieso erfahren. Es wird ein riesiges Fest werden.«

Elaine schlug einen Akkord. Kichernd lief Berenguela hinüber und zog sie an den Händen hoch und mit sich fort. Johanna hörte ihre aufgeregten Stimmen in den hohen Korridoren sich entfernen. Ihre erste Reaktion war, nach Rose zu rufen, bis sie sich erinnerte, dass sie das Mädchen losgeschickt hatte, um einige Besorgungen zu machen. Sie würde so bald nicht zurück sein. Unruhig ging sie auf und ab, zwischen der Tür und dem Fenster, dessen idyllische Aussicht auf den Garten ihre eigene innere Unruhe nicht befrieden konnte. Immer wieder kehrte sie zu der einen Frage zurück, ohne sich eine Antwort darauf geben zu können. Warum hatte Richard ihr nichts von der Zusammenkunft gesagt?

11.

Das Fest fand auf offenem Feld vor Jaffa statt, nach Einbruch der Dunkelheit, als die Hitze des Tages sich gemildert hatte, und die Brise von der See die abendlichen Düfte der Blüten mit sich trug, die in Fülle in Kübeln und Töpfen aufgestellt worden waren. Der Himmel war blau wie eine Pfauenbrust und blinkte von Sternen, doch auf ihr Licht hatte der Bruder des Sultans sich nicht verlassen wollen, so dass ein Meer von Fackeln seinen Gästen den Weg zu den Zelten wies, in denen er sie bewirten wollte. Es war eine kleine Stadt aus Stoff, die Richard und seinen Hof da erwartete, fast ebenso groß und labyrinthisch, beflaggt mit Wimpeln, die im Abendwind wehten. Musik klang ihnen schon von weitem entgegen, und als die Stoffbahnen sich vor ihnen öffneten, sahen sie, dass die Ausstattung der eines Palastes aus Stein in nichts nachstand. Ihre Füße versanken beinahe in den üppigen Teppichen, die wogenden Wände waren voll gewebter Bilder, die zu atmen und zu leben schienen im Licht der zahllosen Lampen.

El-Adil hatte ihnen die Ehre erwiesen, eine Tafel nach europäischer Art zu errichten, statt der niedrigen, von Sitzbänken umgebenen orientalischen Tische. Und so konnte Berenguela an der Seite ihres Gatten in einem Sessel Platz nehmen, der aus duftendem, seidenglatten Holz geschnitzt und mit Goldplättchen eingelegt war.

Alles, was sie sah, gefiel ihr, nicht zuletzt die ausgesuchte Höflichkeit, mit der ihr Gastgeber sie empfing, der sich nicht nur als ihrer Sprache mächtig, sondern auch als in westlicher Kultur bewandert erwies, ihre Dichter zitieren konnte und ihre Lieder mit ihnen sang. Das alles mit einer vollendeten, wenn auch leise zurückhaltenden Eleganz. Berenguela musste feststellen, dass er ein gut aussehender Mann war, nach jedem Maßstab, den man anlegen mochte. Seine dunklen Augen waren lebhaft und voller Humor, seine hohe Stirn unter dem Turban, schien es ihr, wies auf Geist, seine Nase, geschweift wie der Schnabel eines Raubvogels, auf Kühnheit und selbst der Bart schreckte sie nicht, war er doch nicht so lang und üppig wie bei vielen der Männer, die damit, sie musste es sich eingestehen, allesamt wie Patriarchen der Bibel aussahen. Nein, er war kurz und beinahe keck, dazu glänzend von Pomade. Auch der Ohrring stand ihm gut, der neben seiner nicht allzu braunen Wange baumelte und mit dem Schalk in seinen Augen um die Wette blitzte.

Eben war man bei einem geistreichen Streitgespräch über das Wesen der Frauen angelangt, und ihr Gastgeber schlug die schweren Aufschläge seines bodenlangen, bestickten Seidenmantels zurück, um sich vorzuneigen. Mit Lebhaftigkeit sprach er: »Darum, und nicht nur seiner zarten Natur wegen, muss die Frau geborgen im Schoße des Hauses leben. Sie ist der Schatz, den der Mann besitzt und hüten muss wie alle seine Schätzte, ja über diese hinaus. Wie sollte er sonst ihres Besitzes sicher sein und damit seiner Ehre, die über allem steht?«

Mit eleganter Geste gab er das Wort an den englischen König weiter. Doch solche Art von Duellen und Haarspaltereien waren Richards Sache nicht. Er griff erst einmal zu einem Weinpokal, um seine Stimme anzufeuchten und Zeit zu gewinnen und hatte gar nichts dagegen, dass an seiner Stelle Berenguela das Wort ergriff.

»Durch ihre Tugend«, rief sie mit heller Stimme in die entstandene Pause hinein. Das Gesicht el-Adils wandte sich ihr mit einem Lächeln zu. Wenn er erstaunt war über ihre Initiative, so war er zu höflich, es zu zeigen.

»Durch ihre Tugend ist er sich ihrer gewiss«, wiederholte Berenguela und genoss die stille Zustimmung, die von den Mitgliedern ihres Hofstaates ausging. Nach einem kurzen Moment fügte sie hinzu: »Und durch ihre Liebe.« Sie strahlte el-Adil an. »Und sind das nicht höhere Werte, und machen sie ihrem Mann nicht mehr Ehre und schmücken sie ihn nicht schöner, als erzwungene Treue durch Gitter und Riegel?«

Sie streckte ihre Hand nach Richard aus und spürte zu ihrer tiefen Befriedigung, wie er sie ergriff. Heiß errötend vor Freude und stolz griff auch sie nach ihrem Pokal und trank, dankbar für die Gelegenheit, die Augen niederschlagen zu dürfen. Doch ihr Herz pochte heftig. Was für ein Moment war dies! Sie war so erfüllt von ihrem Triumph, dass es einen Moment dauerte, bis Richards Stimme wieder zu ihr durchdrang.

»Nicht erproben, nicht erproben, pah. Auch Gott erprobt unsere Tugend vielfach, und sollten wir ihm das etwa verbieten? Vielleicht«, sprach der englische König, »solltet Ihr Euch ja selbst ein Bild davon machen, wie weit die Tugend und Liebe einer abendländischen Gemahlin reicht.«

Berenguela verschluckte sich beinahe, als sie das hörte. Eine Gemahlin aus dem Westen, für el-Adil? Bei aller Freundschaft und Höflichkeit, die sie einander bezeigten, und als Gastgeber war er tadelfrei. Aber der Mann war doch immer noch ein Moslem! Sie konnte nicht umhin, ihn einen Augenblick erschrocken anzustarren. Zum Glück schenkte er ihr in diesem Moment keinerlei Beachtung. Die anderen Gäste lärmten und stimmten in den derben Scherz ein, den ihr König da auf Kosten des Sarazenen zu machen geruhte, wie sie dachten. So war er nun einmal, ihr Löwenherz, kein Diplomat, aber ein rechter Kerl. Richard ließ sie in dem Glauben und ging darauf ein, aber Berenguela, die ihn genau beobachtete, spürte, der Satz war nicht ohne tieferen Sinn gewesen. Auch hatte el-Adil ihn aufgenommen ohne jedes Zeichen von Verblüffung, so, als wüsste er, wovon der englische König sprach und als besäße die Sache eine Bedeutung, die nur sie beide verstanden. Inmitten des allgemeinen Frohsinns blieben sie erstaunlich ernst.

Richard lachte laut. »Vielleicht schaffte sie es ja sogar, einen guten Christen aus Euch zu machen.«

El-Adil lächelte höflich. »Ich fürchte«, sagte er, »die Macht der Frauen ist und bleibt einer der Punkte, in dem unsere Meinungen sich unterscheiden.« Danach wandte sich das Gespräch anderen Dingen zu.

Berenguela schwindelte, ohne einen weiteren Schluck getrunken zu haben. Der Rest des Abends zog in einem bunten Rauschen an ihr vorbei, während sie selbst nur eine Frage beschäftigte. Welche Braut für el-Adil mochte Richard im Sinn haben?

12.

Rose liebte die Tage in Jaffa nicht wie die anderen, denn sie verbrachte sie einsam. Von den Straßen vertrieb sie die Hitze, unter der sie litt und die in ihr Heimweh entfachte nach den kühlen Küsten Englands. Wie sie es hasste, unter Mittag von Schatten zu Schatten zu huschen und sich zu verkriechen wie ein Tier in seinem Bau, das seine Wunden leckt, während die Sonne auf alle Plätze drückte wie eine übermächtige Faust. Aber war sie erst in den Palast geflüchtet, fühlte sie sich ebenso wenig wohl.

Dort war sie unruhig, unberührt von den Belustigungen der anderen. Sie mochte sich nicht anschließen, wenn Elaine mit neu gewonnenen Freunden aufbrach, um die Nachmittage musizierend und scherzend in einem der Palmenhaine vor der Stadt zu verbringen, wo eine Quelle Kühlung versprach und einer der Bauern ihnen frisches Obst kredenzte. Lieber blieb Rose, wie sie sich fühlte: allein. Lange hatte sie geglaubt, auf John wütend zu sein wegen der Ungerechtigkeit seiner Zurückweisung und des Misstrauens, das sie nicht verdient hatte, mehr und mehr aber musste sie sich eingestehen, dass sie nur traurig war. Und dass die Zurückweisung an ihrem Selbstwertgefühl fraß. Wie hatte sie nur je, fragte sie sich manchmal, glauben können, dass es tatsächlich einen Platz in dieser Welt gäbe für jemanden wie sie: eine weggelaufene Magd, eine Diebin, eine Entehrte? Woher hatte sie die Kühnheit genommen, geliebt werden zu wollen? Und wie war sie jemals auf die Hoffnung verfallen, beides fände sie am Ende gar in der Gesellschaft von John, einem Edelmann dazu?

Nie begriff sie deutlicher als in Jaffa, dass es Welten waren, die sie trennten, so verschieden, wie es diese Levantestadt von ihrem englischen Dörfchen war. Die Enge des Lagers vor Akkon, die Todesgefahr und der Siegestaumel, das waren die Dinge gewesen, die eine falsche Vertrautheit zwischen ihnen geschmiedet hatten. Doch nichts davon würde dauern.

Auch nicht die Freundschaft mit Elaine und Johanna, da wollte Rose sich nichts vormachen. Eines Tages würden sie wieder auf englischem Boden stehen, und sie, Rose, wäre dann erneut die Dienstmagd mit dem kotbeworfenen Achseltuch, nichts weiter. Die Zukunft, die sie begonnen hatte sich auszumalen, an Johns Seite, die gab es für sie nicht, und es wurde Zeit, sich über eine neue Gedanken zu machen. Aber die Sonne von Jaffa verdorrte ihre Kräfte und ihre Zuversicht. Ohne klares Ziel lief Rose mit ihren düsteren Gedanken durch die gleißenden Gassen.

Manchmal zog die nahe Kirche sie an mit ihrem Weihrauchgeruch und dem vertrauten Bimmeln der Glocke, die das heisere Schreien der Kamele und Händler übertönte. Auch heute hatte sie sich wieder dorthin aufgemacht. Ganz in der Nähe stand ein Mann auf einem Fass und sammelte eine Gruppe Menschen um sich. Rose hatte schon solche wie ihn gesehen, obskure Gestalten, manchmal im Mönchsrock, manche bewaffnet aber in Lumpen, wie entlaufene Soldaten. Sie suchten in den Straßen und Schänken nach Pilgern, die sie zu Zügen formierten, um sie zu den heiligen Stätten zu führen. Für ihre Dienste und den Schutz, den sie den Menschen unterwegs versprachen, für ihre Dolmetscherleistung, den Ankauf der Esel und Vorräte und die Vermittlung mit den örtlichen Behörden, ließen sie sich ansehnlich bezahlen. Rose kannte ihre Reden, die Gewandtheit, mit der sie die Heiligtümer priesen und den Segen des Himmels versprachen, vor dessen

Größe die Summe, die zu seiner Erringung erforderlich war, doch klein ausfiel, wie die Redner meinten. Ihr war auch aufgefallen, dass sie zu den meisten Händlern und auch der Stadtwache Kontakte besaßen, und bei allen ihre Prozente einstrichen dafür, dass sie ihnen die Pilger zutrieben, die sich meist ganz in ihre Hände begaben. Sie hatte auch so manchen schon ohne seine Schar zurückkehren sehen, auffallend bald sogar, und mutmaßte, dass einige selbst zu eben den Wegelagerern gehörte, vor deren Treiben sie die Reisenden, die bei ihm Schutz suchten, so wortreich gewarnt hatten.

Der heute war ein abgerissener Kerl in Mönchstracht. Rose blieb unwillkürlich stehen, angezogen von seiner Mimik und den großen Gesten wie viele andere und lauschte seiner Kundgebung. Dass die Straßen in der Hand der Sarazenen seien, es aber ein Durchkommen gäbe zum Jordan, um sich an dessen heiligen, alle Krankheiten heilenden Wasser zu laben, wenn man die Schleichwege kenne und die örtlichen Behörden. Dass auch der König bald eine Kampagne gegen Jerusalem plane, in deren Schutz man reisen könne, gegen ein kleines Aufgeld für die Ordensritter, in deren Obhut man sich dabei gegeben werde. Ehrfürchtiges Gemurmel erhob sich bei der Nennung der Templer.

Rose hörte es mit Erstaunen. Sie hatte kein Sterbenswort von einer baldigen Kampagne gegen Jerusalem gehört, im Gegenteil. Johanna hatte ihr anvertraut, dass der König viel Vertrauen in seine Verhandlungen mit Saladin setze und vor einem Feldzug zunächst zurückschrecke. Zu gut gefiel es seinem Heer und auch ihm selbst in Jaffa. Und auch die örtlichen Barone, Rose hatte es selbst vernommen, waren von einer Fortsetzung des Feldzuges nicht angetan. Zu schwer erschien die Aufgabe und der Gegner zu stark, und manch einer erhoffte sich mehr von einem friedlichen Einvernehmen mit dem Sultan. Und Richard selbst, wenn man zu sehr in ihn drang, schützte Krankheit vor. Rose schüttelte den Kopf. Dieser Mensch hier war ganz offensichtlich ein Betrüger.

Mit skeptischen Blicken verfolgte sie sein Treiben und überlegte schon, ob sie die Zuhörer, die seine Opfer zu werden drohten, warnen sollte, denn sie taten ihr Leid: Es waren Alte und Kranke unter den Zuhörern, auch eine Familie mit Kindern; eins der kleinen Mädchen war offenbar blind. Da schaute der angebliche Mönch ihr ins Gesicht. Etwas an ihrer Haltung und Miene sagte ihm wohl, dass von ihr Ärger drohe, denn er winkte einem Kerl zu, der neben seiner Tonne lehnte und sich nun genüsslich räkelte, um auf sie zuzugehen.

Rose löste sich aus dem Schatten des Balkons, unter dem sie gestanden hatte und ging ihrer Wege. Es war gefährlich, sich mit diesen Menschen anzulegen, und am Ende sogar vergebens. Die hoffnungsvollen Opfer glaubten, was sie glauben wollten in ihrer Not und wären vielleicht eher bereit, ihr Glück mit diesem Scharlatan und seinen Versprechungen auf den Jordan zu folgen, als gut gemeintem Rat. Die Menschen, dachte sie nicht ohne Bitterkeit und meinte in Wahrheit John, glaubten ja stets nur das, was ihnen beliebte. Selbst die Aufrechtesten unter ihnen.

Aus der Kirchentür, die offen stand, drang Gesang. Rose trat mit ehrfürchtig gesenktem Kopf ein, bemüht, die Andacht der anderen nicht zu stören, wenn sie auch leise bedauerte, für heute hier nicht alleine mit ihrem Kummer zu sein. Um einen Seitenaltar hatte sich eine Gruppe Nonnen versammelt, gleich an der Tür hockte, die Hände bettelnd ausgestreckt, ein Lahmer und hatte seine Krücken gegen das Weihwasserbecken gelehnt. Und vorne am Altar kniete eine Gestalt, die sie nur zu gut kannte.

John, durchfuhr es sie heiß. Das war er, kein Zweifel. Hierher also zog es auch ihn, der sich seit Tagen in seinem Quartier vor ihr verleugnen ließ. Der Bettler zog sie am Rock und Rose hielt inne. Mit zitternden Fingern nestelte sie in ihrem Beutel nach einer Münze. John hatte sie noch nicht bemerkt, und sie war dankbar dafür. So sehr es sie auch drängte, zu ihm zu gehen, so sehr fürchtete sie sich auch davor. Sie wollte nicht erneut zurückgewiesen werden, mehr noch, sie wollte nicht erscheinen, als liefe sie ihm selbst hierher nach. Ihre Besuche bei ihm und die Nachfragen hatte sie aufgegeben, vertrieben von dem vielsagenden Grinsen seiner Kameraden und den Zurufen auf den Gassen der Kasernen, wo sie sich zwischen Waschweibern und Huren bewegte. Nein, beschloss sie im selben Moment, sie würde ihn nicht auf sich aufmerksam machen.

»Da, Alter«, flüsterte sie und bückte sich, um dem Alten die Münze zu geben, ehe sie sich zurückzog. Zu ihrem Schrecken setzte der zu einer überaus lauten Dankesrede an und hielt ihre Finger fest, um sie zu küssen und Gottes Segen auf sie zu flehen. Er wollte gar kein Ende finden. Hastig bedankte Rose sich, immer nach Johns Rücken schielend, der zum Glück noch reglos war. Sie riss sich los und wandte sich so eilig ab, dass sie mit der Schulter schmerzhaft gegen die Tür stieß. Ein wenig benommen taumelte sie hinaus.

»Vorsicht, meine Liebe.« Rose fühlte, wie sie an der Hand gefasst und aufgefangen wurde. Sie knickste unwillkürlich und blickte dann zu dem Sprecher auf. So kultiviert seine Stimme geklungen hatte, so vornehm war auch sein Äußeres. Seine Kleider waren schlicht geschnitten, doch von edlem Stoff, die Kette auf seiner Brust hielt einen Edelstein. Rose kannte das Wappen nicht, das er trug, begriff jedoch, dass sie einen Edelmann vor sich hatte. Er war sicher vierzig Jahre und hatte die drahtige Figur und die entschlossenen Bewegungen des Kämpfers, sein dunkles, graumeliertes Haar war auffallend kurz geschnitten, sein Kinn glatt und das sonnengebräunte Gesicht von helleren Lachfalten durchzogen. Am glatten Kinn trug er eine Narbe, die ihn aber nicht entstellte. Am auffallendsten waren seine sehr hellen, leuchtend grauen Augen, die sie nun ebenso klug wie eindringlich musterten. Sie schienen immer ein wenig zu lächeln, diese Augen, sein energischer Mund allerdings lächelte nicht.

»Ihr seid die junge Dame im Dienst unserer Königin«, fuhr er fort.

Rose nickte verwirrt.

»Äh, Violet, richtig?«, fuhr er fort und machte eine Geste, als wolle er sie auf die Nasenspitze tippen. Erst jetzt bemerkte Rose, dass er ein Zweigchen Jasmin in den Händen hielt. Der intensive Duft stieg ihr betäubend in die Nüstern.

Rose bog den Kopf ein wenig zur Seite. »Rose«, berichtigte sie ihn leise.

»Ich wusste, es war ein Blumenname.« Wieder lächelte er. »Ich habe mich über Euch erkundigt, meine Liebe.«

Erstaunt hob sie den Kopf. »Warum?«, fragte sie.

Der Unbekannte lachte. Dann näherte er Gesicht dem ihren, seine Stimme wurde leise, tief und samtig. »Könnt Ihr Euch denn gar keinen Grund vorstellen, warum ein Mann sich für Euch interessieren sollte?«

Rose schoss die Röte ins Gesicht, aber nicht vor Scham, sondern vor Zorn. Wollte dieser Edelmann sich über sie lustig machen? »Nein«, erklärte sie, laut und scharf. Es klang so aufrichtig, dass ihr Partner sich verdutzt aufrichtete und sie mit einem ganz neuen Blick betrachtete. Offenbar war er es nicht gewohnt, dass sein Charme so wenig verfing. Dann aber musste er lachen.

»Nun, ich sehe schon, ich werde Eure Phantasie erst ein wenig lehren müssen, sich den Möglichkeiten des Lebens zu öffnen.« Er tat, als dächte er nach. »Nehmen wir doch vorerst einfach an, ich will Eurer Herrin zu Diensten sein, wie jeder gute Untertan. Ihr Appetit auf die Genüsse des Orients ist bekannt, und ich kann Euch ein paar Händler zeigen mit Duftwaren und Spezereien, die sie verblüffen werden, wenn Ihr sie im Palast präsentiert. Und mir sei dabei Eure Gesellschaft vergönnt, damit ich Gelegenheit habe, Euch zu erklären, worin der Reiz Eurer Bekanntschaft für jeden Mann liegt, der Augen und einen Verstand im Kopf hat.«

Rose begann, während dieser langen Rede ihren Kopf zu schütteln.

Er hob die Hände. »Ich versichere Euch, dass ich nichts tun werde, was Eure Tugend beleidigt. Wenn ich Euch nur sehen, ein wenig mit Euch plaudern darf und vielleicht«, er lächelte geheimnisvoll, »werde ich Euch verblüffen.« Einladend drehte er seine Handflächen zu ihr hin.

»Ich weiß nicht«, wehrte sie spröde ab.

Er kam noch ein wenig näher, und Rose konnte den Duft seiner Haut riechen. Herber als der des Jasmins, aber nicht weniger magnetisierend. »Aber ich weiß«, wisperte er. »Ich weiß, dass in Eurem Blick mehr Bernstein funkelt, als in allen nordischen Meeren. Ich schwöre, noch nie habe ich solche Augen gesehen.«

Rose war so starr vor Staunen, dass sie kein einziges Wort hervorbrachte. Erst ein Kitzeln an ihrer Wange brachte sie wieder zu sich. Es war der Jasmin, mit dem er sanft die Linien ihres Gesichts nachzeichnete.

Aus einem Impuls heraus schlug Rose danach als wäre es eine Mücke. Erschrocken über sich selbst nahm sie dann ihre Röcke in die Hand und wirbelte herum. Sie stand vor John.

Mit offenem Mund hielt sie inne und starrte ihn einen Moment an. Dann, noch immer unfähig, etwas zu sagen, stieß sie einen lauten, verzweifelten Wutschrei aus und rannte davon. Mit gerunzelter Stirn schauten die beiden Männer ihr nach, ehe sie einander in den Blick nahmen, sich maßen, den Kopf steif zum Gruß neigten und stumm auseinander gingen. Sie dachten verschiedenes, diese so verschiedenen Männer, aber ein Wort ging beiden durch den Kopf: erstaunlich.

13.

»Oh, mein Gott«, rief Elaine, als die überaus verwirrte Rose ihr von diesem Abenteuer erzählte. Im Gegensatz zu ihrer Freundin konnte sie das Wappen sofort deuten. »Reinhold von Sidon, ich glaube es nicht. Rose, das war kein Mann, das war eine Legende.«

Vor Begeisterung tanzte sie auf und ab. »Er ist derjenige, der die erste Hochzeit Isabellas von Jerusalem seinerzeit ausrichtete, mit Humfried von Toron, erinnerst du dich?«

Rose erinnerte sich in der Tat an den Morgen auf Zypern, als Johanna so abfällig über die Kinderhochzeit gesprochen hatte und konnte die Begeisterung nicht nachvollziehen. Aber Elaine achtete gar nicht auf sie. »Während der Festlichkeiten, deren Gastgeber er war, wurde die Burg von Saladin belagert und sogar beschossen, stell dir vor. Und weißt du, was er getan hat?« Sie wartete die Antwort nicht ab. »Er ließ ihm ein paar Gänge des Hochzeitsmahls auf silbernen Tellern vor die Tore tragen und lud den Sultan ein, da er nun einmal da wäre, auf diese Weise an der Feier teilzuhaben.« Elaine lachte glücklich über das Heldenstück. »Und der Sultan war tatsächlich so beeindruckt von der Geste, dass er sich den Turm bezeichnen ließ, in dem das Brautpaar nächtigen würde und versprach, diesen von der Beschießung auszunehmen. Ist das nicht unglaublich romantisch? Ach Rose.« Sie wirbelte herum. «Was hat er getan? Wie hat er ausgesehen? Ist er so gut aussehend, wie man sagt? Was hast du mit ihm geredet?« Zum ersten Mal hielt sie inne.

Rose zuckte mit den Achseln. »Nichts«, bekannte sie und fügte hinzu. »Ich habe nach ihm geschlagen.«

»Ach Gott, Rose.« Elaine seufzte und schlug die Hände zusammen. »Warum hast du ihn denn nicht einfach mitgebracht? So einen Mann.« Sie verfiel unwillkürlich in ein Flüstern, als im Nebenzimmer Schritte hörbar wurden. »Wir sollten übrigens jetzt nicht von ihm sprechen«, meinte sie bedeutungsvoll. »Der andere ist nämlich gerade da, Humfried von Toron, du weißt schon, Isabellas erster Mann, der sie freigeben mußte für Konrad von Montferrat. Er ist mit dem König bei Johanna. Vielleicht erinnert er sich nicht so gerne an das alles. Scht«, machte sie noch einmal, als Rose ansetzen wollte zu fragen, ob sie sich denn das Verhalten des Herren von Sidon erklären könne. Aber Elaine war herumgefahren und in einem Knicks versunken.

Ein wie meistens gut gelaunter Richard trat ein, gefolgt von einer erschreckend blassen Johanna, die mit keiner Miene zu erkennen gab, dass sie bemerkte, dass Berenguela ihre Hand hielt und besorgt streichelte. Ihnen folgten einige Herren, unter denen die Mädchen Guido von Lusignans schlanke Gestalt erkannten und einen weiteren Mann, mit blonden Locken und einem schmalen, nervösen Gesicht, in dem die braunen Augen ein wenig dicht beieinander standen. Dies musste Humfried von Toron sein.

Richard klopfte ihm auf die Schulter. »Lass es dir am besten von ihm noch einmal erklären, Schwester«, meinte er betont aufgeräumt und zwinkerte dem entsetzt dreinschauenden Humfried aufdringlich zu. »Er hat persönlich mit den Sarazenen verhandelt und kann dir am besten schildern, was für angenehme Menschen das sind. Nicht war, meine Liebe?«, fügte er an Berenguela gewandt hinzu, die ein wenig betreten dreinsah, aber entschlossen nickte.

Johanna presste die Lippen zusammen, als er sich verabschiedete und ignorierte seinen Gruß. Als auch Guido sich verneigte, dass ihm die braunen Locken in die Stirn fielen, fragte sie leise: »Und Ihr, mein Herr, sagt dazu nichts?« Als sie seinen verstockten Blick sah, fuhr sie mit erhobener Stimme fort. »Ist es nicht Euer Königreich, das hier gemeinsam mit mir verkauft wird? Oder glaubt Ihr, man wird noch Platz finden für Euren Thron in den Bergen von Jerusalem neben den Reichtümern meiner« – sie spuckte das letzte Wort aus – »Mitgift.«

Guido von Lusignan, Richard in seinem Rücken, antwortete nicht, obwohl man es in seinem Gesicht arbeiten sah. Statt einer Erwiderung verneigte er sich ein zweites Mal, küsste ihre wie leblose Hand und ging hinaus.

Humfried von Toron zog ein Taschentuch heraus und räusperte sich. Vier Frauen schauten ihn erwartungsvoll an. Als er einen Sessel entdeckt hatte, zog er ihn sich heran, nötigte Johanna, Platz zu nehmen und ließ sich selbst umständlich auf einer Ruhebank voller Kissen nieder und setzte seinen Fuß anmutig vor. Erneut erklang sein Räuspern. Die Damen neigten die Köpfe. Elaine, von der Spannung gepeinigt, ergriff Roses Hand. Johanna, die endlich den zärtlichen Griff von Berenguela bemerkte, entzog ihre Finger energisch, faltete sie im Schoß und hob das Kinn.

»Also, was habt Ihr mir zu sagen?«, ergriff sie die Initiative.

»Herrin, der Bruder des Sultans, el-Adil, ist ein Ritter, wie man ihn sich nur wünschen kann, hochgewachsen, von edlem Antlitz, guten Sitten und einem anmutigen Geist, wie die Königin es Euch sicher bestätigen kann.« Humfried tupfte sich den Schweiß von der Stirn. »Er kennt die Philosophen, versteht sich auf die Dichtkunst und nennt vier Paläste sein eigen, die, wie ich höre, alles, was man in Palästina findet, bei weitem übertreffen.«

»Und in welchen davon gedenkt er mich einzusperren?«, erkundigte Johanna sich höflich.

»Einsperren, Herrin.« Humfried bemühte sich zu lachen, wie es sich gehörte, wenn die Schwester seines Königs einen Witz gemacht hatte, doch man sah ihm an, dass ihm heiß wurde. »El-Adil ist ein Mann von Kultur, kein Barbar, Mylady.«

»Er ist ein Heide«, entgegnete sie knapp.

Humfried von Toron schloss für einen Moment die Augen. »Es ist nun so, Mylady«, begann er dann erneut, mit leiser Stimme, »dass wir uns in einer schwierigen Situation befinden. Wir sind zwar die Herren der Küste, beinahe«, fügte er einschränkend hinzu, und sein Gesicht wurde düster. »Aber Jerusalem liegt im Gebirge, hinter Straßen, die Saladin beherrscht, weitab der Gebiete, wo wir uns sicher fühlen können. Selbst wenn wir es zurück eroberten …«

»… weswegen wir hier sind«, fügte Johanna scharf hinzu.

»… und was ich auch für möglich halte unter der Führung eines Mannes wie Eures Bruders«, beeilte er sich zuzugeben, »so würde es uns doch nichts nützen.« Als er ihr erstauntes Gesicht sah, hob er seine Handflächen. »Wir würden es wieder verlieren, bei der nächsten Gelegenheit, spätestens, wenn die Truppen der

Kreuzfahrer wieder abgezogen sind. Euer Bruder, Mylady, wird schließlich nicht ewig hierbleiben. Das ist die Wahrheit, wir kennen sie. Und Saladin kennt sie auch.« Er seufzte tief. »Deshalb ist uns sehr daran gelegen, eine politische Lösung zu finden.«

»Ihr sagt uns«, wies sie ihn zurecht, »und meint die hiesigen Barone. Nicht ihretwegen aber sind mein Bruder und ich hier, sondern der gesamten Christenheit wegen.«

»Sicher.« Humfried lächelte schmerzlich. »Aber wie gesagt, die Sache ist leicht gefordert und schwer getan. Dazu kommt, dass wir nicht die einzigen sind, die mit Saladin in Verhandlung stehen. Wir vermuten, dass auch Konrad von Montferrat bereits mit ihm ins Gespräch gekommen ist. Er könnte ihm ebenfalls einige der Küstenstädte anbieten. Er könnte sogar versprechen, uns in den Rücken zu fallen.« Seine Miene zeigte gleichermaßen Angst und Abscheu.

Elaine stieß Rose in die Seite. Wusste ich es doch, sollte die Geste besagen, dass er auf den Mann, dem er das Ehebett räumen musste, nicht gut zu sprechen ist. Humfried schien es bemerkt zu haben, denn er errötete ein wenig. Von seinem Standpunkt allerdings wich er nicht.

»Wir sind also verzweifelt darauf angewiesen, Saladin etwas zu bieten, was attraktiv genug für ihn ist. Ihr und sein Bruder als Paar auf dem Thron Palästinas, die Küstenstädte als Eure Mitgift und im Austausch ein freies Jerusalem mit sicherem Zugang für alle Pilger, das wäre eine Lösung für alle Beteiligten.« Er hüstelte, doch dann ermannte er sich. »Wenn Ihr eine bessere wisst, Mylady, dann bitte nennt Sie uns. Wir werden sie dankbar ergreifen.«

Johanna errötete vor Ärger. »Als ob es an mir wäre«, begann sie aufzubrausen. »Fragt meinen Bruder, er ist derjenige, dem die Lösungen obliegen, ihm und seinem ach so weisen Rat.«

Humfried senkte die Augen. »Der Rat ist uneins, wie Ihr wisst. Und alles, was Euer Bruder bislang tun konnte, war, sich auf das Krankenlager zurückzuziehen, um sich nicht dauernd diesem Hader auszusetzen.«

Johanna schnappte nach Luft. Dann auf einmal überlegte sie es sich und entließ von Toron mit einer ungeduldigen Geste. Erst als er draußen war, brach es aus ihr heraus. »Ich soll in einen Harem verkauft werden, damit mein Bruder es nicht mehr nötig hat, sich in seinem Bett vor einer Entscheidung zu verstecken?« rief sie und stampfte mit dem Fuß auf. Dann brach sie in ein hysterisches Lachen aus.

Rose und Elaine schauten einander betroffen an. So außer sich hatten sie Johanna noch nie gesehen.

Berenguela war die erste, die Worte fand. »Aber es ist wirklich, wie er sagt«, begann sie zaghaft, »er ist ein sehr schöner, angenehmer Mann, dieser el-Adil. Und er wirkte sehr weltgewandt.«

Johanna fuhr so heftig herum, dass sie erschrocken verstummte. »Er kennt die Philosophen und weiß Gedichte zu schreiben, ha! Er ist ja so attraktiv. Vermutlich hat er deshalb schon mehrere Frauen.« Betreten senkten alle den Blick. Johanna machte einen Schritt auf Berenguela zu. »Nicht einmal du kannst so dumm sein, mir diese Heirat einreden zu wollen.«

Ihre Schwägerin senkte den Kopf mit den schweren Flechten. Sie biss sich auf die Lippen, aber schließlich bekannte sie nur: »Du tust mir leid. Aufrichtig«, fügte sie hinzu.

Johanna lachte wieder auf diese für sie so ungewohnte, böse Weise. Dann brach sie in Tränen aus.

»Ich glaube ihm kein Wort«, ließ Elaine sich da vernehmen. »Er spricht doch nur so schlecht von Konrad, weil der ihm die Frau weggenommen hat und die Anwartschaft auf den Thron von Jerusalem.«

»Einen Thron, den wir erobern, aber nicht besitzen können, wie es scheint«, murmelte Johanna. Sie erinnerte sich des gemeinsamen Ritts mit Bohemund von Antiochia zum Hafen von Akkon. Selbst er hatte damals angedeutet, dass es Schwierigkeiten geben könnte mit einem Feldzug gegen Jerusalem. Und Guido von Lusignan beugte sich ebenfalls dieser Logik, er, dem Richard die Krone Jerusalems zugesagt hatte. Aber andererseits, dachte sie bitter, was waren Richards Versprechungen schon wert; hatte er ihr nicht einen Bräutigam versprochen, als er ihr auf Sizilien ihr Geld abnahm, einen guten, prachtvollen, wunderbaren? Und was bot er ihr nun: Eine Scheinhochzeit mit einer Scheinherrschaft und der Option, bei ungünstiger politischer Lage auf Lebenszeit in einem Harem zu verschwinden. Da el-Adil Heide war und bereits vermählt dazu, wäre die Verbindung nach christlichen Maßstäben nicht einmal legitim und sie in den Augen Gottes und in ihren eigenen nicht mehr als eine Konkubine. Johanna hieb mit der Faust auf den Tisch, dass es schmerzte. So tief war sie nicht bereit zu sinken. »Ihr müsst mir helfen«, verlangte sie.

Die Freundinnen hoben die Köpfe. »Wie?«, fragte Rose.

14.

Wenige Tage später bemühte Johanna sich, die Idee nicht zu verfluchen, sich selber Klarheit über ihre Zukunft und ihren prospektiven Bräutigam zu verschaffen. Die Gelegenheit war gekommen, als el-Adil Richards Hof zu einer Jagd einlud. Der König selbst, beschäftigt mit den Planungen zu Jaffas neuer Befestigung, hatte abgelehnt, seiner Gattin jedoch erlaubt, alleine an den Vergnügungen teilzunehmen. Johannas Entschluss stand fest, als sie es hörte: Sie würde unauffällig zugegen sein und el-Adil begutachten, vielleicht sogar mit ihm ins Gespräch kommen. Ein offizieller Besuch kam nicht in Frage, er wäre einem Zugeständnis von ihrer Seite gleichgekommen, ein Triumph, den sie weder dem Sarazenen noch ihrem Bruder gönnte. Aber sie hatte dennoch nicht vor, sich blind in eine Situation zu begeben. Insgeheim hoffte sie vor allem, Argumente aufzutun, die es ihr erlaubten, Richards Pläne zu hintertreiben.

Also zwängte sie sich für den Anlass in ein Wollsurcot von ein wenig, wie sie fand, ordinärem Zuschnitt und einem Braun, das sie in seiner erddunklen Sattheit blass und unauffällig machte, beinahe wie eine Dienstmagd. Rose schwor, es genau so im italienischen Viertel an einer Dame gesehen zu haben, mit orangefarben gestreiften Schärpen und Schleiern in violett und zimt, dazu baumelnden goldenen Ohrringen. Johanna winkte entsetzt ab; sie wolle nicht auf dem Jahrmarkt auftreten. Sie begnügte sich mit einer blasssvioletten Cotte, die an der Ärmelschnürung ein wenig hervorsah und wies alle Vorhaltungen zurück, dass sie ohne ein wenig lauten Prunk niemals glaubwürdig die pisanische Kaufmannsgattin darstellen könne, als die sie sich auszugeben gedachte. In letzter Minute, als sie schon in der Mietsänfte saß, die sie heimlich zu einem der Seiteneingänge bestellt hatten, gelang es Rose noch, ihr eine Hibiskusblüte ins Haar zu stecken.

»Danke«, sagte Johanna und griff ihre Hand. Rose drückte sie. Sie wünschte von Herzen, das wenigstens Johanna glücklich würde, wenn ihr Leben schon verdorben war. Aber sie wagte nicht, es laut auszusprechen. Zu vermessen war es, ihrer beider Schicksal nebeneinander zu betrachten. Und doch, dachte sie: Wenn schon die Königinnen dieser Welt unglücklich waren, was hatten die Mägde dann noch zu hoffen?

Die Träger der Sänfte ließen nicht die gewohnte Vorsicht walten, so dass Johanna hin- und hergeschaukelt wurde, bis ihr übel war, der ungewohnt steife Stoff kratzte auf ihrer Haut und das Fehlen der üblichen Eskorte ließ sie sich verletzlich und beinahe nackt fühlen, kurz: Alles gab Johanna das Gefühl, einen Fehler gemacht zu haben und sich auf einem gefährlichen Weg zu befinden.

Aber sie hatte ihn nun einmal eingeschlagen. Ihr Ziel war eine ganze Gruppe pisanischer und genuesischer Damen, deren Männer Gäste el-Adils waren und die nach Gesprächen über Handelsverbindungen geladen waren, als Zuschauer das Spektakel der königlichen Jagd zu genießen, um später an einem abgelegeneren

Tisch am Festmahl teilzunehmen. Gemeinsam mit anderen, die das Geschäft des Tötens nicht anzog, waren sie am Rande einer Wiese in mehreren offenen Zelten untergebracht, wo ihnen Diener frische Luft zufächelten, dazu Süßigkeiten und Getränke reichten und Musiker ihnen die Zeit vertrieben, während am anderen Ende der freien Fläche die Jäger vor dem Gehege paradierten, in dem die Treiber el-Adils seit Tagen die gefangenen Antilopen zusammengedrängt hatten und sie nur einzeln oder in kleinen Herden vor die Pfeile der königlichen Jagdgesellschaft scheuchten, die darauf wartete, zum Schuss zu kommen. Hier und da verirrte eins der völlig verwirrten Tiere sich in stolperndem Galopp und mit vor Panik verdrehten Augen an das ihnen nahe gelegenen Ende des Geheges. Johanna, die einsam an dem Zaun entlang spazierte, glaubte einmal, eines mit der Hand berühren zu können und fühlte sich ihm seltsam verwandt. Das Tier scheute vor ihr, senkte den Kopf, graste verlegen und wandte sich dann, als füge es sich in sein Schicksal, wieder seinen Artgenossen zu, um gemeinsam mit ihnen zu sterben. Johanna seufzte.

Dort drüben sah sie nun Berenguela, die sich zum Schuss im Sattel aufrichtete. Wie geziert sie den Bogen hielt, dachte Johanna abfällig, ganz anders als sie selbst, die eine leidenschaftliche Reiterin und Schützin gewesen war. Gewesen?, fiel es ihr da ein, spreche ich nun von mir schon in der Vergangenheit. Berenguela traf, und Johanna presste die Lippen zusammen.

Der Mann neben ihrer Schwägerin, das mußte el-Adil sein. Sie konnte sehen, wie seine roten Lippen sich zu einem Lachen teilten. Er sah gut aus, sie gab es zu, kräftig und gewandt saß er zu Pferd, und elegant auch der Sprung, mit dem er nun absaß, um sich hinzuknien und sich an Berenguelas Steigbügel zu schaffen zu machen. Berenguelas Blick ging über seinen Kopf hinweg. Da, hatte sie sie erspäht? Ihre verstohlene Geste schien es anzudeuten. Johanna glaubte gar, über die Entfernung hinweg zu sehen, dass ihre Schwägerin errötete. Hoffentlich war sie in der Lage, beim Festmahl glaubwürdig die vereinbarte Rolle zu spielen.

Da ertönten die Hörner, und auch in das Grüppchen hinter Johanna kam Bewegung. Eine junge Frau, die bereits mit Johanna ins Gespräch gekommen war und freudig festgestellt hatte, dass die hübsche Fremde ihre Sprache sprach, zog sie am Ärmel, hakte sich bei ihr unter und lud sie wortreich ein, sich ihnen anzuschließen. Johanna, die annahm, es ginge zum Bankett, folgte ihr willig zu den Sänften, die sie dieses Mal zu mehreren bestiegen. Sie war so von dem Gedränge im Inneren in Anspruch genommen, von der Unbekümmertheit, mit der die Frauen ihre Schmuckstücke betasteten und nach Preisen und Händlern fragten, davon, die Scherze zu verstehen und in den Gesprächen nichts über sich selber zu verraten, dass sie erst wieder aufschaute, als sie anhielten. Vor ihnen lag nicht die von Berenguela beschriebene Zeltstadt.

»Was ist das?«, fragte Johanna entsetzt.

»Vieni, vieni.« Mit gutmütigem Gelächter zog man die Widerstrebende mit sich hinein und in einen Vorraum, der ganz und gar mit Kacheln ausgelegt war, auf denen vielfach verschlungene Ornamente in allen Blautönen leuchteten. Ebenfalls gekachelte Bänke waren die einzige Einrichtung, und Vorhänge, die den Blick auf die folgenden Räume versperrten, aus denen ein betäubender Duft drang. Johannas neue Freundin schleuderte fröhlich die Pantoffeln von ihren Füßen und forderte sie auf, es ihr gleich zu tun. Betont setzte sie den nackten Fuß auf den Boden. Johanna ahmte sie zögernd nach und begriff: der Boden wurde gewärmt, von irgendeiner verborgenen Quelle. Nun spürte sie auch, dass ihr heiß war.

Den anderen schien es ebenso zu gehen, denn sie waren darangegangen, sich gegenseitig die Kleider aufzuschnüren. Dienerinnen eilten herbei, ihnen behilflich zu sein. Zu Johannas Entsetzen schienen alle Araberinnen zu sein, in der landesüblichen Tracht und mit dicken schwarzen Zöpfen, die ihnen über den Rücken fielen. Einige trugen Ringe an den Zehen, bemerkte sie, und manche gar eine Zeichnung auf der Haut des Gesichts. Johanna sträubten sich die Haare, und wäre sie nicht so verwirrt gewesen, wäre es ihren neuen Gefährtinnen kaum gelungen, sie aus ihren Kleidern zu schälen. Johanna hielt an jedem Fetzen fest, trotz der Beteuerungen der anderen, ihrem Gekicher und dem Gelächter hinter vorgehaltener Hand. Sie glühte, als sie endlich nackt dastand, so nackt, schien es ihr, wie noch nie in ihrem Leben.

Dankbar nahm sie das weiche Leintuch, das ihr gereicht wurde und wickelte sich hinein, noch immer unsicher, ob nicht hinter der nächsten Ecke ein Haufen Sarazenen über sie herfallen würden, um sie in ihren Harem zu schleifen, Wächter mit Krummschwertern, die sie auf die Podeste eines diskreten Sklavenmarktes treiben würden oder ähnlich grauenvolle Dinge. Sie entspannte sich erst ein wenig, als sie die hölzernen Zuber sah, in die ihre Begleiterinnen unbeschwert eine nach der anderen stiegen. Auch Johanna entschloss sich schließlich und glitt in das Wasser, das wunderbar temperiert war. Unwillkürlich seufzte sie und atmete den Duft ein, der daraus emporstieg; was war das: Rose, Zimt, ein wenig Minze auch vielleicht? Auf ihrer Haut jedenfalls perlte es mit einem zarten Film und ließ sie sich weicher denn je anfühlen. Johanna schloss die Augen und war bald so entspannt, dass sie gar nicht bemerkte, wie eine Dienerin sich neben sie kniete und begann, sie mit einem weichen Lappen abzureiben und zu reinigen. Sie kreischte, als sie die fremde Hand unter Wasser spürte. Die anderen in ihren Zubern lachten, als Johanna wie gestochen hochfuhr und das Wasser auf den Boden spritzte. Die Dienerin entschuldigte sich wortreich, und Johanna entnahm ihrem Kauderwelsch, dass sie besorgt war, ihre Hand könnte sich zu kalt angefühlt haben. Sie blickte so schuldbewusst drein, dass Johanna schließlich den Kopf schüttelte und sich wieder setzte.

Nach der Waschung kam ihr Haar an die Reihe, eine Prozedur, die sie reuelos genießen konnte. Mit zurückgelehntem Kopf genoss sie die vorsichtige Massage ihres Haaransatzes, die plötzliche Schwere des Haares, wenn es mit Wasser übergossen wurde, den aufsteigenden Duft des feinen Schaums, der an Blüten gemahnte und die überaus behutsamen Züge des Kammes, der ihre langen, langen Haarfluten bändigte. So zart, ja beinahe zärtlich war Johanna noch nie behandelt worden, und als alles geflochten, um ihren Kopf gewunden und unter einem weißen Leintuch geborgen war, das ihr fest um den Kopf gesteckt wurde wie ein Turban, war Johanna bereit, der östlichen Bäderkunst ihre ganze Anerkennung zu gewähren.

Sie schaute auf ihre nasse, wasserglänzende Haut, auf die Perlen von feinem Öl, die zwischen ihren Brüsten perlten und fühlte sich trotz aller Sorgen zum ersten Mal seit Tagen entspannt. Fast bedauerte sie es, dass nun Leben in den kleinen, von Stimmen und Wasserdampf erfüllten Raum kam. Die anderen erhoben sich wie Najaden aus den Fluten, wickelten sich erneut in ihre Tücher ein und forderten sie auf, mit ihnen zu kommen.

Auch draußen, dachte Johanna, musste es inzwischen dämmern, dieser Raum aber war dunkel wie eine Grotte. Im Licht einiger Lampen aus buntem Glas sah man Kupferkannen blitzen und den Glanz der Kacheln in den vielen kleinen Grotten. Ein Springbrunnen in der Mitte sandte einen feinen Strahl nach oben, der Johanna, als sie, aufgefordert, sich hinabneigte und den Mund öffnete, um davon zu kosten, einen kleinen Schrei entlockte, so schneidend kalt war er.

Die Frauen machten es sich in kleinen Grüppchen in den Grotten bequem und Johanna folgte ihrem Beispiel, ratlos, was kommen sollte, bis die ersten Dienerinnen mit Eimern und Flakons eintraten, sich an etwas zu schaffen machten, das sie im Halbdunkel mühsam als Ofen erkannte, und der erste Dampf aufzusteigen begann. Johanna lehnte den Kopf an die Wand, die ein wenig Kühlung verschaffte, und atmete tief die feuchte Luft ein. Auf ihrer Haut bildeten sich Tropfen. Schwaden umkreisten sie wie träge Tänzerinnen, entzogen die anderen ihrem Blick und erlaubten ihr die Einsamkeit zu genießen. Es dauerte nicht lange, da schien es Johanna, als schwebe sie in einem seltsamen Zustand zwischen Wachen und Traum, als würden die Schwaden, die sie umhüllten sie davontragen um sich auf neue, unbekannte Räume hin zu öffnen.

Johanna war, als streife sie wieder durch die Nebel ihrer Kindheit, hörte das gedämpfte Echo ihres Namens, von hellen Stimmen gerufen, doch sie hockte nur still in ihrem Versteck, gefesselt vom Anblick der Tautropfen an einem Tannenzweig, so leuchtend, filigran und wunderschön, dass sie für Momente vollkommen selbstvergessen war und glücklich. Kein auffliegender Vogel brach den Zauber, kein Fuchs raschelte durch das Unterholz, nur eine Fee hätte vorbeikommen können in diesem endlosen Augenblick. Wie hatte sie ihn vergessen können?

Da ergriff jemand ihre Hand. Mit aufgerissenen Augen starrte Johanna in das schmale Gesicht mit den schwarzen Augen, die beinahe unwirklich groß erschienen. Ein funkelnder Stein und ein Goldring schmückten die bebenden Nasenflügel; die Haare waren so straff zurückgekämmt, dass es schien, als müsste es schmerzen. Sie waren glänzend schwarz, von leuchtend weißen Streifen durchzogen, die einen erwarten ließen, dass sich Spuren des Alters auch in dem Gesicht finden lassen müssten. Doch dort gab es keine; die Züge der Fremden, obwohl nicht schön, waren beinahe geisterhaft glatt und makellos.

»Wer bist du?«, flüsterte Johanna.

15.

Voll Unruhe spähte Rose immer wieder aus der Pforte. Die Sänfte mit der Königin sollte nach der Verabredung schon längst zurück sein. Sie selbst stand hier an diesem Nebentor Wache, um sie unbemerkt ins Innere des Palastes zu geleiten, damit Johannas Ausflug unbemerkt bliebe. Doch nun erschien niemand. Die Gassen vor dem Palast lagen dunkel und leer. Nur die Fackeln neben dem Haupttor erhellten einen kleinen Fleck, und manchmal querten ihn ein paar späte Besucher, meist Soldaten, eine Hure im Arm und schwankend auf den Beinen, dann wieder eine der Wachen, dann ominösere Gestalten, die leise huschten und sich im Schatten hielten.

Rose rieb sich die Gänsehaut von den Armen, die trotz der samtweichen Wärme der Nacht einfach nicht weichen wollte. Hin und hergerissen trat sie bald ein paar Schritte weiter hinaus auf die Straße, um Ausschau zu halten, bald zog sie sich wieder hinter den sicheren Eingang zurück und atmete das beruhigende Aroma des friedlichen Gartens in ihrem Rücken ein. Alles war gut, sagte sie sich, es gab sicher eine Erklärung für Johannas Ausbleiben, die völlig harmlos und natürlich war. Und was sich dort draußen im Schatten bewegte, waren gewiss biedere Bürger auf ihrem Weg nach Hause, die nur leise schlichen, weil sie ebenso verängstigt waren wie sie selbst. So suchte Rose sich Mut zu machen.

Da, wieder hörte sie Schritte, das Trappeln mehrerer Füße diesmal. Und rief da nicht eine Frau? Rose presste sich die Faust vor den Mund. Dann hielt sie es nicht länger aus und lief hinaus, auf die Mitte der Straße, wo sie weiter sehen konnte. Doch alles war schwarz und still. Nein, da war nichts, ihre Phantasie musste sie genarrt haben. Nichts näherte sich als ein einsam schlendernder Schritt irgendwo in den Schatten hinter ihr. Und dann knarzte, ganz in ihrer Nähe, eine Tür. Wie ein aufgescheuchtes Reh fuhr Rose herum. Da, die Pforte der kleinen Kapelle gegenüber hatte sich im Luftzug der nächtlichen Brise bewegt. Flackerndes Kerzenlicht drang durch den entstandenen Spalt, warm und beruhigend; ein Hauch von Weihrauch drang zu Rose herüber. Der da herankam, pfiff nun leise ein Liedchen, und Rose, die nicht alleine von einem möglicherweise betrunkenen Zecher überrascht werden wollte, huschte rasch in die Kapelle hinein und schloss die Tür bis auf einen Spalt, der es ihr erlaubte, hindurchzusehen. Was sie entdeckte, erstaunte sie. Im Lichtkreis der Fackeln wurde die Gestalt eines Ritters sichtbar, und es dauerte nicht lange, bis sie jenen Reinhold von Sidon erkannte, der sie neulich vor der Kirche angesprochen und den Elaine so in den höchsten Tönen gelobt hatte.

Inzwischen hatte sie mehr von ihm erfahren, dieser lebenden Legende, wie ihre Freundin ihn genannt hatte, und ihre Verwunderung war nur gewachsen. Nach der Katastrophe von Hattin hatte er sich in eine Bergfestung zurückgezogen, Beaufort, und erwartete Saladins Belagerung. Um den Sultan hinzuhalten, begann er, ihm Besuche abzustatten und ihm vorzumachen, er erwäge, Moslem zu werden und ihm die Burg zu übergeben. Drei Monate lang spielte er dieses Spiel und gab den Christen so Gelegenheit, sich in Palästina neu zu formieren. Dann verlangte Saladin die Kapitulation. Reinhold ritt mit ihm ans Burgtor, vermeintlich um seine Leute zur Aufgabe zu bewegen, rief ihnen aber statt dessen zu, tapfer zu bleiben und die Burg um jeden Preis zu halten, ohne Rücksicht auf sein eigenes Schicksal. Saladin, erzürnt, aber noch immer gefangen von seinem Geist und nun auch von seinem Mut, ließ ihn am Leben. Nach seiner Freilassung hatte er sich Konrad von Montferrats Partei angeschlossen, deshalb sah man ihn nicht bei Hofe, das hatte Elaine ihr erklärt. Warum dann schlich er des Nachts hier herum?

So kühn, dachte Rose und betrachtete die elegante Gestalt, die ihren Blick wie sehnsuchtsvoll über die Fensterreihen des Palastes schweifen ließ. So klug und so berühmt. Und auch so zwielichtig. Was will der Ritter von mir?

Reinhold von Sidon schaute sich um, so als suche er etwas, von dem er sicher war, dass es da sein müsse. Johanna fuhr zurück und drückte sich an die Wand. Beinahe hätte die verdammte Tür geknarrt. Mit zitternder Hand hielt sie sie fest und betete, er möge weggehen. Hatte er sie bemerkt? Wusste er, dass sie da war? Aber wie konnte das sein? Rose hielt vor Angst die Luft an und wünschte inbrünstig, sie könnte den lauten Schlag ihres Herzens bremsen.

Endlich, endlich entfernten sich draußen die Schritte, träge, wie es Rose schien, langsam, gerade, um sie zu ärgern, und das Liedchen, das er pfiff, schien ihr zum Spott zu gelten. Sie atmete erst auf, als sie es nicht mehr hörte. Reinhold von Sidon war fort, kein Zweifel. Entspann dich, befahl Rose sich selbst. Doch sie wurde das Gefühl nicht los, dass ein paar Augen sie noch immer beobachtete. Das Gefühl wurde so stark, dass es ihr beinahe die Luft benahm. Rose tastete nach dem Beutel an ihrem Gürtel, in dem sich neben dem Nähzeug neuerdings auch ein kleines Messerchen befand. Die Berührung mit dem kalten Metall ließ sie seufzen vor Erleichterung. Nein, da war nichts, das lange Warten und die Dunkelheit regten sie auf, nichts weiter. Da knackte es und sie wirbelte mit einem Schrei herum.

Johanna wurde in ein kleines Gemach geführt, das deutlich kühler war, ohne dass es sie fröstelte. Gehorsam folgte sie all den auffordernden Gesten und legte sich mit dem Gesicht nach unten auf einen marmornen Tisch und ließ es auch zu, dass die seltsame Frau das Tuch, das sie um sich geschlagen hatte, öffnete. Eine seltsame, kühle Berührung öffnete plötzlich all ihre Sinne wie ein unerwarteter Ton in der Stille. Sie begriff, dass etwas auf ihren Körper tropfte. Gleich darauf stieg das prickelnde Aroma von Rosmarin und Zitrone in ihre Nase und Hände, die sanft, aber nachdrücklich über ihren Rücken fuhren, verteilten die samtene, ölige Flüssigkeit auf ihrer Haut, die sie gierig aufsog.

Johanna seufzte und dehnte sich wie eine Katze. Während ihre Muskeln weicher wurden und ihr Körper sich entspannte, gab sie sich ganz dem seligen, schwebenden Gefühl hin, das sie umfing und sie alles vergessen ließ: ihre Nacktheit, die fremden Hände auf ihrer Haut, ihr kaum bewusstes Gurren und Stöhnen und das Erstaunen über die Zärtlichkeit dieser Berührung. So viel Aufmerksamkeit, Kenntnis und Hingabe hatte ihr Körper noch nie genießen dürfen. Es war weniger als ein Gedanke, eine bittersüße Erleuchtung, die sich in sie schlich und schuld daran war, dass ihr die Tränen in die Augen stiegen. Johanna bemerkte auch dies nicht. Die Frau mit dem grauen Haar, die sich mit wissendem Blick über sie neigte, strich ihr über die Stirn und lächelte.

Als sie fort war, stand Johanna allein vor dem Spiegel. Sie bedauerte es nicht, dem lauten, plaudernden und kichernden Grüppchen der anderen Damen nicht mehr begegnet zu sein. Sacht strich sie sich über die Haut, die nach der Massage weich war, samtig und glänzend wie Seide, und zeichnete mit den Fingern die Konturen ihres Körpers nach. Noch bin ich jung, stellte sie nicht ohne Befriedigung fest. Noch könnte man diese Formen für die eines Mädchens halten. Sie fuhr über ihren Bauch, auf dem jene frühe, vergebliche Schwangerschaft keine Spuren hinterlassen hatte, neigte den Kopf und wandte die Hüften ein wenig zur Seite, um ihr knabenhaftes Profil zu betrachten. Sie fand sich unberührt von der Zeit, doch sie war darüber nicht froh.

Allerdings, dachte sie bitter. Nichts hat mich je berührt. Wann etwa hätte je ein Mann diese Taille umschlungen, zärtlich und fest zugleich, wann? Sie war doch dafür gemacht, sich anzuschmiegen, dachte Johanna und bewegte die Hüften. Doch wann war es je geschehen? Voll Abscheu dachte sie an ihren Mann, der sich zumeist damit begnügt hatte, eine ihrer Hinterbacken zu pressen, um sie dann aufs Bett zu werfen und schnaubend ihre Röcke hochzuschieben. Hatte er sie überhaupt je völlig nackt gesehen? Hatte er je ihre Schönheit bemerkt? Hatte er begriffen, wie empfänglich diese Brüste waren für Berührungen, wie erwartungsvoll und sensibel? Johanna hatte es heute gelernt, unter den Händen einer Frau, deren Schamlosigkeit ihr erst die Röte ins Gesicht trieb und sie dann sich selbst vergessen ließ. Warum dachte sie und wog ihre Brüste sacht in den Händen, warum war nie einer da gewesen, der wusste, wie man sie berührte?

Erfüllt von Melancholie zog sie sich an, zugleich aber mit einem seltsam schwebenden, unwirklichen Gefühl, das den Schmerz nicht wirklich schmerzhaft werden ließ. Ich lebe, dachte Johanna bei jeder Bewegung. Ich lebe, so lange schon und habe nie begriffen, was es heißt. Gefangengehalten habe ich mich selber, und nun soll ich in ein weiteres Gefängnis übergeben werden. Aber ich lebe, und diese Erkenntnis kann mir keiner mehr nehmen. Ich bin am Leben, mit jeder Faser. Und ich will es bleiben. Mit jedem Moment, jeder Geste wuchs die Zuversicht in ihr, obwohl sie nicht wusste, woher sie kam. Diese Araberin mit dem jungen Gesicht, den grauen Haaren einer Weisen und den Zauberhänden hatte ein Licht in ihr angezündet, Johanna spürte es, spürte es voller Freude. Und sie wollte nicht daran denken, was daraus werden würde.

Als die Tür aufging, war sie bereit. Ihre Wohltäterin trat herein, stumm, wie sie in jedem Moment gewesen war. In ihren Händen trug sie ein Geschenk.

»Eine Kette«, rief Johanna erstaunt und betrachtete den kleinen Anhänger daran. Es war ein Stein, unscheinbar beinahe, doch als sie ihn umhängte, glaubte sie zu fühlen, wie er lebendig wurde und zu vibrieren begann im Rhythmus ihres Herzschlages. Es war, als flöße ihrem Herzen neue Kraft zu.

»Danke«, sagte Johanna einfach. Sie überlegte kurz und löste dann einen ihrer Ringe ab, schwer von massivem Gold. Den drückte sie der sich leise Sträubenden in die Hand und schloss ihre Finger darum, keinen Widerspruch gelten lassen. »Danke«, wiederholte sie, und obwohl die Araberin kein Wort sprach, glaubte sie doch in ihrem Blick zu lesen, dass sie alles begriff.

»Ich wünschte«, murmelte Johanna, als sie wenig später in ihrer Sänfte saß, »ich wünschte, du könntest mir auch sagen, was die Zukunft mir bringen wird. In der Lage dazu wärest du, da bin ich mir sicher.« Sie streckte den Kopf zwischen den Vorhängen hinaus, um einen letzten Blick zurück zuwerfen. Doch es war dunkel, die Träger waren bereits um viele Ecken gebogen, Johanna erkannte die Gegend nicht und machte sich erschrocken bewusst, dass sie das Bad ohne Hilfe nie wiederfinden würde. Ein wenig zweifelte sie sogar daran, dass es von dieser Welt gewesen war. In England, dachte sie und lächelte, würde man von jemandem wie mir glauben, er wäre an einen Elfenhügel geraten und hätte eine Weile in der anderen Welt verbracht. Wer weiß, spann sie ihren Gedankenfaden weiter, vielleicht kehre ich ja heim und stelle fest, dass inzwischen hundert Jahre vergangen sind und Saladin samt dem vermaledeiten el-Adil längst zu Staub zerfiel? Sie musste selbst kichern über diese Idee. Ein Stoß warf sie in die Kissen zurück.

»Was ist?«, rief sie ärgerlich und schlug die Vorhänge zurück.

»Ich weiß nicht Herrin«, antwortete einer der Träger. Was er noch sagen wollte, ging in einem dumpfen Gurgeln unter. »Räuber«, schrie ein zweiter und ließ den Tragegriff los, um zu dem Knüppel zu greifen. »Mörder!« In Sekundenschnelle waren sie von abgerissenen Gestalten umringt.

16.

Rose blickte in die weit aufgerissenen Augen der Jungfrau Maria, deren lebensgroße Statue über dem Altar thronte, mit einem ungelenk geschnitzten Gesicht, dessen Miene von beinahe unangenehmer Starrheit war. Dennoch seufzte sie vor Erleichterung so laut, dass es in dem kleinen Raum widerhallte, und kicherte dann verlegen. Hier waren sie also, die Augen, die sie beobachtet hatten: nichts als geschnitztes, bemaltes Holz, dem nur das Spiel der Kerzenflammen ein wenig eingebildetes Leben verlieh. Sie war allein. Und als das Knarren sich wiederholte erkannte sie mühelos, dass es das Holz des Altarbildes war, das unter der Wärme der Kerzen knackte.

Rose steckte das Messer zurück in den Beutel und knotete seine Verschnürung wieder zu, dankbar für die Gelegenheit, sich bei einer einfachen Verrichtung zu beruhigen. Dann ging sie zum Altar und ließ sich auf die Knie nieder. Sie hatte das Bedürfnis zu beten, sich zu entschuldigen für die Aufregung, die sie mit sich an diesen heiligen Ort gebracht hatte, mit Waffen und Geschrei. Sie wollte sich sammeln, sich lösen von all den verwirrenden, ungeklärten Fragen ihres Lebens, den Fragen nach der Zukunft, nach John, nach dem Sinn all der Wirren, die es in manchen Momenten dazu brachten, dass sie den Boden unter den Füßen zu verlieren glaubte, sie, die doch einst die Bodenständigkeit in Person war. »Heilige Mutter, ich bin nicht würdig«, begann sie zu murmeln.

Wie sehnte sie manchmal die Zeit zurück, da sie an jedem Morgen wusste, was der Tag ihr bringen würde und was jeder Mensch von ihr erwartete. Hilf mir, Mutter, dachte sie. Hilf mir, mein Wollen zu begreifen und den richtigen Weg zu erkennen. Demütig senkte Rose den Kopf auf die gefalteten Hände. Dabei spürte sie die Wärme der Flammen wohltuend auf ihrem Scheitel und entspannte sich. Hier immerhin war noch so etwas wie Heimat für eine gequälte Seele wie die ihre.

»Na?«, flüsterte da eine Stimme neben ihr heiser. »Bittest du um Vergebung für deine Sünden?«

Eine schmutzige Hand riss die Vorhänge von Johannas Sänfte herunter. »Schmuck«, brüllte einer begeistert und streckte die Hand nach ihrem Hals aus. Voller Entsetzen wich Johanna zurück. Aber auch am gegenüberliegenden Fenster tauchte ein Gesicht auf, eine schmutzverschmierte Fratze, die ihre lückenhaften Zähne bleckte in einem Grinsen, das breiter und breiter wurde, als der Besitzer seine Fackel senkte und ganz nah an sie heranführte. »Und die Trägerin ist noch hübscher.«

Die Fackel näherte sich unerbittlich Johannas krampfhaft abgewandtem Gesicht. Alle Gelassenheit war von ihr gewichen. »Nein«, keuchte sie, »nicht. Nicht!« Sie umklammerte die schmutzige Faust ihres Gegenübers und suchte sie samt dem brennenden Holz, das sie hielten zurückzudrücken, doch ihre Kräfte reichten nicht. Das Gefühl der Unverwundbarkeit, das sie seit ihrem Aufbruch umhüllt hatte wie ein kühles Tuch, wich nackter Panik. Sie bog den Kopf zurück und spuckte ihrem Quälgeist mit aller Macht ins Gesicht. Der hob die freie Hand und holte aus.

»Halt, was geht hier vor?« Die Stimme übertönte mühelos den Lärm des Kampfes, der noch immer zwischen den Banditen und den Sänftenträgern tobte. »Wenn ihr gute Christenmenschen seid, gebt Euch zu erkennen.«

Die Banditen hoben die Köpfe und erkannten die Umrisse eines Ritters, der langsam näher trat. Er hatte sein Schwert noch nicht gezogen. Aber etwas an der Art, wie seine Hand gar so beiläufig auf dem Schwertknauf ruhte, wie er dastand und beinahe freundlich-interessiert auf sie blickte, sagte ihnen, dass sie ihr Glück nicht mit ihm versuchen sollten. Sie waren verschwunden, ehe er ein weiteres Wort sagen konnte, und der eine, der zögerte, bereute dies, wenn auch nur kurz. Ein einziger Streich fällte ihn und ließ ihn neben die Leiche eines der Träger sinken. Der Fremde schob den Körper mit dem Fuß beiseite und neigte sich zu Johanna hinab. »Ist alles in Ordnung mit Euch?«

Erst höflich, dann ein wenig verwirrt betrachtete er die junge Frau in der Sänfte, die doch eine Dame sein musste, der Zahl der Träger und den kostbaren Vorhängen nach zu urteilen. Auch war ihr Kleid prachtvoll und die Schuhe mit Edelsteinen bestickt. Doch war die Cotte nachlässig geschnürt und zeigte viel von ihren Schultern, wundervollen Schultern, wie er bemerkte, die im Fackellicht schimmerten wie Seide, und ihr Haar war von keiner Haube bedeckt. Ein schillerndes Wogen lichtbrauner Locken flutete ungehemmt über die Brokatkissen und umhüllte sie bis über die Hüften. Der Duft, der von diesen Locken aufstieg, ließ seine Nasenflügel unwillkürlich beben.

Johanna sah das steigende Interesse in seinen Augen. Augen, die von klarem Grau waren und einen lebhaften Kontrast bildeten zu dem sonnnengebräunten Teint. Hart und glatt spannte sich die Haut über das kantige Gesicht, das ihr den Kämpfer verriet, so glatt, dass sie nicht anders konnte, als die Hand zu heben, um ihn zu berühren. Sacht strich sie über seine ausgeprägten Wangenknochen, das energische Kinn, streifte flüchtig den Mund, der bei der Berührung erbebte. Das ist nicht geschehen, dachte Johanna und konnte den Blick nicht von seinem wenden. Nichts von all dem hier geschieht wirklich. Ihre Lippen öffneten sich sacht.

Er lächelte, ein wenig hilflos, sie hätte schwören können, zum ersten Mal in seinem Leben. »Seid ihr eine Huri?«, fragte er, halb im Scherz.

Johanna lauschte auf den vollen, kultivierten Klang seiner Stimme, der wie ein Echo in seinem ganzen Körper nachklang. Wo kommst du her?, dachte sie. Wo bist du gewesen all die Jahre? Eine Weile starrten sie einander schweigend an. Dann hob er seine Rechte, die bisher unschlüssig den Schwertknauf umfasst gehalten hatte und streckte sie nach ihr aus.

Johanna erbebte, doch sie wich nicht zurück. Wofür hält er mich wohl, überlegte sie, doch sie wusste im selben Moment, dass es ihr gleichgültig war. Er umfasste ihren Arm unter dem Stoff, fuhr an ihm empor, hinterließ eine Flammenspur auf ihrer nackten Schulter und legte die Hand schließlich in ihren Nacken, wo er einen Moment verweilte, ihr Haar und die Zartheit ihrer Haut liebkosend, ehe er sie zu sich heranzog. Johanna wehrte sich nicht. Sie fühlte die Stärke seines Griffes, spürte die Hitze seines Fleisches, sah seine Lippen, die sich den ihren näherten. Nichts von all dem geschah. Alles geschah. Sie wollte die Augen nicht schließen. Nichts versäumen, dachte sie, nichts von dem, was mich erwartet. Ich bin am Leben. Zum allerersten Mal.

17.

Rose war so erstarrt vor Angst, dass sie es nicht einmal vermochte, den Kopf zu heben. Einen unsinnigen Moment lang hoffte sie, wenn sie ihn nicht ansähe, seine Gegenwart einfach nicht anerkannte, wäre er auch nicht da.

»Du hast allen Grund dazu«, fuhr Thomas fort, noch immer flüsternd. »Die Hölle hast du mir daheim bereitet mit deinen Lügen.« Er packte ihren Arm.

Da fuhr sie auf. Voller Zorn stieß sie ihn von sich. »Die Hölle«, rief sie, »dir? Mich haben sie doch fortgeekelt und mir alle Schuld gegeben.«

Er lachte böse. »Zu Anfang, ja. Aber dann warst du verschwunden, und als der Klatsch darüber sich beruhigt hatte, suchten die alten Weiber etwas Neues zu bekakeln. Und da fing es an, dass ja vielleicht doch etwas dran sei an der Sache. Sogar meine Heather schlug mir auf einmal die Tür vor der Nase zu.«

Rose lachte böse auf. »Recht hatte sie, hast ihr ein Kind gemacht und sie nie geheiratet.«

Grob stieß Thomas sie mit den Händen an den Schultern. »Der Herr von Chaworth meinte auf einmal, ich sei vielleicht doch nicht der richtige, in der Burgschmiede zu arbeiten. Da habe ich dann mein Bündel geschnürt, wie du.«

Zurückstolpernd stieß Rose gegen den Tisch mit den brennenden Kerzen, die in alle Richtungen durcheinanderkippten. Als sie sich abzustützen suchte, verbrannte sie sich die Finger an dem heiß tropfenden Wachs. Sie versuchte, nicht das Gesicht zu verziehen. »Also brach ich auf, in den fernen Orient«, fuhr Thomas fort. »Und was finde ich: dich, verdammt noch eins!« Wieder ein derber Stoß.

Rose taumelte weiter, knallte schmerzhaft gegen den Altar, richtete sich auf. »Ich habe nicht auf dich gewartet«, erklärte sie bissig.

Thomas schnaubte. »Glaubst du, ich auf dich? Aber da bist du nun einmal. Immer du. Und wieder machst du mir Ärger.«

»Ich tue gar nichts«, verteidigte Rose sich und wich dem nächsten Angriff aus. Heimlich nestelte sie an der Verschnürung ihres Beutels. Warum nur hatte sie vorhin den Knoten so fest gezogen! Sie biss sich auf die Lippen.

»Du«, knurrte Thomas und kam näher. »Wie er mich immer anschaut, deinetwegen. Dieser Kerl, als wäre er etwas besseres. Er hat mit meinem Kommandeur geredet, da bin ich sicher. Zur Hölle macht er mir das Leben. Weißt du, dass er versucht hat, mich umzubringen?«

Verächtlich richtete Rose sich auf. »Niemals«, sagte sie. »Auf dieses Niveau begibt John sich nicht. Er würde sich nicht die Hände an dir schmutzig machen.«

»An einer wie dir aber auch nicht«, sagte er und lachte, als er ihr Gesicht sah. Er wusste sehr gut, dass er einen empfindlichen Punkt getroffen hatte und genoss es. Langsam kam er näher. »Er weiß von deiner Liebelei mit dem Edelmann.«

»Das ist eine Lüge«, stieß sie hervor.

»Ja? Und was würde er sagen, wenn er wüsste, dass wir unsere alte Liebe auffrischen?« Er schaute sich demonstrativ um. »Bei einem lauschigen Stelldichein, in einer Kapelle, ganz allein?«

»Wir sind nicht allein«, brachte Rose heraus. »Die Jungfrau ist meine Zeugin.« Sie wies zum Altar und nutzte die Gelegenheit, als er ihrer Geste folgte für eine letzte Anstrengung. Endlich hatte sie den Beutel geöffnet und hob das Messer. »Und jetzt lass mich in Ruhe, oder …«

Sein Hieb brach ihr beinahe den Arm. Das Messerchen flog in hohem Bogen durch die Luft und schlitterte klirrend in den Schatten eines Betstuhles. Thomas ließ Rose nicht zu Atem kommen. Er packte sie und zerrte sie vor den Altar. Sie von hinten im Nacken packend, beugte er sie vornüber auf den Altartisch nieder und brachte ihr Gesicht dabei ganz nahe an die geschnitzte Maria. »Da hast du deine Zeugin«, keuchte er dicht an ihrem Ohr. Jetzt frag sie, ob sie einer wie dir hilft.« Damit begann er, ihre Röcke hochzuzerren. Sie spürte seinen heftigen Atem an ihrer Wange. Als sie sich aufbäumte, wanderten seine Finger um ihren Hals und pressten zu. »Du hast mich lange genug geärgert.«

Rose begriff, dass sie dieses Mal nicht überleben würde. Vergeblich trat sie um sich. Die Jungfrau über ihr starrte ungerührt in die Nacht hinaus.

Roses Hände fuhren ziellos durch die Luft und fegten dabei

Vasen und Kerzen vom Altar. Mit letzter Kraft packte sie einen der brennenden Stumpen und warf ihn nach hinten. Er traf und verbrannte Thomas, der aufschrie und für einen Moment seinen Griff lockerte, um sich das heiße Wachs aus dem Gesicht zu wischen. »Miststück!« Er schlug mit der Faust nach ihrem Hinterkopf, dass sie gegen die Statue knallte. Warm fühlte Rose das Blut aus der geplatzten Braue über ihr Gesicht rinnen. Sie sackte in die Knie, versuchte, wieder hochzukommen. Nach Halt suchend tasteten ihre Finger über die Schnitzereien des Altarbildes.

»Und jetzt …«, begann Thomas und kam näher. Er hielt einen der eisernen Kerzenständer in den Händen und holte weit über den Kopf aus.

»Lass sie in Ruhe!« Die Stimme klang beinahe müde.

»John!« Rose wischte sich das Blut aus dem Gesicht, um die Gestalt besser erkennen zu können, die sich aus dem Halbdunkel der Kapelle löste. »John, pass auf, er …«

Der Schmied fuhr herum, ehe sie zu Ende sprechen konnte. »Ha«, brüllte er aufgewühlt und nicht im geringsten erschrocken. »Da haben wir ja auch den zögernden Liebhaber. Na, was ist? Willst du wieder einmal versuchen, mich umzubringen?« Er lachte, dass es in dem gotischen Gewölbe widerhallte. »Das hast du schon das letzte Mal nicht fertig gebracht. Also gib lieber auf, hau ab, verschwinde. Rose und ich, wir haben noch etwas zu erledigen, stimmt's?« Er grinste obszön.

»Rose«, sagte John nur, ruhig aber bestimmt. Er schob sich zwischen sie und ihren Angreifer, das gezogene Schwert noch immer gesenkt. Als sie hastig gehorchte und aus ihrer Ecke kroch, hielt er sie am Arm fest. Sie wandte den Kopf ab, konnte aber nicht verhindern, dass er ihr Kinn packte und ihr geschundenes Gesicht für einen Moment ins Licht drehte. Vor Scham schloss sie die Augen.

»Rose«, flüsterte er. »Es tut mir so Leid.« Seine Finger wanderten sanft über die Verwüstung, als könnte seine Zärtlichkeit sie heilen.

Diesen Moment nutzte Thomas. Er schleuderte den Kerzenständer nach John, dem das Geschoss so unglücklich auf die Schwerthand knallte, dass er den Griff losließ. Ohne die Wirkung seines Wurfs abzuwarten, stürzte der Schmied hinterher. Ineinander verkrallt, rollten die beiden Männer über den Boden der Kapelle und aus dem Lichtschein. Im Dunkeln hörte Rose ihr Schnauben und das Klirren, wenn Metall auf Stein traf. Sie wagte nicht zu rufen, hielt es aber nach einer Weile nicht mehr aus, griff sich eine der letzten aufrecht stehenden Kerzen aus dem Chaos vor dem Altar und hob sie höher, wobei sie sich den Kämpfenden näherte. Sie hörte ein Stöhnen und ein verräterisches Gurgeln, ehe der helle Kreis die beiden umfasste.

»John!«, rief sie erleichtert. Da kauerte er, mit hängendem Kopf, das Gesicht in den Händen vergraben. »John«, wiederholte sie sanfter und ging neben ihm in die Knie. Aber er schüttelte, noch immer abgewandt, den Kopf und streckte die Hand aus. Ehe Rose es verhindern konnte, hatte er das Licht gelöscht. Dunkelheit hüllte sie ein, nur gemildert vom fernen Flackern einer einsamen Flamme.

»Ist er …«, begann sie vorsichtig.

Ein schwerer Seufzer antwortete ihr. Sein Kettenhemd rasselte, als John sich mühsam am Fuß einer Säule niederließ. »Ich habe ihn getötet.« Auch seine eigene Stimme klang beinahe wie erstorben. »Ich habe einen Christenmenschen erschlagen. In einer Kirche. In Hass und Zorn.«

Rose biss sich auf die Lippen. Er war kein Christ, wollte sie ihm sagen, er war ein Unmensch. Er hat dich angegriffen, er ließ dir keine Wahl, auch nicht die des Ortes. Es war sein perfider Plan, dem wir gefolgt sind. Du hast nur das Schlimmste verhindert. Du, dachte sie und immer nur: du, du, voller Zärtlichkeit. Wie gerne hätte sie ihn umarmt, hätte sich an seine Schulter geschmiegt, endlich geweint, endlich, endlich vergessend. Aber sein dunkler Umriss hockte da, todunglücklich, in sich vergraben. Sie begriff wohl, dass er nicht berührt zu werden wünschte.

»Du konntest nicht anders«, sagte sie statt dessen. »Er hätte sonst dich getötet, Kirche oder nicht. Uns beide.« Sie sagte es leise, und zum ›uns‹ hin verstummte ihre Stimme beinahe. Dann auf einmal verfluchte sie ihre eigene Resignation. Nein, sie würde ihn nicht verloren geben, sie würde ihn aufrütteln, ihn trösten. Alles würde gut. So wie es vorhin gewesen war, gerade eben noch, als er ihr Gesicht liebkost hatte. In einem anderen Leben. Tief in ihrem Inneren aber sagte eine Stimme ihr, dass dieses erste Mal zugleich das letzte Mal gewesen war, dass er sie so berührt hatte.

»Ich bin ein Mörder.« Mehr sprach die Silhouette nicht. Sie hörte, wie er sich bewegte, begriff, dass er kniete und hörte kurz darauf seine innigen, heiser geflüsterten Gebete. Ein Geräusch verriet ihr, dass er seine Stirn gegen den Stein schlug.

»John, ich …«, begann sie noch einmal.

»Geh!« Es kam wie ein Peitschenknall. Seine Stimme verriet, dass es ihn würgte. Rose schloss die Augen, um nicht mit ansehen zu müssen, wie er sich erleichterte.

»Ich werde die Leiche fortschaffen«, fuhr er dann fort, keuchend und mit letzter Kraft. »Und dann werde ich … Geh!« Es war ein Schrei.

Erschrocken sprang Rose auf die Füße und rannte. Taumelnd kam sie zur Tür. Ihr letzter Blick zurück zeigte ihr ein wirres Durcheinander von Kerzen, Blumen, Scherben und Blut vor dem Altar, über dem die Jungfrau mit noch immer derselben starren Gleichgültigkeit thronte. Aufschluchzend lief Rose hinaus.

18.

»Ich danke Euch«, verabschiedete Johanna den Erzbischof von Canterbury, der sich zum Gespräch bei ihr befunden hatte. Es war ein hartes Stück Arbeit gewesen, den alten Herrn ihre letzte Auseinandersetzung vergessen zu machen, doch sie hatte es geschafft, ihn aufzutauen mit ihrem Charme und ein wenig Bußfertigkeit, die zu heucheln ihr nicht schwer fiel. Am Ende hatten sie in dieser neuen Sache gemeinsame Interessen, und das wog schwerer als ihr Streit. Zumindest war es ihr gelungen, dies so darzustellen. »Ganz wie Ihr bin auch ich der Ansicht, dass es ungemein wichtig ist, Palästina und den Zugang zu Jerusalem in christlicher Hand zu wissen.«

Er nickte, ehe er die Hand ausstreckte, um sie seinen Ring küssen zu lassen. »Ganz recht, meine Tochter. Wir haben hier nicht gekämpft, um als Bittsteller wieder zu gehen.«

Johanna hob lächelnd den Kopf. »Und Ihr versteht, was ein christlicher Bräutigam für eine Erleichterung wäre?«

»Eine Erleichterung?« Er lächelte und schlug das Kreuz über ihrem Scheitel. »Für jede christliche Königin, ja, für jede Christin kann es nur das eine geben: dass ihr Gemahl sich zu ihrem Glauben bekennt. Habt keine Sorge, ich werde mit Eurem Bruder darüber reden.«

Als er fort war, ging Johanna im Zimmer auf und ab, noch aufgewühlt von der Anspannung des Gesprächs, mit dessen Verlauf sie allerdings hochzufrieden war. Als sie an einem Spiegel vorbeikam, blieb sie für eine Weile an ihrem Bild hängen, mit dem sie eine Weile voller Wohlgefallen kokettierte. Sie blinzelte sich zum Abschied zu. Unvermittelt begann sie dann zu singen.

So fand Berenguela sie zu ihrem Erstaunen, als sie eintrat. Eine Weile betrachtete sie das Bild einer vor sich hin summenden, zwischen den Möbeln herumtanzenden Johanna. »Ich wusste nicht, dass der Erzbischof deine Laune so zu heben vermag«, stellte sie dann fest.

Johanna hielt inne. »Oh, wir sind ein Herz und eine Seele«, stellte sie fest, lief zurück zum Spiegel und kontrollierte den Sitz ihrer Haube.

»Was hast du mit dem alten Herren angestellt?«, verlangte Berenguela zu wissen.

»Nur ein religiöser Disput«, meinte Johanna leichthin und zupfte an ein paar Strähnen. »Wir sind einer Meinung geworden, dass die Heirat mit el-Adil nur in Frage kommt, wenn er zum christlichen Glauben übertritt. Der Erzbischof will in diesem Sinn auf meinen Bruder einwirken. Wir werden also die Konversion fordern. Und da er darin niemals einwilligen wird« – sie lächelte sich selber zu – »hat sich die Heirat vielleicht schon bald erledigt.«

»Oh«, sagte Berenguela und dachte einen Moment nach. »Also das mit der Heirat«, begann sie dann, verstummte allerdings.

»Ja?«, fragte Johanna und nahm ihr Tänzeln wieder auf. »Diese Heiratspläne«, setzte Berenguela erneut an, die sichtlich nicht sicher war, wie sie es formulieren sollte. »Du weißt doch«, begann sie dann, »dass ich gemeinsam mit Richard in letzter Zeit häufiger die Gastfreundschaft el-Adils genossen habe. Ich bin auch mit einigen seiner Berater ins Gespräch gekommen. Alles sehr gebildete, höfliche Menschen.«

»Sicher«, sagte Johanna ohne jedes Interesse.

»Du hättest gerne mitkommen dürfen«, entgegnete Berenguela mit einem Anflug von Beleidigtsein, »aber du ziehst dich ja in letzter Zeit so viel zurück.«

»Ja«, gab Johanna leichthin zu, »ich schlafe viel. Ich habe festgestellt, es tut mir gut.« Und sie lächelte in sich hinein.

»Wie auch immer.« Berenguela sammelte sich. »Was ich sagen wollte ist, dass ich glaube, einen Einblick gewonnen zu haben in die Denkweise der anderen und ich muss sagen, ich meine, ich … oh Johanna, nimm es mir bitte nicht übel.« Sie ergriff die Hände ihrer Schwägerin.

»Was ist denn?«, fragte diese erstaunt und schaute der anderen zum ersten Mal ins Gesicht.

»El-Adil hat nicht im Geringsten vor, dich zu heiraten«, sprudelte Berenguela heraus. »Nimm das bitte nicht persönlich, ich bin sicher, er schätzt dich sehr. Ach, Johanna.« Sie machte sich los und ließ sich schwer auf einen Haufen Kissen plumpsen. «Ich habe den Eindruck, dass sie den ganzen Vorschlag zu keinem Zeitpunkt Ernst genommen haben. Sicher, sie sind sehr höflich und zitieren die Dichter und diskutieren über die Heilsmöglichkeiten des Glaubens und so weiter.« Sie hob den Kopf. »Aber ich werde den Verdacht nicht los, dass sie sich im Grunde über Richard und sein Anliegen lustig machen. Ach«, rief sie aus. »Er kann aber auch so plump sein.«

Sprachlos vor Überraschung ließ Johanna sich neben ihr nieder. »Keine Hochzeit?«, flüsterte sie beglückt.

»Nein, das sag ich doch«, erwiderte Berenguela ungeduldig, die in Gedanken schon wieder einen Schritt weiter war. »Aber sag mir: Darf man so von seinem eigenen Mann denken?«

Verwirrt schaute Johanna sie an, deren Geist noch ganz von der Erkenntnis erfüllt war, dass der Alp ihrer Tage so umstandslos von ihr abgefallen war. Keine Heirat, keine Zukunft als Konkubine, kein Zwang. Ihr Leben lag mit einem Mal wieder offen vor ihr. Und noch nie war es ihr so wunderbar erschienen wie gerade im Moment. Unwillkürlich wanderten ihre Gedanken zu einem gewissen kleinen Zimmer in einem verschwiegenen Haus. Und sie musste an sich halten, um nicht laut herauszulachen. »Was meinst du denn?«, fragte sie daher nur stirnrunzelnd, als Berenguela ihre Frage wiederholte.

»Nun, ich frage, ist es recht, wenn man findet, dass der eigene Mann …« – sie suchte nach Worten – »… Grenzen hat? Ich meine«, fuhr sie hastig fort, »ich liebe ihn noch immer, verstehst du, und wir sind sehr glücklich, wirklich. Aber …« Unglücklich schaute sie Johanna an. »Wenn ich ihn wirklich lieben würde, wie ich sollte, müsste er mir dann nicht vollkommen erscheinen?«

Wie ratlos und traurig sie aussah! Johanna konnte nicht anders. Sie nahm das Gesicht ihrer Schwägerin in beide Hände. »Meine Liebe«, sagte sie warm. »Wenn er vollkommen wäre, wäre er kein Mensch, sondern ein Engel.« Sie lachte und tippte Berenguela gegen die Nase. »Und du wärst einer, wenn du seine Menschlichkeit übersehen könntest.«

Erleichtert holte Berenguela Luft. »Ja, dann.« Sie schaute Johanna an, zum ersten Mal ganz ohne Groll. »Du hast dich verändert«, stellte sie fest.

Johanna lächelte. »Habe ich das?« Sie stand auf und drehte eine Pirouette. Dann blieb sie vor Berenguela stehen. »Ich habe dir oft Unrecht getan«, stellte sie fest.

Die nickte. »Du warst unausstehlich«, gab sie zu und wollte schon die Unterlippe vorschieben wie in alten Zeiten. Dann auf einmal kam ihr das albern vor und sie musste lächeln, suchte Johannas Blick und beide brachen sie daraufhin in Gelächter aus, fassten einander bei den Händen und drehten sich im Kreis.

»Auch du hast dich verändert«, stellte Johanna, ein wenig außer Atem fest.

»Das verdanke ich dir«, bekannte sie. »Es gibt so vieles, woran ich sonst vorübergegangen wäre.«

»Ja«, meinte Johanna versonnen und spielte mit dem Anhänger an ihrer Kette, einem kleinen, unscheinbaren roten Edelstein. »Das geht uns allen so. Aber plötzlich wachen wir auf.« Dann schien sie aus ihren Gedanken zu erwachen. »Es ist Zeit, dass ich mich zurückziehe«, stellte sie fest. Als sie Berenguelas enttäuschtes Gesicht sah, fragte sie: »Wo ist denn Rose?«

»Immer noch krank, sagt sie. Angeblich hat sie den Mandelpudding nicht vertragen.«

»Und Elaine?«

»Musiziert irgendwo mit ihrem Kreis aus Damen und Verehrern.« Berenguela zuckte mit den Schultern.

»Schließ dich ihnen doch an«, schlug Johanna vor, bereits im Gehen und mit den Gedanken schon ganz woanders.

Berenguela verzog das Gesicht, dann erhellte sich ihre Miene. »Ich werde meinen Lehrer kommen lassen.« Sie lächelte entschuldigend. »Ich habe nämlich begonnen, die arabische Sprache zu lernen. Es ist so viel einfacher, wenn man versteht, was ringsum vor sich geht.«

Johanna warf ihr eine Kusshand zu und schwebte hinaus. Ihr Gesicht rötete sich, als sie auf dem Gang zu laufen begann. Noch unterwegs löste sie die Schnürung ihres Surcots und den Gürtel. In ihr Zimmer stürmend wechselte sie in aller Eile die Kleidung. Ihre Maskerade als Kaufmannsgattin lag in einer verschwiegenen Truhe bereit. Sie hüllte sich in einen Mantel, den sie nahe der Mauer in einer Nische zurücklassen würde, ehe sie in die Sänfte stieg, um sich in jene Gasse tragen zu lassen, nahe der Souks, wo hinter den geschnitzten Gittern die Vögel in ihren Käfigen zwitscherten, wo alte Männer auf Stühlen vor den offenen Haustüren saßen, aus denen neugierige Kinder lugten und wo es nach Essen und den Blumen roch, die in Töpfen auf den Dächern gezogen wurden.

Dort hatte Reinhold von Sidon ein Zimmer für sie beide gemietet, wo sie einander treffen konnten. Es war ein schlichter Raum, weiß getüncht, mit ein paar kleinen Scherben bunten Glases über der eigentlichen Fensteröffnung, die ein sternförmig geschnitztes Gitter verbarg und die auf einen Hof hinausging, in dem manchmal klagend ein Esel schrie. Drinnen standen nur ein Bett und ein wackeliger Tisch mit einem Waschgeschirr aus Kupfer. Nichts verbarg den Zweck, und dennoch erschien es Johanna der romantischste Ort der Welt zu sein, und ihre prunkgewöhnten Augen vermissten nichts daran. Jedesmal, wenn er kam, brachte er etwas mit, um den Ort zu verschönern: Rosenblätter, die er auf das Laken streute, einen Arm voll Jasmin, der mit seinem umwerfenden Duft im Handumdrehen alles erfüllte, eine Schale mit glänzend orangefarbenen Mandarinen, die er schälte, um sie mit den Schnitzen zu füttern, wenn sie nackt miteinander auf dem Bett lagen, bedeckt vom Schweiß der Liebe. Nein, Johanna vermisste nichts.

Wer er war, das wusste sie, sein Wappen hatte es ihr in der ersten Nacht verraten. Und als er um ein Wiedersehen bat, hatte sie zunächst gefürchtet, auch er könnte sie erkannt haben und geheime politische Zwecke damit verfolgen, sie zu umwerben. Nicht, dass sie deshalb gezögert hätte, zuzustimmen. Du liegst mit dem Feind im Bett, sagte sie sich zwar manchmal, obwohl ihr Verdacht schon lange zerstoben war, mit dem Verbündeten jenes italienischen Abenteurers und Bigamisten, Konrad von Montferrat, dem du Isabella nicht gönntest und die Krone von Jerusalem schon gar nicht, der beim Sultan gegen uns intrigiert und uns vielleicht eines Tages gar in Waffen gegenüberstehen wird. Doch es war ihr herzlich gleichgültig, sie war selber erstaunt, wie sehr.

Sie traf einen Mann, der ihr den Atem raubte, der Empfindungen weckte, von denen sie bis dahin nichts geahnt hatte, der ihr ganzes Denken ausfüllte. Was scherte es sie da, wer er war? Sie lernte ihn kennen als zärtlich, leidenschaftlich, geistreich, einfühlsam, integer. Das genügte ihr.

Und ihm schien ebenfalls zu genügen, was er zu erhalten glaubte: die leidenschaftliche Hingabe einer jungen Frau, auf die irgendwo ein ungeliebter Kaufmannsgatte wartete, von dem nie die Rede war. Sie gab sich diskret und auch er sprach nicht über die Frau, die er, wie sie wusste, irgendwo besaß. Es hat keine Zukunft, sagte sie sich immer wieder, wenn sie außer Atem, mit gerafften Kleidern die Stufen hinaufflog, um sich in seine Arme zu werfen; es ist alles ein großer, unvernünftiger Leichtsinn. Es gibt nicht die geringste Aussicht für uns. Aber der Gedanke hinderte sie nicht, wann immer sie konnte, zu ihm zu eilen. Und unter seinen leidenschaftlichen Küssen dann versank alles außer der unmittelbaren Gegenwart.

An diesem Tag kam sie vor ihm in ihrem Unterschlupf an. Sich nach rechts und links umwendend, ob niemand sie sah, huschte sie aus der Mietsänfte zur Tür, drückte der alten Araberin, die in einer Ecke des Flures hockte und auf das Treiben draußen starrte, während sie an ihren schwarzen Zahnstummeln sog, eine Münze in die Hand und eilte mit fliegendem Atem die Stufen hinauf. Mit geröteten Wangen und strahlenden Augen stürmte sie herein; das Zimmer war leer.

Mit einem Seufzer setzte Johanna sich auf das Bett nieder, strich liebevoll mit der Hand über die Laken und ließ sich fallen, um ihr Gesicht hineinzudrücken und nach Spuren seines Duftes zu forschen. Dann trieb die Unruhe sie wieder auf und ans Fenster, wo sie einige Blüten von einem Hibiskusbusch pflückte, der seine Äste bis in diese Höhe reckte und zusah, wie eine Horde Kinder den im Hof angebundenen Esel mit einem Grasbüschel neckte. Eben noch glücklich, schlug ihre Vorfreude rasch in Unruhe um. Wo blieb er nur? Ob womöglich etwas geschehen war? Vielleicht war ihm etwas zugestoßen, oder er war mit den Männern Guidos oder ihres Bruders aneinandergeraten. Womöglich hatten sie ihn als Spion verhaftet! Oder die Geduld Saladins hatte sich erschöpft mit dem Mann, der ihn schon einmal betrogen hatte und er wäre auf ewig in irgendwelchen Verließen verschwunden, durch deren Mauern nur der Ruf der Muezzine drang? Oder – Idee auf Idee drängte sich in Johannas erregtes Hirn – seine Mission war beendet und Reinhold schlicht und einfach abgereist ohne ihrer, seiner kleinen Gespielin, noch einmal zu gedenken? Wer war sie denn schon in seinen Augen, da sie nicht sie selbst sein durfte?

Da hörte sie polternde Schritte auf der Treppe und die Tür sprang auf.

»Reinhold!« Sie flog ihm in die Arme. Er aber wich zurück. Erschrocken bemerkte sie die tiefe Schramme auf seiner Wange.

»Es ist nichts«, wehrte er ihre Umarmungen und ängstlichen Fragen ab. »Ein Falke. Ich bin selber schuld. Ich wusste, er war unruhig, ich hätte ihm die Haube nicht abnehmen dürfen heute.«

Sie ließ sich nicht abschütteln und bestand darauf, dass er sich setzte, damit sie die Wunde auswusch. Er küsste ihre Hände. »Mein Schatz.«

Sie lächelte. »Du warst also auf der Jagd?«

»Ja«, brummte er missmutig. »Und ich habe keine gute Figur dabei abgegeben.« Er kickte nach einem Hocker. «Verdammte Silberfeder am Horizont. Verzeih.«

»Silberfeder?«, fragte sie beiläufig und wusch den Lappen aus, »ist das nicht der Name des Falken von el-Adil, dem Bruder des Sultans?«

Sie spürte, wie er zusammenzuckte. Dann aber gab er zu, mit ihm auf der Jagd gewesen zu sein. »Woher kennst du ihn?«, fragte er, ein wenig misstrauisch.

Johanna versuchte ein harmloses Lachen. »Jeder in Jaffa kennt el-Adils Falken. Seine Wärter kommen immer auf den Markt zu den Geflügelhändlern und machen ein großes Gewese darum, die richtigen Küken für ihn zu finden. Es muss ein Zaubervogel sein. Aber am Ende ist er doch nicht so klug, wenn er dich mit einem Huhn verwechselt hat.«

Er haschte nach ihr und sie ließ sich nach einigem Rangeln lachend einfangen. »Weib«, stellte er fast mit gespieltem Ernst fest, »du wirst frech.«

Sie reckte den Kopf uns stieß ihn im Spaß zurück. »Du redest mit der Frau, die schon einmal zu Gast bei einem Bankett des Sultans war. Wenn auch ganz am unteren Ende der Tafel«, beeilte sie sich hinzuzufügen, als sie den aufsteigenden Ernst in seinen Augen sah. »Du bist also nicht der Einzige, der die Welt kennt.« Sie wandte den Kopf ab und verfluchte ihre Vorwitzigkeit.

Er langte nach ihr und zog sie an sich. »Ich wollte dich nicht beleidigen«, sagte er sanft, »verzeih, wenn es so wirkte.« Eine Weile lagen sie still beieinander, und es gingen ihnen beiden viele Gedanken durch den Kopf.

»Kennst du den Sultansbruder gut?«, fragte er schließlich nachdenklich.

Johanna erstarrte. »Nur von weitem«, wiederholte sie. »Ich sagte es dir schon. Wir verzehrten, was er gejagt hatte.«

»Er ist ein guter Jäger«, stellte Reinhold fest, ohne Anerkennung in der Stimme. »Hartnäckig, gnadenlos. Er weiß, was er will.«

Sie wandte den Kopf und schaute ihn an. »So wie du es sagst, klingt es nicht wie ein Lob.«

Er lachte bitter. »Wenn man selbst es ist, von dem er etwas will.«

Wieder verstummte er. Dann, mehr für sich selbst, setzte er hinzu. »Es würde mich nicht wundern, wenn der Zwischenfall mit dem Falken kein Unfall war.«

Nun setzte Johanna sich auf. Sie konnte nicht anders. Es war gefährlich, das Thema anzuschneiden, sie wusste es. Besser blieben sie bei der tändelnden Konversation, in der sich ihre Gespräche bisher zwischen den Umarmungen und tiefen Blicken erschöpft hatte. Aber zum ersten Mal hatte sie das Gefühl, Einblick in das zu bekommen, was in diesem Mann vorging, was ihn bewegte und auch bedrückte. Und sie konnte der Versuchung nicht wiederstehen, diese neue Intimität zu suchen und auszukosten. Sie wollte ihm nahe sein, nicht nur mit ihrem Körper, auch seinen Gedanken, auch wenn das das Letzte war, was sie durfte. Also stellte sie ihre Frage.

Reinhold von Sidon winkte ab. »Nur ein Spiel«, meinte er und warf ihr einen traurigen Blick zu. »Eine kleine Demonstration, wer wer ist und wer was kann. Er ist der Mann mit dem Falken. Und ich …«

Sie umarmte ihn stürmisch. »Du bist der wunderbarste, der beste, der …«

Lachend wehrte er ihr Liebkosungen ab und fing sie in der Umschlingung seiner Arme. »Wenn er mich auch so sähe«, meinte er, »wäre vieles einfacher. Aber er ist misstrauisch. Er spürt, dass ich ihn hinhalte.«

Johanna hielt den Atem an. Beinahe wäre es ihr entschlüpft, das verräterische Bonmot. Hinhalten, damit hatte er ja Übung. Schon einmal hatte er Saladin hingehalten als charmanter Gesellschafter, zum Wohle der Christenheit und seiner belagerten Burg. Damals hatte es ihn die Freiheit gekostet. Unwillkürlich fuhren ihre Hände zu den Narben an seinen Gelenken. Sie waren alt, nicht mehr als blasse Schatten. Er hatte nie darüber gesprochen und sie hatte nicht gefragt, aber sie war sich sicher, dass sie von sarazenischen Ketten stammten. Zum Glück begriff er die Bedeutung ihrer Bewegung nicht. Er umschlang nur ihre Finger mit den seinen und führte sie zerstreut an seine Lippen.

»Warum hältst du ihn denn hin?«, fragte sie und bemühte sich, ihrer Stimme einen möglichst naiven Klang zu geben.

Reinhold schaute ihr tief in die Augen. »Weil er etwas von mir will, was kein Christenmensch ihm guten Gewissens geben kann.«

Sie hörte die Qual in seiner Stimme. Tausend Fragen drängten in ihrem Inneren. Was war es, was Saladin und el-Adil von ihm verlangten? Was konnte so schwer zu gewähren sein? Was war der Preis dafür, dass Konrad von Montferrat von ihnen – ja was erhielt? Die unangefochtene Herrschaft über die Küstenstädte? Die Krone von Jerusalem gar? Was würde er dafür tun müssen? Und: Hatte Konrad dieselben Skrupel, wie sie seinen Unterhändler Reinhold so offensichtlich quälten? Es fiel Johanna schwer, all die Überlegungen zurückzudrängen und ihren inneren Aufruhr vor ihm zu verbergen. Er steht also tatsächlich in ernsten Verhandlungen, sie hatte es geahnt. Allein für dieses Wissen schon hätte ihr Bruder viel gegeben. Gott, Richard, wenn er auch nur ahnte, dass sie hier wäre, würde er sie mit Freuden erwürgt haben oder sie für den Rest ihres Lebens in ein Kloster verbannen. Aber erst, nachdem er aus ihr herausgeprügelt hätte, was hier vorging. Er würde alles wissen wollen, was Reinhold von Sidon gesagt und angedeutet hatte. Er würde verlangen, dass sie mehr in Erfahrung brächte, dass sie jedes Detail ausforschte und ihm hinterbrachte. Wahrhaftig, ihr Bruder, ihr König, er würde fordern, dass sie ihr Wissen nicht für sich behielt. Alles andere wäre eine Verletzung ihrer heiligsten Pflichten.

Diese Erkenntnis jagte ihr so einen Schrecken ein, dass sie es nicht verhindern konnte, dass er sich auf ihrem Gesicht malte. Eilig zog Reinhold sie an sich. »Armer Schatz«, murmelte er, »jetzt habe ich dich mit meinen Geschichten unnötig aufgeregt.

Wie sollst du das auch alles begreifen. Aber keine Sorge. Da ist nichts, womit ich nicht fertig werde. Sprechen wir einfach nicht mehr davon.«

»Ja«, seufzte Johanna und schmiegte sich an ihn. »Ja«, fügte sie dann mit für ihn unerwarteter Heftigkeit hinzu und bedeckte sein Gesicht in einem Anfall von Leidenschaft mit Küssen. »Sprechen wir nicht weiter.« Und sie stürzte sich in das Vergessen einer schamlosen Umarmung.

Als sie schweißbedeckt nebeneinander lagen und nach Atem rangen, suchte seine Hand die ihre. »Weißt du«, sagte er bedächtig. »Ich habe mir manchmal überlegt, wenn das alles hier vorbei ist, nach Beaufort zurückzugehen. Es ist ein schöner Ort, du solltest ihn sehen. Der Himmel spannt sich wie blaue Seide über die grauen Bergzinnen, und nichts stört den Flug der Falken um den Turm. Die Landschaft ist karg, aber stolz. Ich liebe dieses Land. Und du könntest es auch lieben.«

Sie spürte den Druck seiner Finger. Traurigkeit senkte sich über sie. »Ja.« Sie brachte nicht mehr als ein Flüstern heraus. »Das wäre schön.«

19.

»Hier bin ich. Fang mich!« Auflachend huschte die junge Frau hinter den Stamm einer Palme. Sie raffte die weiten Röcke ihrer Cotte und hob den Fuß in dem bestickten Pantoffel, um ihn über eine kleine Bewässerungsrinne zu setzen.

»Lady Elaine, Ihr seid ein Wildfang.« Der junge Ritter breitete die Arme aus, um sie abzufangen. Sein Gesicht war gerötet und das lange karottenrote Haar flog, als er sich herumwarf, um nach ihr zu haschen. »Achtung, sie kommt, haltet sie fest, Gilbert.«

Sein Gefährte, der keine Miene machte, ihm zu helfen, schüttelte nur den Kopf und schlug einen vielsagenden Akkord auf seiner Laute, als der Griff des Fängers ins Leere ging und Elaine auflachend davonhüpfte. »Gib auf, Harold«, riet er dem anderen gelangweilt. Sein langes, schmales Gesicht mit der großen Nase sah aus wie das eines missgelaunten Schulmeisters.

»Gebt zu, dass ich zu schnell für Euch bin«, verlangte Elaine und schlenderte herbei. Auch sie war außer Atem, aber blendender Laune. Sie gesellte sich zu der Dame, die neben dem Lautenspieler auf einer Bank saß und zupfte an ihrer beim Rennen verrutschten Haube, um die herum sie den langen Schleier in Form eines Turbans drapiert hatte.

»Sie gefällt mir«, bekannte ihre Gefährtin, die das Prachtstück mit schräg geneigtem Kopf inspizierte, »diese sarazenische Mode.«

»Versuch es selbst, Blanche.« Spontan hob Elaine ihren Kopfputz ab und gab ihn der anderen zum Anprobieren. Der Wind fuhr in ihr weißblondes Haar und ließ die Strähnen um ihre Stirn erbeben. Sie bemerkte die Blicke ihrer Kavaliere wohl und lächelte, während sie die Flechten auf den Rücken warf, damit das Sonnenlicht sich noch strahlender in ihnen verfinge. »Aber jetzt gib wieder her«, verlangte sie.

»Gilbert, was habt Ihr uns mitgebracht?«, wandte sie sich zugleich an den Musikanten.

Der zog ein geheimnisvolles Gesicht. »Das Manuskript eines arabischen Dichters«, bekannte er schließlich. »Mit einem Lied von wiegenden Zedern und dem Duft rosengeschwängerter Nächte.«

Die Damen seufzten erwartungsvoll und klatschten in die Hände.

»Es ist ein Liebesgedicht«, fügte Gilbert vielsagend hinzu und schlug einen weiteren Akkord. Seine Arme waren lang und seine Hände groß, was seinen eleganten Bemühungen, einen Minnesänger darzustellen, eine unfreiwillig komische Note gab, die die

Damen höflich übersahen, wussten sie doch um sein verletzliches Dichterherz hinter den blasierten Mienen.

Harold, der vom Fangen spielen noch immer erhitzt war, klatschte sich auf die Schenkel und stand auf. »Das ertrage ich nicht ohne Wein«, erklärte er und ging zu den Pferden hinüber, die von den Dienern bewacht am Stamm eines Baumes angebunden waren. Die anderen lachten und verspotteten ihn, waren aber ganz zufrieden, dass er für sie alle die Pokale brächte und einen guten Tropfen des roten Weines, den sie sich mitgebracht hatten, zusammen mit einigen Naschereien.

Während Harold noch den Diener beaufsichtigte, der in den Packtaschen herumwühlte, zog etwas draußen, in der Ebene jenseits des Gartens, seinen Blick auf sich und er hob den Kopf und strich sich das verschwitzte Rothaar aus der Stirn. »Wir bekommen Besuch«, rief er den anderen zu und kniff die Augen zusammen, um gegen die Sonne mehr erkennen zu können. Eine Staubwolke wuchs an und kam näher. »Reiter, wie es aussieht.«

Gilbert legte die Laute beiseite und stützte die Hände in die Hüften. »Wenn das dieser unverschämte Burgunder mit seinen Freunden ist, sag ihm, er soll sich verziehen oder seinen eigenen Wein mitbringen. Seit das zurückgelassene Geld ihres Königs Philipp alle ist und sie keinen Sold mehr erhalten, schnorren sie doch glatt wo sie können.«

»Nein, nein«, sagte Harold, der die Hand an die Augen gehoben hatte. »Es ist nicht …« Noch war er nicht sicher, was er gesehen hatte, doch schon machte er den ersten Schritt rückwärts. «Es ist, ich glaube …« Endlich gab der Staub seinen Kern frei und man sah die Sonne auf den spitzen Helmen glitzern. »Sarazenen!«, brüllte er und wirbelte herum. Das Pferd vor ihm scheute und stieg. Er hatte alle Hände voll zu tun, es so weit zu zähmen, dass er an das Schwertgehenk herankam, das er über den Sattelknauf gehängt hatte. Einer der Pferdeknechte nahm einen Knüttel und stellte sich neben seinen Herren, der Rest rannte.

»Gilbert!« Harold warf ihm eine Streitaxt zu, die der Lautenspieler nicht ohne Geschick fing. Elaine schlug die Hände vor das Gesicht, ihre Gefährtin, den Turban schief auf dem Kopf, schrie so lange, bis sie ihr die Arme um die Schultern legte, sie an sich zog und beruhigte.

»Lauft«, rief Gilbert und wies gegen die Bäume. »Lauft und versteckt Euch. Vielleicht haben sie Euch noch nicht gesehen. Verdammte Schweinehunde«, knurrte er dann und stellte sich neben seinen Freund in Angriffsposition. Entschlossen, aber mit wenig Hoffnung, stellten sie sich den heranreitenden Kriegern entgegen, die, wie sich rasch zeigte, bei weitem in der Überzahl war.

»Dabei haben sie so lange still gehalten«, murmelte Harold noch.

»Es ist ein Krieg«, gab sein Freund zurück. »Es ist niemals wirklich ruhig.«

»Wir sind Idioten.« Mit einem Fußtritt schleuderte er seine Leier beiseite.

»Wir sind in Gottes Hand.«

Sie bekreuzigten sich. Dann waren die Reiter über ihnen.

Elaine und ihre Freundin rannten, so schnell sie konnten. Sie rafften die Cotten und schleuderten die zierlichen Schuhe von den Füßen, die zu so wenig nutze waren. Bald mussten sie die Hoffnung aufgeben, dass sie ungesehen davonkämen, denn hinter ihnen wurde Hufgetrappel laut.

Elaine wandte sich zurück, ihre aufgelösten Haare flogen. »Sie sind hinter uns«, rief sie. »Schneller.« Mein Gott, dort vorne waren die ersten Häuser der Stadt, da die Mauern, die unter Richards Aufsicht ringsum neu in den Himmel wuchsen. Sie waren so nah, und doch unerreichbar. Der feuchte, üppige Boden des Gartens wich dem Sand der Wüstenebene, der heiß unter ihren Füßen brannte. Geröll stach sie, sie stolperten, stolperten und rannten. Dort hinten waren Bauern, die ihnen nachstarrten, aber keiner machte Miene einzugreifen. Elaine riskierte einen weiteren Blick. »Nach links«, keuchte sie und erreichte einen neuen Dattelhain.«

»Ich kann nicht«, kam es von ihrer Gefährtin. Elaine streckte die Hand nach ihr aus und zog sie mit sich. Im Slalom liefen sie um die Stämme und zwangen die Reiter dazu, wieder und wieder zu wenden. Es war ein Versteckspiel, aber ein aussichtsloses. Elaine keuchte. Das Gewicht an ihrer Hand wurde immer schwerer. »Du wirst nicht aufgeben«, rief sie und zerrte die andere hoch. »Ich bin mit nichts als meinen Kleidern auf dem Leib durch die englischen Wälder geirrt, Wegelagerern und Piraten entkommen. Wir werden nicht aufgeben.« Schließlich standen sie vor Speeren, deren Spitzen sich auf ihre Kehlen richteten.

»Ein Überfall!« Der Ruf hallte durch die Korridore des Schlosses. Richard gab sich gelassen.

»So?«, meinte er nur. Er wandte sich an Guido von Lusignan. »Gestern versuchten sie, einige der Gerüste anzuzünden, die wir für den Mauerbau verwenden.« Er zuckte mit den Schultern. »El-Adil liebt es nun einmal, seinen Forderungen hier und da mit ein wenig Nachdruck zu versehen. Ich kann das verstehen. Würde er immer nur parlieren und dichten, wäre er mir unheimlich.« Damit wollte er sich wieder seinen Karten zuwenden. »Und Ihr meint, ich werde Ramleh geschleift vorfinden?«

»Unbedingt«, Guido nickte, dass seine braunen Locken tanzten. »Aber es ist der günstigste Ort, um die Gelegenheit für einen Überfall auf Jerusalem abzuwarten. Die Regenzeit hat begonnen, und im Bergland könnte es mitunter schwierig sein voranzukommen. Eventuell könnten wir weiterziehen bis Latrun, aber ...«

»Herr!« Der Bote bestand darauf, sich seiner Nachricht zu entledigen. »Sie haben Gefangene gemacht.«

»Gefangene?« Richard runzelte die Stirn. »Wie viele?«

»Vier, Herr«, bekannte der Mann und fügte, als Richard sich bereits wieder abwenden wollte, hinzu. »Zwei Ritter Eures Gefolges Herr und ...« Er zögerte; sein Blick wanderte hinüber zu Rose, die eben hereingekommen war.

»Was und? Rede er, Mann«, verlangte Richard und klopfte ungeduldig auf die Pläne, die vor ihm ausgebreitet lagen.«

»Und zwei Damen aus dem Gefolge der Königin.«

Scheppernd ließ Rose die Kanne fallen, die sie in Händen gehalten hatte. Mit rotem Gesicht, Entschuldigungen murmelnd, kroch sie auf allen Vieren herum, um sie aufzuheben, ehe sie dem König vor die Füße rollte. Doch blind vor Panik wie sie war, konnte sie kaum etwas sehen. Schließlich ertastete sie sie doch noch und zog sich zurück. Kaum war die Tür ins Schloss gefallen, rannte sie.

Bei Berenguela eingetroffen, war sie so außer Atem, dass sie nur abgerissen berichten konnte, was sie gehört hatte. Sie brauchten auch nicht viel zu sprechen, sie wussten es beide: »Elaine!«

Rose nickte. »Sie ist nicht da, sie ist wieder auf einem ihrer Ausflüge.«

»Ich habe Johanna immer gesagt, sie soll ihr diese leichtfertigen Tändeleien verbieten«, schimpfte Berenguela, während sie sich einen Mantel umwarf. »Es schickt sich nicht.« Sie verstummte, und beiden war ihnen bewusst, dass die Situation über Fragen der Schicklichkeit weit hinaus war. Sie riefen Johannas Namen, noch ehe sie ihr Gemach erreicht hatten. Ohne sich mit Klopfen aufzuhalten, stürmten sie hinein. »Johanna, etwas Furchtbares ist …«

Da verstummten sie. Das Zimmer war leer.

»Aber«, bemerkte Berenguela verdutzt. »Sie wollte sich doch schlafen legen?« Ihrer beider Blick wanderte zu dem Bett, das unberührt war. Von da zum Fenster, dessen geschnitzte Flügel nachlässig offen standen und die Vorhänge in der leichten, warmen Brise sich bewegen ließ, die von draußen hereindrang. Von dort über die Truhe, den Tisch.

»Ihr Mantel fehlt«, stellte Rose fest. Berenguela ging zu einem Sessel und nahm einen leichten Tasselmantel mit goldenen Schließen in die Hand, dessen Säume bestickt waren. »Nicht den«, rutschte es Rose heraus. »Den anderen. Ihr wisst schon.«

Berenguela kam nicht dazu zu antworten, denn im selben Moment hob sich einer der Wandbehänge, der auf weinrotem Grund eine üppig mit Vegetation geschmückte Gartenszenerie zeigte, in deren Mitte sich ein Einhorn in den Schoß einer Dame schmiegte. Johanna kam zum Vorschein, die eben eine kleine verschwiegene Holzpforte schloss, die sich umgehend wieder unter dem zurückgleitenden Wandteppich verbarg. Sie trug den schlichten Umhang und die braune Cotte, die sie seinerzeit für ihre Rolle als Kaufmannsgattin gewählt hatte. Dabei waren Wochen seit jenem heimlichen Ausflug vergangen. Berenguela und Rose warfen einander einen raschen Blick zu.

Johanna, die schwungvoll eingetreten war, verharrte, als sie sie bemerkte. Das stille Leuchten, das auf ihren Zügen gelegen hatte, erlosch. Für einige Zeit sagte keiner von ihnen etwas. Schließlich hielt Johanna es nicht mehr aus und schluckte.

»Ich«, begann sie. Damit war das Eis gebrochen.

Gleichzeitig sprechend stürmten Berenguela und Rose auf sie ein. Es dauerte eine Weile, bis die noch immer vom Schreck wie betäubte Königin begriff, wovon sie redeten. »Elaine?«, fragte sie schließlich ungläubig.

Rose nickte heftig. »Wir haben es eben erfahren.«

»Oh Gott.« Johanna sank in einen Sessel. »Ich hätte nie erlauben dürfen, dass sie mich in dieses Land begleitet«, brach es dann aus ihr heraus. »Schon in Messina hätte ich sie nach Hause schicken müssen.« Sie schlug die Hände vors Gesicht, dankbar, für eine Weile ihre Züge verbergen zu dürfen, aber auch ehrlich erschüttert. »Mich trifft die Verantwortung«, sprach sie hohl durch ihre Finger. Sie richtete sich auf und seufzte. »Ich habe immer gehofft, sie eines Tages heil in ihrer kleinen Burg Chaworth abliefern zu können.« Sie trat ans Fenster. »Aber dieses Land lässt wohl keinen von uns unversehrt.«

Sie schaute in den wie immer wolkenlos gleißenden Himmel, von dem eine ungerührte Sonne herabstrahlte. »Man sollte nicht glauben, dass es November ist«, murmelte sie, zu Berenguelas Verwirrung. Aber Rose, bei der der Name Chaworth ebenfalls Erinnerungen an ihre feuchte, dunstige Heimat wachgerufen hatte, verstand sie. Neben sie tretend strich sie ihr sanft über den Arm. So standen sie eine Weile, jede in ihren Kummer eingehüllt.

»Kommt endlich«, sagte Berenguela schließlich und reichte Johanna den roten Tasselmantel, damit sie ihn gegen ihren unscheinbareren tauschte. »Es heißt, Richard will Unterhändler schicken.«

Die drei machten sich auf den Weg. Ohne sich mit einer Sänfte aufzuhalten, ließen sie sich Pferde bringen und machten sich daran, die Abordnung einzuholen, die Richard vor die Tore von el-Adils Lager hatte senden lassen. Er war besorgt gewesen, aber nicht allzu sehr. Immer wieder hatte es Scharmützel gegeben, seit sie in Jaffa waren, auch wenn sie die meiste Zeit recht friedlich hier verbracht hatten. Die Verhandlungen schlossen ein härteres Zusammenstoßen bei Gelegenheit nicht aus. Immer wieder auch war dabei über Geißeln verhandelt worden. Da die Gefangenen diesmal von Stand waren, war es wahrscheinlich, dass ein Lösegeld für sie verlangt würde. Und Richard, der an seine sich leerenden Kassen dachte und die französischen Truppen, die jetzt schon meuterten, da das französische Geld am Ende war, hatte seinen Unterhändlern empfohlen, wenn möglich, einen Austausch mit hochstehenden Arabern in englischer Gefangenschaft auszuhandeln. Dass Damen betroffen waren, war unerhört, ein Skandal. Aber einer der harmlosen Sorte. Immerhin führte er dazu, dass nicht nur Rose und die beiden Königinnen sich auf den Weg machten. Viel Volk aus der Stadt war mit auf den Beinen, um sich den halb gruseligen, halb romantischen Anblick der von Sarazenen gefangenen Frauen nicht entgehen zu lassen. Und Rose hörte trotz ihrer Eile nicht wenige unziemliche Vermutungen über das Schicksal der Gefangenen.

»Er wird ihnen nichts tun.« Es war Berenguela, die sich so zuversichtlich äußerte. »Ich habe ihn erlebt. Er ist ritterlich wie nur einer. Ihr hättet hören sollen, mit welchem Gefühl er das Lob der Frau zu sprechen wusste.«

Johanna äußerte sich dazu nicht. Sie mussten sich energisch Platz verschaffen, um mit den Pferden so weit nach vorne zu kommen, dass sie in die Nähe der Abordnung gelangten und Blick auf das Geschehen erhielten. Eine ganze Weile wurde ihre gespannte Erwartung enttäuscht.

Dann löste sich ein Grüppchen aus dem Lager el-Adils. Reiter schwärmten aus und nahmen ihre Position auf der Ebene ein.

»Was bedeutet das?«, flüsterte Rose.

»Ich weiß es nicht«, antwortete Johanna. »Sie sichern sich gegen einen Überfall, denke ich.«

»Aber warum sollten wir …«

»Da sind sie!« Berenguelas Ausruf unterbrach Roses Bedenken. In der Tat, da waren sie, zwei Männer und eine Frau, die Hände mit Stricken auf den Rücken gebunden. Inmitten ihrer Wächter stolperten sie voran, die Kleider zerrissen, das Haar zerzaust. Einer der Männer hinkte so schwer, dass er sich kaum auf den Beinen halten konnte. Voll Mitleid schloss Berenguela die Augen.

»Es ist Elaine«, rief Rose da mit erstickter Stimme. »Ich bin ganz sicher. Ich erkenne ihren Kopfputz. Was tun sie da?«

Das Grüppchen war in weiter Entfernung von ihnen stehen geblieben. Der rothaarige Harold, in dessen Gesicht selbst die Sommersprossen blass geworden waren, schaute sich um, ohne recht zu begreifen. Eine Dummheit, dachte er, ich muss eine Dummheit gemacht haben, wieder einmal. Noch hoffte etwas in ihm, es möchte noch einmal gut gehen, wie schon so oft. Sein Herz klopfte, als er die englischen Banner entdeckte. Gilbert neben ihm mit den langen, eckigen Gliedern hatte die Augen geschlossen. Sein Bein brannte wie Feuer, seine Kehle nicht minder und, am schlimmsten, es wollte ihm kein Vers einfallen, der dem Moment gerecht würde, von dem er fürchtete, es könnte sein letzter sein. »Meine Dame«, ächzte er. Mehr brachte er nicht heraus.

Richards Boten schauten einander an und ruckten dann an den Zügeln, um den Sarazenen entgegenzureiten. Da aber kam Leben in die berittenen Wächter. Verwundert blieben die Engländer wo sie waren. Dann, ohne Zögern und Ankündigung, ohne auch, dass ein Wort von ihrer Seite gefallen wäre, drückten die Krieger el-Adils ihre Gefangenen auf die Knie hinunter. Ehe noch einer auf der Seite der Engländer begriff, was dort geschah, hatten die Wachen ihre Schwerter gezückt und mit drei mächtigen Hieben die Köpfe der beiden Männer und den der Frau vom Rumpf getrennt. Einen Blutschwall hervorstoßend fielen die Körper vornüber in den Staub. Es war in einem Augenblick geschehen.

Einer der Reiter preschte heran, griff sich von seinem Kameraden den Frauenkopf und hielt ihn hoch an Haaren, die dunkel waren von Schmutz und Blut. Er stieß einen hohen, girrenden Schrei aus.

»Für Akkon«, übersetzte einer der Boten und bekreuzigte sich voll Grauen. Auf Seiten der Sarazenen nahmen viele den Ruf auf. »Für Akkon!«

»Elaine«, flüsterte Rose. Dann schrie sie gellend: »Elaine!« Sie hieb ihrem Pferd die Hacken in die Seiten um loszugaloppieren, wie von Sinnen, bereit, in die Reihen der Sarazenen zu preschen, um ihnen dieses Ding abzujagen, mein Gott, Elaines Kopf. Um ihren Körper nicht dort liegen zu lassen, geschändet und verstümmelt, im Sand. Um sie noch einmal zu berühren, sie mit ihrer Trauer, ihrem Zorn wieder lebendig zu machen. Denn dies alles konnte doch nicht sein, nein, es war nicht geschehen. »Elaine!« Mehrere Ritter waren nötig, um die Rasende einzufangen und sie davor zu bewahren, von den Arabern ebenfalls geschlachtet zu werden. Rose war es gleichgültig. Sie schrie und trat um sich, dass ihr Mantel zerriss und ihre Haube vom Kopf rutschte und ihr kupferrotes Haar in wirren Strähnen bis auf den Rücken des Pferdes herabhing. Dann endlich brach sie zusammen.

Sie wusste nicht, wie sie sich im Sattel hielt, als ihre Gefährtinnen sie zurück zur Stadt führten. Immer wieder rief sie den Namen ihrer toten Herrin, die ihre Gefährtin geworden war. Tatsächlich war sie das letzte gewesen, was sie noch mit der Heimat verbunden hatte, der letzte Mensch, der auf irgendeine Weise zu ihr gehörte. Ihr war, als wäre sie selbst gestorben.

Teil IV

Wandelt auf der Pilger Pfad

1.

Richard zog mit seinem Heer die alte Pilgerstraße von Jaffa nach Jerusalem entlang. Mit der Küste ließen sie auch das schöne Wetter hinter sich, und immer öfter peitschten heftige Regenfälle, wie sie für den nahenden Winter typisch waren, die Flanken ihrer Pferde und tränkten ihre stolzen Banner.

Waren die Männer anfangs noch dankbar gewesen, der Hitze zu entkommen, hatten ihre Gesichter in das frische Nass gereckt und Pilgerlieder gesungen, so war der frohe Lärm doch nach und nach verstummt. Die Reiter kauerten sich auf ihren Tieren mit den triefenden Mähnen unter ihre Umhänge und die Fußsoldaten bissen die Zähne zusammen und marschierten durch den tiefer werdenden Schlamm. Nebel und Dunst umgab sie in dichter werdenden Schwaden; es begegnete ihnen keine lebende Seele. Kein Esel stand am Wegrand, kein Hirte sah ihnen nach, nicht einmal ein Vogelruf begleitete sie.

In Richards Gedanken sah es nicht weniger grau aus. Wieder und wieder ging er die Zeilen durch, die er von Saladin auf sein letztes Verhandlungsangebot erhalten hatte, Jerusalem und die Länder diesseits des Jordans den Christen zu überlassen.

»Jerusalem gehört uns ebenso wie Euch«, hatte der Sultan antworten lassen. »Tatsächlich bedeutet es für uns mehr als für Euch, denn hierher kam der Prophet zu seiner nächtlichen Himmelfahrt, und hier versammelten sich die Engel.«

Richard schnaubte, dass Wasser aufspritzte. Sein Pferd scheute und er neigte sich, um ihm den nassen Hals zu tätscheln. Mehr als uns, dachte er, pah! Was konnte mehr wiegen als das Opfer, mit dem Jesus die Menschheit erlöst hat? Wenn er einer Erinnerung daran bedurft hatte, welche Bedeutung die Stadt besaß, deretwegen er hierher gekommen war, dann lag sie in diesen Zeilen mit ihrer lächerlichen Behauptung.

Und er solle sich keinen Illusionen hingeben, hatte der Sultan weiter geschrieben, denn: »Was das Land betrifft, so gehört es auch ursprünglich uns. Eure Eroberungen waren ein unerwarteter Zufall, infolge der Schwäche der Muslime hier in jener Zeit. Solange der Krieg andauert, hat Gott Euch nicht dazu in die Lage versetzt, auch nur einen Stein aufzurichten.«

Er wurde zornig, wenn er nur daran dachte. Zufall! So konnte nur ein Heide reden, der nicht begriff, wenn Gottes Wille am Werke war. Zufall, er wollte ihm gerne noch mehr solcher Zufälle geben, bei Gott. Sicher, die muslimischen Kräfte waren heute stärker. Er hatte gehört, Saladin hätte sich in Jerusalem eingerichtet und el-Adil mit den Schanzarbeiten beauftragt. Und er war sicher, der Mann würde keine halben Sachen machen. Auch wollten die Gerüchte nicht verstummen, dass frische Truppen aus Ägypten im Anmarsch waren. Vor ihnen lag eine harte Aufgabe, da gab es keinen Zweifel. Aber er war getrost, sie mit Gottes Hilfe zu meistern; auf Zufälle wäre er dabei nicht angewiesen. Und was sollte das heißen, er habe keinen Stein auf den anderen gebracht? Hatte er nicht binnen wengier Wochen Akkon erobert? Und bei Arsuf in offener Schlacht die Scharte von Hattin klar ausgewetzt? Hatte er nicht Jaffa gerade erst eine neue Befestigung gegeben, Stein um Stein um Stein? Wahrhaftig, wenn hier einer noch keinen Sieg vorzuweisen hatte, dann war dies der Sultan und kein anderer! Freilich hieß siegen auch, sich von sicheren Niederlagen fernzuhalten. Man musste klug die Treffen wählen, in die man zu gehen gedachte, sagte der König sich. Im Stillen musste er zugeben, dass er eine Hochzeit oder einen Vertrag klar diesem Feldzug vorgezogen hätte. Verärgert hob er den Kopf, als er bemerkte, dass der Regen in Hagel umzuschlagen begann.

Zwischen den Schleiern fallender Eiskugeln wurden die Umrisse eines Dorfes sichtbar. Humfried von Toron ritt an seine

Seite. »Wir könnten dort nach Vorräten fragen«, schlug er vor und blinzelte in den Regen. Unter dem Helm ringelten sich nasse blonde Locken hervor, aus denen es kläglich tropfte.

Richard zog seinen Umhang fester um sich. »Es wird sein wie bei den anderen«, meinte er, »verlassen. Es bellt ja nicht einmal ein Hund.«

Guido von Lusignan stimmte ihm bei. »Saladin will uns jeder Möglichkeit berauben, zu rasten und uns zu verproviantieren. Er hat die Stützpunkte geschleift und die Siedlungen geräumt.«

»Seht immerhin nach«, gestand Richard schließlich zu. »Aber nehmt einen großen Trupp Männer und seid auf der Hut vor Hinterhalten.«

»Auch damit werden wir bis Jerusalem rechnen müssen«, stimmte Guido zu.

Richard lachte grimmig. »Wenn er nicht mehr zu bieten hat als bisher: Insektenstiche.«

Der Großmeister der Templer stimmte ihm bei. »Seit jeher mussten Pilger auf dieser Straße mit Fährnissen rechnen. Die Beduinen im Gebirge leben geradezu von solchen Überfällen. Nicht das ist es, was wir zu fürchten haben.« Er bemerkte Richards sich verdüsternde Miene, dennoch fuhr er fort. »Wir werden Euch so sicher nach Jerusalem geleiten wie jeden Pilger. Und mit Gottes Hilfe werden wir dort den Sieg erringen, aber« – er wurde unterbrochen durch den Jubel einiger Ritter im Gefolge des Herzogs von Burgund – »was dann?«, fragte er. »Ihr werdet fortreisen. Saladin jedoch und seine Heere werden bleiben. Was soll werden aus der Stadt im Gebirge, umgeben von uneinnehmbarem, unwegsamem Land voller Feinde, fernab unserer Besitzungen an den Küsten? Bald schon wird sie wieder belagert sein und …«

»… und gehalten werden«, schnitt Richard ihm das Wort ab. »Dank der Tapferkeit seiner Verteidiger. Oder wollt Ihr es wieder halten wie Euer Vorgänger zu Hattin, und sich gefangen nehmen lassen und andere, die noch kämpften gemäß ihrem Eid, zur Aufgabe zu überreden?«

Der Großmeister wurde rot bei dieser Anspielung auf die jüngste, unselige Geschichte seines Ordens und verlor kein weiteres Wort.

»Nach Jerusalem«, gab der Herzog von Burgund die Parole aus, die von vielen Stimmen aufgenommen wurde.

Bald darauf ragten Mauerreste am Wegrand auf, vor ihnen öffnete sich ein zerstörtes Tor. »Casal des Pleins«, erklärte der Großmeister auf Befragen. »Saladin hat es schleifen lassen.«

Richard besah sich das Bauwerk, das auf den zweiten Blick weniger zerstört war, als es den Anschein hatte. Offensichtlich hatten die Sarazenen in Eile gehandelt. Mit ein wenig Arbeit wäre hier viel getan. Kein Stein auf dem anderen, dachte er und hob die Hand, um das Zeichen zum Rasten zu geben. Wir werden sehen. »Lagert hier«, befahl er und schaute sich ein letztes Mal um .«Wir werden den Ort wieder aufrichten.«

»John?«, rief eine Stimme durch den Regen. »John, es ist gut, Herrgottnochmal.« Der Ritter, der gerufen hatte, erwischte den Waliser am Ärmel und zog ihn von der Arbeit im Graben fort in einen kleinen Torbogen, wo sie für den Moment trocken hatten. »Was ist nur mit dir los?«, fragte er gut gelaunt und nahm ihm die lehmverklebte Schaufel aus der Hand. »Arbeitest bis zum Umfallen. Man könnte wirklich meinen, du legtest keinen Wert darauf, lebend in Jerusalem anzukommen.«

John fuhr sich mit der Hand durch das struppige Haar, dass es spritzte. Sein Freund wedelte mit der Hand die Tropfen fort, die ihm entgegenflogen und lachte, wurde aber ernst, als er sein Gesicht sah. »Wenn Gott es mir erlaubt, seine Stadt zu betreten«, sagte John ernst, »wird das eine Gnade sein, die ich erkenne.«

»Du bist schon ein komischer Kauz.« Der andere schüttelte den Kopf. »Aber nun komm.« Er zog ihn weiter in ein kleines Gewölbe, wo in einer Ecke ein kleines Feuer ein wenig Licht und einen kleinen Kreis von Wärme erzeugte. »Tom, Chris«, grüßte er die anderen. Man nickte einander zu, jemand reichte John einen Tonkrug, an dem der Henkel fehlte. Die Flüssigkeit darin dampfte, und er trank dankbar, mit geschlossenen Augen. Sein breitflächiges Gesicht war mager geworden, so dass die Wangenknochen darin hervorstachen. Die gebräunte Haut wirkte im trüben Licht des Gewölbes grau.

»Habt ihr den König gesehen?«, unterhielten die am Feuer sich. »Mit eigenen Händen hat er den Schlussstein gesetzt. So.« Er ahmte die Geste nach.

»Ein Trumm, das ein gewöhnlicher Mann so leicht nicht hievt«, stimmte ein anderer zu.

»Vielleicht hat er auch besser zu essen als wir«, meinte ein dritter und stieß gegen seine Schale mit der kalten Grütze. Gutmütiges Gelächter antwortete ihm. Dann hörten sie gedämpftes Rufen und Klirren von draußen. Ein Horn wurde geblasen.

»Was soll der Lärm?«, verlangte ein anderer zu wissen, gähnte und kratzte sich ausgiebig den Bauch. »Geht es denn schon wieder weiter? Wenn wenigstens der Regen mal aufhörte. Jede Schaufel verwandelt sich sofort in Schlamm.« Die anderen stimmten ihm brummend zu.

Johns Augen aber öffneten sich, brennend in dem mageren Gesicht. Er stellte seinen Krug beiseite. Ohne ein Wort ging er hinaus, die Hand am Schwert.

Jetzt bemerkten es auch die anderen. »Das ist Kampflärm«, stellte Tom fest. Aufgeschreckt suchten sie nach ihren Waffen. »John, John, warte!«

Der Waliser war bereits nach draußen geeilt. Er hastete über die rutschige, aufgeworfene Erde des äußeren Walles, orientierte sich dann und lief an den Resten der alten Mauer entlang, die sie aufgegeben hatten. Er brauchte nicht weit zu gehen.

Drunten, bei den Resten eines ehemaligen Maierhofes vor den Toren der Burg, war ein Trupp Templer abgesessen; er sah ihre Tiere, angebunden an den Zweigen eines niedrigen Feigenbaumes. Sie mussten die Ruine erkundet und nicht bemerkt haben, wie die sarazenischen Reiter sich ihnen von der Rückseite des Gebäudes her näherten, angelockt vom Gewieher der herrenlosen Pferde. Nun umkreisten sie in wildem Galopp die Männer, die zwischen den zerborstenen Mauern Schutz suchten, so gut sie konnten. Sie waren allerdings von ihren Tieren abgeschnitten und bei der dürftigen Deckung dem Pfeilhagel ihrer Feinde hilflos ausgeliefert, die sie aus den Sätteln herab mit einer Salve nach der anderen eindeckten.

»Sie sind verloren«, stellte Johns Gefährte fest, der keuchend zu ihm aufgeschlossen hatte. Zitternd vor Wut und Verzweiflung standen sie da und betrachteten das Schauspiel. »Es sind zu viele. Wir können nichts tun. John! Nicht!«

2.

»Es ist zu spät, Majestät«, rief Guido von Lusignan, der mit zwei Mann an Richards Seite ritt, als sie den äußeren Wall inspizierten. Die Gruppe um den König hatte das Schauspiel ebenfalls bemerkt. »Wir sind zu wenige, um ihnen beizustehen. Wir gewinnen nichts und riskieren mit Eurem Leben doch alles.« Er machte Miene, sein Pferd zu wenden. »Es ist besser, Ihr zieht Euch zurück, ehe sie Euch bemerken, Herr.«

Richard dagegen konnte den Blick nicht von dem Geschehen wenden. Er sah einen Ritter, das weiße Kleid, grau vom Schmutz, hob sich kaum von der Umgebung ab, nur das Kreuz leuchtete durch den Regen in unvermindert lebendigem Rot. Der Mann verließ die Deckung, das Schwert erhoben und versuchte, zu den Pferden zu gelangen. Ein Pfeil traft ihn und stak fest, ein zweiter, ein dritter. Er ging in die Knie und stand wieder auf, gespickt wie er war. Ein vierter, ein fünfter. Richard zuckte selbst zusammen und glaubte den Einschlag zu spüren. Die Gestalt dort unten wankte weiter dem Feigenbaum zu, hatte ihn erreicht, berührte die verknoteten Zügel, zerrte daran. Ein sechster, siebter, achter. Richard schloss die Augen. »Sie sind meinetwegen hier«, murmelte er.

»Majestät? Es wird Zeit.«

Da hob der König das Horn an die Lippen und blies. Richard wartete nicht ab, wer ihm folgen würde. Mit gezücktem Schwert preschte er den Hügel hinab. Das Erdreich war so weich, dass sein Pferd ins Rutschen kam. Die Hufe sanken tief ein und schoben Lehm vor sich her, der hoch aufspritzte, als es wieder festen Boden spürte und zu galoppieren begann. Richard bemerkte den Mann, der von rechts heranlief, die Waffe erhoben, aber er hielt nicht inne. Einen Kriegsruf ausstoßend, lenkte er sein Pferd mitten hinein in den Ring der Sarazenen, der sich nun eng geschlossen hatte. Hart spürte er den Anprall seines Pferdes gegen ein anderes, doch er achtete nicht darauf. Wie im Rausch hob er die Klinge, sah sie eine Hand abtrennen, Blut spritzte auf seinen Harnisch.

Dort war Lusignan, mit aufgerissenem Mund, noch nicht heran. Richard gewahrte es wie ein Bild; er wandte sich ab, hieb wieder zu, ein Mann fiel, ein Schrei, ganz von Ferne. Dort ein Gesicht, er stieß zu. Um ihn herum ballte sich ein Knäuel von Feinden, auf das er einhieb und stach wie in einem Traum. Er spürte den Hieb kaum, der ihn den Helm verlieren ließ und auch nicht den Regen auf seinem Haar.

Als die Templer den König wie einen Berserker über ihre Belagerer hereinbrechen sahen, wagten sie sich aus dem Gemäuer um die Reiter, die sich ihnen näherten, zu Fall zu bringen. Mit dem Mut der Verzweiflung hieben sie auf die Pferde und das Sattelzeug ein und suchten sich zu Richard durchzukämpfen. Einer entriss einem sterbenden Krieger den Bogen, zog Pfeile aus den Leichen und begann, den Sarazenen ihre Geschosse zurückzusenden, während ein Kamerad ihn mit seinem Schild deckte.

»Hierher!«, brüllte einer.

Richard schaute auf. Im selben Moment spürte er den Schmerz. Er neigte sich vor, um nach seinem Bein zu fühlen und ertastete den Schaft eines Pfeiles. Er hatte ihn selbst nur gestreift, war aber dem Pferd tief in die Seite gedrungen. Zitternd blieb das arme Tier einen Moment stehen, ehe es zusammenbrach. Ein vielstimmiger Schrei stieg auf. Richard gelang es, sich aus den Steigbügeln zu befreien und sich von dem schweren Körper wegzurollen, der zu Boden ging. Sein schwerer Harnisch rasselte und drückte ihn zu Boden. Er musste sein Schwert in die Erde rammen, um sich darauf zu stützen und wieder hochzukommen. Die Klinge steckte noch im zähen Erdreich fest, als der erste Reiter heran war. Richard blickte ihm entgegen. Keinen Stein auf den anderen, ging es ihm durch den Kopf, nur Stückwerk, mein Leben.

Da fuhr etwas zwischen ihn und den Angreifer. In der Brust von dessen Pferd klaffte mit einem Mal eine Wunde, aus der es Richard warm entgegensprühte. Er zog am Knauf seiner Waffe, doch noch ehe er sie freibekam, wirbelte Johns Klinge durch die Luft und trennte den Kopf des stürzenden Reiters vom Rumpf. Schwer atmend standen die beiden Männer da und schauten einander an. Doch es blieb keine Zeit. »Hinter dir!«, rief Richard

John wirbelte herum.

3.

Mit einem Seufzer drehte Johanna sich auf dem Laken herum. Sie war eingeschlafen, und noch im Traum hatte sie Reinholds Berührung auf ihrer Haut gespürt. Nun, noch ehe sie die Augen öffnete, tastete ihre Hand über den Stoff auf der Suche nach ihm. Noch einmal wollte sie sich an ihn schmiegen, in der Beuge seines Armes ruhen, ihn, wer weiß, noch einmal dazu reizen, voller

Begierde über sie herzufallen. Ah, sie fühlte sich schwer und träge vor Lust, angefüllt mit den Bildern ihrer Träume, die sich mit denen ihrer Tage so köstlich mischten. Aber das Laken neben ihr war kühl und leer.

Schlaftrunken fuhr Johanna hoch. Mit beiden Armen hob sie sich die Haarflut vom Gesicht, in die sie eingesponnen war. Da stand er, am Fenster, und schaute mit ernstem Gesicht hinaus. »Was ist?«, fragte sie und griff nach einem Umhang, den sie lässig um sich wickelte. Ihr Haar bändigend und lose flechtend trat sie neben ihn. Er hatte sich gewaschen, stellte sie fest, roch frisch und rein, nicht mehr nach ihrem Lager und der Liebesnacht, und seine Haut war kalt. Ein wenig empfand sie das wie einen Verrat. Draußen ging ein feiner Sprühregen nieder, der die Blätter glänzen ließ und einen Duft nach feuchter Erde zu ihnen heraufsandte.

»Dich fröstelt«, stellte er fest, als er über ihre nackten Arme streichelte. »Leg dich wieder hin.«

»Ich höre und gehorche«, neckte sie ihn und zog an seinem Arm. »Aber nicht ohne dich.«

Das Lächeln, mit dem er ihr nachgab und sich wieder neben sie sinken ließ, war ein wenig gequält. Dennoch nahm er sie in den Arm; sein Blick allerdings wanderte über ihren Scheitel hinweg in die unbekannte Ferne seiner Gedankenwelt.

»Du weißt«, begann er nach einer Weile, »dass ich in Jaffa eine Mission hatte.«

Johanna, die es sich an seiner Brust gemütlich gemacht hatte, um seinem Herzschlag zu lauschen, erstarrte. Hatte, da war es, das tödliche Wort. Vergangenheit. Ihr war, als welke der Moment vor ihren Augen.

»Ja?«, fragte sie. Mehr brachte sie nicht heraus.

Auch ihm fiel das Sprechen schwer. »Sie ist beendet«, sagte er nur.

Da richtete sie sich auf. Schützend zog sie den Stoff um sich, als fröre sie plötzlich. »Du wirst mich verlassen.«

Reinhold schaute sie an, die zarte Gestalt in dem Laken, die lichtbraunen Haare zerwühlt, die Veilchenaugen weit aufgerissen. So schön war sie ihm noch nie erschienen, in keinem Gewand und keinem Schmuck, den er ihr geschenkt hatte, damit sie ihn für ihn alleine trug. Was hatte dieses Zimmer nicht schon gesehen! Sie in durchscheinenden Schleiern, wie sie für ihn tanzte. Sie mit nichts als goldenen Ketten, ihre Brüste im Glanz des Honigs, den er von ihnen geleckt hatte. Sie mit Edelsteinen auf der Stirn, wie eine Königin, die sich ihm, nur ihm ergab. Sein Mund wurde trocken, wenn er daran dachte. Und heute: Wie ein Kind saß sie da, wie eine Elfe, hilflos verschlagen aus ihrem Zauberwald.

»Ja, ich muss gehen«, gab er zu. Unwillkürlich wanderte sein Blick zum Tisch. Sie folgte ihm und entdeckte das Bündel, das er bereits geschnürt hatte.

»Und du wolltest mir nicht Lebewohl sagen?«, fragte sie entgeistert.

Er senkte den Blick. Für einen Augenblick, er musste es zugeben, er hatte mit dem Gedanken gespielt, zu gehen, während sie schlief und als Erinnerung den Anblick mitzunehmen, den sie ihm bot. Was konnte ein Abschied anderes bringen als Schmerz und Vorwürfe, die ihre gemeinsame Erinnerung zerstörten, hatte er sich gesagt. Und dass es so einfacher sein würde, für sie beide. Aber es war nur ein Augenblick gewesen.

Mit ernstem Gesicht ergriff er ihre Hände, die sie ihm nicht entzog, jedoch ohne seinen Druck zu erwidern. Aus ihren Fingern war jede Kraft gewichen.

»Für einen Moment nur«, gestand er. »Aber dann.« Er hielt inne. Wie sollte er in Worte fassen, was ihm alles durch den Kopf gewirbelt war in jenen einsamen Minuten am Fenster. Es waren mehr Bilder gewesen als Regentropfen draußen in die Pfützen fielen.

»Komm mit mir«, bestürmte er sie plötzlich. »Ich habe dir von meiner Festung erzählt, ich. Du.« Wieder hielt er inne. Es gab keine Argumente, nichts, was er vorbringen konnte. Sie beide waren gebunden, was er vorschlug, war Wahnsinn, geboren aus dem Fieber ihrer Nächte, er wusste es. Nichts ließ sich zugunsten seines Planes sagen, wenn es denn ein Plan war, und es gab nichts, was er ihr bieten konnte. Durfte er das denn überhaupt, sie aus ihrem sicheren bürgerlichen Kreise reißen? Wollte sie das denn?«

»Ich«, begann er wieder und schaute sie schließlich an. »Ich werde dich niemals weniger lieben.«

Sie löste ihre Finger aus den seinen. Einen Moment schaute sie ihn an, dann fuhr sie zärtlich die Konturen dieses Gesichts nach, neben dem sie in den letzten Wochen so oft erwacht war, das sie kannte wie kein anderes und das sie nie mehr vergessen würde. Tatsächlich, dachte sie, wann immer ich auch zurückschaue und was auch in der Zwischenzeit geschehen sein wird, dies hier wird mein Leben gewesen sein. »Auch ich«, flüsterte sie, »werde dich immer lieben, so wie jetzt.«

»Dann komm mit mir!« Stürmisch griff er nach ihr, die sich ein wenig sträubte. »Komm mit mir, und alles wird bleiben, wie es war.«

»Ich weiß nicht«, wehrte sie ab. Ihr Blick schweifte in dem engen Zimmer umher, das Zuflucht und Zeuge ihrer Liebe geworden war. Die letzten Monate, die sie hier verbracht hatte, waren die glücklichsten gewesen, die sie je erlebt hatte. Aber konnte das so bleiben? Würde sie es immer so genießen können? Durfte sie das?

»Komm«, bedrängte er sie und begann, ihren Hals und ihre Schultern mit Küssen zu bedecken. An ihrem Ohr flüsterte er heiser: »Ich könnte es nicht ertragen, dich zu verlieren.« Johanna spürte, wie ihr Körper die Gegenwehr aufgab. Wie immer schmolz sie unter seiner Berührung dahin. Ihr Kopf dagegen arbeitete in fieberhafter Verzweiflung. »Ich weiß nicht«, keuchte sie unter seinen Küssen, »ich weiß nicht.«

Er presste sie an sich. »Dann fühle es.«

Warum nicht, dachte Johanna da auf einmal. Warum nicht einfach aufhören zu denken und zu zweifeln. Es war wie eine Erlösung. Warum immer alles hinterfragen? Warum vernünftig sein? Könnte ich es denn überleben, ihn nicht mehr zu sehen? Nicht mehr zu fühlen?, fragte sie sich, während ihre Hände in wachsender Begierde über seinen Körper wanderten. Könnte ich es denn je wollen, ihn aufzugeben? Wofür? Wofür? Und sie küsste ihn leidenschaftlich.

»Meine Liebste.« Er machte sich von ihr los und nahm ihr Gesicht in beide Hände. »Sei heute Abend hier, und ich werde dich mit mir nehmen.«

Johannas violette Augen waren weit aufgerissen; sie schwammen in Tränen. »Ich weiß nicht«, stammelte sie.

»Aber ich weiß.« Er lächelte sie warm an. »Pack nichts ein, du wirst nichts brauchen.« Noch einmal umschlang er sie fest. »Sag mir, dass du da sein wirst.«

»Ich«, brachte Johanna nur hervor.

»Bitte.«

Ihre Lippen zitterten. Schließlich sprang sie auf und lief zur Tür. Eingedenk ihrer Nacktheit blieb sie dort stehen. Wohin nur sollte sie gehen, was tun? Sie senkte den Kopf, als er auf sie zutrat. »Ich würde dich finden«, hörte er sie sagen, »wo immer du dich versteckst. Ein Nein werde ich nicht akzeptieren, hörst du?«

Da hob sie ihm das Gesicht entgegen und schaute ihn an. So kannte sie ihn, den Ritter mit den grauen Augen, bereit für die Schlacht und entschlossen. Fast musste sie lächeln bei dem Anblick. »Du kennst nicht einmal meinen Namen«, sagte sie. Dann ging sie, um sich anzukleiden.

Er schaute ihr zu und runzelte für einen Moment die Stirn. Dann wischte er den Zweifel beiseite. »Dann nenn ihn mir«, forderte er und stemmte den Arm in die Tür.

Johanna tauchte mit einer Bewegung darunter hindurch. »Heute Abend«, sagte sie und lief zur Treppe.

»Kennst du denn meinen?«, rief er ihr nach. Sie wandte sich um. Noch einmal ging sie auf ihn zu und legte die Hand auf sein

Wams, dorthin, wo er am ersten Abend, da sie einander begegnet waren, sein Wappen getragen hatte. »Reinhold von Sidon«, flüsterte sie. »Liebster meines Lebens.« Dann eilte sie fort und blieb auch nicht mehr stehen, als er sie rief.

4.

Zurück im Palast setzte Johanna sich aufs Bett und betrachtete ihre Umgebung, die so verschieden war von der, aus der sie kam: die prächtigen Wandbehänge, das geschnitzte Bett mit dem mächtigen Brokathimmel, die Fülle an Sesseln und Tischchen, die alles ausfüllte, die Kleider, die aus ihren Truhen quollen, die Pokale und silbernen Geschirre, die herumstanden, angefüllt mit Wein, frischem Obst, Mandeln oder Wohlgerüchen. All das war ihr Zuhause, ihre natürliche Umgebung, das und die Dienerschaft vor der Tür, die Wächter und Ehrendamen, das Zeremoniell, das sie umgab und von den gewöhnlichen Menschen abschloss. Denn sie war hoher Abstammung, war nicht wie sie. Und dies war nichts, das sie verleugnen oder abschütteln konnte.

Und doch war sie für Reinhold nur eine Frau gewesen, eine, die er leidenschaftlich begehrte und mit der er sein Leben teilen wollte. Wenn sie ihn ausschlug, wer würde an seine Stelle treten? Ein Mann, den Richard für sie wählen würde, gemeinsam mit dem Kronrat. Einer, der ihren Rang für seine Nachkommen kaufen und das Ehegelübde gegen ein paar Herrschaftsgebiete eintauschen würde. Wenn sie Glück hatte, würde er sie respektieren und sie ihn zumindest nicht verabscheuen müssen. All dies war ihr selber bis vor kurzem selbstverständlich vorgekommen, ja gottgewollt, von Königen beschlossen und von Erzbischöfen mit Gottes Segen belehnt. Es war ihre Bestimmung, der sie nicht entfliehen durfte. Wirklich nicht? Was hinderte sie, es doch zu tun?, fragte Johanna sich.

Eine köstliche Erregung ergriff sie bei dem Gedanken, wie einfach es tatsächlich wäre. Aus dieser Welt verschwände sie; es könnte so leicht geschehen, mit einem Schritt nur. Niemand wüsste, was mit ihr geschehen wäre. Um ihres Bruders willen tat es ihr Leid, ihrer Familie bereitete sie nicht gerne diesen Kummer. Aber sie stand ihr nicht wirklich so nahe, dass es sie hindern würde. Ja, wahrhaftig, wen hatte sie in dieser Welt, der sie zurückhielt?

Sie bräuchte nur zu tun, was Reinhold ihr befohlen hatte: nichts zu packen, alles zurückzulassen, und sich in seine Arme zu werfen. Falls sie klug sein wollte, konnte sie ja noch so viel Schmuck einpacken, wie sie für richtig hielt, genug, um ein kleines Königreich zu kaufen. Elaine, fiel ihr ein, hatte das getan, als sie aus Chaworth floh. Eine kleine Provinzadlige hatte den Mut bewiesen, der ihr nun fehlte. Und hatte sie wirklich auf weniger verzichtet als sie? Erregt sprang Johanna auf und lief auf und ab.

Nun, gab sie zu, sie würde nicht mehr mit Grafen plaudern, mit Bischöfen dinieren, Könige auf die Jagd begleiten, von einem Schwarm Ritter verehrt werden und die größten Künstler ihrer Zeit genießen dürfen und sie glücklich machen allein durch ihre Beachtung, ja. Das würde sie verlieren. Was war es wert?

Johanna hatte noch immer keinen Entschluss gefasst, als sie bemerkte, dass sie ihr Zimmer verlassen hatte und auf dem Weg zu Rose war. Rose, dachte sie, auch so ein Geschöpf, das seine Kreise verlassen hat. Sie allerdings ist dabei unglücklich geworden.

»Rose«, rief sie und öffnete die Tür zum bescheidenen Gemach der ehemaligen Magd, die an Elaines Seite zur Hofdame aufgestiegen war und nun allein ihr ehemalig gemeinsames Zimmer bewohnte. »Ich muss dich etwas fragen«, begann sie, noch ehe sie ganz eingetreten war. Ertappt verstummte sie, als sie nur eine Dienerin erblickte.

Die knickste, als sie die Königin sah. »Sie ist bei der Herrin Berenguela«, sagte das Mädchen schüchtern.

»Es ist gut, du kannst gehen.« Johanna blieb stehen und starrte vor sich hin, während das Mädchen sich mit rotem Gesicht hinausdrückte. Elaine, dachte sie unwillkürlich, als sie das Zimmer sah. Da lagen noch ihre Haarbänder auf dem Tischchen, ihre Schleier über der Stuhllehne. An der Bürste dort hing noch ihr blondes Haar. Alles sah so aus, als wäre sie eben erst fortgegangen. Johanna wollte nicht glauben, was sie sah. Aber da, über das Fußende des Bettes war ja sogar noch ihr Nachtgewand gebreitet, als wartete es auf sie. Die Magd, die ihre Verwunderung bemerkte, hielt im Weggehen inne. »Frau Rose wollte es so haben«, bemerkte sie leise. »Wir durften nichts anrühren.« Dann ging sie rasch und konnte es selbst kaum fassen, dass sie den Mut gehabt hatte, eine Königin ohne Erlaubnis anzusprechen.

»Es ist gut«, murmelte Johanna, die hineinging und nicht anders konnte, als das zarte Nachthemd zu berühren. Ordentlich gemacht war nur die rechte Seite des Bettes; sie schien es zu sein, in der Rose schlief. Aber auch dort war das Kopfkissen zerdrückt, als hätte die Bewohnerin keinen ruhigen Schlaf. Und darunter ragte ein graues Stück Tuch hervor. Johanna konnte nicht widerstehen, sie ging hinüber und zog daran. Bald hielt sie ein Männerwams in den Händen. Spuren zeigten ihr, wo Rose es liebevoll geflickt hatte. Auf der Vorderseite zeigte sich ein Wappen, kein berühmtes, Johanna sagte es nichts. Aber sie erinnerte sich, dass Elaine ihr einmal von Roses Verliebtheit in einen Ritter erzählt hatte, die der Armen allerdings hoffnungslos erschien. Wer immer er ist, dachte Johanna und drückte das Tuch zärtlich, ehe sie es an seinen alten Platz legte. Wenn er sie aus Standesstolz zurückweist, dann macht er einen Fehler.

Und mit einem Mal glaubte sie zu wissen, was zu tun war. Sie wirbelte herum und lief auf den Korridor zurück.

»Oh, Johanna, komm doch herein.« Berenguela, die im Türrahmen ihres Zimmers erschien, winkte ihr so bestimmt, dass Johanna nicht anders konnte, als der Aufforderung Folge zu leisten. Die Tür zu den Gemächern der Königin hatte offen gestanden, und Johanna sah, dass sie Gäste bei sich hatte, einige der Ritter, denen Richard die Aufsicht über Jaffa anvertraut hatten. Sie grüßte Sir Geoffrey mit einem Nicken, einen Vasall Guido von Lusignans, den sie aufgrund ihrer Bekanntschaft bereits öfter in dessen Begleitung getroffen hatte. Auch der Bischof von Beaumarchais war da mit seinem runden, stupsnasigen Jungengesicht, das die grauen Haare nicht alt erscheinen ließen, und die breite Gestalt Fürst Bohemunds von Antiochia, der in der feuchten Jahreszeit an rheumatischem Fieber litt und es daher vorgezogen hatte, seinem Sohn Raimund das Kommando über die Truppen zu überlassen, die mit Richard nach Jerusalem zogen. Und in einer Ecke entdeckte sie Rose, was sie endgültig bewog, der Einladung Folge zu leisten.

»Nun, hast du dich von deiner täglichen Ruhestunde erhoben?«, fragte Berenguela mit scheinbarer Fürsorge. Keine von ihnen war je wieder auf den Umstand zu sprechen gekommen, dass Johanna seinerzeit aus der verborgenen Tür hervorgekommen und ihre Ruhestunden eine offenbare Lüge waren. Nur in Gesellschaft erlaubte Berenguela sich von Zeit zu Zeit Spitzen wie diese. Und Johanna fragte sich, was sie einmal für dieses Stillschweigen würde bezahlen müssen. Sie bemühte sich, gute Miene zum bösen Spiel zu machen.

»Sie tun mir gut, wie du weißt«, sagte sie und ließ sich mit anmutigem Lächeln auf einem Sessel nieder. Sogleich wurde ihr ein Becher Wein gereicht und der Bischof beeilte sich zu versichern, dass selbst die römischen Kaiser täglich so der Ruhe gepflegt hätten und auch er selbst es nicht verschmähe, von Zeit zu Zeit so ein Nickerchen zu halten. Die Gesellschaft wandte sich bald wieder interessanteren Themen zu.

»Du musst Sir Geoffrey hören«, meinte Berenguela beinahe enthusiastisch. »Er erzählt so spannend über die seltsame Sekte, die in seiner Nachbarschaft lebt.

Der Ritter lächelte und wies auf Bohemund. »Eigentlich sind es die Nachbarn des Fürsten. Und er versichert stets, dass er aufs Beste mit ihnen auskommt.«

»Die Assassinen, richtig«, bestätigte Bohemund gemütlich.

Johanna nickte. »Ich glaube, wir sprachen bereits einmal von ihnen«, meinte sie. »Assassinen«, sie ließ sich den Namen auf der Zunge zergehen. »Was für ein seltsames Wort.«

»Es bedeutet: Haschisch-Raucher«, erklärte Bohemund.

Johanna errötete, als einige der Damen neugierig nach der Bedeutung fragten und Bohemund erklärte, was Haschisch sei. Tatsächlich wusste sie selbst es nur zu gut, hatte Reinhold doch vor einigen Wochen etwas von der Droge mitgebracht und ihr zu rauchen angeboten. Zug um Zug hatten sie aus derselben Pfeife genommen. Und sie begriff heute nicht die seltsame, köstliche Stimmung, in die sie dadurch geraten war. Ah, dies noch einmal zu tun, in Reinholds Armen, mit ihm allein, und niemand würde sie aus dieser Seligkeit reißen.

Ein zartes Kreischen brachte sie wieder in die Gegenwart. »Meuchelmörder?« Der Bischof wedelte sich mit dem parfümierten Handschuh vor der Nase herum, als müsste er einen üblen Geruch vertreiben.

»Gewiss«, gab Bohemund gelassen zu, »das ist ihr Beruf. Aber sie bedrohen nur islamische Fürsten, keine Sorge. Selbst eine Sekte, wenden sie sich gegen eine Abspaltung von ihrer eigenen Richtung, die glaube ich, Schia heißt, und verfolgen fast ausschließlich sunnitische Herrscher mit ihrem Hass, so dass ich mich all die Jahre nie durch sie beunruhigt fühlte.« Er lächelte. »Es heißt allerdings, man kann ihre einzigartigen Dienste gegen ein Handgeld für die eigenen Zwecke mieten. Und ich muss zugeben, ihr Oberhaupt, der Alte vom Berge, wie er sich nennt, ist eine beeindruckende Gestalt, beeindruckend in der Weise, dass man ihm alles zutrauen würde und seine Bekanntschaft ein leichtes Grauen in einem erweckt.«

»Seid Ihr ihm schon einmal begegnet?«, fragte Berenguela mit roten Wangen.

»Einmal, als er ein Schiff mit Ladung für seine Gemeinde in Akkon im Empfang nehmen wollte. Heutzutage geht er nicht mehr aus seinen Bergen heraus.«

»Aber warum heißen sie Haschischraucher?«, fragte Johanna.

Er wandte sich ihr zu und betrachtete sie mit seinem gutmütigen Gesicht. »Genau weiß ich es nicht, meine Königin. Aber man sagt, dass die jungen Männer, die er ausschickt, mit dieser und anderen Drogen betäubt werden. Darüber hinaus verspricht er ihnen das Paradies für ihre Tat, sofort und ohne Verzug, da es meist so ist, dass sie bei ihrer Mission getötet werden. Aber man hört, dass sie es nicht anders wünschen und sich sogar danach sehnen, sind sie doch der Seligkeit gewiss. Und man muss wissen, dass das Paradies den Männern Arabiens ganz andere Genüsse verspricht als den unsrigen«, meinte er und zwinkerte mit seinen noch immer leuchtend blauen Augen. »Wenn Ihr mir verzeiht, Herr Bischof, dass ich das erwähne.«

»Huris«, sagte der Bischof, und es klang nicht so missbilligend, wie es sollte. »Ich habe davon gehört, jaja. Aber wir sollten gewiss nicht vor den Damen …« Und er faltete die Hände und rückte ein wenig näher an das prasselnde Feuer im Kamin, das an einem so milden Abend kaum nötig war, ihnen allen aber ein Gefühl von Heimat verlieh.

»Wie sehen sie aus, diese Assassinen?«, begehrte Berenguela zu wissen. »Ich meine, kann man sie erkennen, tragen sie irgendein geheimes Zeichen? Eine Tätowierung oder eine Tracht?«

Bohemund schüttelte den Kopf. »Sie unterscheiden sich, nach allem, was man hört, in nichts von anderen jungen arabischen Männern, denen man vielleicht begegnet.« Er überlegte, ehe er meinte. »Mag sein, dass die Nähe des himmlischen Lohnes einen besonderen Glanz in ihre Augen legt.« Er lächelte, als er sich Johanna zuneigte, die noch immer mit seligem Lächeln ihren ganz privaten Gedanken nachhing. »Wenn ihr je einen Menschen seht, dessen Miene verrät, dass er nur einen Schritt vor dem Paradies steht, dann nehmt Euch in Acht.«

5.

»Das war knapp, verflucht«, rief der König und ging wieder in Stellung. John und er kämpften Rücken an Rücken inmitten des Rings aus Angreifern.

»Ja, aber sie wagen sich nicht mehr so nahe«, gab der zurück und parierte einen Hieb.

»Euer Wort in Gottes Ohr«, keuchte Richard. Auch er konnte sein Schwert keine Sekunde senken. Sein Bein blutete ein wenig und er fasste an die Wunde.

»Geht es?«, fragte John besorgt.

»Muss«, war die knappe Antwort. Richard schlug zu und schrie triumphierend, als er den Gegner traf. »Wenn die Feiglinge absteigen würden, wollte ich es ihnen zeigen.«

In der Tat hatten die Sarazenen ihre Bogen gesenkt, sie hatten den König erkannt und versuchten offenbar, ihn lebend zu fassen. Keiner jedoch stieg ab, um sich ihm im Zweikampf zu stellen, wie er es immer wieder lautstark forderte. Sie verließen sich auf ihre Übermacht und hofften, ihn in die Enge zu treiben und am Ende zum Aufgeben zu bewegen, da mochte Richard »Feiglinge« brüllen, so oft er wollte.

So beschäftigt war er mit seinem Zorn, dass er gar nicht die Lücke bemerkte, die sich auftat, als einer der Reiter, von einem Pfeil getroffen vom Pferd sank. John jedoch erkannte sie und riss den König, der sich vor Überraschung kaum auf den Beinen halten konnte, mit sich. Der Templer, der der Schütze gewesen war, winkte sie zu sich. Als sie ihn erreichten, sahen sie, dass sein Kamerad, der ihm den Schild gehalten hatte, unter diesem Schutz zusammengesunken war. John schulterte ihn und zu viert, von ihrer Last beschirmt, schafften sie es, sich unangefochten in die Ruine zurückzuziehen, wo sie fürs erste vor den Attacken der Reiter sicher waren. Schwer atmend stand Richard an der Mauer und rang nach Luft. Als er aufschaute, musste er lächeln. Die Templer knieten vor ihm und starrten mit großen Augen zu ihnen hoch. »Majestät«, stammelte einer.

Rasch winkte er ab. Er hinkte zu John hinüber, der aus einer geborstenen Fensteröffnung spähte. »Es kann nicht mehr lange dauern, bis von Lusignan mit seinen Männern uns zu Hilfe kommt«, meinte er. »Vor Einbruch der Dunkelheit sollten sie hier sein.«

»Dann müssen sie sich beeilen«, gab John zurück, »denn die Nacht kommt bereits.«

Mit gerunzelter Stirn betrachtete Richard den roten Streifen, der dicht über dem Horizont schwebte. »Ist das schon die Dämmerung?«, sagte er. »Und ich dachte, sogar der Tag blutet.«

John musste lächeln, dann überlegte er, dass der König dies vielleicht als Anspielung auf seine Wunde meinte und machte Miene, sich darum zu kümmern, aber Richard verwehrte es. »Ein Schluck Wasser wäre mir lieber.«

»Sofort Majestät.« Einer der Templer, der ihn gehört hatte, fing Regenwasser in seinem Helm auf und brachte es ihm.

»Wenigstens davon haben wir genug«, meinte er, ehe er trank. Die Männer lachten. Es hallte ein wenig verloren in dem leeren, feuchten Gemäuer. Dennoch fühlten sie sich zuversichtlich. Ihr König war gekommen, um für sie zu kämpfen. Was konnte ihnen noch geschehen?

Eine Menge, dachte Richard, der ihre Gedanken in ihren Gesichtern las. »Noch nichts?«, fragte er, zu John geneigt, der seinen Ausguck wieder inne hatte.

Der schüttelte den Kopf. »Ihr habt in Euer Horn geblasen«, stellte er fest.

»Ja«, bestätigte Richard. »Aber außer Euch ist dem Ruf keiner gefolgt, wie es scheint. Nennt mir Euren Namen. Sollte ich noch ein König sein am Ende dieses Tages und in Freiheit, werdet Ihr Eure Tat nicht bereuen.«

John schloss die Augen, ehe er ihm dankte. »Ich bereue vieles«, begann er, »aber das niemals, wie immer der Tag endet.«

In diesem Augenblick ertönte das Hornsignal.

»Oho, es sollte einem nicht zu gleichgültig sein, wie die Sache ausgeht«, rief Richard, neu beflügelt und griff wieder zu seiner Waffe. »Dort kommen die unsrigen. Gehen wir ihnen entgegen, damit sie nicht glauben, wir wären untätig gewesen in der Zwischenzeit.« Und sie stellten sich an seine Seite und traten mit erhobenen Schilden hinaus, bereit, auch jetzt ihr Leben für ihn zu lassen. Die Sarazenen aber zogen sich angesichts der neuen Übermacht kampflos zurück. Ein paar letzte Pfeile flogen, dann war es vorbei wie ein Spuk. Richards Vasallen begrüßten ihren König und feierten seine Tollkühnheit.

Ihn in die Mitte nehmend, galoppierten sie dem Stützpunkt entgegen, der mit Zelten und Lagerfeuern auf sie wartete. Die Nachricht hatte bereits die Runde gemacht, und so drängten sich Ritter und Fußvolk um Richard, als er ankam, um nur einen Blick auf ihn zu erhaschen oder gar sein Gewand zu berühren, ehe er hinter den Zeltvorhängen verschwand. Er ließ es geschehen und ebenso, dass seine Wunde versorgt und ihm ein Becher Würzwein gereicht wurde. Aufatmend ließ er sich in seinen Sessel fallen.

»Hört Ihr, Majestät?«, fragte Raimund von Antiochia mit vor Eifer gerötetem Gesicht. Richard bat den Erzbischof von Canterbury, der ihm eben Vorhaltungen machte, mit erhobener Hand zu schweigen. Draußen erklang die Stimme eines Sängers:

»Er ließ die Zügel fahren, gab ihnen freien Lauf,
wie einem Greif, der herabstößt, und niemand hielt ihn auf.
So prescht' er in der Sarazenen Schar,
die wie erstarrt vor Schrecken war,
als hätt ein Donner sie berührt, ein Blitz getroffen,
zu retten konnte keiner mehr sich hoffen.
Er stach und hieb und schnitt und schlug,
Blut floss um Blut, übergenug.
Gefragt, ob solche Tollkühnheit
für einen König wär gescheit,

sprach er nur edel: Ich sandte sie her.
Ließe ich sie dort allein, ein König hieß ich nimmermehr.«

Es fiel Richard schwer, seine Zufriedenheit zu verbergen. Seine Augen leuchteten ebenso wie die seiner jungen Vasallen, sogar der Herzog von Burgund hob bewundernd seinen Becher und trank ihm zu. Er wusste, der König, den er hier vertrat, war zu klug, als dass er je wegen solcher Heldentaten hätte gepriesen werden können.

Richard erhob sich. »Ich werde hinausgehen«, befand er. »Die Männer sollen wissen, dass es mir gut geht. Gebt mir einen Becher Wein für den Sänger, und lasst ihn aus Silber sein, er hat ihn sich verdient. Ach, und lasst es aufschreiben, ich bin sicher, es wird der Königin gefallen, vor allem die letzten Zeilen.«

So schritt er hinaus, sein Humpeln so gut es ging verbergend, um sich feiern zu lassen für diesen Tag. Als es ihm gut schien und der Sänger ihm die königliche Hand geküsst hatte zum Dank für die Gnade, fiel Richard ein, dass es noch jemanden zu bedanken gab, der in diesem Lied keine Erwähnung fand.

Er ließ sich das Lager des Mannes zeigen, den er suchte und fand John, ein wenig abseits der Feuer, wie er einsam dahockte und die Klinge seines Schwertes polierte. Richard zog seinen Mantel enger um sich, um nicht sofort erkannt zu werden und kam näher. »Mir scheint, mein Freund«, begann er, »du achtest zu wenig auf dich. Sitzt hier alleine in der Kälte.«

Johns Gefährte, der gegen das Licht des Lagerfeuers nur die Umrisse von Richards Gestalt erkennen konnte, lachte gutmütig an Johns Stelle. »Wahrhaftig«, rief er dem Fremden hinüber. »Ich sage es ihm schon seit Beginn dieser Kampagne: Er benimmt sich wie einer, der die Sache nicht überleben will.«

Richard trat zu ihnen, und nun sprang der Sprecher erschrocken auf. »Mein König«, stammelte er. Auch John hob den Kopf und machte sich anheischig, niederzuknien.

Richard erlaubte es ihnen freundlich. »Auch mir schien es so an diesem Tag«, begann er, »wenn ich mich auch nicht darüber zu beklagen habe, dass Ihr so todesmutig für mich fochtet. Ihr habt angedeutet, dass eine Schuld Euch drückt, die Ihr in Jerusalem Gott zu Füßen legen wollt.«

Er wehrte ab, als er sah, wie es in Johns Gesicht arbeitete. »Ich bin kein Beichtiger«, sagte er rasch, »nur ein alter Krieger. Aber als solcher rate ich Euch, was immer Euch treibt, Euer Leben niemals billiger herzugeben als um das eines Königs.« Damit zog er einen Ring von seinem Finger ab, um ihn John zu schenken. Der küsste ihn, ehe er ihn in seinem Wams verwahrte. »Wenn Ihr mich nach Jerusalem bringt«, sagte er und neigte den Kopf, »will ich dort sühnen und dann mein Leben nur noch Eurem Dienste weihen.«

»Dorthin?«, fragte der König, »nach Jerusalem?« Er starrte in die Nacht, dorthin, wo die heilige Stätte lag. »Ja«, murmelte er dann für sich selbst. »Mir scheint, uns alle verlangt es danach; wir können nicht anders.« Dann wandte er sich wieder John zu. »Ich schwöre, ich bringe dich in seine Stadt, so Gott mir dabei helfe.«

Stumme Verehrung sprach aus den Blicken der Männer, die ihm folgten. Als er außer Sicht war, stieß sein Freund John in die Seite. »He, in dir steckt ja mehr, als man vermutet.«

»Ach was«, antwortete Tom, »sogar der König weiß, was für eine Trantüte er ist.«

»Eingebildet ist er«, scherzte Chris. »Rettet einem König persönlich das Leben und wartet dann immer noch auf ein Zeichen Gottes. Wenn das keines war, weiß ich auch nicht.«

Sie lachten gutmütig. John tat, als achtete er nicht darauf, doch jedes von Chris' Worten traf, und zum ersten Mal seit Wochen legte er sich nicht mit dem Gefühl einer übergroßen Last schlafen.

Die Feuer brannten warm. Es war die erste Nacht, da der Regen aussetzte und mit einem Mal schien es ihnen, als schimmere Jerusalem ihnen in jedem Stern am Himmel entgegen – zum Greifen nah, es war ihnen versprochen.

6.

»Hier sind wir, Herr.« Reinhold von Sidon wandte sich um. Er hatte vor dem Palast gestanden und zu dessen erleuchteten Fenstern hinaufgesehen, wie schon so oft. Heute endlich würde es ihm gelingen, ihn zu betreten. Aber sein Herz krampfte sich zusammen bei dem Gedanken.

»Ist er das?«, fragte er und betrachtete den jungen Mann auf dem Pferd, das Montferrats Vertrauter heranführte.

Der nickte nur bestätigend. »Er wird Euch begleiten.« Mehr sagte er nicht. Der Reiter selbst blieb stumm.

Reinhold von Sidon betrachtete das Gesicht, das ihm erstaunlich jung vorkam. Auch hatte er mit einer düsteren, entschlossenen Miene gerechnet, mit grimmigen Blicken oder dergleichen. Statt dessen schaute der Junge heiter und beinahe ein wenig abwesend drein. Was wissen wir schon, dachte Reinhold von Sidon, und es schauderte ihn ein wenig. Mit einer raschen Bewegung wandte er sich ab. »Wo ist der Brief?«, verlangte er und erhielt ein Schriftstück, das er im Licht der Fackel, die sein Begleiter hielt, noch einmal rasch überflog. »Und es ist echt?«, insistierte er. »Wenn es nicht echt ist, wird sie es merken.«

»Es ist von der Hand Bischof William von Elys, des Königs Kanzler. Ein Schiff brachte es aus England nach Tyros. Ein Bote, so habe ich gehört, soll bald mit weiteren Nachrichten folgen.« Er grinste. »Gebe Gott, dass er vergebens kommt.«

Reinhold von Sidon wollte etwas sagen, doch sein Hals war trocken. Der Name Gott wollte ihm nicht über die Lippen. »Und meine Familie?«, fragte er nur knapp.

Der Bote verneigte sich, ein wenig übertrieben ehrerbietig. »Es geht ihr gut. Konrad von Montferrat lässt Euch ausrichten, dass er ein Ehrenmann ist. Und der einzige Mann, der die Christen in Palästina auf Dauer schützen kann. Ihr wisst das.«

Wieder nickte Reinhold. Ja, er wusste es, er hatte es selbst geglaubt und deshalb Konrads Dienste genommen, als er aus der Gefangenschaft kam. Ein König wie Guido, der erst bei Hattin versagte und sich dann gefangen nehmen ließ, während die, die für ihn stritten, unter den Krummschwertern Saladins starben, wäre für ihn niemals in Frage gekommen. Nein, nein, es war schon richtig, Konrad war der, der das Zeug hatte, auf Dauer ihre Position im Osten zu festigen. Und das Strohfeuer eines Kreuzzuges brachte keine Lösung. Es verheerte nur das Land, verhärtete die Fronten und hinterließ einen Scherbenhaufen, nichts weiter. Das war seine Überzeugung, und würde sie jemals schwankend, so musste der Gedanke an seine Kinder in Tyros genügen, um sie erneut zu festigen.

»Ich weiß«, sagte er daher und verschluckte das Aber. Er nickte nur schwer. »Ich weiß.« Tief holte er Atem und drückte das Schreiben an sich. »Mit Gott«, sagte er dann, an seinen neuen, stummen Begleiter gewandt in dessen Sprache. Der lachte, als er sich so auf arabisch angesprochen hörte. Ein stilles Strahlen ging über sein Gesicht, er legte den Kopf in den Nacken und breitete die Arme aus, als wolle er die Sterne auf sich herabregnen lassen. Von Grauen erfüllt schritt Reinhold von Sidon auf den Palast zu.

Drinnen war die fröhliche Runde auseinandergegangen, mit Trinksprüchen auf König Richard und den Erfolg ihrer Sache.

Berenguela saß allein beim flackernden Licht einer Lampe an ihrem Schreibtisch und überflog einen Bericht aus Akkon, über die aufflammenden Kämpfe dort zwischen Pisanern und Genuesern. Mit gerunzelter Stirn bedachte sie die Neuigkeiten. Richard war fort und würde es für Wochen sein. Aber auch ohne seinen Rat war ihr klar, wie wichtig es war, dass die Christen hier ein einiges Bild abgaben, ja, wirklich einig waren. Ihre Position war nicht gefestigt genug, um solche Streitereien auszuhalten. Sie würde mit Bohemund und den Rittern darüber sprechen müssen. Eventuell konnte man einen Mittler senden, wenn es nötig war sogar Bewaffnete. Aber um wie viele Mann durfte sie Jaffa selbst entblößen? Berenguela seufzte.

Da öffnete sich die Tür. Eine ihrer Damen, ein junges Ding, das sie in Jaffa gefunden hatte, die Tochter eines adligen Pilgers, die verwaist zurückgeblieben war, steckte den Kopf herein. »Mylady, hier ist der Ritter, von dem ich Euch sprach.«

»Nun, dann herein mit ihm«, befahl Berenguela, die schon bedauert hatte, den Bitten der Kleinen nachgegeben und ihrem Galan einen Empfang zugesagt zu haben. Eine ›Sache von ungeheurer Bedeutung‹ wollte er ihr vortragen – was konnte das schon sein? Sicher nichts anderes als eine Bettelei eines Gestrandeten um Anstellung und Unterhalt.

Als daher Reinholds Gestalt im Schein der Lampe erschien, hielt sie vor Überraschung die Luft an.

Er neigte das Knie und sprach rasch, ehe sie etwas sagen konnte. »Ich sehe«, begann er, dass meine Königin mich kennt. Ich weiß«, kam er einem Einwand zuvor, »dass ich an diesem Hofe nicht wohl gelitten bin, und Eure Ritter würden es nicht gutheißen, dass ich hier stehe. Aber was können Sie mir vorwerfen? Habe ich nicht von jeher tapfer für unsere Sache gekämpft? Kann einer behaupten, ich wäre je feige gewesen oder faul, hätte die Gefahr gescheut oder wäre gar ein Verräter?« Er hob den Kopf und sein Gesichtsausdruck war dermaßen gequält und bitter, dass Berenguela spontan die Hand ausstreckte und ihn bat, sich zu erheben.

»Nicht doch, Herr von Sidon«, sagte sie mild. »Eure Verdienste sind unbestritten und Euer Ruf weit besser, als Ihr vielleicht befürchtet.« Sie lächelte ihn an. »Nicht Ihr seid es, mit dem wir in Streit liegen, sondern Euer Herr, Konrad von Montferrat, der unserem König nicht willfahrt und ihn im Stich zu lassen droht. Sollte er in der Tat nicht eben jetzt mit ihm nach Jerusalem reiten?« Sie hatte sich zu diesem strengen Ton verpflichtet gefühlt, um ihm nicht allzu weit entgegenzukommen und ihn nichts von ihrer persönlichen Faszination merken zu lassen. In der Tat hatte sie ihn aufmerksam gemustert. Er war gerade so kraftvoll und vornehm, wie er ihr immer geschildert worden war in all den Geschichten. Der Blick seiner grauen Augen, auch wenn sie düster waren wie jetzt, war bezwingend. Sie hätte ihn gern länger auf sich ruhen gefühlt, er aber wandte sich ab. »In der Tat«, murmelte er und trat an das Fenster.

In Berenguela erwachte eine Idee: Sollte dieser Ritter mit Konrad uneins geworden sein? War er hier, um sich gewinnen zu lassen? Was für eine Idee! Und welche Tat, könnte sie ihn ihrem eigenen Hofstaat vorstellen als einen der ihren! Berenguela rutschte vor Aufregung ein wenig auf ihrem Sessel hin und her. Er bemerkte das Knarzen und drehte sich um.

»Herr von Sidon«, begann sie, er aber schüttelte leise den Kopf.

»Ich hoffe, bald einmal vor Euren Gemahl treten zu können, um ihm meine Argumente dafür darzulegen, dass Konrad von Montferrat die beste Wahl für den Thron von Jerusalem ist. Auch wenn«, er zögerte, »sein Verhalten im Moment nicht im besten Licht erscheinen mag.«

Es war nur ein Hauch von Kritik, doch es war viel. Berenguelas Hoffnungen zu beflügeln, genügte es. Mit einem Schauer des Behagens sah sie daher Reinhold von Sidon erneut vor sich knien und hörte, wie er sprach: »Darf ich hoffen, dass Ihr bis dahin meine schwachen Kräfte akzeptiert, damit ich sie mit denen Eures Mannes vereinige?«

»Ihr wollt zu Richard?«, fragte sie verblüfft. »Schickt Euch Montferrat?« Dabei wusste sie kaum, ob ein Nein ihr lieber wäre oder ein Ja.

»Mich schickt die Einsicht und die Notwendigkeit«, antwortete er ausweichend. »Denn ich habe in Tyros eine Botschaft erhalten, die für Euren Gatten ist und ihn, so fürchte ich, durch andere Hände nicht erreichen wird. Fragt nicht«, fuhr er fort, als sie den Mund öffnete, um Auskunft zu verlangen. »Ich will von niemandem schlecht sprechen. Das Schiff traf letzten Monat ein. Als ich davon erfuhr, bin ich hierher geeilt.« Und er übergab ihr den Brief, dessen Siegel erbrochen war.

»Er stammt vom Kanzler Englands«, rief Berenguela erschrocken. »Wer hat es gewagt …?« Aber da war sie schon in die Lektüre vertieft. Nach einer ganzen Weile hob sie ungläubig den Kopf. »Das ist unmöglich«, sagte sie. »Des Königs eigener Bruder?«

Reinhold von Sidon erwiderte ihren Blick, ohne jedoch zu antworten.

Da las sie weiter. Ihre Lippen bewegten sich, lautlos, als wagte sie nicht, von dem Verrat, der ihr dort berichtet wurde, laut zu sprechen. »John sollte nach dem Thron streben?« Ungläubigkeit lag in ihrer Stimme.

»Zumindest ist er ihm nicht treu«, bestätigte Reinhold von Sidon. »Und die Gefahr ist groß.« Seine Stimme wurde drängender. »Lasst mich dem König davon berichten.«

»Aber Richard ist nicht da«, rief Berenguela, und mehr als vorhin bereute sie bitter, alleine zurückgelassen worden zu sein mit Entscheidungen, die ihre Kräfte überstiegen. Richards, ihr eigener Thron in Gefahr … wenn das wahr wäre. Sie schüttelte den Kopf. Sie musste versuchen, einen klaren Gedanken zu fassen. Zu viel stürmte da auf sie ein. »Die letzte Botschaft lautete, er zöge nach Ramlah.«

»Ramlah«, murmelte Reinhold und bestätigte lauter. »Ein alter Pilgerort.«

Berenguela schaute ihn an. »Aber der Bote war halb tot, er berichtete von Überfällen auf dem Weg und bestätigte auch, dass mein letzter Brief Richard nie erreicht hat. Inzwischen liegt er vielleicht schon vor den Mauern von Jerusalem im Gefecht. Wie soll ich …?«

Reinhold von Sidon ergriff ihre Hände. »Lasst mich gehen«, bat er. »Ich möchte es wagen. Ich kenne die Straßen, spreche die Sprache. Ich könnte es schaffen, zu ihm zu gelangen.«

Mit Tränen in den Augen schaute sie ihn an. »Das würdet Ihr tun?«

Er nickte heftig. »Ihr müsstet nur Euer Siegel auf den Brief drücken, damit ich es vorweisen kann und man mich vorlässt zu

Richard«, erklärte er. »Und das ohne Aufsehen, denn diese Nachricht ist nur für ihn bestimmt. Es soll im Heer doch keine üble Stimmung aufsteigen oder gar Furcht die Gemüter verwirren.«

An Berenguela rauschten die Worte vorbei bis auf zwei, an denen sie hängen blieb. Sicher, es klang alles so klug und plausibel, aber sie konnte immer nur diese beiden wiederholen: »Mein Siegel?«

»Wahrhaftig«, meinte Reinhold von Sidon da und lächelte. Ein Schimmer flog über sein Gesicht, der es mit einem Schlag verständlich machte, dass dieser imponierende Kämpe auch als großer Gesellschafter galt. »Ich kann kaum hoffen, dort wie hier eine Kammerfrau zu finden, die mir Zugang zu ihm verschafft.«

»Das ist wahr«, murmelte Berenguela und konnte nicht anders, als sein sich verstärkendes Lächeln zu erwidern. Dennoch blieb ein Gefühl von Unbehagen.

»Warum?«, entfuhr es ihr. »Warum wollt Ihr das tun?«

Er trat näher an sie heran. Wahrhaftig, seine Augen waren die eines Bezwingers.

7.

Lange schon war es dunkel, aber Johanna saß noch immer in ihrem Zimmer. Die Lampen waren heruntergebrannt, ohne dass sie das Öl erneuert hätte. Im Dunkeln stand sie da. Auf dem Bett lag in wildem Durcheinander, was sie alles in Händen gehalten hatte bei dem Versuch zu packen. Die verschiedensten Impulse hatten sie getrieben. Einmal hatte sie versucht, vernünftig zu sein, und an teures Tuch und Mäntel zu denken, dann wieder war ihr die Aufforderung Reinholds im Ohr geklungen, nichts mitzunehmen, einfach alles hinter sich zu lassen. Und sie hatte in einem Anfall von Tollkühnheit alles wieder verworfen. Dann hatte sie Kleinigkeiten zu sammeln begonnen, an denen ihr Herz hing: die Perlenkette, die ein Geschenk ihrer Mutter gewesen war, als sie England verließ, ein Ring, den Richard ihr einmal sandte, ihr liebstes Parfumflakon, einen Schal, den Elaine für sie bestickt hatte. Das Häufchen Andenken machte sie traurig und auf einmal erschien ihr der ganze Plan Wahnsinn, und aller Mut verließ sie wieder. So ging es hin und her.

Endlich trat Rose ein. Verlegen stand sie da und nestelte an den Brokatärmeln ihrer Cotte. Man sah sie häufig so, seit Elaine fort war, schmal und blass, immer schöner, dachte Johanna, wenn sie ihr zartes Profil betrachtete, vom Kummer gemeißelt, aber auch immer stummer. Es fehlte die unbeirrbare Tatkraft, die sie immer ausgezeichnet hatte und der wache Blick in ihren zweifarbigen Augen, die neugierig auf die Welt gewesen waren und voll von dem ernsten Wunsch, zu begreifen. Ich habe mich nicht genug um sie gekümmert, dachte Johanna voller Schuldgefühle. Ich war mit mir selbst beschäftigt. Und jetzt werde ich sie verlassen.

Voll schlechten Gewissens zog sie die junge Frau nahe zu sich und begann, hastig an den goldenen Armbändern zu nesteln, die sie trug. Rose, die glaubte, dass sie ihr lästig geworden wären, half ihr dabei und war erstaunt, als Johanna alles in ihre Hände gleiten ließ und ihre Finger darum schloss.

»Das ist für dich«, flüsterte die Königin. Dann fiel ihr noch ihr Ring ein, und die Kette um ihren Hals, und die Nadel an ihrem Gewand, die ein Saphir krönte. Alles, alles nestelte sie ab und glaubte für den Moment, nicht genug tun zu können.

»Aber warum wollt Ihr …?«, begann Rose. Unwillkürlich wurde sie an die Goldmünzen erinnert, die König Philipp ihr seinerzeit hatte zukommen lassen. Johanna las es in ihrem Gesicht. Auch ihre Gedanken waren in diese Richtung gegangen.

»Weil es immer einen guten Grund gibt«, sagte sie warm, Philipps Worte von damals wiederholend. »Einen guten Grund weiterzuleben, Rose.« Liebevoll strich sie ihr über die Wange. »Ich habe einen gefunden, und auch du wirst dieses Glück noch haben, da bin ich ganz sicher. Es kann nicht anders sein.«

Rose schaute sie an; in ihren Augen tanzten die bernsteinfarbenen Flecken, die ihren Blick immer zu etwas besonderem gemacht hatten. Reinhold, dachte Johanna, würde einen Sternenhimmel darin erkennen. Und jener Ritter wäre ein Narr, wenn er anderes sähe. Johanna wollte etwas in der Art sagen, wusste aber nicht wie. »Ich werde bald nicht mehr da sein«, meinte sie statt dessen.

»Ihr wollt gehen?«, fragte Rose. »Wann?«

»Jetzt, Rose.«

Die Magd neigte den Kopf schräg und dachte nach. »Aber Ihr lauft nicht vor etwas davon?«, fragte sie.

Johanna lächelte. »Nein«, erwiderte sie. »Ich gehe auf etwas zu.«

Rose seufzte. »Dann ist es gut. Ich bin damals einfach davon gelaufen. Und jetzt weiß ich nicht mehr, wohin.« Sie nickte, als leuchteten ihre eigenen Worte ihr ein, ganz eingesponnen in ihre Gedanken.

Johanna, in deren Brust die Freude mit den Flügeln schlug, um sich zu befreien, war gerührt von diesem Bild der Trauer. Doch betrachtete sie es wie von Ferne. Ihr selbst war so ganz anders zumute; es war wahrhaftig Zeit, dass sie ging.

Sie stand auf und umarmte Rose ein letztes Mal. Sie hatte die Tür hinter dem Wandteppich bereits geöffnet, als es ihr einfiel, dass sie sich dieses letzte Mal nicht wie eine Diebin aus dem Haus schleichen wolle. Sie würde den Palast durch die Vordertür verlassen, hoch erhobenen Hauptes. Roses Anerbieten, sie zu begleiten, lehnte sie ab. Allein schritt sie durch die Gänge und nahm auf jedem Meter Abschied von ihrem Leben.

Als sie an Berenguelas Gemach vorbeikam, glaubte sie, Stimmen zu hören. Unwillkürlich hielt sie inne. Dort drinnen sprach ein Mann, er sprach beredt und schnell, mit Wärme, Eleganz und Überzeugung. Und die Stimme kam ihr nur zu bekannt vor. Was war das, sah sie schon Gespenster? Das war doch ganz und gar unmöglich! Johannas Herz pochte wie rasend. Ohnehin schon seit Stunden durchtränkt von Erregung, dass ihre Hände zitterten vermochte sie nicht, innezuhalten und zu überlegen. Ohne weiteres Besinnen stieß sie die Tür auf.

8.

»Johanna«, rief Berenguela erstaunt. Sie war erschrocken über den plötzlichen, ganz und gar ungewöhnlichen Auftritt, aber auch erleichtert, auf diese Weise eine Atempause zu erhalten. Die Gegenwart dieses beeindruckenden Herren von Sidon war doch beinahe ein wenig zu viel für sie. Sie trat von ihm fort und warf ihm einen verlegenen Blick zu. Was aber war mit dem Ritter? Er schien ganz und gar versteinert. Aus seinem sonnengebräunten Gesicht war jede Farbe gewichen, selbst seine Lippen waren blass.

»Du?«, stieß er hervor und machte Miene, auf die Königin zuzugehen. »Du? Ich meine … Johanna!«, stieß er dann rasch hervor, in einem vergeblichen Versuch, seine Erschütterung zu verbergen, »Ihr? Ich …« Hilflos verstummte er.

»Reinhold«, murmelte Johanna nur. Ihr schwindelte und sie hielt sich am Türrahmen fest. »Was tust du hier?«

Berenguela war die erste, die sich von ihrer Überraschung erholte. Sie schaute von einem zum anderen, beobachtete ihre Reaktionen, bedachte das vertrauliche ›Du‹ und begann, sich ihre Gedanken zu machen. Als sie zu einem Schluss gekommen war, nahm sie ihre Schwägerin bei der Hand und führte sie zu einem Sessel, in den diese wie eine willenlose Puppe sank.

»Liebe Schwägerin«, sprach sie betont, »darf ich Dir Herrn Reinhold von Sidon vorstellen, einen vorzüglichen Ritter, von dem Du sicher bereits gehört hast? Elaine nannte ihn, glaube ich, legendär.« Ihr Ton war gesucht heiter.

Johanna starrte zu ihr hinauf, aber Berenguela verzog keine Miene. Nur ihre Brauen wanderten auffordernd in die Höhe. Da senkte Richards Schwester den Kopf. »Erfreut«, murmelte sie und streckte ihre Hand aus, damit er sie als Vasall küßte. Er trat vor und gehorchte, ohne sie anzusehen. Ihre Hand hielt er, als hätte er sie nie zuvor berührt. Sein Blick blieb starr auf den Ring mit dem königlichen Wappen geheftet, dem er auch seinen Kuss aufdrückte.

»Der Ritter«, fuhr Berenguela fort, »ist hier, um mir seine Dienste anzubieten, in einer Sache, die heikel ist, und ich bin froh, dass du gekommen bist und mir nun raten kannst.«

Reinhold von Sidon biss sich auf die Lippen. Er hatte Mühe, sich an seinen Auftrag zu erinnern und sich darauf zu konzentrieren, und als er es nun wieder tat, hatte er das ungute Gefühl, dass die Gewichte sich auf unfassliche Weise verschoben hatten. Sein Instinkt sagte ihm, dass diese Königin nur zu gut erfasst hatte, was zwischen Johanna und ihm vorgefallen war. Er hatte sich auch wahrhaftig wie ein Esel verhalten, schalt er sich. Aber mein Gott, was für ein Schrecken, sie plötzlich dastehen zu sehen. Sie war es wahrhaftig, Richards Schwester. Er hatte bei ihr gelegen, all die Wochen, und nichts davon geahnt. Die Gedanken stürmten nur so auf ihn ein, nur der Grundton, das Gefühl, am falschen Ort zu sein und das falsche zu tun, wollte nicht mehr weichen. Er räusperte sich.

Berenguela neigte den Kopf und betrachtete ihn mit freundlicher Distanz.

Sie verabscheut mich, dachte er, ich werde nichts mehr bei ihr erreichen. Mir bleibt nur, sie an die Gefahr zu mahnen, die für sie und ihren Mann besteht. Vielleicht lässt sie sich davon beeindrucken. Also hob er den Kopf und brachte noch einmal den Brief zur Sprache.

Johanna nahm ihn von ihrer Schwägerin entgegen und las.

»Das Siegel ist erbrochen«, stellte sie dabei fest. Ihre Finger spielten unwillkürlich mit den Bruchrändern es roten Lacks.

»Ich soll meines dafür geben«, erklärte Berenguela, »damit die Botschaft Richard sicher erreicht.«

»Und wer soll sie überbringen?«, fragte Johanna und schaute auf.

Reinhold straffte sich, sagte aber keinen Ton. Ihre Blicke ruhten lange ineinander. Johanna stand auf und ging zum Fenster. Sie kam ganz nahe an ihm vorbei, er konnte ihren Duft riechen, der ihm so vertraut war wie nichts sonst. Er schloss die Augen und atmete ihn ein.

Johanna hörte es, durch ihre Gestalt lief ein Schauer, aber sie wandte sich nicht um. Angelegentlich starrte sie zum Fenster hinaus.

Sie spürte, dass er litt, oh ja. Und sie erinnerte sie sich seiner früheren Seufzer und der gequälten Miene. Konrad von Montferrat, hatte er gesagt, war ihm ein harter Herr; er verlangte mehr, als ein Christenmensch vielleicht zu geben bereit war. Nun hatte er also verlangt, dass Reinhold ihren Bruder aufsuchte, mit einem Siegel in der Hand, das ihn unweigerlich ganz in dessen Nähe bringen musste und alles Misstrauen gegen seine Person bannen würde. Gab es über seine Absichten noch einen Zweifel? Auch sie schloss für einen Moment die Augen.

Dann betrachtete sie erneut die beiden Männer, die unten auf der Straße warteten. Sie hielte sich abseits, aber Johanna hatte sie sofort entdeckt. Der eine, auf dem Pferd, schien ein Araber zu sein. Das seltsame Lächeln in seinem Gesicht konnte sie im Fackellicht bis hierherauf erkennen.

»Ist das Euer Begleiter?«, fragte sie.

Reinhold bestätigte es.

»Er ist ein Muslim?«

Er antwortete rasch: »Mein Dolmetscher, wir kennen uns seit Jahren.«

»Aber Ihr sprecht die Sprache, wie man sagt«, meinte Johanna und hörte, dass er schwieg.

»Wie ist sein Name«, fragte sie, »da Ihr ihn so lange kennt?«

Reinhold schwieg noch immer.

Johanna wandte sich ihm zu. »Willst du mir nicht wenigstens eine gnädige Lüge schenken?«, flüsterte sie.

Wie gut sie sein Gesicht kannte. Wie vertraut ihr jeder Zug der Qual in diesen Zügen war. Er hat es nicht gewusst, mahnte sie sich, und Mitleid überflutete sie. Er wusste es nicht. Aber Richard ist mein Bruder. Ihre Worte waren an Berenguela gerichtet, aber ihr Blick wich nicht von Reinhold, als sie nun sprach. »Was ich sehe, Schwägerin, ist ein Mensch, der einen Schritt vor dem Paradies stand.«

Berenguela schlug sich die Hand vor den Mund.

»Geh«, flüsterte Johanna. »Geh rasch.«

Sie sah, wie seine Kiefer mahlten, dann mit einem Ruck, wandte er sich um und stürmte hinaus. Berenguela wollte rufen, aber Johanna legte ihr die Hand auf den Arm. »Nicht«, sagte sie tonlos. In diesem Moment verließ sie alle Kraft.

Berenguela starrte abwechselnd auf sie und die Tür, hinter der Reinhold von Sidons Schritte immer rascher verklangen. Dann auf den Fetzen Papier, der auf dem Tisch lag. Sie nahm ihn und las ihn noch einmal. »Glaubst du, er ist echt?«, fragte sie Johanna.

Die schüttelte den Kopf, immer heftiger und heftiger. »Ich weiß es nicht«, flüsterte sie, wiederholte es, wieder und wieder, lauter und lauter. Am Ende schrie sie. Und dann brach Johanna, zum ersten Mal seit langen Jahren, in heftiges Weinen aus.

9.

»Verflucht!« Richard warf sein Pferd herum. Die Angreifer waren so spät aus den Regenschleiern aufgetaucht, dass sie erst im letzten Moment reagieren konnten. Die Hufe seines Pferdes glitten im Schlamm aus, und er hatte Mühe, sich im Sattel zu halten. »Was ist mit der Nachhut? Der Herzog von Burgund soll seine Franzosen heranführen.«

»Die Nachhut ist bereits in Gefechte verwickelt.« Raimund von Antiochia kniff die Augen zusammen. Regenwasser floss in seinen Mund. Er hob den Schild, ein Krummsäbel krachte darauf. Wenige Augenblicke später nur war der Feind verschwunden.

»Mückenstiche«, brummte Richard. Aber sie waren wirksam. Nirgendwo kamen seine Truppen zur Ruhe. Sechs Wochen hatten sie in Ramlah ausgeharrt und auf eine günstige Gelegenheit für den Vorstoß gewartet, aber Wind und Wetter schienen sich gegen sie verschworen zu haben, und als sie endlich aufbrachen, waren die Aussichten nicht günstiger als zuvor. Noch immer hatten sie Jerusalem nicht erreicht, vor ihnen aber lag die Festung Beith-Nuba, nur etwa zwölf Meilen von der Heiligen Stadt entfernt. Sie alle sehnten sich nach dem Quartier, denn die Männer waren krank, von Husten und Fieber gequält und zutiefst erschöpft. Viele der Tiere waren aufgrund der Kälte und des Futtermangels verendet, und auch die eigenen Vorräte verdarben ihnen unter den Sturzbächen von Wasser, die beständig auf sie herabstürzten, begleitet von einem so starken Wind, dass sie schon lange nicht mehr daran hatten denken können, Zelte aufzustellen. Sie alle sehnten sich nach dem festen, trockenen Platz fast noch mehr als nach ihrem Ziel, das in so greifbarer Nähe lag.

»Wo ist der Graf von Leicester?«, fragte Richard, als er das Fehlen seines Gefolgsmannes bemerkte. Der Ruf wurde weitergegeben durch die rauschenden Wasserschleier. Nach einer Weile kam man zu dem frustrierenden Schluss, dass er gefangengenommen worden sein musste.

Mit einem Fluch befahl Richard, den Weg fortzusetzen.

Die Männer, die ihm folgten, wankten mit trüben Gesichtern weiter. »Zwölf Meilen«, rief Tom und schlug John auf die Schultern. »Nun sind wir bald da. Am Ziel deiner Wünsche.«

»Am Ziel von unser aller Wünsche«, rief ein Franzose, der neben ihnen hertrottete. Seine Augen glänzten vor Begeisterung und Fieber, und seine Stimme kippte in ein hohles Husten.

»Ich weiß nicht«, meinte Chris zweifelnd. »Am Ziel meiner Wünsche wäre ich zunächst mal, wenn ich wieder einen trockenen Faden am Leib hätte.«

John lächelte. Er war so mitgenommen wie seine Kameraden, aber aus seinem Gesicht war der leere, zu Tode erschöpfte Ausdruck gewichen, und er hatte sogar trotz ihrer widrigen Lage einiges von seiner früheren lebhaften Art zurückgewonnen. Seine Freunde führten es auf die außerordentliche Gnade des Königs zurück, der ihn persönlich angesprochen und beschenkt hatte. Und sie hatten nicht Unrecht damit. John hatte sich in der Tat Richards Worte zu Herzen genommen. Dass er einen König hatte retten dürfen, das musste ein Zeichen sein, dass Gott ihn nicht gänzlich aufgegeben hat. Seine Zuversicht, sich zu bewähren auf dieser Pilgerfahrt in Waffen, war gewachsen. Und nur der Gedanke an Rose, der gegenüber ihn so gegensätzliche, gar nicht zu begreifende Gefühle umtrieben, quälte ihn. Er fühlte klar, dass er ihr Unrecht getan hatte. Andererseits war sie so ungewöhnlich und schwer einzuordnen.

Sie forderte eines Mannes ganze Charakterstärke, und er fühlte, es wäre nicht leicht, zu ihr zu stehen. Insgeheim warf er es ihr vor, dass sie so schwierig war. Durfte sie das, so viel von ihm zu verlangen? Dabei musste er sich gestehen, dass er sich nach ihr sehnte und es niemals schaffen würde, sie aus seinen Gedanken zu verbannen. Aber wäre er ihr gewachsen? Mal voll Demut, mal voll Wut, stellte er sich diese Frage immer wieder. Ist sie die Mühe wert, muss es doch wohl heißen, grollte er vor sich hin. Und wie zum Teufel sollte ich es nur schaffen, sie zu vergessen? Seine trüben Gedanken mischten sich mit dem Regen, aus dem nun Hufschlag zu hören war.

John und seine Gefährten hoben die Köpfe. Drohte ein neuer Angriff? Er zog sein Schwert, die anderen machten die Bogen bereit und blinzelten in die Dunstschwaden, die sich mit den tief hängenden Wolken vermischten und die nahen Berggipfel vollständig verhüllten.

»Es ist nur ein einzelner Mann«, rief jemand.

»Der Graf von Leicester?« Hoffnung lag in der Frage, die sich aber zerschlug, als der Reiter sichtbar wurde und man einen Boten in ihm erkannte.

»Drei hatten wir ausgeschickt«, murrte Chris, der die fehlenden beiden gekannt hatte. Andere bekreuzigten sich.

Der Bote ritt an die Spitze, zum König und seinen Vasallen. Doch was er zu sagen hatte, machte bald die Runde unter den Männern. Von Mund zu Mund wurde es weitergegeben: Was sie die ganze Zeit nur befürchtet hatten, würde sich bewahrheiten, Saladin hatte Verstärkung aus Ägypten erhalten, und sie war rechtzeitig eingetroffen. Ein frisches Heer lagerte in den Hügeln bei Jerusalem und wartete darauf, sich auf die Kreuzfahrer zu werfen, sobald sie sich der Stadt näherten. Jeder Belagerer würde unweigerlich zwischen ihm und der Stadt aufgerieben werden.

»Was heißt schon frisch«, meinte John zuversichtlich. »Sie werden auch nicht trockener sein als wir. Und wir sind das feuchte Wetter wenigstens gewohnt.«

Tom strich stumm und ein wenig zweifelnd über das Eibenholz seines Bogens, das dunkel vor Nässe war und schlüpfrig. »Kann mich nicht erinnern, dass es in den Hügeln von Cornwall je so unangenehm geschüttet hätte«, brummte er. Seine Freunde lachten.

»Was heißt das alles schon«, versuchte es auch Chris mit Optimismus. »Sind wir vor Akkon nicht in derselben Situation gewesen, hier Stadt, da Heer? Und haben wir sie dort nicht gemeistert?«

»Schon«, gab der Franzose zu bedenken. »Aber dort war das Wetter besser, die Stadt war schwach und müde berannt. Und wir hatten das Meer im Rücken, über das wir Nachschub bekamen.«

»Du bist wohl ein echter Stratege«, meinte Christ bissig, der sich widerlegt fühlte. Aber die Argumente des Kameraden gaben auch ihm zu denken.

»Warten wir ab, was der König dazu sagt«, meinte John, dessen Vertrauen in Richard ins Unendliche gewachsen war.

Richard fiel die Entscheidung schwer. Aber schließlich beugte er sich den Gründen, die die Templer und die einheimischen Barone vorbrachten. »Wir kehren um.« Es war beschlossene Sache.

Die Aufnahme im Heer war sehr gemischt. Neben der Enttäuschung, dem großen Ziel so nahe gekommen zu sein, um dann doch wieder abzuziehen, überwog sicher bei vielen die Erleichterung. Aber die Scham ließ sie schweigen, die Stimmen der Zornigen erklangen laut. Richard, selbst alles andere als glücklich mit der Entscheidung, führte so einen Zug von Unzufriedenen und Unglücklichen in die Ebene zurück.

Das Wetter war inzwischen so schlecht geworden, dass Saladin sogar seine Überfälle eingestellt zu haben schien. Alleine, aber dennoch auf der Hut, kämpften sie gegen das Klima und gegen sich selbst.

»Da läuft man davon vor einem Feind, den man nicht einmal sehen kann«, stellte Chris fest, als er mit John einen Patrouillengang um die Festung Blanchegarde machte, bei der sie für die Nacht Lager genommen hatten. »Glaubst du, sie beobachten unseren Rückzug hier irgendwo?«

John nahm den Helm ab und schüttelte sich das Wasser aus den Haaren. Es war ein vergebliches Bemühen. »Wenn sie klug sind, lassen sie uns einfach gehen, wir haben uns ja selbst zu Verlierern erklärt.«

Chris schielte zu ihm hinüber. »Der König hat es geschworen, aber nur, wenn Gott ihm hülfe. Und nun hat er eben nicht geholfen. Gräm dich nicht.«

John zuckte mit den Achseln. »Wer bin ich, von Gott und dem König persönliche Zusagen zu erwarten«, sagte er ohne Groll und schlug dem Freund auf die Schultern. »Es ist, wie es ist. Und Richard hat gewiss seine Gründe.«

Der lächelte erleichtert. »Ich bin froh, dass du es so siehst, weißt du. Langsam wirst du wieder du selbst.«

Sein Freund lachte. »Und weißt du, was mir jetzt Recht wäre? Wenn wir auf eine der Karawanen stießen, die ihnen den Nachschub bringen. Dann bekämen wir endlich einmal etwas Ordentliches zu essen. Meine Männer sind alle schon klapperdürr, die reinsten Knochengespenster.«

»Wem sagst du das.« Chris stimmte begeistert zu. »Meine Handvoll Bogenschützen machen auch keinen Staat mehr. Aber Gott sei's gedankt, ich habe keinen verloren.«

John nickte. »Da geht es uns besser als den Königen, die viele Tode guter Christen auf sich nehmen müssen.« Ich nur einen, dachte er, nur diesen einen. Und die Wunde schmerzte lange nicht mehr so sehr.

»Also.« Chris rieb sich die Hände, um sie warm zu bekommen. »Wo ist sie nun, deine Karawane? Mir ist nach frischem Obst und Geflügel. Und ein trockenes Hemd würde ich auch nicht verachten. Und wenn es von Haremsdamen aus Seide gesponnen wäre.« Sie grinsten einander noch an, als sie das Getrappel von Hufen hörten. »Mensch«, flüsterte Chris. Aber John winkte ihm bereits, still zu sein und sich zu ducken. Angestrengt spähte er in die wandernden Dunstschwaden. »Hol die Männer«, wisperte er dann. »Schnell. Die seidenen Hemden sind näher, als du ahnst.«

10.

Mit allem Elan derer, die im letzten Moment noch eine Chance bekommen, sich zu beweisen, machten Johns Männer sich an die Arbeit und bereiteten den Überfall auf die Karawane vor, die sie erspäht hatten. Einige liefen voraus und errichteten in aller Eile eine Blockade, die wie zufällig aussehen sollte, als hätten die Regengüsse Steine und Äste auf die unterhöhlte Straße geschwemmt. Mit zusammengebissenen Zähnen und blutenden Händen zerrten sie das sperrige Holz durch den Matsch und rollten Steinbrocken dazwischen.

Die anderen machten sich bereit, aus dem Hinterhalt loszuschlagen, wenn die Araber anhalten und absitzen würden, um das unerwartete Hindernis zu besehen. Sie hockten in ihren Verstecken, zitternd vor Erregung und beteten stumm. Kaum konnten sie es erwarten, dass die Feinde durch die Nebelschleier endlich in Sicht kamen. Auch in John brannte nach langer Zeit wieder einmal das alte Feuer, die Begeisterung, mit der er noch vor Akkon gekämpft hatte, und er musste an sich halten, um die nötige Besonnenheit für ihr Unternehmen zu wahren.

Endlich hörten sie das dumpfe Klong der Hufe und das Schnauben der Tiere. Nur hier und da war eine menschliche Stimme zu hören, verzerrt durch den Nebel und so nah, als stünde der Sprecher neben einem. Es war nur ein kleiner Zug, wie sie zu ihrer Enttäuschung feststellten, als die Dunstschwaden ihn freigaben, nicht der große Nachschub für Saladins Heere, eher ein privater Kaufmannszug. Sie mochten es nicht entscheiden, und es war ihnen auch gleichgültig, denn sie zählten viele Lasttiere unter denen, die da ahnungslos an ihnen vorbeizogen, mit vielversprechenden Bündeln und Ballen beladen, die ihnen schon Genugtuung verschaffen würden. Und dass ihre Bewacher Turbane und Krummsäbel trugen, war Anlass genug. Ungeduldig starrten sie zu John hinüber, der stumm nickte. Ja, das war ihr Ziel. Entschlossen packten sie ihre Waffen fester. »Warten«, flüsterte John. Die Parole wurde weitergegeben.

Schließlich tauchten noch einige Pferde auf. Auch eine Sänfte wurde mitgeführt, die versprach, dass sich hier vornehme Personen finden ließen, die man als Geiseln benutzen könnte, um Lösegeld zu erzielen, oder etwa auch, um den Graf von Leicester auszulösen, so er noch immer am Leben war. Das Unternehmen lohnte also sicherlich, und mehr noch als das zählte die Möglichkeit, dem ungreifbaren Feind, dem man sich so schmählich kampflos ergeben hatte, nun doch noch gegenübertreten zu können.

»Auf mein Zeichen«, stieß John zwischen den Zähnen hervor.

»Sir«, kam die Bestätigung. Er zählte im Stillen bis zehn. Dann senkte er seine erhobene Hand.

Mit unbändigem Gebrüll stürzten die Christen sich auf den Zug und machten ihrem seit Wochen aufgestauten, ziellosen Zorn Luft. Endlich war da etwas, an dem sie ihren ungeprüften Mut kühlen konnte. Die Araber waren völlig überrascht und gerieten unter der Heftigkeit der Attacke rasch in heillose Verwirrung. Auch sie spürten die Erbitterung der anstürmenden Kämpfer und fühlten, dass es hier keine Gnade und kein Verhandeln geben würde. Die bewaffneten Wächter suchten sich zwar zu sammeln und stellten sich ihnen tapfer entgegen, aber es zeigte sich rasch, dass sie keine kampferprobten Soldaten waren. Dem Angriff eines gepanzerten Ritters wie John zeigte sich keiner von ihnen gewachsen, und ihre Reihen wankten bald. Schon warfen die ersten ihre Waffen fort und flohen. Wer sich auf ein Pferd rettete, fiel durch die Pfeile von Chris' Bogenschützen, die nicht zugeben wollten, dass auch nur einer von ihnen im Nebel verschwände. Der Rest wurde niedergemacht von Männern, die voll blinder Wut waren. Nur ein kleines Häuflein um einen Edelmann in leuchtenden Seidengewändern hielt länger stand und rettete sich zwischen die Hügel. Dort aber gelang es ihm nicht, seine

Anhänger zum letzten Widerstand aufzustacheln. Trotz seiner lauten Rufe und dem Trotz, mit dem er sein Schwert gegen die Christen reckte, sah er sich mit seinem Mut bald alleine, dem Gelächter der Soldaten und ihren Geschossen ausgesetzt. John sah den Mann sich noch einmal im Sattel aufrichten. Er glaubte, Unentschlossenheit, ja Verzweiflung in seinem Gesicht zu lesen, dessen kholumrandete Augen zu ihm herüberstarrten, und für einen Moment meinte er, der Araber werde sich todesmutig in ihre Schwerter stürzen. Schon packte er seine eigene Waffe fester, bereit, dem Angriff entgegenzutreten. So viel Mut, fand er, hatte ein Anrecht darauf, auf die gleiche Weise beantwortet zu werden. Der dort war jung, nicht älter als er selbst, und seine Haltung war stolz. Er hatte es nicht verdient, unter den Pfeilen des Fußvolks zu sterben.

Der Fremde hob seinen Säbel und schrie etwas, was John nicht verstand. Dann gab er seinem Pferd die Sporen und verschwand, verfolgt von einem Pfeilhagel.

Aus der Sänfte antwortete ein erstickter Laut. John fuhr herum und sah, wie seine Männer sich dem Gefährt näherten. Wie Wölfe, die die Witterung eines verwundeten Tieres aufgenommen hatten, kamen sie von allen Seiten an. Ihre Verbitterung fürchtend, lief John hinüber, um ihren Furor zu dämpfen, damit sie nicht die Chance auf ein hohes Lösegeld mit einem vorschnellen Hieb zunichte machten oder sich gar auf unritterliche Weise an einer Wehrlosen zu vergreifen. Denn der Klang der Stimme, die er gehört hatte, ließ ihn vermuten, dass sie auf eine Frau treffen würden.

Mit dem Schwert in der Hand trat er den erregten Männern entgegen und drängte sie ab. Beruhigend sprach er auf sie ein, lobte sie und sandte sie schließlich fort. Dann hob er den Vorhang der Sänfte und spähte hinein, nicht ohne Neugier, was er vorfinden würde.

Die Insassin fuhr mit einem schrillen Aufschrei in die entgegengesetzte Ecke, als sein Gesicht in der Fensteröffnung erschien.

John starrte abwechselnd von ihren Brüsten, die sich deutlich wogend unter den bunten Lagen hauchdünner Seide abzeichnete, die sie trug, zu der Gewandnadel, mit der sie ihn mit erhobener Hand bedrohte. Ihr Gesicht, zu dem sein Blick schließlich wanderte war halb von einem golddurchwebten Schleier umhüllt, der ihren Teint rosig färbte, aber nichts von ihren Zügen verbarg. Darüber starrten ihn ein paar funkelnde schwarze Augen hasserfüllt an.

»Es ist gut, Mylady«, sagte er und senkte die Waffe, um ihr die Hand entgegenzustrecken. »Es ist alles gut.« Er sprach zu ihr wie zu einem verängstigten Tier, denn genau so schien sie ihm dazukauern, ohne zu begreifen, was mit ihr geschah, und dass sie gerettet wäre. Was musste sie gelitten haben, um so verwirrt und außer sich zu sein, armes Ding. Das Mitleid mit ihr überwältigte ihn, denn wahrhaftig, er kannte dieses Mädchen. Und noch sanfter wiederholte er: »Ihr seid unter Freunden, Mylady, der Alptraum ist vorbei.«

Einen Moment lang starrte sie ihn an, als verstünde sie ihre Muttersprache nicht. Und er fragte sich schon, ob er sich vielleicht geirrt hatte und die Erinnerung an jene heißen Nachmittage auf der Mauer des Lagers vor Akkon ihn trog, da warf sie sich mit einem Mal in die Kissen, mit denen ihr Gefährt üppig ausgestattet war, und brach in Tränen aus.

John betrachtete eine Weile ihre zuckenden Schultern, aber weder beruhigte sie sich, noch nahm sie seine Gegenwart zur Kenntnis oder sprach mit ihm ein Wort. Also zog er sich zurück und befahl, die Sänfte aufzunehmen und sie zu Richards Lager zu tragen. Neugierig kamen die Männer seinem Befehl nach. Gemeinsam mit denen, die die restliche Beute trugen oder die Packtiere am Zügel führten, bildeten sie einen schwatzenden, gut gelaunten Zug. Chris kam an Johns Seite geritten.

»Also, was ist?«, fragte er, als der keine Miene machte, ihm irgend etwas zu erklären. »Haben wir einen dicken Fisch gefangen oder was?«

John schüttelte bedächtig den Kopf. »Es wird kein Lösegeld geben, falls du das meinst.« Er wandte sich dem Freund zu und erklärte ihm die Situation. »Es ist eine Engländerin, Chris, eine Lady von Adel. Sie ist bei Jaffa in die Hände dieser Heiden gefallen.«

»Teufel«, fluchte Chris, als er es hörte. »Eine christliche Sklavin? Es ist eine Schande. Eine Schande«, verkündet er laut den verregneten Hügeln und hieb mit der Faust auf seinen Sattelknauf. »Ich hätte nicht übel Lust …« Er schaute sich um, aber es waren beim besten Willen keine Feinde mehr in Sicht, an denen er seine Wut hätte auslassen können. »Eine Schande«, wiederholte er daher nur brummend und hing dann eine Weile seinen Gedanken nach. »Also kein Lösegeld«, fasste er nach einer Pause das Ergebnis zusammen. »Aber wieder eine gute Tat, wie es aussieht.« Er klopfte John bei diesen Worten auf die Schulter. »Mein Freund, Jerusalem konnten wir nicht erobern, aber du hast dich auf diesem Feldzug doppelt ausgezeichnet.«

»Ja«, erwiderte John ungläubig und halb in fragendem Ton. »Ja, vielleicht«, wiederholte er dann hoffnungsvoller. Und sein Herz klopfte heftiger, während er darüber nachdachte. Wenn er wirklich auf ein Zeichen gewartet hatte, dann musste dies zweifellos eines sein. Eines, das die schönsten Hoffnungen barg. Aber es war nicht Gott, und auch nicht das Gesicht seines Königs, was er sich vorstellte, wenn er sich in Gedanken ausmalte, wie er seine Gefangene als edler Befreier den ihren zurückbrachte. Es war Rose. Rose, in deren Hände er sie geben würde. Rose, deren Freude darüber er sich nur zu gerne ausmalte. Ja, das wollte er tun. Gott hatte es ihm geschenkt, diesen Weg zu ihr zurück.

11.

»Mylady, hier überbringe ich Euch eine Dame Eures Hofes.« John hatte die Worte lange eingeübt, mit denen er schließlich vor Berenguela und Johanna hintrat. Den ganzen Weg her von Askalon, wo Richard mit seinem Heer blieb, um die Festung dort wiederaufzubauen und seine Männer beschäftigt zu halten, hatte er sie immer wieder vor sich her gesagt, denn schließlich waren sie vor allem für Roses Ohren bestimmt. Er hatte alle Zeit zum Üben, denn ihre Reise verlief ohne Zwischenfälle und Elaine blieb hinter den Vorhängen ihrer Sänfte und redete kein Wort, so, als wäre sie wahrhaftig eine Haremsdame geworden und der englischen Sprache nicht mehr mächtig. Mit keiner Miene gab sie zu erkennen, dass sie ihn kannte.

John machte sich keine Gedanken darüber. Er war viel zu sehr damit beschäftigt, sich die Zukunft auszumalen. Und die erschien ihm in einem so wunderbaren Licht, dass, als er endlich vor den Königinnen kniete und seine Worte sprach, ihm das Ganze höchst unwirklich vorkam. So schnell auch war alles vorüber. Ihn schwindelte, als er sich wieder aufrichtete, ein wenig verwundert, dass keine Reaktion erfolgte und mit den Augen Rose zwischen den Leuten des Gefolges suchend. Der Himmel über ihnen war voll geballter, durchscheinend violetter Gewitterwolken, zwischen denen die Sonne sich für kurze Momente hervordrängte mit einem Licht, so gelb und schwer wie Honig. Es blendete ihn so, dass er die Augen zusammenkneifen musste und die Gesichter der Damen nicht erkennen konnte. Doch schienen sie bedeutungsvoll zu leuchten.

Elaine, stumm wie zuvor, ließ sich an der Hand die Stufen hinaufziehen. Erst als sie vor ihren alten Freundinnen stand, beendete sie ihr Schweigen und brach in Tränen aus. Berenguela flüsterte ihren Namen, mit Augen, die so weit aufgerissen waren, als sähe sie noch einmal den abgeschlagenen Kopf durch den Sand rollen. Johanna hielt sich die Hand vor den Mund. Niemand antwortete John.

Schließlich, als hätte sie einen plötzlichen Entschluss gefasst, packte Johanna Elaine am Arm und zog sie nach drinnen. Berenguela folgte auf dem Fuße. John sah noch die wehenden Schleier, glaubte, ein kurzes »Dank Euch, Herr Ritter« zu vernehmen, dann war die ganze Pracht wie ein Spuk verschwunden. Er war so verdattert, dass er »Rose«, rief, ohne Rücksicht auf Benimm und Schicklichkeit. Die Wachen warfen einander erstaunte Blicke zu und traten einen Schritt vor.

Da, im letzten Moment, als die Sonne verschwand, entdeckte er sie. Sie wandte sich wahrhaftig nach ihm um, ehe sie den anderen nachhastete. »Rose«, wiederholte er sanft ihren Namen, mehr nicht. Aber ihm schien, sie verstand alles, was darin lag, die ganze Ansprache, die er hatte halten wollen, die Erklärungen, die Bitte und auch die Hoffnung. Doch er erhielt nicht mehr als diesen Blick. Dann drängten die Wachen ihn hinaus. Er hob die Hände. »Ist ja gut, schon gut, Jungs.«

Es war nicht ganz die Erfüllung, die er sich erhofft hatte. Er war nicht losgeworden, was er hätte sagen wollen. Und noch auf seinem Rückzug aus dem Palast wiederholte er sie in Gedanken, unterbrochen nur von dem Kammerherren Berenguelas, der ihm nacheilte, um ihm ein Säckchen mit Münzen zu überreichen, das er nur sehr zerstreut entgegennahm. Völlig in Gedanken trat er auf die Straße und ging selbst an der vermaledeiten Kapelle vorbei, ohne dass die ungute Ahnung einer Erinnerung ihn gestreift hätte. Mylady, sagte er sich vor, als er in Jaffas belebte Souk-Gassen einbog und, ohne dass er recht merkte, was er tat, die nächste Kneipe ansteuerte, Mylady, hier ist eine Dame Eures Hofstaates. Ein übles Geschick riss sie von Eurer Seite, und sie musste viel erleiden. Aber ich hoffe, ihr nehmt sie in Gnade und Vergebung auf. Wir fanden Sie als eine Gefangene der Ungläubigen, in einer Karawane, deren Bestimmung Ägypten war. Mit Entschlossenheit und Gottes Hilfe konnten wir sie ihrem Schicksal entreißen und sie Euch und ihrem alten Leben zurückgeben.

So hatte er es sich gedacht auf seinem Weg durch das Bergland. Lange hatte er der Versuchung widerstanden, vom Regen zu erzählen und dem allgegenwärtigen Schlamm, von den Zelten, die der Wind zerfetzte, und den Wagen, die steckenblieben, während die Pferde in der Deichsel verreckten. Von taumelnden, fieberverdorrten Männern, den allgegenwärtigen Überfällen, den Pfeilen aus dem Nichts und der Furcht, die hinter dem Nebel lauerte. Nein, das war nichts für die Damen. Auch seine eigene Rolle wollte er dabei nicht genauer erklären, obwohl die Versuchung anfangs groß gewesen war zu berichten, wie Richard ihm diese Mission als besondere Gnade überließ, als einen Dank dafür, dass John ihm selbst zuvor das Leben gerettet hatte. John hatte ihn darum gebeten, und es war ihm gewährt worden, denn er stand hoch in Richards Gunst.

Ach ja. Mit einem Seuzfer ließ er sich auf einer der hölzernen Bänke nieder und schaute um sich. Wahrhaftig, es hatte Momente gegeben, wo er geglaubt hatte, all das nie mehr wiederzusehen. Mit Behagen sog er die Essensgerüche ein und den Weindunst, der vom Ausschank herüberzog. Dazu die Wärme des großen Feuers, das im Kamin prasselte und über dem sich eine halbe Ziege brutzelnd drehte. Der trockene Raum, die sauber gekleideten Menschen, das laute, fröhliche Gespräch ringsum, die Musik, all das erschien ihm wunderbar. John bestellte.

Vergebung, über dieses Wort hatte er besonders lange nachgedacht. Er hatte sich vorgestellt, wie sein Blick dabei wandern und Rose finden würde, damit sie begriff, dass es ihr und ihr alleine gälte. Denn das war sein Wunsch, dass sie einander in vollem Umfang vergäben, um einen neuen Anfang zu machen. Elaine sollte dabei ihr Unterpfand sein. Denn ihr Auftauchen dort in den Bergen, dieses ganze, unwahrscheinliche Geschick, schien ihm der beste Beweis dafür, dass sein und Roses Schicksal nun einmal miteinander verbunden war. Und da Elaines Weg so glücklich endete, sie sogar der Schwelle des vermeintlichen Todes wieder entrissen war und den Abgründen der Sklaverei, wie sollte da seine und Roses Geschichte weniger glücklich enden?

Als er noch einmal zu diesem Schluss gekommen war, winkte er einen Jungen heran, gab ihm einige Münzen und befahl ihm, bei einem Pergament- und einem Tintenhändler zu besorgen, was John für einen Brief benötigen würde. Die Worte wollten festgehalten sein, solange er sie noch fassen konnte. Dann kam der Braten, dazu fette Soße und weißes, flaumiges, duftendes Brot, und John war zumindest vorübergehend glücklich.

Im Palast hatten die Frauen so rasch sie konnten sich von allen Zuschauern zurückgezogen. Kaum hatten sich die Doppelflügel des Saales hinter ihnen geschlossen, waren sie einander um den Hals gefallen. Elaine war nicht die einzige, deren Tränen flossen. Johanna schluchzte hinter ihrer noch immer vorgehaltenen Hand, Rose hielt Elaine umklammert, als wollte sie sie nie mehr loslassen und ließ ihre Tränen in deren Schleier rinnen, selbst Berenguela schwankte zwischen Lachen und Weinen und hielt sich nicht zurück, sie abwechselnd einzeln und gemeinsam zu umarmen. Die Diener und wachen zogen sich verwundert zurück und sorgten sich nur, alle Türen geschlossen zu halten, damit dieser unziemliche Ausbruch keinem zu Ohren käme.

Endlich wankten sie in enger Umarmung in Johannas Gemächer, wo diese sofort nach Wein und Essen verlangte, als gälte es, Elaine nach langem Gefängnisaufenthalt wieder aufzupäppeln.

»Aber ich dachte, du wärst tot.« Berenguela war die erste, die die Sprache wiederfand. »Wir haben gesehen, wie …« Sie vermochte nicht weiterzusprechen, und auch in den anderen wallten schlimme Empfindungen auf, als sie sich erinnerten, was sie dort gesehen hatten. Erneut umschlang Rose Elaine; auch die beiden anderen hatten das Bedürfnis, sie zu berühren und zu fühlen, dass sie warm und lebendig war und die bedrohlichen Bilder nicht mehr als ein Alptraum.

»Es war Blanche.« Es dauerte eine ganze Weile, bis Elaine diese Worte hervorstoßen konnte. »Blanche.« Die Erinnerung an den Namen und seine Trägerin, die sie lange verdrängt hatte, ließen die Tränen wieder aufsteigen und schnürten ihr die Kehle zu, und ein Gefühl von Scham überwältigte sie. »Wir hatten unsere Hauben getauscht. Es war ein Scherz, nur ein …« Sie hob den Kopf. »Ist sie …?«

Johanna nickte. »Zusammen mit Sir Harold und Sir Gilbert.«

»Vor unseren Augen«, fügte Berenguela hinzu. »Vor aller Augen, deshalb dachten wir ja auch … . und wo warst du?«, besann sie sich dann. In ihren schwarzen Augen leuchtete Neugierde auf. »Warum bist du noch am Leben?«

Ausgiebig betrachtete sie Elaine, die nach ihrer Befreiung von Richard in neue Kleider gesteckt worden war, da, wie er sagte, es nicht anging, dass ein christliches Edelfräulein in Haremsgewändern stecke. Er hatte extra danach schicken lassen, wenn auch mit wenig glücklicher Hand, und die hellgraue Cotte stand Elaine ebenso wenig zu Gesicht wie das leuchtend gelbe Surcot mit der grünen Schnürung, das sie blass und sogar ein wenig grünlich aussehen ließ. Ihr Haar war nachlässig zurechtgemacht unter der Haube, stellte Berenguela fest, was immer ein schlechtes Zeichen für den Lebensmut einer Frau war, und ihre Haut wirkte stumpf.

»Berenguela!«, tadelte Johanna sie für die unglückliche Wortwahl. Sie mutmaßte zurecht, dass Elaine Schuldgefühle haben müsse.

»Ich weiß warum«, flüsterte Rose in Elaines Ohr. »Weil ich es anders gar nicht ertragen hätte.« Sie lächelte die Freundin an, die ihre Hand ergriff und beschämt die Augen senkte.

Alle warteten.

Und endlich atmete Elaine tief durch und hob den Blick. »Wir musizierten in den Gärten«, begann sie, »aber das wisst ihr sicher schon.« Sie lächelte entschuldigend. »Und bestimmt habt ihr mich genug dafür getadelt.«

Johanna machte eine abwehrende Geste, Rose widersprach lebhaft und Berenguela forderte nur: »Weiter.«

Elaine gehorchte. »Es war, ich weiß gar nicht mehr. Alles ging so schnell. Blanche trug meinen Kopfputz, um zu sehen, ob er ihr stünde. Und ich, ich rannte. Als sie uns gefangen hatten, zerrten sie uns in ihr Lager. Dort waren so viele Männer.« Sie hielt inne bei der Erinnerung daran. Es war solch ein Schock gewesen, all die fremdartigen Gesichter zu sehen, Hunderte, Tausende, mit schwarzen Augen und Bärten, und ihr schien, dass alle nur sie anstarrten, die nichts am Leib trug als ihre zerfetzte Cotte und deren Haar ungeschützt und bloß herabhing. Unwillkürlich griff sie nach ihren Flechten, wie sie es damals getan hatte. Männer hatten sich nähergedrängt, Schultern sich an ihr gerieben, Hände sich nach ihr ausgestreckt. »Gilbert versuchte, sich dazwischenzudrängen, der Gute.« Sie alle gedachten einen Moment des ungelenken Ritters der sich in seinen Liedern immer danach gesehnt hatte, der wahre Kavalier einer Dame zu sein. »Aber sie schlugen ihn zusammen.« Elaine schauderte bei dem Gedanken. Sie hörte noch immer den Laut, mit dem Gilberts lange, traurige Schafsnase brach. »Harold war wie Blanche, nachdem seine erste Wut vorbei war. Ich glaube, er begriff nichts mehr von all dem. Dann fasste eine Hand in meine Haare und zerrte mich nach vorne.«

Elaine sah, wie ihre Freundinnen erröteten und schlug den Blick nieder. »Jemand sagte: Blond, mit schwarzen Augen. Es klang erstaunt, und es dauerte eine Weile, bis ich begriff, dass ich den Sprecher verstand, dass es englische Worte waren nach all dem fremdartigen Gebrüll.«

Elaine erinnerte sich, wie sie erstaunt aufgesehen hatte und dem Blick eines ebenfalls schwarzen Augenpaares begegnet war, leicht schräg gestellt und geschweift wie Mandeln. Ihr erster Gedanke, trotz der Situation, in der sie sich befand, war gewesen, sie wusste es noch genau, war Erstaunen gewesen darüber, dass ein Mann so schöne Augen besitzen durfte. Er hatte gelächelt, während er sie betrachtete und gemurmelt: »Gesponnenes Silber am Nachthimmel.« Seine Gefährten hatten gelacht und ihm, wie Elaine vermutete, grobe Dinge zugeworfen in ihrer seltsamen gutturalen Sprache. Er aber hatte sie mit ernsten Augen und diesem leichten Lächeln betrachtet, war weiter über ihr Haar gefahren und hatte sie sonst mit keinem Finger berührt. Sein eigenes Haar hatte geglänzt wie ein Rabenflügel, mit blauen Schatten darin, und hatte sich in langen Locken um sein schmales Gesicht gelegt.

Als dann die Krieger kamen, um sie alle mit sich zu reißen, hatte er sie an den Schultern gepackt. Es war das erste und letzte Mal, dass er sie grob berührte.

»Er warf ihnen Münzen hin«, erzählte Elaine, »und nahm mich mit sich.«

»Und?«, wisperte Berenguela mit erstickter Stimme. Johanna biss sich auf die Lippen und Rose drückte ihre Hand fester, als ihr selbst bewusst war, während sie den Kopf abwandte. Wusste sie doch nur zu gut, was jetzt kam, und sie hätte vieles auf sich genommen, wenn sie es der Freundin hätte ersparen können. Kein Wunder, dass Elaine so bleich war und ihr Blick so fern, als wäre sie nicht ganz hier bei ihnen angekommen. Sie erinnerte sich nur zu gut ihrer eigenen Benommenheit, diesem Wanken durch die Tage nach der Tat und dem Versuch, eine Wirklichkeit wiederzufinden, die ein für alle Mal verloren war.

Heftig schüttelte Elaine den Kopf .«Nein, nicht was ihr denkt«, widersprach sie und versuchte zu lächeln. »Er nahm mich mit sich, aber«, sie suchte nach Worten. »Er hat mir nichts getan.«

»Er hat dir nichts getan?« Berenguela riss die schwarzen Kirschenaugen auf und konnte nicht verhindern, dass beinahe so etwas wie Enttäuschung in ihrer Stimme mitschwang. Johanna warf ihr einen strengen Blick zu und strich ihr Surcot glatt, wo sie es mit nervösen Fingern zerknüllt hatte. »Du musst nicht fürchten …«, begann sie.

Aber Elaine blieb dabei und wiederholte es vehement. »Er hat in keiner Weise Gewalt gegen mich gebraucht. Und ich sage das nicht, um Euch oder mich zu schonen. Beileibe nicht.« Ihr Blick glitt ab und bekam etwas Strahlendes, das Johanna mit Unbehagen betrachtete. Elaine errötete, als sie es bemerkte. »Er war kein schlechter Mensch«, schloss sie leise. Mehr war aus ihr nicht herauszubekommen.

»Wie schön«, bemerkte Berenguela nach einer Pause spröde, ein wenig bedauernd, dass es keine längere Geschichte zu erzählen gab. Sie stand auf. »Du möchtest jetzt sicher in deine alten Räume.«

Roses Gesicht leuchtete. »Es ist alles noch, wie es war«, sagte sie und zog die Freundin an der Hand. »Komm.«

Johanna nickte, als sie einen tiefen Knicks versanken und streichelte Elaine über den Arm.

»Wie freundlich sie ist«, bemerkte Rose froh, als sie alleine waren.

»Sie glaubt, ich lüge«, bemerkte Elaine weniger gnädig. Sie stand an der Tür ihres gemeinsamen Zimmers und betrachtete ihr altes Heim: das Bett, das sie mit Rose teilte, den Tisch mit ihren Bürsten und Tiegeln, das alte Nachtgewand, die albernen kleinen Kinderschätze in ihrer Schatulle, wahrhaftig, hier hatte sich gar nichts verändert.

Statt ihre Freundin einer Antwort zu würdigen, warf sie sich mit einer heftigen Bewegung aufs Bett und brach in Schluchzen aus. Rose ließ sich neben sie sinken und streichelte ein wenig ratlos ihren Rücken. So also sollte ihr neues Leben beginnen? Und doch konnte sie nicht anders, als glücklich zu sein.

12.

Als John einige Tage später bei Rose vorsprach, schien Elaine beinahe wieder die Alte. Sie ermutigte Rose, den Besuch anzunehmen.

»Geht in den Hof«, forderte sie ihre Freundin auf. »Niemand kann etwas dabei finden, wenn Ihr dort vor aller Augen neben der kleinen Fontäne sitzt. Und doch wird ihr Plätschern Eure Worte für alle unhörbar machen.« Zögernd nur kam Rose diesem guten Rat nach.

John trug ein neues Wams über dem Kettenhemd. Auch sein Gesicht war frisch rasiert und glänzte. An seiner Hand bemerkte sie einen Ring, den sie vorher nicht gekannt hatte und an dem seine Finger die ganze Zeit nervös drehten. Es war das erste Mal, dass sie einander wieder so nahe kamen seit dem Tod von Thomas, dem Schmied. Es fiel Rose schwer, an jene Momente in der düsteren Kapelle zurückzudenken, jetzt, wo sie hier im Sonnenschein zwischen den Blumen saßen. Und doch legte sich mit Johns Anwesenheit ein Schatten über alles.

Er versuchte, etwas zu sagen, nestelte dann aber statt dessen einen Brief hervor. »Den habe ich dir geschrieben«, meinte er und ließ ihn zwischen seinen Fingern flattern, »gleich am ersten Tag, als ich ankam, weißt du. Aber dann fiel mir ein, dass du ja nicht …« Er hielt inne.

»Ich habe es inzwischen ein wenig gelernt«, sagte Rose und griff danach. Er verwehrte ihr nicht, ihn zu nehmen. Sie faltete das Pergament auseinander und las, langsam, jedes Wort mit den Lippen mitformend. Er konnte nicht umhin, sie voll Rührung zu betrachten wie sie da saß, ganz konzentriert und mit vor Anstrengung glühendem Gesicht.

»Du hast Recht«, sagte sie schließlich langsam. »Es ist so viel passiert.«

Erwartungsvoll schaute er sie an.

»Ach John«, brach es schließlich aus ihr heraus. »Es tut mir alles sehr Leid, wirklich. Aber …«

Mit großzügiger Geste schnitt er ihr das Wort ab. »Kein Bedauern«, sagte er eilig. »Das ist alles Vergangenheit. Ich bin mehr als bereit, dir zu vergeben.«

»… ich hatte mich so gesehnt, dass du mich damals in den Arm genommen hättest«, vollendete sie ihren Satz. Sie senkte den Kopf. ,«Ich war so allein und verzweifelt.«

»So«, meinte er, ein wenig verstimmt. Dann räusperte er sich. »Wie gesagt, all das gehört der Vergangenheit an, und wir sollten es vergessen. Auch ich war nicht glücklich, einige Male, du weißt das«, er warf ihr einen Seitenblick zu. »Deinetwegen habe ich einen Mann getötet.«

»Der mich umbringen wollte«, warf Rose ein.

Wieder verstummte John. »Wie auch immer.« Seine Stimme klang leise. Er räusperte sich noch einmal, dann ergriff er ihre Hände. »Ich denke dennoch, dass wir, wenn wir uns gegenseitig aufrichtig und in vollem Umfang vergeben, so wie Christus es mit unseren Sünden getan hat, dass wir dann einen Neuanfang wagen können. Was meinst du?« Er suchte ihren Blick einzufangen, der über die Arkadengänge schweifte um sicherzugehen, dass niemand Zeuge dieser Szene wurde.

»Ich weiß nicht«, brachte sie heraus und betrachtete ihre keusch ineinander verschlungenen Finger. Dann mit einem Mal entzog sie sie ihm und warf ihm die Arme um den Hals. Erstaunt hielt er sie mit aller gebotenen Zurückhaltung fest.

»Ach John, wenn es doch nur einfach wieder so sein könnte, wie es war«, rief sie aus und schmiegte sich an ihn.

In dem Moment hörte er Schritte über ihnen und rückte unwillkürlich ein wenig von ihr ab. Dabei spürte er sehr wohl die Wärme ihres Körpers unter dem Stoff ihrer Cotte und roch den Duft ihrer Haut, der aus dem Ausschnitt ihres Kleides stieg. Wie oft hatte er sich das vorgestellt, während er in den Bergen Judäas in irgendeinem Schlammloch lag, zwischen feuchten Laken, mit knurrendem Magen und ohne eine Hoffnung. Er fühlte die Weichheit ihrer Arme unter seinem Griff und wünschte sich, er könnte ihr sagen, wie sehr er sich nach ihr gesehnt hatte in all den Wochen. Wie sie ihm nicht aus dem Kopf gegangen war, nicht ihr Kupferhaar und der ernste Blick, mit dem sie immer alles betrachtete, während die zweifarbigen Funken in ihren Augen tanzten, von deren Lebendigkeit sie nichts zu wissen schien. Wie wenig er noch die geringste ihrer Gesten vergessen hatte, die Energie ihres Ganges, die kräftige Geschmeidigkeit, mit der sie die schweren Wasserkrüge geschleppt hatte, damals, als er vor Akkon lag und es nichts gab in seinem Tag, als die Freude darauf, dass sie kommen würde.

Aber nichts davon kam über seine Lippen, er war sich nicht einmal sicher, ob sie es gerne hören würde. Ob es sie nicht zu sehr verwirren würde, erschreckte es doch ihn selbst.

»Gewiss«, sagte er darum nur, schob sie sorgsam wieder auf ihren Platz und strich ihr nach einigem Zögern sanft über das Haar, bedacht darauf, das Zittern seiner Finger zu verbergen. »Du wirst sehen«, meinte er und lächelte ermutigend. »Alles wird nun gut werden.«

»Rose?«

Das war Elaines Stimme. Sie lehnte sich droben über die Brüstung und winkte nach ihr.

Die junge Frau stand auf. John erhob sich mit ihr. »Alles wird gut«, wiederholte er beschwörend. Haben wir nicht ein Unterpfand?« Und er wies mit dem Finger zu Elaine hinauf, die mit fragender Miene zu ihnen hinunterstarrte.

»Sicher«, murmelte Rose. Sie wollte gehen. John hielt sie fest. »Vergebung?«, wisperte er.

»Ja, gewiss.« Traurig lächelte sie in an.

»Und?«, platzte Elaine heraus, kaum dass sie die letzte Stufe genommen hatte. »Ich musste euch trennen, der Bischof von

Beaumarchais ist da und wird jeden Moment herauskommen. Aber was hat er gesagt?«, drängte sie dann noch einmal.

»Er hat von Vergebung gesprochen«, meinte Rose zögernd.

»Und, ist das nicht gut?«, fragte Elaine.

»Ich weiß nicht.« Rose zuckte mit den Schultern. »Das Wort macht mir eine Gänsehaut. Mir wäre es lieber gewesen, er hätte mich einfach …« In den Arm genommen, wollte sie sagen, brach aber ab, da sie Johanna mit dem Erzbischof durch die Tür kommen sah. Sein Kindergesicht strahlte wie immer.

»Habe ich das Wort Vergebung gehört?«, fragte er mit seiner lauten, predigtgewohnten Stimme.

Elaine und Rose knicksten. »Und so bedrückte Gesichter dazu?«, neckte er sie, »wenn von der höchsten christlichen Tugend die Rede ist?«

»Wir sprachen davon, Ehrwürden, ob die Vergebung als Grundlage der Beziehung zwischen zwei Menschen tauge«, sagte Elaine in höfischem Ton und ignorierte, dass Rose ihr auf den Fuß trat.

»Aber unbedingt«, erwiderte der Erzbischof ungesäumt und war sofort in seinem Element. Er forderte sie auf, sich mit ihm und der Königin ein wenig auf der Estrade zu ergehen und legte ihnen seine Ansichten dar. »Die Vergebung ist die Grundlage jeder Beziehung, ist sie doch das Band, das uns Menschen an Gott knüpft, der mit dem Opfertod seines Sohnes unser aller Vergebung erlangt hat.«

»Und sicher ist Vergebung Gott möglich«, beeilte Elaine sich zuzugestehen. »Aber kann der schwache Mensch, der wir sind, sie tatsächlich in vollem Umfang üben?« Sie warf einen Seitenblick auf Rose, die noch immer besorgt dreinsah. »Denn wahre Vergebung beinhaltet doch, dass kein Schatten zurückbleibt, nicht wahr?«

»Keine Missgunst, kein Verdacht, nicht der Hauch einer Verstimmung«, bestätigte der Erzbischof. »Wem vergeben ist, der ist rein in seinen Augen und denen der Welt. Und wer vergab, ist selig.« Er hob wie segnend die Hände.

»Also ist er was Besseres«, stellte Rose nüchtern fest. »Und dem vergeben wurde, der bleibt immer der, der einmal unrein gewesen ist.«

»Mein liebes Kind«, sagte der Erzbischof und suchte einverständnisheischend Johannas Blick. »Vergebung ist etwas Großes. Ihr aber seht das ein wenig zu sehr wie Eure Haushaltsabrechnungen, will mir scheinen.« Er lachte und forderte Johanna auf mit einzustimmmen.

»Ich denke, die Menschen sind so«, überlegte Rose und schaute vor sich hin. »Sie haben alle ihre kleinen Rechungen, und auch wer vergibt, achtet auf die Zinsen, die man ihm dafür schuldet.«

»Rose«, mahnte Johanna und unterdrückte ein Lächeln, «wie oft habe ich gesagt, du sollst nicht so viel denken?« Damit wandte sie sich dem ein wenig verblüfften Erzbischof zu, um ihn zu besänftigen. Elaine hakte Rose unter, um sie in die andere Richtung fortzuziehen. Aber der Erzbischof hielt sie noch einmal auf. »Und Ihr, Dame Elaine, wann kommt Ihr, um Gottes Vergebung anzunehmen?«

Die Lustigkeit verschwand aus Elaines Gesicht. Sie knickste hastig. »Ich werde kommen, Ehrwürden«, sagte sie rasch. »Nur noch ein wenig …« Damit zog sie ihre Freundin fort.

»Geduld«, hörten sie Johanna noch sagen. »Es war eine schwere Zeit für sie.«

»Um so wichtiger, dass sie sich davon befreit«, erwiderte der Erzbischof tadelnd. »Der Unglauben, Mylady, ist ein Gift, das den Menschen zerstören kann, schon der äh, Kontakt mit ihm genügt und nur die Beichte und die Vergebung Gottes gibt uns Frieden. Ihr werdet an meine Worte denken!«

13.

»Mein Fürst von Tarent, einen Augenblick.« Johanna hielt Bohemund an, der mit seinen Vasallen im Aufbruch begriffen war und reichte ihm einen versiegelten Brief. »Da ich weiß, dass Ihr zu meinem Bruder nach Askalon reist, bitte ich Euch, dies mitzunehmen«, sagte sie, ein wenig außer Atem, da sie gelaufen war, um ihn auf der Treppe noch abzufangen.

Bohemund schaute sie väterlich an. »Da ich weiß, Mylady, was für eine Botschaft sich darin befindet«, sagte er freundlich und machte keine Miene, das Pergament zu nehmen, »bitte ich Euch, es einem anderen Boten zu übergeben.«

Johanna schüttelte den Kopf. »Es wäre mir Recht, wenn er es aus Eurer Hand empfinge«, insistierte sie, »der Hand eines Mannes, dessen Wort in Palästina Gewicht hat.«

Verlegen senkte Bohemund die Augen und hüstelte, dass seine schon etwas schlaffen Wangen zitterten. Dann aber antwortete er ihr. »Um so seltsamer müsste es Richard erscheinen, wenn ich mich anschließend im Großen Rat erhebe, und das Gegenteil dessen fordere, was, wie ich glaube, in diesem Schreiben steht.«

Seine sonst so heiteren blauen Augen blickten mitleidig, als er bemerkte, wie das Lächeln in ihrem Gesicht schwand. »Ja, Mylady«, fügte er hinzu. »Ich werde mich für Konrad von Montferrat als König aussprechen.« Er schwieg.

»Vater?«, fragte Raimund, der sich über seine Schulter geneigt hatte. »Wir müssen aufbrechen.« Doch der Alte hob die Hand.

Johanna versuchte, ihre freundliche Miene und den verbindlichen Ton zu behalten. »Aber Ihr werdet doch gewiss nicht für einen Menschen stimmen, der dem König und Euch in den letzten Monaten jede Hilfe verweigert hat, ja, Euch in den Rücken gefallen ist.« Mehr als das, dachte sie, aber aussprechen durfte sie es nicht. »Er hat die verräterischen Franzosen aufgenommen, die vor ihrer Aufgabe geflohen sind. Außerdem«, schloss sie schließlich ein wenig ratlos, »war die Entscheidung für Guido schon einmal gefallen. Es ist ein Unding, sie jetzt überhaupt noch einmal zu hinterfragen.«

»König Richard selbst hat den Rat einberufen«, antwortete Bohemund nur. »Wenn er mich fragt, werde ich meine Meinung sagen.«

»Vater!« Raimund, von der Szene peinlich berührt, wurde dringender.

»Meine Königin, ich weiß nicht, ob wir uns wiedersehen, aber ich hoffe, wir scheiden als die Freunde, die wir waren.« Mit diesen Worten verneigte er sich.

Johanna kniff die Lippen zusammen und nickte. Aber ihre Gedanken waren bereits anderswo. Sie beachtete weder seinen Aufbruch, noch die Stimmen, die laut wurden, als der Lärm seiner Schritte verhallt war.

»Kannst du mir das erklären, Rose?« Elaine hielt einen Lederbeutel hoch, in dem es verdächtig klimperte und funkelte. Sie hatte ihn unter der Matratze ihrer Freundin gefunden, auf der Suche nach einem Ring, der ihr selbst verlorengegangen war, und hatte sich davon ungut an eine lange zurückliegende Szene erinnert gefühlt, in der sie Rose in ihrem eigenen Zimmer daheim auf Burg Chaworth beim Diebstahl ertappt hatte. Anklagend fischte sie Schmuckstück um Schmuckstück aus der Hülle und legte es auf das Bett. Dabei stockte ihr fast der Atem: Es war ein kleines Vermögen, was dort lag, weit wertvoller als das, was sie damals auf die Reise mitgenommen hatte.

»Du wühlst in meinen Sachen?«, fragte Rose empört, die ahnungslos hereingekommen war, um sich nun mit der Schmucksammlung konfrontiert zu sehen.

»Lenk nicht ab«, beschied Elaine. Dann wurde ihre Stimme dringlicher: »Rose, dir muss doch klar sein, dass jeder auf den ersten Blick begreift, woher das kommt.«

»Ja«, stimmte Rose ihr zu und betrachtete den Reichtum mit

schräg geneigtem Kopf. »Ich habe mir damals schon gedacht, dass es keine gute Idee war.

»Keine gute Idee?« Elaine platzte der Kragen. »Rose, das ist der Schmuck der Königin. Was willst du sagen, wenn jemand ihn entdeckt?«

»Dass sie ihn mir geschenkt hat natürlich.«

»Geschenkt? Rose, ich habe das hier unter deiner Matratze gefunden!«

Langsam dämmerte es Rose, was ihre Freundin sagen wollte. Ihr Gesicht spiegelte nacheinander all ihre Empfindungen: Schreck, Trauer, Trotz. Sie richtete sich auf. »Ja, geschenkt«, erwiderte sie. »Was hast du dir denn gedacht?«

»Ich bitte dich.« Elaine warf eine der Ketten zurück, dass es böse in dem goldenen Häufchen rasselte. »Was soll ich, was soll irgendwer denn davon denken. Schließlich habe ich dich schon mit den Fingern in meinen eigenen Truhen erwischt.«

Rose schnappte nach Luft. Was Elaine sagte, war wahr. Sie hatte damals versucht, schweren Herzens und mit schlechtem Gewissen, sie zu bestehlen. Aber das sie das so vorbrachte, in diesem Ton, und als wäre es eben erst geschehen, das verletzte sie zutiefst.

»Was hattest du denn nur vor mit all dem Zeug?«, hörte sie Elaine fragen, empfand es aber als unter ihrer Würde zu antworten. Sie hätte auch gar kein Wort herausgebracht.

Die Freundin aber hatte sich die Erklärung schon selbst zurechtgelegt. »Wenn du glaubst, John wird etwas davon annehmen, hast du dich getäuscht«, sagte sie. Ihre Stimme wurde weicher. »Glaub mir, ich verstehe ja, dass du dir Sorgen wegen deines Ranges machst, aber ich versichere dir, einem Mann wie ihm geht es nicht um Titel und schon gar nicht um Geld. Er …«

»Du denkst, ich bestehle Johanna, um mit meinem Geliebten durchzubrennen?« Rose fehlten die Worte. »Ich, ich dächte an nichts anderes als einen Mann und wie ich zu ihm kommen könnte?«, fragte sie scharf und schaffte es immerhin, dass Elaine errötete.

»Was willst du damit sagen?«

»Oh, nichts«, zischte Rose. »Nur dass das doch sicher keine Freudentränen sind, die du seit deiner Rückkehr dauernd vergießt. Das kannst du mir nicht einreden.«

»Ach, und was willst du mir einreden«, fauchte Elaine zurück, nunmehr tiefrot und nicht gewillt, das Thema zu vertiefen. Sie raffte eine Handvoll von dem Schmuck zusammen und hielt ihn Rose unter die Nase. »Na?«

»Das war ein Geschenk.«

»Ein Geschenk, ha«, rief Elaine voller Verachtung.

»Ja«, gab Rose zurück. »Sie drückte mir alles in die Hand und sagte, es sei für mich, als Versorgung, weil sie selbst bald für immer von uns fortgehen würde.«

»Fortgehen.« Elaine ereiferte sich. »So ein Unsinn, wohin sollte sie denn fortgehen?«

Rose biss sich auf die Lippen. Sie wusste die Antwort auf diese Frage selbst nicht, obwohl sie sie sich oft genug gestellt hatte, seitdem Johanna an jenem Abend so seltsam gewesen war. Eine Idee hatte sie schon, nur konnte sie die nicht formulieren, ohne der Königin zu schaden. Also schwieg sie.

Elaine ließ den Schmuck wieder fallen. »Wer soll dir diesen Unfug schon glauben? Wirklich, ich wollte dir helfen, aber so.«

»Frag sie doch selbst«, brachte Rose nur heraus.

So viel Trotz verärgerte Elaine nur noch mehr. »Ja«, rief sie, nunmehr laut, »das werde ich auch. Wir beide werden das, aber ich warne dich, du wirst diejenige sein, die die Folgen zu tragen hat.«

Energischen Schrittes machte sie sich auf den Weg, dicht gefolgt von Rose. Ihr Zorn verflog nicht auf dem Weg, und sie hatte schon die Hand gehoben, um an der Tür von Johannas Gemach zu klopfen, als ein lautes Krachen sie innehalten ließ. Sie wechselten einen schnellen Blick miteinander und mit den Wachen, die sich bemühten, ihre ausdruckslosen Mienen zu behalten. »Wer ist bei ihr?«, flüsterte Rose.

»Die Königin Berenguela«, war die Antwort, so hastig geflüsert, dass sie kaum entscheiden konnten, welcher der beiden Männer sie gegeben hatte. Aber weder der eine noch der andere hinderte sie daran, die Tür einen winzigen Spalt weit zu öffnen. Drinnen krachte eine weitere Vase splitternd gegen die Wand. Ein paar der Scherben flogen in ihre Richtung und trudelten kreiselnd über den Boden und prasselten gegen die Tür, die Elaine um einen Spalt weit öffnete.

»Es ist einfach unerträglich«. Das war Berenguela, die wie eine Löwin im Käfig auf und ab marschierte. »Mitanzusehen, wie dieser Mann auf den Thron gehoben wird, ohne irgend etwas tun zu können.« Sie stieß einen Wutschrei aus. »Ein Mensch, der versucht hat, seinen König zu ermorden.«

»Die ist aus Kupfer«, vernahmen sie Johannas gelassenere Stimme. »Sie wird nicht zerbrechen.«

Berenguela fuhr herum. »Ich kann ihn nicht einmal warnen«, rief sie, »und warum? Wegen deiner beklagenswerten, höchst lächerlichen Rolle in der ganzen Sache.«

»Danke für dein Mitgefühl«, hörten sie Johannas spröde Antwort. »Aber wenn ich dich erinnern darf, war es mein Verdienst, dich vor den Mordabsichten gewarnt zu haben. Ich habe das Attentat schließlich vereitelt.«

»Oh ja«, fauchte Berenguela. »Und während ich ihm das schreibe, erkläre ich ihm auch gleich, warum du das konntest.«

»Berenguela, bitte.«

Aber ihre Schwägerin war unerbittlich. »Weil du mit dem Attentäter geschlafen hast, jawohl. Und schau mich nicht so waidwund an, Johanna. Wenn ich mich recht erinnere, warst du es, dich mich immer gewarnt hat, mich einem Mann nicht zu sehr zu ergeben.«

Das war zu viel. Johanna, die auf einen Stuhl gesunken war und ihr Gesicht mit den Händen bedeckt hatte, hob den Kopf und ging zum Gegenangriff über. »Eine berechtigte Warnung, wenn man alles betrachtet. Denn als er bei dir war, hast du ihm binnen

Augenblicken aus der Hand gefressen. Jetzt wirst du rot?« Sie lachte bitter. »Ach Berenguela, ich habe dein Gesicht wohl gesehen. Du hättest ihm alles geglaubt und den Mörder schnurstracks in Richards Schlafzimmer gelassen, während du schmelzend Reinholds Komplimenten gelauscht hättest. Er hat dir gefallen. Und das ist es, was du ihm nicht verzeihen kannst, gib es doch zu.«

Berenguela starrte sie wütend an. Dann wandte sie sich heftig ab. »Tatsache ist«, begann sie dann erneut, weniger laut, aber mit vor Wut vibrierender Stimme, »dass ich wegen deines Fehltritts den König jetzt nicht vor einem Mann warnen kann, dessen politische Ambitionen in höchstem Maß gefährlich sind.« Ihre Haltung war so steif wie ihre Wortwahl.

Johanna stand auf. »Ich habe getan, was ich für richtig hielt. Mein Opfer für Richard ist gebracht. Was du tun willst, musst du selbst entscheiden. Aber mach mir keine Vorwürfe deswegen.«

»Du willst so mutig daherreden?« Berenguela hielt sie am Ärmel zurück »Dabei lebst du doch nur von meiner Gnade. Lebenslang in einem Kloster verschwinden würdest du, wenn Richard erführe, was du für eine …«

Leise, aber bestimmt schloss Elaine die Tür.

14.

»Komm«, sagte sie zu Rose, die sich ohne Widerspruch bei ihr unterhakte. Rasch, mit gesenkten Köpfen, verließen sie den Palast, dessen Atmosphäre ihnen mit einem Mal unerträglich erschien.

Erst als sie auf der Straße standen, und die Frühjahrssonne ihre Scheitel unter ihren dünnen Schleiern wärmte, wurde ihnen wieder ein wenig wohler. Sie schauten einander an und fassten sich spontan bei den Händen. Während sie so dahinschlenderten, berichtete Rose ihrer Freundin von dem, was in ihrer Abwesenheit geschehen war, von Johannas seltsamem Verhalten und dem Verdacht, der in ihr aufkeimte, als sie feststellte, dass sie die vermeintlichen Ruhestunden nicht in ihrem Zimmer verbrachte. »Ich war damals lange abgelenkt von meinem Kummer um dich«, erzählte sie. Und Elaine drückte vergebungsheischend ihre Hand. »Aber da begriff ich, dass alles zusammenhing, dass sie einen Liebhaber haben musste.«

»Reinhold von Sidon«, flüsterte Elaine, nicht ohne Ehrfurcht. Ihre Bewunderung für den Ritter war ungebrochen, auch wenn ihnen beiden aus dem Gehörten klar geworden war, jetzt, wo sie es durchdachten und miteinander besprachen, dass er wohl einen Anschlag auf Richards Leben geplant hatte.

»Johanna hat ihn verraten; sie hat ihre Liebe für das Leben ihres Bruders geopfert.« Elaine ließ sich die Wirkung dieses dramatischen Satzes auf der Zunge zergehen.

»Das kam später«, meinte Rose. »Früher am selben Abend, als sie mir auf einmal den ganzen Schmuck gab, da war sie, glaube ich, entschlossen, mit ihm durchzubrennen.«

»Sie hätte alles aufgegeben?«, fragte Elaine, weniger erstaunt als tief beeindruckt. »Dabei ist sie eine Königin. Und er war der Feind.«

»Nun ja«, erwiderte Rose nüchtern, die dem melodramatischen Ton Elaines abgeneigt war. »Zu dem Zeitpunkt war er nur irgendein Ritter für sie, nehme ich an.«

»Einfach so.« Elaine war von Einschränkungen nicht zu beeindrucken.

Mit Sorge betrachtete Rose ihren gedankenverlorenen Blick. »Wollen wir durch den Souk gehen?«, schlug sie deshalb betont fröhlich vor. »Vielleicht können wir ein Fläschchen von dem Rosenöl kaufen, das du so gerne magst. Reich sind wir ja.« Sie klimperte mit dem Beutel, wurde dann aber nachdenklich. »Du hast Recht im übrigen«, sagte sie. »Ich muss Johanna den Schmuck zurückgeben. Ich wollte es schon oft, aber mir hat immer der Mut gefehlt, ihr gegenüberzutreten und sie an jenen Abend zu erinnern. Ich glaubte, es wäre zu schmerzlich für sie.«

Elaines Laune hingegen hatte sich aufgehellt. Rose bemerkte mit Staunen, wie sie sich veränderte, als sie den arabischen Teil der Stadt betraten. Ihre Haltung, die Art, wie sie sich bewegte, alles verwandelte sich auf eine schwer zu beschreibende Weise. Ihr war, als ginge eine völlig neue Elaine an ihrer Seite, gelassen und selbstgewiss.

Sie selbst wurde immer ein wenig unsicher, sobald die Gesichter um sie herum noch braun und dunkeläugig waren und aus den Hausfluren nurmehr die fremdartige Musik des Orients drang. Manche der Männer wichen ihr übertrieben ehrerbietig aus als einer Herrin, andere schienen sie stolz zu ignorieren, so dass sie beinahe gegen sie gestoßen wäre. Dass sie es nie vorhersehen konnte, ließ sie ständig auf der Hut sein und manchmal hatte sie das Gefühl, ihr schwindelte in diesen Gassen. Selbst die Düfte, die köstlich waren und betäubend, wenn sie die Läden der Gewürz- und Spezereienhändler passierten, wurden ihr nach einer Weile zu viel und es verlangte sie nach frischer Luft. Elaine dagegen schien sie förmlich einzusaugen. Sie bewegte sich sicher wie ein Schiff vor dem Wind, ohne einmal zu zögern, summte zu den Melodien und begrüßte die Händler und die Kinder, die ihnen begegnete mit einem Lächeln, als kennte sie sie. Und seltsamerweise schienen diese Menschen den Gruß zu erwidern, so als hätten auch sie in Elaine etwas erkannt, was Rose verborgen blieb. Sie konnte nicht aufhören, die Freundin mit Staunen von der Seite zu mustern. Es fiel ihr erst nach einer Weile auf: »Du sprichst ihre Sprache?«

»Nur ein wenig«, gab Elaine zurück. »Es reicht für ein paar Floskeln, die übliche Begrüßung.«

Fasziniert betrachtete Rose ein Kind, das sich ihnen erst misstrauisch genähert und Anstalten gemacht hatte, sie anzubetteln. Nachdem Elaine es angesprochen hatte, öffnete sich seine verschlossene Miene und erblühte zu einem strahlenden Lächeln. Der Junge rief etwas, und als Elaine geantwortet hatte, schenkte er ihr eine halb verwelkte Hibiskusblüte, die sie in ihr Haar steckte. In dem Lachen, das ihnen folgte, lag kein Hohn.

»Was hast du ihm gesagt?«, fragte Rose.

»Oh, nichts weiter«, meinte Elaine nur.

»Du hast ihn doch etwas gefragt?«, beharrte Rose. Statt einer Antwort musste sie erleben, wie Elaine sich mit demselben Satz an einen jungen Händler wandte, der mit unterschlagenen Beinen vor seinem Geschäft saß und an einer Tasse nippte. Die Antwort war ehrerbietig, dennoch ging Elaine weiter.

»Ich kenne da einen Platz«, sagte sie nur, als Rose weiter in sie drang. »Er ist nicht weit vom Hafen. Wollen wir?«

Rose stimmte zu und wurde zu einem kleinen Park geführt. Eine dicht mit Efeu bewachsene Mauer trennte ihn von einem Palais, das aber zu verfallen schien. Die Pforte im Stein jedenfalls war verrammelt und wucherte zu. Hier und da konnte man noch die Wege erkennen, die einst mit Kies bestreut waren und auch die Beete. An manchen Stellen ahnte man sogar, wo einst Ringelblume wuchs, wo Thymian, wo Beifuß und Minze. Heil- und Gewürzkräuter hatten hier einst in schöner Ordnung gestanden, nun wurde alles überwachsen und im Dickicht sonnten sich die Eidechsen.

»Ist es hier nicht ein wenig wie in Mutters Garten auf Chaworth?«, fragte Elaine, ehe sie sich auf einem geborstenen Stamm niederließ. »Auch sie pflegte Fenchel und Mädesüß zu pflanzen. Und das Schöllkraut für die Salben stand auch bei ihr immer dicht bei der Mauer.«

Rose musste es zugeben. Der Ort ähnelte in vielem dem kleinen Garten, in dem sie sich früher so oft getroffen hatten, um miteinander zu plaudern. Hauptsächlich, erinnerte sie sich, damit Elaine jemandem ihr Liebesleid klagen konnte. Wie lange war das schon her? Sie ließ sich neben ihrer ehemaligen Herrin nieder. »Ja«, bestätigte sie und schaute gleich dieser, dem Garten den Rücken wendend, hinaus auf das Meer und die Küstenlinie, die sich in vielfarbigem Pastell vor ihnen abzeichnete. »Aber der Ausblick ist ein anderer.«

»Ja, die Sicht hat sich geweitet«, bestätigte Elaine und räkelte sich in der Sonne. »Ach, ich liebe diese Landschaft.«

»Mir fehlt England«, gab Rose zu. »Ich sehne mich nach seiner Landschaft. Nach Jahreszeiten. Ich möchte gern rote Ahornblätter sehen. Und zarte Anemonen, die mit ihren zitternden Blütenköpfen das Unterholz weiß färben.«

»Brennnesseln«, neckte Elaine.

»Frisches Birkengrün.« Rose seufzte. »Und Ebereschen.«

»Es fehlt dir wirklich«, stellte Elaine fest. »Du würdest nicht hier leben wollen?«

»Du etwa?« Rose wagte nicht, sich nach der Freundin umzuwenden. Sie spürte, mit der Frage hatte sie sich einem entscheidenden Thema genähert. Elaine war so verändert, seit sie aus ihrer Gefangenschaft zurück war, stiller, verhaltener. Anfangs hatte sie geglaubt, dass Elaine nicht einfach überglücklich war, so wie sie selbst, läge an den schlimmen Erinnerungen, die sie quälten. Mit der Zeit aber hatte sie den Eindruck gewonnen, dass Elaine nie wirklich bei ihnen angekommen war. Sie ging freundlich, aber ein wenig fremd unter ihnen einher, was der gemeinsame Alltag, den sie wieder aufgenommen hatten, so gut es ging verdeckte. Dennoch spürte Rose die innere Distanz ihrer Freundin. Lange hatte sie sich gescheut, daran zu rühren, und nun wartete sie voller Angst, was geschehen würde.

Elaine seufzte. »Es ist wirklich ein wenig wie auf Chaworth«, meinte sie dann. »Weißt du noch, wie ich dich dort stundenlang mit den Ergüssen zu meinem Liebeskummer gelangweilt habe?«

»Du hast mich nicht gelangweilt«, widersprach Rose lahm.

Elaine zuckte mit den Achseln. »Wenn ich mich so zurückerinnere, denke ich doch. Es kann kaum anders gewesen sein.« Sie schwieg einen Moment. »Aber es fehlt mir.« Wieder hielt sie inne. »Es fehlt mir so sehr.«

Rose ergriff statt einer Antwort nur ihre Hand. »Meinst du nicht«, fragte sie dann vorsichtig, »dass ich deines Vertrauens heute ebenso würdig bin wie damals, als du nach dem Kastellanssohn schmachtetest?« Sie zog ein komisches Gesicht, und Elaine musste auch prompt lachen. Eine Weile kicherten sie gemeinsam, hingegeben an ihre Erinnerungen. Dann aber sagte Elaine. »Diesmal Rose, ist es nicht der Kastellanssohn.«

Rose nickte. »Das war nicht schwer zu erraten.«

Elaine schaute sie kurz an und wandte dann den Kopf ab. »Es ist der, der mit mir sprach, Rose. Der mein Haar berührt hat.« Sie strich über ein paar ihrer silbernen Strähnen, die unruhig im Wind flatterten, der von der See her zu ihnen wehte.

»Ich dachte es mir schon«, sagte Rose nur ruhig.

Elaine fuhr herum. Mit aufgerissenen Augen starrte sie ihre Freundin an. Dann sprudelte es nur so aus ihr heraus. »Er ist ein Ritter, Rose. Seine Familie stammt aus Ägypten. Er hat dort einen Palast, der märchenhaft sein muss. Er sagt, der Nil, der unter seinen Fenstern fließt, schimmert grün wie ein Smaragd und das Schilf singt vom Duft der Feigenbäume.« Sie legte den Kopf in den Nacken und spürte die Sonne auf ihrem Gesicht. »Und es stimmt, Rose, er hat mir nie etwas getan.«

»Er hat dich nicht angerührt?«, fragte Rose, nun doch erstaunt.

Elaine lächelte mit geschlossenen Augen. »Nicht, wie du denkst«, sagte sie dann. »Nicht, wie irgendeiner es sich vorstellen könnte, nicht einmal ich in meinen kühnsten Träumen.« Sie hob ihre Hand und betrachtete sie. »Als er sich mir das erste Mal näherte, und du kannst dir vorstellen, wie verängstigt ich war und voll der schlimmsten Befürchtungen, da hat er nichts getan, als meine Hand zu streicheln.« Sie bewegte sie sacht vor ihren Augen. »Er hielt sie und zeichnete ihre Konturen nach, liebkoste ihre Mulden, die Spitzen meiner Finger, den Puls. Rose, so war mir noch nie. Ich hatte nie zuvor gewusst, was meine Hand erspüren könnte. Als hätte ich sie bis dahin nicht gesehen, nicht gekannt. Zum ersten Mal kam sie mir schön vor.« Nachdenklich betrachtete sie ihre schlanken weißen Finger. »Dann ließ er mich allein und ich rollte mich auf meinen Kissen zusammen.«

»Er hielt dich gefangen?«

»Es war eine luxuriöse Gefangenschaft, die Kissen waren aus Seide, die Zeltwände mit kostbaren Teppichen behangen. Man wartete mir mit allem auf, was ich verlangte. Doch wenn er nicht kam, war ich allein. Und bald sehnte ich mich nach ihm.«

»Nach deinem Wärter!«

»Ach Rose.« Elaine schüttelte den Kopf. »Am Tag darauf kam er und liebkoste meinen Arm und am folgenden die Schultern und meinen Hals. Hast du geahnt Rose, wie empfindungsfähig die zarte Haut sein kann, hier?« Und sie fuhr Rose sacht mit dem Finger über den Nacken.

Eine Gänsehaut überlief das Mädchen. »Schon gut«, rief sie abwehrend und hob die Hände.

»Und am nächsten Tag …«

»Schon gut, schon gut«, sagte Rose ahnungsvoll. Heftig rieb sie sich die Arme. Sie wollte es lieber nicht hören.

»Ja«, seufzte Elaine, »mein Gesicht.«

»Dein Gesicht?«, entfuhr es Rose, woraufhin Elaine sie so erstaunt anschaute, dass sie nicht umhin konnte zu bemerken: »Alles, was Thomas der Schmied mit meinem Gesicht zu tun hatte, war, seine Faust hineinzusetzen.« Sie wehrte sich zunächst, als Elaine sie an sich zog, dann ließ sie es geschehen. So saßen sie eine Weile eng umschlungen. Seltsam, dachte sie, wie diese Unterredung verlief. Sie hatte geglaubt, Mitgefühl für Elaine aufbringen zu müssen, und nun bedauerte die Freundin sie. »Hat er denn auch mal etwas gesagt?«, fragte sie schließlich spröde.

Elaine lachte. »Viel, sehr viel, aber das kam später. Ganze Nächte hindurch haben wir miteinander geredet. Und er hat mir seine Sprache beigebracht und mir erzählt von dem Leben, das … in Ägypten«, unterbrach sie sich selbst.

Rose sah, wie ihr Blick sich verschleierte. Sie starrte auf das

Meer, dachte sie, als wäre es schon der smaragdgrüne Strom. »Du wolltest mit ihm dorthin ziehen«, sagte sie ahnungsvoll.

Elaine bestätigte es. »Wir waren auf dem Weg, als die Truppen der Kreuzritter uns überfielen. Vor mir lag eine ganz neue Zukunft. Ich konnte sie schon vor mir sehen, dort in den nebligen, kalten Hügeln.« Mit einem Mal kamen ihr die Tränen.

»Aber Elaine.« Rose suchte, einen vernünftigen Ton anzuschlagen. »Bei aller Liebe und dem, was du erzählst: Es war sicher besser so. Meinst du nicht auch? Denk doch mal nach! Er mag sehr zärtlich gewesen sein und deine Erfahrung ist sicher wunderbar … .« Sie unterbrach sich und fuhr dann drängender fort. »Aber was für eine Zukunft wäre das denn gewesen? Als Sklavin in einem Harem?«

Elaine schüttelte abwehrend den Kopf. Sie war keinen Vorstellungen zugänglich. Schließlich hob sie ihr verweintes Gesicht und schaute Rose stolz an. »Ich war keine Sklavin, Rose. Ich war seine Frau, hörst du. Und er schwor mir, nie eine andere zu haben.«

»Seine Frau?«, wisperte Rose. Ihre Gedanken überschlugen sich. »Ja, aber, aber dann …« Sie brachte es nicht über die Lippen. Elaines Gesicht, sah sie, verschloss sich mehr und mehr in dem Maße, in dem in ihrer Miene die Bestürzung wuchs. Schließlich schaffte sie ein Flüstern. »Dann hast du seinen Glauben angenommen?«

Elaine antwortete nicht.

15.

»Das ist doch wie verhext«, schimpfte Konrad von Montferrat, »erst kommt und kommt meine eigene Frau nicht aus dem Bad und man lässt mich auf das Abendessen warten, und jetzt das.« Er hatte seinen Freund, den Bischof von Beauvais aufgesucht in der

Hoffnung, dort ein Mahl zu bekommen, doch man teilte ihm mit, der Bischof habe schon gespeist. Der Hofmeister bat ihn dennoch dringend, einzutreten, man werde für ihn und den Ritter, damit warf er Reinhold von Sidon, der mit düsterer Miene neben seinem Lehnsherren stand, einen kritischen Blick zu, ganz sicher etwas in Küche und Keller finden. Dem künftigen König Jerusalems weise man doch nicht die Tür. In seinem Blick lag die Ehrfurcht, die Konrad allerorten begegnete, seit vor wenigen Tagen der Bote mit der Nachricht gekommen war, dass Richard und der Rat ihm die Krone zugesprochen hatten.

Aber Konrad von Montferrat war nun einmal verstimmt. Er lehnte ab und stapfte, schlechter gelaunt als zuvor, wieder auf die Straßen von Tyros hinaus. Der milde Frühlingsabend konnte ihn nicht heiterer stimmen und er übersah die Menschen, die ihn grüßten.

»Contenance«, mahnte Reinhold von Sidon ihn. »Ihr seid König, vergesst das nicht.«

»Bestimmt nicht«, erwiderte Konrad. Er hob den breiten Kopf mit dem schwarzen Bart und den mächtigen Brauen. »Und auch nicht, dass Ihr wenig dazu beigetragen habt.« Als er Reinhold von Sidons Gesicht sah, lachte er dröhnend und schlug ihm auf die Schulter. »Schon gut, schon gut, vergeben und vergessen, was soll's. Ich habe die Krone und Richard zieht ab, das war es schließlich, was wir wollten, oder?« Er wartete Reinholds missmutige Zustimmung nicht ab. »Ab Morgen weht hier ein anderer Wind. Was sagt el-Adil?«

Reinhold verzog das Gesicht. »Er war amüsiert, weil Richards Unterhändler seinem Sohn die Ritterwürde verliehen hat, eine improvisierte Zeremonie ohne die christlichen Zutaten, vermute ich. Er zeigte mir den Gürtel.«

Konrad lachte.

»Aber er ist bereit, die Zusagen zu halten, die er Richard gab: Alle bisherigen Eroberungen, dazu Beirut, wenn wir es schleifen. Und das Recht auf Pilgerfahrt nach Jerusalem.«

»Beirut nehmen wir sicherlich. Ob wir es schleifen, werden wir dann sehen.« Konrads Laune besserte sich von Augenblick zu Augenblick. »Ab Morgen wird hier Politik gemacht.«

Sie hatten die belebteren Viertel hinter sich gelassen und gingen eine enge, einsame Gasse entlang, an deren Ende eine kleine Kirche lag. Mehrere Bettler hatten sich dort niedergelassen, ihre zerlumpten, phantastisch verstümmelten Gestalten wurden nur vom Licht der Sterne beleuchtet. In schattenhaften Klumpen lagerten sie am Fuß der Mauern. Konrad und Reinhold wichen ihnen aus und hielt auf die Nachbargasse zu, die in scharfem Winkel auf den kleinen Platz vor der Kirche mündete. Aus ihrer dunklen Öffnung traten mit einem Mal zwei Männer in langen Mänteln und riefen sie an.

»Konrad von Montferrat?«, fragte der eine. Unwillkürlich griff Reinhold zu seinem Schwert.

Konrad legte ihm die Hand auf den Arm. »Derselbe«, rief er mit seiner dröhnenden Stimme. »Was will man von mir?«

»Ein Brief, Herr, wie man uns sagt von Wichtigkeit.«

»Ein Brief?«, rief Reinhold dazwischen, »von wem?«

»Balian von Ibelin, Herr, ist's, der uns sendet.«

»Balian?« Konrad und Reinhold schauten einander an. Der Ritter von Ibelin, den Saladin hoch schätzte, war ihr Verbindungsmann in Jerusalem.

»Es muss sich etwas Neues ereignet haben«, murmelte Konrad und winkte sie heran. Ungeduldig riss er ihnen den Brief aus der Hand und versuchte, das Siegel im Sternenlicht zu erkennen. »Habt Ihr keine Fackel dabei?«, verlangte er.

Reinhold, in dem seit der Erwähnung des Briefes eine seltsame Unruhe aufgestiegen war, ignorierte die Frage. Statt auf die Suche nach Licht zu gehen, trat er näher, die Hand noch immer am Griff der Waffe.

»Falls Saladin sich immer noch weigert, die Befestigung von Askalon zu akzeptieren«, murmelte Konrad vor sich hin, in Gedanken ganz bei den schwierigen Verhandlungen, in die Ibelin verwickelt war. »Licht, verdammt«, brüllte er. Es war der letzte Satz seines Lebens.

Reinhold sah die Hand mit dem Dolch vorschießen, konnte es aber nicht mehr verhindern, dass sie Konrad in die Seite traf. Dessen mächtige Gestalt wankte zunächst nicht. Noch immer stand er da, den Brief in Händen, den stiernackigen Kopf gesenkt, als wäre nichts geschehen. Er hat ihn verfehlt, dachte Reinhold, Gott sei Dank. Dann stieß Konrad von Montferrat einen gurgelnden Laut aus und brach in die Knie. Aus seinem Mund, der etwas sagen wollte, drang schwärzlich glänzendes Blut. Reinhold zog sein Schwert.

Konrad stürzte nach vorne. Mit ausgestreckten Armen griff er nach seinem Mörder, der, obwohl er einen Schritt zurücktrat, nicht verhindern konnte, dass der Sterbende sich an seinem Mantel festklammerte. Der Mann fluchte und trat nach Montferrat, denn aus den Augenwinkeln sah er Reinholds Klinge. Wankend hob er sein eigenes Schwert, da riss Konrad ihn mit sich zu Boden.

»Bastard«, schrie Reinhold, wechselte den Griff und stach mit der Klinge senkrecht nach unten. Sie durchdrang seinen Gegner und stieß klirrend durch bis auf das Pflaster. Mit einem Ruck zog er sie zurück und fuhr herum, um sich dem zweiten Angreifer zu stellen, doch der war blitzartig in den Schatten verschwunden.

Konrad, noch immer mit einem letzten Funken Leben, zuckte mit den Armen und suchte, kaum mehr bei Bewusstsein, nun Reinholds Beine zu fassen. Ein rasches Kreuzzeichen schlagend, schritt der über ihn hinweg. »He, du!«, rief er einen der Bettler an und winkte ihn zu sich her. Mit fliegenden Fingern nestelte er eine Münze aus seinem Beutel. »Kennst du das Haus Konrad von Montferrats? Geh hin und sage, man hat den Herrn ermordet. Ich brauche Männer, rasch.« Er gab dem Mann einen Stoß, dass er torkelte.

Noch während er rannte, machte die Nachricht unter den Bettlern die Runde. »Montferrat«, tuschelte es, »der König.« Und einige zerlumpte Kinder machten sich auf, die Nachricht weiterzutragen.

Reinhold verwünschte das Trappeln ihrer Füße, denn es hinderte ihn daran zu hören, wohin sein Gegner sich gewandt hatte. Langsam, bei jedem Schritt auf einen Hinterhalt gefasst, folgte er dem Flüchtigen in die Gasse, in die er eingebogen war. Hie und da trat er zur Seite und prüfte eine Tür, fand sie jedoch alle verschlossen, keine gab seinem Rütteln nach. Der Gesuchte musste vor ihm sein. Unwillkürlich lächelte Reinhold, denn er kannte diesen Weg. Es war eine Sackgasse, die nirgendwo hinführte als auf einen Platz mit einem Baum, der seine schirmgleichen Äste über einen Brunnen spannte. Es gab dort Geschäfte und eine Kirche, die bekannt war für ihre wundertätige Statue des Heiligen Petrus. Manche sagten, das Holz des Kreuzes, das sie hielt, sei ein Stück des echten Stabes Petri, der geblüht hatte, als Gott ihm befahl, seiner Gemeinde in Rom beizustehen. Viele Pilger zog es dorthin. Die Mörder allerdings schienen davon nichts zu wissen.

»Er ist nicht von hier«, murmelte Reinhold vor sich hin. »Und ich wette, er ist auch kein Christ.« Sein Schritt war gelassener geworden, nun, da er wusste, was ihm begegnen würde. Nach der letzten Biegung kam die Kirche in Sicht. Ihre Pforte stand offen.

In Reinholds Rücken wurden Schritte laut. Das Klirren der Waffen und die Stimmen verrieten ihm bald, dass die gewünschte Verstärkung angekommen war. Auch die Stadtwache traf ein, und, zu seinem Erstaunen, eine wachsende Menge Volkes, die sich zuraunte, dass dort vorne der Mörder ihres Herrn zu finden wäre. Über ihnen gingen die Fensterläden auf.

»Hat die Kirche einen zweiten Eingang?«, fragte Reinhold von Sidon den Kommandanten der Wache.

Der verneinte. »Nur einen, der zu einem Kreuzgang führt. Aber er ist von allen Seiten von hohen Häusern umbaut. Er kann nicht hinaus, das wird er bald merken.« Der Mann bleckte in einem Grinsen die Zähne. Wir gehen jetzt hinein.«

»Nein«, widersprach Reinhold von Sidon, »ich gehe. Es ist wichtig, dass wir den Mann lebend fangen. Ich will wissen, wer ihn geschickt hat.«

Seine Worte machten die Runde. »Na wer schon?«, antwortete irgendwo in der Menge ein vorlauter Sprecher. »Die Sarazenen waren es, wer sonst?« Die Meinung machte allgemein die Runde. In lauten Debatten taten die Bürger von Tyros einander Kund, dass dies nur ein gemeiner Anschlag der Heiden sein könne.

Reinhold von Sidon hatte eine ganz andere Vermutung, aber er behielt sie für sich. Er fand, dass Richard viel Klugheit und Langmut bewiesen hatte, als er dem Mann, der ihn im Stich ließ, seine Gegner unterstützte und einen Anschlag auf ihn plante, großzügig die Krone überließ. Mehr Langmut, und mehr Großzügigkeit, als er ihm zutraute, wenn er ehrlich war, ja mehr, als er bei einem Mann für natürlich hielt. Er hätte es verstanden, wenn Richard diese Geste politischer Klugheit von einer weiteren begleitet hätte, die ihm den unliebsamen Gegner ein für alle Mal vom Hals schaffte.

Der Brief ging ihm nicht aus dem Sinn, der verfluchte Brief, der Konrads Tod bedeutet hatte und der jenem anderen, für Richard bestimmten glich, den er selbst einst bei sich trug. Und es wollte ihm wie Hohn erscheinen, dass sein Herr auf eben die Weise starb, die er dem englischen König zugedacht hatte. War es vielleicht eben das, schlicht Hohn von einem, der sich Aug um Auge zu rächen wünschte? »Ich gehe«, verlangte Reinhold noch einmal.

Der Kommandant der Wache widersprach. Dies war ihre Aufgabe, ihnen oblag die Verantwortung. Und sie kannten sich am besten aus. Während sie noch stritten, hielten die Männer aus Konrads Haushalt nicht mehr an sich. Ohne das Ergebnis der Beratungen abzuwarten, stürmten sie auf die Kirche los. Reinhold wollte sie zurückhalten, blieb aber stecken in der Menge von Menschen, die hinter den Rittern herdrängten, um die entscheidenden Szenen nicht zu versäumen. Als von drinnen der Schrei erklang: »Wir haben ihn!«, gab es kein Halten mehr und alles stürzte vor.

»Nein«, schrie Reinhold, »halt!« Er teilte mit den gepanzerten Ellenbogen und dem Knauf seines Schwertes derbe Püffe und Hiebe aus, in wachsender Wut. Mehr als einer ging darunter zu Boden, doch es half nichts. Er konnte nur zusehen, wie die Gestalt in dem Mantel aus der Kirche auf den Platz gezerrt wurde, wo sofort der Mob sich auf ihn stürzte. Der Umhang ging in Fetzen, die wie Reliquien weitergereicht wurden. Eines der blutigen Stücke kam an Reinhold vorbei und in seiner hilflosen Wut trat er es in den Schmutz unter seinen Füßen. Aber selbst dort stürzten sich die Menschen noch wie die Irren darauf.

Der Attentäter verschwand derweil unter den Hunderten von Armen, die nach ihm griffen. Sollte er etwas gesagt haben, ging es im Kreischen der Menge unter. Als sie sich endlich von ihm löste, blieb nichts als ein Bündel blutigen Fleisches zurück, das kaum verriet, dass es einmal menschlich gewesen war. Verbittert starrte Reinhold darauf hinunter. »Weg«, zischte er ein zerlumptes Weibsbild an, das sich noch ein Andenken abzureißen suchte. Sie verschwand geduckt und kichernd mit ihrer Beute.

»Gottes Gerechtigkeit«, murmelte jemand und bekreuzigte sich.

»Wir bringen ihn zur Wache«, meinte der Kommandant nach einem Räuspern. »Das, was von ihm übrig ist.«

»Tut mir leid.« Jemand schlug Reinhold auf die Schulter. »Aber das waren die Sarazenen. Glaubt mir.«

»Sicher«, brummte Reinhold, innerlich fluchend. »Sicher doch.« Er war sich dessen sogar gewiss. Denn für einen kurzen Augenblick, ehe es im schwarzen Gewimmel seiner Mörder unterging, hatte er das Gesicht des Mannes gesehen. Es war aufgetaucht wie aus einer nächtlichen Woge. Und er hatte es gekannt, so alltäglich es war. Sie waren ihm schon einmal begegnet, diese Züge, auf einer anderen nächtlichen Straße, und vor allem das seltsame, weltentfernte Lachen, das darauf gelegen hatte. Als hätte der Junge, im Angesicht des Todes, endlich das Paradies gesehen.

16.

Berenguela und Johanna baten ihren Gast, Platz zu nehmen. Der Prior von Hereford dankte ergebenst für die Ehre und ließ sich auf der Kante eines Sessels nieder. Er war ein Mann jenseits der fünfzig, nicht groß, nicht breit, mit klugen Zügen und stets ein wenig feuchten, von Tränensäcken bedrängten Augen. Ja, bestätigte er auf die höflichen Fragen der Damen hin, die Überfahrt von England sei stürmisch gewesen, aber er habe sie zum ersten möglichen Zeitpunkt wagen wollen. Bischof Wilhelm von Ely sende ihn, den Richard als Kanzler eingesetzt hatte, und die Nachrichten seien wahrhaftig der Art, dass man für ihr schnelles Reisen etwas riskieren müsse.

Johanna und Bernguela warfen einander einen besorgten Blick zu. »Ich bedaure, den König nicht anzutreffen«, sprach der Prior und blickte sich um als erwarte er, Richard hinter irgendeiner Tür noch hervortreten zu sehen.

»Er weilt in Askalon, die Feste wiederaufzurichten«, erklärte Berenguela ihm. »Auch die Verhandlungen mit den Sarazenen führt er von dort. Und wir freuen uns sagen zu können, dass eine Einigung erzielt wurde.«

»So wird es also nicht mehr lange dauern«, murmelte der Prior. Er schloss die Augen und schlug ein Kreuzzeichen. »Gelobt sei Gott. Denn England braucht seinen König.«

»Es hat einen kleinen Aufschub gegeben durch die Ermordung Konrads, des Königs von Jerusalem«, warf Johanna ein. »Aber Richard hat seinen Neffen Heinrich von der Champagne nach Tyros geschickt. Er wird die Witwe heiraten und die Krone übernehmen. Die Hochzeit wird noch im Mai erfolgen. Arme Isabella«, konnte sie sich nicht enthalten hinzuzufügen. Dies war nun der dritte Gatte, den die Politik ihr aufdrängte, und sie war noch immer keine siebenundzwanzig. Doch die Sorgen ihrer eigenen

Familie lagen Johanna in diesem Moment mehr am Herzen, und sie hätte sich wahrhaftig gewünscht, dass der kleine Geistliche ein wenig offener wäre.

Der Prior, beschäftigt mit seinen eigenen Sorgen, bemerkte nichts von den ihren. »Dann steht einer baldigen Abreise des Königs nichts mehr entgegen, gut gut«, rechnete er sich aus.

»Das müsst Ihr ihn selbst fragen«, beschied Berenguela ihn, »aber ich glaube sagen zu können, die Aussicht auf eine baldige Heimkehr steht gut.«

»Ach, wenn es so wäre«, seufzte der Prior und schaute sie mit seinem feuchten Blick an. »Denn die Dinge in England stehen schlecht.«

»Aber unser Bruder, John, ist doch im Lande«, wandte Johanna ein, »und kann dem Kanzler in allen Fragen beistehen.«

»Das ist es ja, das ist es ja«, konnte der Prior sich nicht enthalten zu orakeln. In der Tat hatte John begonnen, sich mehr und mehr in alle Machtbelange einzumischen. Wilhlem von Ely vermochte es kaum noch, sich gegen ihn durchzusetzen und war bereits dazu übergegangen, Gelder vor John zu verstecken, der unersättlich alles an sich riss. Der Prior hatte Kenntnis davon, es war ihm eingeschärft worden, es Richard in den drastischsten Farben auszumalen, damit er begriff, wie dringend eine Rückkehr wäre. Er war aber nicht bereit, mehr darüber einem anderen als Richard selbst preiszugeben, damit nicht noch andere Nutzen aus der Situation zögen, und bat deshalb nur, ihn so rasch es ging nach Askalon zu eskortieren. Die Königinnen beeilten sich, es ihm zuzusagen.

Als er gegangen war, meinte Johanna zu ihrer Schwägerin: »Der Brief war echt, ich wusste es. Wir hätten ihn weiterleiten sollen.«

»Durch die Hände eines Mörders?«, giftete Berenguela, die sofort wusste, von welchem Brief die Rede war. Auch sie hatte während des Gesprächs an nichts anderes denken können.

»Durch eigene Boten«, beharrte Johanna.

Berenguela schüttelte den Kopf. »Ich wollte diesem Verschwörer kein Wort glauben«, sagte sie. »Und hatte ich nicht Grund dazu? Was, wenn alles eine Finte gewesen wäre? Wie wären wir Richard gegenüber dann dagestanden?«

»Es war aber keine Finte«, erwiderte Johanna und versuchte, sich an ihren Bruder John zu erinnern, der noch klein gewesen war, als sie England verlassen hatte. Sie konnte sich nur entsinnen, dass seine Haare struppig und von unauffälligem Blond gewesen waren, dass er Apfelkompott geliebt hatte und seinen Hund. Nein, unmöglich zu sagen, was für ein Mensch er heute war.

»Einer, der seinem Bruder nach dem Thron trachtet.« Berenguela war nicht gewillt, nach Gründen oder Entschuldigungen zu suchen. »Nach meinem Thron. Ja, wir hätten den verdammten Brief weiterleiten sollen«, gab sie dann zu. »Und dass wir es nicht taten, ist ganz allein seine Schuld.« Sie schwieg.

»Und meine, meinst du doch«, ergänzte Johanna, erhielt aber keine Antwort mehr. Sie gingen ohne Gruß auseinander.

Schüchtern trat Rose an Berenguela heran, die mit schnellen Schritten aus dem Zimmer wollte. Trotz der schlechten Laune ihrer Herrin wagte sie nach einer Verneigung, ihre Bittte vorzubringen.

»Wie?«, fragte Berenguela erstaunt, aus ihren so ganz und gar anders gearteten Gedanken gerissen. »Gewiss lerne ich noch immer das Arabische.« Sie verzog das Gesicht. »Obwohl mir die Freude daran vergangen ist. Und hoffentlich werde ich es bald nicht mehr brauchen, warum?«

Rose erklärte ihr Anliegen. Sie hatte arabische Worte gehört und hoffte, die Königin könne ihr deren Bedeutung erklären.

Verwundert lauschte Berenguela den Lauten, die Rose unbeholfen, aber gewissenhaft vortrug. Sie bemühte sich so gut es ging, das nachzuahmen, was sie aus Elaines Mund hörte, wann immer diese mit den Händlern und Menschen in den Souks sprach. Und sie tat es beunruhigend oft. Wann immer sie konnte, verließ sie den Palast und wanderte durch die Gassen der arabischen Händler, die Wachen an ihrer Seite ignorierend. Rose sah es mit Unbehagen und begleitete sie, sooft sie konnte. Obwohl sie dabei nichts bemerkte, was ihr direkten Anlass zur Sorge gab, wollte ihre Unruhe doch nicht weichen. Sie wurde rot von der Anstrengung und auch bei dem Gedanken, welche Untreue sie an Elaine beging, aber sie wollte Gewissheit haben.

»Du sprichst es falsch aus«, tadelte Berenguela sie, nachdem sie mit gerunzelter Stirn gelauscht hatte. »Es muss heißen ›Salaam Aleikum‹ und ist ein ganz gewöhnlicher Gruß.«

»Oh«, sagte Rose, »dann muss ich mir gewiss keine Sorgen machen, dass der Parfumhändler mich so ansprach.«

»Gewiss nicht«, bestätigte Berenguela mit einem Lächeln, in dem vor allem Ungeduld lag. Schon wollte sie weitergehen.

»Und dann sagte er noch«, fuhr Rose unbeirrt fort und suchte in ihrem Gedächtnis die Kette unvertrauter Laute wiederzugeben, hilflos von einem zum anderen springend. Mehrmals trug sie alles vor.

Berenguela legte erneut ihre Stirn in Falten. »Ich vermute«, meinte sie schließlich, »dass auch hier dein Gedächtnis dir Streiche spielt. Denn du fragst mich hartnäckig, ob ich einen Herren namens Karim, Sohn des Achmed kenne. Weiß der Himmel, was du da aufgeschnappt hast.«

»Ich habe keine Ahnung«, bestätigte Rose mit bleichem Gesicht und ließ sie gehen.

17.

»So«, sagte Johanna und vollendete den letzten Federstrich an dem Pergament, schüttete Sand auf die Tinte und blies ihn fort, ehe sie alles zusammenfaltete. Dann reichte sie Rose das Schriftstück. »Hier, dies ist das Besitzrecht an einem kleinen Gut in Herfordshire, das mir gehört hat. Ich habe ein ähnliches Schreiben an den Verwalter aufgesetzt, das ihm ankündigt, dass du hinfort sämtliche Rechte genießt.« Sie lächelte, als sie Roses verwirrtes Gesicht sah. »Es ist mein Dank für deine Dienste, Rose. Denn ich fürchte, wenn wir bald in Richtung Heimat aufbrechen, werden unsere Wege sich nur zu bald trennen. Was mein Bruder mir bestimmt hat, das weiß ich nicht«, fuhr sie fort, »aber ich nehme an, du möchtest Elaine nicht begleiten?«

»Ich weiß es nicht«, bekannte Rose, die das Schriftstück nahm und mit beiden Händen umkrampft hielt. »Ich weiß es wirklich nicht.« Zu gerne hätte sie mit jemandem über Elaine gesprochen, die, wie ihr schien, alles andere vorhatte, als eine Rückkehr nach Chaworth zu erwägen, aber sie wagte es nicht. Zu groß war Elaines Verrat, falls sie mit ihren Befürchtungen Recht hätte, als dass sie bei irgend jemand anderem dafür Verständnis erwarten könnte. Sie würde nur ihre Freundin in Schwierigkeiten bringen und am Ende sich selbst. »Ich danke Euch für Eure große Güte«, sagte sie deshalb nur. Dann hob sie den Kopf. »Und Ihr habt bemerkt, dass …«

Johanna winkte müde ab. »Der Schmuck ist wieder da, ja, ich danke dir, Rose. Ich war an jenem Abend nicht ich selbst.«

»Ich weiß nicht«, sagte Rose, »ich denke, wir sind immer wir selbst, wir zeigen nur in verschiedenen Momenten verschiedene Seiten unseres Wesens. Und wer hat schon mehr als eine?«

»Noch immer denkst du«, erwiderte Johanna mit mildem Tadel und beschied ihr mit einer Geste, dass sie gehen könne. »Es wird mir fehlen«, sagte sie, als Rose sich schon umwandte, »dein Denken.«

Rose wollte noch etwas sagen, fühlte aber, dass ihr dafür die Worte fehlten und ging zur Tür.

»Was gibt es?«, fragte Elaine sie, die draußen auf sie wartete.

»Nichts«, sagte Rose, »aber ich glaube, es geht bald nach Hause.«

Sie vermied es, in Elaines Gesicht zu lesen, als diese sagte: »So?«

»Ja«, bestätigte sie nur. »Wir werden von Akkon aus segeln, sobald Seine Majestät uns rufen lässt.«

Elaine nickte vage. »Berenguela packt schon ihre Truhen«, bestätigte sie dann. »Ich habe die ganzen letzten Tage Linnen gefaltet.«

Rose ergriff ihre Hand. »Nach Hause«, sagte sie warm. »Du wirst sehen, dann sieht alles anders aus.«

Elaine machte sich los. »Freust du dich auf Chaworth?«, fragte sie nur kalt.

Rose konnte nicht antworten. Nur das Pergament in ihrer Hand knisterte leise, das die Hoffnung auf ihre eigene Zukunft barg, fern von Chaworth, in der Tat, wohin sie als Diebin und Ehrlose nie würde zurückkehren können. Aber wie sollte sie Elaine davon erzählen?

Die wandte sich schon mit einem Schnauben ab, als Berenguela heranrauschte und an ihnen vorbei zu Johanna hineinstürmte, ohne ihre tiefen Verneigungen zu beachten.

»Daron?«, hörten sie es kurz darauf von drinnen. »Was zum Teufel soll das bedeuten: Er marschiert auf Daron?«

Aufgebracht starrte Berenguela ihre Schwägerin an, die noch immer die Botschaft studierte, die sie ihr mitgebracht und in die Hand gedrückt hatte. »Ist der Herold noch da?«, fragte sie.

Berenguela nickte grimmig und befahl, dass man ihn herbeiholte.

»Daron ist die letzte muselmanische Küstenfestung«, murmelte Johanna, während sie die knapp gehaltene Nachricht noch einmal überfolg. »Richard will vermutlich unsere Ausgangssituation verbessern, ehe er abzieht, die Küste fest in christliche Hand bringen.«

»Das weiß ich selbst«, erwiderte Berenguela und winkte ab. »Er schreibt ja auch, der Moment sei günstig, da ein Aufstand in den Provinzen Saladin ablenke.« Sie hob die Hände. »Aber für wie lange, frage ich dich? Und dann geht der ganze Ärger von vorne los. Denn dieser Bruch der vereinbarten Waffenruhe wirft doch die ganzen Verhandlungen über den Haufen, die wir bisher geführt haben.« Verärgert begann sie auf und ab zu gehen. »Wie lange hat sich das nicht alles hingezogen«, klagte sie dabei. »Und was für eine Mühe hat es gekostet. Wie lange ich allein mit dem Erzbischof über der Zeremonie gebrütet habe, mit der man diesen kleinen Heidensohn von el-Adil zum Ritter schlagen konnte. Und als endlich alles geschafft war …«

Johanna ließ den Brief sinken. »Du meinst, es beginnt alles von vorne?«, fragte sie und dachte sehnsüchtig an die Reisevorbereitungen, die sie bereits getroffen hatte. Sie hatte abgeschlossen mit Palästina, mit allem hier, und sehnte sich danach, das Meer zwischen sich und dieses Land zu bringen.

»Das beste weißt du noch gar nicht«, rief Berenguela und winkte heftig dem Boten, der inzwischen in der Tür erschienen war, näher zu treten. »Nun«, herrschte sie ihn an, »dann berichte der Herrin, was du mir erzählt hast!«

»Wohl, Herrin«, murmelte er, verlegen ob ihrer schlechten Laune, dann räusperte er sich und begann mit der schönen Stimme, deretwegen man ihn für dieses Amt ausgewählt hatte, seinen Bericht zu geben. »Der König, mein Herr, beschloss in seiner Weisheit, auf Daron zu marschieren. Und er nahm es auch im Sturm, in nur fünf Tagen. Wahrhaftig er war wie ein Wirbelwind.« Den letzten Satz sprach er mit echter Begeisterung und einem Glanz in den Augen, der verriet, dass er kein Teil der ursprünglichen Nachricht gewesen war. Als er jedoch die eisigen Mienen der beiden Frauen sah, fing er sich wieder.

»Alle Mann gerieten darüber in Begeisterung und wollten ein Zeichen des Himmels darin sehen, dass ihnen auch für die Zukunft den Sieg verhieß, und so beschlossen sie, noch einmal gen Jerusalem zu ziehen.«

»Moment«, entfuhr es Johanna, »sie beschlossen, was?«

Der Bote, aus dem Konzept gebracht, hielt inne. Johanna sank auf einen Stuhl. »Wie ist das möglich?«, hauchte sie.

»Das habe ich mich auch gefragt«, sagte Berenguela böse, ehe sie sich an den Boten wandte. »Also, wiederhole es noch einmal: Wie war das möglich?«

»Myladies«, stotterte der Bote, dann fing er sich wieder. »Die jubelnden Ritter traten vor den König und baten ihn, sie anzuführen.«

»Und da hat mein Bruder zugestimmt?«, fragte Johanna.

Der Bote senkte den Kopf. »Er zog sich zunächst in sein Zelt zurück, Herrin.«

»Ha, er versteckte sich wieder einmal im Bett«, fiel Berenguela ein.

»Der König ward krank«, berichtigte der Bote mit einem Seitenblick, in den er ein wenig Kritik zu legen wagte.

»Sage ich doch«, beharrte Berenguela, »weiter.«

»Da ging ein Feldprediger zu ihm und sprach mit ihm von der Christenpflicht eines Herrschers. Und da gesundete der König und gelobte, bis Ostern in Palästina zu verweilen.«

Berenguela wandte sich an Johanna. »Siehst du es vor dir?«, fragte sie und fuhr dann den Boten an: »Es ist gut, du kannst gehen.« Dankbar machte der Mann sich davon.

»Ja«, sagte Johanna, »ja, ich kann die Szene vor mir sehen.« Sie dachte an ihren begeisterungsfähigen, undiplomatischen, entschlussschwachen Bruder, wie er auf seinem vorgetäuschten Krankenlager lag und den Predigten eines Fanatikers lauschte, während sie draußen seinen Namen riefen. Auch ihre Miene verdunkelte sich .«Oh, ich drehe diesem kleinen Prediger den Hals um, wenn ich ihn erwische.«

»Tja«, sagte Berenguela. »Falls wir ihn noch einmal lebend sehen. Im Moment sitzt er wohl auf einem Maultier, das ihn steten Trabs in die Berge entführt, nach Jerusalem.«

18.

»Es gibt dort kein Wasser«, sagte John, als Rose ihm die Nachricht brachte. Sie besuchte ihn täglich, wie damals auf den Befestigungswällen des Lagers vor Akkon auf seinem Posten am Südtor, das ihm und seinen Männern anvertraut worden war. Statt Wasser, das es hier in Fülle gab, brachte sie ihm kleine Leckereien mit und Geschichten aus dem Palast, die sie ihm erzählte, wenn sie auf der Mauerkrone beieinander hockten, denn noch immer flossen die Worte zäh zwischen ihnen und es kam zu langen Pausen der Verlegenheit, die sie gerne mit solchem Geplauder überdeckte. Dies hier allerdings war eine Neuigkeit von Gewicht und ging sie alle an.

»Ich habe bei Blanchegarde lange mit einigen Hospitalitern zusammen gelagert«, erinnerte John sich, »die mir viel über die früheren Belagerungen und das Gelände dort erklärt haben. Im Sommer trocknen die meisten der Brunnen dort aus. Es ist dann praktisch unmöglich, ein Heer dort lange zu unterhalten.

»Es ist jetzt Juni«, meinte Rose versonnen und zupfte ihren Schleier vor das Gesicht, denn in der Tat brannte die Sonne bereits wieder mit unverminderter Heftigkeit.

John nickte bedächtig. »Saladin wird die verbliebenen Quellen zuschütten lassen und die Obstbäume schlagen. Gott helfe unseren Männern.« Er überlegte. »Vielleicht sollten wir für sie beten, was meinst du?«

»Sicher«, antwortete Rose ohne rechte Begeisterung. Aber in Johns Kopf hatte sich die Idee bereits geformt.

»Komm, wir gehen in die Kapelle und sprechen dort unsere Fürbitten für sie. Du weißt schon.«

Rose wusste nur zu gut, von welcher Kapelle er sprach. »Nein«, sagte sie sehr bestimmt und schüttelte den Kopf. »Ich gehe dort nicht mehr hin, das habe ich dir schon gesagt, John«, versuchte sie es dann in einem wärmeren Ton und ergriff seine Hand.

Er entzog sich ihr und tätschelte ihr den Handrücken. »Ich glaube aber wirklich, dass es uns gut täte«, beharrte er.

»Ach John, kannst du die Vergangenheit nicht einfach ruhen lassen?«, seufzte sie. Ihr Blick schweifte ab, weg von seinem noch immer gequälten Gesicht, über die Mauern, die Richard errichtet hatte und den Graben, in dem die frisch aufgeschüttete Erde sich nun langsam mit dem zähen Grün schnell wachsenden Unkrauts bedeckte. Am Südtor waren die Arbeiten noch nicht abgeschlossen, weswegen der Dienst hier besondere Aufmerksamkeit verlangte. Sandhaufen und herumliegende Steinbrocken zeugten davon, die Silhouette eines hölzernen Krans, der wie ein Belagerungsgerät aufragte und eine Bresche, an der sich tags viele Hände zu schaffen machten. Jetzt, am frühen Abend, war dort Ruhe, nur Kinderhorden kletterten bisweilen noch über die Steinberge und Hügel oder manchmal, so wie heute, fand sich ein Liebespaar im Schatten des Geländes ein. Sehnsüchtig betrachtete Rose, wie es zärtliche Gesten tauschte.

»Die Kraft der Buße«, hörte sie John hinter sich. Da auf einmal erkannte sie die Frau.

»Elaine«, entfuhr es ihr, ehe sie nachdenken konnte.

»Was?«, fragte John und neigte sich neben ihr vor.

Rose verfluchte sich innerlich, doch sie konnte nicht mehr zurück. »Dort unten«, sagte sie, und wies auf das Paar, das eng umschlungen auf einem großen Granitblock saß, »das ist Elaine.«

John kniff die Augen zusammen. »Aber der Mann ist ein Araber«, sagte er. Rose schwieg. Sie hörte, wie John neben ihr aufstand und er murmelte: »Das muss ich überprüfen.«

»John«, sagte sie, aber er brach schon auf und es blieb ihr nichts, als ihm zu folgen. Sie betete, dass es so das Beste wäre.

»Wer da?«, schnarrte John, als er die Bresche erreicht hatte und sich dem Versteck der Liebenden näherte. Er trug sein Kettenhemd und das Wams des Kommandanten der Wache. Seine Hand lag auf dem Schwert, nur sein Kopf war unbedeckt, die Helmhaube noch immer zurückgeschoben. Er erkannte Elaine auf den ersten Blick und sein Gesicht verschloss sich, als er seinen Verdacht bestätigt sah.

Die beiden standen auf. Elaine schmiegte sich an ihren Begleiter. Mit Abscheu ließ John seinen Blick über dessen Gestalt gleiten, die ihm nur alllzu bekannt vorkam. Der Mann war groß für einen Araber, schlank, aber breit in den Schultern und seine Bewegungen verrieten den trainierten Kämpfer. Und sein Blick war so brennend wie damals in den Bergen. Unwillkürlich straffte sich John.

»Elaine!« Rose kam angerannt und stand eine Weile schwer atmend neben ihrem Geliebten.

Elaine starrte sie an. »Spionierst du mir nach?«, fragte sie.

»Elaine, was tust du nur, komm zu mir!«, flehte Rose. Sie kam kaum dazu, den Begleiter ihrer Freundin zu betrachten. Und sie wollte es auch nicht. Zu verwirrend fand sie seine geschweiften Augen, die mit dicken Strichen von Khol umrahmt waren, die sie noch größer und glänzender aussehen ließen. Ganz und gar fremdartig war auch das blaue Muster aus Zeichen, die auf seine hohen Wangenknochen graviert waren. Und wie er Elaine an sich presste.

»Süße«, flehte sie.

Aber Elaine schüttelte den Kopf. »Ich werde mit Karim gehen«, sagte sie ruhig. Sie legte ihm die Hand auf die Brust und schaute mit einem Blick zu ihm auf, der Rose ins Herz schnitt. Sie hat ihn gesucht, fuhr es ihr durch den Kopf. Die ganze Zeit hat sie in den Souks nach ihm gefragt, bis jemand ihr Nachricht geben konnte und er erfuhr, wo sie war. Und jetzt ist er gekommen. »Ja«, sagte sie leise, »ich weiß.« Aber der Kummer schnürte ihr fast die Kehle zu.

John räusperte sich. »Niemand geht irgendwohin«, erklärte er. »Du«, sagte er dann lauter und wies mit der Spitze seines Schwertes auf den Araber. »Du lässt sie los und trittst zur Seite. Dann überlege ich mir, was ich mit dir mache.«

Über das fremdartige Gesicht Karims zog ein Lächeln. Statt zu gehorchen, schob er Elaine hinter sich und zog ebenfalls seine Waffe. Die krumme Klinge zischte, als er sie ohne Eile aus der Scheide zog. »Ich nehme sie mit mir, oder ich sterbe.«

Was er sagte klang fremd, so dass John eine Weile brauchte, bis er begriff, was man ihm gesagt hatte. Stur schüttelte er den Kopf und ging in Kampfposition. Besorgt griffen beide Frauen nach den Armen ihrer Partner.

Beruhigend wandte Karim Elaine für einen Moment das Gesicht zu.

»John, nicht!«, rief Rose, machte den Araber dadurch auf John aufmerksam und vereitelte seinen Überraschungsangriff.

Karim lachte über das Missgeschick und stellte sich wieder in Position. Seine geschmeidigen, panthergleichen Bewegungen machten Rose Angst.

John biss sich auf die Lippen, er fühlte, das Lachen galt ihm. »Misch dich nicht ein, Rose«, blaffte er, packte das Schwert fester und suchte festen Halt für seine Füße. »Lady Elaine«, begann er dann, »ich habe Euch schon einmal gerettet, ich werde es wieder tun.«

»Ihr wart das«, rief Karim, und seine Augen verengten sich, als er an den Tag in den Bergen dachte, als er hilflos zusehen musste, wie ihm die Sänfte entführt wurde. »Ich hätte Euch damals schon töten sollen.«

»Holt es nach, wenn Ihr es diesmal schafft«. gab der Waliser zur Antwort.

»John«, wiederholte Rose.

»Halt dich raus, Rose.« John wurde ungehalten. »Ich werde nicht dulden, dass sie sich schamlos benimmt. Nicht sie. Sie war meine Heldentat. Sie ist unser Unterpfand, und …«

»Sie ist ein Mensch, John.«

»Halt den Mund. Halt den Mund!« Langsam geriet er außer sich. »Ich weiß genau, was ich tue.«

»Rose!«, rief Elaine, die langsam in Panik geriet.

John ging Schritt für Schritt auf das Pärchen zu.

Aus Karims Gesicht schwand das Lächeln und wich angespannter Konzentration. »Ihr seid alle tot«, verkündete er. »Mein Sultan marschiert auf diese Stadt. Ich bin nur seine Vorhut.«

»Lügen«, blaffte John.

»Bald wird alles brennen«, fuhr Karim unbeirrt fort. »Aber Elaine werde ich retten.« Schritt für Schritt wich er vor John zurück. Der wagte einen ersten Hieb, den Karim parierte. Eine Weile hingen ihre Klingen aneinander, zitternd von der Anstrengung der Träger, dann fuhren sie mit einem metallischen Scharren auseinander. Von Karims Hand floss Blut.

»Rose, bitte!« Für einen Moment waren die Geräusche rings um die kleine Gruppe verstummt, als hätten sie sich dazu verabredet, so dass die Stimme Elaines klar und unangemessen laut in die laue Abendluft stieg. Dann, als hielten sie es nicht länger aus, stoben ein paar Amseln aus einem kahlen Dornengebüsch und flatterten kreischend über die Bresche, Verkünder kommenden Unheils.

»Um Himmels willen Rose; sie werden einander töten!«

19.

Als Johanna ihr Zimmer betrat, spürte sie einen unangenehmen Luftzug. Ein Blick zum Fenster, in dem die türkis- und aprikosenfarbenen Streifen eines heftigen Abendrots standen, stellte sie fest, dass die Vorhänge dort unbewegt war. Aber der Wandteppich regte sich sacht. Sie ging hinüber, hob ihn an und fand, dass die geheime Tür ein wenig offen stand. Als sie die Hand ausstreckte, um sie zuzudrücken, wurde sie mit einem Mal heftig aufgestoßen. Mit einem Schrei taumelte Johanna zurück.

Reinhold von Sidon sprang so plötzlich hervor, dass es ihr nicht gelang zu reagieren. Vor Staunen wie gelähmt schaute sie zu, wie er zu ihrer Zimmertür hastete, sie zuzog und einen Sessel davor stellte, in dem er sich schließlich niederließ. Mit überschlagenen Knien dasitzend, betrachtete er sie. »Es ist ganz einfach, wenn man erst einmal weiß, dass sie existiert«, meinte er und wies mit der Spitze seines Dolches zu der Pforte

»Wie hast du …?«

Er unterbrach sie: »Ist das wirklich die Frage. die du mir stellen willst?« Seine Stimme klang ruhig, aber bedrohlich.

Johanna richtete sich auf. »Das klingt, als hätte ich nur mehr eine Frage zu stellen«, sagte sie. Ihr Herz pochte bis zum Hals.

Er schüttelte den Kopf. Für einen Moment schloss er die Augen. Er dachte an den langen Ritt, seinen Durst, den toten Knecht, der drunten im Park lag. An all das, und warum, fragte er sich, nun, da er sie leibhaftig sah, ihre zarte Figur, das weiche Haar, die ganze mädchenhafte Gestalt. War nicht doch alles eine Illusion gewesen? Da öffnete er die Augen wieder. Er würde es erfahren.

»Ich werde dir vielmehr eine Frage stellen«, sagte er. »Sie lautet: warum?«

Verwirrt blickte Johanna ihn an. »Mein Herr von Sidon«, begann sie dann sehr förmlich, aber ihr Hals war trocken dabei, »ich weiß nicht warum Ihr hier seid, aber …«

»Ach, das wisst Ihr nicht?«, ahmte Reinhold sie nach, noch immer, ohne seine Pose zu ändern oder sich zu rühren. »Dann wisst Ihr auch nichts vom kläglichen Tod meines Herren Konrad?«

»Doch, schon«, begehrte sie auf.

»Oder von dem Umstand, dass Assassinen ihn töteten?« Sein Ton war ungemein verbindlich.

»Gewiss«, sie nickte. »Er hat ein Schiff aufgebracht, das dem Alten vom Berg gehörte, hieß es.«

»So hieß es«, äffte er, dann wurde seine Stimme scharf. »Aber das ist Unfug.«

Johanna schwieg beleidigt.

Er fuhr fort. »Und ist Euch auch bekannt, dass es ein Brief war, der ihm den Tod brachte, ein Brief, angeblich von großer Wichtigkeit. Und dass der Überbringer ihn erdolchte?« Nun erhob er doch die Stimme.

Johannas Geduld war erschöpft. »Ich bin sicher«, erwiderte sie eisig, »dass Ihr selbst Euch mit solchen Dingen am besten auskennt.«

Reinhold nickte schwer. »Ihr und ich, Johanna.« Er hatte ihren Namen noch nicht oft ausgesprochen, und er klang fremd aus seinem Mund. »Ihr und ich wisst um die fatale, überaus bedeutsame Rolle, die Briefe in dieser Angelegenheit spielen. Beim Anschlag auf einen König und bei der Rache dafür.«

»Rache?«, flüsterte Johanna. Nur langsam ging ihr die Bedeutung seiner Worte auf. »Ihr meint …?« Sie brach ab, um erst den Kopf zu schütteln und dann laut und spöttisch zu lachen. »Ich muss Euch enttäuschen, Herr Ritter, aber Ihr irrt Euch. Mein Bruder mag ein Mensch mit vielen Fehlern sein. Aber Rachsucht gehört nicht dazu. Und auch nicht Hinterhältigkeit. Er hätte es vielleicht fertiggebracht, Konrad vor sein Schwert zu fordern. Und wäre er in seiner Gegenwart in Zorn geraten, hätte er nicht gezögert, ihn eigenhändig aus dem nächsten Fenster zu werfen. Aber so einen hinterhältigen Anschlag, nein, ich bedauere, dazu ist ein offener, mutiger Geist wie Richard nicht fähig.« Sie verschränkte die Arme vor der Brust und richtete sich sehr gerade auf.

Reinhold von Sidon neigte den Kopf. »Ich nehme das indirekte Kompliment zur Kenntnis«, sagte er mit verkniffenem Lächeln. »Und ich gebe Euch Recht. Obwohl ich zunächst auch daran dachte, passt es nicht zu König Richards Art.«

»Warum dann um Himmels willen …?«, wollte Johanna wieder beginnen.

Aber er ließ sie nicht aussprechen. »Ihr und ich, Königin. Ihr und ich«, wiederholte er. Und mit veränderter, verwundbarer Stimme fügte er hinzu. »Warum?«

»Du denkst, dass ich …?« In der Überraschung entfuhr Johanna das vertraute Du. Sie sank auf einen Sessel und starrte ihn an.

Reinhold lächelte schief. »Gib zu, du hattest die Kenntnisse. Und ich muss zugeben, für ein Motiv habe ich wohl gesorgt.«

Johanna wollte es nicht begreifen. »Aber was sollte ich denn mit Assassinen zu schaffen haben?«

»Nun, der Herr von Antiochia, dem du so eng verbunden bist, hat sicher gerne den Kontakt für dich geknüpft«, schlug er vor und stand auf.

Johanna hielt inne. Sie erinnerte sich. Da war dieser Abend gewesen, an dem Bohemund von Antiochia am Kamin gesessen hatte, die feisten Wangen gerötet vom viel zu warmen Feuer. ›Man nennt ihn den Alten vom Berg‹, hatte er erzählt. Und jemand, wer war das nur gewesen, hatte gefragt: Aber man kann seine Dienste doch sicher kaufen?

Reinhold nickte, als er vor sie hintraut und sie nun zu ihm aufsah. Violett, dachte er, wahrhaftig. Noch bei keiner Frau habe ich diese Augenfarbe gesehen. Und trotz allem war er versucht, die Hand auszustrecken, um ihr Gesicht zu berühren. »Sollten die Boten auch mich töten?«, fragte er leise. »War das der Plan? Oder wolltest du mich mit dem Wissen weiterleben lassen, dass deine Rache geglückt war?«

»Wie kannst du nur so etwas von mir denken«, flüsterte sie, seinen Blick erwidernd ohne sich zu rühren.

Er ging vor ihr in die Knie. So viel Wut war in ihm gewesen, all die Wochen. Wut hatte ihn auf seinem einsamen Ritt vorangetrieben und in den Tagen, da er sich wie ein Dieb in den Gassen vor dem Palast herumtrieb. Nun war alles verraucht. Seine Stimme versagte beinahe, als er nun den Mund öffnete. »Und wenn ich dir sagte, dass es mir so oder so, ganz gleichgültig wäre?« Sie spürte die Wärme seines Atems. Johanna schloss die Augen. »Du«, flüsterte sie nur.

Es krachte, als die Tür aufging und gegen den Stuhl stieß, der noch immer im Weg stand. Die beiden fuhren auf. »Berenguela.«

Reinhold von Sidon wollte zur Waffe greifen, besann sich dann aber und führte eine elegante Verneigung aus.

Berenguela musterte ihn spöttisch. »Mein Herr von Sidon«, sagte sie. »Wusste ich doch, dass ich Euch noch einmal wieder begegnen würde.« Ihr Blick wanderte zwischen Johanna und Reinhold hin und her. »Dass ich Euch hier antreffe, verrät mir, dass Ihr die Botschaft verstanden habt.«

Für einen Moment verengten sich seine grauen Augen. Dann begriff er – sein Gesicht zeigte keine Regung mehr und er senkte den Kopf für eine weitere Verbeugung.

Aber Johanna konnte nicht an sich halten. »Du?«, platzte sie heraus, »du hast …? Ich glaube es nicht.« Sie wollte auf ihre Schwägerin zugehen, die aber streckte abwehrend die Hände aus.

»Der Herr von Sidon, denke ich, hat besser verstanden als du«, sagte sie. Sie wartete, bis Reinhold ihren Blick erneut erwiderte. »Er begreift, dass man nicht ungestraft versucht, eine Frau zum Werkzeug des Mordes an ihrem Gatten zu machen.« Ihre schwarzen Augen loderten, als sie das sagte, und auf ihren Wangen brannten hektische rote Flecken.

Sie hasst mich, stellte Reinhold von Sidon leidenschaftslos fest. Und ich kann es ihr nicht einmal verdenken.

Johanna war fassungslos. »Assassinen«, entfuhr es ihr.

Berenguela nickte triumphierend. »Ja, es war ein unterhaltsamer Abend. Und als ich darauf zurückkam, war der Sohn des Fürsten gerne bereit mir zu demonstrieren, wie gut seine Verbindungen zu dem geheimnisvollen Scheich waren.«

Reinhold zog sein Schwert und hielt es Berenguela hin. »Ich bin Euer Gefangener«, erklärte er.

Berenguela zog sich zurück, als hätte man ihr etwas Ekelerregendes angeboten. »Dass Ihr lebt, Herr Ritter«, sagte sie widerwillig, »ist gegen den Plan, wenn auch nicht gegen den Gottes, wie ich fürchte. Also geht, und nehmt die Lehre mit Euch.« Sie trat zu der geheimen Tür in der Wand hinüber, um sie für ihn und seinen Rückzug zu öffnen. »Möge sie Eure Tage vergiften.«

Reinhold zögerte einen Moment, dann steckte er sein Schwert ein. Noch einmal wandte er sich zu Johanna um.

»Ihr erwartet aber sicherlich nicht, dass ich Euch noch ein Wort mit meiner Schwägerin sprechen lasse«, sagte Berenguela sehr laut. »Und sicher ist es unnötig zu erwähnen, dass ich Wachen vor der Tür habe und dass die Pforte am anderen Ende dieses Ganges binnen kurzem von meinen Leuten endgültig verriegelt sein wird.« Sie machte eine spöttisch einladende Geste.

Er wollte etwas sagen, besann sich aber dann und wandte sich zur Tür.

Johanna stürzte vor. »Wachen!«, rief Berenguela und fiel ihr in den Arm. »Geh mit ihm«, fauchte sie, »und ich verfolge Euch bis an Euer Ende.«

20.

Elaine, von Karim gestoßen, flüchtete sich in einen Spalt zwischen zwei großen Gesteinsbrocken und verfolgte von dort angstvoll den Zweikampf, der immer heftiger entbrannte. Rose stand noch immer ratlos und zerrissen da, gequält von der angstvollen Blässe in Elaines Gesicht, aber auch von der Wut, die in John kochte und die sie nur allzu gut verstand. Hilfesuchend wanderte ihr Blick auf dem öden Kampfplatz umher, bis er schließlich an der niedrigsten Stelle der Bresche hängen blieb, dort, wo man hinausschauen konnte über die Ebene. Die Sonnenuntergänge kamen schnell in diesem Land, und die aprikosenzarte Röte, die eben noch am Himmel geherrscht hatte, war bereits abgelöst von einfallender Schwärze, in die sich nur hie und da ein roter Wolkenfetzen mischte. Noch gab die untergegangene Sonne ein wenig Licht, grün und ungewiss schimmerte es über dem Meer.

Und in dieser letzten, unwirklichen Helligkeit sah Rose, dass Karim nicht gelogen hatte.

Die Ebene füllte sich mit wimmelnden schwarzen Figuren, mehr und mehr, sie wuchsen zu einer Woge an, die alles zu bedecken schien, den ganzen sichtbaren Horizont. Banner wehten darüber, dunkel und drohend bereits wie die Nacht in ihrem Rücken. Aber hie und da blitzte noch die vergoldete Spitze einer Fahne, eines Helmes oder eines gehobenen Schwertes in einem letzten, verirrten Strahl. Stumm drängte es sich vor ihren Augen, wo eben noch Staub und Gras gewesen war. So klein und fern, dass es beinahe unwirklich war. Aber Rose wusste, was es bedeutete.

Er hatte Recht, dachte sie. Wir sind alle verloren. Im selben Moment schrie John auf. Ein Hieb des Ägypters hatte ihn am Arm getroffen. Er hielt sich die Wunde, schwer atmend, während das Blut durch die Ringe seines Kettenhemdes quoll. Aber in seinem Gesicht konnte man lesen, dass er nicht aufzugeben gewillt war.

Rose eilte zu ihm hinüber. Im Laufen bückte sie sich, hob einen gesprungenen Krug auf, der weggeworfen aus dem Sand ragte und holte damit aus. Ehe John sich zu ihr umwenden konnte, hatte sie ihm das Ding gegen den ungeschützten Hinterkopf geschlagen. Ohne einen Laut ging er in die Knie. Über ihnen hörten sie die Alarmrufe der Wächter ertönen, die verrieten, dass nicht unentdeckt geblieben war, was Rose gesehen hatte. Auf den Mauern wurde es lebendig.

»Geht«, sagte Rose und ließ den Scherben sinken. »Solange es noch Zeit ist.«

Karim musterte sie einen Moment, Rose senkte den Blick vor diesen fremdartigen Augen.

»Du hast ihm das Leben gerettet«, sagte er sehr gelassen. Dann steckte er sein Schwert fort und griff nach Elaines Hand. Die war noch immer so bleich, dass ihr Gesicht in der einfallenden Dunkelheit schimmerte. Die Augen darin jedoch waren schwarz und unergründlich wie die Nacht. Sie wollte etwas sagen, aber Rose winkte ab. »Ihr müsst euch beeilen«, meinte sie nur.

»Komm mit uns.« Endlich hatte Elaine es geschafft, Worte hervorzustoßen. Sie streckte die Hand nach Rose aus.

Die schüttelte den Kopf. »Ihr müsst euch beeilen«, wiederholte sie eigensinnig und kniete sich dann hin, um nach John zu sehen. Sie hob den Kopf nicht mehr, bis die Geräusche ihr verrieten, dass Karim seine Geliebte mit sich zog. Rose war, als hörte sie Elaine in der Ferne weinen. Ein Tropfen fiel auf Johns Gesicht und hellte die Schicht aus Schmutz und Staub auf, die es bedeckte. Rose schniefte und wischte sich energisch über das Gesicht. Sie hätte bereut, was immer sie getan hätte. Nun galt es, damit zu leben. Wie schwer er war! Dennoch schaffte sie es, ihn unter den Achseln zu greifen und über das Gelände zu schleifen. Seine Schwertscheide schepperte gegen die Steine und seine Fersen holperten über den Grund. Rose keuchte. Als sie am Tor ankam, war alles in Aufruhr. Dennoch hielt einer der Kommandierenden kurz inne, um ihr den verwundeten Geliebten abzunehmen und nach Männern zu rufen, die ihn ins Hospital brächten. »Wo?«, fragte er nur.

»An der Bresche«, erwiderte Rose.

Elaine und ihr Mann mussten nun schon auf freiem Feld sein, dachte sie, fern von all dem, in Sicherheit.

Der Mann nickte, grimmig und entschlossen. Nur die starr aufgerissenen Augen verrieten, was in ihm vorging. Dann rief er einige Kommandos und lief selbst zur Bresche hinaus. Rose wandte sich ab. Ihr Ziel war der Palast, aber der Weg dorthin war nicht einfach. Menschen in Panik versperrten die Straßen. Manche rannten schreiend und ziellos umher, andere waren in hektischer Aktivität. Hämmern verriet allerorten, dass die Händler versuchten, durch das Zunageln der Läden ihre Waren zu schützen. Auch Hausväter sah man, die auf diese Weise ihre Liebsten vor der Welt versuchten wegzusperren. Mütter riefen nach ihren Kindern. In der Nähe der Mauern hatten sie Ketten gebildet und schütteten Eimer und Eimer Wasser auf ihre Dächer, in Erwartung der Brandpfeile. Hilfstruppen brachten Waffen aus den Magazinen, Bündel von Pfeilen, schwer wie Brennholz, wurden an ihr vorbeigeschleppt. Ächzend setzte sich der Kranarm in Bewegung, der die hölzernen Hauben von den Türmen holte. Nackt und starr ragten nun die Zinnen in den Abendhimmel, wie Zähne, zum Zubeißen bereit. Die Silhouetten der Kämpfer reihten sich zwischen ihnen auf. »Die Kessel«, schrie jemand. »Wo bleiben die Kessel?« Der Lärm war ohrenbetäubend.

Andere waren nicht so zielstrebig. Immer wieder sah Rose, die ohne Pause weiterhastete, drängte und schob, herumgestoßen wurde und zäh ihre Richtung behauptete, die Gesichter von Menschen, die sich in den Windschatten einer Hauswand gekauert hatten und dort hockten, Nichtbegreifen in den Zügen, die Hände gegen die Ohren gepresst, um all dies nicht wahrnehmen zu müssen. Vor den Kirchen erklangen die Stimmen der Prediger und mühten sich im äußersten Diskant, das Schreien und Weinen der Schutzsuchenden zu übertönen, die sich vor ihren Türen versammelt hatten. Aus einer Menge erklang, zögernd und schwer, ein Choral.

Langsam kam Rose in Gegenden, die noch nicht im selben Maß von der allgemeinen Panik befallen waren. Hier standen die Menschen ratlos herum und suchten eines der Gerüchte zu erhaschen, die begonnen hatten, alles zu beunruhigen. Ein Mann hielt Rose am Arm fest. »Stimmt es, dass der König zurückkehrt?«

Rose riss sich los. »Die Sarazenen stehen vor der Stadt«, schnappte sie atemlos und hielt sich nicht damit auf zu sehen, welche Wirkung ihre Botschaft ausübte. Endlich kam der Palast in Sicht. Die Wachen standen beieinander, statt in der üblichen würdevollen Formation. Rose überbrachte ihnen die Nachricht und befahl den verwirrt dreinblickenden Männern, dem Bischof von Beaumarchais und Stephen von Turnham Meldung zu machen, denen in der Abwesenheit des Königs die Verteidigung der Stadt oblag. Sie selbst lief weiter, bis sie in die Gemächer Johannas kam.

Dort fand sie eine ganze Gruppe Wachen, dazu einen Arzt und Berenguela, die am Lager der halb ohnmächtigen Johanna standen. »Ist er fort?«, hörte Rose sie immer wieder flüstern. »Ist er ihnen entkommen?« Und obwohl es das zu sein schien, was sie erhoffte, flossen doch lautlose Tränen über ihr blasses Gesicht.

Rose hatte nicht die Zeit, sich über die Szene zu wundern. »Herrin«, brachte sie heraus und lehnte sich atemlos gegen die Wand.

Berenguela schaute nicht auf. »Ich habe es schon gehört«, sagte sie über die Schulter hinweg.

»Nein«, widersprach Rose. »Was immer Ihr gehört habt, es ist schlimmer.«

Jetzt hob die Königin den Kopf.

»Wir müssen sofort in die Zitadelle«, sagte Rose.

21.

Wenig später war der Zug bereit. Der Bischof führte ihn an, der mit seinem Kindergesicht unter dem Helm eine ebenso wenig überzeugende Figur machte wie in seinen geistlichen Gewändern. Aber sein Ruf als Kämpfer war groß, und er machte ihm Ehre, wie er nun mit grimmigem Gesicht die Massen auseinander trieb, um sein buntes, ganz und gar unkriegerisches Häuflein aus Damen, Pagen und Mägden mit ihren Truhen und Kisten und Kästen voranzubringen.

Johanna hatte sich erhoben, war aber noch immer gleichgültig gegen ihre Umgebung und bereit zu gehen, so wie sie war. Berenguela hatte darauf bestanden, das Archiv und ihren persönlichen Besitz einzupacken. »Ich glaube nicht, dass es Sinn hat, so voreilig zu handeln«, rief sie selbst jetzt noch über den Lärm hinweg.

»Was für ein Beispiel geben wir damit den armen Menschen hier.«

Sie änderte ihre Meinung, als sie auf den Mauern der Zitadelle stand und über die Stadt zu blicken vermochte. Das Heer Saladins hatte seine Fackeln entzündet, und nun sah es aus, als stünde die Stadt inmitten eines riesigen Flammenmeeres.

»Wie ein Sünder im Fegefeuer«, murmelte Rose. Johanna, die es hörte, lief ein Schauer über den Rücken.

»Wie wütend sie sind«, stellte Berenguela verblüfft fest, die den Blick nicht von den anbrandenden Horden lassen konnte. Belagerungstürme tauchten auf und schoben sich heran, wie Dämonen aus der Finsternis, angetrieben vom begeisterten Geschrei der Truppen, die sie wimmelnd erklommen, noch ehe sie an den Mauern angelangt waren. »Ich kann es hören. Ich kann es sogar spüren.«

»Sie spüren es auch«, flüsterte Johanna und ließ ihren Blick über die Stadt selbst wandern, aus deren Gewühl noch immer die Klagen aufstiegen, die aber ruhiger geworden war, ängstlich den Atem anhaltend vor der Wucht des großen Angriffs. »Wie Schafe den Wolf.«

»Da helfen auch Brokatärmel nichts mehr«, meinte Rose leise zu sich selbst.

»Was sagst du?«, fragte Johanna zerstreut.

»Ach, das war ein Ausdruck von Elaine. Er besagt etwa, den Gegner durch seinen Stand beeindrucken und …«

»Elaine«, fiel es Johanna in diesem Moment ein. Erschrocken wandte sie sich um und überblickte das Häuflein derjenigen, die sich mit ihnen hierher geflüchtet hatten. Die Frauen einiger Ritter waren noch dazugekommen, die sich nun von ihren Männern verabschiedeten. Rasch durchmusterte Johanna die Szenen, die vielen Gesichter weinender oder tapfer um Fassung bemühter Frauen, die Winkenden, die, die sich hinter ihren Schleiern versteckt an eine Hauswand lehnten, um unbemerkt zu weinen. Elaine war nicht dabei.

»Sie ist weg«, sagte Rose unbehaglich.

»Weg?«, fragte Johanna. Sie musste es schreien, denn über ihren Köpfen zog fauchend ein Feuerball seine Bahn und krachte explodierend auf das Dach eines Magazins. Schreie stiegen auf.

»Weg«, wiederholte Rose ebenso laut und fügte, als es leiser wurde hinzu. »Sie gehört nicht mehr zu uns.«

»Oh«, sagte Johanna, die fast sofort begriff. Dann meinte sie nur. »Sie hat mehr Mut, als ich dachte.« Das letzte Wort ging in den Rufen des Bischofs unter, der an der Spitze seiner Ritter stehend die Frauen zusammentrieb und sie laut aufforderte, sich nach drinnen zu begeben. Selbst in Johannas eigenen Ohren erklang ihr verstümmelter Satz nun wie das ferne Echo ihrer allergeheimsten Gedanken.

Jaffa fiel am Ende des nächsten Tages. Und die Truppen der Sarazenen fielen mit solcher Wut über die Stadt her, dass nicht einmal Saladins Befehle sie aufhalten konnten und er den Eingeschlossenen in der Zitadelle empfahl, dort zu bleiben und erst zu kapitulieren, wenn er wieder für ihre Sicherheit bürgen könne.

Die Schreie der Gefolterten und Sterbenden drangen in jeden Winkel der Befestigung, auch in das Zimmer der Königinnen, das nach Westen hinaus auf das Meer schaute. So friedlich der Anblick auch war, sie saßen da und starrten mit Grausen darauf und wünschten, sie wären taub und röchen auch nicht den Geruch von Rauch und Tod, der überall in der Luft hing.

»Es sieht wie Nebel aus«, sagte Berenguela einmal, die grauen Schwaden betrachtend, die vom Ufer her über das Wasser krochen und das Sonnenlicht verhängten. Die anderen antworteten ihr nicht. Alle Stunde kam ein Bote des Bischofs um zu vermelden, dass das Tor noch hielte.

Plötzlich stand Johanna auf. »Ich halte das nicht mehr aus«, erklärte sie.

»Was willst du tun?«, fragte Berenguela, »wieder zu deinem Bogen greifen wie vor Akkon?«

»Soll ich warten, bis sie mich hier finden und zerfetzen?«, gab Johanna zurück. Rose folgte ihr, als sie hinausging. Aber droben auf den Zinnen holte Berenguela sie ein. »Ihr vergesst, dass auch ich schon einmal gekämpft habe«, sagte sie. In der Hand hielt sie ihren Jagdbogen.

Johanna zeigte ihr, wie sie in Deckung gehen und die Waffe handhaben solle. »Unsere Bogen sind für Wild«, erklärte sie, »zu leicht, um einen Pfeil abzusenden, der die Rüstung eines Gepanzerten durchschlägt. Deshalb musst du warten, bis du ein sicheres Ziel hast: ein Gesicht, einen Hals, einen ungeschützten Helfer.« Sie demonstrierte es, indem sie einen Pfeil auflegte und lange damit zielte, ehe sie ihn schließlich absandte. Ein Mann, der auf dem Dach eines nahe stehenden Hauses gestanden hatte, griff sich an den Hals und fiel, über die Schräge kullernd, hinunter in das Gedränge der Straßen. Berenguela starrte ihm eine Weile nach, dann besann sie sich und legte einen Pfeil auf. Endlich schnellte die Sehne. Sie fluchte, versuchte es aber sofort erneut. Weiter und weiter neigte sie sich vor. »Ah!« Mit einem Schrei fuhr sie zurück und starrte auf ihre blutenden Finger, dann auf die Holme, die plötzlich vor ihrem Platz an der Mauer aufragten. Es dauerte einen Moment, bis sie begriff, dass eine Sturmleiter angelegt worden war, deren eisenbewehrte Enden ihr gegen die Hand geschlagen hatten. »Sie stürmen.« Der Schrei ging über sie hinweg. »Gebt die äußere Mauer auf, Rückzug! Rückzug!« Ein Hornsignal mahnte die Zögernden. Mit den torkelnden, taumelnden Rittern und Bogenschützen gemeinsam rannten die drei Frauen über die Brücke und die hellen Granitgänge entlang.

Wie in das Innere einer Muschel, dachte Rose. Und dann brandete wieder das Meer vor ihnen. Doch diesmal wurden seine Wellen vom Triumphgeschrei der Angreifer übertönt. Noch immer hasteten Flüchtende an ihnen vorbei. »Wo ist Rose?«, schrie Johanna, die von Berenguela in eine Nische gezogen wurde, wo sie sich aneinander klammerten, um nicht umgerannt zu werden. »Ich weiß es nicht«, rief die zurück. »Vielleicht ist sie schon tot.«

Sie schafften es, eine Tür zu erreichen. Außer Atem taumelten sie in ein kahles Gelass. Johanna starrte auf den Pfeil, den letzten, den sie noch immer in Händen hielt. Mochte Gott wissen, wo ihr Bogen abgeblieben war.

Berenguela bemerkte es und griff nach der eisernen Spitze. »Kalt«, stellte sie fest, »und scharf.«

»Du blutest an der Hand.« Johanna griff nach ihrer Schwägerin. »Lass es mich nachsehen.« Sie riss ihren Schleier herunter und wischte damit Schmutz und Blut von der Wunde. »Das muss verbunden werden.« Sie bemühte sich um einen leichten Ton. »Du weißt doch, wie sehr Richard zarte weiße Hände an einer Frau schätzt.« Tapfer versuchte sie, Berenguela zuzulächeln, aber die betrachtete noch immer wie abwesend die kleine Eisenklinge.

»Wenn sie kommen«, sagte sie auf einmal, mit einer Stimme, die Johanna noch nie an ihr gehört hatte, »versprichst du mir dann, dass du mich ihnen nicht überlässt?« Sie reichte Johanna die Klinge hin, so dass diese nicht im Unklaren darüber sein konnte, was sie meinte.

»Ich soll dich töten?«, fragte diese dennoch völlig entgeistert.

Nun war es an Berenguela, ein Lächeln zu versuchen. »Es sollte dir doch leicht fallen«, sagte sie. Einen Moment lang schauten sie einander in die Augen. Dann fielen sie sich um den Hals. »Es tut mir Leid«, murmelte Berenguela und umarmte sie heftig. Johanna an ihrer Schulter weinte ungehemmt. Leise schaukelnd saßen sie so eine Weile.

»Es tut mir Leid«, wiederholte Berenguela nach einer Weile gefasster, »aber um dies bitte ich dich.«

Johanna nickte. Ihre veilchenfarbenen Augen schwammen noch immer in Tränen, aber sie gewann ihre Beherrschung zurück. Nur sprechen konnte sie nicht. Aber Berenguela verstand sie auch so. Sie verschränkte ihre Finger mit denen der Schwägerin und lächelte wieder. »Dabei gibt es doch immer einen Grund. Habt ihr das einander nicht oft gesagt? Anfangs habe ich es nicht verstanden, ich dachte, ihr schließt mich damit aus.«

»Jetzt begreife ich es selbst nicht mehr.« Johannas Stimme klang erstickt. »Mir jedenfalls will keiner mehr einfallen. Und wenn du … . dann …« Sie konnte nicht weitersprechen.

»Ein schönes Paar geben wir ab«, spottete Berenguela hilflos. Johanna antwortete mit einem Laut, der ein Lachen oder ein Schluchzen sein konnte.

Draußen klirrte etwas, schnelle Schritte kamen näher. Die beiden sprangen auf und entfernten sich rückwärts gehend von der Tür. Als der Fensterrahmen in ihre Hüfte schnitt, hielten sie inne. In den Gängen schrie jemand.

»Es ist soweit«, flüsterte Johanna.

Unwillkürlich fasste eine nach der Hand der anderen.

22.

Sie schlossen die Augen und versuchten zu beten, doch es wollte ihnen nicht gelingen. Johanna, unruhiger noch, öffnete als erste die Augen wieder und fuhr herum, ein Tier in der Falle, das nach einem Ausweg sucht. »Nein«, murmelte sie, »ich gebe nicht auf. Noch nicht. Vielleicht könnten wir …« Schließlich neigte sie sich aus dem Fenster. War ihr so eine Flucht nicht schon einmal geglückt. Der Abgrund, der sich vor ihr auftat, aber ließ sie schaudern.

Berenguela, die neben sie getreten war, streckte auf einmal die Hand aus. »Da!«, rief sie.

»Unmöglich«, sagte Johanna. »Wir haben weder Seile noch Stoff, um welche zu fertigen. Und bis unten sind es gut und gerne …« Sie hielt inne, als Berenguela ihr Kinn packte und sie zwang, in die Ferne zu schauen.

»Schiffe«, hauchte sie, als sie sah, was ihre Schwägerin erblickt hatte. Was auch die Belagerten bemerkt haben mussten und die Besatzer, wie die lauten Stimmen verrieten, die jetzt immer deutlicher in ihr Quartier drangen. »Richard! Richard! Richard!«, skandierten sie, dass es dröhnte wie eine Trommel. Und vor Jaffa tauchte Segel um Segel auf.

»Mein Mann«, stellte Berenguela mit einer plötzlich um vieles nüchterneren Stimme fest. »Es wurde auch Zeit.«

Richard eroberte Jaffa mit nur achtzig Rittern, vierhundert Bogenschützen und zweitausend pisanischen Seesoldaten zurück. Seine Streitmacht besaß nicht einmal drei Pferde. Als er stürmen ließ, war sein Heer, dem er vorausgesegelt war, kaum dass er von dem Überfall erfahren hatte, noch gar nicht vor den Mauern angekommen. Als er am nächsten Morgen den sarazenischen Unterhändler empfing, scherzte er mit seinen Gefangenen und bemerkte, er sei vor dem Angriff nicht einmal dazu gekommen, seine Schuhe zu wechseln.

Die Kleinheit seiner Streitmacht bemerkte allerdings auch Saladin, der sich dem wütenden Ansturm des Engländers im ersten Moment geschlagen gab, nur zu bald. Und es bewog ihn schon anderntags, sein Glück in einem Gegenangriff auf Richards Lager zu suchen.

Der ließ seine Männer einen provisorischen Wall nur aus Zeltpflöcken, Schilden und Speeren errichten, um sich damit gegen die Tausende zählende feindliche Reiterei zu stemmen. Und gegen jede Erwartung hielt die dünne Linie stand.

Nicht nur in den Schlachten, auch in den Verhandlungsrunden wogte es hin und her. Saladin bot den Christen die Küstenstädte und das Recht zur Pilgerfahrt nach Jerusalem an. Er versprach, den neuen König von Jerusalem wie seinen Sohn zu behandeln und das Wahre Kreuz zurückzugeben. Aber er verlangte, dass im Gegenzug Askalon, die Festung im Inland, geschleift würde.

»Askalon?«, schrie Richard, als er zum ersten Mal davon erfuhr. »Niemals. Ich habe es eben erst aufgebaut. Niemand wird mir nachsagen, ich brächte in diesem Land keinen Stein auf den anderen. Jaffa mag heute wieder in Trümmern liegen. Aber Askalon wird stehen.« Die Angriffe wurden fortgesetzt.

Richards Bogenschützen kauerten wartend hinter dem Wall, der den Attacken der sarazenischen Reiterei noch immer standhielt, und krochen hervor, sobald eine Pause entstand, um eine Wolke von Pfeilen auf den Feind abzuschießen, der dessen Pferde in Massen zu Fall brachte, ehe sie wieder zurückhasteten, um das Anbranden der nächsten Welle zu erwarten. Die Männer an den Schilden und Spießen, mit nichts als einer dünnen Schicht Stahl zwischen sich und den heranbrausenden Pferdeleibern, aßen nicht und schliefen nicht. Hin und wieder schloss einer die Augen, im Stehen gegen seinen Speer gelehnt. In ihren Gesichtern stand das Grauen, dem anreitenden Feind wieder und wieder entgegenblicken zu müssen ohne zu weichen oder zu wanken. Aber sie waren abgestumpft. Sie hatten sich daran gewöhnt und erwarteten nichts mehr. Nur wenn ihr König auf seinem Streitross erschien, kam noch einmal Leben in sie und sie brüllten und jubelten ihm mit brutaler Begeisterung zu.

Richard, gereizt bis aufs Blut, wagte sich selbst immer wieder in die erste Linie des Getümmels vor, wenn seine Männer den Angriff nach draußen trieben. Er spornte sie an, trug sie nach vorne, ritt allen voraus. Eines Tages wurde sein Pferd ihm unter dem Leib weggeschossen.

»Gib nach«, verlangte Berenguela, als er zurückkehrte.

Er lachte sie strahlend an. »Siehst du diesen Hengst?«, fragte er und tätschelte dem neuen Tier, das er am Zügel führte, den spiegelnd schwarzen Hals. »Saladin persönlich hat es mir im Getümmel geschickt, als er sah, dass mein Tier abgeschossen worden war. Der alte Musterschüler. Aber ich werde ihm zeigen, dass seine Verneigung vor meiner Größe keine leere Geste war. Er wird erfahren, wie groß ich bin und was ich vermag. Ich werde nicht als Verlierer vom Platz gehen.«

»Aber du kannst nicht gewinnen.«, sagte Berenguela.

»Sie kommen!«, schrien die Ritter. Richard wendete sein Pferd.

Dann wurde er krank und das Fieber fesselte ihn ans Lager.

»Siehst du das?«, fragte er seine Frau, die ihn besuchte, und er wies auf die üppigen Schalen mit Früchten, die neben seinem Bett aufgebaut waren. »Birnen und Pfirsiche. Und Schnee vom Berg Hermon. Saladin lässt es an nichts fehlen.« Sein Lächeln war angestrengt, denn das Fieber fraß an ihm und seine rotblonden Locken klebten ihm an den Schläfen. »Er weiß, dass ich unbesiegt bin.«

»Du bist unbesiegt. Aber du kannst nicht gewinnen«, wiederholte Berenguela. »Gib ihm Askalon und lass uns nach Hause fahren.«

»Niemals.« Der König bäumte sich auf seinem Lager auf. »Gott weiß, ich werde Askalon nicht lassen.«

Berenguela fasste ihn an der Schulter und drückte ihn zurück. »Raus«, sagte sie, ruhig aber bestimmt über die Schulter hinweg. »Der König und ich haben zu reden.«

Der Feldprediger, der betend in einer Ecke gehockt und die Szene aus den Augenwinkeln verfolgt hatte, der Knappe, die Pagen und die Wachen standen auf. Sie alle gehorchten ohne jede Widerrede. Verblüfft starrte Richard von seiner zerwühlten Bettstatt zu seiner Frau hoch. Mit ungerührter Miene blickte sie zurück.

Anderntags stimmte der König dem Friedensvertrag zu.

23.

Sie brachen in alle vier Himmelsrichtungen auf. Elaine, an der Seite ihres Gatten, schaukelte in ihrer Sänfte nach Süden, den Gärten Ägyptens zu. Mit jedem Schritt der Kamele wurde ihr Herz leichter. Bald verblasste die Erinnerung an ihr früheres Leben, und sie begann bereits, es zu vergessen wie einen Traum.

Berenguela ritt an Richards Seite nach Norden, um sich von Akkon aus einzuschiffen, England und dem Thron entgegen, den einzunehmen sie sich voll und ganz für würdig hielt.

Johanna zog es nach Westen. Sie ging in Jaffa schon an Bord, sie sehnte sich nach der Seeluft und dem weiten Horizont. Was sie dahinter erwartete, das wusste sie nicht. Aber zum ersten Mal seit langem machte es ihr keine Angst mehr, ja, zu ihrem eigenen Erstaunen fühlte sie, dass sie sogar mit schüchterner Neugier und Vorfreude ihrer Zukunft entgegenblickte. Ich habe begonnen zu leben, dachte sie, und berührte die Kette an ihrem Hals, das Geschenk der Alten aus dem Badehaus. Und dieses Gefühl ist nichts, was ich je wieder verlieren werde.

Nur dass sie ihre Gefährtinnen nicht mehr sehen sollte, tat ihr Leid. Elaine war verschwunden und nach ihr Rose. Alle Nachforschungen in der zerstörten Stadt waren vergeblich geblieben. Und der Anblick der vom Schutt verstopften Gassen und der Leichenfeuer ließ ihr wenig Hoffnung.

Der Palast war geplündert, die Stadt geschändet und ihre Habe fast völlig der Soldateska in die Hände gefallen. Saladin zwar hatte mit der für ihn typischen Großmut einiges einsammeln und ihr zurückerstatten lassen, anderes durch üppige neue Geschenke ersetzt, dennoch war das meiste verloren. In einer der Truhen allerdings, die man ihr zurückbrachte, deren Deckel mit den kostbaren Schnitzereien zerschlagen und deren Inhalt nur mehr ein lächerliches Sammelsurium zerwühlter Stoffe, zerbrochener Leuchter, einzelner Geschirrstücke und eines ganz und gar unbrauchbaren Bodensatzes von Pergamentfetzen und Scherben war, fand sich zu ihrer Überraschung völlig unversehrt ein Brief von Elaines Hand. Sie hatte ihn wohl zum Abschied hinterlassen; er war mit der Bitte versehen, ihn ihren Eltern auszuhändigen. Johanna las ihn, während sie darauf wartete, das Schiff besteigen zu dürfen, wohl schon zum fünften Male.

»Ich habe«, stand dort, »viel gesehen und kennen gelernt, andere Welten mit anderen Menschen, die unter anderen Himmeln wie wir mit Mut und Zuversicht ihrem Leben nachgehen, die lachen und feiern, lieben und trauern wie wir. Und sicher stehen sie Gott nicht ferner. Ich habe immer gewusst, dass die Liebe mein Leben bestimmen wird. Allerdings dachte ich früher, die Liebe sei nichts als Scherz und Tändelei. Heute weiß ich, dass sie Kraft erfordert, Mut und Geduld. Aber dann kann sie Türen aufstoßen, von denen wir vorher nicht einmal wussten, dass es sie gab. Ich bin durch eine Tür getreten, die mich von euch fortführt, dafür bitte ich euch um Vergebung. Aber ich hoffe, ihr werdet mich verstehen, ja ich bete, dass euch eines Tages etwas ähnlich Wunderbares wiederfährt, und ich bin sicher: Wenn wir nur lieben, sehen wir uns wieder.«

Wenn wir uns lieben, sehen wir uns wieder, sagte Johanna sich im Stillen vor. Und sie beneidete Elaine um diese Gewissheit. Ihr Blick glitt über die Menge, die am Hafen versammelt war. Hier war wenig von der Zerstörung zu spüren, an den Kais brandete bereits wieder das Leben. Handelsschiffe aus Genua legten an und entluden ihre Waren, Pilger kletterten auf die Piere, um den frischen Frieden zu nutzen und endlich das Ziel ihres Lebens zu erreichen. Sie alle verströmten Tatkraft und Zuversicht. Bürger Jaffas saßen auf den Resten ihrer Habe, um anderswo einen Neuanfang zu suchen, Neusiedler zogen in Scharen in die Stadt. Um Johanna herum hämmerte und pochte es und die Rufe der Händler und Seeleute mischten sich mit denen der Möwen.

»Mylady?« Es war ein Ritter des Erzbischofs von Canterbury, der sie aufforderte, das Flaggschiff seines Herrn zu betreten, das bereit lag für die Heimreise. Sein Gesicht drückte Ergebenheit aus und eine so offensichtliche Bewunderung für ihre mädchenhafte Gestalt, dass Johanna unwillkürlich lächeln musste. Gnädig reichte sie ihm die Hand, die er mit hochrotem Gesicht ergriff.

Sie hatte sich bereits erhoben, als ein Gesicht in der Menge, die sich herandrängte, um ihren Abschied zu beobachten, einen Blick auf ihr Gesicht zu erhaschen oder vielleicht sogar ihres oder des Erzbischofs Gewand zu berühren, ihr bekannt vorkam. Johanna blieb stehen und verursachte einen kleinen Aufruhr. Sofort waren sie und ihre Bewacher von Menschen eingekeilt. Johanna reckte ihren Hals, um über die Köpfe der zuvorderst Stehenden hinwegsehen zu können. Sie überließ ihre Hände Menschen, die sie küssen wollten und strich geistesabwesend Kindern über den Kopf, die man ihr hinhielt.

»Rose«, rief sie schließlich, als sie sicher war, »Gott sei gepriesen, du bist es.« Und sie breitete weit ihre Arme aus.

Die ehemalige Magd und Kammerfrau arbeitete sich zu ihrer Königin durch. Als sie vor Johanna stand, versank sie in einen tiefen Knicks, aber diese riss sie unter dem Gemurmel der staunenden Menge an sich und umarmte sie heftig. »Ich dachte schon, du wärest tot.« Freudentränen liefen über ihr Gesicht.

»Ich habe John gesucht«, bekannte Rose, als sie wieder zu Atem kam. »Überall, in den Hospitälern, den Kasernen. Aber ich konnte ihn nirgendwo finden.«

Johanna hielt sie ein wenig von sich. Ihr Gesicht war vom Kummer und den Entbehrungen der letzten Tage gezeichnet, dennoch leuchteten ihre Augen und die Bernsteinfunken darin knisterten.

Johanna nickte zufrieden, als sie es sah und umarmte sie ein weiteres Mal. »Wir alle haben hier etwas verloren«, meinte sie. »Elaine ihre Vergangenheit, Berenguela ihre Illusionen«, sie kicherten ein wenig. »Wir beide einen Mann«, fuhr sie fort. »Wie kommt es, dass wir nicht trauriger sind?«

Rose zuckte mit den Achseln. »Vielleicht, weil es noch nicht zu Ende ist?«, fragte sie. »Ich denke, wir werden noch herausfinden müssen, was wir statt dessen gewonnen haben.«

»Du denkst.« Johanna lachte. Tränen traten in ihre Augen. »Ja, ich denke auch«, sagte sie dann. »Und das ist immer ein guter Anfang. Ich werde an dich denken«, fügte sie hinzu.

»Ihr wisst es schon?«, fragte Rose schüchtern.

»Dass du nicht mit mir kommst?« Johanna strich ihr über die Wange. »Ja, ich denke, dass wusste ich die ganze Zeit.«

»Ich will es zu einem Abschluss bringen«, sagte Rose hastig und entschuldigend. »Nun habe ich den Eid geleistet, da werde ich ihn auch erfüllen. Wozu bin ich sonst hierher gekommen?«

»Ja, wozu?«, wiederholte Johanna mit einem letzten Blick auf das Land unter der fremden Sonne.

»Mylady?«, ließ sich der Ritter vernehmen, der sich durch das Gewühl zu ihr durchgekämpft hatte. »Das Schiff wartet, der Erzbischof lässt sagen, es ist Zeit.«

»Es gibt immer einen Grund.« Diese letzten Worte flüsterte Johanna in Roses Ohr. Sie nahm eine der widerspenstigen roten Strähnen, die sich dort kräuselten und steckte sie zurück unter die Haube des Mädchens und schob sie dann von sich. Dann wandte sie sich ab, die Wächter schlossen sie in ihre Mitte. Rose hob die Hand zu einem letzten Gruß, als Johanna sich unerwartet noch einmal umdrehte und etwas sagte, was Rose nicht verstand, was ihr Herz aber seltsam berührte:

»Wenn wir nur lieben, werden wir uns wiedersehen.«

24.

Rose ging nach Osten. Sie schloss sich einer Pilgergruppe um Sir Hubert Walter, den Bischof von Salisbury an, der aus England gekommen war, um eine der ersten Gruppen nach Jerusalem zu führen, das Saladin in Erfüllung des Friedensvertrags mit König Richard wieder für die Christen geöffnet hatte. Er war tatkräftig und umsichtig und Rose, die die Schlichen der professionellen Führer kannte, war froh, sich ihm und seiner Schar anschließen zu dürfen.

Sie ritten auf ihren Eseln auf derselben Straße, die Richards Heer gezogen war, doch, anders als er, kamen sie an Dörfern vorbei, in denen die Hunde bellten und die Kinder spielten. In Scharen kamen sie herbeigelaufen, um den Reisenden auf ihren Tieren Wasser und Datteln zum Kauf anzubieten. Ihre Eltern waren dabei, ihre abgerissenen Häuser wieder aufzurichten, die Feldern neu zu bestellen, Obstbäume zu pflanzen, wo die Äxte von Saladins Soldaten nur Feuerholz hinterlassen hatten und die zugeschütteten Brunnen wieder auszugraben.

Rose ritt an einer Straße des Lebens voran, auch bei Beith Nuba, wo die Bauern mit Wagen und Handkarren dabei waren, die Steine, die sie mit ihren schlichten Hacken von den neu errichteten Mauern schlugen, abzutransportieren, um damit ihre Häuser auszubessern. Sie sangen bei der Arbeit, und die Pilger sangen auf ihrem Weg.

Rose stimmte in die Choräle mit ein, ohne auf die Worte zu achten. Die Gemeinschaft als solche tat ihr wohl, und die Melodie trug und tröstete sie und lenkte sie von ihren eigenen traurigen Gedanken ab. In den ersten Nächten, Seite an Seite mit den anderen, dicht gedrängt auf den Strohsäcken der Unterkünfte, träumte sie schlecht und heftig, hörte sie noch die Flammen knistern und das Sirren der Pfeile, rannte sie noch Gasse um Gasse, entgegen den Elendszügen mit ihren zahllosen, verzerrten, versehrten Gesichtern, von denen keines seines war: John. Nach Ramlah wurden ihre Nächte ruhiger, bei Emmaus hörten ihre Träume auf.

Als ihr Führer an einer Stelle anhielt, um ihnen mit gerührter Stimme zu berichten, hier hätte König Richard gestanden und sich seinen Schild vor das Gesicht gehalten, um die Stadt nicht zu erblicken, die zu erobern ihm Gott nicht gewährt hatte, da wartete sie mit den anderen darauf, dass die Wolken aufrissen, und als sie es taten, die goldene Kuppel aufschimmerte und die anderen um sie herum in Ahs und Ohs, in Schluchzen und Gebete ausbrachen und in die Knie sanken, da stand sie sehr aufrecht und ihr Herz wurde mit einem Mal leicht. Wie ein junger Vogel, der lange auf dem Rand des Nestes gekauert hatte und nun den ersten Flügelschlag wagte. Und er trug.

Dort lag ihr Ziel, zum ersten Mal vor ihren Augen. Ein König hatte es nicht besitzen dürfen, aber sie würde es betreten. Dort würde alles enden, und etwas Neues würde beginnen. Rose wusste nicht, was. Aber seit diesem Tag war sie voller Zuversicht.

In den Straßen Jerusalems herrschte großes Gedränge. Der Bischof ließ sie im Schatten einer Herbergsmauer zurück, um zu erkunden, wann sie die Grabeskirche besuchen könnten, vor dem die Pilgergruppen sich dermaßen stauten, dass Wachen den Zugang regeln mussten. Rose, dankbar um die Pause, lehnte ihren Kopf gegen die Mauer, die aber selbst hier, wo keine Sonne hin kam, nur lauwarm war und keine Kühlung bot. Sie seufzte und wischte sich über den Nacken. Da entdeckte sie den Brunnen auf dem Platz. In ihrer Flasche war kaum noch ein Schluck, also beschloss sie, hinüberzugehen und sie zu füllen. Eine Horde Kinder stand da und alberte herum. Sie rannten um das Becken, in das aus einem bronzenen Löwenmaul das Wasser plätscherte. Rose hielt ihre Flasche unter den Strahl, dann konnte sie nicht widerstehen, neigte sich vor und benetzte Nacken und Schultern mit dem Nass.

»He«, rief sie, als einer der kleinen Wettläufer sie stieß. Aber es war schon geschehen. Ihre Haube verfing sich in einem der bronzenen Zähne, und als sie sich aufrichtete, quoll ihr rotes Haar hervor, nass gespritzt von dem fehlgeleiteten Strahl. Die Locken glänzten in der Sonne und die Tropfen, die darin hingen, glitzerten wie Tau, bis Rose sie mit einer energischen Bewegung herausschüttelte. Die Kinder, auf diese Weise vollgespritzt, quietschten vor Vergnügen und drängten von ihr fort, aber gerade langsam genug, um wunderbar geduscht zu werden. Sie riefen und kreischten, damit Rose nicht aufhöre.

Rose lachte und tauchte die Hand ins Becken, um ihnen einen kräftigen Schwapp zu verpassen. Da hörte sie ihren Namen rufen.

Verwundert richtete sie sich auf und hielt die Hand über die Augen. Die Sonne gleißte dermaßen auf den Steinen und das

Wasser zu ihren Füßen, spiegelte so sehr, dass sie kaum etwas erkennen konnte. Sie bemerkte John erst, als er direkt vor ihr stand. Die Kinder verstummten und verzogen sich.

Schwer atmend vom Laufen schaute er auf sie hinunter. Dann nahm er eine ihrer Strähnen und strich sie ihr hinters Ohr.

Fassungslos starrte Rose zurück. Sein breitflächiges Gesicht war karg geworden in den Zeiten der Krankheit, die Knochen stachen wie gemeißelt hervor. Eine frische Narbe zog sich unter seinem linken Wangenknochen hin und betonte ihn noch stärker. Aber seine Augen leuchteten wie bei ihrer allerersten Begegnung.

»Ich glaubte ...«, stammelte sie und dachte an die zahllosen Versuche, ihn in einem der Hospitäler und Unterkünfte, in den überfüllten Kirchen und halb verbrannten, mit Flüchtlingen vollgestopften Magazinen ausfindig zu machen. »Dein Freund Chris sagte, er hätte dich nach dem zweiten Sturm aus den Augen verloren.«

John nickte. »Ich fand ihn vor wenigen Tagen wieder. Er war es, der mir verriet, dass du nach Jerusalem gehen wolltest. Rose.« Er packte ihre Schultern fester. »Rose, ich bin fast gestorben. Man hielt mich für tot und vielleicht war ich es sogar. Tagelang lag ich irgendwo, unter Menschen, die ich nicht kannte, auch mich selbst kannte ich nicht mehr, nein, es ist wahr«, fuhr er heftig fort, als er ihr zweifelndes, ein wenig verstocktes Gesicht sah. »Sie fragten mich, wie ich heiße, und ich konnte es ihnen nicht sagen, alles war fort. Nur eines nicht.« Er schaute sie so innig an, dass ihr warm wurde.

»Als ich wieder bei mir war, sagten sie, ich hätte die ganze Zeit während meines Deliriums nach einer Sache verlangt. Nach einer Blume, Rose. Nach dir.« Er holte tief Luft. Und da ist mir einiges klar geworden. Über uns und unsere Vergangenheit.«

»John«, begann Rose unbehaglich, in der das Wort Vergangenheit unangenehme Erinnerungen weckte, »es tut mir sehr Leid, aber ...«

»Sie ist gleichgültig, Rose, komplett, total, vollkommen egal.« John lachte befreit, so laut und unbändig, dass sie unwillkürlich mit einstimmte, obwohl sie kaum glauben konnte, was sie da hörte.

»John?«, fragte sie besorgt.

»Begreifst du das nicht?«, rief er, noch immer begeistert von seiner eigenen Erkenntnis. Er hob die Hände, als wollte er alles ergreifen, was um sie war: den blauen Himmel, das Wasser, die Menschen, den Platz. »Wir sind am Leben! Wir sind hier! Das ist alles, was zählt, finde ich.«

Tief holte er noch einmal Atem, um alles in sich aufzunehmen: die Bergluft, ganz ohne die Gerüche der Hospitäler und den Gestank des Rauches. Die Sonnenwärme auf seiner Haut, die ihrer Verbände endlich ledig war. Das aufgeregte, frohe Lachen der Menschen in dieser dem Frieden geschenkten Stadt. Und ihre, Roses, lang ersehnte, süße Nähe. Voller Liebe schaute er auf sie hinunter.

Da spürte sie wieder den Flügelschlag ihres Herzens, vage, leicht, doch hoffnungsvoll. Ein Lächeln breitete sich auf ihrem Gesicht aus. Und sie legte ihre Hände leicht auf seine Arme.

»Eines allerdings muss ich verlangen«, sagte er dann mit plötzlichem Ernst und zog die Brauen zusammen. Erschrocken schaute sie ihn an.

Er nickte bedächtig. »Wenn du noch mal einfach so vor mir davonlaufen solltest, dann, dann …«

»Dann was?«, fragte sie und warf herausfordernd den Kopf in den Nacken.

Er griff in die volle Lockenpracht und zog die Widerstrebende an sich. »Dann werde ich das einfach nicht akzeptieren und dich trotzdem zu meiner Frau nehmen.«

Rose wollte etwas sagen, aber sein Kuss verschloss ihr den Mund. So standen sie lange. Und es störte sie nicht das Murmeln der Pilger und nicht das Kreischen der Kinder, die um sie herum hüpften und mit Wasser besprengten.

»Ich wusste es«, sagte er schließlich leise, als sie einen Moment voneinander ließen. »Eine Weile konnte ich mich nicht mehr erinnern, aber ich war mir sicher: Du hast winzige Sommersprossen auf der Nase.« Nun war sie es, die ihn mit ihren Lippen zum Schweigen brachte.

Als der Bischof kam, um seine Herde endlich zur Grabeskirche zu führen, waren zwei unter ihnen, die einander fester an der Hand hielten als alle anderen. Und niemandes Herz klopfte freudiger.

Tessa Korber, geboren 1966 in Grünstadt/Pfalz, ist promovierte Historikerin und hat zahlreiche erfolgreiche historische Romane veröffentlicht, darunter *Die Karawanenkönigin* (1998), *Der Medicus des Kaisers* (2001). Zuletzt erschien Die *Königin von Saba* (2005). Tessa Korber lebt heute in der Nähe von Erlangen.

Mehr zu Tessa Korber und ihren Büchern unter www.tessa-korber.de